KB131115

제임스
다이슨

제임스 다이슨

5,126번의 실패에서 배운 삶

제임스 다이슨 지음 김마림 옮김

사람의집

INVENTION: A LIFE
by JAMES DYSON

Korean edition published by arrangement with The Wylie Agency (UK) Ltd.

사람의집은 열린책들의 브랜드입니다.
시대의 가치는 변해도 사람의 가치는 변하지 않습니다.
사람의집은 우리가 집중해야 할 사람의 가치를 담습니다.

일러두기
옮긴이 주는 각주로 표시하였습니다.

이 책은 실로 꿰매어 제본하는 정통적인 사철 방식으로 만들어졌습니다.
사철 방식으로 제본된 책은 오랫동안 보관해도 손상되지 않습니다.

이 책을 디어드리에게 헌정한다.

그녀의 사랑, 격려, 조언, 아량, 그리고 관용이 없었다면

나는 아무것도 이루지 못했을 것이다.

그리고 뭔가를 만들어 내는 일에 강렬한 열정을 지닌

나의 사랑하는 가족 에밀리, 제이크, 샘,

그리고 멋진 손주들에게도 이 책을 바친다.

머리말

4년간 5,127개의 싸이클론 청소기 프로토타입을 직접 손으로 만들고 테스트한 끝에, 1983년 마침내 성공했다. 그 순간 주먹을 허공에 내지르고 환호성을 지른 다음, 〈유레카!〉라고 목청껏 소리치며 작업실을 뛰쳐나가 도로를 마구 내달려야 했을지도 모르겠다. 하지만 5,126번의 실패를 겪은 터라 당연히 신나야 할 그 순간에 나는 오히려 이상하게 마음이 가라앉았다.

왜 그랬을까?

그 대답은 〈실패〉에 있었다. 하루하루 경제적으로 궁핍한 상태에서, 나는 공기의 흐름으로부터 먼지를 분리하고 빨아들이는 훨씬 더 효율적인 싸이클론을 개발하려고 안간힘을 썼다. 최대한 적은 에너지를 사용해 0.5미크론 — 사람의 모발 두께는 약 50~100미크론이다 — 보다 작은 먼지를 빨아들이는 싸이클론의 효율성을 평가하기 위해 일일이 테스트하면서, 매일 여러 개의 싸이클론을 만들었다.

일반인들에게는 이런 과정이 아주 지루하고 따분한 작업처럼 보일지도 모른다. 충분히 이해한다. 하지만 일단 목표가 생기고, 그 목표가 현존하는 어떤 기술과 제품보다 훨씬 좋은 해결책을 개척해 낼 수 있다면, 그 일에 사로잡혀 오로지 그것만 생각하게 될 것이다.

신화나 전설에서는 발명을 마치 섬광처럼 떠오르는 영감으로 묘사한다. 유레카의 순간처럼 말이다. 하지만 애석하게도 그런 일은 드물다. 사실 궁극적인 성공을 성취하려면 무수한 실패를 받아들이는 과정이 있어야 한다. 더 재미있는 사실은 발명하는 데 탁월한 소질이 있는 엔지니어들은 그들의 최신 발명품에도 결코 만족하는 법이 없다는 점이다. 그들은 자신들의 발명품을 미심쩍은 눈초리로 바라보며 이렇게 말한다. 「어떻게 하면 더 잘 만들 수 있는지 이제 알겠어.」 이때가 바로 정말 훌륭한 기회의 순간, 제품의 성능을 또다시 도약시킬 재발명이 시작되는 순간이다.

예를 들어, 알츠하이머 치료법을 개척하는 일이 아르키메데스의 섬광 같은 유레카의 순간이 아니라 지속적이고 근면한 지적 연구의 결과라는 것을 알면, 예비 발명가들은 연구에서 탁월한 재기가 전제 조건이 되어야 한다는 미신 때문에 덜 낙담할 수 있다. 연구는 실험을 수행하고, 실패를 받아들이고, 심지어 실패를 즐기며, 과학적 현상의 관찰에서 얻은 이론을 따라 계속 나아가는 과정이다. 발명은 갑자기 떠오른 묘안이라기보다 참을성과 인내심을 동반한 관찰의 결과다.

다이슨 대학교의 첫 졸업생들이 생기자, 나는 호기심, 배움,

그리고 뭔가 만들어 내는 즐거움을 추구하고 그 일에 전념하는 학생과 졸업생들에게 나의 이야기를 전하고 싶었다. 이 책은 물건을 만들고 개발하는 인생을 통해 얻은 이야기이며, 젊은이들에게 우리의 현재와 미래의 문제점에 대한 해결책을 마련하는 엔지니어가 되어 주기를 바라는 나의 마음을 전하는 것이기도 하다.

52년 전 왕립 예술 학교를 졸업할 때, 나는 과학자나 엔지니어가 되기 위한 교육을 받은 적이 없었다. 원래 순수 예술을 전공했지만 산업 디자인 학위를 받고 졸업했다. 당시에는 내가 설계에 참여한 제품을 실제로 만들 거라는 기대에 부풀어 있었는데, 대량 생산이나 마케팅에 대해 아는 바가 전혀 없었다. 하지만 나는 관습에 얽매이지 않고, 전문가의 의견에 도전하고, 보지 않고는 믿지 못하는 사람들을 한심하게 생각하며, 고집이 있고, 배움에 열의를 보이고, 순진해 빠진 사람이었다. 또한 나는 돌파구를 찾을 때까지 수많은 시제품을 꾸준히 제작할 준비가 되어 있었다. 나처럼 늦게 시작한 사람도 성공할 수 있다는 사실은 분명 다른 사람들을 고무시킬 거라고 생각한다.

이제 가파른 학습 곡선에 맞닥뜨린 사람은 나뿐이 아니다. 나는 새로운 기술을 창조하고 전 세계의 수많은 소비자에게 그 기술을 전달하기 위해 필사적으로 노력하는, 놀라울 정도로 재능 있는 팀원들로부터 영감을 얻는다. 우리는 우리만의 방식으로 개척해 나가겠다는 신념과 어려움을 극복해 나가겠다는 투지를 공유한다. 그들의 충성심과 헌신이 다이슨을 세계적인 기술 기업으로 성장시켰다.

진공청소기에 관한 나의 이야기는 먼지 봉투가 막히지 않고 먼지를 분리시키는 싸이클론 기술을 개발하겠다는 의지를 품었던 42년 전에 시작되었다. 대부분의 연구나 개발 과정이 그렇듯, 초기에는 적절한 크기나 형태를 찾아내기 위한 시제품을 테스트하는 데 상당한 시간을 할애했다. 이런 과정은 비약적인 발전을 이룰 수도 있는 실험적인 작업을 시작하기 전에, 기본이 되는 기술과 이론을 배우기 위한 필수적인 기초 작업이다. 나는 새로운 것을 발견하며 조금이라도 진전이 있을지 모른다는 희망을 품었고, 매일매일 일하러 가는 시간을 고대했다.

먼지에 뒤덮인 실패작들은 나를 자극하기 시작했다. 「잠깐만, 분명히 작동했어야 하는데, 왜 안 된 거지?」 어리둥절해서 머리를 긁적이다 보면 문제를 해결할 것 같은 또 다른 아이디어가 떠올랐다. 빚은 점점 더 쌓여 갔지만, 우리 집과 가정생활을 위험에 빠뜨리는 일마저 허용해 준 아내 디어드리의 지원과 고맙게도 돈을 빌려준 은행 덕분에, 나는 행복하게 일에 푹 빠져 지낼 수 있었다. 위태로운 상황에서도 아내와 아이들은 격려, 사랑, 그리고 이해심을 보여 주었다. 가족과 친구들의 진심 어린 지원이 없었다면 나는 포기했을지도 모른다.

오늘날 지구를 구하고, 환경을 개선하고, 생명을 위협하는 질병의 치료법을 찾으려는 열정적인 청년들에게 발명은 무엇보다 중요한 일이다. 나는 지속적인 연구와 개발을 성실히 수행하면 이런 과제들을 해결할 수 있을 거라고 믿는다. 나는 더 많은 아이와 대학생이, 그들이 그토록 원하는 해결책을 직접 마련할 능력을 지닌 공학자나 과학자가 되고 싶다는 동기를 얻기를 바란다. 우리는 그들이 더 나은 미래를 기대하면서 직면한 현시대의 과제들을 해결하기 위해 분투하는 행동가가 될 수 있도록 격려해야 한다.

나는 세상을 더 나은 곳으로 만들 청년들을 찾아내려고 노력해 왔다. 그리고 그들이 어떤 기적을 성취해 낼 수 있는지 목격해 왔다. 이 책은 그들을 격려하기 위해 만들어졌다. 그 청년들 중 일부는 이 책에 나오는 나의 영웅들, 즉 발명가, 공학자, 디자이너 등의 후계자가 될 거라고 믿는다. 이 영웅들의 삶이 그랬던 것처럼, 그 과정은 쉽지 않을 것이며 결연한 의지와 에너지가 필요할 것이다. 쉬지 않고 달리고 또 달려야 할 것이다. 내 이야기의 시작처럼…….

차례

머리말 7

1 성장 배경 15

2 예술 학교 41

3 시트럭 71

4 볼배로 113

5 코치 하우스 139

6 DC01 179

7 핵심 기술 221

8 세계화 293

9 자동차 337

10 농업 389

11 교육 417

12 미래 창조 465

후기 — 제임스 다이슨 509
— 제이크 다이슨 534
— 디어드리 다이슨 542

감사의 말 551
사진 및 이미지 출처 555
옮긴이의 말 557

1
성장 배경

노퍽주* 북부 해변의 바다와 하늘, 그리고 모래가 모두 합세해 끝없는 수평선을 만들던 길고 긴 나날이 있었다. 이른 밀물이 차올라 발밑의 땅이 거대한 거울처럼 크나큰 하늘을 비출 때면, 눈에 보이는 경계도, 한계도 없는 천상의 공간을 달리는 느낌이 들었다.

내가 처음으로 뭔가를 잘한다고 느낀 것은, 그리고 10대 어린 학생으로서 스스로 터득한 것은 장거리 달리기였다. 나는 일단 고통의 극한점을 넘어서면 계속 달리고 싶은 의지가 생긴다는 사실을 깨달았다. 잊히지 않을 만큼 아름다운 그 경관 속을 아침 일찍 혹은 밤늦게 달리는 일은 일상적인 도전 이상이었다. 달리기는 나에게 학교로부터 도피할 수 있는, 어떤 것이든 가능하다는 생각을 심어 주는 행위였다.

학교 공부 외에 특별히 관심 있는 뭔가가 있었던 것은 아니다. 열여덟 살에 학교를 졸업할 때, 로지 브루스록하트 교장 선생님

* 영국 동부 잉글랜드의 주. 주도는 노리치.

은 우리 어머니에게 이런 편지를 썼다. 〈제임스와 헤어지게 되어 너무 서운합니다. 저는 제임스가 정말 똑똑한 아이가 아니라는 점을 믿을 수가 없습니다. 따라서 언젠가 어떤 분야에서 분명히 두각을 나타낼 거라고 기대합니다.〉 그리고 나에게는 이렇게 편지를 썼다. 〈비록 선생님들은 아주 중요한 척했지만, 사실 학업은 그다지 중요하지 않단다. 너에게 앞으로 걸림돌만 될 온갖 이론뿐인 지식 — 선생님은 정말 이렇게 표현했다 — 이 없어지면, 뭐든 훨씬 더 잘할 거야.〉 당시 나는 엄마에게 보낸 편지에 적힌 선생님의 이중 부정 표현이 재미있다고 생각하며 정말 내가 어떤 분야에서 두각을 나타내기를 바랐지만, 선생님처럼 그 분야가 과연 무엇일지 전혀 알 수 없었다. 그리고 나중에야 한 학교의 교장 선생님이 인생과 학업적 성취는 아무런 상관이 없다고 단언했다는 사실이 참 신선하다고 생각했다.

친절하고, 의욕적이고, 재치 있는 로지 브루스록하트 선생님은 학생들 개개인의 권익을 지지하고 인정하는 분이었다. 그는 음악, 새, 그리고 수채화를 사랑하는 진정한 시골 사람이었는데, 스코틀랜드 대표 팀으로서 럭비 유니언 경기에 참가했다는 의미를 지니고 있는 모자를 다섯 번이나 받았다. 제2차 세계 대전 중에는 근위 기병대로 참전했다. 싸움이 가장 치열하던 그 시기에 그가 탄 장갑차가 독일로 진격했을 정도로 매우 격렬한 전투에 참여하기도 했다. 선생님은 나와 평생 친구였다. 그리고 2020년 선생님이 사망하기 전에 아주 짧게 본 것이 우리의 마지막 만남이었다.

내가 다니던 그레셤스 학교는 당시 차가 거의 다니지 않는 외딴곳이었던 아름다운 노퍽주의 시장 마을 홀트에 있었다. 이 마을은 런던 북동부에서 약 2백 킬로미터 떨어진, 네덜란드를 마주한 채 북해를 향해 굽어 있는 이스트앵글리아*에 속했다. 나의 아버지가 고전 과목 학과장으로 재직했던 그레셤스 학교는 16세기 〈블러디 메리〉, 즉 메리 1세 여왕의 통치 기간에 설립되었다. 이곳은 시인 위스턴 휴 오든, 작곡가 벤저민 브리튼, 예술가 벤 니컬슨, 악명을 떨쳤던 스파이 도널드 매클린, 그리고 BBC를 창립한 존 리스 경 등 명성 혹은 악명 높았던 개성 강하고 비정통적인 인물을 배출했다. 또 유명한 공학자와 발명가도 여럿 배출했는데, 그중에는 MRI의 시초가 된 전신(全身) 초전도 자석을 개발한 마틴 우드 경, 호버크라프트**를 발명한 크리스토퍼 코커렐 경, 1935년에 세상에서 가장 적은 동력을 사용한 경량의 카든베인스 동력 활공기를 발명한 우주 엔지니어 레슬리 베인스도 있다.

1960년대 초반 10대였던 나는 학업에서 손을 뗀 상태였다. 게을러서가 아니라, 오히려 그 반대였다. 운동이나 음악과 같이 공부와 상관없는 거의 모든 활동에는 적극적으로 뛰어들었다. 아홉 살 때는 바순을 배우기로 결정했다. 악기 이름을 한 번도 들어 본 적이 없는 데다 왠지 특별하게 느껴져서, 그 악기를 배

* 영국 동남부에 있던 고대 왕국. 지금은 노퍽주와 서퍽주에 해당한다.

** 선체 상부의 팬으로 공기를 빨아들여 생긴 에어 커튼으로 선체가 물에 뜨도록 하는 원리를 응용한 수륙 양용정.

우는 것을 또 다른 도전으로 여겼기 때문이다. 그 뒤에는 무대 디자이너 및 배우로 연극에 뛰어들기도 했다. 나는 그때 공연했던 셰리든의 연극 「비평」의 팸플릿을 디자인했는데, 결과적으로 좋은 평을 얻지는 못했다. 도전적인 마음으로, 그리고 연극의 배경인 18세기 후반에 더 잘 어울릴 것 같다는 생각에, 소책자가 아닌 두루마리 형태로 팸플릿을 만들었기 때문이다. 지도 교사는 이렇게 말했다. 「다이슨, 네가 디자인한 팸플릿은 너무 실망스럽다. 공연 팸플릿은 자고로 평평해야 하는데 말이야.」 그것으로 끝이었다. 학교에서 마지막으로 참여한 연극은 팀 유어트 — 나중에 ITN 10시 뉴스 앵커가 되었다 — 가 칼리반 역을 맡고 내가 트린쿨로 역을 맡았던 「템페스트」*였다.

미술 과목은 학교에서 별로 인기가 없었다. 식스 폼** 때 진학 상담사 — 양 끝이 위로 올라간 콧수염을 가진 영국 공군 출신이다 — 와 이야기를 나누던 중, 그는 내가 야외 활동을 좋아한다는 점을 들어 부동산 중개인이라는 직업을 제안했다. 아니면 외과 의사도 맞을 것 같다고 했다. 그래서 케임브리지에 있는 부동산 소개소에 직접 찾아갔더니, 그곳에서는 나에게 화가가 더 어울릴 것 같다는 의견을 주었다. 하이드 파크 코너***에 있는 세인트조지스 병원에 인터뷰를 하러 갔는데, 그곳에서도 나에게 미술을 전공하면 행복해할 것 같다고 조언했다.

* 셰익스피어의 희곡.

** 대학 진학 전 고등학교 2년 과정.

*** 런던 나이트브리지와 벨그라비아 사이에 있는 지역.

외과 의사라는 직업에 대해서는 잠시 꽤 매력을 느끼기도 했지만, 사실 장거리 달리기를 제외하고 내가 정말 사랑한 것은 미술이었다. 나는 여덟 살인가 아홉 살 때부터 진지하게 그림을 그려 왔고, 내심 미술 학교에 진학하고 싶었다. 그레셤스 학교에서 진학 상담사와 만난 이후 나는 조언을 해주거나 듣는 일에 매우 신중을 기했다. 좋은 뜻에서 해준 조언도 종종 잘못된 것일 수 있기 때문이다. 하지만 격려는 또 다른 문제다. 만일 조언이 상대의 본성과 조화를 이룬다면 좋은 조언이 될 수 있다. 조언은 상대의 속마음을 확인시켜 주는 것이어야 한다.

하지만 선생님들은 내가 학교를 졸업한 후 직업으로 택하거나 생계를 유지하는 방법으로 미술은 적합하지 않다고 여겼다. 아버지가 고전 과목 학과장이었고, 형 톰은 케임브리지에서 고전학 공개 장학생*이었고, 누나 샤니도 학업 성적이 우수했기 때문에, 내 진로 역시 학문적인 쪽이어야 한다고 정해진 듯했다. 게다가 나는 라틴 과목을 아주 잘했고, 그리스와 고대 역사를 매우 좋아했다. 하지만 나는 셋째였다. 보통 셋째들이 그렇듯, 나는 아주 일찍부터 나만의 길을 개척해 내 존재를 증명해 보이려는 병적인 열망을 지니고 있었다.

아버지는 케임브리지 장학생이었고, 케냐에서 학생들을 가르쳤다. 그리고 아비시니아**에서 전쟁에 참전했다. 1946년에 〈잊

* 케임브리지 대학교에서 지원하는 학생 지원 제도 중 하나로, 이를 통해 일반 전형 과정을 거치지 않고 대학 수업을 듣고 평가받을 수 있다.

** 현재의 에티오피아.

힌 부대〉로 알려진 윌리엄 슬림의 14군단 일원으로 버마* 전쟁에 참전한 뒤 치아와 머리가 빠져서 돌아왔다. 버마에서의 전쟁은 극도로 격렬했다. 디스패치**에 두 번이나 이름이 오른 아버지는 임팔에서, 그리고 저격수가 들끓는 정글에서 치열한 전투를 벌였다. 아버지는 인도, 아프리카, 중국, 미국 군대와 더불어 샨, 친, 카친, 카렌, 나가 부족 민병대와 함께 싸웠다. 유럽은 물론 세계 곳곳에서 파견된 동맹군 및 군대와 함께, 영국군 역시 버마 및 나가 힐스***에서 일본군을 패퇴시킨 여러 소수 군대 중 하나였다.

내가 기억하는 아버지는 언제나 유쾌하고 박식한 사람이었다. 학교에서는 주로 사관생들을 훈련시켰고, 하키 및 럭비 팀 코치를 맡기도 했으며, 나에게 노퍽 브로즈****에서 소형 보트를 운전하는 방법을 가르쳐 주기도 했다. 아버지는 모스턴*****에서 한사리******에 배를 띄우자며 아침 일찍 나를 깨우고는 했다. 1954년에 폭풍우로 인한 해일이 노퍽주 북부 지역의 개펄, 습지, 그리고 계곡을 휩쓸고 지나간 다음 날 아침에도 어김없이 나를 깨울 정도였다. 이 일은 아침에 일어나 가볍게 차에 올라

* 현재의 미얀마.

** 영국 군대에서 용감한 행동이나 전투를 벌인 군인의 이름과 부대, 배치지 등을 기록한 보고서.

*** 인도와 옛 버마 사이에 있는 산악 지방.

**** 노퍽주의 호소(湖沼) 지방.

***** 노퍽 브로즈의 해안에 있는 작은 마을.

****** 음력 보름과 그믐 무렵 밀물이 가장 높은 때.

타고 배를 찾으러 가면 되는, 그런 간단한 일이 아니었다. 낡은 스탠더드 12*에 재규어 엔진이 달린 우리 차는, 내 기억에 따르면 손으로 크랭크를 돌려 시동을 걸어야 했는데, 그것을 돌리는 도중에 격렬하게 역회전하기도 했고 고장도 잦았다. 험난한 모험이 따로 없었다.

아버지는 여러 명이 함께 연주하는 그룹에서 테너 리코더를 연주하기도 했고, 학교에서 연극을 연출하기도 했으며 — 나는 아버지가 여백에 글귀들을 적어 놓은 작은 셰익스피어 책을 아직도 가지고 있다 — 작업실에서 납을 녹여 작은 병정 모형들을 만드는 일이나 목공 일을 즐겨 하기도 했다. 『왕자와 마법 양탄자*The Prince and the Magic Carpet*』라는 인도에 관한 어린이 동화책을 쓰고 아름다운 수채화로 삽화를 그린 적도 있다. 나는 이 책을 나의 손주들에게 가끔 읽어 주는데, 〈듀어리 듀어리 우퍼 조우〉라는 양탄자를 띄우는 주문을 외울 때 아이들이 즐거워하는 모습을 보면 참으로 행복하다. 아버지는 즉흥적이고 외설적인 오행시를 지어내는 재주도 있었다. 어떤 사람은 아버지의 부고문에 〈우리는 종종 그가 하는 라블레**식 유머를 모두 재미있어했다〉라고 적기도 했다. 또한 아버지는 자신만의 인화법을 개발한 아마추어 사진작가였고, 자신이 찍은 사진을 모아 소중한 앨범들을 만들었다. 우리에게는 닭 모이를 주게 하거나, 자동차 바

* 영국 스탠더드 모터사에서 1945~1948년에 생산했던 대형 승용차.

** 프랑스 작가 프랑수아 라블레의 작품에는 성적이고 다소 불손한 유머가 등장한다.

끝쪽 발판에 기대어 설 수 있도록 허용하는 것은 물론, 그레셤스 학교에서 배우들의 무대 분장을 맡기는 등 항상 다양한 일에 우리를 참여시킬 방법을 생각해 냈다.

아버지를 처음 만났을 때 어머니는 겨우 열일곱 살이었다. 당시 외할아버지는 케임브리지셔주의 파울미어라는 지역 교구에서 일하는 조용한 성격의 목사였고, 외할머니는 화려한 수채화를 그리는 예술가였다. 명성 높은 교장 선생님이었던 할아버지는 인근 마을인 스리플로에서 할머니와 함께 살고 있었다. 어머니와 아버지는 지역 사회의 행사에서 만나, 전쟁이 한창이던 1941년에 급히 결혼식을 올렸다. 두 분의 신혼 시절은 매우 짧았다. 아버지는 군 복무 중이었다. 대학에 진학하지 못하고 케임브리지에 있는 퍼스 학교를 다니던 — 외조부모님은 그 학비를 어떻게 감당했는지 모르겠다 — 어머니는 영국 여성 보조 공군*에 자원했다. 웨스트서식스에 있는 탱미어 공군 기지에서 어머니는 거대한 유럽 지도 위에 놓인 모형 비행기의 위치를 옮기는 일을 맡았다. 탱미어 공군 기지는 브리튼 전투** 이후 전략상 주요 비행장이었는데, 전쟁 중에 윈스턴 처칠이 위층 발코니에 서서 아래층에 있는 거대한 지도를 내려다보는 장면이 나온 영상 덕분에 매우 유명해졌다.

1942년에 누나 알렉산드라가, 1944년에 형 톰이 태어났다.

* 1939년에 설립한 여성 군사 단체로 제1차 세계 대전과 제2차 세계 대전 동안 약 18만 명의 여성이 참여했다.

** 1940년에 런던 상공에서 벌어진 영국과 독일의 전투.

두 사람 다 전쟁 중에 출생했다. 나는 1947년 텔레비전을 비롯해 충분한 난방 시설이나 새 장난감은커녕, 소비재조차 거의 없는 것과 다름없는 노퍽주의 집에서 평시에 태어났다. 우리 집의 형편은 겨우 먹고살 정도였다. 모든 것이 궁핍한 시대였다. 내가 일곱 살 때까지 배급 통장을 사용했다. 우리는 직접 재배한 채소와 직접 키운 암탉들이 낳은 달걀을 먹었다. 때로는 홀트에 있는 리갈 영화관까지 걸어가서 영화를 보기도 했다. 하지만 어린 우리에게는 훨씬 더 즐겁고 소중한 것이 많았다. 방학 내내 그레셤스 학교의 구내, 운동장, 테니스 코트, 수영장 등을 마음껏 뛰어다니며 사용할 수 있었기 때문이다. 그레셤스 학교는 학생보다 땅이 더 많다는 말이 있을 정도로 매우 넓었다. 그리고 방대하고 텅 빈 해변도 지척에 있었다.

당시 우리가 살았던 커다란 빅토리아 양식의 집에는 세 가구가 나누어 살고 있었다. 세 가정의 아들은 하나의 부족처럼 함께 자랐다. 우리의 상상력은 영국 아이들이라면 대부분 알 만한 책 — 에니드 블라이턴의 〈유명한 5인조〉 시리즈와 〈비밀의 7인조〉 시리즈, 특히 아서 랜섬의 『제비호와 아마존호*Swallows and Amazons*』 등 — 으로 키워졌다. 우리는 모두 그레셤스 학교 선생님들의 자녀였는데, 나는 세 가정의 아이 중 막내여서 존재감을 드러내야 한다는 부담감을 안고 있었다. 나는 언제나 우리 중에서 가장 작았고, 이는 학교 교실에서도 마찬가지였다. 그러다가 열다섯 살 무렵 갑자기 키가 부쩍 컸다. 우리는 아이들답게, 요즘 같으면 너무 위험해서 금지될 만한 놀이를 했다. 위험

천만한 굴길을 파고, 높은 나무에 오르고, 피부가 긁히거나 온몸이 더러워지거나 숨이 가쁠 정도로 뛰어놀았다. 우리는 굴길을 만들기 위해 각자 따로 굴을 판 다음 도랑을 파서 서로의 굴을 연결시켰다. 그리고 통나무나 목재 등을 도랑에 깐 다음 그 위에 녹슨 골함석을 얹었다. 그 놀이는 기초적인 구조에 대해 배운 흥미로운 경험이었다. 놀랍게도, 아무도 그 밑에 깔린 적은 없었다. 돌이켜 보면 정말 목가적인 나날이었다.

내가 여덟 살이던 1955년, 우리 가족은 콘월주 폴지스의 해변에서 휴가를 보내고 돌아오고 있었다. 그때 나는 엉덩이에 난 종기 때문에 불편해하고 있었던 것 같다. 우리는 피크닉을 위해 다트무어에 차를 세웠다. 나는 키가 높게 자란 고사리를 찾으려고 혼자 길을 나섰는데, 길모퉁이를 돌아서려는 순간 갑작스럽게 격렬한 통증으로 괴로워하는 아버지를 발견했다. 내가 뭐라고 말을 꺼내기도 전에 아버지는 〈엄마한테는 말하지 말거라〉라고 말했다. 다른 사람들에게 불안감을 주기 싫어하는 아버지다운 행동이었다. 나는 아버지와 함께 가족들이 있는 곳으로 돌아가면서, 아버지를 향한 크나큰 사랑과 연민의 감정을 느꼈다.

아버지는 다음 해 겨우 마흔의 나이에 세상을 떠났다. 아버지는 서른 살에 버마에서 돌아왔다. 그리고 3년 후에 암 진단을 받았다. 후두암과 폐암이었다. 그래서 수업할 때 메가폰을 사용해야 했다. 그레셤스 학교의 동문이었던 짐 윌슨은 2016년 『옛 그레셤 동문 잡지*Old Greshamian Magazine*』에 다음과 같이 술회했다. 〈지금 돌이켜 보면 목소리를 크게 하려고 마이크와 스피커를 사용하면서까지 수업을 계속했던 그의 용기를 쉽게 헤아릴 수 있다. 하지만 그 당시 우리는 그의 그런 투지의 진가를 과연 제대로 알아보았던가?〉

아버지는 삶의 마지막 날들을 웨스트민스터 병원에서 보냈다. 아버지가 작은 가죽 여행 가방을 들고 병원으로 떠날 때, 우리는 집 뒷문에서 손을 흔들며 작별 인사를 했다. 그리고 아버지는 홀트역에서 런던행 기차를 탔다. 그것이 내가 본 아버지의 마지막 모습이었다. 그 장면을 회상할 때마다 아버지가 보여 준 용감한 쾌활함이 떠올라 목이 멘다. 런던에 가서 죽을지도 모른다는 사실을 알면서도 그날 우리에게 씩씩하게 작별 인사를 하던 아버지의 심정이 어땠을지 나는 상상도 할 수 없다.

그 후 60여 년이라는 긴 세월이 지났지만, 아버지에 대한 기억들, 그리고 내 자식들이 성장해 훌륭한 배우자와 결혼하는 모습을 아버지가 보지 못했다는 사실에서 느껴지는 슬픈 감정은 전혀 누그러지지 않는다. 아버지가 일곱 명의 손주와 함께 시간을 보냈다면 정말 좋아했을 것이다. 아버지가 돌아가셨을 때의 내 나이와 같은 어린 손주 믹을 볼 때마다 이런 감정이 더욱 가슴에 사무친다. 믹은 다정하고 영민하고 침착하지만, 포근한 강아지 인형과 함께 잠자리에 드는 모습을 보면 영락없는 그 나이대 어린아이이다. 그 아이는 아버지를 잃기에 너무 연약하다. 믹이 창의적이며 다정한 아빠인 이언과 탁구를 치며 노는 모습을 볼 때마다, 내가 아버지를 얼마나 그리워했는지 깨닫는다.

1956년 그날, 홀트의 집에 전화가 왔을 때 형 톰, 어머니, 그리고 나는 아스파라거스 수프를 먹고 있었다. 어린 나이에도 어머니가 전화를 받는 동안 불길한 예감이 들었다. 당시에는 너무 어려서 암이라는 질병이 치명적인 사망 원인이라는 사실을 몰랐는데도 그런 예감이 들었다는 것이 지금 생각해 보면 놀랍다. 그 순간 우리 가족은 모두 기숙 학교에 있던 누나 샤니가 혼자서 이 소식을 어떻게 감당할지 걱정부터 들었다.

그때 나는 그레셤스 학교에 막 입학한 신입생이었다. 그로부터 며칠 후 울퉁불퉁한 무릎이 드러나는 반바지를 입고서 학교 예배당에서 열린 추도식에 참석했다. 이유는 모르겠지만, 나는 가족과 함께 앉지 않고 다른 남학생들과 나란히 앉아 있었다. 그 아이들은 시간 낭비에 지나지 않는 추도식에 끌려온 데 불만스러운 태도를 보였다. 그 일은 나에게 큰 상처로 남았다. 물론 우리 아버지를 무시하려는 의도는 아니었겠지만, 어쨌든 그분은 내 아버지였으니까.

나는 아버지, 아버지의 사랑, 유머, 그리고 아버지가 나에게 가르쳐 준 것들에 대해 엄청난 상실감을 느꼈다. 아버지 없는 미래에 대한 두려움이 몰려왔다. 가족과 떨어져 기숙사에 있던 나는 갑자기 혼자가 되었다. 나는 울거나 감정을 보이지 않으려고 노력했다. 그 후로 줄곧 나의 일부분은 고통스럽고 부당하게 아버지로부터 분리되었다는 사실과 아버지로 인해 잃어버린 세월을 만회하려고 노력해 왔다. 어쩌면 너무 어린 나이에 혼자 결정을 내리고, 자립심을 키우고, 기꺼이 위험을 불사하는 법을 배운 것일지도 모른다. 하지만 그 어떤 것도 어린 나이에 아버지를 여읜 것보다 더 나쁜 일은 없었다.

로지 브루스록하트 교장 선생님과 그의 부인 조 아주머니는 아주 적은 명목상의 비용만 받고 형 톰과 내가 기숙사에 머물도록 선처해 주었고, 그 덕분에 어머니는 일을 할 수 있었다. 어머니는 교사가 되는 교육을 받기 전에 옷 만드는 일을 했다. 그리고 나중에 영어학을 공부하기 위해 성인 학생으로 케임브리지 대학교에 입학했다. 아버지가 돌아가신 후 나를 키우고, 내 교육에 가장 큰 영향을 미친 사람은 어머니였다. 부모님의 결혼 기간은 15년이었지만, 실제로 함께 생활한 것은 아버지가 암 진단을 받기 전까지 겨우 3년뿐이었다. 이 사실만으로도, 혼자 세 아이를 키우고 두 개의 학위를 따기 위해 공부하면서 가족의 생계까지 책임졌던 어머니의 능력이 충분히 설명되지 않을까.

어머니는 키가 180센티미터로 매우 컸다. 그래서였는지 어머니가 우리를 훈육하는 데 어려움을 겪은 기억이 전혀 없다. 하지만 나에게는 언제나 부드럽고, 다정하고, 돈 문제 외에는 매우 관대했다. 금전적으로 전혀 여유가 없었지만, 어머니는 매우 고무적인 사람이었다. 그녀는 그레셤스 학교의 선생님들에게 뒤지지 않을 만큼 열렬히 독서했고, 프랑스에 가본 적도 없으면서 프랑스어를 완벽하게 구사했다. 어머니는 실제로 우리를 모리스 마이너*에 태우고 프랑스에 갔다. 우리는 프랑스에서 저렴한 A자형 텐트에서 지냈는데, 어머니는 우리에게 샤르트르

* 1948년에 모리스사에서 출시되어, 최초의 밀리언 셀러로 기록된 영국 자동차.

대성당의 플라잉 버트레스*, 베즐레 수도원의 둥근 기와 지붕, 시토 수도회의 아름다우면서도 검소한 회랑이 있는 토로네 수도원과 같은 명소들을 보여 주었다. 우리는 이 지역**이 영국인들이 점령하기 훨씬 전에 도르도뉴강 옆에 텐트를 치고 수영을 했다.

우리는 적은 돈으로 생계를 잘 꾸려 나가기 위해 집 근처 스티프키 습지***에서 샘파이어****를 땄고 모래 속에서 새조개를 파냈다. 그레셤스 학교에서 수학하고, 서퍽주 근처에서 살았던 벤저민 브리튼이 직접 지휘하는 그의 오페라 초연작들을 보러 가기도 했다. 어머니는 캐슬린 페리어와 피터 피어스*****의 LP 음반을 즐겨 틀었다. 우리는 함께 책을 읽고, 제스처 게임을 하고, 이것저것 만들며 놀았다. 그중에서 납 병정들, 모형 글라이더, 경유 엔진을 단 비행기들을 가장 좋아했다. 이미 만들어진 병정들을 모으거나 가지고 놀았다는 이야기가 아니다. 나는 아버지의 도구들을 가지고 도가니에서 납을 녹여 — 아주 위험했지만 — 거푸집에 부어 병정 만드는 일을 좋아했다.

1957년에 어머니는 원하는 직업을 정하고, 노리치 교원 교육대학의 2년 과정을 수강하러 떠났다. 아마도 장학금을 받았던

* 대형 건물의 외벽을 떠받치는 반아치형 석조 구조물.

** 1960년대 후반부터 영국인들이 이주해 오기 시작해, 현재 영국인과 영국 기업이 많은 지역이 되었다.

*** 노퍽주에 있는 자연 보존 지역.

**** 유럽 해안의 바위에서 자라는 미나리과 식물.

***** 두 사람 모두 영국의 유명한 성악가였다.

것 같다. 그 후 평판이 매우 좋은 지역의 여자 공립 학교인 런턴 힐로부터 새로 지은 기숙사의 사감 및 교사 자리를 제안받기까지, 어머니는 셰링엄 중등학교에서 교사로 재직했다. 여자 기숙학교에 방문하는 일은 물론 나에게도 즐거운 일이었다.

내가 대학 진학을 위해 집을 떠나고 3년이 지난 1968년에 어머니는 케임브리지 뉴홀 칼리지에서 학위를 따기로 결정했다. 전시에 급히 결혼한 어머니는 중등학교를 끝마치지 못한 점과 아버지와 형이 다닌 케임브리지에 진학하지 못한 점을 항상 유감으로 생각한 것이 분명하다. 그래도 당시 내가 그랬던 것처럼, 또다시 학비 보조금으로 버티며 지하 셋방에서 지내야 한다는 사실에는 어느 정도 우울함을 느꼈을 것이다. 케임브리지에서 어머니는 기말시험 기간에 몸이 아파 병원에 입원했지만, 그래도 2 : 1*이라는 좋은 성적을 받고 졸업했다. 그리고 어머니는 페이크넘 그래머 스쿨에서 영어를 가르치며 연극을 연출하는 일까지 완벽히 즐기면서 5년 동안 행복한 시간을 보냈다. 그러나 1978년 운명의 잔인한 장난으로, 간암 진단을 받고 얼마 지나지 않아 세상을 떠났다.

아내는 내가 어머니의 투지와 전사의 정신을 물려받았다고 말한다. 어머니는 언제나 기대치가 높았다. 또 모든 사람, 사회 여러 계층의 사람들에게 관대했다. 또 너그러운 성격에 모든 연령의 친구를 폭넓게 사귀었다. 모든 종류의 주제로 대화하기를

* 영국의 대학교에서는 〈1st〉, 〈2:1〉, 〈2:2〉, 〈3rd〉, 〈Fail〉 순으로 성적 등급을 부여하고, 그중 〈2:1〉은 상위 60~70퍼센트에 해당하는 점수를 받았다는 의미이다.

즐겼지만 어머니 자신은 현대적인 사고방식을 지니고 있었다. 또한 시대보다 앞선 사람으로, 모든 사회 계층의 사람들을 용인했고 어떤 주제의 대화를 나누든 기꺼이 임했다. 교구 목사의 딸로서는 조금 이상해 보일지 모르지만, 아마도 어머니가 지니고 있었을 에드워드 왕조 시대의 보수적인 사고방식*이 전쟁으로 인한 궁핍과 평준화된 사회로 인해 바뀌었을 것이다.

어머니는 나에게 폭넓은 문화를 경험하고 이해하라고 설득했다. 연극에서 연기를 하고, 바순을 연주하고, 그림을 그리는 등 내가 스스로 선택한 모든 것을 격려해 주었다. 내가 좋아하는 운동 경기를 할 때 가끔 보러 오기도 했다. 아마도 어머니는 본능적으로 스포츠를 통해 아이들이 얻을 수 있는 교훈에 대해 이해하고 있었을 것이다. 어머니는 내 학업 성적에 한 번도 실망한 적이 없었다. 아버지처럼 아마추어 화가였던 어머니는 자식 중 한 명이 예술가가 될지도 모른다는 사실에 오히려 기뻐하는 것 같았다. 훗날 내가 디자인뿐 아니라 제조 분야로 진로를 넓혔을 때도 어머니는 매우 흥미로워했다.

어머니와 로지 교장 선생님은 교육관이 같았다. 학교는 학업적 성취가 주된 목적이지만, 다른 교육적인 가르침도 얻을 수 있는 곳이다. 나는 학업적 활동에도 참여했고 꽤 좋아하기도 했지만, 경쟁심을 느끼지는 않았다. 그런 경쟁심은 스포츠나 창의적인 부분에만 할애했다. 열세 살 때 나는 과학과 미술 과목 중

* 1901년에서 1910년, 에드워드 7세가 통치하던 시기의 주로 보수적이고 종교적인 가치를 강조하는 태도를 의미한다.

하나를 선택해야 했다. 열다섯 살 때는 아버지와 형의 영향으로 고전을 선택해 라틴어, 그리스어, 고대 역사를 공부했다. 하지만 나는 이 과목들보다 다른 과목들에 더 끌렸다. 지나고 나서 생각해 보니, 내가 좋아하고 잘한 수학과 과학을 전공했으면 더 좋았을 것 같기도 하다. 하지만 당시에는 아무도 내가 그런 쪽을 전공하리라 기대하지 않았다. 나는 선생님들에게 불만족스럽고 실망만 안겨 주는 학생이었다. 나중에는 학업적 부분에도 관심을 가져, 왕립 예술 학교에서는 열심히, 그리고 경쟁적으로 공부했다. 지금은 수학, 공학, 글쓰기가 생활의 일부가 되었으며, 역사책을 열렬히 읽고 있다.

하지만 팀워크와 전략을 이해하고 훈련하는 것의 중요성은 직접 몸으로 체험하는 것들로부터 배웠다. 기습 전략을 계획하고 상황에 적응하는 능력은 인생에서 필수적인 부분이다. 이런 능력은 학교 공부에서 얻을 수 있는 것이 아니며, 암기해서 익힐 수 있는 것은 더더욱 아니다. 연극 연기는 나에게 인물들에 대한 것을 비롯해 생각을 표현하는 법과 대화할 때 극적으로 강조하는 법 등을 가르쳐 주었다. 장거리 달리기는 오로지 스스로에게 의지한 채 노퍽주의 자연을 돌아다니는 자유를 주었다. 달리기를 통해 고통의 극한점을 극복하는 법도 터득했다. 모두 지쳤을 때가 바로, 고통이 아무리 심해도 더 속도를 내어 경주에서 이길 기회라는 것을 말이다. 창의력과 함께 체력과 투지는 해결이 불가능해 보이는 어려움을 극복하는 데 꼭 필요하다.

학교에서 학생들에게 창의성을 가르치지 못한다는 사실은

실로 걱정스러운 일이다. 요즘 시대에는 창의성이 점점 더 요구된다. 우리는 다루기 힘들어 보이는 문제들에 대한 해결책을 만들고, 새로운 소프트웨어를 고안하고, 세계 경제 속에서 경쟁력을 가질 색다른 것들을 창조해야 한다. 우리가 오랫동안 의지해 온 서방 국가로서의 이점이 점점 사라져 가고 있다. 거의 대부분 나라에서 기술을 개발하고 그 기술을 세계로 수출하는 상황에서, 우리는 최고 공학자와 과학자들을 배출함과 동시에 그 어느 때보다 빠른 속도로 선진 기술을 적용해야 한다. 우리가 앞서 나가기 위해서는 점점 더 창의성에 집중해야 한다.

우리는 학교 외에 가정에서도 많은 것을 배운다. 나는 정말 그랬다. 여덟 살 때부터 한 부모 가정에서 자라면서, 집안일을 나누어 해야만 했다. 1950년대에 우리 가족이 세 들어 살던 다 쓰러져 가는 빅토리아 양식의 집에는 정원을 가꾸거나 경작할 기계가 전혀 없었다. 나름 꽤 큰 정원이었지만 수동 잔디깎이와 텃밭을 파기 위한 삽이 전부였다. 세탁기는 그냥 물을 데우는 보일러에 지나지 않았기 때문에 빨래를 흠뻑 적시는 역할만 했을 뿐, 그렇게 적신 빨래를 버틀러 싱크대*에서 헹군 다음 정말 돌리기 어려운 탈수 기계에 넣어야 했다. 우리 집에서 모터로 작동한 유일한 기계는 천으로 된 먼지 봉투가 손잡이에 달려 있는 직립형 진공청소기뿐이었다. 벽에 콘센트가 없어 방마다 의자에 올라서서 천장 한가운데에 달린 전등의 콘센트에 전원 플러그를 끼우는 방식으로 사용했기 때문에, 진공청소기 전선을

* 주방 등에서 세탁용으로 사용하는 커다란 싱크대.

너무 세게 잡아당기지 않도록 조심해야 했다. 당시 진공청소기들은 냄새와 먼지가 심하고 비효율적이었다. 이 물건은 정말 오랫동안 나를 괴롭혔다.

나에게 이런 모든 집안일을 하게 해준 어머니에게 감사하다. 어머니는 나에게 바느질, 뜨개질, 러그 만들기, 그리고 요리도 가르쳐 주었다. 아버지는 나에게 배 조종법을 가르쳐 주었다. 나는 아버지가 목공 일을 하는 것을 지켜보았다. 그리고 비행기 모형을 조립하고 엔진을 작동시키고 날리는 법, 자전거 수리법을 스스로 터득했다. 종종 독학으로, 전혀 두려움 없이 손으로 뭔가 만드는 일은 나의 두 번째 천성이 되었다. 뭔가 만들면서 얻는 배움은 일반적인 교육 과정을 통해 얻는 배움만큼 중요하다. 몸으로 직접 체득하는 경험은 정말 훌륭한 선생님이다. 우리는 어쩌면 이런 형태의 교육에 더 많은 관심을 기울여야 할지도 모른다. 모두가 같은 방식으로 배워 나가는 것은 아니니까 말이다.

나는 실패를 통해 나만의 방식으로 일을 해결함으로써 혼자 배우고 터득하는 것을 즐긴다. 어쩌면 여덟 살 이후부터 모든 것이 어떻게 돌아가는지 보여 줄 아버지가 없었기 때문일 수도 있다. 하지만 그런 특성이 내 두 아들에게서도 나타나는 것을 발견했다. 제이크는 내가 가르쳐 주기도 전에 선반*을 알아서 이용하기 시작했다. 샘은 모든 악기를 독학으로 배워 음악가가 되었다. 반면, 에밀리는 제이크와 샘과 내가 피하고 싶어 했던

* 나무나 쇠를 절단하는 기계.

레슨을 받고 나서 아주 멋지고 능숙하게 스키를 탔다. 뭔가를 이해하고 그것을 자신에게 맞도록 해나가기 위해서는 직접 부딪혀 보는 본능적인 경험이 필요하다. 실험 및 시행착오를 통한 배움은 아주 흥미로운 일이 될 수 있고, 그렇게 배운 것은 우리 몸에 깊숙이 배어든다. 지식을 얻기 위한 좋은 방법은 실패를 겪으며 교훈을 습득하는 것이다. 실패를 피하거나 두려워하기보다 반겨야 한다. 실패는 배움의 일부다. 따라서 공학자나 과학자, 그 누구도 절대 실패를 두려워해서는 안 된다.

나는 아버지를 정말로 그리워했다. 몇 년 후 버지니아 아이언사이드가 쓴 책을 읽다가, 로버트 월폴에서부터 존 메이저에 이르는 영국 총리의 85퍼센트가, 그리고 조지 워싱턴에서부터 버락 오바마에 이르기까지 열두 명의 미국 대통령이 일찍 아버지를 여의었다는 흥미로운 사실을 알게 되었다. 물론 아버지를 여의는 것이 성공으로 가는 일종의 끔찍한 티켓이라는 말은 절대 아니다. 단지 어린 나이에 겪은 상실감이 때로는 훗날 위대한 성취를 이루게 만드는 격려나 동기가 되는 것 아닐까 하는 생각이 들 뿐이다.

그래도 제조나 기술 분야에서 겪은 나만의 경험은 나보다 훨씬 총명했던 형제들과 사뭇 다른 것이었다. 형은 학교 선생님이 되었고 누나는 간호사가 되었다. 하지만 나는 그보다 더 멀리 달리고, 더 먼 바다로 항해하고 말겠다는 집념이 있었다. 어릴 때 나는 아서 랜섬의 『제비호와 아마존호』에 등장하는 문장에 사로잡혔다. 아이들이 〈제비호〉를 타고 호수 섬으로 가서 자기

들끼리 야영하고 싶다고 어머니에게 애원하자, 워커 부인이 멀리 떠나 있던 해군 장교인 남편의 의향을 묻기 위해 보낸 편지에 대한 답장에 쓰인 문장이었다. 〈얼간이가 되느니 차라리 익사하는 게 낫다. 얼간이가 아니라면 물에 빠질 리도 없고.〉 나는 얼간이가 될 생각이 추호도 없었다.

아버지가 돌아가신 후, 나는 우리 부족과 함께 계속 〈제비호와 아마존호〉 생활을 이어 나가며 집안일을 도왔다. 그러면서 발사나무*로 비행기도 만들었는데, 그중 몇 개에는 경유 엔진까지 달았다. 기숙 학교에 다니던 나는 방학 때만 집으로 돌아왔다. 당시에는 하프텀** 같은 것이 없었기 때문에, 학교가 아주 가까웠는데도 집이 아주 멀리 있는 느낌이었다. 남자아이들이 학교에서 감정을 드러내지 못하던 시절이었다. 나는 학교 안에서 부당함, 폭력, 혹은 동정으로 인한 감정들을 모두 속으로 삭였다. 다른 학교와 마찬가지로, 우리 학교 선생님들은 자신들이 담당하는 어린 학생들이 겪는 심리적 경험에 철저히 무심했고 잔인할 만큼 냉소적이었다. 도망갈 구멍은 물론 일어나는 상황에 대해 명확한 설명을 해주거나 걱정하지 말라고 말해 주는 부모도 없이 14주 동안의 학기를 버텨야 했다. 나는 방학을 손꼽아 기다렸다.

학교 안에서 벌어지는 우여곡절과 상관없이, 나는 1950년대 영국에서 일어나는 전반적인 상황을 잘 인지하고 있었다. 로저

* 모형 같은 것을 만들 때 쓰는 가벼운 열대 나무.

** 학기 중에 1~2주 정도 쉬는 방학.

배니스터는 역사상 최초로 약 1.6킬로미터를 4분도 안 되는 시간에 달렸다. 에드먼드 힐러리와 텐징 노르게이는 에베레스트 산 정상에 영국 국기를 꽂았다. 피터 트위스는 초음속 항공기 페어리 델타 2를 운전해 처음으로 시속 약 1천6백 킬로미터 이상의 속도로 비행했다. D 타입 재규어가 3년 연속 르망에서 우승했다. 프랜시스 크릭과 제임스 왓슨은 DNA를 해독했다. 실업률이 낮아지고 궁핍의 시대에서 벗어났으며, 당시 영국 총리 해럴드 맥밀런은 〈이렇게 좋은 시절은 없었습니다〉라는 슬로건을 내걸었다. 한편 영연방 국가들은 세계 지도 책에서 4분의 1에 해당하는 땅을 분홍색으로 뒤덮었던 과거 영국 제국을 대신해 줄 고귀한 대안으로 부상했다.

삽화가 매우 훌륭했던 소년용 만화책 『이글*Eagle*』은 매주 엄청난 판매 부수를 기록했는데, 책 중앙에 들어가는 두 페이지짜리 삽화에는 주로 기술 도면을 그리던 레슬리 애슈웰 우드가 새로운 제트기, 터빈 기관차, 원자력 발전소 또는 수많은 발명품 단면도를 총천연색으로 그린 그림이 실렸다. 이런 수많은 발명품을 만들어 낸 영국의 공장, 작업장, 그리고 연구소 대부분은 이미 오래전에 해체되고, 황량한 새 주택 단지나 평범한 슈퍼마켓 건물로 대체되었다. 재미있는 일화 중 하나는 내가 아홉 살이던 1957년 『이글』이 주최한 그림 대회에서 노퍽주의 블레이크니 포인트* 풍경을 그린 유화로 최우수상을 받은 일이다. 이 사건은 아버지가 사망한 후 힘들었던 나에게 약간 활력소가 되어 주

* 노퍽주에 있는 해변으로, 자연 보호 구역으로 지정되어 있다.

었다. 나는 그림으로 전국적인 인정을 받은 셈인데, 나중에 데이비드 호크니와 제럴드 스카프도 『이글』을 통해 데뷔했음을 알게 되었다. 『이글』은 미술, 공학과 관련된 내용이나 육지, 바다, 그리고 우주여행과 같은 대담하고 상상력이 가득한 내용을 많이 실었다.

학생으로서 우리는 영국인이 최고라고 믿었다. 비록 당시 영국 가정에서는 아주 약한 스토브로 목욕물을 조금씩 데워서 사용하고, 새 세탁기나 냉장고는 고사하고 새 옷을 살 형편도 아니었지만, 그래도 영국은 독일 및 일본과의 전쟁에서 이긴 직후였고, 평시에도 기록적인 성과 및 발명품, 승리를 거둘 능력이 충분히 있었다.

우리는 또한 영국 자동차도 열렬히 지지했다. 영국은 내 기준에서 보았을 때 세계 최고 자동차 중 두 가지를 생산했다. 바로 모리스 마이너와 미니였다. 당시에는 이름도 몰랐지만 지금은 내가 영웅으로 여기는 엔지니어 알렉 이시고니스가 설계한 이 두 자동차는 스티어링, 노면 유지 성능, 서스펜션, 전방위 가시성 부문에서 당시 유일한 외국 브랜드였던 폭스바겐 비틀보다 훨씬 우세했다. 그때 우리 집에 있던 두 대의 차는 당시 유행에 따라 나무로 장식되어, 최신 공학 기술이 도입되었음에도 불구하고 마치 바퀴 달린 작은 농장 집처럼 보였다.

한번은 엄마의 모리스 캠핑카에 남자아이 열세 명을 꽉꽉 태운 적이 있다. 그 정도면 최다 탑승 인원 기록일지도 모른다. 나는 우리 차가 공학적 측면에서 흥미로운 차라는 것을 알고 있었지만, 〈디자인〉이라는 단어는 그 당시 나에게 아무런 의미가 없었다. 노퍽주 북부 지역은 교통이 불편한 외딴곳이었다. 그리고 지금도 여전히 세상에서 외따로 떨어져 있어, 매혹적인 모습을 간직하고 있다.

나는 학교에서 학업에 그다지 많은 노력을 기울이는 편이 아니었지만 나름 잘해 나갔다. 미술, 수학, 라틴어, 그리스어, 프랑스어, 영어, 영문학, 그리고 역사 과목 모두 O 레벨*을 통과했고 2년 뒤 본 A 레벨**에서는 미술, 고대 역사, 제너럴 스터디스*** 과목의 시험을 보았다. 방학 때는 젖은 감자 포대를 트럭에 싣는 일에서부터, 꽁꽁 언 방울양배추를 다듬거나, 블랙커런트를 따서 양동이당 약 12센트를 받거나, 파슬리를 따서 유럽에서 가장 크고 초현대적 생산 시스템을 갖춘 킹스 린에 위치한 캠벨 수프 공장으로 운반하는 일까지, 내가 사는 지역에서 할 수 있는 온갖 종류의 아르바이트를 했다.

어머니가 재직하던 런턴 힐의 여자 식스폼과 내가 다니던 그레셤스 학교의 식스폼 과정이 교류를 맺으면서 학교생활이 더욱 재미있어졌다. 물론 그런 교류가 있다고 해서 학업을 소홀히 하는 일은 없었다. 그 학교에 다니던 여자 친구 캐럴라인 리커비는 나중에 케임브리지에서 1st****를 받은 후 더럼 대학교에서

* 14~16세 학생들이 치르는 국가시험.

** 영국 학생들이 보통 18세에 치르는 대입 시험.

*** 영국 A 레벨 시험 과목 중 하나로, 다양한 분야(주로 사회 과학, 인문학, 과학, 수학 등)의 지식을 종합적으로 학습해 문제 해결 능력을 키우도록 하는 과목이다.

**** 대학에서 주는 최우등 성적.

존 왕과 그의 정치 및 외교 분야 고문 역할을 하던 프랑스인 신하들과의 관계, 그리고 그 결과 영국 왕들이 역사에서 어떻게 왜곡되어 왔는지에 대한 연구로 박사 학위를 받았다. 나는 역사에 대한 흥미를 잃은 적이 한 번도 없지만, 재능이라고 할 만한 것 — 그렇게 뛰어나진 않았다 — 은 다른 데 있었다.

2
예술 학교

친구들은 대부분 대학에 들어가기 전 갭 이어*를 보냈지만, 나는 여전히 내가 뭘 하고 싶은지 확신이 서지 않았다. 결국 내 적성을 시험해 보기 위해 예술 학교에서 갭 이어를 보내기로 했다. 1965년 가을, 나는 혼다 50을 몰고 바이엄 쇼 예술 학교의 파운데이션 과정을 듣기 위해 켄싱턴으로 갔다. 무엇보다 혼자 독립적으로 생활한다는 사실에 들떠 있었다. 런던에는 내가 의지할 사람이 한 명도 없었다. 따라서 스스로 살 집을 구하고 혼자 살아 나가야 했다. 그래도 나에게는 빅토리아 양식의 건물들이 주를 이루는 런던 남동부 교외 헤른 힐에 내가 살 단칸 셋방과 내 오토바이가 있었고, 어떤 제약도 없었다.

어쩌면 그때 나는 내 오토바이에 대해 좀 더 많은 관심을 가져야 했는지도 모른다. 1958년에 출시된, 일본인들에게는 슈퍼 커브로 알려진 혼다 50은 세상에서 제일 많이 생산된 오토바이 중 하나다. 2017년에 혼다는 전 세계 열다섯 군데 공장 중 한 곳

* 학생들이 대학 입학 전에 쉬는 1년.

에서만 1백만 대의 슈퍼커브 생산 기록을 달성했다. 엔지니어 혼다 소이치로 — 나는 제품을 지속적으로 개선하려는 데 중독적 성향을 가진 그를 아주 존경한다 — 와 영업 사원 후지사와 다케오의 합작품인 슈퍼커브는 단순함 그 자체다. 구동 체인이 드러나지 않도록 감싸여 있고 플라스틱 차체와 다리 보호대로 이루어진 깔끔한 모양에, 분당 회전수가 9천5백일 때 4.5마력을 내는 소형 49시시 4행정 엔진*이 있어 매우 날쌔다.

이것은 독창적인 한 제조사가 기존 제품 — 이 경우에는 저비용 오토바이일 것이다 — 을 그 어떤 제품보다 더 좋고 더 매력적인 제품으로 변형시킨 초기 사례다. 혼다 소이치로와 후지사와 다케오의 천재성은 지속적인 개선에 집중하는 동시에 기존 통념에 반하는 사고를 했다는 점에 있었다. 또한 그들은 간단한 기본 부품들은 하청을 주는 한편, 다른 곳에서 구할 수 없는 부품들은 자체 개발하고 제조하는 데 노력을 기울였다. 예를 들어, 혼다는 훨씬 효율적인 기어 박스를 자체 제조했다. 또한 혼다는 끊임없는 개선과 혁신을 위해 수익의 상당 부분을 연구와 개발에 계속 투자했다.

나는 바이엄 쇼에서 옵 아트** 아티스트 브리짓 라일리와 피터 세질리의 지도를 받으며 색상 사이의 관계를 공부했다. 획기적인 것들에 대해 공부하면서도 우리는 그림 실력을 키우도록 교육받았다. 결국 그렇게 배운 그림이 나에게는 기본적이면서

* 가장 보편적으로 이용되는 내연 기관의 한 방식.

** 착시 현상을 이용한 현대 미술 장르.

필수적인 기술이 되었다. 또 다른 중요한 사실이 있다. 그 학교의 모리스 드 소스마레즈 교장 선생님이 매우 학구적인 분이었고, 그분 밑에서 교육을 받을 만큼 내가 아주 운이 좋았다는 점이다. 당시 50대 초반이었던 모리스 선생님은 스스로 노력해서 성공를 거둔 아주 훌륭한 화가였고, 복잡한 아이디어들을 명확하고 솔직하게 표현할 줄 아는 능력을 갖춘 지적인 사람이었다. 그는 피터 세질리, 나움 가보, 브리짓 라일리, 벤 니컬슨, 그리고 헨리 무어 등과 같은 예술가들이 자신들의 생각을 더 명확히 이해하고 잘 표현하도록 격려하면서 그들과 인터뷰를 진행했고, 매우 통찰력 있는 그 인터뷰를 여러 번 발표했다.

모리스 선생님은 그림 외에도 교육에 대단한 열정을 지녔고, 그 부분에 능력도 있었다. 그의 특별한 천재성은 어떤 학생이 어떤 분야에 재능이 있는지 알아내는, 심지어 그 학생 자신도 모르는 재능을 정확히 짚어 내는 묘한 능력이 있었다. 그는 본능에서 우러나오는 열정이 뒷받침되고 제대로 된 기회가 생긴다면, 타고난 재능은 반드시 빛을 볼 거라는 믿음을 가지도록 우리를 북돋워 주었다. 나는 이 말을 한 번도 잊은 적이 없다.

바이엄 쇼에서의 수업이 끝나 갈 무렵, 모리스 선생님은 나를 앉혀 놓고 디자인을 해볼 것을 제안했다. 「그게 뭔데요?」 나는 이렇게 물었다. 당시 바이엄 쇼에서는 스케치와 그림만 가르쳤다. 1965년 당시에는 〈디자인〉을 잡지나 신문에서도 다룬 적이 없고, 상점 같은 곳에서는 더더욱 접하기 어려웠다. 전쟁 직후여서 사람들은 뭐든 살 수 있다는 것만으로도 만족했기 때문에,

디자인은 고려 대상이 아니었다. 당시 유일하게 좋은 디자인을 전시하는 헤이마켓*의 디자인 센터가 있었지만, 순수 미술에 빠져 있고 켄싱턴에 살던 나와는 아무 상관 없었다.

모리스는 이렇게 설명했다. 「패션 디자인, 산업 디자인, 가구 디자인 등이 있는데…….」 나는 그 부분에서 그의 말을 멈추게 했다. 나는 적어도 의자가 뭔지는 알고 있었다. 「네가 원하는 대로 의자 모양을 만들 수 있단다.」 모리스는 이렇게 말했다. 그 당시에 가구 디자인이라니, 충분히 생각해 볼 만한 일이었다. 나는 화가가 되고 싶었고, 그것이 예술가가 하는 일이라고 생각했다. 하지만 내가 물건을 만드는 일을 좋아한다는 것을 알고 있었고, 망가진 의자를 고쳐서 다시 사용하곤 했기 때문에 의자를 디자인하는 일도 좋겠다는 생각이 들었다. 어쩌면 내가 더 좋은 의자를 만들 수 있겠다는 생각도 들었다.

전쟁 전에 왕립 예술 학교에서 수학했던 모리스 선생님은 원래 대학 졸업생들만 입학할 수 있는 그 학교에서 학사 학위가 없는 세 명의 학생을 입학시켜 그들이 어떻게 해나가는지 보기 위한 일종의 실험을 진행하고 있다는 것을 알고 있었다. 나는 그 학교에 지원해 시험을 쳤고, 인터뷰를 하게 되었다. 비록 가구용 목재조차 거의 알지 못했음에도 불구하고, 당시 동창생 중 전공을 바꾸고 싶어 하던 조각가 리처드 웬트워스, 찰스 딜런과 함께 합격해 매우 기뻤다. 찰스는 후에 왕립 예술 학교 졸업생

* 영국의 몇몇 도시에 있는 오래된 거리나 광장에 붙은 이름으로, 런던의 헤이마켓에는 여러 문화적 공간, 상점, 식당, 호텔 등이 들어서 있다.

인 그의 아내 제인과 함께 천으로 만든 연 속에 조명을 달아 천장에 매다는 연등(鳶燈) 형태의 독창적인 디자인으로 조명 사업을 시작했으나, 뜻밖의 비극적인 사고로 사망했다.

학사 학위 없이 입학하려면 조건이 하나 있었다. 일반적인 기간인 3년 대신 4년 동안 공부해야 하는데, 받아들이기 어려운 조건은 아니었다. 그런데 좋은 기회를 얻어 매우 기뻐하던 나에게 청천벽력 같은 일이 일어났다. 결국 그 운 좋은 기회는 상대적으로 별일 아닌 것처럼 되고 말았다. 나에게 사랑이 찾아왔기 때문이다. 그리고 그 후로 50년이 넘는 동안 나는 여전히 사랑에 빠져 있다. 디어드리는 1960년대 당시 유행하던 옷 — 주로 비바*에서 많이 구입했다 — 을 입고 다녔는데, 어떤 여자아이들보다 자연스러운 아름다움을 풍겼다. 디어드리는 놀라운 재능을 지녔지만 겸손했고, 바이엄 쇼에서 나보다 훨씬 훌륭한 화가였다. 그리고 지칠 줄 모르는 호기심과 삶에 대한 열정을 지닌, 내가 만난 그 누구보다 따뜻한 사람이었다. 본능적으로 다른 사람의 감정을 이해할 줄 아는 천성을 지닌 그녀는 너무나 신비롭고 사랑스러웠다. 아무래도 내가 너무 두서없이 이야기를 꺼낸 것 같다. 그럼 이 모든 일이 어떻게 일어났는지 차근차근 이야기하겠다.

바이엄 쇼에서 우리는 종종 센트럴 런던 주변의 흥미로운 여러 장소로 스케치 현장 학습을 나갔다. 자연사 박물관의 공룡들, 런던 공원을 걷는 사람들, 램버트 발레단의 무용수들, 베이

* 1960~1970년대 초 영국에서 유행한 패션 브랜드.

스워터의 퀸스 아이스 링크에서 스케이트를 타는 사람들을 그렸다. 스케이트를 타며 회전하는 사람들을 그려 본 적이 있는가? 현장 학습을 하는 동안, 가끔 쉬는 틈을 타서 같은 그룹에 있던 디어드리를 따라다니며 대화할 기회를 얻으려고 노력했다. 행운은 내 편이었다. 우리는 둘 다 런던 남동부에서 통학했기 때문에, 썩 로맨틱한 장소는 아니지만 런던 지하철의 서클라인*에서 몇 번 마주쳐 대화할 기회가 생겼다. 런던 동물원에 데생 견학을 갔을 때, 원숭이 우리 밖에서 자연스레 그 일이 벌어졌다. 내가 용기를 내어 디어드리의 손을 잡은 것이다. 나중에 디어드리는 그때 무척 충격을 받았다고 주장했지만, 내가 손을 잡으려고 했을 때 내 손을 뿌리친 원숭이와 달리, 그녀는 가만히 있었다.

우리의 첫 번째 데이트를 위해 나는 혼다 50 대신 아주 오래되고 시동 장치가 없는 모리스 옥스퍼드 자동차를 몰고 노팅 힐에 있는 아주 멋진 레스토랑 〈아크〉**에 갔다. 이 레스토랑은 아직도 그곳에 있는데, 여전히 방주 같은 모양이지만 이름이 〈더 셰드〉***로 바뀌었다. 그날 밤 데이트는 성공적이었고, 그 후 많은 일이 뒤따랐다. 이해심 깊은 디어드리는 미성숙한 공립 학교 졸업생에 불과한 남자를 잘 견뎌 주었다. 어머니는 내가 어린 나이에 사랑에 빠졌다는 사실에 충격을 받았지만, 금세 디어드

* 영국 지하철 노선의 하나로, 원형으로 되어 있어 동서남북을 연결한다.

** 〈방주〉라는 뜻.

*** 〈헛간〉이라는 뜻.

리를 좋아했다.

우리는 정부 보조금을 받아서 생활하고 있었지만, 1967년에 결혼하기로 결정했다. 지금으로선 너무 이른 나이라고 생각될 수도 있다. 하지만 대학에서 보내야 하는 5년이라는 긴 시간을 기다릴 수가 없었다. 우리 둘 다 어차피 직업도 없었지만, 1960년대에는 사람들이 직업의 안정성 같은 것을 별로 걱정하지 않았다. 집을 사야 한다는 생각도 하지 않았다. 우리는 너무 가난했고, 보조금으로 결혼 생활을 꾸리는 것은 쉽지 않았기 때문에, 식비를 감당하고 월세를 내려고 둘 다 파트타임으로 일했다. 우리는 순식간에 요즘 돈으로 5만 파운드에 해당하는, 1만 파운드라는 천문학적인 빚을 지게 되었다. 이렇게 생기기 시작한 빚은 내가 마흔여덟 살이 되어서야 모두 갚을 수 있었다. 마지막에는 빚이 65만 파운드에 달했다. 나는 막대한 돈을 빌리는 것이 돈을 잘 사용하는 거라고 생각하는 사람이다.

디어드리는 에밀리, 제이크, 샘을 키우면서도 더할 나위 없이 창의적인 삶을 살았다. 다행히 아이들은 디어드리의 훌륭한 감정적 지능과 인간애를 물려받았다. 세 아이 모두 예술 분야 쪽으로 진로를 잡았다. 에밀리는 패션 디자이너, 제이크는 제품 설계 디자이너, 그리고 샘은 음악가 — 음악적 재능은 디어드리에게서 물려받았다 — 가 되었다. 일찍이 디어드리는 『보그 *Vogue*』에 옷이나 제품 관련 삽화를 그렸고, 결혼 생활 내내 지속적으로 그림을 그리고 전시를 했다. 그녀는 매우 독특한 스타일과 다양한 주제, 그리고 강렬한 색채로 아주 큰 사이즈의 작품을 그렸다. 그녀는 생계를 위해 자신의 그림들을 팔았는데, 나는 지금 우리에게 그 그림들이 없다는 데 아쉬움을 느낀다.

디어드리의 두 번째 직업은 소비자 맞춤형 러그 디자이너이자 공급자였다. 그녀는 파리의 생제르맹데프레에 있는 전시장을 운영하는 킹스 로드 갤러리에서 일했는데, 그녀의 책 『예술 위를 걷다*Walking on Art*』를 보면 색감에 통달한 재능을 엿볼 수 있다. 『인테리어의 세계*World of Interiors*』라는 잡지에서는 디어드리를 영국의 대표적인 카펫 디자이너라고 인정하고 있다. 창의적인 배우자와 산다는 사실, 그녀의 예술적인 실크 러그 위를 맨발로 걸을 수 있다는 사실, 벽에 걸린 그녀의 그림을 바라본다는 사실, 그녀가 고른 섬세한 색감의 벽으로 둘러싸여 산다는 사실은 나를 가장 운 좋은 남자로 만들어 준다. 디어드리의 오페라 노래 실력은 아직 언급하지도 않았다.

아주 최근까지도 디어드리는 끊임없이 자금이 부족한 상황을 견뎌야 했다. 그녀는 옷을 직접 만들어 입었고, 때로는 아이들을 위한 옷도 만들었다. 돈을 아끼기 위해 우리는 〈환경 친화적〉이라는 개념이 생기기 전부터 직접 채소를 길러 먹었다. 그중에서도 가장 대단한 일은 디어드리가 결혼을 하고 30년 동안 매우 이타적이고 너무나 그녀답게, 변호사 앞에서 우리의 모든 재산을 양도한다는 내용의 수많은 은행 보증 각서에 기꺼이 서명해 주었다는 점이다. 은행 대출금을 갚지 못했다면 우리는 집에서 쫓겨났을 것이다. 그녀는 온화한 얼굴과 성품을 가졌지만 절대 굴복하거나 포기하는 법이 없다.

디어드리의 성장 배경은 나와 매우 달랐다. 그녀는 깔끔한 세미디테치드 주택*들과 정연한 통근자들의 거주지 — 이것은 디어드리의 표현이다 — 였던 런던 남부 교외 지역인 로어 시드넘 및 벨 그린 부근에서 태어나고 자랐다. 녹색의 남부 지역 전차들이 제3레일**을 따라 캣퍼드브리지와 채링크로스를 향해 불꽃을 번쩍이고 우렁찬 소리를 내며 지나가는 곳이었다. 그녀의 외할머니는 법률 회사 비서였고, 외할아버지는 1943년에서 1945년까지 이탈리아를 정복한 연합군의 8군단에서 탱크를 운전했다. 또 그녀의 외할아버지는 당시 꽤 유명하고 높은 출연료를 받던 조지 폼비***와 함께 트롬본을 연주하기도 했다.

디어드리가 다니던 작은 학교는 이전의 학업 성취도와 상관없이 모든 학생에게 개방된 영국 최초의 종합 학교 중 하나였던 시드넘 여학교로 편입되었다. 이 학교는 그 당시 나라 상황과 여성에 대한 시각이 어떠했는지 잘 보여 준다. 포용성과 동등한 기회를 표방하고 있었지만, 학교에서는 다른 무엇보다 가장 우선적으로 여학생들을 가정적이길 바랐고 비서처럼 행동하도록 교육시켰다. 디어드리는 학교에서 바느질, 속기, 가정 과학을 배웠다. 학교는 싱거 재봉틀과 빛나는 전기 타자기들을 일렬로 늘어놓은 모습을 자랑거리로 여겼다.

* 똑같이 생긴 두 집이 한쪽 벽을 공유하는 형태의 주택.

** 철로와 철로 사이 혹은 옆에 평행하게 부설되어, 전기 차 하부의 집전 장치에 접촉해 차량에 전기를 공급하기 위한 전차선.

*** 영국의 배우, 가수, 작곡가, 코미디언.

정작 디어드리는 화가가 되고 싶었다. 하지만 그 학교의 여자 교장 선생님은 친절하게도 화가로 살아가는 위험에 대해 설명해 주었다. 디어드리가 만일 타자수나 속기사가 될 생각을 가졌다면, 당시만 해도 젊은 여성의 이상적인 자격이라고 여겨졌던 속기, 타자, 바느질, 요리 실력을 모두 갖추고 시드넘 여학교를 졸업했을 것이다. 하지만 1960년대에 들어서면서 관습, 생활 방식, 그리고 예술에까지 큰 격변이 찾아왔다. 교장 선생님은 디어드리에게 한 가지를 허용했다. 당시 그 학교에서 O 레벨과 동등한 시험이라고 인정했던 왕립 예술 협회의 8과목 시험 외에 O 레벨의 미술 과목 시험을 볼 수 있게 한 것이다. 왕립 예술 협회의 시험에는 미술 과목이 없었다.

나중에 그녀에게 예술 학교에 들어갈 수 있는 뜻밖의 기회가 생긴 것은 그녀의 뛰어난 O 레벨 성적과 더불어 속기와 타이핑 실력 덕분이었다. 그녀가 학교를 졸업한 후 가진 직업 중 하나는 〈체임벌린, 파월 앤 본 건축사 사무소〉의 비서였다. 그곳은 브루털리즘 양식의 주거 건물인 시티 오브 런던의 바비칸 아파트 설계 및 건설로 매우 바빴고, 건축 분야에서 매우 높이 평가받고 있었다. 그 프로젝트의 주요 건축가 레오폴드 루빈스타인은 파리에서 르코르뷔지에와 함께 수학했던 사람이다. 스위스 태생의 프랑스인 건축가 르코르뷔지에는 1950년대에서 1960년대에 영국 최고 모더니스트들이 영웅처럼 숭배할 정도로 대단한 영향력을 가진 인물이었다. 또한 우리 어머니가 다녔던 케임브리지 뉴홀 칼리지를 성공적으로 설계하기도 했다.

디어드리는 회사에서도 평소 습관처럼 스케치를 했다. 자연스레 시간이 지나면서 건축가들은 그녀의 그림에 주목했다. 그들은 디어드리에게 미술 대학에 진학하라고 제안했다. 그 말을 듣고 기뻤던 디어드리는 곧 대학에서 왕립 예술 협회의 시험을 인정하지 않는다는 사실을 알고 경악했다. 그 시험을 인정해 주면서 학위 과정을 갖고 있는 유일한 학교가 바이엄 쇼였다. 하지만 돈이 문제였다. 열심히 돈을 모았지만, 바이엄 쇼에서 1년을 보내기에는 턱없이 부족했다. 그때 모리스 드 소스마레즈 교장 선생님이 구원자로 나섰다. 그는 자신의 비서가 속기를 못하니, 매일 오후 4시에 그의 사무실에 와서 속기를 해주면 학비를 면제해 주겠다고 했다. 그리고 야간 학교를 다니면서 O 레벨 시험을 봐야 한다는 조건을 덧붙였다. O 레벨 시험은 디어드리가 바이엄 쇼를 졸업한 후 학업을 계속 이어 나가려면 필요한 것이었다. 비록 왕립 예술 학회의 시험 과목을 전부 치렀음에도 불구하고, 윔블던 예술 학교에서 학위 과정을 공부하기 위해서는 O 레벨 시험을 다시 치러야만 했다.

왕립 예술 학교는 여러 면에서 획기적이었다. 나는 가구 디자인을 공부하기 위해 등록했지만, 도중에 전공을 바꿀 수도 있고, 전공 간 교류가 가능하며, 그렇게 교류하면서 매력적인 사람들과 만나고 소통할 수 있다는 사실을 알게 되었다. 왕립 예술 학교의 사상은 혁신적이었다. 당시에는 엔지니어가 디자이너가 된다는 개념이 통념에 어긋났다. 직업을 바꾸는 일도 흔하지 않았다. 당시 나에게 디자이너들은 주로 컨설턴트 정도로 여겨지거나 자기 손을 직접 더럽히지 않는 사람들, 그리고 기능보다는 외양을 중시하는 사람들로 여겨졌다. 그들은 하얀 실험실 가운을 입고 물건에 구조를 부여하고 작동시키는 엔지니어들과 거리가 멀었다. 나는 무엇보다 왕립 예술 학교의 경쾌하고 창의적인 다학제적 교육 방식이 좋았다. 이곳에서 공부하면서 점점 예술과 과학, 발명과 제작, 사고와 행동은 하나이자 동일한 것일 수도 있음을 깨달았다.

1959년에 과학자이자 소설가인 찰스 퍼시 스노는 과학과 인문학 사이에 점점 더 커져 가는 바람직하지 못한 분리 현상을 다루는 〈두 가지의 문화〉라는 유명한 강의를 했다. 이 주제는 내가 대학에 다니던 시절에 자주 회자된 논란거리였다. 스노는 다음과 같이 강력하게 자기 의견을 주장했다.

> 나는 〈전통적인 사회 문화적 기준에서〉 교육을 많이 받았다고 여겨지는 사람들이 모여, 과학자들은 교양 없고 무식하다며 열렬히 불만을 주장하는 자리에 참석할 일이 꽤 많았습니다. 한두 번은 격분해서 그들 중에서 열역학 제2법칙을 설명할 수 있는 사람이 과연 얼마나 되느냐고 물었습니다. 반응은 싸늘했고, 매우 부정적이기까지 했습니다. 하지만 나는 단지 그들이 과학자들에게 〈셰익스피어 작품을 읽어는 보았어요?〉라고 묻는 것과 다름없는 질문을 했을 뿐입니다.

스노는 교육 제도에 문제점이 많다고 생각했다. 빅토리아 시대 이후, 과학은 인문학, 특히 그리스어와 라틴어 교육에 가려 빛을 보지 못했다. 독일과 미국 학교에서 과학과 기술을 가치 있게 생각할 때 영국에서는 이런 과목을 경시했다. 산업 분야는 뭔가 지저분하고, 지저분하지는 않더라도 교양 없고 심지어 반주지주의적인 분야로 여기는 풍조가 있었다. 스노 경이 살아 있다면 애석할 일이지만, 사실 그런 분위기는 아직도 별로 변하지 않았다. 영국에서 과학과 엔지니어링은 오히려 더 경시된다.

엄청난 지식을 보유하고 있음에도 불구하고 본능적으로 겸손한 미덕을 갖추고 있던 왕립 예술 학교의 훌륭한 사람들에게서 배운 것은 지적 탐구는 생산적인 일일 뿐 아니라 즐거운 과정이 될 수 있다는 사실이었다. 이런 깨달음은 내가 1학년 때 디자인이 무엇인지, 그리고 디자인은 어떻게 하는지 가르쳐 주었던 걸어 다니는 백과사전 버나드 마이어스 교수를 만나면서 시작되었다. 그는 미술, 과학, 공학과 디자인이 만나 함께 어우러지는 것에 대해, 그리고 기술의 가치에 대해 특히 관심이 많았다. 그는 실제로 왕립 예술 학교와 임페리얼 칼리지의 공학도들에게 산업 디자인 엔지니어링을 가르쳤다. 버나드는 아주 진지한 사람이었다. 처음으로 만나 개별 수업을 할 때 그는 이렇게 말했다. 「디자인할 때는 그 디자인의 모든 부분에 반드시 목적이 있어야 해. 이유가 꼭 있어야 해.」 나는 이시고니스의 미니, 노먼 포스터와 리처드 로저스의 새로운 건축 양식, 그리고 미국인 발명가 벅민스터 풀러의 혁신적인 디자인과 같은 당대 최고 디자인들을 둘러보고 버나드의 말이 옳다는 것을 깨달았다. 그 후 나는 디자인할 때마다 〈제품의 기술과 공학적 측면을 반영하는 정직하고 목적이 있는 디자인〉을 기본 가치로 삼았다.

당시는 새로운 예술, 디자인, 패션, 색감, 그리고 음악 등이 화려하게 꽃피며 모든 것이 자유롭게 이루어지던 시기였다. 일반적인 흐름에 불응하는 것이 찬양받기도 했다. 나는 머리를 기르고 꽃무늬 셔츠를 입고, 향과 파촐리 냄새가 진동하고 온갖 화려한 색감의 천으로 가득 찬 켄싱턴 마켓에서 나팔바지를 맞추어 입고 다녔다.

당시 젊은이들이 옷을 사러 가던 카나비 스트리트의 클렙토마니아* 상점은 1960년대 중반 런던의 예술 대학 출신들에 의해 형성된 변화무쌍하고 환상적인 세계에서 단지 극단적인 한 가지 현상에 불과했다. 우연찮게 그들 중 많은 수가 왕립 예술학교 출신이었고, 창의성을 발휘할 수 있는 환경에서 교육받은 젊은이들이 예술가로서, 디자이너로서, 기업가로서, 그리고 많은 경우 동시에 세 가지 모두로서 성장할 수 있음을 보여 주었다. 독창적인 디자인, 혁신, 그리고 기업 정신의 융합은 그 후에도 계속 나를 매혹시켰고, 계속 나아가게 하는 추진력이 되었다. 1960년대 초 궁핍의 시대가 물러나면서, 새로운 번영과 신자유주의가 들어서던 시기에 내가 데이비드 호크니, 패션 디자이너 오시 클라크, 영화 감독 리들리 스콧이 간 길을 따른 것은 행운이었다. 개조한 스쿠터와 튼튼한 오토바이를 타고 길을 누비던 라이벌 청년 무리인 모즈 앤 로커스가 해수욕장에 모이는

* 〈병적 도벽〉이라는 뜻.

동안 학교에서는 핑크 플로이드가 공연을 했고, 학비는 무료였으며, 학생들은 시위로 자신들의 영향력을 표현했다. 부모 세대와 달리, 우리는 제2차 세계 대전을 겪지 않았고 새로운 기회의 기운을 느꼈다.

존 웰리언스는 왕립 예술 학교 동급생이자 훗날 내 제품에 영감을 준 〈가루 샴푸〉 애용자였다. 그는 왕립 예술 학교 출신 제인 힐의 텍스타일, 그리고 자신이 PVC와 가짜 털로 만든 의치 모양 의자, 그리고 엘턴 존이 사랑했던 왕립 예술 학교 출신 짐 오코너의 과감한 신사복 등을 팔던 켄싱턴의 미스터 프리덤 상점을 디자인했다. 그 아래층에 있던 미스터 피뎀 레스토랑은 또 다른 왕립 예술 학교 출신 조지 하디가 팝 그래픽*으로 실내를 장식했는데, 그는 이후 힙그노시스**에서 만든 레드 제플린과 핑크 플로이드의 앨범 재킷을 디자인하기도 했다.

킹스 로드는 점점 더 유행을 선도하는 곳이 되었다. 1967년 무렵에는 단발성 옷 가게들 — 아쿠아리우스, 바자, 첼시 걸, 가르보, 그래니 테이크스 어 트립, 헝 온 유, 아이 워즈 로드 키치너스 싱, 저스트 루킹, 키키 번, 로드 존, 메이츠, 쿼럼, 더 스콰이어 숍, 테이크 6, 톱기어, 토퍼 등 — 이 화려하게 거리를 채웠다. 당시 왕립 예술 학교 학생들이 사이키델릭하고 실험적이고 순

* 1950년대에서 1960년대 초반까지 인기를 끈 시각 예술 양식의 하나. 팝 아트와 그래픽 디자인의 영향을 받았으며, 대중적이고 일상적인 소재를 다룬다.

** 1960년대부터 1980년대까지 런던에서 활동한 디자인 그룹으로, 주로 레코드 회사의 앨범 재킷을 디자인했다.

수한 즐거움을 만끽하면서도, 테런스 콘런*이 혁신적인 생활 양식을 선보이던 풀럼 로드의 상점 해비탯에서 시도하던 방식과 르코르뷔지에, 찰스 임스, 그리고 조 콜롬보의 진중한 가구 및 산업 디자인에도 진지한 관심을 기울였다는 점은 무척 흥미롭다. 존 웰리언스는 켄싱턴의 미스터 프리덤을 디자인하기 전에, 영국인 건축가이자 디자이너인 노먼 포스터 밑에서도 일했다. 또 요즘에는 프로그레시브 록 그룹 〈예스〉의 독특한 앨범 디자인으로 훨씬 더 유명한, 또 다른 왕립 예술 학교 동문이었던 로저 딘도 당시 매우 창의적인 가구를 디자인했다.

데이비드 호크니와 같은 시기에 학교를 다녔고 우리보다 먼저 졸업한 앨런 존스는 에로틱한 가구를 디자인했다. 그는 호크니와 함께 시험 기간 중에 필기시험을 거부했다. 학자들이 그림을 그릴 필요가 없는 것처럼 자신들은 작가가 아니라 예술가이기 때문에 필기시험으로 평가받을 필요가 없다고 주장하면서 말이다. 결국 그들은 왕립 예술 학교에서 학위를 받지 못했다. 한참 후, 내가 왕립 예술 학교 학장으로 있을 때 교무 위원회에 존스에게 명예 박사 학위를 수여해 달라고 간청한 적이 있다. 하지만 소용없었다. 그때 로열 아카데미에서 앨런 존스를 위해 중요한 회고전을 열고 있었는데도, 한 회화과 교수는 그의 작품은 〈팝 아트〉에 불과하다고 치부했다. 잘못된 것은 결국 바로잡히지 못했다.

* 영국 디자인 가구 및 생활용품 브랜드인 해비타트의 창업가이자 디자이너, 작가.

나는 왕립 예술 학교에서 제공하는 모든 것을 열성적으로 흡수하는 동시에 내 동급생들이 하려는 일에도 관심이 많았다. 베트남 전쟁이나 학생 시위 등에 대해 잘 알고 있었지만 한 번도 사회를 변절하지 않았다. 대신 생계를 유지하기 위해 학교 직원들과 학부 학생 휴게실에 와인을 납품했고, 밤에는 주유소에서 일했다. 노란색 주차선이 도입되기 전에 내가 주로 주차한 장소는 하이드 파크였다. 디어드리와 나를 프랑스와 스페인으로 데려갔던 오스틴힐리 100-4, 앞 유리창이 반으로 나누어진 모리스 마이너, 그리고 미니 밴 등 여러 대의 내 중고차가 그 주차 공간을 거쳐 갔다. 차가 바뀌면서, 나는 전공을 가구에서 인테리어 디자인으로 변경했다. 물론 예나 지금이나 인테리어 디자인은 인테리어 장식과 전혀 다른 분야다. 그것은 건축에 더 가깝다.

왕립 예술 학교 학생들은 판지로 된 접이식 의자와 일회용 종이 드레스를 만들면서 아크릴, PVC, 폴리에스테르와 같은 새로운 재료로 실험을 하고 있었다. 그리고 개방적인 분위기에 따라 그들도 나처럼 왕립 예술 학교 안에서 전과하기도 했다. 미술, 디자인, 패션, 심지어 건축은 하나의 연속체로 여겨졌다.

그렇게 신나게 공부하던 시기에, 예술과 디자인은 품질과 타협하지 않고 새로운 영역을 개척할 수 있는, 독창적이고 기능적이면서도 매력적인 분야가 될 수 있다는 사실을 깨달았다. 어쩌면 그때부터 무의식적으로, 많은 직업과 다양한 사회 계층에서 경험을 쌓는다는 의미는 종종 시간에 따라 태도가 편협해진다는 사실과 일맥상통한다는 점을 배우기 시작한 것 같다. 다이슨에서 우리는 경험을 특별히 중요시하지 않는다. 경험은 무엇을 해야 하는지와 무엇을 피하면 좋은지 알려 준다. 우리는 오히려 일을 어떻게 하면 안 되는지에 더 관심 있는데, 경험은 일을 어떻게 해야 하는지 말해 준다. 새로운 기술을 발명하고 개척하고 싶다면 아직 알려지지 않은 영역으로 발을 들여야 하는데, 경험은 그런 과정에서 방해가 될 수 있다.

휴 캐슨 교수는 왕립 예술 학교에 다닐 때 나에게 가구 디자인에서 인테리어 디자인과 건축으로 전공을 옮기라고 격려해 주었다. 그는 1951년 영국 페스티벌*에서 건축 감독을 맡은 것으로도 널리 알려져 있다. 나는 그의 명쾌한 스케치 실력과 친화력에 호감이 갔다. 그는 영국 페스티벌에서 랠프 터브스**의 발견의 돔***과 파월과 모야****의 스카일론*****만큼이나 신선하고 대담한 건축적 조형물과 건물들을 부족한 시간, 돈, 재료와 형편없는 날씨까지 겹친 어려운 환경에서 실현시켰다. 그것을 통해 나는 다시 한번 하고자 하면 뭐든 가능하다는 생각을 하게 되었다. 휴 경은 한편으로 기득권층에서도 가장 상위 계층에 있으면서, 다른 한편으로 동시대의 디자인과 건축 모두에 발

* 세계 대전 후 영국에서 열린 대규모 문화 축제.

** 영국의 건축가.

*** 영국 런던의 사우스뱅크에 있는 혁신적인 건축물.

**** 영국의 건축 회사로 영국의 20세기 건축사에 중요한 작품을 많이 설계했다.

***** 영국 페스티벌의 한 부분으로, 미래를 상징하는 기념물로 설계된 건물이자 영국의 이미지를 대표하는 상징물 중 하나다.

을 담근 채 사람들을 즐겁게 하고 열광하게 하는 재주를 지니고 있었다. 그는 미니를 타고 시내를 돌아다니거나 솔렌트 근처 자신의 시골집에서 아주 오래된 롤스로이스를 타고 다니며 이목을 끌었다.

그의 인테리어 디자인학과는 건축과 밀접하게 연관되어 있었다. 내가 왕립 예술 학교에 다닐 때는 건축학부가 없었지만, 미샤 블랙이 이끄는 산업 디자인학부가 있었다. 그의 디자인 연구실은 런던 교통부가 50년 만에 새로 개통한 세련되고 기능적인 새 빅토리아 노선의 디자인 컨설턴트를 담당하고 있었다. 1968년 9월 여왕에 의해 처음 개통된 이 지하철의 차분한 회색과 브러시드 스테인리스 스틸이 지닌 미적 감각은 카나비 스트리트와 킹스 로드에서 왕립 예술 학교 학생들이 추구했던 분위기와 정반대였다.

그때 휴 교수님의 학과에 속해 있던 교수님 중에는 30대 중반의 훌륭한 구조 엔지니어 토니 헌트도 있었다. 그는 당시 그 누구보다 나를 엔지니어링, 예술, 과학 쪽으로 전향하게 만든 사람이다. 토니 교수는 모든 것이 어떻게 작동하고 어떻게 만들어지는지에 대한 내용뿐 아니라 구조 자체의 미학에도 열정을 가지고 있었다. 사실 이것들은 모두 연결되어 있다. 이미 노먼 포스터, 리처드 로저스와 함께 스윈던에 있는 획기적인 릴라이언스 콘트롤 공장* 및 사무실과 같은 초창기 최첨단 건물과 관련된 일을 하고 있던 위대한 혁신가 토니는 수적인 계산보다 개

* 1970년대 초반에 지어진 전기 제어 패널 및 분배 장치를 생산하는 회사의 본사.

념을 우선시했다. 예전에는 여러 가지 흥미로운 건축 공법 및 설계 방법이 고안되거나 발명되어 수학, 상용로그 표, 계산자 등 — 계산기가 발명되기 전 계산에 쓰이던 방법들이다 — 을 사용해 계산했지만, 1960년대부터는 점점 더 컴퓨터를 이용한 방법들이 개발되었다.

토니는 우리에게 예전부터 구조가 바로 건축이었다고 가르쳤다. 중세 성들이나 로마의 판테온과 같은 고대 디자인은 물론 파리의 퐁피두 센터나 런던의 로이드 빌딩과 같이 지난 50여 년 사이 건설되어 아직도 건재한 현대 건축물 대부분은 그 피복재나 스타일 때문이 아니라 그들을 지탱하고 있는 구조에 의해 정의된다. 나는 벅민스터 풀러의 작업에 매료되었다. 그가 런던에서 — 그는 1967년에 노먼 포스터와 일하기 위해 런던으로 왔다 — 특히 자신의 측지 돔*을 예로 들면서 건축과 구조는 사실 동의어라고 말해 당시 핫한 뉴스가 되었다.

왕립 예술 학교에서 나와 동기였던 안톤 퍼스트는 〈버키〉의 가장 열성적인 추종자 중 한 명이었다. 다소 충동적이면서 대단히 창의적인 재능을 지니고 있던 그는 닐 조던의 「늑대의 혈족」 세트, 스탠리 큐브릭의 「풀 메탈 재킷」 — 지옥 같았던 베트남 전쟁의 배경을 런던 동부의 벡턴 가스 공장에서 재현한 작품이다 — 세트를 디자인했다. 또 팀 버턴의 「배트맨」 세트를 근사

* 지오데식 돔이라고도 하며 20세기 미국의 건축가 벅민스터 풀러가 개발했다. 가벼운 재료로 만든 삼각형 혹은 다각형으로 이루어진 구조가 아치의 원리를 대체해 구조 자체에 응력을 분산시키게 하는 구형의 구조다.

하게 암울한 분위기로 디자인했다는 평을 받으며 오스카상을 수상했다. 정신적인 불안 증세를 보이고 알코올 의존자였던 안톤의 아버지는 안톤이 왕립 예술 학교에 다닐 때 사망했다. 안톤은 그 후 바륨에 의존해 살다가 1991년 로스앤젤레스의 다층 주차장 건물 옥상에서 스스로 뛰어내려 생을 마감했다.

풀러는 어쩌면 영원히 살고 싶어 했을지도 모를 만큼 언제나 낙천적인 사람이었다. 그의 사고방식은 매우 훌륭한 만큼 남달랐다. 그는 건축, 집, 자동차, 토지 이용, 그리고 우리의 생활 방식과 관련한 기존 방식과 관습들을 근본적으로 변화시키는 것을 목표로 삼았다. 그는 불가피하게 기계의 경량을 추구해야 하는 항공 산업에서 상당한 영감을 얻었다. 〈단순히 경량성만 추가하자〉는 풀러의 주문이 되었다. 이것은 그에게 경량 측지 돔을 만들게 했다. 1954년에 특허를 받은 이 반구 격자 구조는 삼각형으로 된 구성 요소들로 이루어져, 최소 표면적으로 최대 부피 공간을 덮게 만들었다. 비록 풀러가 원하던 대로 대량으로 주택에 적용되지는 못했지만, 튼튼하고 방풍 및 방설 기능도 가진 이 구조는 군대, 극지방 연구 기지, 그리고 전시 기획자들에게서 큰 호응을 받았다. 이것이 보편화되지 못한 이유는 대부분의 사람이 — 대출 회사들을 포함해 — 전통적인 형태의 집을 선호하기 때문이라고 생각한다.

토니 헌트의 교육을 통해 벅민스터 풀러는 나에게 어떤 것이 과연 구조적으로 가능한지, 그리고 순수한 구조 공학과 설계 공학이 얼마나 흥미로운지 깨닫게 해주었다. 나는 구조 공학이 건축 분야를 지배할 것이라는 점을 느낄 수 있었다. 또한 기술과 엔지니어링이 바로 제품의 본질이라는 점과, 제품의 기술과 공학이 외관 디자인보다 훨씬 중요해질 것이라는 점도 알게 되었다.

왕립 예술 학교에서 인테리어 디자인 과정을 듣던 나는 한 가지 행복한 사건을 통해 엔지니어링 쪽으로 더욱 기울었다. 우연히 당시 유행과 전혀 상관없던 런던의 한 구역인 클러큰웰에서 진행된 행사 중에 조앤 리틀우드를 소개받았다. 1950년대 초기에 조앤 — 그녀는 이미 그때부터 〈현대 연극계의 어머니〉라고 불렸다 — 은 에이번이 아닌 런던 동부에 있는 스트랫퍼드의 황폐한 로열 극장에 입주해 워크숍 극단*을 창단했다. 조앤은 자신이 연출하고 주연까지 맡은 브레히트의 「엄마의 용기와 그녀의 자식들」로 런던에서 데뷔해 평단으로부터 엄청난 호평을 받았고, 1960년대 초에는 「모든 게 예전 같지 않아」와 「오, 정말 사랑스러운 전쟁」이라는 뮤지컬 두 편으로 명성과 비평가들의 격찬을 받기도 했다.

나와 만났을 때, 조앤은 스트랫퍼드에 새로운 어린이 극장을 지을 계획이었다. 풀러에게서 큰 영향을 받은 나는 표면이 알루미늄 튜브로 된 삼각형들로 이루어진 버섯 모양 구조를 생각해 냈다. 작업은 무척 즐거웠고 건축 허가도 받았지만, 결국 실현되지 못했다. 그러나 이 일을 계기로, 나에게 그 누구보다 스스

* 사회적 주제를 다루는 대중적인 연극 및 뮤지컬 작품을 주로 상연하던 영국의 극단.

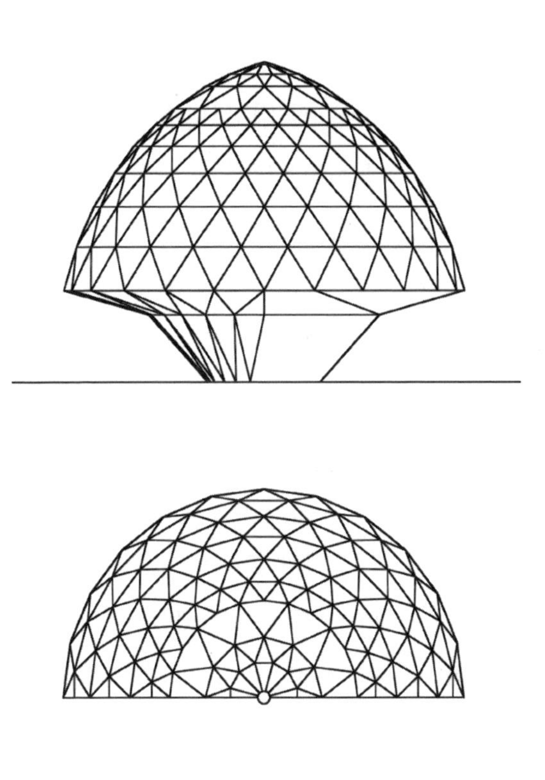

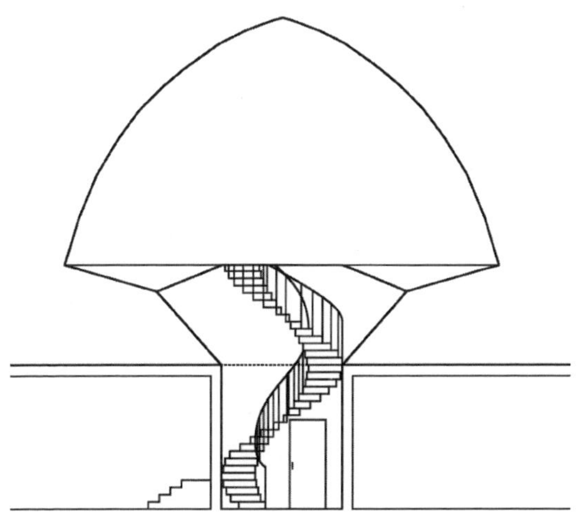

어린이 극장의 초기 디자인

로 생각하고 〈그냥 일단 해보자〉라는 마인드를 가질 수 있도록 격려해 준 발명가이자 엔지니어 제러미 프라이를 알게 되었다.

나의 어린이 극장 설계는 엔지니어링 분야 대기업인 비커스가 특허를 갖고 있는 트라이오데틱 구조 시스템*을 기반으로 한 것이었다. 그 회사의 런던 본사는 테이트 갤러리 옆 밀뱅크에 있는 비커스 타워였다. 로널드 워드 앤 파트너스**에서 설계해 1963년에 문을 연 이 초고층 건물은 강철과 유리로 이루어져 있었다. 나는 이곳에서 트라이오데틱 공장의 지붕 건설 과정을 흑백 영상으로 보았다. 나는 혼자 도르래를 이용해 알루미늄 튜브로 된 지붕 전체를 들어 올리는 영상 속 남자가 누구인지 물어보았는데, 그가 바로 로토크의 제러미 프라이였다.

1967년에 나는 그의 친구를 통해 제러미와의 만남을 추진했다. 오스틴힐리 100-4에 어린이 극장의 모형을 싣고 배스에 있는 그의 자택인, 초기 조지아풍의 위드콤 장원으로 찾아갔다. 그는 위스키를 마시면서 나에게 극장을 짓는 데 재정적 지원을 해줄 수는 없지만 몇 가지 프로젝트를 함께하자고 제안했다. 그 중 하나가 영화감독 토니 리처드슨을 위해 초크 팜에 위치한 런던 라운드하우스에 니콜 윌리엄슨의 「햄릿」을 초연할 강당과 객석을 설계하는 일이었다. 나의 버섯 모양 〈리틀우드〉 극장은

* 삼각형들로 이루어진 3D 격자 구조. 쉽고 빠른 조립과 분해가 가능해 대규모 건축물에 사용된다.

** 1946년에 설립되어 1970년에 문 닫은 영국의 디자인 건축 회사. 건축 디자인 및 기술 면에서 뛰어난 역할을 했다.

실현되지 못했지만, 어쩌다 보니 세간의 이목을 끄는 공연을 위한 또 다른 원형 강당을 설계하게 된 것이다.

1966년에 개장한 라운드하우스는 런던과 버밍엄 철도 회사에서 의뢰해 건설된 기관차 차고였다. 이 대규모 원형 기관차 차고는 당시 매우 기발하고 획기적인 디자인이었다. 꾸밈이나 장식이 없는 하얀 서퍽산(産) 벽돌로 이루어진 원형 구조였는데, 그곳 중앙의 턴테이블, 즉 전차대* 주위를 스물네 개의 기관차 선로가 둘러싸고 있다. 턴테이블 주변으로는 원 — 실제로는 다각형 — 을 형성하는 주철 기둥들이 증기와 연기를 배출하는 개방형 랜턴**이 달린 원추형 지붕을 받치고 있다. 그 건물의 공학적 논리는 흠잡을 데 없었지만, 건물은 의외로 빠르게 대체되었다. 거의 한 세기 이상 창고 이외의 용도로 사용되지 못했고, 그나마 기억될 만한 용도라면 길비스 진***의 창고로 사용되었다는 점이다. 언제나 긍정적인 마인드를 지닌 기업가이자 내 친구인 토킬 노먼이 그 후 매입해 공연 예술 장소로 훌륭하게 복원했다.

제러미가 나에게 할당한 첫 번째 프로젝트는 그의 여덟 살짜리 딸이 탈 수 있는, 〈물 위를 걸은 예수〉처럼 물에 뜨는 수상 스키를 만드는 일이었다. 수상 스키는 양쪽으로 자꾸만 벌어지는 성질이 있어 생각보다 쉽지 않은 프로젝트였다. 두 발이 조금

* 기관차의 방향을 전환하는 데 쓰이는 회전식 설비.

** 빛을 받아들이고 연기가 빠져나갈 수 있도록 건물 꼭대기에 설치한 구조.

*** 영국 W&A 길비 양조 회사에서 생산하는 진.

떨어져 놓이기 때문에 아래쪽으로 향하는 체중이 바깥쪽으로 쏠리고, 그래서 바닥이나 물을 잡아 주는 힘이 없으면 발이 옆으로 미끄러지고 만다. 나는 이 문제를 고무줄을 이용해 양쪽 스키를 연결하는 방법으로 해결했다.

다음 프로젝트는 뒷바퀴의 바큇살에 노를 납땜한 자전거로 만든 일종의 외차선(外車船)이었다. 앞바퀴를 제거하고 방향타를 설치했다. 선체는 발사나무로 만들었는데, 그 밑면에 디어드리가 화려한 색감의 거북 그림을 그렸다. 우리는 이 배를 프랑스 리베리아에 있는 생트로페의 팡펠론 해변에서 시운전했는데 자꾸만 뒤집어졌다. 아주 여러 번이나 말이다. 1968년에는 팡펠론 해변에 카페가 하나뿐이었는데, 지붕 같은 것도 있으나 마나 한 곳이었지만 정말 매력이 넘쳤다. 나는 글로스터셔주에서 디어드리와 함께 합판 상자로 지붕을 만들기도 했다. 현장에서 볼트로 고정하기만 하면 되도록 만들었기 때문에, 우리는 이 지붕을 프로방스로 운반해 긴 헛간을 개조하는 데 사용했다.

어느 날 저녁, 제러미는 거품층 위를 달리고 물 위에서 스스로 떠오를 수 있는 바닥이 평평한 고속 상륙정 혹은 시트럭이라는 그의 발명 아이디어를 설계해 보지 않겠느냐고 물었다. 우리는 이것을 〈공기 윤활식 선체〉라고 불렀다. 제러미는 이미 합판으로 여러 대의 시트럭을 만들었지만 벌레들이 갉아 먹어 썩어 버리곤 했다. 제러미는 선체에 더 적합한 재료인 유리 섬유로 시트럭을 만들기를 원했다. 문제는 커다랗고 평평한 형태의 시트럭에는 깨지지 않고 신축성 있는 합판이 훨씬 더 적합하다는 점이었다. 일반적인 배는 보통 곡선이나 달걀 모양으로 되어 있어 내구성을 갖추기 때문에, 유리 섬유가 아주 적합한 재료다. 실제로 달걀 껍데기와 비슷한 개념이라고 할 수 있다. 그런데 커다랗고 평평한 형태의 시트럭에, 빠른 속도를 내는 데 필수인 경량화 요건을 충족시키면서 적절한 비틀림 강성(剛性)까지 제공할 수 있는지가 문제였다. 우리는 선체와 갑판 사이의 차대를 가벼운 십자형으로 만들어 그 문제를 해결했다.

제러미는 나에게 유리 섬유를 사용한 시트럭의 설계, 시제품 제작 및 판매를 맡아 달라고 부탁했다. 대학에서 마지막 학년을 갓 시작한 미술학도가 제러미의 성공적인 엔지니어링 회사인 로토크의 자회사 〈로토크 해양〉의 책임자 자리를 제안받은 것이다. 나는 그 기회를 단번에 수락했다. 하지만 제러미는 나에게 학위를 마치도록 종용했다. 그것이 왕립 예술 학교에서 3학년 프로젝트로 시트럭을 설계한 이유였다. 건축과 인테리어 디자인을 전공하는 학생에게는 이것이 조금 의아한 프로젝트였을지도 모른다. 하지만 휴 캐슨 경은 어느 때보다 열린 마음으로 내가 보트 설계를 무리 없이 진행하도록 허락해 주었고, 마지막 학년에 시트럭을 위한 시제품을 만들면서 제러미를 위한 또 다른 프로젝트를 맡았다. 이 새로운 프로젝트도 무척 만족스러웠는데, 프로펠러 대신 드럼통 모양의 바퀴로 추진력 및 부력을 제공함으로써 크리스토퍼 코커렐의 호버크라프트와는 아주 다른 방식으로 육지와 바다를 넘나들 수 있는 〈휠보트〉를 만드는 것이었다.

휠보트의 아이디어는 시트럭을 포함해, 바다에 계속 정박해 있고 육지로는 이동할 수 없는 배들에서 얻었다. 배가 계속 바다에 정박해 있으면 소금기가 있는 바닷물 때문에 부식되어 쉽게 마모되지만, 배가 육지에 있다가 필요할 때만 바다로 나가면 그런 부식 현상을 줄이거나 아예 방지할 수 있었다. 바로 수륙양용차를 떠올릴 수 있지만, 당시 그런 차들은 성능이 제대로 발휘되지 못했고 지금도 마찬가지다. 그런 차들은 지상과 수상에서 모두 매우 느리다.

한편 바다에서 가장 효과적으로 추진력을 내는 것은 외차*다. 고요한 날씨에는 외차가 배의 프로펠러보다 훨씬 효과적이다. 하지만 속도를 고려하면 외차가 훨씬 느리고, 또 거친 바다에서는 외차가 자꾸 물 밖으로 나오기 때문에 추진력을 잃는다. 제러미는 거대한 바퀴가 있는 지프처럼, 물에 뜨면서도 바퀴로 추진력을 낼 수 있는 바퀴 달린 배를 만들 수 있을지 궁금해했다. 그것이 시작점이었다. 나는 건물 설계 대신 이 과제를 학교에서의 마지막 프로젝트로 정했다. 휴 캐슨 경은 관대하게 허락해 주었고, 격려까지 해주었다.

제러미와 나는 부력을 제공하기 위한 커다란 바퀴 네 개에 추진력을 더하기 위한 여러 개의 노가 달리고, 그 바퀴들이 높은 지프 형태의 선체에 서스펜션 암**으로 연결된 구조를 상상하고

* 기선(汽船)에 달려 있는 차바퀴 프로펠러.

** 차량의 본체와 바퀴를 연결하는 부품. 차체에 가해지는 충격을 줄이고 구동을 자유롭게 해준다.

있었다. 첫 번째 과제는 부력을 제공하기 위해 필요한 바퀴의 크기를 고려하고, 축소 모형에서 바퀴의 크기에 맞는 추진 방식을 개발하는 것이었다. 위드콤 장원의 정원 연못에서 테스트해 볼 예정이었다. 사실 연못이라기보다 작은 호수에 가까운 크기였다. 나는 엔진의 무게, 추진 시스템, 선체 구조와 하중을 고려해서 계산한 결과, 바퀴의 지름이 약 3미터가 되어야 부력을 이용할 수 있다는 것을 알아냈다. 그다음 시운전을 위해 축소 모형을 만들었다.

호수 바닥에 설치한 삼각대가 중요했다. 이 삼각대의 중심을 축으로 회전하는 붐 암* 한쪽 끝에 바퀴를, 또 다른 쪽에는 구동 모터를 달았다. 구동 모터는 구동축에 의해 바퀴에 연결되고, 붐 암은 구동축과 구동 모터를 지지한다. 모터는 V 벨트를 사용해 구동축에 동력을 전달할 수 있는 브리그스 앤 스트래턴의 잔디깎이 엔진을 사용했다. 바퀴의 측면은 해상용 합판으로, 물에 닿는 바퀴 둘레의 표면은 플라스틱으로 만들 예정이었다. 노들은 바퀴 둘레를 따라 표면에 나사로 고정시키기로 했다.

스틸로 된 삼각대를 무거운 돌로 고정시켜 호수 바닥에 설치할 수 있었다. 나는 매일 실험을 위해 작은 배에 붐 암을 싣고 엔진에 휘발유를 채우고 노의 위치와 상태를 고정했다. 하지만 배를 정박시키기 위해 다시 노를 저어 둑으로 돌아가야 했다. 그렇지 않으면 붐 암이 삼각대 주변을 돌 때마다 방해되었기 때문이다. 그런 다음에는 줄을 당겨 모터를 작동시키기 위해 수영을

* 팔의 관절과 같이 꺾이거나 회전 및 확장이 가능한 막대 장치.

해서 삼각대로 돌아가 스톱워치를 가지고 실험을 수행할 수밖에 없었다. 나는 붐 암이 회전할 때 삼각대 주변을 아주 조심스럽게 움직였다. 그렇지 않으면 붐 암 때문에 넘어지거나 밀려날 수 있었다. 다행히 수중 시험을 시작할 당시는 별로 춥지 않은 4월이었다.

바퀴 하중을 측정하기 위해 별도의 나무 상자를 달아 다양한 무게를 시도하며 실험했고, 노의 경우에는 개수는 물론 다양한 깊이와 여러 가지 너비를 시도하며 실험했다. 당시에는 노를 원형으로 배열했지만, 13년이 지나 개발이 재개되었을 때는 그 배열 방식에 극적인 변화를 주었다. 내 전공과 맞지 않는 주제를 연구했음에도 불구하고, 이 실험은 내가 대학원 학위를 받을 만큼, 그리고 1983년에 이 프로젝트를 다시 부활시킬 만큼 충분히 흥미로웠다.

1969년 왕립 예술 학교의 학위 수여식 후에 동급생들은 디자이너로 경력을 쌓기 시작했다. 비록 재능 있는 요트 디자이너인 존 배넌버그가 나에게 흥미로운 디자인 관련 일자리를 제안했지만, 나는 다른 생각을 가지고 있었다. 왕립 예술 학교에서 시트럭을 설계한 경험을 바탕으로, 졸업 후에 그것을 제작하고 판매할 계획이었다.

3
시트럭

당시 제러미 프라이가 나에게 시트럭을 개발하고 판매하는 일을 맡겼다는 사실은 지금 돌이켜 봐도 놀랍다. 디자이너와 엔지니어로서 나는 과연 얼마나 준비되어 있었던가? 제러미 프라이는 직접 말로 하지 않고, 매일매일이 곧 교육의 일부임을 깨닫게 해주었다. 내가 받은 교육은 뜻밖에 찾아온 행운 덕분이기도 했지만, 제러미와 같은 스승과 왕립 예술 학교 휴 캐슨 경의 개방적인 사고 덕분이기도 했다. 20대 후반에 독립한 이후 듀얼 싸이클론 진공청소기로 성공을 거두기 전까지, 나는 정말 많은 것을 혼자서 깨우쳤다. 어쩌면 사람들은 내가 집에서 모형 비행기 같은 것을 만들기 좋아했으니, 학교나 대학에서 과학이나 공학을 공부했다면 더 일찍 성공했을 거라고 생각할지도 모르겠다. 그러나 나는 좋은 학교를 다니고 과학, 공학, 수학, 기술을 좋아했지만 고전은 물론 예술에 대한 교육을 중요시하는 가정에서 자랐다. 그리고 아무도 내가 공학 분야를 다룰 거라고 예상하지 못했다.

왕립 예술 학교에서의 마지막 날, 나는 새로 개통된 M4*를 타고 런던에서 배스로 갔다. 이제 일을 시작할 때였다. 나는 로토크 해양에서 연봉 2천5백 파운드를 받고 회사 차인 이시고니스 모리스 1100**을 타면서 시트럭을 제작하고 판매하는 총괄 매니저로 일하게 되었다. 제품 만드는 일에 대해서는 알고 있었지만, 판매에 대해서는 아는 것이 전혀 없었다. 그러나 이미 제러미 프라이는 최선을 다해 내가 그 일에 적합한 인재라며 매력적으로 나를 설득해 놓은 상태였다. 「자네만큼 시트럭을 안팎으로, 나사 하나하나까지 잘 아는 사람이 없어. 자네가 만들었잖아. 그러니 파는 일도 자네가 가장 잘할 거야.」 그 후 5년간 나는 거의 이 일을 하면서 보냈다.

꽃무늬 셔츠, 나팔바지, 그리고 저스트맨***에서 나온 보라색 비옷을 입고, 고속 상륙용 주정(舟艇)을 만들어 군대의 장교들이나 경험 많은 건축 회사 임원진들 또는 정유 회사 관리자급 직원들에게 이를 판매하기 위해 돌아다녔다. 내가 자문했던 것처럼, 사람들은 내가 왜 상품 제작과 판매에 집중하는지 궁금했을 것이다. 5년간이나 디자이너가 되기 위한 공부를 했으니 말이다. 당시 나는 상품 제작의 우여곡절과 판매 과정의 피드백을 체득하면 훨씬 잘 준비된 디자이너가 될 거라 생각하고 있었다.

하지만 그 외 다른 이유도 있었다. 왕립 예술 학교를 다닌 절

* 고속 도로의 하나.

** 1960~1970년대 영국에서 생산된 경차.

*** 1970년대 중반부터 1980년대 초까지 영국에서 유행했던 남성복 브랜드.

반 기간 동안, 내가 정말 하고 싶은 일은 제조업이라는 생각을 했기 때문이다. 나는 잘 팔릴 것 같은 물건을 만드는 것이 아니라 새로운 — 뭔가 이상해 보이는 — 것을 만들고 싶었다. 나의 궁극적인 목표는 아마도 독창적이고 완전히 새로운 물건을 설계하고 만들고 판매하는 일이었던 것 같다. 그렇게 되기 위해서는 엔지니어나 디자이너 그 이상이 되어야 한다. 혼다 소이치로, 앙드레 시트로앵, 모리타 아키오와 같은 나의 모범들처럼, 전 과정을 장악할 수 있어야 한다.

〈총괄 매니저〉라는 직함으로 로토크 해양에서 일하겠다는 결정이 당시에는 내 학위를 낭비하는 것뿐만 아니라 디자인업계에서 황금빛 미래를 포기하는 것처럼 보였을지 모르지만, 나로서는 디자이너들이 제조업체 및 소비자의 요구 사항에 부합하는 디자인을 만들어 내는 일에 별로 매력을 느끼지 못했다. 나는 그보다 더 원대하게 제품의 기술, 엔지니어링, 디자인을 모두 개발하는 사람이자, 그 제품을 제작하고 시장에 내놓는 일까지 해내는 사람이 되고 싶다는 생각을 품었다.

그런 의미에서 당시 훌륭한 멘토인 제러미, 영웅과도 같은 앙드레 시트로앵과 함께 어떻게 새로운 제품을 설계하고 성공을 거두었는지에 관해 대화를 나눈 것은 대단한 행운이었다. 우리는 또한 시트로앵뿐 아니라 알렉 이시고니스의 혁신적인 미니 쿠퍼의 성공 과정에서 디자인이 얼마나 중요한 요소였는지에 관해서도 대화를 나누었다. 이시고니스는 자동차 경주에서 우승한 일종의 컬트 차를 제작했다. 그것 역시 뚜렷한 스타일이 없는, 세월이 흘러도 유행을 타지 않는 제품이었다. 나는 소박한 방식으로라도 디자이너이자 엔지니어인 이시고니스와 시트로앵을 닮고 싶다는 불타는 열망을 갖게 되었고, 제러미에게는 그를 위해 5년간 일한 후 독립하겠다고 선언할 만큼 고무되었다.

그렇긴 하지만 제조 과정과 영업이 — 어쩌면 영업은 제조 과정보다 더 — 지저분한 분야로 인식되고 또 경시되고 있다는 사실을 잘 알고 있었다. 한 분야는 〈금속 가공 작업〉을 하면서 손마디가 굵은 한쪽 손에 〈기름때 묻은 천〉을 들고 있는 사람들의 세계이고, 다른 한 분야는 잘 손질된 손을 포드 코티나의 핸들에 올려놓은 채 말끔하게 차려입고 말만 번드르르하게 하는 부정직한 사기꾼의 세계라는 인식이 있었다. 이런 하류층의 세계는 고상한 척하는 중산층 대학 졸업자에게 맞지 않았다. 물건 만드는 일은 어딘가 더럽고 물건 파는 일은 꼴사납다는 편견은 1970년대 초 내가 일을 막 시작했을 때 영국 경제의 문제점을 여실히 보여 주었다.

그 후 어떤 면에서는 아주 작게나마 중요한 변화가 있었다. 사람들이 다이슨을 포함한 여러 기업이 왜 영국 밖에서 상품을 제조하는지 물을 때 — 그 대답은 조금 복잡한 문제이긴 하지만 — 이 세상에는 독일에서 싱가포르까지 제조업을 가치 있고 흥미로운 일로 여기고 적극적으로 장려하는 나라들이 있기 때문이라는 결론에 이른다. 몇 년 후 내가 다이슨 제조 공장을 말레이시아로 옮기고, 궁극적으로 본사까지 싱가포르로 옮긴 데는 여러 가지 이유가 있을 것이다. 하지만 그런 나라들의 정부와 기업가들이 제조업에 대해 보여 준 순전한 열정은 공장이나 생산 세계를 경시하는 영국의 시각에 대응하는 훌륭한 해독제였다.

아무리 기발하고 흥미진진해도 발명은 결국 엔지니어링과 디자인을 통해 수요자의 요구를 자극하거나 충족하고, 판매할 수 있는 제품으로 구현되지 못한다면 아무 소용 없다. 한 번도 본 적이 없어 신기하고, 종종 수수께끼 같고, 비현실적이고, 결코 실행될 수 없을 것 같은 터무니없는 발명품과 디자인을 보는 것은 흥미롭지만, 볼펜에서 해리어 점프 전투기*에 이르기까지 정말 가치 있고 세계를 변화시킬 수 있을 정도의 발명품이라 해도, 성공하기 위해서는 제조 및 판매 과정을 피할 수 없다.

나는 공장이나 생산 라인이 로맨틱한 장소로 느껴진다. 나에게 이보다 더 흥미진진한 곳은 없다. 잉글랜드 서부 치펜햄에 진공청소기 공장을 지었을 때, 나는 2주 동안 직접 그곳에서 일했다. 물론 그 과정을 이해하고 엔지니어의 관점에서 모든 것이 충분히 타당한지 확인하기 위해서이기도 했지만, 사실은 일하는 것이 즐거워서였다. 나는 만드는 일을 좋아한다. 누구든 좋은 제조업자가 되려면 반드시 그 일을 즐겨야 한다.

하지만 공산주의자 노동조합 간부들의 완고한 태도, 부실한 경영, 저품질 제조가 주를 이루던 1970년대 영국 제조업계에서는 낭만을 찾아보기 힘들었다. 영국은 제2차 세계 대전 동안 긴급하고 위협적인 상황에서도 독창적인 기계와 제품들을 잘 만

* 영국 항공기 제조사 호커 시들리에서 개발한 제트 엔진 전투기. 수직 이착륙 및 수평 비행, 초음속 비행이 가능해 세계 여러 나라에서 군사용으로 사용된다.

드는 능력을 입증했지만, 평시에는 오히려 그런 것에 대한 관심을 잃고 말았다. 영국은 당시 지극히 평범한 제품들조차도 제국주의 지배하에 있는 나라에 손쉽게 판매할 수 있었기 때문에, 혁신을 도모할 동기가 거의 없던 전쟁 전 상황으로 퇴보하는 듯했다. 전 세계 4분의 1을 차지한 제국의 영토는, 말하자면 포로나 다름없는 시장이었으니 말이다.

영국의 해외 영토 확장이 줄어들면서, 혁신적이고 고품질의 제조업이 아주 중요해졌음에도 그런 산업은 많지 않았다. 그 이유는 무엇일까? 한 가지 이유를 꼽자면, 산업 혁명으로 인해 장인, 혹은 하층 계급, 중하층 계급, 1세대 산업가 등이 부유해졌는데, 그 자손들은 대부분 상류층이 되기를 열망했기 때문이다. 산업계 거물들은 자손을 공립 학교에 진학시켜 고전적 문화에 몰두하게 하고, 사냥과 낚시, 사격 교육을 받으며 자신들을 제조자에서 지주 계급이라는 지배자의 위치로 만들어 준 산업 분야를 경시하도록 교육시켰다.

정치, 군대, 법, 영국 국교회, 예술, 그리고 무엇보다 가장 적은 노력을 들여 돈으로 돈을 버는 것을 최상으로 여기기 시작했다. 그러면서 손으로, 더 심하게는 공장에서 기계로 뭔가 만드는 것을 최하류층 직업으로 여겼다. 플라잉 스코츠맨*과 말러드**

* 1923년에 처음 운행을 시작한 증기 기관차로, 1934년에 시속 약 160킬로미터를 최초로 달성했다.

** 1938년에 처음 운행을 시작한 증기 기관차로, 1938년에 시속 약 203킬로미터를 기록함으로써 현재까지 세계에서 가장 빠른 증기 기관차로 알려져 있다.

를 설계해 명성을 얻은 나이절 그레슬리 경과 같은 사립 학교 및 장교 출신의 창의적이고 성공적인 엔지니어들은 1970년대에 부서지지 않은 영국의 자동차들만큼이나 희귀했다. 그레슬리라는 단호한 청년이 케임브리지 대학교에서 과학 학위를 따는 대신 런던 및 영국 북동부 철도 회사의 크루 워크스 공장*에서 수습사원으로 일하기로 결정했을 때, 동시대 사람들이자 말버러 대학 교수들이 어떤 생각을 했을지 한번 생각해 보라. 내가 학교에 다닐 때 실제로 몇몇 선생님에게서 들었던 최악의 말이 있었는데, 선생님들은 성적이 좋지 않으면 〈너 그러다가 공돌이밖에 못 된다〉라고 말했다. 그리고 학업 성적이 좋지 않은 남자 학생들은 기술 도면 작업실로 쫓겨나곤 했다. 당시 교육 문화는 그런 분위기였다.

하지만 1955년에 시트로앵 DS 자동차를 설계하고 엔지니어링에 기반을 둔 셀프 레벨링** 수압식 서스펜션을 발명한 폴 마제스를 생각해 보자. 제2차 세계 대전 중 나치에 점령당한 프랑스에서 시트로앵을 위해 비밀리에 개발된 마제스의 발명품은 항공기용 올레오 버팀대*** — 1960년에 미국에서 특허를 받았다 — 와 가스 주입식 충격 흡수 장치라는 두 개의 발명품으로

* 영국 체셔주 크루에 있는 기차 제조 공장.

** 하중에 상관없이 도로 위 차량의 지상고를 일정하게 유지하는 서스펜션 시스템.

*** 항공기가 이륙할 때 사용되는 장치로 공압식으로 오일을 유입시켜 충격을 흡수한다.

이어졌다. 이 두 가지 발명품이 우리의 삶을 훨씬 안전하고 편하게 만들어 주었는데도 사람들이 그 가치를 대수롭지 않게 여겨 참으로 안타깝다.

마제스는 1925년 열일곱 살 나이에 가장 말단 조수로 시트로앵에 입사했고, 12년 후 제도 기능사 자리까지 승진했다. 그의 기술력은 탐구심과 결합해 사람들의 삶을 개선하고 시트로앵의 판매량을 높인 새로운 서스펜션 기술을 만들어 냈다. 시트로앵 DS는 거의 20년 내내 생산되었고, 생산된 지 15년 만인 1970년에 판매량이 최고조에 달했다. 시트로앵 SM 자동차와 함께 속력 감지 조종 장치를 처음으로 개발한 폴 마제스는 전혀 〈멍청이〉가 아니었다.

마제스가 일한 파리 공장은 유서 깊은 곳이지만, 1970년대 즈음에는 이미 편안함과 청결 면에서 현저하게 낙후된 상태였다. 올레오 버팀대를 만들지는 못하더라도, 최소한의 노력만 들이면서 사회적 존경을 보장해 주는 돈을 좇는 일 외에 아무것도 하지 않는 것보다 더 불명예스러운 것이 있을까? 영국은 수백 년 동안 약탈자, 침입자, 해적, 그리고 기회주의자들의 나라였다. 이와 같이 불법적인 방법으로 손쉽게 돈을 번 역사에 대해서는 시, 노래, 영화, 그리고 낭만적 역사를 통해 온갖 찬사를 하면서, 물건 만드는 일은 오랫동안 느리고, 어렵고, 더러운 산업으로 묘사해 왔다. 심지어 오늘날에도 조롱하고 수치스러운 것으로 여긴다.

2012년 런던 올림픽 개막식은 영국인들에게 사랑받았다. 하지만 사실 우리가 어떻게 산업 혁명의 노동 집약적인 〈악마 같은 공장〉에서 벗어나 21세기적인 〈창의 산업〉이라는 깨끗하고 새로운 세계로 나아가게 되었는지 기념함으로써, 영국의 제조업을 비하하는 풍조를 담은 내용이었다. 말하자면, 개막식 자체가 영국인들의 제조업에 대한 편견을 뒷받침했다고 볼 수 있다. 물론 우리는 창의적인 산업 분야에서 잘해 나가고 있다. 그런 점은 기념해야 마땅하다. 하지만 이를 제조업과 같은 다른 산업 분야의 희생을 바탕으로 해서는 안 된다. 이처럼 의기양양하거나 우세한 태도는 산업 — 특히 엔지니어링과 제품을 제조하는 분야 — 이 비창의적이라는 생각을 더 강화했다. 하지만 산업 혁명은 수백만 명을 농노 신분에서 벗어나게 하고, 집을 제공하고, 미래 세대를 위한 부를 창출하게 했다. 우리의 산업적 능력으로 기술과 설비를 생산하는 것이 가능했기 때문에, 20세기에 벌어진 두 차례 세계 대전으로부터의 위협에서 벗어날 수 있었다. 이런 점에 대해 우리는 자부심과 안도감을 느껴야 한다.

이와 달리, 많은 사람이 방문하는 뮌헨의 BMW 공장은 그 도시의 올림픽 공원 바로 옆에 위치해 있다. 빈의 건축 사무소 스튜디오 쿱 힘멜블라우에서 설계한 이 대담할 정도로 독창적인 BMW 벨트 건물은 도심에서 15분 정도 거리에 있는데, 독일 전역 사람들이 새 차를 가져가기 위해 이곳으로 온다. 2007년 개장 당시 외신 기자들은 화려한 개막식에서 그곳이 마치 대성당이라도 되는 양, 뮌헨의 대주교가 축복하는 것을 보고 어리둥절해했다. 독일에서는 대규모 기업 행사가 있을 때 멋지게 차려입은 기술 엔지니어 — 독일어로는 교수, 박사, 공학자라는 뜻을 가진다 — 를 소개하기도 한다.

나는 신노동당의 토니 블레어가 1997년에 웨스트민스터에서 총리로 선출된 직후 〈창의 산업〉에 대해 언급하기 시작한 때를 기억한다. 그는 마치 제조업은 창의적인 분야가 아닌 것처럼 창의 산업의 예로 출판, 광고, 건축, 디자인 같은 분야와 직업 등만 언급했다. 그런데 그런 존경받는 사업 분야와 직업은 〈산업〉이 아니다. 제조업은 매일 진짜 상품들을 만들어 낸다. 그런 것이 바로 창의적인 것이자 산업이다.

어쩌면 제조업에 대한 관심 부족은 〈뭔가 만드는 일은 빠른 뉴스에 비해 너무 느리다는 사실〉과 관련이 있는 듯하다. 새로운 다이슨 제품을 출시하려면 5년이 걸릴 수도 있는데, 이것은 출판, 혹은 은행이나 증권업계에서는 매우 긴 시간이다. 이와 마찬가지로 제조업에는 존경받는 직업 같은 것이 존재하지도 않는다. 빅토리아 시대부터 영국 토목 공학 협회 및 기계 공학 협회 런던 본부가 웨스트민스터 궁전에서 도보로 몇 분 거리에 있는 것은 우연이 아니다. 제조업자들은 그런 협회도 없고, 의회 근처에 인상적인 멋진 건물도 없다. 조직화된 대표 기관도 없이 그들은 개별적으로 자기들의 입장과 위치를 지키려고 고군분투한다. 영국 정치인이나 다른 나라 대부분의 정부에서는 아주 오랫동안 제조업에 거의 관심을 두지 않았다. 예를 들어, 총리나 하원 의원 중에서 산업이나 공학 분야에서의 경험 혹은 교육 배경을 가진 사람은 정말 극소수에 불과하다.

제조업이 아주 오랫동안 하찮은 일로 여겨졌다면, 판매나 영업은 아예 사회적으로 예절이나 규범에서 벗어난 일로 생각되었다. 사실 겉으로는 존경받는 듯한 은행가들이나 금융 서비스 분야 종사자들도 사실 영업직의 일종인데 말이다. 영업은 마치 자전거와 바퀴처럼 제조업과 뗄 수 없는 관계다. 중고차나 밀수된 손목시계를 파는 일보다 훨씬 복잡하다. 선반 위에 진열된 제품은 사람들의 집으로 제 발로 걸어가지 않는다. 그리고 이전에 없던 완전히 새로운 제품을 생산할 경우에는 그 제품을 설명하기 위한 영업 기술이 필요하다. 그것이 무엇인지, 어떻게 작동하는지, 왜 소비자에게 그것이 필요한지, 어떤 점이 좋은지 홍보해야 한다.

나는 모리스 마이너가 폭스바겐 비틀보다 훨씬 더 좋은 차라고 생각하지만, 비틀이 미국 시장에서 판매될 때 DDB 광고 회사에서 페르디난트 포르셰가 아돌프 히틀러를 위해 만든 이 기발한 자동차가 작고, 독특하고, 〈미국인들의 눈에〉 추하게 보인다는 사실을 이용한 것은 아주 영리한 전략이었다. 〈작게 생각하자〉 혹은 〈레몬〉과 같은 신문 광고는 1955년부터 미국인의 차가 점점 더 커지고, 빨라지고, 너무 요란해지던 시기에 잘 통했다. 1949년 폭스바겐이 미국 시장에 처음 진출했을 때 겨우 두 대가 팔렸다. 하지만 DDB 광고 회사의 인상적인 광고 캠페인 이후 판매량이 치솟았다. 1970년까지 57만 대가 팔렸고, DDB 광고 회사의 광고 수익은 열 배로 증가했다.

미국인들과 달리 영국인들이 영업 기술과 영업 사원들을 아주 경멸하는 것은 참으로 안타깝다. 영업 역시 고귀하고 흥미로울 수 있다. 제러미 프라이는 사람들에게 무조건 구매하도록 압박하지 말고, 소비자가 무슨 일을 하고, 어떤 식으로 일하고, 새로운 제품에서 무엇을 기대하는지 많은 질문을 하라고 가르쳤다. 하지만 그와 상응해, 나는 대부분의 사람이 자신이 원하는 것이 무엇인지 모르며, 알더라도 그 당시 그들이 이미 알고 있는 범위 안에서 얻을 수 있거나 가능한 것만 원하고 상상한다는 사실 역시 배웠다. 만일 미국 농부에게 미래의 교통수단으로 어떤 것을 원하는지 물으면, 〈더 빠른 말〉이라고 대답할 거라고 했던 헨리 포드의 유명한 이야기처럼 말이다. 그들에게 새로운 가능성, 새로운 아이디어, 새로운 제품을 보여 주어야 하고, 이런 것들을 최대한 알기 쉽게 설명해 주어야 한다. 또한 개선이 필요한 부분을 위해, 그리고 꼭 필요하지 않더라도 더 좋은 품질의 제품을 만들기 위해 소비자들의 말을 경청해야 한다. 다이슨의 광고는 속임수를 쓰거나 멋진 광고 문구를 고안하기보다 우리 제품이 엔지니어링 측면에서 어떻게 설계되고 어떻게 작동하는지에 초점을 맞춘다.

제조업 자체는 고도로 창의적인 분야다. 색다른 발명 아이디어를 제조업을 통해 믿을 만한 제품, 사람들이 좋아해 팔릴 만한 상품으로 바꿀 수 있다. 제러미 프라이는 일할 때 새로운 방식을 생각해 내는 것을 좋아했다. 제러미가 1968년에 해양 부문을 건설하기 전까지 로토크의 운영을 가능하게 만든 힘이 바로 이것이다. 그는 프라이 초콜릿 회사를 소유한 집안의 일원이었다. 제러미는 얼마 안 되는 유산으로 그의 형제 데이비드와 함께 1950년대 초 소규모 엔지니어링 회사인 로토크를 매입했다. 로토크는 곧바로 제러미가 설계 및 제작을 도맡아 특허를 받은, 정유 산업의 배관에 사용되는 전동식 밸브 액추에이터* 를 생산하기 시작했다. 이것은 매우 기발한 생각이었다. 정유 회사들 — 셸, BP, 에소 등이 이 밸브 액추에이터를 구매했다 — 과 새로운 에너지 산업에서도 주목할 수밖에 없는 자동화 방식이었다. 1962년에 로토크는 프랑스의 새로운 우라늄 농축 공장으로부터 전천후 및 방호, 방폭형 액추에이터 1천 대를 주문받았다.

반세기 전 내가 제러미 밑에서 일할 때, 그가 말하고 실행한 것 중 일부를 다이슨을 운영하면서 아직도 똑같이 적용하고 있다. 발명가, 엔지니어, 기업가로서 그는 경험이 없는 청년들을 기용하는 것을 좋아했다. 그는 호기심 많고, 아직 때 묻지 않은 개방적인 사고를 가진 — 적어도 수염을 기르거나 파이프 담배를 피우지만 않는다면 — 청년들을 고용했다. 지나고 나서 생각해 보니, 그는 턱수염을 조지 5세나 니콜라이 2세 시대를 상기시키는 고리타분한 것으로 치부했던 것 같다. 어쨌든 1960년대에서 1970년대는 질레트와 남성 그루밍의 시대였다. 턱수염은 비위생적이라는 시각이 만연했고 제러미 생각에 파이프 담배는 잘난 체하는 사람이나 피우는 것이었다. 이후 턱수염이나 디

* 배관 속 유체의 양, 압력, 온도 등을 조절하는 밸브의 부하를 원격 혹은 자동으로 제어할 수 있는 장치.

자이너 수염*이 유행하긴 했지만 파이프 담배는 오래전에 사라졌다. 어쩌면 제러미의 생각도 세월이 지나면서 변했을지 모른다.

그는 무엇보다 열정의 힘을 믿었다. 그가 새롭고 혁신적인 제품들을 사람들에게 팔 수 있었던 이유는 번드르르하게 잘 연습한 말을 속사포처럼 늘어놓는 영업 방식 때문이 아니다. 바로 그의 카리스마와 매력, 그리고 누구에게도 뒤지지 않는 엔지니어링에 대한 전염성 강한 열정을 토대로, 미래 소비자들과 제품에 관련된 대화를 잘 나눈 덕분이었다. 타고난 발명가이자 엔지니어인 제러미는 항상 더 좋게 일할 방식을 찾으려고 했다. 그는 직원들과 새로운 아이디어에 대해 얼굴을 맞대고 논의했다. 그는 메모를 보내는 법이 없었다. 기회가 있는 곳에서는 문제점을 보려고 하지 않았다. 게다가 그는 타고난 선생님이었다. 내가 어떻게 용접을 하는지 모른다고 했을 때, 그는 가스 용접기 노즐을 켜고 10여 분간 기초적인 기술을 직접 가르쳐 주었다. 두뇌 회전과 의사 결정이 빠른 그는 직원들에게도 같은 것을 기대했다.

그는 품질 개선을 위해, 혹은 문제가 없어도 단순히 더 나은 품질 향상을 위해 소비자들의 말을 경청하는 것의 필요성을 강조했다. 이는 다이슨에서 소비자들에게 무엇을 원하는지 묻고 그것을 만든다는 의미가 아니다. 그런 유형의 〈포커스 그룹**에

* 일부러 깎지 않은 텁수룩한 수염.

** 시장이나 여론 조사를 위해 각 계층을 대표하는 소수의 인원으로 구성된 그룹.

의한〉 설계는 단기적인 경우라면 몰라도 장기적인 효과가 없다. 미니를 출시하기 직전, 오스틴 모리스가 포커스 그룹을 구성해 시장 조사를 해보니 아무도 바퀴가 작은 소형차를 원하지 않았기 때문에, 모리스는 생산 라인을 하나로 줄였다. 그러나 거리에 나온 미니를 직접 본 사람들은 열광했고, 회사는 수요를 맞추기 위해 열심히 제품을 생산해야 했다. 오스틴 모리스는 결코 그 수요량을 따라잡지 못해 얻을 수 있었던 큰 이익을 놓치고 말았다.

제러미의 거부할 수 없을 만큼 특별하고 중요한 또 다른 특성이 있다. 바로 따라 할 수 없는 스타일 감각이다. 로토크는 제러미가 결혼할 무렵 1954년에 구입한 조지아 시대 양식의 집 〈위드콤 장원〉에서 시작되었다고 할 수 있다. 전통적인 것과 실험적인 것 사이를 자유롭게 넘나들며, 그는 침실에 욕실을 설치하고 서재 바닥에 가죽을 깔고 벽에는 주석을 덮었다. 그는 그곳에 자주 머물던 마거릿 공주 및 스노든 백작과 가까운 친구였다. 그곳에서의 생활은 화려했다. 그런 내용을 신나게 다룬 신문들을 보면 때로는 그의 생활이 위태롭게 여겨지기도 했다. 나는 다이슨의 비상임 이사가 된 앤디 가넷과 그의 훌륭한 부인 폴리 데블린, 그리고 내 평생 친구가 된 오페라 감독 로버트 카슨과 같은 그의 또 다른 부류와 알고 지냈고 존경하기도 했지만, 그의 화려한 삶은 내가 모르는 부분이었다.

제러미는 회의실 테이블에 앉아 있거나 상류 사회 사람들과 어울리는 일보다 언제나 기계 가공 작업장에서 뭔가 만드는 일을 훨씬 좋아했다. 그는 젊은 사람들을 비롯해 배우려는 열정을 가진 사람들이라면 누구에게든 관심을 가졌다. 그는 창의적인 마인드를 가진 사람들이 본능적으로 언제나 더 많이 탐구해야 하고 새로운 것을 발견해야 한다고 생각하는 반면, 어떤 주제에 대해 자신이 모든 것을 아는 것처럼 사람을 현혹하려는 오만한 사람이나 전문가를 싫어했다.

내가 왕립 예술 학교 2학년이었을 때, 나와 제러미는 처음으로 시트럭에 대해 대화를 나누었다. 그는 이렇게 말했다. 「내가 설계한 이 보트는 나무로 되어 있어서 아무도 원하지 않아. 유리 섬유로 만들어 줄 수 있을까?」 나는 그 과정에 대해 아는 것이 거의 없었지만, 만들고 싶었고 결국 만들어 냈다. 그러나 유리 섬유로 만든 시트럭이 특별한 이유는 무엇일까? 그것은 가볍고, 견고하고, 빨랐다. 시트럭은 측면에 스케그가 있고 바닥은 평평한 배였다. 스케그는 선체 중앙의 앞에서 뒤까지 쭉 이어지는 약 50밀리미터 깊이의 썰매 형태 날이다. 스케그는 배가 지면으로 올라설 때 활주부 역할도 하지만, 그보다 더 중요한 역할은 배의 하부에 기포를 가두어 시속 약 20킬로미터 이상으로 활주할 때 물의 마찰 저항을 극적으로 감소시켜 일반적인 배보다 적은 동력을 사용해 약 40노트* 혹은 그 이상으로 활주하게 하는 것이다. 시트럭은 한번 활주를 시작하면 엔진의 동력을 줄이더라도 일정 속도를 유지할 수 있는 유일한 배다. 이것은

* 배의 속도를 나타내는 단위로, 1노트는 한 시간에 1,852미터를 달리는 속도이다.

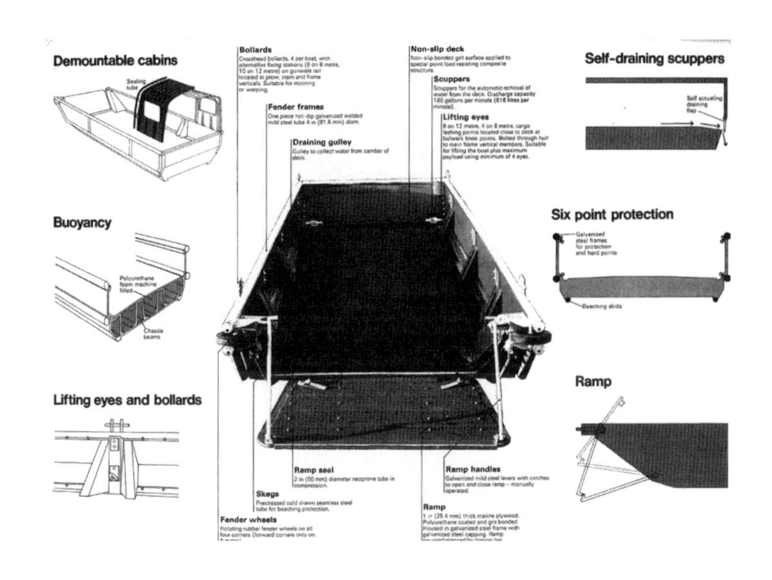

시트럭의 인쇄 광고

시트럭이 만들어 내는 기포층의 효율성에 대한 증거다. 그리고 바닥이 평평해서 얕은 물 위를 지나 해변 위로 바로 올라갈 수 있었다. 따라서 방파제나 부두가 필요 없었다.

저비용의 모듈식, 그리고 기타 부품들을 기본 사양에 추가할 수 있는 작업용 소형 평저선인 시트럭은 바다에서 안정적일 뿐만 아니라, 얕은 물에서도 용골*이 없어서 안정적으로 이동했다. 런던 루트마스터 2층 버스**보다 길이는 짧고 폭은 넓어, 두 대의 미니 혹은 두 대의 랜드로버, 그리고 기계 장비에서부터

* 선박 바닥의 중앙을 받치는 긴 재목.

** 1954년부터 1968년까지 런던 버스 회사에서 운행한 빨간색 2층 버스.

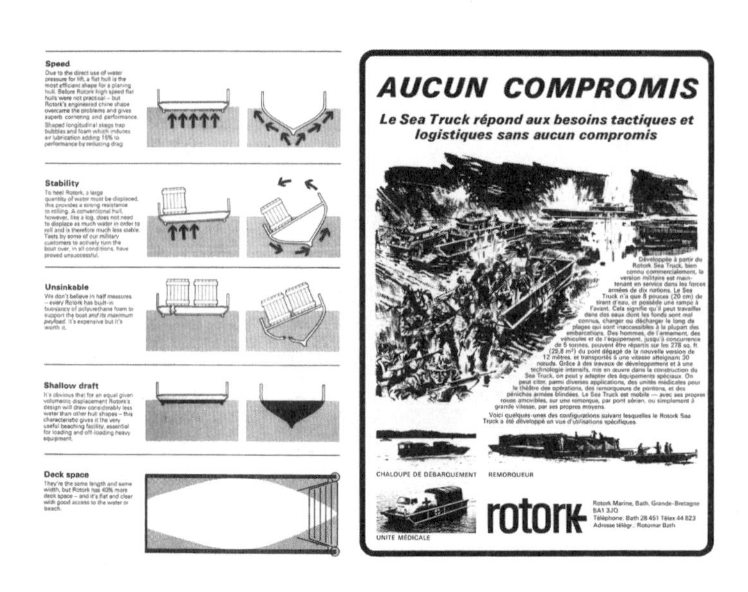

시트럭의 인쇄 광고

케이블, 총기류, 탄약에 이르는 많은 장비 등을 실을 수 있었다. 처음에는 한 달에 한 대 정도 팔았다. 그러나 1974년 무렵에는 약 40개국의 소비자를 위해 선실이 달린 배를 한 해에 2백 대씩 만들었다. 나는 시트럭이 변화 가능성과 적응성이 뛰어나, 언제나 더 개선될 여지와 더 잘 팔 방법이 있다고 생각했다. 이 경험을 통해, 나는 판매와 제조가 동전의 양면처럼 긴밀히 연결되어 있다는 사실을 배웠다. 지상에서는 물론, 이 경우에는 수상에서도 말이다.

나는 현지 대리인을 고용하며 전 세계를 돌아다녔다. 노르웨이에서는 수중에 전화선을 설치하기 위한 목적으로도 팔았고,

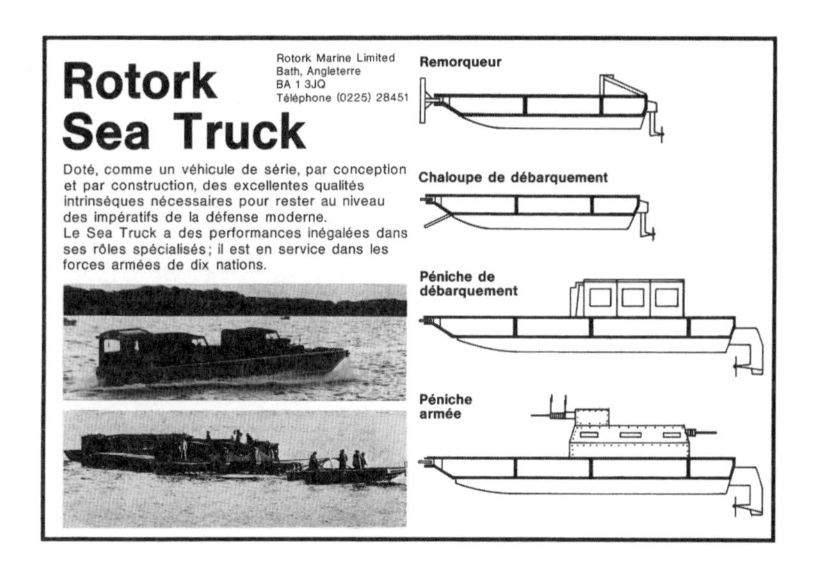

시트럭의 인쇄 광고

많은 외국 군대와 해군에도 팔았다. 이집트의 특수 해상 부대에도 팔았다. 특히 그들은 이 배가 낮아서 적의 총격에 잘 맞지 않을 것 같다는 이유로 흡족해했고, 제4차 중동 전쟁 중 시나이를 기습하는 데 사용했다. 또한 이스라엘에도 팔았다. 뱃머리의 플랩을 수초 안에 내릴 수 있어 특공대는 착륙장으로 곧바로 질주할 수 있다. 영국 해군에서는 시트럭에 장갑판을 댈 수만 있다면 구매하고 싶다고 했는데, 그렇게 되면 무게가 너무 무거워져 배의 이점인 잠행 기능 및 속력을 잃을 수 있었다. 그래도 물자와 인력을 수송하고 어뢰를 회수하는 데 사용될 시트럭에 맞는 요구 조건을 충족시켜 주었다.

런던 소방대를 위해서는 소화 펌프와 보조 장비들을 탑재한 시트럭을 만들었는데, 강변 경비용 배보다 템스강을 훨씬 빨리 달릴 수 있었다. 특정 중량 한도 내에서 이 시트럭은 얕은 물에서 기동이 훨씬 유리하기 때문에 아주 실용적인 예인선 역할을 할 수도 있었다. 게다가 끌어당기는 것은 물론 미는 기능도 훌륭했다. 군대에서의 시연을 통해, 시트럭은 약 45톤의 교량을 밀 수 있음을 입증했다. 남부 플로리다 대학교의 해양 실험실에서 쓸 목적으로 한 대를 팔았고, 남아프리카 공화국에는 급속히 퍼지는 부레옥잠을 제거하기 위한 용도로 판매했다. 영국 왕실의 요트 브리타니아에서는 왕족들이 승하차 시 이용하는 경사로에 펼쳐 놓을 붉은색 카펫과 함께 감청색 시트럭을 구입했다. 여왕은 이 시트럭을 서태평양의 길버트 제도와 엘리스 제도 같은 멀리 떨어진 영연방 국가를 방문할 때 사용했다.

시트럭이 가장 많이 팔린 때는 아마 1970년 11월 벵골만 전체를 강타한 싸이클론 볼라로 인한 끔찍한 홍수로 동파키스탄의 많은 지역이 파괴된 몇 개월간일 것이다. 볼라로 인해 약 50만 명의 인명 피해가 발생했다고 알려졌다. 그 참사에 적절히 대응하지 못한 서파키스탄 정부를 향한 비판이 거세게 일었고 결국 방글라데시 독립 전쟁이 불거졌다. 독립적인 방글라데시 인민 공화국이 되는 과정에서 동파키스탄은 서파키스탄 무장 세력의 잔학 행위로 끔찍한 고통을 받았다. 홍수, 기아, 피난민의 행렬 등 처참한 상황에 도움의 손길을 보내기 위해 서방 국가들에서 여러 가지 기금 모금 행사 — 그중에서 가장 유명한 것은 조지 해리슨을 주축으로 뉴욕의 매디슨 스퀘어 가든에서 열린 방글라데시를 위한 콘서트였다 — 를 벌였다. 로토크는 1백 대의 시트럭을 방글라데시로 보냈다. 제러미 프라이는 그곳에 가서 몇 개월간 직접 수리 및 서비스 센터를 관리하고 물품 분배를 감독했다.

여러모로 시트럭은 다재다능했다. 랜드로버와 스위스의 군용 펜나이프, 시트로앵 2CV, 벨 47 헬리콥터, 그리고 알렉 이시고니스의 미니 등과 더불어, 시트럭은 절제된 디자인과 공학적 측면에서 비공식적인 유파(流派)의 일부로 간주된다. 이런 기계들에서 내가 제일 좋아하는 점은 독창성과 그 기계들에 투입된 발명력이 시장을 혁신시키고, 더 나아가 새로운 시장을 창출하기까지 했다는 사실이다. 이 제품들은 기능적인 면과 별도로 각각 고유의 캐릭터와 매력을 지닌 매우 개성 있는 상품이다.

이런 획기적인 기계들이 기존 아이디어와 구성품을 사용했다는 점 역시 흥미롭다. 예를 들면, 미니를 그렇게나 혁신적으로 만든 특징은 사실 이전에도 여러 번에 걸쳐 시도된 것이었다. 1959년에 미니가 나오기 전, 이미 트랜스버스 엔진*이 장착된 차들이 있었다. 그중에서 특히 주목할 만한 것은 항공 기술자이자 열정적인 항해가 군나르 융스트룀과 스타일리스트이자 전직 스웨덴 공군 파일럿이었으며 사브의 군용기 디자이너를 지낸 식스텐 사손이 이끄는 소규모 팀이 설계한 차다. 바로 공기 역학적이며 자동차 경주에서도 우승한 1947년형 세단 사

* 차량에서 엔진 크랭크축의 축이 주행 방향에 수직이 되도록 장착된 횡방향 엔진.

브 92다. 사실 트랜스버스 엔진 자동차는 1899년 코번트리에 있는 다임러에서 만든 크리칠리 라이트 자동차로 거슬러 올라간다. 1930년대 중반에는 2CV라는 훌륭한 자동차를 세상에 내놓은 앙드레 르페브르와 플라미니오 베르토니가 설계하고 디자인한 시트로앵 트락시옹 아방과 같은 전륜 구동 차들이 이미 출시되어 있었다. 운전자와 동승자를 위해 되도록 넓은 공간을 확보한 상자 형태의 자동차도 있었고, 고무 서스펜션 형태의 차도 있었다. 이시고니스는 이런 아이디어를 전부 적용해, 길이 약 3미터, 너비 약 1.2미터 크기의 작은 차체에 네 명의 성인과 그들의 가방까지 싣고 고카트*처럼 달릴 수 있도록 했다. 미니의 경우 전체 내부 공간의 80퍼센트를 탑승자가 차지한다. 이시고니스는 크고 쓰레기통처럼 생긴 도어 포켓에 특히 흡족해했다. 그는 도어 포켓에 고든 진 스물일곱 병과 베르무트 한 병이 들어간다고 말했다. 두 가지 모두 그가 가장 좋아하는 술이다.

시트럭처럼 미니 역시 40년간 계속 생산될 만큼 수명이 길다. 미니는 가족용 세단이자 연극, 영화, 음악계 스타들이 즐겨 찾는 차이기도 했다. 소형 스테이션왜건이기도 하지만 — 우리 어머니도 내가 그레셤스 학교 학생일 때 그 차를 한 대 소유하고 있었다 — 눈으로 얼어붙은 알파인산맥으로 돌진하며 몬테카를로 경주에서 우승을 차지한 데다 — 이 영국의 강아지처럼 생긴 차를 막기 위해 온갖 이유를 찾으려 노력했던 프랑스인 심사위원들은 실망할 수밖에 없었다 — 1960년대 초반 굿우드 리바

* 지붕과 문이 없는 아주 작은 경주용 자동차.

이벌*에서는 3.8리터 트윈캠이 장착된 재규어 마크 2와의 대전에서 이긴 경주용 차이기도 했다. 또 미니는 배달용 승합차, 픽업트럭, 우체국 승합차, 이목 끌기용 차, 그리고 심지어 경찰차이기도 했다.

비록 알렉 이시고니스를 만난 적은 없지만 — 만났더라면 정말 좋았을 것이다 — 그는 제러미 프라이의 절친이었다. 두 사람은 미니를 고속 도로 레이싱 및 랠리용 차로 만든 것으로 유명한 존 쿠퍼와 함께 작고 가벼운 언덕 등반용 자동차들을 가지고 경주를 하곤 했다. 이시고니스는 1930년대에 동료 엔지니어 조지 다우슨과 함께 소형 모노코크** 혹은 응력 외피 구조***의 알루미늄 및 합판 프레임으로 만든 750시시 자동차를 개발했다. 그 결과 바퀴가 지면에 닿을 때 수면에 내려앉은 파리만큼이나 가볍고 유연하고 미니멀리스트적이며 언덕 오르기가 가능한 경주용 자동차가 탄생했다. 또한 강철이 아니라 고무로 된 서스펜션이라는 특징이 있었다. 이 자동차는 매우 성공적이었다.

이시고니스는 미니에 상호 연결 서스펜션 형태를 적용하고 싶어 했다. 이것은 빠르게 커브를 돌면 기울어지긴 하지만 안정

* 영국 웨스트서식스주에서 1998년에 시작해, 매년 9월에 열리는 대규모 모터스포츠 행사.

** 차체와 차대가 일체형인 차.

*** 구조를 구성하는 골조뿐 아니라 외피 역시 하중의 일부를 담당하게 만든 구조.

감이 있는 시트로앵 2CV의 소프트 스프링을 개선한 것이었다. 기술 및 재정적 편의를 이유로 첫 번째 미니는 상호 연결 서스펜션이 아닌 러버 콘* 서스펜션을 장착했다. 이시고니스의 친구였던 또 다른 혁신적인 엔지니어 알렉스 몰턴이 미니의 고무 서스펜션을 고안했다. 러버 콘을 차체와 바퀴에 인접한 차축들 사이에 장착했다. 스프링 컴프레서와 같은 방식으로 하중을 받으면 이 러버 콘들은 부분적으로 압축되면서 거친 도로에서 충격을 완화시켜 주었다. 더 중요한 사실은 내 모리스 1100이 차체가 작음에도, M4를 타고 배스를 오갈 수 있는 편안하고 안전한 자동차로 만들어 준 하이드로래스틱 서스펜션을 발명한 사람이 바로 알렉스 몰턴이라는 점이다. 하이드로래스틱 서스펜션은 1955년에 시트로앵이 획기적인 DS 모델에서 사용한 상호 연결 서스펜션과 유사했다. 이 서스펜션은 자동차 바퀴 네 개에 하중을 골고루 분산시킴으로써 거친 노면으로 인해 바퀴 중 하나가 변위되었을 때 코너링과 균형을 잡는 데 도움을 준다.

알렉스 몰턴의 가족은 고무 사업을 하고 있었다. 그의 부친 존 코니 몰턴은 제1차 세계 대전 때 인도와 싱가포르에서 복무한 육군 장교로, 싱가포르에 있는 래플스 박물관 관장을 역임했다. 동남아시아 매미 전문가였던 그는 사라왁 왕국의 마지막 백인 국왕이었던 찰스 바이너 브룩의 비서실장으로 재직할 때 브래드퍼드온에이번에 있는 집에서 휴가를 보내던 중 충수염으로 사망했다. 알렉스는 당시 여섯 살이었다. 나는 제러미 프라

* 일반적인 코일 스프링이 아닌 고무로 된 원뿔 모양 스프링.

이를 통해 그를 아주 잘 알고 있었다. 나 자신의 환경에 비추어 본다면, 알렉 이시고니스의 부친도 그가 열다섯 살 때 사망했고, 제러미의 아버지 역시 그가 스코틀랜드의 고든스타운 학교에 있을 때 사망했다. 우리 세 사람은 경력이 많이 겹치면서도 성격은 매우 달랐다. 하지만 독립심과 근면함, 성공에 대한 추진력은 동일했다.

기계에 재능이 많은 알렉스는 말버러에 있는 학교에 다닐 때 증기 자동차를 만들었다. 케임브리지 대학교에서 기계 공학을 전공한 뒤 브리스틀 항공기 회사에서 수련 과정을 밟았다. 알렉 이시고니스, 제러미 프라이, 벅민스터 풀러처럼 알렉스 역시 모든 것에서 효율적인 재료와 경량을 추구했다. 제러미가 더 나은 밸브 액추에이터를 만들고, 이시고니스가 〈버블 카〉라는 소형차가 이미 있는데도 더 좋고 더 작은 세단을 만든 것처럼, 알렉스는 더 좋은 자전거를 만들고 싶어 했다.

알렉스는 매일 옷을 말끔히 차려입고 윌트셔주 브래드퍼드온에이번에 위치한 자코비안 양식의 자택에 있는 마구간 뜰로 자전거를 고안하러 가곤 했다. 1962년에 론칭한 그의 유명한 몰턴 자전거는 작고 가벼운 프레임, 지름 약 40센티미터의 소형 바퀴, 그리고 고무 서스펜션을 장착한, 완전히 혁신적인 자전거였다. 이 자전거는 특히 도심에서 사이클링을 완전히 다시 유행하게 만들었다. 사이클링 세계의 〈미니〉였던 이 자전거는 패션 에디터들의 애장품이 되어, 1960년대 『보그』와 같은 잡지나 일요 신문의 문화면에 수없이 등장했다. 이로써 자전거 혹은 다른 제품들이 어떠해야 하는지에 대한 생각이 완전히 바뀌었다. 비평가 레이너 배넘은 『아키텍처럴 리뷰*Architectural Review*』에 이렇게 썼다. 〈자전거에 대한 생각은 이제 결코 이전과 같지 않을 것이고, 앞으로는 영원하다거나 최종적인 형태라는 말이 있을 수 없으며, 심지어 몰턴 자전거도 개선의 여지가 있다.〉 몰턴은 모양뿐 아니라 타기에도 매우 훌륭한 자전거였으며, 오늘날까지 계속 생산되고 있다. 나는 훌륭한 초경량 파일론 스페이스 프레임* 모델을 소유하고 있다.

비록 여러 회사가 몰턴 자전거의 바퀴 크기와 접이성을 모방했지만, 어느 회사도 그 순수성과 정제된 엔지니어링 방식에는 근접하지 못했다. 어떤 회사도 작은 바퀴 때문에 야기되는 노면 요철에서 오는 충격을 완화시키거나 주행 저항**에 필요한 타이어 공기압을 높이는 것을 전혀 고려하지 않았다. 몰턴 자전거는 연장 키트도 안장 밑에 있는 소켓 안에 하나의 앨런 키로 삽입되어 있다.

나는 로토크 시절에 알렉스 몰턴이 급진적인 새로운 디자인을 만들기 위해 자전거 회사를 설립한 이야기를 통해 교훈을 얻었다. 1966년 롤리***는 몰턴을 조야하게 모방한 제품으로 몰턴 판매량에 타격을 주었다. 다음 해 몰턴은 롤리에 매각되었고,

* 직경이 작은 튜브로 설계되어 기존 자전거의 프레임보다 훨씬 우수한 강성과 강도를 제공하는 프레임.

** 바퀴가 지면에 맞닿을 때 발생하는 저항력.

*** 1887년에 설립한 영국의 자전거 회사.

알렉스는 컨설턴트로 남게 되었다. 결코 원활하게 유지될 수 없는 동업 관계였다. 1970년대 초에 판매가 저조할 때, 알렉스는 그의 디자인에 대한 권리를 되찾아 직접 브래드퍼드온에이번에서 여러 모델의 자전거를 제작하기 시작했다. 이런 알렉스의 이야기는 발명가들이 자신들의 디자인에 대한 권리와 특허를 가지고 있는 것이, 그리고 가능하다면 자신들이 직접 사업을 꾸려 나가는 것이 얼마나 중요한지 상기시켜 준다.

내가 이 시기에 얻은 또 다른 교훈은 아주 훌륭한 발명품이라 해도, 그것을 팔기로 한 시장에 맞지 않거나 적절하지 않을 수 있다는 점이다. 종종 제품의 설계적 측면이 시대에 너무 앞선 것으로 여겨지거나, 때로는 이 부분 때문에 심지어 터무니없게 여겨지기도 한다. 큰 성공을 거둔 소니의 워크맨은 처음 출시되었을 때 녹음도 안 되는 카세트 플레이어를 아무도 좋아하지 않을 거라는 생각 때문에 외면당했다. 또한 폭스바겐의 비틀, 훗날에는 혼다의 어코드가 미국 시장에 진출할 때까지 미국인들이 결연히 대형차만 고집했다는 것은 잘 알려진 사실이다.

알렉 이시고니스는 소형차의 성공 가능성을 미리 알고 있던, 말하자면 천재나 다름없는 인물이었다. 1968년에 처음 미니를 만든 그는 독립심이 강했다. 즉, 오스틴과 모리스* 등의 유명 브랜드를 소유한 BMC를 집어삼킨, 거대하고 고루하며 지나치게 관료적인 재벌 기업 브리티시 레이랜드와 같은 회사 조직의

* 오스틴과 모리스는 별도의 자동차 업체였으나 나중에 BMC에 합병되어 브랜드명은 명맥을 유지했다.

일원으로 만족할 사람이 아니었다. 그러나 이시고니스의 〈시장 조사는 다 헛소리〉이며 〈절대 경쟁사를 모방해서는 안 된다〉는 견해도 고집불통 도널드 스토크스에게는 결코 먹히지 않았다. 스토크스는 훨씬 더 사랑받던 모리스 마이너를 시장 조사 결과에 따라 불운의 모리스 마리나로 대체하고, 그 멋진 재규어의 지붕을 비닐로 덮어 버린 트럭 영업 담당이자 이시고니스의 상사였다. 지금껏 영국에서 가장 잘 팔린 영국의 차는 미니다. 만일 BMC에서 시장 조사가 이시고니스보다 더 큰 영향력을 가졌다면 이시고니스의 미니는 결코 존재하지 못했을 것이다. 하지만 결과적으로 이시고니스는 회사에서 물러나야 했다. 그는 비록 브리티시 레이랜드에서는 눈엣가시였지만, 1967년에 동료 엔지니어들은 그를 로열 소사이어티*의 일원으로 선출했다.

엔지니어링 디자인이 얼마나 독창적일 수 있는지 매일 상기시키기 위해 맘즈버리에 있는 다이슨 연구 개발 캠퍼스에는 모리스 미니 마이너가 전시되어 있다. 다이슨의 엔지니어들이 내 60번째 생일에 선물한 이 자동차는 세로 방향으로 절단되어 있어, 차 내부와 트랜스버스 엔진, 고무 서스펜션, 무게를 감량시키는 슬라이딩 윈도에서부터 넉넉한 도어 포켓에 이르기까지 모든 세부적 시스템을 한눈에 볼 수 있다.

미니는 이런 급진적인 제품이 어떻게 기존 자동차 회사 제조의 심장부로 뚫고 들어가 40년 이상 동안 약 5백만 대나 판매했는지 상기시켜 주는 물건이기도 하다. 미니는 결코 평범하지 않

* 1660년에 설립한 영국에서 가장 오래된 과학 연구 기관 중 하나.

으면서 일상생활의 일부가 되어 버린 아주 색다른 디자인이었다. 소니의 워크맨 역시 매혹적인 성공 신화를 가지고 있다. 그 이유는 처음에 그 디자인이 상식에서 완전히 어긋나는 것처럼 보였기 때문이다. 학교 및 대학교의 신학기에 맞추어 1979년 7월 발매된 이 휴대용 카세트 플레이어는 이동 중에도 헤드폰을 사용해 음악을 들을 수 있게 함으로써, 출시 첫날부터 선풍적인 인기를 불러일으켰다.

은색 및 파란색의 조합으로 이루어진 소형 워크맨의 가격은 150달러로 결코 저렴하지 않았다. 그리고 어떤 회사에서도 녹음이 안 되는 카세트 플레이어를 제조하지 않았던 점을 고려하면, 워크맨 출시는 회사 내에서도 논란을 빚은 과감한 결정이었다. 그럼에도 불구하고, 소니의 이부카 마사루는 워크맨이 한 달에 약 5천 대가 팔리기를 기대했다. 그러나 처음 두 달 만에 약 5만 대가 팔렸으며, 2010년 일본에서 생산을 중단할 때까지 전 세계적으로 약 4억 대 이상이 팔렸다.

소니는 조깅하거나 공부하거나 집에서 편히 쉬고 싶은 사람들의 요구를 잘 반영한 음악 플레이어라는 적절한 제품을, 적절한 시기에 내놓은 사례라고 볼 수 있다. 영리하게도 이부카 마사루는 뮌헨에서 헤르베르트 폰 카라얀 밑에서 수학한 물리학자이자 음악가 오가 노리오에게 당시의 소니 프레스맨과 같은 카세트리코더에 재생 기능만 더한 제품을 설계해 달라고 부탁했다. 오가는 1978년에 팀원들과 함께 되도록 기성 부품을 사용한 TC-45를 만들었다. 그러나 제작비가 1천 달러나 들고 크기가 너무 커 — 출장을 다니며 오페라를 즐겨 듣는 그는 비행기에서 이 제품을 사용해 보았다고 한다 — 다시 처음 단계로 돌아갔다.

워크맨은 경량의 발포 고무로 만든 헤드폰과 재생 기능만 있는 상태로 시장에 나왔다. 언론 매체에서는 이 제품을 조롱했으나, 시장은 반응을 보였다. 사람들은 매력적이고 작은 기계의 외양과 재생되는 소리를 들어 보고 워크맨과 사랑에 빠졌다. 1980년대 중반 이 제품의 이름인 〈워크맨〉이 『옥스퍼드 영어사전』에 등재되며 하나의 문화 현상이 되었다. 소니 입장에서는 제조하기도 매우 쉬운 제품이었다.

시트로앵의 독창적이고 매우 특징적인 자동차에 대한 이야기도 있다. 시트로앵은 혁신적인 디자인에 매진할 수 있도록, 훈장을 받은 전직 군대 비행사이자 미쉐린의 이사였던 피에르 쥘 불랑제가 이끄는 엔지니어링 디자인 부서를 열심히 지원했다. 불랑제는 전직 경주용 자동차 디자이너이자 레이서로 엔지니어링 설계를 담당한 주요 멤버 앙드레 르페브르와 한눈에 봐도 프랑스적인 독특한 스타일을 자동차에 부여한 이탈리아 조각가 플라미니오 베르토니로 이루어진 유능한 팀을 육성했다. 1934년에 처음 파산한 이후 미쉐린의 일부가 된 시트로앵은 DS 모델을 위해 폴 마제스의 셀프 레벨링 수압식 서스펜션과 동시에 레이디얼 타이어*를 개발했다. 시트로앵은 이를 통해,

* 타이어를 지지하는 강철로 된 살들이 타이어 중앙으로부터 방사상으로 배치된 타이어.

알렉 이시고니스가 미니로 제대로 입증한 것과 마찬가지로 대중이 고도로 진화된 제품을 사는 데 전혀 거리낌 없음을 입증했다. 시트로앵이 1955년 파리 모터쇼에서 DS를 공개한 날 약 1만 2천 대를 주문받은 사실은 아주 유명하다.

그럼에도 불구하고 시트로앵은 곧 심각한 상업적 실수를 저지르고 만다. 1955년에서 1970년 사이 새로운 모델을 출시하지 않은 것이다. 자동차를 사려는 대중이 다른 회사의 새로운 제품에 눈을 돌리자 시트로앵은 당황해서 여러 가지 새 모델에 투자하고 급히 출시했다. 결국 그렇게 쓰인 경비가 회사를 파산에 이르게 했다. 1974년 푸조에 인수되어 돈은 벌었지만, 그 회사만의 특징과 혁신적인 디자인, 엔지니어링, 그리고 스타일링에 대한 추진력을 잃은 시트로앵은 더 이상 예전으로 돌아가지 못했다.

상어가 살아남기 위해 계속 움직여야 하는 것과 유사하게, 혁신적인 엔지니어링에 중점을 둔 제조업체가 경쟁력을 계속해서 유지하려면 지속적으로 혁신이 이루어져야 한다. 새롭고 더 좋은 제품을 만들기 위해 노력한다는 것은 종종 바로 그 회사의 특징을 반영하는 것과 같다. 다이슨의 엔지니어들은 결코 멈추어 있지 않는다. 25년 만에 혁신적인 진공청소기를 개발하는 것에서부터 전기 자동차 시제품을 만드는 데에 이르기까지까지 발전해 왔다. 발명은 또 다른 발명으로 연결되는 경향이 있다. 회사는 이것이 가능한 환경을 조성해야 한다. 어느 회사든 DS의 성공과 같은 특별한 순간을 맞을 수도 있지만 — 롤랑 바르트가 〈하늘에서 떨어진 것 같다〉고 말할 정도로 획기적인 자동차로 아주 오랫동안 사랑받았으니 말이다 — 그럼에도 불구하고 여전히 실패할 가능성은 있다.

모든 기술적 발명품 가운데 가장 혁신적인 것 중 하나로 꼽히는 제트 엔진도 생산되기까지 아주 험난하고 고통스러울 정도로 느린 개발 과정을 거쳤다. 이것은 나의 또 다른 영웅인 프랭크 휘틀의 발명품이다. 그의 순수한 투지와 인내는 내가 독립적으로 제조업을 시작하기 전부터 나에게 영감을 주었다. 맘즈버리에 있는 다이슨의 작업 공간 중 한 곳에는 아직도 작동되는 제트 엔진 중에서 가장 오래된 것 — 그리고 가장 처음으로 생산된 것 중 하나다 — 을 전시해, 휘틀의 업적을 상기시키고 있다. 이 특별한 롤스로이스 RB.23 웰랜드 엔진* 은 1943년 12월 요크셔주에 있는 바놀즈윅에서 조립되었다. 내가 이 엔진을 굿우드 리바이벌에 가져가려고 할 때, 이것이 롤스로이스의 혈통이라는 것을 발견했다. 그런데 안타깝게도 연료 누출 결함이 발견되어 가져가지 못했다. 휘틀이 연료 시스템에 대해 그린 설계도 몇 장은 우리가 소유하고 있는 엔진이 휘틀이 설계한 원래 엔진은 아니지만 롤스로이스에서 만든 모델 중 하나라는 것을 보여 주었다. 우리의 열정적인 엔지니어들은 휘틀이 그린 설계도 원본을 바탕으로 웰랜드 엔진을 재구성했고, 이제는 완벽하게 작동한다.

이 엔진이 바로 최근 몇 년 동안 전 세계적으로 연간 약 30억

* 프랭크 휘틀과 동료들이 개발한 제트 엔진의 초기 모델.

명을 실어 나른 여객기에 동력을 공급한 엔진의 전신이다. 웰랜드 엔진이 특별한 이유 중 하나는 롤스로이스에서 이전에 사용되던 멀린 피스톤 엔진과 대조적으로, 구성 요소의 움직임이 매우 적은 터보제트 엔진이라는 점이다. 사실 휘틀이 스물두 살이던 1929년에 제트 엔진을 구상하며 연습 공책에 손으로 쓰고 그린 첫 번째 공식은 아주 간단하다. 그는 대서양을 약 15킬로미터 상공에서 시속 약 800킬로미터로 횡단하는 승객 및 우편물 수송 비행기에 동력을 공급할 수 있는 엔진을 원했다.

휘틀의 제트기가 더 빨리 개발되었다면, 1939년쯤 영국 공군은 다양한 제트 전투기와 폭격기를 보유해 히틀러의 군사적 야망에 매우 심각한 걸림돌이 되었을 것이다. 그런데 독일이 기술을 빨리 따라잡아 영국보다 먼저 제트기를 생산한 것이 실로 비극이 아닐 수 없다. 이보다 더한 비극은 독일 엔지니어들이 휘틀의 디자인을 제한 없이 연구할 수 있었다는 점이다. 1935년에 영국 항공성은 휘틀의 특허를 갱신하는 데 필요한 5파운드를 지불하기를 거절했다. 심지어 그전부터 항공성이 휘틀의 기술 자료를 중요하게 여기지 않고 〈일급 기밀〉 문서에 포함시키지 않은 탓에 누구나 자유롭게 열람할 수 있었다.

그런 역경에도 불구하고 휘틀은 성공했다. 비행기와 모형 항공기 제작에 열정을 가지고 있던 코번트리 지역의 노동자 계급 출신의 소년 휘틀은 1923년 영국 공군에서 항공기 조종 견습생이 되었다. 그는 조종사 교육을 받을 수 있는 프로그램에 선발된 다섯 명의 견습생 중 한 명이었다. 그는 훌륭하면서도 실로 대담한 조종사였는데, 그의 탁월한 총명함을 알아차린 영국 공군은 그가 파워 제트 회사*에서 세계 최초로 제트 엔진을 제작하면서 케임브리지 대학교의 기계 공학과를 3년이 아닌 2년 만에 수석으로 졸업할 수 있도록 지원해 주었다. 파워 제트는 헬레나 보넘카터의 할아버지인 모리스 보넘카터의 후한 자금 지원을 받았다. 정부가 파워 제트에 보상도 하지 않고 제조업계에서 경쟁할 기회도 주지 않은 채, 휘틀의 제트 엔진을 훔쳐 간 것은 정말 수치스러운 일이 아닐 수 없다.

항공성의 전문가나 제조 회사들은 모두 휘틀의 제트기에 회의적이었다. 그리하여 지원금이 너무 적었기 때문에, 이 제트 엔진은 1937년 3월 럭비에 있는, 아주 기초적인 산업용 건물 안에서 탄생할 수밖에 없었다. 이때 비로소 영국 공군은 그 프로젝트를 인정했지만, 휘틀의 연구가 전략적으로 중대하다는 사실을 완전히 깨달은 것은 독일군이 폴란드를 침공하기 며칠 전 최초의 제트기인 하인켈 178을 띄운 직후였다. 로버가 엔진을 담당하고 글로스터 에어크래프트**에서 기체를 담당한 휘틀 제트기의 시제품이 마침내 1941년 5월에 시험 비행을 했다. 제트기가 어떻게 프로펠러 없이 비행하느냐는 질문에 영국 공군 조종사 한 명이 다른 조종사에게 이렇게 말했다. 「후버처럼 공기를 빨아들이면서 앞으로 나아가는 거야.」 또한 윈스턴 처칠은

* 프랭크 휘틀이 1936년에 동료들과 제트 엔진 개발을 위해 설립한 회사.

** 1917년에 설립한 영국의 항공기 제조 회사로, 제2차 세계 대전 기간에 전투기를 중점적으로 생산했다.

굵고 우렁찬 목소리로 이렇게 요청했다. 「〈휘틀기〉 1천 대를 만들어 주세요.」 시제품을 시험한 후, 글로스터에서 미티어 트윈 엔진 전투기를 생산해 1944년 7월 실전에서 사용되면서 처칠은 자신이 원했던 휘틀기를 얻었다.

실로 제트기의 시대가 시작되었다. 휘틀이 만든 엔진이 미국으로 배송되어 미국 최초의 터보 제트기인 제너럴 일렉트릭의 GE J31을 탄생시켰을 때가 특히 전성기였다. 전쟁이 끝나고 2년 후 영국 노동당 정부는 휘틀의 1세대 제트기의 신개발품인 롤스로이스 닌* 55대를 소련의 〈친구들〉에게 〈비군사적 용도〉로 사용하도록 판매했다. 스탈린은 다음과 같이 말했다. 「어떤 바보가 자기네 비밀을 우리한테 팔지?」 닌은 곧 블라디미르 야코블레비치 클리모프에 의해 VK-5A로 역설계되었고, 이는 결국 미군이 한국의 6·25 전쟁 때 맞서 싸워야 했던 고도로 효과적인 후퇴익** 미그 15 전투기가 되었다. 오늘날에는 연구와 발명품을 보호하기 위해 높은 수준의 비밀 및 보안이 필요하다. 근현대의 가장 중요한 발명품 중 하나가 냉전 시대 적군에게 그토록 쉽게 전해진 것은 정말 놀랍고 애석한 일이 아닐 수 없다. 이로써 그들이 당시 국내에서 개발한 기술과 그것을 달성하기 위해 회사들이 감당해야 했던 일을 얼마나 경시했는지 알 수 있다.

* 1944년에 최초로 비행을 시작한 항공기용 제트 엔진으로, 주로 다양한 전투기 및 군용 비행기에 사용되었다.

** 뒤로 젖힌 모양의 날개.

휘틀이 제조업의 변방에서 독자적으로 제트기를 개발한 영국 공군 장교가 아니라 처음부터 롤스로이스의 엔지니어였다면, 그의 제트 엔진은 더 나은 개발 및 생산 과정을 거치면서 더 빠르고 순조로운 비행기가 되었을까? 아마 그럴지도 모른다. 먼지 봉투 없는 듀얼 싸이클론 진공청소기를 만들겠다고 결심했을 때, 나는 몇 번의 잘못된 시작 단계를 거쳐야 했다. 특히 내 진공청소기를 만들어 줄 기존 제조업체를 찾는 과정에서 모든 것을 나만의 방식으로 해나가야 하며 내 공장을 차리는 것이 최선임을 배웠다.

물론 모두가 예상하는 대로 그 과정은 쉽지 않았다. 내가 독립했을 때는 인플레이션이 심하고 이자율이 매우 높았기 때문에, 영국의 공장을 임대하려면 최소 21년간 계약을 맺어야 했다. 심지어 확실히 자리 잡고 추가 제조 공정이 빨리 이루어져야 하는 상황에서도 계획 허가와 같은 요식 행위와 절차 등이 진행 속도를 늦추게 만들어, 차라리 모든 결정과 절차가 빠른 다른 나라로 나가는 편이 좋겠다는 생각까지 들었다.

일단 공장을 가지더라도 어떻게 독창적인 새 제품을 생산할 것인가? 플라스틱 부품을 일일이 직접 만들어야 할까, 아니면 사야 할까? 그리고 모터와 개스킷, 그리고 의지와 노력으로 만들어야 하는 수많은 부품은 또 어떻게 할 것인가? 나는 여러 경험을 통해, 제조업체를 운영할 때 외부 공급업체로부터 제공받는 부품을 되도록 줄이는 것을 목표로 해야 한다는 사실을 깨달았다. 1970년대 영국에서 제조된 자동차를 타고 다닌 우리는 그 이유를 알고 있다. 불량한 조립 상태는 차치하더라도, 자동차에 결정적 문제를 야기하는 것은 외부 공급업체로부터 제공받은 질 낮은 부품들이었다. 특히 전기 관련 부품의 고장 문제가 가장 많았다.

놀라울 만큼 빠른 속도지만 안정적으로 회전하는 전기 모터는 우리 제품의 핵심이다. 이전까지 다른 회사에서는 모두 일반적이고 평범한 모터를 만들었다. 그래서 우리는 직접 완전히 새로운 기술을 개발했다. 이런 과정은 비용이 많이 들지만, 진공청소기에 혁신을 가져오게 했다. 물론 다이슨에서 절대적으로 모든 부품을 직접 만들 수는 없으며, 우리의 제조 표준 및 가치와 조화를 이루도록 외부 공급업체들과 협력할 수 있다. 우리의 방식은 특별하고 다르기 때문에, 예를 들어 1974년에 설립되어 전 세계 각 지역에 흩어져 있는 약 80만 명의 직원이 미국, 캐나다, 중국, 핀란드, 일본 등에서 매우 유명한 전자 제품을 생산하는 폭스콘 같은 회사처럼 일할 수는 없다. 그곳의 제품은 대부분 기성 부품들로 만들어진다. 그러나 우리는 이미 만들어져 있는 부품을 사지 않고 직접 부품을 디자인한다.

1974년에 나는 개인적으로 갈림길에 섰다. 당시 내 인생은 매우 흥미로웠다. 로토크에서 바쁘게 일하고 있었지만, 동시에 아버지가 되었다. 첫째 딸 에밀리가 1971년에 태어났고, 첫째 아들 제이크가 2년 후에 태어났다. 디어드리와 나는 돌로 된 옛 코츠월드의 농장 집을 구입했다. 그것으로 장거리 통근은 끝났지만, 더 고된 육체적 작업이 시작되었다. 그 작업은 더 나은 일상을 만들기 위한 나만의 발명품 아이디어를 촉발하는 데 도움이 되었다. 일상을 〈더 나은〉 방향으로 바꾸는 발명품이란, 말하자면 나처럼 집을 고치려고 조종하기 어려운 데다 잘 쓰러지는 수레에 짐을 싣고서, 그것을 끌고 진흙투성이 통로를 잘 통과해야 하는 사람들을 위한 것이었다. 나는 〈당연히 더 좋은 수레를 만드는 것이 가능하지 않을까?〉 하는 생각이 들었다.

제러미와 로토크는 나에게 시트럭과 같은 넓은 야외에서 작동하는 제품, 즉 항공기나 굴착기 혹은 돈이 많은 사람들이 구매하는 업무용 소형 선박과 같은 제품을 생각하도록 했다. 반면 가족과의 생활은 일상적으로 가정에서 반복해서 생기는 단순한 골칫거리들을 훨씬 쉽고, 심지어 즐겁게 만들 수 있는 것들에 관심을 갖게 도와주었다. 물론 정유 회사나 군대를 위한 제품을 설계하는 일도 좋아했지만, 나는 이제 일상적으로 사용하는 제품을 디자인하는 데, 다시 말해 직접적인 경험에서 파생된 제품 설계에 더 관심을 갖게 되었다. 하나의 제품이나 서비스의 성능을 위해 산업에서 필요한 것을 이해하거나 고려하는 대신, 집에서 생활하는 사람들이 무엇을 원하는지 고려하게 되었다. 자본재와 달리, 잠재 소비자로서 이 혁신적이고 이상한 제품을 구매할지에 대해 스스로 판단을 내릴 수 있다. 자신이나 다른 사람이 모르는 사업을 하는 사람이라면, 제품을 설계할 때 필요할지도 모른다고 이해한 것에 의존해야 하기 때문에 훨씬 더 위험하다. 심지어 그것이 틀릴 수도 있다. 하지만 만일 자신이 직접 사용하는 제품을 설계한다면, 그 제품에 진짜 필요한 것이 무엇인지 잘 알고 있을 것이다. 자신의 신제품이 기존의 것들과 근본적으로 다르고 다른 방식으로 작동할 때, 과연 소비자가 그 제품을 살 만큼 충분히 매력적인지 결정하기 위해 자신의 느낌과 해석을 이용할 수도 있다.

나는 독립하기 전에 로토크에서 또 다른 배를 개발하고 있었다. 1960년대 초에 제러미가 제1차 세계 대전 중에 버려진 프로방스의 외딴 작은 마을을 산 다음, 건축가 협회 학생들의 도움을 받아 복원한 연구 센터 〈르그랑방〉*에서 창의적이고 즐겁게 몇 개월 보낸 것이다. 멀리 지중해가 보이고 라벤더가 가득 피어 있는 뤼브롱 계곡의 경치는 매우 아름다웠고, 생각하기에 아주 좋은 장소였다. 그곳은 1980년대 중반 몇 개월 간격으로 연이어 제작된 클로드 베리의 매혹적인 두 영화 「마농의 샘」 1편과 2편의 배경이 되기도 했다. 그곳은 정말 생각하기에 더할 나위 없이 좋은 장소였다.

그때 떠오른 생각 중 하나는 지방 도로에서 본 가스 공급 배관 설치에 사용되는 폴리에틸렌 파이프로 보트를 만들어 보자는 것이었다. 에너지 넘치는 시트럭 사용자들이 아주 빠른 속도로 돌이 많은 해안 위로 시트럭을 착지시킬 때 유리 섬유로 된 선체가 잘 부서지는 것과 달리, 이 파이프 재질은 매우 단단했다. 게다가 튜브 보트의 파이프가 손상된다고 해도 교체가 가능했다. 우리는 1947년 노르웨이 탐험가 토르 헤위에르달이 남미에서 폴리네시아의 섬들까지 태평양을 횡단했을 때 사용한, 전

* 프랑스어로 〈커다란 벤치〉라는 뜻.

세계의 이목을 집중시켰던 〈콘티키〉라는 이름의 뗏목과 매우 유사한 형태로 8~10개의 파이프를 함께 단단히 묶었다. 헤위에르달이 남아메리카산 발사나무를 사용한 곳에 나는 열가소성 수지를 사용했다. 각각 천연 소재와 인공 소재인 이 두 재료는 가볍고 내구성이 좋다는 공통점이 있었다.

튜브 보트는 시트럭보다 훨씬 저렴했다. 나는 모형을 만들고 프랑스 바스잘프의 저수지에서 그 모형들을 시운전하기 시작했다. 안타깝게도 튜브 보트는 제품 단계까지 이르지 못했다. 로토크는 1975년 제러미가 사업에서 물러난 뒤부터 시트럭 프로젝트에 대한 관심이 떨어졌기 때문이다. 하지만 적어도 튜브 보트의 설계 중 한 가지 요소는 낭비되지 않았다. 그것은 폴리에틸렌 튜브의 끝부분을 밀폐하기 위해 축구공을 사용한 점이다. 실제 제품을 만들었다면 구의 형태를 성형해 사용했을 것이다. 성가신 외바퀴 손수레에 대해 좌절감을 지니고 있던 나에게 튜브 보트의 끝부분을 막은 그 축구공은 아이디어를 주었다. 그것이 바로 〈볼배로〉다. 당시 이름까지 생각한 것은 아니지만, 나는 르그랑방이 있던 프로방스의 한없이 목가적인 시골 풍경을 바라보면서, 아무리 제러미를 존경하고 그와 함께 일하는 것이 즐겁다고 해도 독립하기로 마음먹었다. 제러미는 관대하게 그런 나의 새로운 모험을 지원해 주겠다고 했다. 지금 돌이켜 보면, 그때 그 제안을 수락했으면 얼마나 좋았을까 하는 생각도 든다. 일하기 즐거운 직장, 회사 중역이라는 자리와 연봉을 다 포기하고, 1974년에 나는 어린 두 자녀와 상당한 빚, 막대한 대

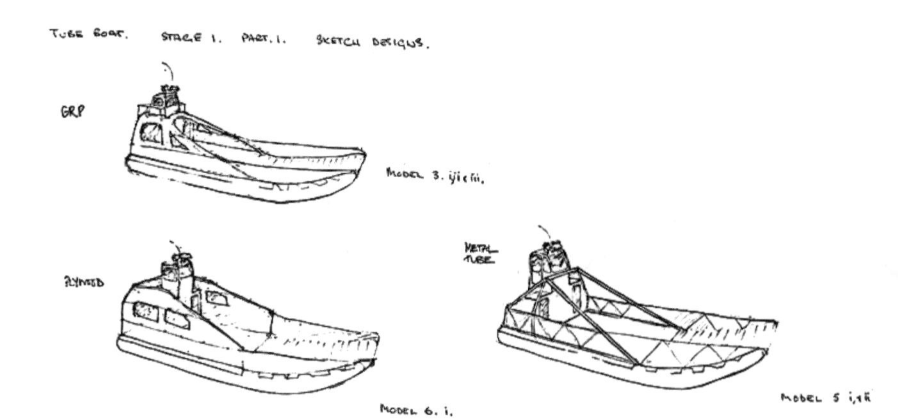

튜브 보트의 스케치

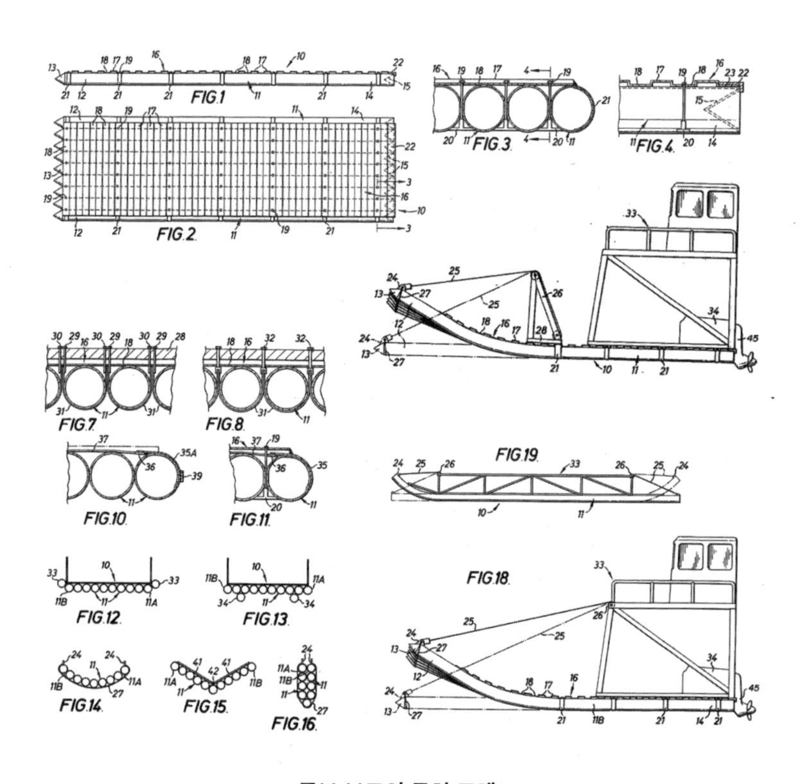

튜브 보트의 특허 도해

출금과 함께 미지의 세계로 발걸음을 내디뎠다.

디어드리와 나는 마음속으로 주사위를 굴렸다. 언제나 그랬듯이 나에게는 디어드리의 지지와 조언이 가장 중요했다. 그녀는 내 발명적 재능이 충분히 기대할 만하다고 말했다. 그래서 우리는 그렇게 하기로 결정했다. 오래전부터 나에게 위험이란 타성에 대한 해독제였다. 예술가인 디어드리는 프로젝트 또는 아이디어가 무엇인지 잘 이해하고 있었다. 그런 것은 본질적으로 깊이 몸에 배는 것이다. 그것을 해야 하고, 좋아해야 하고, 성공적인 결과가 나오리라 믿어야 한다. 그 모든 것을 이해하고 나에게 미지의 세계, 빚과 위험과 잠재적 빈곤으로 뛰어들 수 있는 권한을 준 디어드리가 있었다는 사실은 정말 행운이었다. 당시에는 자본 없이 벤처 사업을 시작하는 이들을 위한 정부의 장려책 같은 것이 전무했다. 실리콘 밸리의 스타트업이 생기기 한참 전이었다. 오히려 투자자들은 자신들의 자본으로 이자를 받아 큰돈을 벌 생각만 했을 뿐, 제조업 같은 일에 투자하는 위험을 절대 감수하려고 하지 않았다.

나는 그런 모든 주류에 맞서, 제조업자가 될 결심을 하고 있었다. 또한 사업가가 되려 하고 있었다.

4
볼배로

1974년에 독립한 내 선택은 바보 같은 짓이었을까? 제러미 프라이와 함께 일한 것은 정말 짜릿하고 신나는 경험이었다. 그 안에서 너무 많은 모험을 겪었기 때문에 나는 어쩌면 로토크라는 버블 밖의 현실 세계와 동떨어져 있었는지도 모른다. 아니면 내가 너무 어리고 의욕이 넘쳐 당시 영국 사회에 영향을 미치던 정치적 갈등, 사회적 혼란, 경제적 불확실성과 같은 냉정한 현실을 제대로 깨닫지 못했던 것일까?

돌이켜 보면 비틀스가 해체되고 지미 헨드릭스가 사망한, 그리고 약 50만 명의 젊은이가 여름에 와이트섬에서 열린 팝 페스티벌*에 참석한 1970년부터 뭐라고 꼬집어 설명하기 어려운 중대한 변화가 일어나고 있었던 것 같다. 그건 마치 창의적이며 길고 길었던 〈사랑의 여름〉, 그러니까 내가 왕립 예술 학교에 다니던 시절이 갑자기 추운 겨울로 바뀌어 버린 듯한 느낌이었다. 냉전과 베트남 전쟁이 계속되었다. 북아일랜드에서는 북아일

* 1968년부터 1970년까지 3년간 영국 와이트섬에서 열린 음악 축제.

랜드 분쟁*이 발생했다. 아일랜드 공화국군은 국회 의사당, 런던 탑, M62를 달리는 버스, 버밍엄의 술집, 그리고 켄싱턴 하이 스트리트의 비바 부티크에 폭탄을 터뜨렸다. 극좌파 무장 단체인 〈노여운 여단〉은 비바처럼 1960년대 진보적 문화의 상징이었던 우체국 타워 건물을 폭격했다.

이런 폭력 사태로 인해 영국 주요 노동조합의 파업이 증가했다. 1972년 2월 광부들이 파업에 돌입하자 보수당 총리 에드워드 히스는 국가 비상사태를 선포했다. 이듬해 말 초과 근무 금지 요구가 받아들여지지 않자 광부들이 파업에 돌입했고, 히스는 전력 공급 부족을 해소하기 위해 전국에 〈주 3일 근무제〉를 도입할 수밖에 없었다. 그로 인해 1974년 새해 첫날부터 전기 사용을 엄격히 제한했고 — 디어드리와 나는 오일 램프를 이용해 베이컨과 달걀을 요리하는 방법을 배워야 했다 — 경기 침체는 더 심화되었다. 채널이 세 개밖에 없었지만 밤 10시 30분 이후에는 방영되는 TV 프로그램도 없었다. 이상하고 암울했던 이 시기는 석유 파동과 겹쳤고, 석유 수출국 기구는 제4차 중동 전쟁 기간 이스라엘을 지원한 국가에 석유 공급을 제한하기로 결정했다. 휘발유 배급이 엄격해졌고, 영국 고속 도로에서는 운행 속도를 시속 약 80킬로미터로 제한했다.

실업자 수는 이미 1930년대 이후 최고치인 1백만 명을 넘어선 상태였다. 1974년 1월, 영국 정부는 제2차 세계 대전 이후 처

* 1960년대 후반부터 1998년까지 약 30년에 걸쳐 북아일랜드에서 발생한 일련의 민족주의 분쟁.

음 공식적으로 불황에 빠졌음을 인정했다. 불확실한 시기에 영국인들의 생활에도 또 다른 주요한 변화가 있었다. 통화는 십진법화되었다. 그리고 수년간 노력 끝에 하원 투표를 실시한 결과, 영국은 365개의 찬성표와 224개의 반대표를 얻음으로써 유럽 경제 공동체에 가입했다. 〈정부와 노조, 누가 영국을 통치하는가〉 하는 문제를 놓고 실시된 3월 총선거에서 1929년 이후 처음으로 헝 의회*가 생겼다.

해럴드 윌슨은 소수 노동당 정부와 함께 권력을 되찾았다. 그때부터 영국 제조업은 활력을 잃었다. 이때가 바로 노조와 싸우고 형편없는 자동차를 생산하는 경영 방식으로 잘 알려진 거대 자동차 기업 브리티시 레이랜드의 시대다. 한편 언론에서는 공산주의 노동조합의 데릭 로빈슨을 〈레드 로보〉**로 불렀으며, 브리티시 레이랜드의 버밍엄 공장에서 노동자들이 교대 시간 동안 잠을 잘 수 있도록 공장에 침대를 설치하는 사안을 두고 노동자들과 함께 523건의 파업을 주도했다. 그 반대편에는 좋은 차를 만드는 방법에 대해서는 아무것도 모르는 낙하산 인사 경영진들이 있었다. 그들에게는 디자인에 대한 관심도, 자동차에 대한 열정도 없었다. 엔지니어들이 잠재적으로 훌륭한 자동차를 생산할 수 있게 만들어 놓아도, 결국 노조와 경영진들의 대치로 끔찍한 수준의 제품이 생산되는 경우가 빈번했다. 나는 노조보다 경영진을 더 비난하는 입장이다. 그들이 성공적인 자

* 과반 의석을 차지한 정당이 없어 단독 정부 구성이 어려운 상태이다.

** 공산주의의 빨간색에 빗댄 로빈슨의 별명.

동차를 생산했다면 대중은 당연히 회사 측을 지지했을 테니까 말이다. 그로 인해 회사는 돈을 벌고, 노조와 잘 타협할 수 있었을 것이다.

대신 회사는 대중의 외면을 받고, 돈을 잃고, 파산해 국유화되었다. 국가 지원금에 의존하면 결국 그에 상응하는 의무가 따르기 마련이므로, 노조와의 타협은 더욱 어려워졌다. 게다가 웨스트민스터, 화이트홀*, 또는 대기업의 이사회 회의실에서 영국을 쥐락펴락하던 사람들은 그들이 산업이나 물건을 만들어 돈 버는 일을 진심으로 좋아하지 않는다는 것을 다시 한번 증명해 보였다.

한편 1974년에는 물가 상승률이 16퍼센트나 되었고, 그다음 해에는 24퍼센트로 정점을 찍었다. 금리 역시 24퍼센트로 치솟아 대출 이자도 갚기 어려워졌다. 특히 소상공인을 위한 지원이 전혀 없어, 돈을 빌려 제조업체 창업을 고려할 만한 시기가 전혀 아니었다.

기업가로서 능력이 없는 발명가는 자신의 급진적이고 혁신적인 제품을 시장에 내놓을 수 없거나, 그렇지 않으면 자신이 그 모든 과정을 제어할 수 없는 상황에 놓였다. 스스로 기업가가 되지 않으면 자신의 기술을 라이선스 형태로 제공해야 했다. 이는 계약을 맺은 회사가 새로운 아이디어에 장기적 투자 의향이나 안목이 있는지도 모른 채 라이선스를 넘길 수도 있다는 의

* 영국 정부, 정치, 행정 및 국방의 중심지로, 중요한 부서들을 비롯해 장관 사무실, 국회 등이 있다.

미였다. 때때로 그 회사 내부에서 이사나 부사장이 바뀌면 신제품 출시에 타격을 주는 경우도 있다. 그다지 큰 문제가 아닌 것처럼 들릴지도 모르지만, 이런 상황들이 벤처 사업을 망치게 할 수도 있다. 때로는 마음을 바꾸어 자신의 아이디어를 철회할 수도 있다. 그리고 그 회사가 다른 회사에 인수되어 벤처 사업이 중단될 수도 있다. 나는 이런 모든 종류의 위태로운 상황을 겪었다.

예술 학교 졸업생인 우리 같은 사람들에게는, 가능한 한 많은 돈을 벌어들이기 위해 경제 시스템을 남용하는 사업 분야에 대한 정형화된 이미지가 있었다. 그들을 하나의 스펙트럼 위에 놓고 볼 때, 기업가는 어떤 대가를 치르더라도 돈을 벌려는 유형으로 한쪽 끝에 위치하고, 부동산 개발자는 중간쯤에 있으며, 반대쪽 끝에는 비윤리적으로 수익을 창출하는 해적 같은 유형의 사람들이 있다는 생각이었다. 우리는 순진하고 확실하지도 않은 개념을 가지고 기업가란 다른 사람들을 착취하는 사람이라고 생각했던 것이다. 사실 〈기업가entrepreneur〉는 프랑스어로 개발업자와 건축가가 합해진 의미다. 그런 단어의 의미가 나는 아주 마음에 든다.

하지만 이때는 거대 기업들의 시대였다. 내가 아는 한 새롭고 흥미로운 것을 만들기 위해 기업을 시작하려는 〈개인〉은 거의 없었다. 하지만 제러미 프라이는 나에게 새로운 제품에 대한 좋은 아이디어가 있다면 스스로 설계하고, 시제품을 만들고, 제조하고, 시장을 개척하고, 판매해야 한다고 가르쳤다. 그것이 바로 기업가가 되는 방법이라면서 말이다. 제러미는 기업가란 약탈자와 전혀 다른 존재이며, 아무리 이상하고 기괴하더라도 더 좋은 제품의 발명가 및 제작자가 될 수 있음을 보여 주었다.

1970년대 중반의 경기 불황에도 불구하고 제러미는 사업가라면 마땅히 그래야 하듯, 나에게 행복하기 그지없는 그의 배를 버리고 혼자 미지의 바다로 나아가라며 자신감을 심어 주었다. 1970년대가 전반적으로 암울하긴 했지만, 혁신과 엔지니어링의 세계를 사랑하고 그 세계에 깊이 발을 들인 사람에게는 희망적인 생각을 가질 이유도 충분히 많았다.

보잉의 점보제트기, 콩코드, 나사의 우주 프로그램, 영국 철도 회사의 고속 열차 혹은 인터시티 125라고도 불리는 HST, 최초로 프로그래밍이 가능한 마이크로컴퓨터, 당시에는 주목받지 못한 코닥의 디지털카메라, 그리고 최초의 이메일이 모두 그 시기에 탄생했으니까 말이다. 당시 영국은 국산 발명품이 절실히 필요했다. 일본의 제조업체가 영국에 자동차를 수출하기 시작해, 대중은 이를 기민하게 받아들였다. 내가 로토크에 있는 동안 영국에서도 레인지로버와 같은 몇 가지 성공적인 자동차를 출시했지만, 모리스 마리나와 오스틴 알레그로는 혼다 시빅의 새 모델, 르노 5, 폭스바겐 골프에 비해 너무 어색하고 불편해 보였다. 그렇다고 해서 내가 당시 그런 자동차의 디자인이나 제조 같은 대담한 물건에 관심을 두었던 것은 아니다. 나는 훨씬 수수하고 소박한 것을 마음에 두고 있었다. 그것은 정원과 건축 현장을 위한, 개선된 기능을 가진 손수레였다.

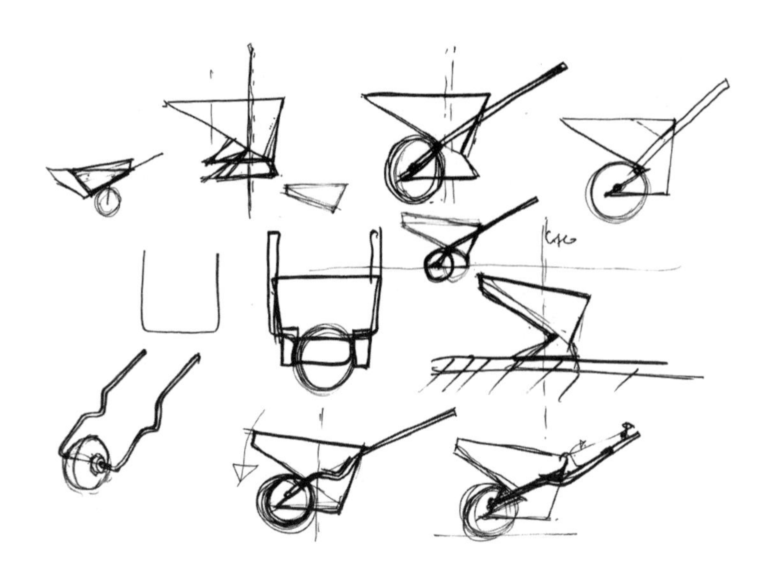

볼배로의 스케치

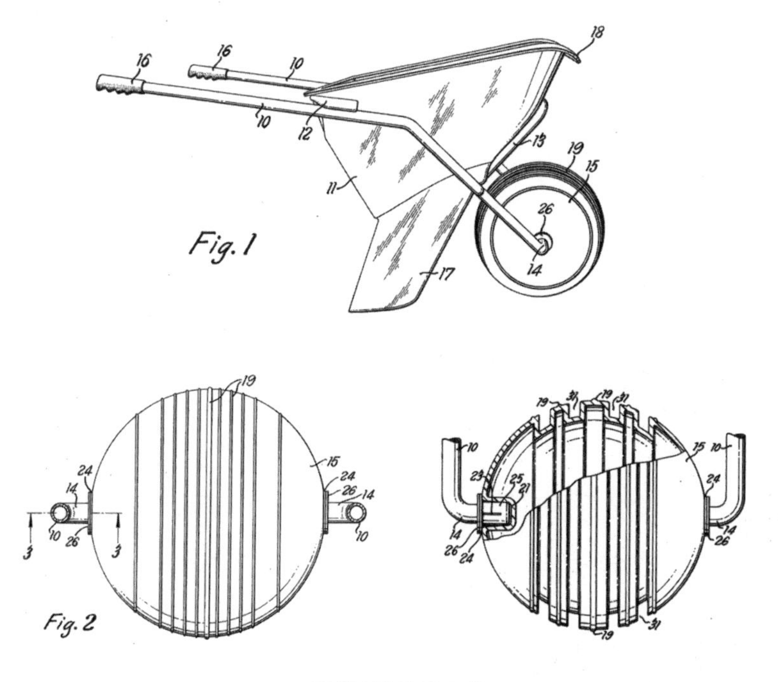

볼배로의 특허 도해

디어드리와 나는 배드민턴장 근처에 위치한 오래된 글로스터셔주의 농장 집을 구입했다. 집은 수리가 필요했고 정원도 만들어야 했다. 나는 주말 내내 온통 벽을 만들고 뭔가 나르는 데 집중했다. 하지만 건설 인부들이 손수레를 사용할 때마다 화가 날 일이 생겼고, 그 손수레의 단점이 점점 더 확실하게 보였다. 손수레의 적재함 밖으로 시멘트가 출렁거려 넘쳤다. 관 모양의 다리는 땅속으로 파묻혔고, 조종하기도 쉽지 않았다. 날카로운 모서리가 문틀 여기저기에 상처를 냈다. 나는 손수레를 사용하면 할수록, 아무도 이 문제에 대해 오랫동안 깊이 생각하지 않거나 고치려 하지 않았다는 점을 깨달았다. 사실상 손수레는 로마 시대 이후 디자인이 거의 바뀌지 않은 것이나 마찬가지였다. 손수레는 나무로 된 곧은 막대기가 손잡이 부분에서부터 바퀴의 축까지 이어져 있고, 그 두 개의 나무 막대기 위에 짐을 담기 위한 널빤지가 얹혀 있는 구조였다. 손수레가 만들어진 당시의 형태를 여전히 그대로 따르고 있는 셈이었다. 나는 손수레를 처음부터 다시 생각해 모든 부분을 바꾸고 싶었다.

우선 수레의 적재함을 유리 섬유로 만드는 일부터 시작했다. 유리 섬유로 그 형태를 만들 수는 있지만 수레에 적절한 재료는 아니었다. 타이어 대신 바퀴 역할을 할 〈공〉도 문제였다. 처음에는 공도 유리 섬유로 만들었다. 그때까지만 해도 나는 플라스틱으로 된, 압축 공기를 넣은 공 형태의 바퀴를 어떻게 만드는지 몰랐고 그런 것을 만들 수 있는지조차 몰랐다. 그것들을 조립하기 위해 나는 튜브 형태의 강철 프레임을 용접했다. 나는 이 모든 작업을 집 밖에 있는 어설픈 헛간에서 진행했다. 그리고 마침내 정원에서 시험해 볼 수 있는 시제품을 완성했다. 아주 잘 작동하는 듯했다. 손수레에 단 공은 땅속으로 파고들지 않았고, 출렁거리는 시멘트도 덤프트럭 모양의 적재함에서는 넘쳐흐르지 않았다.

다음 작업은 실제 생산을 위한 적재함과 공 형태를 연구하는 일이었다. 나는 ICI* 연구소를 찾아간 다음, 영국의 주요 플라스틱 회사들을 찾아갔다. 결과적으로 시멘트가 들러붙지 않게 하고, 유연하고 강하며 잘 부서지지 않게 하려면 적재함을 저밀도 폴리에틸렌으로 만들어야 한다고 결론 내렸다. 공은 더 어려웠다. ICI는 〈에틸렌비닐아세테이트〉라는 자동차 타이어 소재와 아주 유사한 인공 고무 제품을 가지고 있었다. ICI에서는 혹시 문제가 생기진 않을지 우려하는 듯했으나, 우리가 보기엔 적절한 재료 같았다. 나는 큰 위험을 감수하고 에틸렌비닐아세테이트를 활용하기로 결정했다.

ICI의 생각에는 일리가 있었다. 내가 바라던 것과 달리 쉽지 않았다. 아무도 이전에 고무 타이어를 에틸렌비닐아세테이트로 된 공 모양 바퀴로 대체하려는 시도를 한 적이 없었다. 그럼에도 불구하고 성공한다면, 고무 타이어보다 훨씬 만들기 쉬울 것이었다. 게다가 구멍이 나도 양초나 라이터만 있으면 간단히 수리할 수 있었다. 이것에 압축 공기 바퀴와 같은 특성을 부여

* 영국의 화학 제조 및 제품 개발 회사.

하기 위해, 자동차 타이어에서 볼 수 있는 슈레이더 밸브* — 1891년 독일계 오스트리아인 아우구스트 슈레이더가 발명했다 — 를 장착하기로 했다.

다음 문제는 적재함과 공을 어떻게 생산하느냐였다. 플라스틱은 다양한 원재료 형태로 나온다. 판형 플라스틱은 진공 성형 방식으로 모양을 만들 수 있다. 알갱이 형태의 플라스틱은 녹는 점까지 가열한 후 거푸집에 주입해 사출 성형 방식으로 모양을 만들 수 있다. 또 분말 플라스틱은 뜨거운 거푸집에 넣어 녹여서 회전시키거나 블로 성형** 방식으로 형태를 균일하게 정렬할 수 있다. 판형 플라스틱은 내가 원하는 모양을 만들 수 없었기 때문에 선택의 여지가 별로 없었다. 사출 성형 방식은 대량 생산에 매우 알맞지만 주형 비용이 10만 파운드로 비싸 엄두도 낼 수 없었다. 남은 방식은 툴링*** 비용이 훨씬 저렴하지만 공정 속도가 더 느려 단가가 훨씬 비싼 회전식 성형이었다.

적재함과 공을 둘 다 주조할 수 있는 회전식 성형을 전문으로 하는 사우스웨일스주의 한 회사를 방문했다. 둥근 주형에 넣어 공을 주조하는 것이 비용 측면에서 가장 효율적이었다. 나는 여전히 내 공 바퀴가 공기압 타이어처럼 잘 구를지도 모르는 상태에서 툴링을 의뢰했다. 폴리에틸렌으로 만든 통과 에틸렌비닐

* 자동차, 자전거, 오토바이의 타이어에 사용되는 공기압 조절 밸브.

** 녹인 다음 불어서 모양을 만드는 방식.

*** 생산에 필요한 다양한 유형의 구성 요소 및 기계를 구축하는 일로, 여기서는 원하는 모양을 성형하는 데 필요한 도구를 제작하는 것을 말한다.

아세테이트로 만든 공으로 몇 차례 시험을 해보았다. 슈레이더 밸브를 삽입해 공에 공기를 넣어 부풀리고, 손수레를 이리저리 밀고 다녀 보았다. 잘 굴러가는 것 같았다. 그래도 공의 베어링*과 같은, 공의 소켓에 삽입되어 강철 프레임 스터브 샤프트**를 안정적으로 지지하는 사출 성형 나일론 캡 등 해결해야 할 세부적인 문제가 남아 있었다. 기름이나 윤활유 같은 것은 필요 없었다. 강철로 된 튜브 형태의 프레임을 만들기 위해, 강철로 된 튜브를 생산하고 그것으로 프레임을 만들 수 있는 회사들이 있는 버밍엄에 갔다.

이제는 회사를 세우고 내 발명품인 볼배로를 생산할 수 있는 자금을 마련해야 했다. 나는 내 변호사인 앤드루 필립스를 찾아갔다. 그는 아주 적극적인 태도를 보이며 나의 매형 스튜어트 커크우드를 찾아가 보라고 제안했다. 그는 매형의 변호사이기도 했다. 그는 내가 같은 금액을 담보로 한다면 당좌 대월에 대한 보증을 서겠다고 했다. 디어드리는 집을 담보로 내놓도록 관대하게 허락해 주었고, 나는 로이드 은행에서 대출받은 돈과 힘에 부칠 만큼 많은 빚을 진 상태에서 첫 번째 공장을 갖게 되었다. 그 공장은 바로 글로스터셔주의 농장 집에 있는 마차 헛간과 돼지우리가 있는 건물이었다.

시트럭을 판매해 본 경험이 있었음에도 불구하고, 배워야 할 것이 아주 많았다. 볼배로를 과연 어떻게 팔 것인가? 어디에 팔

* 회전 혹은 왕복 운동을 하는 축을 제어하는 기계 부품.

** 공의 베어링과 함께 작동해 공의 움직임을 제어하는 강철로 만들어진 축받이.

아야 하나? 얼마를 받아야 하나? 이런 고려 사항들은 내 예상보다 명확한 답을 찾기 어려웠다. 당시에는 전국적인 DIY 상점, 대형 창고형 마트, 또는 가든 센터*의 체인 같은 것이 없었다. 가든 센터나 철물점들은 개인 소유였기 때문에, 처음에는 그 상점들을 하나하나 찾아다녔다. 그들은 수레를 한 번에 하나 혹은 두 개만 사려 했고, 고작 하루에 한두 곳밖에 방문할 수 없었다. 판매량을 적어도 50개로 늘려야 했다. 그 정도 수량은 되어야 도매상에서 우리 제품에 구매 의사를 보이고, 우리가 길에서 많은 시간을 들이는 대신 그들이 많은 수량을 사들여 소매점에 분배할 것이었다. 그렇게 하더라도 도매상에서 큰 몫을 가져갔기 때문에, 그들에게 다양한 제품이 실린 카탈로그를 제공하지 않고 단일 상품만 팔아서는 수익이 거의 없었다. 가망이 없는 사업 시스템이었다. 그리고 구매자가 볼배로 디자인을 보고 웃을 때는 참으로 모욕적이었다.

그래도 볼배로는 영국 디자인 위원회로부터 산업 규격에 합격했다는 카이트 마크를 획득했다. 당시 제품에 붙은 이 삼각형의 흑백 마크는 공식적으로 좋은 디자인이라는 의미였다. 그렇지만 영국 디자인 위원회에서는 나에게 우리가 그 마크를 가까스로 받았다는 사실을 알리는 편지를 보내왔다. 알고 보니 플라스틱 공 색깔이 심사 위원들의 마음에 들지 않았던 것이다. 장미꽃이 들으면 서운할 이야기이지만, 그들 생각에는 온통 녹색인 정원에 빨간색은 어울리지 않는다고 생각한 듯하다.

* 여러 가지 원예용품을 파는 상점.

BALLBARROW Trebles capacity
EXTENSION Extension top Giant 11.5 cu ft capacity

Simply designed clip-on top. Trebles capacity-invaluable for shifting bulky loads. Available for all models. Be careful to specify exact model.

- Indestructable polyethylene – no rust!
- Light and easy to store
- Fits inside barrow – no awkward clips
- Creates a new dimension to barrow work

볼배로의 인쇄 광고

전통적인 철제 손수레를 팔던 사람들에게는 원색 볼배로가 너무 장난스럽게 보였을지도 모른다. 하지만 1960년대를 거치면서 다양한 색감의 폭발적 증가 현상은 차세대 소비재 개발과 대중화에 매우 중요한 현상이었다. 볼배로는 가든 센터 진열대나 판매용 카탈로그 지면에 나열된 구식 경쟁 상품들 사이에서 일부러 눈에 띄도록 디자인한 것이었다. 나는 여전히 우리 제품의 기술을 강조하거나 제품의 스위치 및 장치 등이 눈에 잘 띄도록 독특한 색감을 가미하는 것을 좋아한다. 따라서 우리 제품에서 색상은 시각적인 매력을 위한 것뿐 아니라 기능적 요소를 지니고 있다.

각 가든 센터에 개별적으로 제품을 판매하면서 작은 신문 광고도 냈는데, 그 광고는 늘 미심쩍은 개인용 의료 기기와 대머리 치료제 광고 사이에 끼어 있곤 했다. 우리는 우편으로 만족스러울 만큼 많은 대금 수표를 받았다. 신문이나 컬러 화보에 전면 광고를 내기로 한 대담한 결정은 좋은 결과를 가져왔다.

우리 회사를 실제보다 더 크고, 자신감 넘치고, 성공한 회사처럼 보이게 만드는 효과도 얻었다.

한번은 브리스틀 근처 도딩턴 파크에서 촬영을 했다. 이곳은 코드링턴 가족이 16세기에 정착한 이후 계속 그 가족의 소유로, 제임스 와이엇이 그 가족을 위해 설계한 18세기 후반 양식의 주택이었다. 우연히 나와 코드링턴 가족의 은행 담당자가 같아, 그 담당자를 통해 볼배로 제품의 광고 사진을 도딩턴 파크에서 찍을 기회를 마련할 수 있었다. 촬영을 위해 디어드리가 도딩턴 파크 주변에서 볼배로를 끌고 다녔다. 그때 우리는 25년 후에 그 도딩턴 파크가 우리 집이 될 거라고는 상상도 하지 못했다.

볼배로를 통해 우리는 매스컴의 관심을 형성하는 방법을 배웠다. 광고를 낼 만한 돈이 거의 없었지만, 사설란을 활용하면 좋겠다는 생각이 들었다. 입소문과 사설은 제품을 사람들에게 알리는 가장 좋은 방법이다. 지적인 언론인이 자유 의지로 어떤 제품에 대해 말하고 싶어 한다면, 그것은 진정한 칭찬이므로 광고보다 더 신뢰감을 주기 때문이다. 새로운 기술과 제품이 출시되었을 때는 언론인의 의견이 광고보다 더 중요하다.

나는 시트럭을 판매한 경험을 통해 사설 보도의 가치를 배웠다. 시트럭이 텔레비전에 나온 적이 있었기 때문에 나는 볼배로에 관한 정보를 가지고 BBC에 전화를 걸었다. 볼배로는 과학과 기술의 새로운 발전에 관한 내용을 검토하는 유명한 텔레비전 시리즈 「투모로스 월드」에 공식적으로 모습을 선보였다. 「투모로스 월드」는 1965년 첫 방송을 시작한 이후 35년간 방송되며 약 1천만 명의 고정 시청자를 보유하고 있었다. 사회자는 전 영국 공군 스핏파이어 조종사였던 세련되고 전달력이 명확한 레이먼드 백스터였다. 「투모로스 월드」는 방송 내용보다 진행자에게 더 초점을 맞추었기 때문에 발명가나 제조업자가 카메라에 직접적으로 노출되는 것을 허용하지 않았다.

BBC는 우리를 전국적으로 알리는 데 도움을 주었다. 판매량이 증가하면서, 우리는 볼배로의 적재함 위에 측면을 약 30센티미터 확장할 수 있는 커다란 확장용 부속품을 일체식 성형으로 만들어 추가할 수 있었다. 그로 인해 깎은 잔디나 가벼운 나뭇잎 부스러기들을 담을 수 있는 용량이 늘어났다. 그 덕분에 인기가 많아져 판매량이 더욱 증가했고, 나는 이 일을 계기로 부속품에 대해 배우게 되었다.

어느 정도 우리의 목표와 기준에 맞는 성공과 대중의 관심을 얻으면서, 이제 돼지우리 같은 곳에서 벗어나 제대로 된 공장으로 이전하기로 결정했다. 더 많은 대중에게 다가가기 위해 도매 및 소매 매장을 통한 판매를 시작할 때였다. 이는 영업 관리자와 영업 담당 직원들을 뽑아야 할 때라는 의미이기도 했다. 나는 윌트셔주에 있는 소도시 코셤의 산업 단지에서 새로운 공장을 물색했다. 새로 발생되는 고정 비용을 감당하기 위해서 영국에서 이자율이 22퍼센트까지 치솟은 시기에 은행에서 추가 대출을 받아야 했다.

동시에 우리는 플라스틱 주형과 관련된 문제들을 겪고 있었기에, 직접 적재함과 공을 주형해야만 하는 상황에 처했다. 이와 비슷한 이유로, 공장에서 튜브 형태의 강철을 구부리고 용접하면서 금속 프레임도 만들기 시작했다. 나는 제2차 세계 대전 말 미국에서 대니얼 거스틴이 발명한 건식 코팅 방식, 즉 액체형 페인트를 사용하지 않고 전하를 띤 분말 에폭시를 볼배로의 강철 프레임에 분사하는 방법을 직접 배웠다. 하지만 분말 형태의 페인트를 온 공장 안에 퍼질 만큼 과도하게 분사해서 좋을 것은 없었다. 그렇게 되면 지저분해질 뿐 아니라 재료 낭비도 심하기 때문이었다. 그 해결책으로 약 0.75제곱미터 크기의 옥양목이 페인트를 흡수하도록 전기 선풍기를 설치했다. 그런데 그 선풍기를 켜면 마치 콩코드가 이륙할 때처럼 어마어마한 소음이 발생하는 데다 매우 비효율적이었다. 정말 어이없을 만큼 비효율적이었다. 옥양목으로 된 필터가 거의 매시간 막혀, 그때마다 천을 끌어내려 털기 위해 생산 과정을 중단해야 했다. 그 과정에서 공장은 온통 검은 가루로 뒤덮였다.

나는 사람들에게 이럴 때 〈영리한 사람들은 과연 뭘 사용했는지〉 물어보고 다녔다. 사람들은 〈싸이클론〉이라고 대답했다. 싸이클론 분리기는 약 0.75제곱미터 크기의 옥양목과 같은 필터 없이 원심력을 통해 먼지와 입자들을 모은다고 했다. 배스에 있는 〈힐리〉라는 목재상에서 그런 싸이클론 분리기를 본 적이 있었다. 그곳의 모든 기계에는 싸이클론으로 연결된 추출 덕트가 달려 있었다. 먼지가 밖으로 전혀 새어 나가지 않고 가두어지며, 무엇보다 막힘 현상이 없다는 것이 가장 중요했다.

나는 기계가 어떻게 작동하는지 보기 위해 밤에 그곳으로 플래시와 노트북을 들고 갔다. 기계의 크기가 너무 커서 치수를 정확히 잴 수는 없었지만, 그 구조물의 필수적인 세부 사항을 스케치할 수 있었고, 이로써 크기와 비율을 추정할 수 있었다.

나는 싸이클론 분리기의 원심력을 이용한 먼지 추출 원리에 완전히 매료되었다. 원심력으로 유도된 기류를 사용해 독창적인 방식으로 먼지 입자를 뽑아내는 것이 완전히 새로운 기술은 아니었지만, 내 눈에는 마법처럼 보였다. 싸이클론 분리기는 사실 1885년 존 핀치가 나무 장롱이 주력 상품이던 미시간주에 있는 니커보커사를 위해 개발해 최초로 특허를 받은 기술이다. 이것은 나에게 혁신적인 진공청소기에 대한 아이디어를 주었다.

일단 나는 볼배로를 만들고 팔아야 했다. 생산 비용을 유지하기 위해 우리는 모든 것을 직접 만들고 처리하기 시작했다. 어릴 때부터 손으로 무언가를 스스로 만들어 왔던 나에게 제품을 더 잘 만들 방법을 고민하는 과정은 즐거웠다. 우리는 자연스럽게 싸이클론 환풍기를 자체적으로 제작했다. 만일 우리가 만든 이 환풍기가 기성품이었다면 — 그런 게 가능했다면 말이다 — 당시 12기통 E 타입 재규어를 스물다섯 대나 살 수 있는 7만 5천 파운드 정도의 가격이 책정되었을 것이다.

나는 내 중고차가 계속 작동되도록 수리하면서, 그리고 계속 무언가를 스스로 만들면서 엔지니어링에 대해 많은 것을 배웠다. 1950~1960년대에 자동차의 작동 방식, 그리고 자동차가 도로에서 계속 달릴 수 있도록 하는 방법을 안다는 것은 수입이 넉넉지 않은 사람들에게 매우 중요한 문제였다. 당시 사람들은 평범한 자동차를 타고는, 아무리 새 자동차라 하더라도 먼 길을 여행하려고 하지 않았다. 끊임없이 크고 작은 고장이 발생했기 때문이다. 항상 대기 중인 정비공이 필요할 정도였다.

학생으로서 정비소에 갈 형편이 안 되던 나는 스스로 고쳐야 했다. 왕립 예술 학교에 다니는 동안 나는 1950년대 초기 모델인 오스틴힐리 100-4를 탔다. 그 차의 설계 및 공학적 구조는 정말 끔찍했다. 경주용 자동차처럼 대형 윙 너트 하나로 휠이 테이퍼의 구동축에 고정되어 있었다. 그 너트들이 자주 헐거워졌다. 그러면 나는 담뱃갑 속에 있는 포일을 쐐기 용도로 사용했다. 자동차에는 크랭크축 베어링이 3개뿐인 4기통 엔진이 장착되어 있어 크랭크축의 유연성이 형편없었다. 하루는 늦은 밤 노퍽주로 가는 도중 허트퍼드셔주의 로이스턴 근방에서 크랭크축이 엔진 케이싱에서 튀어나왔다. 나는 망가진 오스틴힐리 100-4의 엔진을 재조립했다. 그 과정에서 차의 기어 박스도 재조립했다. 새로운 라디에이터와 연료 펌프도 설치했는데, 이 모든 작업을 사치스러운 유압 램프의 도움 없이 해냈다.

자동차가 갑자기 고장 나서 즉흥적으로 수리해야 하는 일이 생기면, 특히 길가에서 그런 일을 당하면 정말 당혹스럽다. 그래도 그런 일들 덕분에 나는 자동차 각 부품들의 설계, 강도 및 적합성에 대해 배울 수 있었다. 오스틴힐리 100-4와 같은 자동차를 수리하는 것은 기본적인 엔지니어링 및 부품 조립 등에 대한 좋은 기초 교육이 되었다. 나는 종종 필요할 때를 대비해 종합 공구함과 예비 부품 등을 트렁크에 가지고 다녔다. 요즘 자동차를 소유한 사람들은 빈티지나 클래식 자동차 마니아가 아니라면 굳이 이럴 필요가 없다. 자동차가 너무 자주 고장 나던 시대가 지나간 것을 아쉬워하는 사람은 거의 없겠지만, 나에게 자동차가 계속 굴러가도록 수리하는 일은 기계 및 전기 공학을 학습하는 실질적인 훈련 기회이기도 했다.

싸이클론을 만들기 위해 나는 두 명의 매우 유능한 금속 세공인과 함께 일했다. 나는 힐리에서 본 것을 모방해서 약 9미터 높이의 강철 싸이클론을 만드는 데 몇 주를 보냈다. 우리에게는 참고할 만한 설계 도면이 없었다. 그래서 내가 그린 도면으로 싸이클론을 만들었다. 그 과정은 나에게 설계자에서 제조업자 및 사업가로 전환하는 계기를 마련해 주었다. 즉, 물건 만드는 방법을 알아 가고, 결정을 내리는 과정이었다. 거기에는 내가 설계하고 만든 물건을 판매하는 일도 포함되었다.

정원사들에게는 볼배로가 아주 잘 팔렸다. 나는 인부들이 건설 현장에서 사용하는 수레 역시 모두 볼배로로 교체하도록 나서야겠다는 생각이 들었다. 볼배로에서 가장 사랑받는 요소 중 하나는 정원 여러 곳으로 물을 운반하는 데 사용되는 덤프트럭 모양의 폴리에틸렌 적재함이었다. 적재함 안에 담긴 물이 첨벙거리거나 새지 않았기 때문이다. 습식 시멘트를 담아도 마찬가지였고, 적재함 안에서 시멘트가 굳어도 문제가 없었다. 시멘트는 폴리에틸렌에 달라붙지 않고 잘 떨어졌다. 아직까지 알려진 바로 폴리에틸렌에 달라붙는 물질은 없다.

건축업자가 쓰는 모델에는 250밀리미터 공이 아니라, 많은 적재량과 거친 노면에 더 적합한 350밀리미터 공을 장착했다. 그리고 적재함도 더 큰 것을 장착했다. 적재함이 공의 중앙에 위치해 인부가 수레 손잡이를 들어 올릴 때 실제 짐의 무게보다 가볍게 느껴졌다. 우리는 이런 점을 인부들이 아주 좋아할 거라고 기대했지만, 그것은 완전히 틀린 생각이었다. 건설 현장 인부들은 더 큰 짐을 옮기고 싶은 마음이 없었기 때문에, 더 큰 적재함이 별로 인기를 끌지 못했다. 수레 손잡이가 아니라 공에 무게를 두는 것도 별로 선호하지 않았다. 수레를 스킵*에 걸쳐진 판자 위로 밀어 올릴 때는 경사진 판자 위로 그 모든 무게를 들어 올리는 것보다 대부분의 하중이 손잡이에 있는 편이 더 낫기 때문이었다. 이 논리는 무거운 짐을 실은 수레를 밀고 울퉁불퉁한 노면을 가로지를 때도 똑같이 적용된다. 공에 가해지는 하중을 절반으로 줄이고 나머지 하중은 손잡이에 싣는 것이 더 좋다. 들고 운반하기는 쉬워도 밀기는 어렵기 때문이다.

잘못을 깨달은 우리는 수레를 다시 설계했다. 우선 공과 손잡이 사이에 하중이 균등하게 분배되도록 바퀴를 앞쪽에 배치하고, 짐을 더 가볍게 느껴지도록 만들기 위해 작은 통을 장착했다. 이렇게 재설계한 버전으로 최고의 볼배로가 탄생될 수 있었기 때문에, 건설업자들의 비판을 감사하게 생각한다.

그런데 예고도 없이, 소형 미사일 제조업체인 브리티시 에어

* 정원 쓰레기나 건축 자재와 같이 대형 폐기물을 담기 위한 컨테이너 크기와 모양의 수레 혹은 통.

로스페이스에서 연락이 왔다. 그들은 부드러운 모래 위에서 바퀴가 빠지지 않고 구를 수 있도록 볼배로처럼 공 바퀴를 장착한 미사일 운반차를 원했다. 하지만 문제가 있었다. 군용 포탄이 폭발할 때 꽤 강력한 바늘이 사방으로 흩어지면서 바퀴에 구멍을 낸다는 점이었다. 브리티시 에어로스페이스는 구멍이 나지 않는 공 바퀴를 원했다. 나는 공기를 넣지 않았지만 마치 공기를 넣은 바퀴처럼 작동하고, 이런 치명적인 바늘에도 구멍이 나지 않는 공을 개발해 시제품을 만들었다. 에틸렌비닐아세테이트 공에는 직경이 가장 긴 중심 부분의 원주를 따라 깊은 홈이 패어 있다. 이로써 공이 변형되는 것을 막으면서 탄력성을 유지시키는 후프 응력*도 제공할 수 있었다. 마침내 구멍이 뚫리지 않는 공 바퀴가 탄생한 것이다.

그 당시 나는 볼배로를 보완할 만한 또 다른 발명품에 대한 아이디어가 있었다. 그것은 금속 드럼에 콘크리트를 채운 유서 깊은 — 내 생각엔 그냥 오래된 물건일 뿐이다 — 정원용 롤러 대신 플라스틱 드럼에 물을 채운 〈워터롤러〉였다. 워터롤러는 생각보다 많이 팔리지 않았다. 아마도 가벼운 무게 때문이었을 것이다. 물을 빼면 휴대도 쉽고 차 뒤에 싣기에도 간편했다. 친구들 사이에서 서로 빌려주기도 좋았기 때문에 판매량이 저조했던 것 같다.

셋째 아이 샘이 태어난 1978년에 우리는 압축 공기를 넣은 공 바퀴 덕분에 배를 물 밖으로 견인할 수 있는, 공이 장착된

* 파이프 등의 압력으로 인해 관의 원주 방향으로 작용하는 저항력.

At last a truly practical garden Roller

Portable without ballast it weighs only 10 lbs – easy to carry and easy to store

Rust-free built of High Density Polyethylene it is rust free and maintenance free – unlike any other roller

Perfect weight you can adjust Waterolla's weight by altering the ballast – from 10 lbs to a hefty 210 lbs

Self-cleaning a tough PVC scraper quietly removes dirt from the cylinder as you roll

Smooth handling smooth, silent nylon bearings and broad handles coated in thick polyethylene are warm to touch and give excellent manoeuverability

Waterolla – makes rolling a pleasure!

You can even use it for transporting water in the garden or when caravanning

SPECIFICATION

Roller Width	23½"	59.7 cm
Roller Diameter	14½"	36.8 cm
Container Capacity	2.5 cu.ft	70 litres

워터롤러의 인쇄 광고

〈트롤리볼〉이라는 트레일러를 판매하기 시작했다. 압축 공기식 공 바퀴 덕분에 육지에서는 트롤리가 모래 속으로 빠지지 않았고, 수상에서는 물에 뜰 수 있었다. 다른 트롤리의 경우 물에 밀어 넣으면 트롤리가 시야에서 사라져 배와 트롤리를 정렬하기가 어려웠다. 반면 트롤리볼은 물에 뜨기 때문에, 트롤리를 배 밑으로 손쉽게 밀어 넣을 수 있었다. 또 안전벨트로 고정하는 방식이어서 어떤 모양의 배에도 사용할 수 있었다. 내 마음 한구석에는 노퍽주 북부 지역에 있을 때 아빠와 이와 같은 작업을 했던 기억이 자리하고 있었다. 트롤리볼 역시 기존 물건을 다시 상상해서 만든 제품이다. 처음에는 볼품없고 우스워 보일지 몰라도, 이 특별한 발명품은 세월이 한참 지난 후 유용하게 사용되었다.

당시에는 초기였지만, 나는 15년 후 맘즈버리에 있는 다이슨 캠퍼스에서 훨씬 더 큰 규모의 사업을 시작할 때 유용하게 쓰일 것을 아주 많이 습득하고 있었다. 그리고 제러미 프라이로부터 직접적으로, 알렉 이시고니스로부터 간접적으로 배운 다음과 같은 아이디어를 실행으로 옮기고 있었다. 〈경쟁 상대를 모방하지 말 것〉, 〈시장 조사에 큰 의미를 두지 말 것〉. 그리고 만일 제러미와 이시고니스가 있었다면 〈네 마음 가는 대로 해라〉라고 조언했을 것이다. 실제로 성공한 기업가들은 정말 그렇게 한다. 하지만 문제는 나는 내 마음이 원하는 대로 하고 있지 않았다는 것이다. 그것이 나의 첫 번째 회사인 커크다이슨이 어쩌면 이룰 수도 있었던 성공을 얻지 못한 결정적 이유였다.

1974년에 내가 볼배로를 만들고 싶어 하고 매형이 관대하게 자금 일부를 지원해 주겠다고 했을 때, 어리석게도 볼배로의 특허를 나 자신이 아니라 회사 이름으로 등록했다. 우리는 20만 파운드를 빌렸는데, 당시 이자율이 24퍼센트까지 치솟았다. 새로운 투자자들을 영입하느라 더 많은 돈을 빌리면서 내 지분율이 떨어졌다. 회사의 연 매출은 60만 파운드로 성장했다. 영국의 정원에서 사용되는 손수레 시장의 절반을 점유한 상태였음에도 불구하고 돈을 벌지 못했다.

한 직원이 우리가 라이선스를 계약하려고 논의 중이던 미국 시카고의 회사에 들어가면서, 우리 회사를 그만두었다. 이때 상황이 더욱 악화되었다. 그 회사는 경쟁 상품으로 볼배로를 출시했고, 심지어 브로슈어에 우리 볼배로 사진을 싣기까지 했다. 내 뜻과 달리 커크다이슨은 비용이 많이 드는 법적 절차를 시행하기로 결정했다. 이로써 회사에 더 많은 자금 압박이 가해졌고, 더 많은 투자가 요구되었다. 회사의 향방에 대해 여러 이견이 있었다. 하지만 내가 진심으로 원한 것은 이사회의 의견대로 우리 디자인을 도용한 시카고의 회사와 싸우는 것이 아니라, 마음에 간직하고 있던 진공청소기를 만드는 것이었다.

1979년 2월에 동료 주주들은 나를 해고했다. 나는 상상 이상의 충격을 받았다. 명백한 이유도 없었다. 나중에 대주주의 아들이 경영권을 물려받았다는 사실을 알게 되었다. 나는 내 창작물을 소중히 여기지 않았다는 이유로 5년간 쌓은 커리어를 모두 잃었다. 나는 나에게 가장 소중한 한 가지를 지키지 못했다. 내가 통제권을 갖고 있었더라면, 내 방식을 고수할 수 있었을 뿐만 아니라 엄청난 금액의 대출 이자 청구서를 피할 수 있었을 것이다. 나는 아주 뼈아픈 경험을 통해 볼배로의 특허를 내가 소유해야 했고, 회사와 라이선스 계약을 맺어야 했다는 사실을 깨우쳤다. 나는 이 일로 인해 라이선스, 특허, 회사까지 잃었다. 설상가상으로 앤드루 필립스가 회사의 변호사이기도 했기 때문에, 내 해고를 담당했다. 결국 나는 변호사까지 잃은 셈이었다. 나는 실직 보상금에 대해서도 전혀 몰랐고, 내 주식도 가치를 잃었다.

나의 첫 번째 소비재 제품이자 독립 후 처음 시도한 제품인 볼배로는 실패했지만, 그것으로부터 아주 큰 교훈을 얻었다. 특허를 양도하거나 주주를 가지면 안 된다는 교훈 말이다. 내 회사에 대한 절대적 통제권을 소유하는 일이 매우 중요하며, 그것을 절대 경시해서는 안 된다는 교훈도 터득했다. 나는 어떻게 물건을 만들고 파는지에 대해서는 알았지만, 나 자신을 돌보는 방법에 대해서는 몰랐다. 우리는 옛날 손수레와 경쟁하면서 우리 제품의 가치를 너무 낮게 잡았다. 돌이켜 보면, 이미 시장에 나와 있는 기능성 제품과 경쟁하며 판매한다는 아이디어 자체가 실수였다. 유통은 일일이 소매점에 찾아가 판매해야 한다는 점에서 비효율적이었고, 수출 비용은 엄두도 못 낼 만큼 높았다. 제품은 좋았지만 채산성이 좋지 않았다.

나는 이제 나의 발명, 특허, 그리고 회사를 절대 손에서 놓지 않겠다고 다짐했다. 오늘날 다이슨은 세계적인 기업이 되었다. 나는 이 회사를 소유하고 있고, 이 사실은 나에게 아주 중요하다. 그리고 회사는 비공개 기업으로 남아 있다. 회사를 방해하는 주주들이 없으면, 우리에게는 장기적이고 급진적인 결정을 내릴 자유가 주어진다. 나는 다이슨을 공개할 생각이 없다. 그렇게 되면 지금의 방식대로 혁신할 자유가 끝나 버릴 것임을 알기 때문이다. 나는 미래에 대해 고민하고 싶고 발명, 엔지니어링, 디자인, 기술 및 제품과 함께 계속 전진하고 싶다. 비록 이것이 거친 파도를 거슬러, 나에게는 너무나 매혹적이지만 한 치 앞을 알 수 없는 미지의 바다로 나아가야 한다는 것을 의미한다고 하더라도 말이다.

또 다른 이유도 있다. 커크다이슨을 운영하던 시절에는 주주들이 있어, 그들의 관점과 그들이 원하는 바를 되도록 고려해야 했다. 부분적으로는 나의 회사가 아니라 그들의 회사이기도 했기 때문에, 많은 결정을 내가 아니라 그들이 내려야 할 때도 있었다. 당신이 회사 전체를 소유하면 — 그리고 특히 부채가 전혀 없다면 — 좋든 나쁘든 간에 모든 결정이 당신 몫이다. 당신은 그런 결정들을 아주 진지하게 받아들여야 하고, 바라건대 보상과 적절히 균형을 이룬 위험에 대한 당신의 견해를 따라야 한다. 나는 내가 얻은 교훈을 뼛속 깊이 새겼다. 하지만 오늘날에 나는 훌륭한 관리자와 최고의 전문가들로 구성된 이사회와 함께 공동으로, 그리고 집단적으로 결정을 내린다.

그때 나는 다시 직업도 수입도 없이 무일푼이 되었다. 나에게는 사랑스러운 세 아이가 있었고, 엄청난 대출금이 있었다. 하지만 지난 5년간 힘들게 노력한 것을 보여 줄 수 있는 어떤 것도 남아 있지 않았다. 게다가 나의 발명품까지 잃은 상태였다. 디어드리와 나에게는 가장 힘들고 걱정이 깊은 순간이었다. 아주 상심한 시기이기도 했다. 내 자신감은 큰 타격을 입었고 그것을 다시 회복하는 데 상당한 시간이 필요했다. 하지만 대모의 위로처럼, 암울함 속에서도 밝은 희망의 빛줄기는 있었다. 혁신적인 진공청소기에 대한 아이디어가 이미 무르익고 있었기 때문이다. 나는 지난 실수와 실패에서 많은 것을 배웠다. 그래서 독자적으로 해나가기로 결정했다. 이것이야말로 진정한 전환점이었다.

5
코치 하우스

1979년 2월에 나는 자유롭게 나의 길을 갈 수 있었다. 하지만 한편으로는 모든 것이 재앙과 같은 상황이었다. 직업도 수입도 없었고, 대출금도 상당했다. 재정적으로 너무 암담한 상태였다. 디어드리와 나는 이미 배스에서 동쪽으로 약 5킬로미터 떨어진 배스퍼드에 위치한 주택으로 이사한 뒤였다. 19세기 초반에 지어졌지만 완공되지 않은 곳이었다. 당시 우리에게는 세 아이가 있었고, 막내 샘은 겨우 생후 6개월이었다. 그로부터 5년 후 미시간주에 본사를 두고 있던 암웨이를 위해 발명하고 만든 진공청소기 라이선스를 판매하기까지, 나에게는 제대로 된 수입도 없이 당좌 대월액만 계속 늘어났다.

1979년 당시 영국 경제는 결코 장밋빛이 아니었다. 〈불만의 겨울〉이라고 불릴 만큼 — 영국 전역의 1월과 2월 평균 기온이 영하로 떨어졌다 — 추운 날씨로 시작된 그해에는 트럭 운전사, 응급 구조대원, 철도 노동자, 청소부, 심지어 무덤을 파는 사람들까지 파업에 돌입했다. 아일랜드 공화국군의 목표 달성을 위한 지속적인 폭격을 배경으로 또 다른 경기 침체 이야기가 떠돌았다. 제임스 캘러헌 노동당 정부는 대중의 의견 및 현실과는 단절된 통제 불능 정부처럼 보였다. 마침내 그해 봄에 마거릿 대처를 수상으로 내세우며 대다수의 지지를 얻은 토리당이 집권했다.

이상하게 들릴지 모르지만, 돈에 대한 걱정이 끝없었던 것에 비해 우리의 삶은 생각만큼 힘들지 않았다. 아직 공사해야 할 부분이 많았지만 디어드리와 나에게는 그래도 아주 근사한 집이 있었고, 사랑스러운 세 아이와 또 하나의 가족인 리트리버가 있었다. 아이들이 즐겨 뛰어놀고 직접 채소를 키우는 커다란 정원도 있었다. 디어드리는 직접 옷을 만들고, 미술 수업을 하고, 자신의 그림을 팔았다. 사치스러운 휴가를 보낼 여유는 없었지만, 여러 가지로 평화로운 시절이었다. 우리에게는 엄청난 에너지가 넘쳐 났고, 나는 하고 싶은 일이 무엇인지 알고 있었으며, 또 그 일을 해나갔다.

그 일은 바로 나의 싸이클론 진공청소기를 만드는 것이었다. 이 아이디어는 볼배로 공장을 위해 거대한 금속 싸이클론을 용접할 때부터 머릿속에 떠올랐다. 시간이 지날수록 그것에 대한 필요성과 의미가 점점 커졌다. 수년 동안 진공청소기 사업은 혁신이라고는 없던 분야였기 때문에, 시장은 새로운 것을 받아들일 준비가 되어 있었다. 그리고 모든 가정에서 1년 내내 청소를 했기 때문에, 진공청소기는 볼배로처럼 계절을 타는 제품도 아니었다. 모든 가정에 진공청소기가 필요했기 때문에, 경기 침체가 지속되어도 상관없었다. 모든 필요조건이 충족된 듯했다. 어릴 때부터 진공청소기를 계속 사용해 오면서 얻은 경험을 통해, 나는 더 좋은 진공청소기가 있어야 한다는 것을 알고 있었다.

그 후 15년 동안 계속 빚을 지며 살았다. 이런 말은 기업가 정신을 가진 젊은 발명가들에게 별로 고무적으로 들리지 않겠지만, 만약 누군가가 뭔가를 달성할 수 있다고 믿는다면 — 장거리 달리기든 새로운 유형의 진공청소기든 — 그 프로젝트에 창의적 에너지를 모조리 쏟아부어야 한다. 마침내 그것을 끝까지 해내리라 스스로 믿어야 한다. 결단력, 인내, 그리고 의지가 필요하다.

나는 〈언젠가는 내가 진공청소기 사업을 시작할 거라는 사실을 알고 있고, 수익을 내는 데까지 15년이 걸린다고 해도 반드시 시작할 거야〉라는 식으로 생각한 적은 한순간도 없었다. 하지만 이런 일은 있었다. 볼배로를 만들던 시절, 볼배로 공장에서 싸이클론을 만든 지 얼마 안 되었을 때 새로운 진공청소기를 샀다. 우리 집에는 미국의 유명한 산업 디자이너 헨리 드레이퍼스가 디자인하고 페리베일*의 웨스턴 애비뉴에 있는 아르 데코 양식의 후버 공장에서 제조된, 전통적인 직립형 후버 주니어가 있었다. 새것이 아니라 중고품을 수리한 제품이었다. 하지만 나는 신식 진공청소기가 필요했고, 후버에는 비행접시처럼 생긴 새 모델이 있었다. 당시로서는 흡입력이 가장 강하다고 소문난 제품이었다.

* 런던 서부 지역으로, 후버 청소기 공장과 맥도날드 본사가 있다.

어느 토요일, 후버 진공청소기로 청소를 하는데 요란한 소음만 나고 먼지가 잘 흡입되지 않았다. 먼지 봉투가 꽉 찼기 때문이었다. 그러나 새 봉투가 없어 꽉 찬 먼지 봉투의 끝을 잘라서 연 다음 내용물을 쓰레기통에 버리고 그 끝을 다시 스카치테이프로 봉했다. 그리고는 비행접시 모양의 진공청소기에 비운 먼지 봉투를 끼웠다. 하지만 여전히 먼지를 흡입하지 못했다. 나는 차를 타고 새 먼지 봉투를 사러 갔다. 새 봉투를 끼우니 먼지를 잘 빨아들였다. 새 봉투와 헌 봉투의 차이가 무엇인지 궁금해졌다. 헌 먼지 봉투를 열어 보니, 1페니짜리 동전이 나왔다.

엔지니어라면 당연히 알아야 했지만 내가 깨닫지 못한 것이 있었다. 진공청소기의 먼지 봉투는 단순히 먼지만 가두는 역할을 하는 것이 아니라는 점이었다. 먼지 봉투는 먼지를 봉투 안에 가두는 동시에 공기가 봉투의 미세한 구멍을 통과하게 만드는 필터 역할을 한다. 봉투 안에 먼지가 다 찼다고 알려 주는 장치는, 말하자면 먼지 봉투의 미세한 구멍들이 다 막혔을 때 생기는 봉투 내 압력을 표시해 주는 원리를 활용한 것이었다. 이런 현상은 봉투에 아주 적은 양의 먼지만 차 있을 때도 생길 수 있다. 공기 흐름이 먼지 봉투의 구멍을 통과해야 하는데, 먼지가 처음 들어오는 순간부터 미세한 구멍이 점점 막히기 시작해 공기 흐름은 약해지고 결국에는 흡입력과 기능이 급격히 저하되기 때문에 이 문제는 아주 중요하다. 엔지니어로서 나는 이런 점이 흥미로웠다. 하지만 제품을 사용하는 소비자로서는 속은 느낌이 들어 화가 났다. 그리고 그 화는 몇 달을 지나는 사이 점점 심해졌다.

볼배로 공장에서 분말 형태의 페인트로 인해 옥양목에서 발생하는 문제를 해결하려고 만들었던 거대한 싸이클론에서도 유사한 문제가 있었다는 것이 기억났다. 내가 훨씬 더 작은 모델의 싸이클론을 개발해 진공청소기 안의 먼지 봉투를 대체하면 어떨까? 나는 흡입력이 저하되고 막히는 문제를 해결하기 위해 싸이클론 방식의 먼지 봉투 없는 진공청소기에 대한 아이디어로 볼배로 회사의 동료 이사와 주주들의 관심을 끌어 보려고 노력했다. 하지만 아무런 소득이 없었다. 다들 그렇게 좋은 아이디어라면 이미 후버나 일렉트로룩스에서 만들고 있을 것이라는 의견이었다.

1979년 집에 있는데 문득 소형 싸이클론이 어떻게 작동하는지 너무 궁금해졌다. 그래서 볼배로 공장에서 우리가 금속으로 만들었던 싸이클론을 약 10미터 높이가 아니라 약 30센티미터 높이로 만들기로 했다. 강력 테이프로 판지를 이어 붙여 간단하게 만든 다음, 직립형 청소기의 손잡이 부분에 달려 있던 천 봉투를 떼고 달아 보았다. 집 안을 여러 번 돌아다니며 청소기를 돌렸다. 공학적 효율성에 대해서는 자세히 알 수 없지만, 먼지, 보풀, 리트리버의 털까지 흡입되며 잘 작동하는 듯했다.

나는 이 아이디어를 보여 주기 위해 제러미를 만나러 갔다. 그는 열성적으로 지지해 주었다. 우리는 함께 제품 개발을 위한 사업 계획과 예산을 작성했다. 그는 2만 5천 파운드 혹은 순자산의 49퍼센트를 투자하겠다고 했다. 나는 나머지 51퍼센트에 해당하는 자본을 모아야 했다. 가능하다면 내가 전액 투자해 회사의 통제권을 갖고 싶었지만 제러미는 나를 쫓아내는 데 관심이 없다고 말했다. 또한 그는 우리는 둘 다 엔지니어이자 설계자이기 때문에 진공청소기를 직접 제조하는 것보다 제품을 개발하고 그 아이디어를 파는 데 집중해야 한다고 덧붙였다. 디어드리와 나는 소중한 채소밭을 건물용 부지로 매각하고, 나머지 필요한 자금을 로이드 은행에서 빌려 지분 51퍼센트에 해당하는 2만 6천 파운드를 마련했다.

운 좋게도, 집에는 작업장으로 쓸 만한 오래된 코치 하우스가 있었다. 건물의 절반은 두 대의 마차를 보관하고 나머지 절반은 말을 수용하도록 설계된 집이었는데, 위쪽에 건초를 쌓아 두는 다락이 있었다. 처음에는 냄새 나고 썩은 상태였지만, 바이스* 가 달린 나무 벤치를 만들고 나니 금세 작업장에 적합한 모습을 갖추기 시작했다. 아주 오래된 판금 롤러 장비 세트도 구입해서 납땜이나 리벳 작업을 하기 전에 사이클론 시제품을 황동으로 만들어 볼 수 있었다.

나는 매번 새로 만드는 것은 아니고 때로는 수정만 하기도 했지만, 거의 매일 싸이클론을 하나씩 만들었다.

내가 적용한 중요한 원칙 중 하나는 한 번에 한 가지씩만 변경하고 그 변경 사항으로 어떤 차이가 발생하는지 확인하는 것이었다. 사람들은 문제 해결의 돌파구가 눈부신 불꽃이 번쩍하거나 샤워를 하다가 유레카의 순간처럼 이루어진다고 생각한

* 목재를 접착하거나 가공할 때 고정시키는 도구.

다. 나에게도 그랬으면 좋았을 것이다. 하지만 그런 순간은 거의 없었다. 대부분의 경우 특정한 환경을 설정해 놓고 한 번에 하나씩 변경함으로써 어떤 부분이 작동하고 어떤 부분이 실패하는지 이해하는 것에서부터 시작했다. 빅토리아 시대의 혁신적인 엔지니어이자 내 영웅 중 한 명인 이점바드 킹덤 브루넬*은 19세기에 한 번에 한 가지씩 변경하는 방식으로, 아주 근면한 노력을 들여 선박 프로펠러를 개발했을 때 — 브리스틀 대학에는 아직까지 그의 작업 일지가 남아 있다 — 사람들에게 〈현대 연구 및 개발의 아버지〉라는 찬사를 들었다. 까다롭고 힘든 과정이었겠지만, 그 개발 여정은 매우 흥미진진하다.

나는 그 후 5년간 많은 좌절을 겪었다. 잦은 기복과 잘못된 선택, 그리고 아주 많은 실패를 겪었던 『천로역정』**과 같은 여정이었다. 이런 경험을 통해 대단한 발견이나 혁신을 향한 여정이 시작되며, 돌파구는 종종 예상치 못한 방식으로 찾아온다. 그런 여정을 따르는 과정에서 기발한 아이디어나 생각지 못한 것들을 시도할 필요는 있지만, 단순히 영감이나 직감에만 의존한 성급한 시도가 성공하는 경우는 거의 없다.

첫 번째 실험은 집에서 판지로 만든 싸이클론을 후버에 갖다 붙인 것으로, 이로써 내가 만든 간단한 싸이클론이 먼지를 어느 정도 모았음을 보여 주었다. 이제 싸이클론 기술을 개발하는 진지한 작업을 시작해야 했다. 우선 청소기의 핵심 부분을 완성한

* 영국의 토목 조선 기사.

** 영국의 작가 존 버니언의 작품.

다음, 나머지 부분들을 개발하는 방향으로 계획을 잡았다.

싸이클론 시제품을 만들기 시작하면서 극복할 수 없을 것 같은 두 가지 문제에 봉착했다. 첫 번째 문제는 이 최신 기술은 20미크론 크기의 먼지 입자들에만 효과가 있었는데, 가정에서 생기는 먼지는 담배 연기와 유사한 0.5미크론 혹은 그 이하의 초미세 먼지라는 점이었다. 두 번째 문제는 기존 싸이클론 형태는 카펫의 보풀이나 인간의 모발을 흡입하거나 분리하지 못한다는 점이었다. 모두 공기와 함께 공기 배출구로 빠져나갔다.

일렉트로룩스나 후버는 왜 그 많은 자원이 있으면서 내 진공청소기와 같은 제품을 만들거나 판매할 생각을 하지 않았을까? 분명 그들은 고작 마구간에서 개를 데리고 작업하는 나보다 훨씬 먼저 시장을 독점할 수 있었을 텐데 말이다.

그들이 나와 비슷한 길을 걷지 않은 데는 적어도 세 가지 충분한 이유가 있었다. 첫째, 〈흡입력이 저하되지 않는〉 진공청소기는 아직 개발되지 않은 상태였다. 둘째, 진공청소기에 사용되는 먼지 봉투 사업의 수익성이 매우 높았다. 셋째, 유명한 대표적 가전제품 회사들은 아주 놀랍게도, 신기술에 별로 관심이 없었다. 외부 도전자가 없었기 때문에, 그들은 적어도 한동안은 자신들이 쓰고 있는 월계관에 만족할 수 있었다.

나는 시제품을 만들고 실험하는 데 전념했다. 이제 다이슨의 신화처럼 된 이야기이지만, 나는 라이선스를 얻을 수 있는 모델에 도달하기까지 5,127개의 시제품을 만들었다. 이 수치는 정확하다. 한 번에 한 가지 사항을 변경해 새로 실험하고 만드는 일에는 정말 많은 시간이 필요했다. 사용해 본 모든 이론을 추적해 가면서 성공과 오류를 입증하기 위해서는 반드시 한 번에 한 가지 사항만 변경해야 했다. 그리고 아무리 좌절하더라도 실패로 인해 패배하지는 않았다. 내가 퇴짜 놓은 5,126개의 시제품 — 다시 말해 5,126개의 실패작 — 은 5,127번째 시제품이 제대로 작동하기 전까지 발견 및 개선 과정의 일부였다. 볼배로 사업의 경험에서 이미 배운 것처럼, 실패는 아주 중요하다. 나는 우리가 실패로부터 배운다는 점, 그리고 또 배워야 한다는 점, 그리고 그런 실패를 저지르는 데 거리낌 없어야 한다는 사실을 재차 강조해도 모자라지 않을 만큼 매우 중요하게 여긴다.

만일 당신이 5년간 지원해 줄 디어드리 같은 사람이 곁에 있을 만큼 운이 좋다면 포기할 가능성이 훨씬 적어진다. 사실 우리에게 이 일은 매우 가족적인 일이기도 했다. 아이들은 코치 하우스에 있는 내 옆에서 함께 작업했다. 여러 가지가 있지만, 그중에서도 몇 가지만 꼽자면 스케이트보드 경사로, 진공 성형기계, 책상용 램프 등을 함께 만들었다. 우리 가족의 삶에서 뭔가 만드는 일은 아주 즐거운 생활의 일부였고, 물건을 쉽게 살 여유가 없었기 때문에 필요한 일이기도 했다. 제이크는 앞쪽에 달린 스키의 방향을 조종할 수 있는 썰매를 만들었다. 샘은 성가신 걸쇠 없이 간단하게 접을 수 있는 다리미판을 만들었는데, 이때 자동차 트렁크를 지탱하는 데 사용되는 가스 스트럿*을

* 부드러운 개폐 동작이 필요한 창 혹은 자동차의 트렁크나 보닛 등을 여는 장치에 사용되는 유압식 개폐 장치.

사용했다. 에밀리는 내가 정원에 만든 수영장에 둘 다이빙대를 만들었다.

힘들지만 즐겁고 마음을 사로잡는 수천 개의 시제품을 개발하는 과정에서 나는 싸이클론 기술에 대한 많은 지식을 얻었다. 그러나 제러미 프라이처럼 나 역시 전문가의 견해에 대해서는 매우 신중했다. 듀얼 싸이클론 진공청소기를 개발하면서 나는 솔즈베리 근처의 악명 높은 포턴 다운 정부 연구소*에 있는 과학자 R. G. 도먼을 만나러 갔다. 도먼은 1974년에 로버트 맥스웰의 페르가몬 출판사에서 『먼지 제거와 공기 청정*Dust Control and Air Cleaning*』이라는 책을 발간했고, 싸이클론 환기 장치와 관련된 주제에서 최고 전문가로 꼽히는 사람이었다. 이 친절한 성격의 과학자는 현재 기술로는 20미크론까지 흡입이 가능하다고 말했지만, 나는 가정용 진공청소기를 위해서는 그 수치가 0.3미크론이 되어야 한다는 것을 알고 있었다.

그 수치를 낮추는 일은 불가능하다고 알려져 있었다. 나는 한편으로 필요성도 있었고, 다른 한편으로 전문가들이 틀렸다는 것을 증명하고 싶어 그 수치를 낮출 방법을 혼자서 강구하기 시작했다. 싸이클론을 연구하는 데 필요한 수학적인 부분은 내 대모의 남편이자, 내가 그레셤스 학교에 다닐 때 수학 선생님이면서 내 그룹의 담당 선생님이었던 폴 콜롱브의 도움을 받았다. 당시 선생님은 자택이 있는 데번으로 가는 길에 우리 집에 잠시

* 이 연구소는 생화학 무기를 인간에게 시험하는 것을 포함해 비밀스럽고 반인류적인 군사적 연구로 악명이 높다.

머물고 있었다. 도먼의 책에는 다양한 공기 흐름과 입자 크기에 대해 다양한 크기의 싸이클론의 효율성을 정의하는 다섯 가지 수식이 있었다. 콜롱브 선생님은 나에게 수학 계산을 해보라고 했다. 그 수식을 풀고 이해하면서 각 과학자들이 모두 다른 이론과 답을 가지고 있음을 알게 되었다. 별로 놀라운 결과는 아니었다. 사실 그런 결과를 이미 예상하고 있었던 것 같다. 결국 그 책에 쓰여 있는 이론으로부터 전혀 도움을 얻지 못하고, 지름길은 없음을 확실히 깨달았다. 해답을 찾고 현재 기술과 디자인을 새로운 단계에 올려놓기 위해서는 경험에 의한 테스트를 거치는 수밖에 없었다. 그렇게 5,127개의 시제품을 만든 후, 나는 전문가의 관점에서 불가능하다고 했던 일을 해낼 수 있었다.

전문가는 자신이 모든 해답을 가지고 있다고 확신하는 경향이 있다. 그런데 이런 특성이 새로운 아이디어를 죽일 수 있다. 새로운 분야를 개척하려고 할 때는 제한적인 지식이나 공학적 통념에 갇히면 안 된다. 폴란드계 영국 수학자이자 역사가인 제이콥 브로노우스키가 1973년에 BBC 텔레비전 시리즈 「인간 등정의 발자취」에서 다음과 같이 말했다. 〈과학은 아주 인간적인 형태의 지식이다. 우리는 항상 알려진 지식의 가장자리에 있으면서 끊임없이 더 희망적인 미래를 향해 앞으로 나아가려고 한다. 모든 과학적 판단은 언제나 오류의 가장자리에 있으며 지극히 개인적이다. 과학은 우리가 오류를 범할 수 있는 존재임에도 불구하고 알 수 있는 것에 대한 찬사다.〉

이것이 내가 기존 방식에 의문을 가지고, 실험을 하고, 잠재적 위험을 무릅쓰고, 실패를 두려워하지 않고, 결국 원하는 일을 해내고 심지어 원하는 답을 찾았을 때도 지속적으로 더 나은 답을 추구했던 알렉 이시고니스나 시트로앵의 앙드레 르페브르와 같은 엔지니어들을 오랫동안 존경해 온 이유다. 시트로앵의 부사장 불랑제가 르페브르와 그의 팀에게 시트로앵 2CV에 대한 요구 사항을 설명할 때, 농부와 그의 아내가 달걀이 가득 담긴 바구니를 싣고 쟁기질한 들판을 지나 바퀴자국이 깊이 팬 진흙길을 지나가도 달걀이 하나도 깨지지 않을 수 있는 모터가 달린 말과 수레 같은 안전한 자동차를 만들어야 한다고 말했던 일화를 생각해 보자. 그들은 오랫동안 부드러운 이동이 가능하도록 가벼운 바퀴 모두에 매우 긴 서스펜션 암을 장착함으로써 문제를 해결했다.

당시에는 자동차 모양이 별로 중요하지 않았던 것 같지만, 사실 산업 디자인으로 전환하기 전에 조각가였던 시트로앵의 스타일리스트 플라미니오 베르토니는 시트로앵 2CV가 독자적으로 특별하고 사랑스러운 스타일을 가지도록 노력했고, 또 오래도록 생산되는 동안 점점 더 세련된 형태를 갖추었다. 이 모든 것에는 독창적인 사고가 필요했다. 시트로앵 2CV는 42년간 생산되었고, 이시고니스의 미니처럼 그 매력이 빛을 잃은 적이 없었다. 이 차들의 엔지니어들은 자유롭고 독립적으로 사고했고, 혁신적인 디자인을 적용했으며, 결국 역사적 기록으로 남게 만들 능력이 있었다.

항상 실패할 가능성을 염두에 두며, 나는 4년 동안 아마도 대부분의 싸이클론 전문가보다 더 많은 싸이클론 먼지 분리기를 만들고 시험했을 것이다. 내 탐구 목적은 훨씬 더 작은 미세한 입자를 가둘 수 있도록 싸이클론의 기능을 향상시키는 것이었다. 5천 개가 넘는 싸이클론 시제품을 개발하면서, 나는 원추형 단면의 정확한 각도, 싸이클론의 최적의 직경, 최적의 흡입 및 배출구의 직경, 이상적인 흡입구의 모양, 싸이클론 배출구의 최적의 길이를 결정했다.

1982년 말에 싸이클론의 핵심 부분이 완벽하게 작동하는 시제품이 만들어졌다. 이제는 기계 전체를 보기 시작할 때였다. 당시 진공청소기는 직립형과 실린더형, 이 두 가지 종류가 있었다. 직립형은 청소기 헤드에 회전하는 롤러 브러시가 있어 제품을 밀 수 있었다. 카펫은 청소가 가능했지만 벽의 걸레받이 부분까지는 닿지 않았다. 흡입력도 좋지 않았다. 한편 완드나 호스를 이용해 바닥 위에서 본체를 끌고 다니는 실린더형 청소기는 새 먼지 봉투를 끼우면 흡입력이 강했지만, 바닥에 닿는 도구는 먼지만 흡입하는 수동적 기능만 있어 카펫을 청소할 때는 별로 효과적이지 않았다.

나는 흡입력을 높이기 위해 실린더형 청소기의 모터를 롤러 브러시가 있는 내 직립형 청소기에 넣고, 바닥 가장자리와 그 위쪽 부분도 청소할 수 있도록 탄력 있는 호스를 장착하기로 했다. 그렇게 하면 두 가지 유형의 청소기와 경쟁할 수 있었다. 내가 만든 청소기의 손잡이는 본체에서 분리될 수 있고 망원경처럼 길이를 늘리거나 줄일 수도 있어 제품으로부터 약 4미터 이상 떨어진 곳까지 닿았다. 청소기 헤드에서 호스로, 또는 그 반대로도 자동 전환이 되는 밸브로 인해 청소기 헤드로 흡입되던 것을 호스로 흡입되도록, 그리고 그 반대로도 가능해졌다. 서부 영화에서 카우보이가 총을 신속히 꺼내는 것처럼 말이다.

진공청소기를 설계 및 제작한 후 청소기의 새로운 기능과 싸이클론 발명에 대한 특허 등록을 하기 시작했다. 특허 관련법은 헨리 4세가 고안한 이후 거의 변화가 없었다. 그렇기 때문에 전체적으로 만족스럽지 못하고 발명가를 제대로 보호하지도 못했지만, 그래도 필수적으로 거쳐야 하는 단계였다. 아무리 불충분한 법이라도 영국, 유럽, 미국의 주요 진공청소기 제조업체와 라이선스 계약을 시도하기 전에 필요한 전제 조건이었다. 후버는 그들의 토의에서 나온 모든 사항의 소유권이 그 회사에 속한다는 서류에 서명하도록 했다. 나는 서명하지 않았다. 그것이 후버와 내가 한 일의 전부였다. 하지만 그들은 1995년에 유럽 지사의 부사장 마이크 루터를 BBC 프로그램 「머니 프로그램」에 출연시켜, 후버가 내 발명품을 샀다면 다시는 그 기술이 빛을 보지 않도록 선반에 얹어 둘 수 있었을 텐데, 그러지 못한 것을 후회한다고 언급하게 했다. 참 재미있는 사람들이다.

일렉트로룩스, 핫포인트, 밀레, 지멘스, 보쉬, 아에게, 필립스 등과 같은 회사에도 찾아갔고, 모두 거절당했다. 좌절스럽긴 했지만, 적어도 그 회사들이 새롭고 색다른 것에 관심이 없음을 알게 되었다. 그들은 당시 유럽에서만 5억 달러 이상의 가치를 가진 진공청소기의 먼지 봉투 시장을 지키는 데만 관심이 있었다. 바로 이 부분에 기회가 있었다. 과연 소비자들에게 생분해되지 않는 플라스틱 성분의 교체형 먼지 봉투에 계속 돈을 쓰지 말고, 먼지 봉투 없이도 영구적인 흡입력을 제공하는 청소기를 선택하도록 설득할 수 있을까? 그렇다면 나는 이 유명한 회사들과 겨루어 이길 가능성이 충분했다.

나의 고군분투를 지켜보던 로토크가 내 디자인에 대한 라이선스를 샀다. 우리는 이탈리아 포르데노네에 있는 자누시*에서 생산한 분홍색 클리네제 로토크 싸이클론을 출시했다. 시중에 나와 있는 모든 진공청소기와 차별성을 강조하기 위해 선택한 색상이었다. 550대를 생산하는 데 2021년 화폐 가치로 환산해 약 1천 파운드가 들었다.

우리는 제품 카탈로그를 가지고 다니며 홍보하는 열정적인 클리네제의 방문 판매 사원들이나 1983년과 1984년에 열린 이상적인 가정용품 전시회를 통해 청소기를 판매했다. 클리네제는 전쟁 후 영국에서 매우 유명해진 회사로, 미국의 풀러 브러시 회사에서 처음 고안한 판매 방법을 채택했으며 그 후에도 수년간 번창했다. 로토크가 클리네제를 영업 파트너로 선택한 이유는 직접 청소기 판매에 가담하고 싶지 않았기 때문이지만, 방문 판매는 미국의 커비나 독일의 포어베르크와 같은 기존 유명 회사들에 의해 검증된 방식이었기 때문이기도 했다.

로토크와 진공청소기 라이선스를 계약한 후 다른 라이선스 사용자를 찾는 동안, 제러미와 〈프로토타입스〉이라는 회사를

* 이탈리아의 가전제품 제조 회사.

설립해 스노든 경과 함께 사륜구동 스쿼럴*, 파워 스티어링 휠체어 등을 설계했다. 그리고 예전에 로토크 해양에서 튜브 보트와 거의 같은 시기에 연구했던 휠보트 프로젝트도 부활시켰다. 그 당시 우리는 시트럭을 13년간 판매한 경험이 있었고, 그중 대부분은 운반선이나 공격용 주정보다 순찰선으로 이용되고 있음을 알고 있었다. 그래서 군대, 해군, 경찰 등을 위한 바퀴 달린 쾌속 수상 지프가 필요한 시장이 있을 거라고 판단했다.

그 당시에는 코치 하우스에서 일하는 대신, 로토크에 라이선스를 판매한 돈으로 배스의 로열 크레센트 뒤편에 있는 코치 하우스를 4만 5천 파운드에 구입한 상태였다. 자갈이 깔린 넓은 안뜰이 있는 L자형 구조를 가진 조지아풍의 건물이었다. 이번에는 위드콤 장원의 연못을 사용하지 않고, 조금 더 시험용 수조에 가까운 형태를 만들었다. 13년 전과 같은 디자인의 삼각대와 붐 암을 사용했지만, 수조는 합판으로 만든 원형 도넛 모양의 통에 방수를 위해 거대한 플라스틱 천을 덧대었다. 모터는 대형 전기 드릴이었는데, 2층 창문까지 전원 케이블을 연결해서 사용했다. 나는 전기 모터가 내는 힘, 바퀴의 속도, 바퀴에 가해지는 하중, 이동 속도를 측정할 수 있었다. 바퀴는 3미터짜리 실제 크기를 6분의 1 크기로 축소한 모형이었다.

나는 13년 전 호수에서 진행했던 것과 동일한 시험을 반복했다. 효율성에서 약간의 진전이 있었다. 우리의 모형 수상 지프는 여전히 느렸다. 여러 다른 형태의 노를 시도해 보았지만, 시

* 〈다람쥐〉라는 뜻.

트럭보다 훨씬 느렸다. 시험에 실패한 뒤 점심을 먹던 중, 진공 청소기의 환풍기 날이 떠올랐다. 공기를 가두어 가속하기 위한 노 형태의 작동 방식이나 모양 대신, 환풍기 날은 앞으로 움직이면서 마치 공기를 흘려 버리려는 듯 움직이는 방향과 반대로 된 곡선 모양을 띠었다. 그런데도 효율적이면서 고속으로 작동했다. 나는 궁금했다. 〈물에서 노를 젓는 것과 반대로, 뒤로 기울어진 날이 있다면 어떨까? 그러면 무슨 일이 벌어질까?〉 이와 같은 환경을 설정해 놓고 시험해 보았다. 뒤쪽으로 심하게 기울어진 날이 달린 바퀴가 물 밖으로 들어 올려지자, 아주 빠른 속도로 수면 위를 날렵하게 달리는 것을 보고 깜짝 놀랐다. 속도 면에서 시트럭과 경쟁할 수 있을 듯했다. 어쩌면 더 빠를 수도 있었다. 효율성과 속도를 개선하기 위한 시험을 더 해본 다음 특허를 출원했다.

특허청에서는 이 발명과 관련된 모든 문서를 금고 안에 기밀 서류로 보관해야 한다는 답변을 신속히 보내왔다. 그리고 이 발명품은 군사적으로 중요한 의미를 지니기 때문에 상업적으로 이용할 수 없다고 했다. 호버크라프트를 발명한 크리스토퍼 코커렐 경에게도 이와 같은 일이 생겼고, 이로써 그 — 그리고 나중에는 그의 부인 — 와 국방부 사이에 지속적으로 갈등이 일어났다.

나는 안뜰에서 개발한 수상 지프의 바퀴를 실물 크기로 설계하고 제작했다. 이 바퀴는 3.3미터 크기였고, 가벼운 알루미늄 허브 주변을 둘러싸고 있는 유연한 케블라* 강화 폴리우레탄

* 듀폰에서 개발한 고강도와 경량성을 겸비한 섬유.

외피 — 케블라는 탄소 섬유보다 저렴하다 — 로 만든 거대한 〈내부 튜브〉가 있었다. 삼각대와 붐 암은 풀 하버에 정박해 놓은 시트럭에 설치할 예정이었다. 붐 아래 매달린 구동축을 구동하는 엔진은 구동축에 대한 체인 감속기*가 있는 1,600시시 포드의 휘발유 엔진을 달 예정이었다. 또 바퀴 네 개 중 하나의 기능을 시뮬레이션해 보기 위해 실물 크기의 바퀴를 달아 시트럭을 고정시킨 뒤 시험 수조 안에서 빙빙 돌린 다음 그중 가장 최적의 노를 가지고 시험할 예정이었다. 결과적으로 3.3미터 크기의 바퀴는 약 230킬로그램의 중량을 싣고 단지 15마력만을 사용해 시속 약 50킬로미터의 속력을 냈다. 실로 짜릿하고 신나는 광경이었다. 우리가 약 1천 킬로그램의 중량이 나가는 실물 크기의 지프를 만든다면, 60마력을 사용해 시속 약 50킬로미터로 물속에서 달릴 수 있음을 입증했다. 안타깝게도, 바로 그 시점에 로토크는 로토크 해양을 다른 회사에 매각하고 더는 이 프로젝트에 관심을 두지 않았다. 따라서 휠보트 프로젝트는 그렇게 끝나고 말았다.

휠보트 프로젝트가 끝나면서 또 다른 프로젝트가 시작되었다. 제러미의 친구 스노든 경은 어릴 때 소아마비를 앓았기 때문에, 전동 휠체어가 특히 실내 사용에 부적합한 점에 대해 오랫동안 한탄해 왔다. 전동 휠체어는 진흙을 포함해 차마 입에 담기 민망한 것들까지 묻힌 채 집 안으로 들어오곤 했다. 집 안에서 사용하기에도 거추장스럽고 보기에도 흉했다. 스노든은

* 한 축에서 다른 축으로 동력을 전달할 때 모터의 회전 속도를 줄이는 장치.

오랫동안 장애인의 입장을 대변해 왔다. 그는 유명한 사진작가이자 발명가였다. 엔지니어링 회사와 함께 전동 플랫폼을 설계해 선동을 일으킨 인물이기도 했다. 그의 아이디어는 플랫폼 상단에 자신이 좋아하는 의자를 고정시켜 실내에서 움직이게 하는 것이었다. 조종과 방향 조정 장치는 수직으로 세워진 기다란 암에 있었다. 스노든과 함께 일하는 동안 우리의 업무는 바깥의 길이나 포장도로에서도 동등하게 잘 작동하면서 기존 전동 휠체어의 흉한 외관 대신 다른 우수한 실내 의자를 설계하는 것이었다.

우리는 바퀴 크기를 고민하는 것부터 시작했다. 지름이 크면 클수록 더 높은 턱을 넘을 수 있다. 그러나 큰 바퀴는 실내에서 사용하기에 적합하지 않다. 우리는 바퀴를 옆으로 45도 정도 기울여 장착하면 똑바로 장착했을 때보다 더 높은 턱을 넘을 수 있다는 것을 알고 있었다. 45도 정도 기울어진 바퀴는 실제 지름보다 더 긴 지름을 만들기 때문이다. 이것을 예증해 보고 싶으면 바닥 위에서 접시를 굴리면서 그 앞에 책을 놓아 보면 된다. 90도로 세운 접시는 책을 쉽게 넘지 못할 것이다. 하지만 접시를 45도로 기울여 굴리면 책을 훨씬 쉽게 넘는다. 우리는 바퀴를 수직에서 60도 정도 기울여 장착하기로 했다. 그러면 플랫폼 아래에 보관할 수 있으면서도 눈에 잘 띄지 않았다.

기존 전동 휠체어에는 두 개의 큰 모터가 달려 있는데, 이것은 특별 제작되어 비싸고 무거웠다. 우리는 훨씬 더 저렴하고 작은, 자동차 와이퍼용 모터를 택해 네 개의 바퀴에 각각 장착했다. 일반적인 휠체어는 바퀴가 두 개인데 이 휠체어는 바퀴가 네 개이기 때문에, 바퀴 크기도 작게 만들 수 있었다. 따라서 우리 사륜구동 차의 이점도 가지게 되었다.

또한 기존 전동 휠체어는 두 개의 고정된 구동 바퀴와 두 개의 보조 바퀴가 있다. 그로 인해 마트에서 사용되는 카트처럼 방향을 다소 예측할 수 없을 때가 있다. 우리는 바퀴 네 개에 모두 조향성을 주어 휠체어가 매우 조밀하게 회전하고 조향을 예측하도록 했다. 휠체어는 자체 축을 중심으로 회전할 수 있었다. 자동차의 경우 안쪽 바퀴가 바깥쪽 바퀴보다 더 천천히 회전하도록 주의 깊게 제어되는 구조를 바탕으로 하는데, 우리는 〈사륜 조향〉이라는 복잡한 기능을 추가해 자동차와 동일한 제어 기능을 제공했다. 이런 기능을 위한 전자 장치와 기울어진 바퀴와 관련한 조향 기하학은 복잡하면서도 매우 흥미로운 선구적 시도였다.

배터리는 플랫폼 상단에, 의자는 배터리 위에 장착했다. 그리고 이동이 용이하도록 의자를 접을 수 있게 설계했다. 바퀴를 기울여 장착한 플랫폼이 두 번째 구성품이 되었고, 무거운 배터리는 세 번째 구성품이 되었다. 모든 구성품은 자동차 트렁크에 아주 쉽게 들어갔다. 내가 이 휠체어를 니스에 가지고 갈 때도, 그곳에서 빌린 르노 5 자동차에 싣고 제러미가 사는 바스잘프 고지대에 있는 프로방스 마을에 가져갈 때도 마찬가지였다. 그곳에서 휠체어를 사용하는 제러미의 친구가 시험해 볼 예정이었다. 그가 바위가 많은 산길을 운전해서 올라가고 싶어 하기

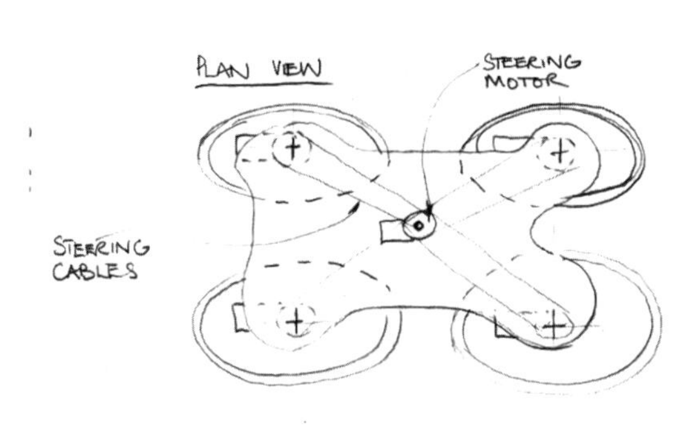

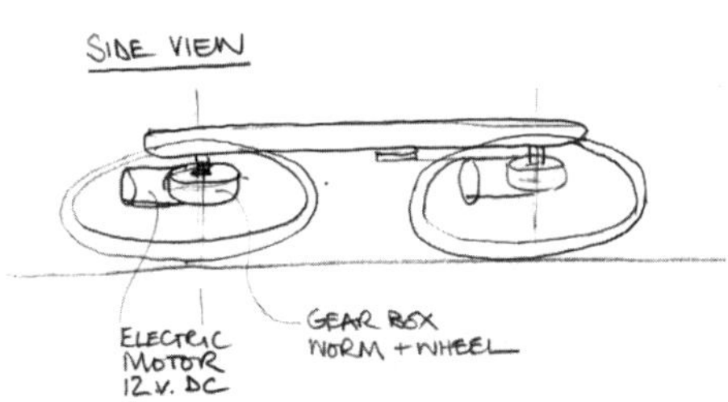

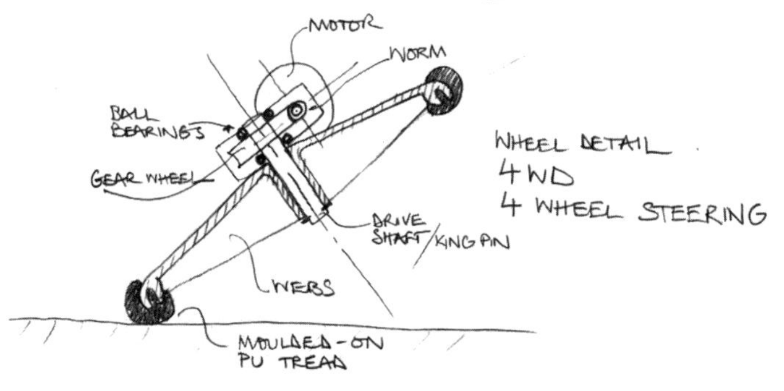

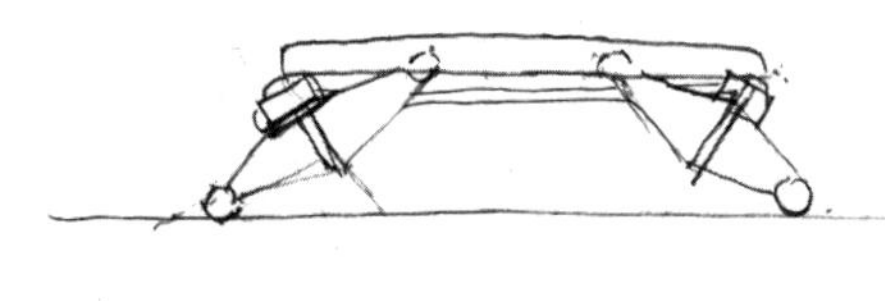

25° ANGLE

James Dyson 14 MAY 1986

휠체어

전까지는 — 그런 산에 올라가려면 실내용 휠체어가 아니라 랜드로버를 타고 가야 하는 거니까 — 모든 것이 순조로워 보였다. 나는 아직도 실내용 휠체어에 대한 스노든 경의 요구 사항이 옳았다고 생각한다. 결국 우리는 바퀴가 거의 보이지 않고 예측 가능한 놀라운 조향 기능을 갖춘 낮은 플랫폼에 찰스 임스가 만든 것 같은 의자를 탑재한 휠체어를 만들었다. 이것은 기존 전동 휠체어와 유사하지도 않았고, 그것들이 갖고 있는 단점도 없었다.

나는 진공청소기에 집중하기 위해 휠체어 프로젝트에서 떠났고, 제러미와 다른 사람들은 휠체어에 집중했다. 나중에 그들이 바퀴를 다시 원래의 것으로 바꾸었을 때, 나는 기존의 전동 휠체어들과 거의 같아질 거라고 예상했다. 결국 이 제품은 〈스퀴럴〉이라는 이름으로 생산에 들어갔지만, 상업적으로 실패하고 말았다.

싸이클론 직립형 진공청소기 역시 로토크가 회사의 재무 이사를 잘못 선택하는 바람에 상업적으로 성공하지 못했다. 발명가로서 다른 회사와 라이선스를 계약할 때, 그 회사가 라이선스 계약에 사인할 때는 관심이 있지만 후에 그 관심이 사라질 수도 있다. 좌절감을 느끼지만 이런 일은 매우 흔하고, 결국 여러 라이선스 계약자를 찾는 수밖에 없다. 암웨이를 포함한 다른 몇몇 미국 회사처럼 블랙앤데커도 초기에 우리에게 관심을 보였다. 1959년에 제이 밴앤델과 리처드 디보스가 설립한 〈암웨이 Amway〉는 원래 〈미국적인 방식American Way〉의 줄임말이었다. 암웨이는 사람 좋은 호주인 부사장을 배스에 있는 우리에게 보냈다.

호감형의 그 부사장 — 나는 아직도 은퇴 후 호주에 머물고 있는 그와 연락을 주고받는다 — 은 언변이 좋았다. 우리는 미시간주의 그랜드래피즈 근처에서 진공청소기를 만들기 위해 제조업체인 비셀과 계약할 계획이었던 암웨이와 1984년에 라이선스 계약을 맺었다. 그곳에서 암웨이와 비셀과 시간을 보낸 뒤 내 설계 도면과 시제품, 그리고 기밀 정보를 모두 건넸다. 그러나 그들은 곧 우리와 계약을 취소하기로 결정하고, 우리에게 지불한 돈을 돌려받기 위해 사기 소송을 제기했다.

다른 회사와 라이선스 계약을 할 수 없는 상황에 놓인 채 미국 법원에서 암웨이와 싸워야 하는 것은 경제적인 면에서 매우 어려운 일이며, 잠재적으로는 큰 재앙이 될 수도 있었다. 암웨이에는 학벌이 매우 좋고 창꼬치처럼 집요하다고 소문이 자자한 브롱크스 출신의 아주 유능한 변호사가 있었다. 1984년에 제러미는 이렇게 조언했다. 「그냥 합의해. 나라면 소송에서 싸우지 않겠어.」 우리는 암웨이에 모든 돈을 돌려주고 법적 비용까지 지불했다. 그로 인해 나는 더 많은 빚을 지게 되었다. 게다가 진공청소기 때문에 시간과 돈을 낭비하고 있다고 생각한 제러미의 재정 고문은 그에게 라이선스를 팔도록 부추겼다. 나는 로열 크레센트 뒤쪽의 코치 하우스를 배스의 보수당 의원 크리스 패튼에게 매각하고 로이드 은행 치핑소드베리 지점에서 더 많은 돈을 대출받아, 제러미가 가지고 있던 라이선스를 되샀다.

다시 지분을 100퍼센트 소유하게 되었지만 제러미가 더 이상 참여하지 않겠다고 결심한 사실이 너무 슬펐다. 그가 소송에 대해 두려움을 가지고 있다는 점, 특히 그는 나보다 잃을 것이 많아서 그런 두려움을 충분히 가질 수 있다는 점을 이해했다. 결국 이것은 내 발명품이고 내 문제였다. 나는 그가 처음에 나를 지원해 준 일을 아주 감사하게 생각했고, 우리는 이후로도 아주 좋은 친구로 남았다.

나에게 뜻밖의 행운이 찾아왔다. 트랜스 월드 항공사의 기내 잡지에서 분홍색과 라벤더색으로 된 싸이클론 진공청소기의 멋진 사진을 뒤표지 안쪽 면에 싣고 그 옆 페이지에 특집 기사를 실은 것이다. 그 덕분에 싸이클론 진공청소기가 미국에서 주목받았다. 이와 유사하게, 이탈리아와 스위스, 영국의 파일로팩스로부터 고급 디자인을 수입하는 작은 일본 회사 에이펙스에서도 연락해 왔다. 그들은 제품 디자인을 소개하는 책자에 단독으로 싸이클론 청소기가 소개된 사진을 보고, 우리에게 한번 찾아와 달라고 요청했다. 1985년 1월에 나는 소련 항공 아에로플로트를 타고 모스크바를 경유해 도쿄로 가는 저렴한 비행기표를 샀다.

당시 일본은 정말 다른 세상이었다. 내가 처음 에이펙스 사무실을 방문했을 때, 그곳의 여자 직원들은 내 코를 가리키며 이렇게 말했다. 「코가 꼭 에펠 탑처럼 높네요.」 그런 말을, 그것도 처음 만나는 사람에게 직접 한다는 것이 아주 이상했지만, 나중에 그것이 칭찬이었음을 알게 되었다. 그리고 몇 주 후, 그 직원들 중 한 명이 나에게 저녁에 만나 같이 맥주를 마시자고 제안했는데, 그것 역시 당시로서는 아주 특이했다. 그 만남을 기대하고 있었는데, 약속 시간 바로 전에 그 회사의 회장에게서 — 사회적 경험으로는 훨씬 덜 흥미로울 것 같은 — 스케일렉스트릭* 게임을 하자는 연락이 왔다.

하지만 무엇보다 가장 신선한 것은 우리 진공청소기에 대한 에이펙스의 태도였다. 그들은 각 구성품이 기존 제품과 다르다는 점을 특히 마음에 들어 했다. 그들은 그것을 분해한 다음 연구하고 분석했다. 기술에 대해, 사물이나 인공물을 제작한다는 사실에 대해 진정한 애정을 갖고 있었던 것이다. 나는 일본에 머물면서 진공청소기의 클리너 헤드를 재설계했고, 모발과 카펫의 미세한 보풀 등을 가두기 위해 덮개를 추가해 분리 기능을 개선하는 데 많은 시간을 보냈다.

에이펙스는 분홍색과 라벤더색이 다른 진공청소기와 차별된다는 점이 마음에 든다며 동일한 색상을 유지하기를 바랐다. 그래서 실버 리드 타자기와 뜨개질 기계로 유명한 실버 세이코에서 생산하기 시작했다. 에이펙스는 이 진공청소기를 〈지포스〉라고 불렀다. 1986년 시장에 나온 지포스는 요즘 돈으로 2천 7백 달러 정도 되는 25만 엔에 판매되었다. 이 제품은 일본에서 사회적 지위의 상징처럼 여겨졌고, 즉각적으로 디자인의 고전이 되었다. 에이펙스와 라이선스를 계약한 상태인 데다 그곳 회계 시스템이 너무 복잡해 정확히 얼마나 팔렸는지는 알 수 없지

* 작은 전기 자동차 레이싱 장난감.

만, 지포스는 정말 많은 사랑을 받았고 1998년까지 계속 생산되었다.

내가 처음으로 일본에 가 있던 그 시기에, 다람쥐가 우리 집 지붕에 있는 물탱크 파이프를 갉아 먹는 일이 일어났다. 그로 인해 집 전체에 물이 폭포처럼 쏟아져 내려 천장이 무너졌다. 디어드리와 아이들은 험난한 야영을 하는 것 같은 환경에서 지내야 했다. 나는 라이선스 계약서도 없고 — 나중에야 도착했기 때문이다 — 수입도 전혀 없는 상태에서, 망가진 집으로 돌아갔다. 당시로서는 밤에 잠도 못 잘 만큼 모든 것이 두려웠다. 결국 계약이 체결되었고, 그 선불금은 폐허가 된 집으로부터 우리를 구제해 주었다.

그리고 얼마 지나지 않아 폴 스미스에게서 지포스를 판매하고 싶다는 연락을 받았다. 우리는 그의 코번트 가든 매장에서 만났다. 나는 영국의 폴 스미스 상점에서 팔 수 있도록 일본에서 지포스를 2백 대를 수입했다. 폴은 상점 쇼윈도 전체에 걸쳐 옷과 옷 사이에 지포스를 배열해 전시했다. 그는 나의 첫 영국인 고객이었다. 그리고 지포스는 아주 빠른 시간에 완판되었다. 지금으로선 그때 2백 대보다 훨씬 많이 수입했으면 좋았겠다는 생각이 들지만, 당시에는 단순한 수입업자가 되고 싶지 않았다.

일본제 지포스가 생산되면서 미국이나 캐나다 회사들과 라이선스 계약을 맺어 보려고 미국으로 향했다. 다른 나라의 진공청소기와 흡입식 카펫 청소기 시장이 얼마나 많이 차이가 나는지 배우는 일은 흥미로웠지만, 잠재적 거래나 계약에서 발생할

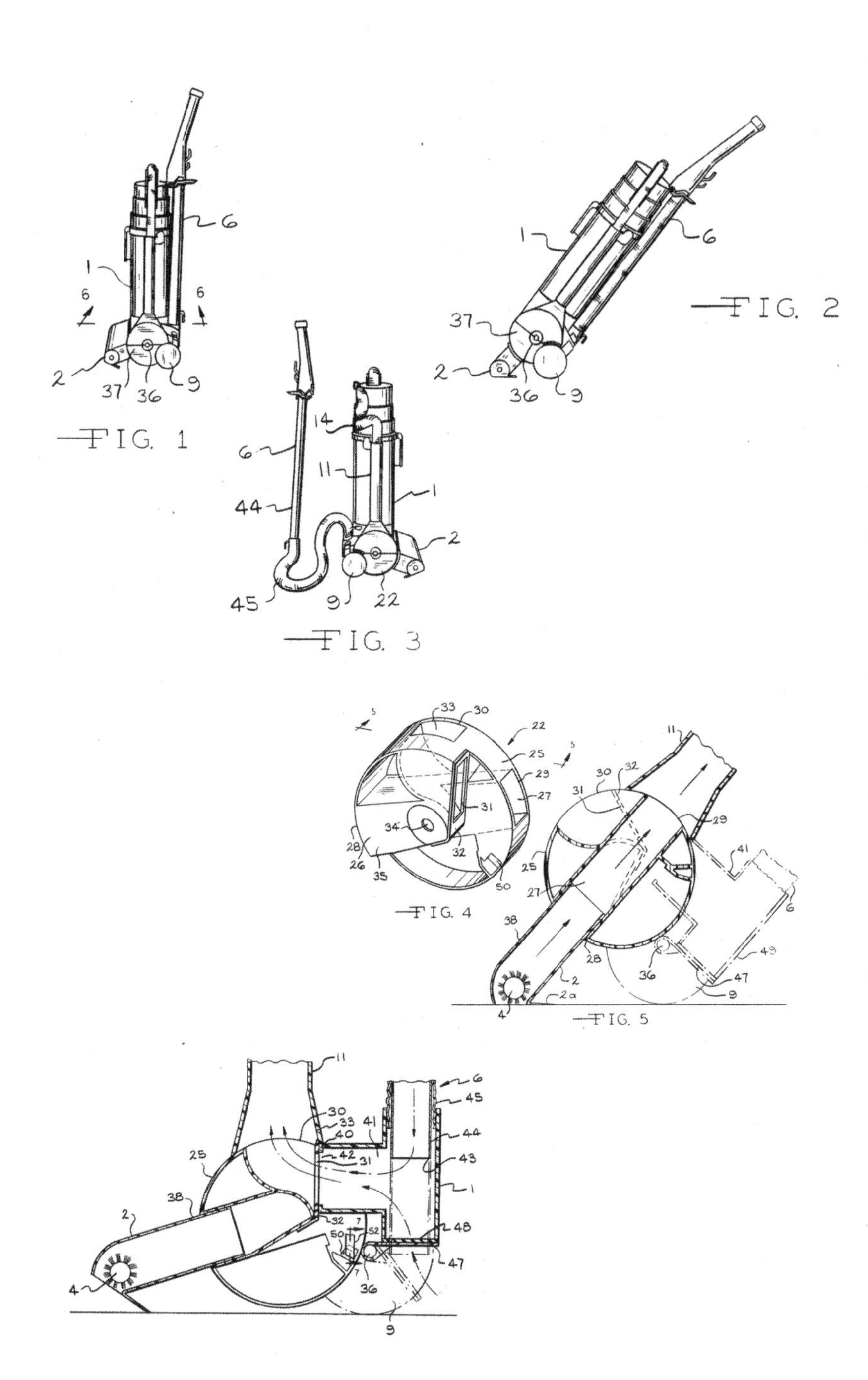

지포스

수 있는 까다로운 협상 및 법적 측면을 알아 가는 과정은 꽤 괴로웠다.

한번은 미국에서 돌아오는 비행기에서 나처럼 사업차 출장을 다녀오던 사업가 제프 파이크의 옆자리에 앉은 적이 있다. 둘 다 페이 웰던의 최신 소설을 읽은 것을 비롯해 관심사가 비슷하다는 것을 알게 되었다. 제프는 주로 캐나다에서 석유를 채굴하는 사업을 했지만, 온타리오주 웰랜드에 본사가 있는 가정용품 회사 아이오나의 회장이기도 했다. 나는 토론토에 있는 그의 사무실을 방문해 아이오나 — 나중에 팬텀이 되었다 — 와 우리가 개발한 건조 분말 청소기에 대한 라이선스 계약을 맺었다. 이 청소기는 밀리켄의 〈캡처〉라는 촉촉한 분말 제품을 사용했다. 건조 분말 — 사실은 약간의 수분기가 있는 분말 — 을 청소기 헤드 맨 위 용기 투입구에 넣은 다음 — 이 과정은 분말의 뭉친 부분을 풀어 골고루 퍼지도록 흔든 다음, 〈솔 청소〉 모드로 바꾸어야 했기 때문에 말처럼 간단하지는 않았다 — 마지막으로 픽업 혹은 진공 청소 모드로 바꾸는 방식이었다. 모든 작동은 보든 케이블*을 통해 손잡이 위쪽 부분에서 조절할 수 있었다.

아이오나는 이것을 시어스 백화점에 팔았다. 나는 제품의 색상이 전반적으로 회색인 경우에만 사겠다는 시어스의 구매 담

* 외부 케이블과 내부 케이블로 이루어져 있으며, 내부 케이블이 기계 장치를 작동시키기 위한 힘이나 에너지를 전달하는 역할을 하고 외부 케이블은 내부 케이블을 보호하고 유지하는 역할을 한다.

당자와 흥미진진한 회의를 했다. 나는 하루 종일 그를 달래고 설득해 결국 청소기 상단에 대담한 파란색을 살짝 넣을 수 있었다. 이 제품은 아주 잘 팔렸고, 우리는 매력적인 클라이브 베하렐이 발행하는 새 상품 카탈로그 잡지를 통해 영국에서도 판매했다. 건조 분말 청소기에서 얻은 경험으로, 우리는 진공청소기와 함께 〈조브잇업〉이라는 건조 분말 제품과 〈다이졸브〉라는 얼룩 제거제도 판매했다.

아이오나와 진공청소기 라이선스 계약이 성사될 무렵, 암웨이가 우리 진공청소기의 모방품을 출시했다. 아이오나는 암웨이가 이 제품을 시어스 백화점에 팔려고 했다가 시어스에서 이미 이런 제품을 본 적이 있다고 하자 그다음에 미국에서 가장 큰 소매업체에 팔려고 했다는 이야기를 들었다고 했다. 나는 이 충격적인 소식에 깜짝 놀랐다.

암웨이는 우리와 계약을 취소했을 뿐 아니라, 내 기술까지 모방했던 것이다. 이미 화가 난 상태에서, 아이오나가 우리와 라이선스 계약을 맺을 때 암웨이가 출시한 모방품에 준하는 수준으로 계약 금액을 낮추려고 하자 나는 더욱더 화가 났다. 결국 우리는 암웨이와 법정 공방을 하는 데 필요한 비용을 분담하기로 했다.

새로운 기술을 개발하거나 근본적으로 다른 제품을 만들어 회의론자들을 물리치고, 관심을 조성하고, 이를 위한 시장을 창출하려고 모든 노력을 한 후, 결국 라이선스 계약을 취소한 회사에서 우리의 모방품을 출시하는 것은 정말 소름 끼치는 일이다. 이러한 개인적인 것에 대한 절도 행위에 나는 참을 수 없는 분노와 좌절감을 느낀다.

1987년 즈음, 왕립 예술 학교와 임페리얼 칼리지가 공동으로 주관하는 대학원 학위 과정에서 설계 공학을 전공한 피터 갬맥과 시메온 저프가 코치 하우스에 합류했다. 나는 그동안 여러 학교와 계속 연락을 취하고 있었고, 매년 학위식에 참석하는 일을 중요하게 생각했다. 이것은 혁신적이고 젊은 설계 공학자를 찾을 수 있는 가장 자연스러운 방법이었다. 임페리얼 칼리지에서 공학 학사 학위를 받고 2년 후 왕립 예술 학교에서 디자인을 배운 피터는 졸업 전시회에서 신문이 나오는 재미있는 슬롯머신을 선보였다. 그가 눈에 띄는 화려한 프로젝트가 아닌, 독특하고 잘 설계된 프로젝트를 선택했다는 점은 명백했다. 당시 나는 에이펙스에서 받은 로열티와 여러 컨설팅으로 얻은 자문비를 통해 피터와 시메온에게 월급을 줄 여유가 있었다. 비록 우리는 진공청소기에 초점을 맞추고 있었지만 우리가 기술력을 바탕으로 삼은 회사처럼 사고한다는 점이 너무 신났다. 예를 들면, 〈다른 방법으로 싸이클론 기술을 발전시킬 수는 없을까?〉 또는 〈이 기술을 또 어디에 활용할 수 있을까?〉와 같은 생각들을 하면서 말이다.

우리는 1987년에 라이선스 계약을 체결했고, 아이오나는 팬텀이라는 이름으로 캐나다와 미국에서 듀얼 싸이클론 직립형 진공청소기를 만들고 판매할 수 있게 되었다. 마치 미래의 성공을 선불리 예견한 것 같은 이름이었다. 또한 싸이클론 시스템을 산업용 청소에 응용하는 데 관심 있었던 존슨 왁스도 우리에게 관심을 보였다. 나는 그 회사의 최고 경영진 앞에서 시연할 때 물이 든 컵을 발로 밟아 유리 파편과 물이 사방에 흩어지도록 만들었다. 그런 다음 싸이클론 진공청소기로 그것들을 청소했는데, 먼지 봉투가 있는 청소기와 달리 물이나 유리 파편을 청소하는 데 전혀 문제가 없었다.

에너지 넘치는 호주인 고위 간부 로스 캐머런은 내가 시연하는 것을 보고 자기도 똑같이 해보겠다며 탁자를 뛰어넘었다. 그는 시드니에 있는 오스틴 모리스에서 엔지니어로 일하다가 존슨 왁스에 와서 성공적인 간부가 된 사람이었다. 우리는 그들이 우리의 진공청소기를 관련 산업 분야에서 판매할 수 있도록 계약을 맺었다. 하지만 화학 전공자였던 담당 부사장은 안타깝게도 복잡하고 예측하기 어려운 기계의 메커니즘을 제대로 이해하지 못했고, 결국 성공을 거두지 못했다. 하지만 이런 과정에서 더 좋은 일이 파생되었다. 나중에 나는 로스에게 호주에서 다이슨 지사를 설립할 것을 제안했고, 그는 아주 훌륭하게 그 일을 해냈다. 그는 이제 은퇴했지만, 우리는 여전히 가장 친한 친구로 남아 있다.

한편 나는 우리 회사의 최신 디자인과 기술을 제공했으나 팬텀은 자신들의 방식을 고수하기를 원했다. 그들의 방식이 결국 매우 성공적인 것으로 입증되었고, 나는 마침내 그 회사를 인수하기로 결정했다. 하지만 인수 협상이 막바지에 이르렀을 때, 팬텀은 파산하고 말았다. 나는 그들에게 특허에 대한 라이선스만 판매했기 때문에, 법적 계약에 따르면 특허는 다시 우리에게 돌아와야 했다. 그런데 캐나다의 이상한 법으로 인해 그들은 그 특허를 다른 최고 입찰자에게 매각하기 시작했다. 핵심적인 것들은 우리가 다시 사들였지만, 나머지는 더 높은 가격을 제시한 경쟁자들이 낙찰받았다. 이런 모든 일에 좌절했지만, 이 사건은 당시 세계에서 가장 큰 시장이었던 북미에 진출할 수 있는 절호의 기회가 되었다.

아이오나는 우리의 진공청소기를 캐나다에서 만들고 팔 라이선스를 가지고 있었지만 미국에서는 권한이 없었기 때문에, 나는 코네티컷주 스탬퍼드에 근거를 둔 큰 헤어드라이어 회사인 콘에어를 찾아갔다. 1959년에 뉴욕의 한 차고에서 시작한 콘에어는 30년 후 아주 성공적인 회사로 성장했다. 이탈리아 시칠리아 출신 이민자의 아들인 창업자 리 리추토는 회사만큼이나 아주 좋은 사람이었다. 우리가 진공청소기에 대한 계약을 거의 체결할 시점에, 그들은 우리의 특허를 확인하고 싶다고 했다. 특허를 심사하러 들어온 사람은 블랙앤데커에서 파이프를 빨아 대며 우리의 특허를 쓰레기처럼 만들었던 바로 그 임원이었다. 나는 리 리추토에게 가서 말했다. 「특허를 심사할 사람이 저 사람이라면, 이 계약은 성사되기 어려울 겁니다. 저 사람은 우리의 특허가 취약하다고 생각하지만 그는 틀렸습니다.」 그 임원은 예상대로 라이선스 계약을 무산시켰다.

1991년이었던 그 시점에 백스가 등장했다. 우스터셔주 드로이트위치에 본사를 둔 백스는 1977년에 전(前) 랭크 제록스 영업 사원이었던 앨런 브레이저가 설립한 회사다. 브레이저는 고속 도로 휴게소의 청소권 계약을 따낸 후 기존 청소기들에 불만을 느끼고, 샤워 펌프와 대형 우유 용기에서 착안해 자체적으로 물청소 및 진공 청소가 가능한 청소기를 개발한 사람이었다. 백스는 짧은 기간에 크게 성공했다. 그들은 직립형 진공청소기를 원했다. 우리가 청소기를 설계해 주었으나, 그 과정에서 그들은 매우 위압적인 태도를 보였다. 우리의 설계가 마음에 들지 않는다고 계속 퇴짜를 놓다가, 결국 다른 설계자를 고용하겠다고 하는 바람에 우리는 물러났다. 진행 과정은 지연되었고 생산에 돌입할 기미도 보이지 않았다. 나는 그들과의 계약을 취소했다. 이제 우리는 미국에서 암웨이와 소송을 벌이는 동시에 영국에서 또 다른 법적 시비에 시달렸다. 다행히 팬텀과 라이선스 계약을 맺고 있어 겨우 물 밖으로 머리를 내밀고 숨 쉴 수 있었지만, 매달 말 직원들의 월급날이 다가오면 너무나 고통스러웠다.

모든 미국 법정 소송이 그렇듯, 암웨이와의 법정 소송은 아주 길고 고되었으며 5년간 끊임없이 비용이 들어갔다. 특허 침해 행위에 대해 바로 금지 조치를 취해 달라고 요청할 수도 있었으나, 판사들은 금전으로 피해를 배상할 수 있는 경우에는 거의 이런 판결을 내리는 법이 없었다. 물론 5년간 진행되는 법정 소송과 그에 따른 부수적인 항소들을 모두 감당할 만큼 충분한 돈이 있다면 문제가 없을 것이다. 하지만 우리는 모든 자원이 풍부한 두 대기업을 상대해야 했다. 암웨이와 비셀과 싸우기 위해 긴 법정 소송을 시작했다.

암웨이는 진공청소기를 만들기 위해 비셀과 협업했다. 비셀은 암웨이와 같은 도시에 근거를 두고, 영국에서는 아주 오랫동안 백스 비셀이라는 이름으로 진공청소기와 카펫용 물청소 기기를 제조해 온 업체였다. 암웨이와의 라이선스 계약 당시 우리는 비셀 측에 우리의 기술과 노하우를 설명했고 설계 도면까지 모두 넘겼기 때문에, 암웨이에서 모방품을 만드는 데 일조한 비셀도 고소해야 했다.

물론 나는 그 소송을 감당할 돈이 없었다. 아이오나와 팬텀과의 라이선스 계약금은 그들이 법적 소송 비용의 반을 지불하기로 동의하면서 대폭 축소되었고, 그들은 승소할 경우 우리가 받는 비용이 얼마든지 간에 그 비용의 절반을 가져가기로 했다. 우리가 선임한 변호사 딕 백스터도 자신의 수임료를 낮추는 대신 승소할 경우 우리가 얻는 이익금의 상당 부분을 가져가기로 합의했다. 이것이 바로 〈부분적 컨틴전시 계약〉이다. 그리고 드디어 진짜 법정 싸움이 시작되었다. 우리는 우리의 주장을 제기했고, 그들은 자신들을 변호하기 위한 주장을 제기했다. 그리고 양측은 소위 〈디스커버리〉*를 요청했다. 이 제도를 통해 해당 사건에 결점이 있는지 파악하거나, 증인에 대해 공격하고 반대신문을 하는 데 필요한 모든 서류와 시제품을 요청할 수 있었다. 우리가 수십 상자에 달하는 디스커버리 관련 서류를 만들어 내면서 모든 서류를 훑어보는 동안 암웨이는 너무나 의심스럽

* 본격적인 변론을 시작하기 전에 당사자가 소송에 필요한 정보를 획득하려는 목적으로 문서 등을 교환하는 절차.

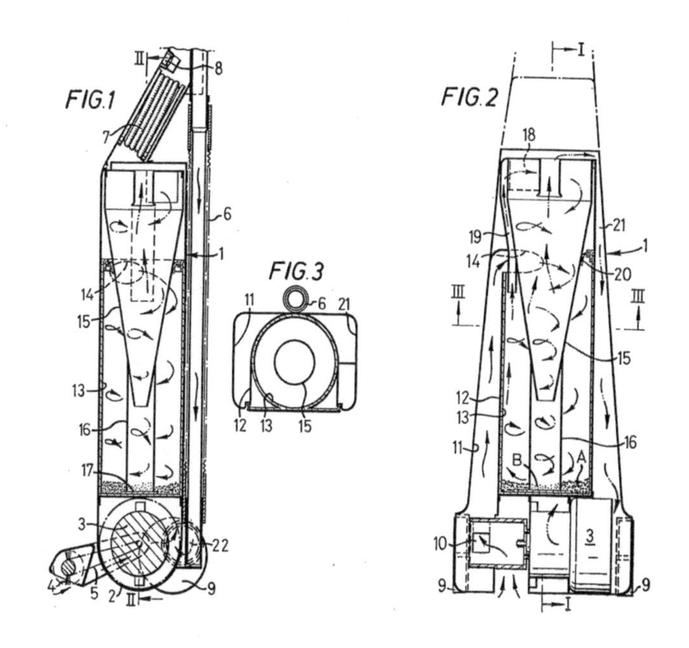

암웨이와 소송할 때 제출한 도면

게도 우리에게 대응하기 위한 그 어떤 서류도 만들어 내지 않았다.

사건이 진행되는 동안, 그리고 비용이 늘어나는 동안 그들이 특허 침해 및 기밀 정보 도용을 했다는 사실을 뒷받침할 만한 확실한 증거가 드러났다. 하지만 그들은 특허 침해 소송에서 고전적으로 쓰이는 변호 방식, 즉 특허 자체가 효력이 없고 이미 엔지니어들에게 너무 뻔한 기술이라고 몰아가기 시작했다. 즉, 나는 특허 보유자로서 특허의 유효성에 대한 공격으로부터 특허를 방어하는 셈이었다. 특허 침해자가 왜 그 특허를 모방했는지 보여 주는 데 시간을 들여야 한다는 것은 이상한 일이었다. 하지만 특허청에서 특허를 받았다는 사실 자체만으로는 법정에서 검증받을 때까지 그 유효성을 보장할 수 없다. 특허를 갱신하려면 각 나라의 특허청에 매년 아주 높은 비용을 지불해야 한다. 이런 사실은 정말 말도 안 된다고 생각한다.

사실 나는 정부에 막대한 수입을 가져다주는 특허 갱신 수수료를 지불하지 않았다는 이유로 창작자가 특허를 잃는 사실에 문제를 느꼈고, 유럽 인권 재판소에 특허 갱신 수수료가 불법이라며 두 번이나 이의를 제기했다. 결국 유럽 인권 재판소에서는 두 번 모두 — 아마도 특허청의 의견에 따른 것이겠지만 — 특허 갱신 수수료는 합리적인 제도라는 판결을 내렸다. 그러나 나처럼 돈 없는 발명가는 여러 나라에서 매년 특허 갱신 수수료로 수만 파운드를 내기 위해 여기저기에서 빌린 돈을 갚느라 애먹는다. 그러다가 종종 특허를 포기하기도 한다.

미국 법정 소송에서 양측 변호사들은 증인을 3주간 매일 오전 9시에서 오후 5시 30분까지 반대 신문을 한다. 암웨이와 비셀의 소송에서 그 증인은 나였다. 나는 그랜드래피즈에서 커다란 책상을 가운데 두고 암웨이와 비셀을 대변하는 시카고 로펌의 변호사 다섯 명과 대면해야 했다. 그들은 무슨 수를 써서라도 내 실수를 집어내기 위해 서로 포스트잇에 메모를 써서 주고받으며 끝없이 질문을 해댔다. 특허 침해와 기밀 정보 도용 사건에서는 말이 무엇보다 중요하다. 특허 서류에는 주로 그림 대신 말로 발명에 관한 내용이 설명되어 있다. 물론 도면도 포함되어 있지만, 특허의 본질을 이루는 권리의 명세는 말에 있다. 말은 왜곡되거나 잘못된 단어가 사용될 수 있고, 반대 신문 시 단어를 하나 잘못 사용한다면 법정 소송에서 패배하고 특허의 유효성을 상실할 수도 있다. 나는 공격적인 변호사들을 상대로 3주 동안 혹독한 반대 신문을 겪었다. 암웨이 CMS-100은 내 도면, 특허, 기밀 정보를 바탕으로 만든 것임이 분명했다.

5년간의 법정 소송은 나를 멍투성이로 만들고 파산에 이르게 만들었다. 그 무렵 나는 모든 것을 정리하고 합의해야겠다는 생각이 들기 시작했다. 하지만 디어드리는 절대 포기하면 안 된다고 단호히 말했다. 그녀의 판단은 옳았다. 디어드리와 대화한 직후, 나는 추가 반대 신문에 참석하기 위해 히스로 공항에서 디트로이트로 향하는 비행기를 타기 전에 그랜드래피즈에 있는 우리 측 변호사 딕 백스터에게 전화했다. 그러자 그가 아주 기쁜 소식을 전해 주었다. 「암웨이에서 합의하고 싶다는 의사를 밝혔어요.」 나는 곧바로 집으로 돌아갈 수 있었다.

딕 백스터와 팬텀에 배상금을 나누어 주었다. 내 몫은 1백만 달러에 달했다. 돈보다 더 중요한 사실은 삶을 되찾았다는 것이다. 오랫동안 우리 가족 위에 드리워졌던 먹구름이 마침내 걷혔다. 많은 돈을 받지는 못했지만 — 사실 그 배상금은 내가 쓴 법정 소송 비용에도 미치지 못했다 — 적어도 앞으로는 법정 소송 비용을 더 이상 고려할 필요가 없었고, 파산할지 모른다고 걱정하는 대신 미래를 생각할 수 있었다. 또한 소송 사건을 처리하고, 서류를 읽고, 변호사들을 만나기 위해 미국으로 가는 데 많은 시간을 쓸 필요가 없었다.

그 많은 일을 겪어 냈음에도 불구하고, 그리고 미국인들을 상대로 제기한 소송에서 승소한 사실에도 불구하고, 우리는 좌절하고 있었다. 북미 시장을 상대하는 일도 고되었고 백스와의 일에도 화가 나 있었다. 또 거의 모든 라이선스 계약이 실패로 돌아갔고, 소중한 시간을 낭비했다. 그러자 이런 생각이 들기 시작했다. 〈우리가 가진 기술을 제품으로 만들어 줄 다른 회사에 의존하는 대신, 제러미와 내가 몇 년 전에 했던 결정대로 해보는 건 어떨까?〉 우리는 먼지 봉투를 팔고 흡입력이 저하되는 청소기에 만족하는 경쟁 회사들에 맞서 자유롭게 우리의 미래, 개발, 그리고 설계를 하기로 했다. 나는 제조업자가 되었고, 이로써 떠안아야 할 산더미 같은 일에 대해 두려움 대신 해방감을 느꼈다.

당시 영국에서 가장 잘 팔리는 유형의 진공청소기는 습건식 카펫 청소기였다. 우리는 백스보다 훨씬 더 좋은 제품을 만들 수 있다는 것을 알고 있었다. 나는 볼배로를 제작했을 때 플라스틱 통을 사출 성형 방식으로 만들어 준 회사 린팩과 일한 적이 있고, 그 후 그 회사의 진취적인 사장 데이비드 윌리엄스와 계속 연락을 주고받고 있었다. 나는 라우스로 가서 린팩의 소유자인 에번 코니시를 만나, 그가 청소기의 플라스틱 부품 성형 및 툴링의 자금 조달에 관심 있다는 사실을 알아냈다. 우리는 시제품을 만들고, 코치 하우스 위층에서 카펫 청소에 대한 실험을 해보기로 결정했다. 백스의 제품으로 청소하는 것이 너무 힘들어, 우리는 사람들이 도대체 왜 그 청소기를 사는지 궁금해졌다.

소규모 시장 조사에 나섰다. 배스 외곽 라크홀에 있는 철물점에 가서, 혹시 코치 하우스에 와서 청소기 테스트에 참가해 줄 만한 사람이 있는지 문의했다. 그때 친절한 여성이 나와 피터, 시메온이 함께 우리의 습건식 카펫 청소기를 작동시키는 모습을 지켜보았다. 우리가 물어보았다. 「어떻게 생각하세요?」 그녀는 이렇게 대답했다. 「정말 너무 힘드네요. 있잖아요, 두 번 다시는 사용하고 싶지 않아요.」

우리는 이 친절한 여성이 말해 준 것을 토대로, 이제까지 해온 모든 과정을 버렸다. 헛다리를 짚고 있음을 뼛속 깊이 깨달았다. 백스와 같은 유형의 카펫 청소기는 모두 사용하기 힘들었다. 우리는 시장의 추세를 무시하고 직립형 싸이클론 진공청소기에 집중하기로 결심했다. 캐나다 회사 아이오나와 라이선스를 계약한 청소기보다 훨씬 진보된 제품을 만들 예정이었다. 우리는 우리 방식대로, 독립적으로 해나가기로 결심했다. 이제 다른 회사, 특허, 경영진, 그리고 변호사들과의 투쟁도 더 이상 없을 것이었다.

6
DC01

우리만의 길을 간다는 것도 쉬운 일은 아니었다. 1992년 초 우리가 코치 하우스 — 절단기, 공장, 작업대 등은 아래층에, 책상과 컴퓨터들은 이전에 건초를 보관하던 위층에 두었다 — 에서 나중에 아주 잘 팔릴 진공청소기 DC01 모델을 개발하는 동안, 나는 제조에 필요한 자금을 빌리기 위해 백방으로 노력했다. 벤처 사업 투자자들은 아무런 도움이 되지 않았다. 나는 에이팍스 파트너스*의 최고 운영 책임자인 에이드리언 비크로프트를 만나러 갔다. 에이팍스 파트너스는 타이 랙**과 속 숍***은 물론, 시카고 피자 파이 팩토리를 영국에 설립하고, 당시 더 많은 패스트푸드점을 계획하고 있던 개성 있는 밥 페이턴에게 자금을 지원하고 있었다. 이런 유형의 사업은 자본금 회수가 빨라 벤처 투자자들이 선호한다. 몇 년 만에 자본금을 회수할 수도

* 1972년 영국에서 설립한 세계적인 투자 회사.

** 넥타이 및 액세서리 전문 매장.

*** 양말 전문 매장.

있으니 말이다.

나는 회사의 지분 또는 주식과 교환해 자본 및 현금을 조달하기 위해 이런 투자자들에게 접근했다. 우리가 투자를 받을 수 있다면 볼배로를 힘들게 했던 막대한 은행 당좌 대출에 얽매지 않아도 되기 때문이었다. 에이팍스 파트너스에 시제품을 보여 주고 내 계획을 설명하자, 그들은 물건 만드는 일이라는 이유로 별 관심을 두지 않았다. 그들이 보기에, 나는 제대로 된 사업가가 아니라 엔지니어이자 설계자일 뿐이었다. 에이드리언 비크로프트가 말했다. 「그쪽 산업 관련자 중에서 이 사업을 운영할 사람을 데려오면 이 제안서를 고려해 보겠습니다.」 나는 이렇게 답했다. 「현재 영국에서 성공적으로 운영 중인 국내 가전제품 회사가 한 곳이라도 있나요?」 핫포인트나 후버가 다였다. 게다가 둘 다 성공적인 회사가 아니었다. 기존 제조업체에서는 지난 수십 년간 새로운 제품을 하나도 개발하지 못하고 있었다. 나는 그들의 전철을 따라갈 생각이 전혀 없었다.

에이팍스 파트너스로부터 자금을 지원받을 가능성은 없는 것으로 판명되었다. 비록 그들이 나에게 투자한다고 해도, 내 방식대로 사업을 운영하게 둘 것 같지 않았다. 그렇다면 어디를 접촉해야 할지 고민되었다. 당시 나를 도와줄 만한 정부의 계획이나 정책은 전혀 없었다. 그 외 벤처 사업 투자 회사 다섯 군데에서도 내 요청을 거절했다. 당시에는 스타트업에 투자하는 회사에 세금 우대를 해주는 제도도 없었다. 한편 어음 교환 협정 은행들은 당시 극심한 경기 침체기에 사람들의 집을 빼앗아 간다는 좋지 않은 평판이 돌고 있었기 때문에 피하고 있었다. 극심한 경기 침체기에 왜 그들이 굳이 또 다른 집을 압류할 상황을 만들면서까지 나에게 돈을 빌려주겠는가? 거의 자포자기한 상태에서, 그리고 성공에 대한 가망이 전혀 없는 상황에서 브리스틀에 있는 로이드 은행 콘스트리트 지점에 찾아갔다. 나의 당좌 대월액이 점점 늘어나자, 은행에서는 내 문제를 브리스틀 본사로 이전하는 것이 합리적이라고 판단했다. 매우 의외인 이 소식이 희망적으로 들렸지만, 은행 내부에서는 의견 충돌이 있었다.

일명 〈출장 감정사〉로 불리던 대출 상담 전문가 마이크 페이지가 코치 하우스로 찾아와서 물었다. 「자금이 왜 필요하신가요?」 나는 후버와 일렉트로룩스와 경쟁하기 위한 진공청소기를 만들고 싶다고 말했다. 「그것 참 흥미롭네요. 추후에 결과를 알려 드리죠.」 그가 대답했다. 그리고 일주일 후에 돌아와서 이렇게 말했다. 「40만 파운드를 빌려주겠습니다. 하지만 집을 담보로 잡아야 합니다.」 디어드리 그리고 변호사와 함께 나는 브리스틀에 가서 우리가 가진 모든 것을 은행이 빌려줄 돈과 교환하겠다는 내용이 담긴 불쾌한 회색 서류에 서명했다. 정말 최악의 위험 부담이었다. 세 명의 어린 자식이 있지만 집에서 내쫓길 수도 있었다. 너무나 아찔하고 무서운 일이 아닐 수 없었다. 마이크 페이지가 대출금을 60만 파운드로 올렸을 때는 두려움이 더 심해졌다. 디어드리와 나는 우리가 감수하려는 그 끔찍한 도박에 대해 대화를 나누었다. 우리가 가진 모든 것이 위험에 처해 있었다. 실패한다면 어떻게 대응해야 할지도 몰랐고, 그런 경우를 생각하는 것조차 힘들었다. 우리의 발명품이 결실을 맺기 위한, 우리가 해온 일에 대한 신념을 지키기 위한 최후의 기회였다. 마지막 주사위를 던지는 상황을 디어드리가 함께해 준 것은 정말 놀라운 일이었다.

나중에 마이크 페이지에게 왜 나에게 돈을 빌려주었느냐고 물었더니, 그는 이렇게 대답했다. 「미국에서 5년간 소송을 버텨낸 점에서 일단 의지가 있다고 믿었습니다. 그리고 집에 가서 제 아내에게 먼지 봉투가 없는 진공청소기가 있으면 어떠할지 물었더니, 정말 좋을 것 같다고 대답하더군요.」 그것으로 그의 마음은 결정되었다. 비록 그때는 로이드 은행이 그의 첫 제안서를 거절했다는 사실을 몰랐지만 말이다. 그는 카디프에 있는 은행 본사의 행정 감찰자에게 호소했고, 그 담당자는 어떤 이유에서인지 마이크 페이지의 의견에 동의했다. 안타깝게도 은행이나 은행 관리자들이 위험을 감수한 것을 찬사하는 일은 드물다.

이제 우리에게는 자금 — 물론 은행 돈이었지만 — 이 생겼고, 우리를 어차피 원하지 않는 투자자도 필요 없었다. 하지만 다이슨을 설립한 때는 불경기가 막 시작될 무렵이었다. 영국 경제는 그 후 2년간 많은 고난을 겪었다. 브리스틀과 카디프, 버밍엄, 타인사이드 등 곳곳에서 극심한 생활고 때문에 폭동이 일어나기도 했다.

경기 불황은 정부에서 인플레이션을 잡기 위해 고금리 정책을 내놓은 결과였다. 하지만 이 정책은 대출 금리 인상과 주택 가격 하락으로 이어졌고, 동시에 영국이 유럽 통화 제도의 회원 자격을 유지하기 위해 파운드 가치를 상승 조작함으로써 영국의 수출 산업은 가격 경쟁력을 잃었다. 건강하지 못한 방안들로 인해, 결국 1992년에는 실업률이 10퍼센트에 달했다. 그해 가을 영국이 지금의 유럽 환율 조정 장치에서 탈퇴했을 때, 파운드의 가치는 20퍼센트 하락했고 영국의 경제는 회복되기 시작했다.

우리는 서둘러 진공청소기 생산에 착수했다. 피터 갬맥은 툴링에 집중했고, 우리는 내가 자누시 시절 알게 된 이탈리아 북동부의 도구 제작자와 75만 파운드 상당의 계약을 체결했다. 그것은 내가 은행에서 대출받은 모든 돈과 암웨이에서 받은 배상금까지 합한 전 재산이었다. 공장, 부품 매입금, 영업에 쓸 돈이 전혀 없었다. 그러면서도 나는 계속해서 공장 부지를 찾아다녔다. 웨일스 개발 기관에서 당시 새로운 공장과 사업을 모색하는 제조업체에 보조금을 지원해 주고 있었다. 좋은 기관이었지만, 보조금을 받으려면 네 군데 자문 회사 중 한 곳을 통해 지원하고, 그 자문 회사가 웨일스 국무 장관에게 신청서를 제출하는 방식으로 운영되었다. 그때 국무 장관은 지금 헌트 경으로 불리는 데이비드 헌트였다.

이 과정을 위해 프라이스워터하우스쿠퍼스*를 거치느라 2만 8천 파운드를 소비했지만, 데이비드 헌트로부터 우리의 자

* 세계 최대 규모의 전문 서비스 회사로, 가격 경쟁력 회계, 세무 자문, 경영 컨설팅 등의 서비스를 제공한다.

본이 충분하지 않다는 소리를 들었다. 결국 탈락했지만, 자금을 더 모으면 다시 지원할 수 있었다. 사실 우리는 당시 보조금을 받은 일본 지퍼 제조업체보다 자본금이 더 많았다. 내가 발견한 바에 따르면, 우리의 문제는 일본 지퍼 제조업체처럼 외국 투자자가 아니라는 점이었다. 이는 데이비드 헌트에게 〈과시할 만한 업적〉이 될 수 없었다는 의미였다.

얼마 후, 나는 웨일스 북부의 렉섬에 근거를 둔 미국 회사 필립스 플라스틱스가 진공청소기의 플라스틱 부품을 만들어 줄 의향이 있는지 알아보기 위해 찾아갔다. 우습게도 그들의 새 공장은 웨일스 개발 기관의 보조금으로 건설된 곳이었다. 그들에게는 할 일이 거의 없었다. 나는 혹시 그곳에서 사용하지 않는 공장의 절반 정도 되는 공간에서 우리가 진공청소기를 조립할 수 있는지 물었고, 허락을 받았다. 그래서 우리는 이탈리아에서 도구를, 아크링턴 브러시 회사에서 호스와 브러시 바를, 일본 제조업체에서 모터를, 그리고 중국 창싱에서는 브러시용 털 등을 구입했다.

렉섬의 지역 주민을 고용해 조립을 시작했다. 〈다이슨〉이라는 이름이 붙은, 최초로 철저한 제조 공정을 거쳐 적합한 품질을 갖춘 진공청소기가 1993년 1월에 대량으로 생산되었다. 우리는 이미 제대로 작동하는 시제품을 거대 소매업체인 제너럴 유니버설 스토어스와 리틀우즈에 보여 주었고, 그들은 1월 제품 카탈로그에 우리 제품을 포함시킨 상태였다. 그들에게는 1월 셋째 주에 제품을 공급할 수 있었다.

지금으로선 별일 아니라고 생각할 수 있지만, 당시 우리에게는 정말 큰일이었다. 리틀우즈의 맨체스터 경쟁자인 제너럴 유니버설 스토어스는 1932년부터 1987년까지 아이작 울프슨이 회장으로서 소유하고 경영하고 있었다. 그는 옥스퍼드와 케임브리지에 울프슨 재단과 대학들을 설립한 인물이었다. 나는 맨체스터에 있는 그들의 본사에 찾아가서 구매 담당자 브라이언 러몬트를 만났다. 그에게 다이슨의 시제품을 보여 주면서 먼지 봉투를 계속 구입할 필요도 없고, 흡입력이 저하되지도 않는다는 점을 설명한 뒤, 카펫을 물로 적시는 것보다 더 좋은 대안인 건조 분말 제품인 조브잇업과 함께 공급된다고 말했다. 존 웰리언스의 머리 감기 습관 — 대학에 있을 때 그가 나에게 건조 분말 샴푸로 머리를 감는다고 말했고, 나는 이를 아주 흥미롭다고 생각했다 — 이 조브잇업에 결정적 영향을 미쳤다. 나는 우리 강아지에게 벼룩 제거용 분말을 사용하는 상상을 해보았다. 우리가 직립형 진공청소기를 더 선호하는 바람에 우리가 습건식 카펫 청소기에 대한 아이디어를 포기한 순간부터, 나는 카펫을 청소하는 더 좋은 방식을 생각해 오고 있었다. 그리고 존 웰리언스가 말한 건조 분말 샴푸가 그 답처럼 여겨졌다. 회전 브러시가 카펫에 건조 분말 샴푸를 도포할 수만 있다면, 이를 직립형 진공청소기에 적용할 수 있을 것 같았다.

브라이언 러몬트는 당시 유명했던 블랙커런트 음료 리베나가 카펫에 얼룩을 만들면 절대 지워지지 않는다고 확신하며 회의적인 태도를 보였다. 나는 당장 근처 주유소에 가서 리베나를 한 병 사 온 다음, 그 진홍색 음료의 일부를 고급 카펫에 부은 뒤 건조 분말 제품으로 카펫에 묻은 얼룩을 제거했다. 그러자 그는 왜 자기가 후버나 일렉트로룩스처럼 유명한 회사의 제품 대신 싸이클론이니, 시속 약 320킬로미터 속도를 가진 원심력이니 하는 무시무시한 광고 문구를 내세우는 무명의 회사 제품을 카탈로그에 넣어야 하냐고 물었다. 내가 그에게 대답했다. 「당신의 카탈로그가 너무 지루하기 때문입니다.」 그는 잠시 침묵하더니 결국 제품을 구입하기로 했다.

1980년대까지 축구 게임 — 즉, 축구 경기 결과를 예측하는 도박 시스템 — 과 카탈로그 사업을 하던 리틀우즈는 영국과 유럽에서 가장 큰 가족 기업으로 알려져 있었다. 거대한 본사 건물은 제럴드 드 쿠어시 프레이저가 설계한 아르 데코 양식의 빌딩이었는데, 문을 연 바로 다음 해인 1938년부터 전적으로 전쟁 물품을 생산하는 데 사용되었다. 제너럴 유니버설 스토어스에서 우리 제품을 구매하기로 결정했기 때문에 경쟁 관계에 있던 리틀우즈 역시 우리와의 거래에 동의했다.

우리는 모든 것을 기록적인 시간 내에 달성했다. 하지만 생산 라인은 렉섬 공장의 절반에 해당하는 공간에 있었고, 본사는 밥 베드웰 — 그는 회계, 구매, 물류를 담당했다 — 과 두 명의 영업 사원, 그리고 한 명의 비서와 함께 엔지니어들이 일하던 코치 하우스에 있었기 때문에, 임시적으로 운영되는 느낌이 들었다. 우리는 첫 진공청소기의 소비자 관리 업무를 코치 하우스에서 진행했다.

3개월이 지난 1993년 4월, 갑자기 필립스 플라스틱스는 플라스틱 부품의 제조 비용을 두 배로 올리기로 결정했다. 내가 제조 비용을 올리면 부품 조립을 다른 곳에 맡기겠다고 하자, 그렇게 하면 제조 비용을 세 배로 올리겠다고 했다. 그 후 나는 2주 내에 치펜햄에 위치한 예전 우체국 창고 자리를 빌려 사업 운영 준비를 마쳤다. 디어드리는 아주 기뻐했다. 사업 공간이 마침내 집에서 떠난다는 사실은 그녀가 코치 하우스를 자신의 미술품을 전시하고 판매할 수 있는 갤러리로 사용할 수 있고, 집 앞에 차들이 꽉 차는 일이 더 이상 없다는 것을 의미했기 때문이다.

그렇지만 렉섬에서 치펜햄으로 옮기는 것은 말처럼 쉬운 일이 아니었다. 바쁘게 서두르는 와중에도 나는 필립스 플라스틱스에서 우리의 도구와 장비들을 가져오는 데 필요한 법원 명령서를 받아야 했다. 마침내 그 장비들을 다 받았는데, 손상된 부분이 아주 많았다. 데이비드 헌트에게서 보조금을 받았음에도 필립스 플라스틱스는 영국을 떠났다. 나는 버밍엄에 있는 새로운 플라스틱 성형 업체 〈차우드리〉를 찾아냈다.

임시 공장은 이상적인 작업 환경이 아니었다. 건물에는 셔터처럼 열리는 문이 스물아홉 개나 있어 겨울에 매우 추웠다. 공간이 더 필요해져서 주차장 크기만 한 거대한 중고 텐트를 샀는데, 겨울에는 텐트 안쪽 면에 결로가 생겼다. 택시 운전사들은 그 텐트가 봉우리처럼 두 군데 불룩 솟아 있어 〈마돈나 텐트〉라고 불렀다. 컨테이너를 빌려 공간을 더 충당했다. 그 당시는 나에게 아주 중요하면서도 불확실한 시기였다. 7월에 〈DA001〉을 생산하기 시작했고, 곧이어 더 개선된 〈DC01〉을 생산하게 되었다. 이것은 8개월 만에 영국 시장에서 가장 많이 팔린 제품이 되었다.

첫 판매 경로는 우편으로 배달되는 두툼한 카탈로그 책이었다. 그 카탈로그는 진공청소기 제품에 꽤 많은 페이지가 할당되어 있었다. DC01이 가장 마지막 페이지 하단에 작은 사진으로 소개되었다. 상품 설명을 넣을 만한 자리가 없었기 때문에, 〈먼지 봉투 없음〉과 〈한 번에 199파운드를 내는 대신 한 달에 1.99파운드를 내고 살 수 있음〉이라는 꼬리표 두 개만 붙어 있는 네모난 사진이었다. 우리 제품은 카탈로그에 소개된 다른 제품과 비교가 안 될 정도로 비쌌고, 보통 그런 카탈로그를 통해서는 비싼 제품이 팔리지 않았다. 그래서 모두 재구매 요청이 쇄도하고, 잘 팔린다는 사실에 매우 놀랐다. 나는 사람들의 수입이 자신이 원하는 최고의 제품을 사는 데 걸림돌이 될 수 있다고 생각한 적이 없다. 게다가 진공청소기는 매우 중요한 소비재다. 사람들은 저축을 하든 돈을 빌리든, 혹은 당시 많은 사람이 그랬던 것처럼 할부로 구입하든, 감당할 수 있는 선에서 가장 좋은 제품을 사려고 했다.

초기 성공은 럼빌로스와의 거래로 이어졌다. 우리가 처음으로 거래를 맺은 소매업체 럼빌로스는 전국적인 전자 제품 상점 체인을 가지고 있었다. 스물다섯 개의 지점을 가진 멋진 백화점 존 루이스도 비록 처음에는 시험 판매를 해본 뒤 결정하겠다고

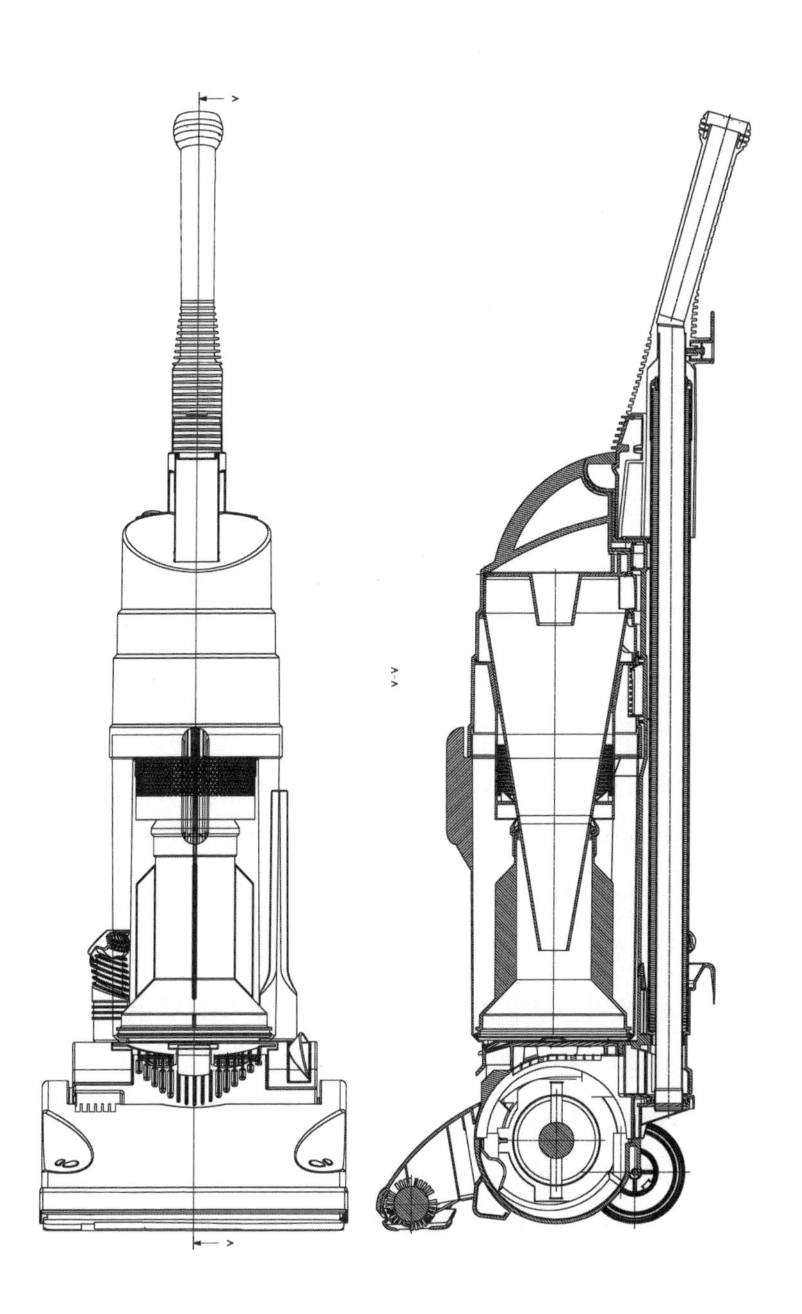

DC01

했지만, 럼빌로스에 이어 계약을 맺었다. 판매를 거절한 곳도 몇 군데 있었지만, 그래도 성공적이었다. 꽤 넓고 다양한 전문 매장에서 판매가 잘되었다. 이런 추이가 지속되리라는 것을 알게 된 디어드리와 나는 조금이나마 안심할 수 있었다.

나는 상황에 따라 나 자신이나 전문가의 의견에 의문을 제기하기 위해 멈추어 가면서 나만의 길과 꿈을 따라가려는 일종의 순진한 지능이 뒷받침된 인내심을 가지고 있었다. 능숙하고 거침없는 글로벌 기업의 세계에서는 너무 순진한 생각처럼 들릴지도 모르지만, 이렇게 아이디어나 실제 제품의 타당성에 계속 의문을 던지는 방식이 나와 다이슨에 효과가 있었고, 미래 투자자, 엔지니어, 디자이너, 제조자 들에게도 그 효과가 계속 적용될 거라고 생각한다. 예를 들면, 다른 진공청소기에 비해 적어도 세 배 비싼 DC01의 가격이 너무 높다는 경고를 들었다. 하지만 결과적으로 제품은 아주 잘 팔렸다. 순전히 생산 비용으로 인해 제품 가격이 높아졌지만, 사람들이 기존 진공청소기와 비교해 우리 제품이 가진 기술적 장점을 깨달으면서 가격 문제는 다소 완화되었다.

진공청소기가 흡입한 먼지들이 투명한 통 속에 쌓이는 모습을 보고 싶어 할 사람은 아무도 없을 거라는 말도 들었다. 간단하게 시행한 시장 조사에서도 같은 결과를 보였다. 하지만 나와 피터, 시메온은 진공청소기가 흡입한 먼지들이 속속들이 쌓여 가는 모습을 보는 것이 너무 즐거웠기 때문에, 시장 조사 결과를 무시해 버렸다. 소비자들은 신기하게도 이 새로운 진공청소기에서 강력하고 영구적인 흡입력 같은 요소뿐만 아니라 투명한 먼지 통도 정말 좋아했다. 사람들은 방금 청소기로 얼마나 많은 먼지를 흡입했는지 볼 수 있다는 점에 마음을 빼앗겼다. 그들은 우리의 과감한 텔레비전 광고도 아주 좋아했다. 〈다이슨, 먼지 봉투가 없습니다. 흡입력이 저하되지 않습니다.〉 당시 그 광고는 매우 이상했다. 왜냐하면 전통적으로 긍정적인 부분만 강조하던 광고에서, 우리 제품에 없는 점인 먼지 봉투를 내세웠기 때문이다.

이런 부정적 접근은 훌륭한 프리랜서 광고 창작자 토니 무란카와 일주일을 함께 보낸 결과였다. 싸이클론 진공청소기의 똘똘한 기능이나 먼지 봉투를 구입할 필요가 없다는 장점, 쉽고도 빨리 분리할 수 있는 호스, 강력한 흡입력에 대해 선전하는 대신, 다른 진공청소기의 약점 — 특히 먼지 봉투를 사용해야 한다는 점 — 을 부각하기로 결정했다. 경쟁업체들이 비꼬기 전략을 사용해 우리 진공청소기를 〈봉투 없는〉 진공청소기로 만든 점을 제외하고는 효과가 있는 방법이었다. 나는 경쟁업체들이 교체용 먼지 봉투의 판매량이 줄어들 가능성을 강조함으로써, 소매점들이 우리 제품을 들이지 않도록 하려고 이 말을 만들어 냈다고 생각한다. 우리는 먼지 봉투가 필요 없다는 점보다 훨씬 더 중요한 성능인 흡입력이 저하되지 않는 점으로 더 부각되기를 바랐다.

15년간의 발명, 좌절, 그리고 의지는 마침내 빛을 보기 시작했다. 나는 당당히 제조업자가 되었고, 생산 라인이 모두 가동

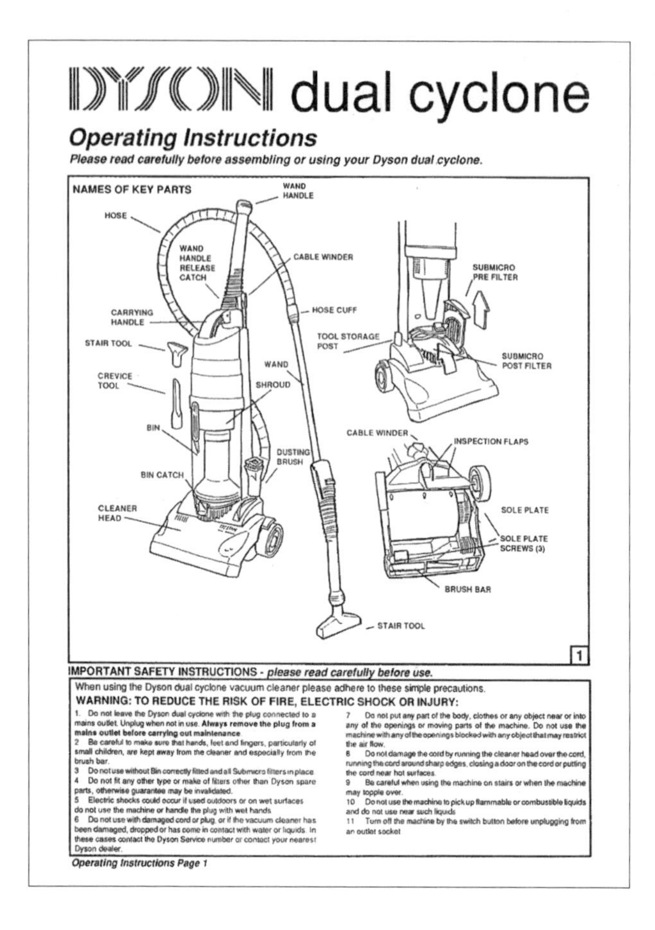

DYSON dual cyclone

Operating Instructions

Please read carefully before assembling or using your Dyson dual cyclone.

IMPORTANT SAFETY INSTRUCTIONS - ***please read carefully before use.***

When using the Dyson dual cyclone vacuum cleaner please adhere to these simple precautions.

WARNING: TO REDUCE THE RISK OF FIRE, ELECTRIC SHOCK OR INJURY:

1. Do not leave the Dyson dual cyclone with the plug connected to a mains outlet. Unplug when not in use. **Always remove the plug from a mains outlet before carrying out maintenance.**
2 Be careful to make sure that hands, feet and fingers, particularly of small children, are kept away from the cleaner and especially from the brush bar.
3 Do not use without Bin correctly fitted and all Submicro filters in place.
4 Do not fit any other type or make of filters other than Dyson spare parts, otherwise guarantee may be invalidated.
5 Electric shocks could occur if used outdoors or on wet surfaces do not use the machine or handle the plug with wet hands
6 Do not use with damaged cord or plug, or if the vacuum cleaner has been damaged, dropped or has come in contact with water or liquids. In these cases contact the Dyson Service number or contact your nearest Dyson dealer.
7 Do not put any part of the body, clothes or any object near or into any of the openings or moving parts of the machine. Do not use the machine with any of the openings blocked with any object that may restrict the air flow.
8 Do not damage the cord by running the cleaner head over the cord, running the cord around sharp edges, closing a door on the cord or putting the cord near hot surfaces.
9 Be careful when using the machine on stairs or when the machine may topple over.
10 Do not use the machine to pick up flammable or combustible liquids and do not use near such liquids
11 Turn off the machine by the switch button before unplugging from an outlet socket

Operating Instructions Page 1

DC01의 작동 설명서

되는 모습과 소리에 마냥 신났다. 그런 광경은 아주 감동적이고, 심지어 충격적이기까지 했다. 나는 여전히 그렇게 느낀다. 나는 진공청소기를 어떻게 하면 더 효율적으로 만들 수 있는지 이해하기 위해 생산 라인에서 2주간 직접 일했고, 그 후부터 모든 생산 라인을 지켜보고 있다. 나는 몇몇 하위 조립 라인의 배치를 이동시켜 진공청소기의 조립 방식을 변경함으로써 조금 더 효율적이고 빠른 생산이 가능하게 만들기도 했다. 또한 어떤 부품이 조립하기 어려운지 배웠고 엔지니어들이 생산 라인에 자주 방문하도록 독려했다. 이런 경험은 차후 모든 후속 제품을 만들 때에도 생산 효율성의 문제가 어디에 있는지 이해하는 데 도움이 되었다.

당시 영국에서 가장 어려운 과정 중 하나는 제너럴 유니버설 스토어스, 리틀우즈의 카탈로그, 그리고 존 루이스 백화점을 넘어 여러 도매점과 소매점을 확보하고, 그들이 DC01을 전적으로 인정하게 만드는 일이었다. 〈이 훌륭하고 혁신적인 제품에 대한 나의 열정을 어떻게 하면 가장 잘 공유할 수 있을까?〉 우리가 나아가야 할 길에 놓인 몇 가지 걸림돌은 정말 절망스러웠다. 나는 럼빌로스 치펜햄 지점으로 찾아갔다. 반짝거리는 새 진공청소기들이 함께 진열되어 있었다. 그런데 DC01은 검은 먼지로 뒤덮여 있어 너무 보기 흉했다. 내가 판매원에게 우리 제품이 왜 이렇게 더러운지 묻자 그가 대답했다. 「아, 왜냐하면 우리가 이 제품으로 매장을 청소하거든요. 이게 청소기 중에서 최고예요.」 그래서 내가 다시 물었다. 「그럼 소비자들에게는 어떤 제품을 주로 추천하세요?」 그가 또 대답했다. 「파나소닉 제품이죠.」 그 이유는 다음과 같았다. 「왜냐하면 그게 제가 집에서 쓰는 제품이거든요.」

당시 진공청소기를 파는 주요 소매점 중에는 전력 공사에서 운영하는 전시장도 포함되어 있었다. 이런 곳들은 나중에 영국 전력 산업이 민영화되면서 사라졌지만, 당시에는 많은 사람이 그곳에 전기세를 내러 가기도 하고 유명한 쇼핑 지역에 있어 고객이 아주 많았다. 그래서 우리는 동부 전력 공사를 방문했다. 그곳 담당자는 이렇게 말했다. 「좋은 청소기예요. 정말 마음에 들어요. 아주 청소가 잘돼요. 하지만 당신이 텔레비전 광고를 할 생각이 없다면 우리는 여기서 팔 생각이 없습니다.」

나는 재빨리 암산을 해본 뒤 말했다. 「만일 2천 대를 구매하신다면 텔레비전 광고에 4만 파운드를 쓰겠습니다. 그러니까 1천 대를 구매할 때마다 앵글리아 텔레비전에 2만 파운드를 쓰겠습니다.」 그가 말했다. 「좋습니다.」 우리는 이스트앵글리아 지역에서 정말 많은 진공청소기를 팔았다. 우리 제품은 아주 환영받았다. 기존의 진공청소기 대신 우리 진공청소기를 선택하는 것을 보면 정말 좋았지만, 한편으로 어떤 소매점에서는 우리 제품을 취급하고 또 다른 곳에서는 취급하려 하지 않는 이유를 알아내기는 불가능했다. 때때로 소매점과의 상호 작용은 너무 혼란스럽고 이해하기 어려웠다.

스코틀랜드에서는 스코티시 파워 상점과 스코티시 하이드로 상점에서 판매가 잘되기 시작했다. 하루는 에든버러에 있는 스코티시 파워 상점에 가서, 직원들이 소비자에게 어떤 식으로 물건을 판매하는지 지켜보았다. 유니폼을 입은 젊은 여성이 우리에게 후버 제품을 판매하려고 했다. 나는 후버 제품을 권하는 이유를 물었다. 「그거야, 이게 가장 좋은 진공청소기이니까요.」

나는 그녀가 정말 스코티시 파워 직원인지, 물론 아주 예의 바르게 물었다. 그러자 그녀가 대답했다. 「아니요. 저는 후버 직원이에요.」

혁신적인 디자인을 매우 선호하던 존 루이스 백화점과는 좋은 관계를 유지하고 있었지만, 특정 지점에서 DC01의 판매량이 유독 너무 높거나 너무 낮은 경우가 있었다. 존 루이스 백화점 브리스틀 지점에 가본 친구가 그 지점에서는 다이슨 제품을 사지 말고 독일제 세보 진공청소기를 권한다는 소식을 전해 주었다. 이것이 바로 소매업계에서 〈스위치 셀링〉*이라고 부르는 판매 방식이었다. 내가 들은 바에 따르면 세보 진공청소기는 존 루이스 백화점에서만 판매되고 있었다. 그 진공청소기의 수입업체가 존 루이스 백화점의 직원들에게 세보 제품의 장점을 잘 설명하도록 교육시킨다는 이야기도 들었다.

과연 사실일까? 나는 운전해서 존 루이스 백화점 브리스틀 지점으로 가서 고객인 척하며 청소기 판매 코너로 향했다. 그런데 이런 말을 들었다. 「오, 안 돼요. 다이슨 제품은 사지 마세요. 잘 망가져요. 훨씬 좋은 플라스틱으로 아주 잘 만든 독일제 세보 진공청소기를 사는 게 좋아요.」 내가 말했다. 「저, 난 다이슨이라는 사람이고, 사실 세보 제품은 설거지통을 만드는 값싼 폴리프로필렌으로 만드는 반면, 다이슨 제품은 고가의 열가소성 수지인 아크릴로니트릴 부타디엔 스티렌 수지와 폴리카보네이트로 만듭니다.」

* 판매 직원이 소비자가 구매하려는 제품 대신 다른 제품을 구매하도록 유도하는 일.

그 영업 사원은 내가 존 루이스 백화점 파트너인 담당 직원과 이야기하려면 정식으로 약속을 잡아야 한다고 말했다.* 2주 후에 다시 방문했다. 나는 다이슨에서는 폴리프로필렌보다 가격도 네 배 비싸지만 성능도 네 배 더 강한 폴리카보네이트를 사용한다고 설명했다. 다이슨 제품은 망치로 내려쳐도 부서지지 않는다. 담당 직원 중 한 명이 내 말을 믿지 못하겠다고 해서 나는 망치를 가져와서 시험해 보라고 했다. 그녀가 망치를 가져와서 청소기를 세게 내려쳤지만, 내가 알고 있는 대로 망치가 튕겨져 나갔다. 「이제 세보 제품을 내려쳐 보세요.」 그녀가 세보 제품을 내려치자 산산이 부서졌다. 그녀는 확실히 감명받은 것 같았다. 이후 존 루이스 백화점 브리스틀 지점은 우리 제품이 가장 잘 팔리는 지점 중 한 곳이 되었다.

세보와 관련된 이야기는 이것이 끝이 아니다. 치펜햄에서 생산을 시작하고 18개월도 안 되어 우리는 영국 진공청소기 시장의 20퍼센트를 점유하게 되었다. 디어드리와 나는 런던 첼시에 집을 구입했다. 어느 토요일 아침, 슬론 스퀘어에 위치한 존 루이스 백화점의 주력 매장인 피터 존스에 갔다. 디어드리가 주방용품을 사는 동안 나는 진공청소기 판매 코너에 가보지 않을 수 없었다. 나는 다가오는 젊은 직원에게 다이슨에 대해 어떻게 생각하는지 물었다. 「이걸 하나 살까요?」 그는 대답했다. 「아뇨, 아뇨, 아뇨. 다이슨 제품은 반품이 많아요. 세보 제품을 사는 게

* 존 루이스 백화점은 협동조합 시스템으로 직원들이 회사의 주인(파트너 혹은 주주)이 되어 함께 일하고 이익을 나누는 구조로 되어 있다.

좋아요.」 나는 구매 담당자를 만나 반품 건수를 확인하고 싶다고 했다. 영업 사원이 나에게 한 말은 사실이 아니었다. 비슷한 시기에 테런스 콘런이 피터 존스에 가서 다이슨 제품을 사고 싶다고 말한 적이 있는데, 그때도 판매 직원이 비슷하게 응대했다. 그는 판매 직원에게 이렇게 말했다. 「뭐, 당신이 팔 생각이 없다면 내가 팔아야겠네요.」 그때만 해도 나는 테런스와 개인적으로 아는 사이가 아니었지만, 그 일 직후 그는 바로 나에게 연락해서 이렇게 말했다. 「콘런 상점에서 다이슨 제품을 팔고 싶습니다.」 나는 테런스에게 아주 굉장한 존경심을 갖고 있었다. 그의 상점은 당대 최고의 현대적인 디자인 물품들을 판매했다. 그는 몰랐겠지만, 나는 1967년 여름에 콘런 디자인 그룹에서 학생 인턴사원으로 일하면서 히스로 공항의 의자를 디자인한 적이 있었다. 이후 우리는 좋은 친구가 되어 내가 그의 디자인 박물관의 관장을 역임하기도 했고, 공동으로 가구 회사를 운영하기도 했다.

우리는 결국 존 루이스 백화점과 좋은 관계를 구축했다. 내가 이 경험을 통해 우리가 왜, 그리고 어떻게 기존 진공청소기와 차별화된 제품을 판매하려고 하는지 존 루이스 백화점 직원들과 대화를 나누어야 한다는 점을 배웠다. 나는 존 루이스 백화점 본사와 버크셔주 오드니에 있는 콘퍼런스 센터 및 컨트리 하우스 호텔에 갔다. 세보와 관련된 이야기와 상관없이, 존 루이스 백화점은 좋은 디자인에 관심을 갖고 있었으며 고객의 선호도를 잘 파악하고 있었다.

하지만 우리의 진공청소기가 코멧, 아고스, 커리스*와 같은 대중을 위한 대형 판매점에 들어가기까지 거의 2년이 걸렸다. 대형 판매점들은 아주 오랫동안 우리와 대화하려고 하지 않았고, 전화도 받지 않았다. 이런 상황을 극복할 필요를 느끼고 있었는데, 윌트셔주 하원 의원인 리처드 니덤이 갑자기 치펜햄 공장에 나타났다. 그는 존 메이저 정부에서 무역부 장관으로서 매우 열성적으로 활동하고 있었다.

내가 니덤에게 정치의 잘못된 점에 대해 모두 털어놓자, 그는 갑자기 이렇게 말했다. 「닥쳐요, 다이슨 씨. 당신네 매출이 얼마나 되는데요?」 이튼 학교 출신 장관으로서는 꽤 신선한 반응이었다. 「약 350만 파운드입니다.」 내가 대답하자, 그가 또 말했다. 「12개월 내에 5천만 파운드로 한번 올려 봐요. 그렇게 하려면 어떤 도움이 필요하죠?」 나는 일반 대중을 대상으로 하는 소매업체들과의 거래에서 발생하는 문제점을 설명했다. 니덤의 주선으로 전직 재무 장관이자 부총리였던 제프리 하우가 우리 회사에 방문했다. 하우는 너무 조용히 말하는 사람이어서, 그의 말을 들으려면 몸을 앞으로 기울여야 했다. 그는 내가 코멧, 아고스, 커리스 등의 구매 담당자와 만나지 못한다는 사실을 흥미롭게 생각하는 듯했다. 「오, 엘스페스가 코멧의 이사회 멤버예요.」 그가 조용히 속삭였다. 엘스페스 하우는 당시 방송 표준 위원회 회장이었다.

* 세 곳 모두 영국의 전자 제품 및 가전제품을 판매하는 대형 체인점이다. 코멧은 2012년에 폐업했다.

다음 날 아침 나는 코멧으로부터 전화를 받았다. 다이슨 진공청소기를 판매하고 싶다는 내용이었다. 커리스와 아고스도 그 뒤를 이었다. 2020년대를 기준으로 볼 때 존 루이스 백화점, 피터 존스, 콘런 상점은 그렇다 해도, 이런 대형 판매점을 통해 우리 제품의 판매를 늘렸다는 점이 조금 이상하게 느껴질 수도 있다. 하지만 우리에게는 그곳들 — 영국에서 가장 주요한 가전제품 전문 매장이다 — 이 필요했고, 그런 곳들의 고객은 먼지 봉투를 교체할 필요 없는 성능이 뛰어난 진공청소기를 원했으며, 가격은 문제가 아니었다.

그렇다. 물론 보통 진공청소기는 40파운드에 살 수 있었고, 다이슨 진공청소기는 그와 비교도 안 되는 199파운드였지만, 우리는 그것을 가장 원하는 사람들에게 판매하고 있었다. 다이슨 제품은 중산층 구매자들을 위한 것이라는 이야기도 있지만, 그것은 사실이 아니다. 우리 제품이 비쌀 수는 있다. 하지만 그것은 순전히 그 제품을 만드는 과정에 들어간 연구 및 개발, 제조 과정, 그리고 성능을 높이는 일에 투자된 비용 때문이다. 이 중 가장 마지막 특성 때문에, 상점과 대형 판매점 등에 물건을 납품하는 데 시간이 오래 걸렸다. 나는 수년간 존 루이스 백화점, 커리스, 코멧에 왜 일반 가격의 다섯 배나 지불해야 하는 우리 제품을 들여야 하는지 설득할 기회를 얻기 위해 노력했다. 코멧에서는 우리 진공청소기의 투명한 통에 다이슨 제품이 어떤 성능을 가지고 있는지를 설명하는 스티커를 붙일 수 있도록 허용해 주었다. 오랜 노력 끝에 돌파구가 생긴 것이다. 단 몇 마디 글과 그림을 통해서라도, 나는 우리 제품이 지닌 뚜렷한 장점들과 기준 테스트를 거쳐 증명된 훨씬 더 좋은 성능을 알리고 싶었다.

커리스에 납품하기 시작한 첫해 크리스마스 직전, 커리스의 경영진 중 한 명인 마크 소하미가 창립자 스탠리 캄스와의 점심 식사에 나를 초대했다. 그들은 다이슨 덕분에 이제야 진공청소기 부문에서 수익을 내기 시작했다며 더 다양한 다이슨 제품을 판매하고 싶다고 말했다. 우리는 왜 다양한 색상과 특징을 가진 제품군을 만들지 않았을까? 나는 헨리 포드를 지침으로 삼았기 때문에, 검은색으로만 출시한 초기 포드 모델처럼 초기 다이슨 제품도 엄격히 은색과 노란색에 국한된 색상으로 출시했다. 하지만 커리스의 현명한 조언을 감사하게 받아들여 바로 실행에 착수했다.

출시한 지 2년 만인 1995년에 다이슨은 좋은 수익을 내면서 급속히 확장했다. 어마어마한 은행 빚을 청산하고 회색의 은행 보증 서류를 찢어 버릴 수 있었다. 디어드리와 나는 대단히 안도했다. 우리는 집을 지키고 대출금도 갚을 수 있었다. 오래 지속되던 당좌 대월도 과거의 일이 되었다. 나는 이제부터 인생에서 가장 신나는 모험이 시작될 것임을 알고 있었다.

새로운 공장이 절실하게 필요했다. 〈우리의 생각과 가치가 반영된 공장을 지으면 얼마나 멋질까?〉 하는 생각이 들었다. 나는 왕립 예술 학교의 구조 공학과 교수였던 토니 헌트에게 연락했다. 그는 공학과 건축을 완벽히 융합한 영국의 선구적인 건축가 노먼 포스터, 리처드 로저스, 마이클과 패티 홉킨스와 함께 일한 창의적이고 성공적인 구조 공학자였다. 토니는 새로운 다이슨 공장을 설계할 세 명의 건축가를 추천해 주었다.

나는 크리스 윌킨슨 — 그는 1983년에 독립하기 전 포스터, 로저스, 홉킨스 밑에서 일했다 — 을 만났을 때 깊은 인상을 받았다. 그는 나에게 필요한 것에 대해 말하는 대신에, 우리에게 정말 필요한 것이 무엇인지 스스로 생각해 내도록 질문을 아주 많이 했다. 그러고는 내 대답을 토대로 그린 스케치를 보여 주었다. 그것은 바로 제러미 프라이가 시트럭을 판매할 때 나에게 가르쳐 준 방식이었다. 소비자가 원하는 바에 대해 물어보고 그 해결책을 제시하는 방식 말이다.

건축 허가 절차는 너무 오래 걸리기 때문에 — 우리는 새로운 공장 건물이 당장 필요했다 — 그 지역에 이미 있는 공장들을 찾아다녔다. 마침내 윌트셔주 맘즈버리 외곽의 테트버리 힐에 위치한 공장 부지를 찾아냈다. 나는 DC01로 벌어들인 수익으로 그곳을 바로 구입할 수 있었다. 1901년 스물한 살 나이에 양단 백열등* 특허를 출원한 앨프리드 뷰텔이 설립한 라이노라이트가 있던 곳이었다. 나중에 형광등이 나와 대성공을 이루기 전까지 전 세계 공장에서는 여러 줄의 양단 백열등을 설치해 사용했다. 이 백열등은 아르 데코식 클럽과 호텔에서 사용되거나 전쟁 전에는 원양 정기선에서도 사용되었다.

맘즈버리는 표면적으로 농부들을 위한 시골 시장 마을이었

* 양쪽 끝에 백열선이 있는 등.

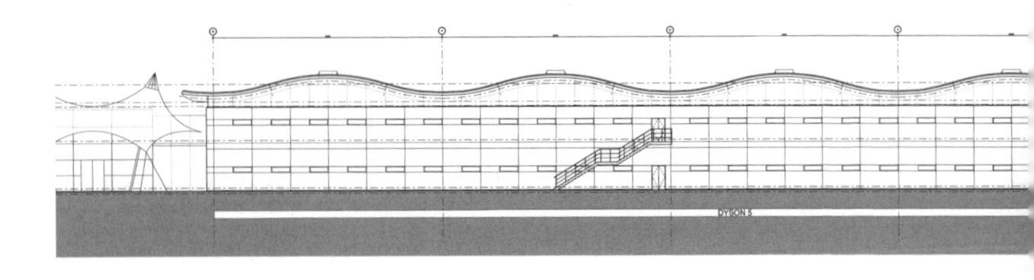

맘즈버리 건물의 도면

지만, 전 세계로 연결된 독창적 제조업의 중심지이기도 했다. 특히 제2차 세계 대전 중에는 라이노라이트가 영국 공군과 영국군에 특허를 받은 클립을 제공했고, 이 클립은 항공기, 탱크의 연료관, 냉각 시스템에 사용되었다. 또한 1937년에 페어리 배틀 폭격기에 처음 장착된 제빙 장치를 납품하기도 했다. 이때가 맘즈버리의 전성기였다. 영국 최초 비행사로 기록된 아일마르는 맘즈버리 사원의 수도승이었다. 1010년경에 아일마르는 사원의 탑에서 뛰어내려 날개가 떨어질 때까지 계곡을 넘으며 몇 초간 비행하다가 땅에 추락해 두 다리가 부러졌다. 그는 발명가답게 다시 시도하기를 원했지만 수도원장의 만류로 실행하지 못했다. 아일마르는 아주 오래오래 행복하게 살았다고 한다.

그 후 맘즈버리는 직물업과 실크 제조 공장으로 더 잘 알려졌지만, 제2차 세계 대전 동안 레이더 기술 개발에 전념하던 라디오 제조업체 에코의 본거지가 되었다. 비록 우리의 첫 번째 공장은 구식이었지만, 맘즈버리는 적합한 위치였고 그곳의 규모 — 면적이 약 7천5백 제곱미터였다 — 는 거대했다. 하지만 얼

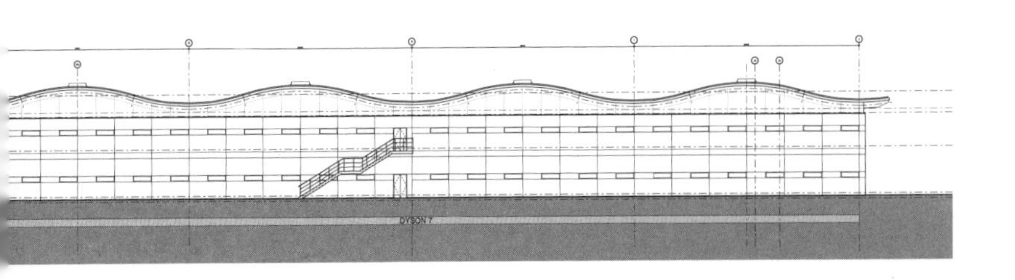

마 지나지 않아 건물이 꽉 차고 말았다. 다행히 나는 바로 옆에 있는 땅을 모턴 경에게서 구입할 수 있었다. 1996년에 첫 번째 다이슨 건물을 짓기 위해 크리스 윌킨슨과 토니 헌트를 영입했다.

크리스가 설계한 공장은 훌륭했다. 가까이서 보면 새 공장 건물의 긴 지붕은 잔잔한 물결 모양으로 되어 있어, 옛날 공장 건물의 스카이라인에서 볼 수 있던 특징적인 톱니 모양 혹은 지그재그 모양에 대한 향수를 불러일으킨다. 이런 지붕 모양은 빗물을 모으고 제거하는 데도 도움이 된다. 빗물이 지붕의 아치 아래로 상대적으로 천천히 흘러내리기 때문에 작은 직경의 관만으로도 물을 쉽게 빨아들이기 때문이다. 크리스는 건축은 예술, 과학, 자연이 융합되어야 한다고 믿는다. 나는 그가 테트버리 힐에서 건축의 형태와 기능 측면 모두에서 그의 믿음을 실현시켰다고 생각한다. 그리고 예산을 초과하지도 않았다. 우리는 그 후에도 아주 긴밀하게 협력해 오고 있다.

나는 그 건물 — 실제로는 여러 건물의 집합이다 — 이 우리가 일할 때 영감을 주는 장소이자 건축, 예술, 디자인, 기술이 활력 있고 신선하게 결합되어 있는 장이 되기를 바랐다. 두 개의 건물을 잇는 유리 큐브의 리셉션 공간은 연못 위의 유리 다리를 건너야 들어갈 수 있다. 이곳에는 크리스의 부인이자 재능 있는 조각가인 다이애나 윌킨슨이 디자인한 〈광섬유 갈대〉가 가득 설치되어 있다.

유리 큐브 앞에 위치한 두 건물 사이 안뜰에는 조각가로 전향하기 전에 롤스로이스 항공 엔진의 견습 엔지니어로 일했던 피터 버크의 작품을 전시했다. 이 작품은 오래되어 부식된 구리 온수 탱크를 재료로 사용해 만든 40여 개의 실물 크기 남자와 여자 조각상들로 이루어져 있다. 피터는 온수 탱크를 굴착기로 납작하게 만든 다음, 다우티 항공 우주 산업*에서 진공 성형 방식으로 형태를 만들었다. 나는 그 구리가 완전히 산화되어 녹색이 되기를 바라고 있다.

나는 케임브리지 칼리지의 사각형 안뜰에 학생들이 모여 있는 듯한 활기찬 분위기를 만들어 주는 피터의 작품이 마음에 든다. 내 영웅인 프랭크 휘틀은 군 복무를 하면서 케임브리지 대학교에서 엔지니어링을 공부했다. 그리고 맘즈버리 공장에 전시된 웰랜드 엔진을 제조한 롤스로이스 항공 엔진에서 일했다. 그 당시 우리는 연구와 개발을 위해 엔지니어링을 전공한 졸업생을 많이 채용하고 있었다. 나는 점점 더 공장 — 사실은 제품 설계, 시제품 제작, 실험, 그리고 제조까지 하는 곳이다. — 이 대학 캠퍼스처럼 되어야 한다는 생각을 했다. 공장을 확장했을

* 항공기 부품 및 장비를 설계, 제조하는 기업.

때, 특히 가장 최근에 다이슨 기술 공학 대학의 학부생들을 위해 스포츠 센터와 카페를 갖춘 마을을 추가로 만들었을 때 실제로 공장은 그런 캠퍼스와 닮은 모습이었다. 우리는 자수성가한 기업가 모턴 경으로부터 필요한 땅을 추가로 매입했고, 그를 기념하기 위해 멋진 떡갈나무를 심었다.

나는 이곳이 건강하게 일할 수 있는 장소가 되기를 바랐다. 처음에 기계 및 전기 설비업체들이 80퍼센트의 공기를 재순환시키고 20퍼센트의 신선한 공기를 안으로 끌어들이는 통상적인 냉난방 장치를 제안했을 때, 나는 재순환된 공기는 질병과 새집 증후군을 유발한다는 이유로 거절했다. 신선한 공기가 겨우 20퍼센트밖에 유입되지 않는다는 수치는 나를 당황하게 만들었다. 대형 덕트와 환풍기가 필요하다는 것은 차치하고라도 공기를 80퍼센트나 재순환한다면, 건물 내부의 공기가 어떻게 좋아질 수 있겠는가?

전문가의 견해에서 볼 때, 내 생각을 실현하기란 불가능했다. 이런 견해 차이 때문에 기계 및 전기 설비업체 컨설턴트들과 진전 없이 대치하는 상황이 2주간 계속되었다. 결국 그들은 내 의견에 동의했고, 훨씬 단순하고 건강한 건물을 지을 수 있었다. 이 건물에서는 신선하고 깨끗한 윌트셔주의 공기가 바닥에서부터 위로 올라가 지붕 쪽 공기 배출구로 나간다. 천장 아래에는 냉각 빔들이 있어서 이로 인해 차가워진 공기가 주변의 바닥 아래 숨겨진 난방 시스템으로 내려간다. 먼지가 잘 쌓이는 보기 흉한 덕트가 없는 이 시스템은 간단하면서도 효율적인 데다 전력도 덜 사용한다.

나는 그린 워시*를 마케팅 전략으로 사용하는 기업들을 혐오한다. 나는 환경에 영향을 덜 미치도록 조용히 행동하는 쪽을 택한다. 우리 회사는 이전부터 지금까지도 주로 엔지니어들로 이루어져 있기 때문에, 모든 작업을 해결하는 데 가능한 한 적은 에너지와 자원을 쓰려고 한다. 린 엔지니어링**이 바로 좋은 엔지니어링이다. 이것이 바로 동력을 이용한 기계가 출현한 이후 내가 존경하는 엔지니어들이 해온 일이다. 나는 2010년에 채널 4의 프로그램 「영국의 천재」에 출연했다. 그때 1712년에 만들어진 느리고 비효율적인 토머스 뉴커먼의 증기 기관을 재고해, 주로 광산에서 물을 끌어 올리는 데 사용된 이 증기 기관의 효율성을 제임스 와트가 다섯 배로 높일 수 있었던 방법을 보여 주었다. 다이슨에서도 마찬가지였다. 경쟁업체들이 2천 와트와 2천4백 와트 모터를 쓴다고 자랑할 때 우리는 1세대 진공청소기 DC01에서부터 줄곧 일본제 1천4백 와트 모터를 독점적으로 사용했다. 하지만 흡입력이 전혀 저하되지 않았기 때문에 전력 낭비도 없었다. 반면 경쟁업체들의 제품은 흡입력이 점차 저하되었고, 자꾸 막히는 먼지 봉투로 인해 전력 낭비도 심했다.

나에게는 경량성 — 린 엔지니어링 및 효율적인 재료 — 이 모든 것의 핵심 원칙이었다. 재료를 더 적게 사용한다는 것은

* 환경 유해 물질을 배출하는 기업이 광고 등을 통해 친환경적인 이미지로 포장하는 행위.

** 낭비 요소를 최소화한 기술.

곧 물건을 만드는 과정에서 에너지를 적게 사용한다는 의미다. 그리고 전력을 공급하는 데 드는 에너지도 적고, 다루기도 쉽고, 사용할 때도 더 즐겁고 가벼운 제품이라는 의미다. 시트럭을 만들면서 처음으로 배운 것이 있다. 바로 배가 수면으로 떠올라 시속 약 70킬로미터까지 속력을 올리는 데 가장 중요한 요소가 중량이라는 점이다. 린 엔지니어링은 처음부터 내 마음속에서 장기적인 작업 원칙으로 자리 잡았다. 대부분의 엔지니어가 마찬가지일 거라고 생각한다. 그 개념은 엔지니어들의 유전자에 내재되어 있으니 말이다.

맘즈버리 공장에서 시작할 때부터 진공청소기의 무게를 줄여 나갔다. 예를 들어, 청소기를 만드는 플라스틱 주형이 굳이 그렇게 두꺼울 필요가 없다고 생각했다. 주형이 두꺼울수록 플라스틱이 더 많이 필요하다. 또 플라스틱을 더 많이 사용할수록 그것을 녹이고 성형하는 데 쓰이는 전기 사용량도 더 늘어난다. 우리는 주형의 구멍에 밀어 넣으려면 플라스틱을 최소 2.5~3.5밀리미터 두께로 만들어야 한다고 주장하는 플라스틱 재료 공급업체와 맞섰다. 이 수치는 그들의 주형 측정용 컴퓨터 프로그램이 예측한 결과였다. 우리는 플라스틱으로 된 투명한 먼지 통 중 하나의 두께를 1밀리미터로 설계하고 만들었다. 플라스틱 공급업체의 예측과 달리, 결과는 성공적이었다.

1993년부터 매년 진공청소기의 생산을 세 배씩 늘렸기 때문에, 이처럼 간단해 보이는 변화만으로도 엄청난 양의 재료와 에너지를 절감할 수 있었다. 동시에 기계의 내구성이 오래 유지되도록 만전을 기해야 했다. 그래서 진공청소기를 제일 거칠고 험하게 사용하는 가정과도 비교가 안 될 만큼 심한 강도로 진공청소기를 테스트하기 위해 대규모 〈고문 코스〉를 설정했다. 이런 테스트에는 여러 가지 장비가 사용되지만, 제품이 심하게 부서지거나 닳도록 수백 명이 제품을 거칠게 사용하는 방법도 포함시켰다. 그런 방법으로 2백 번 정도 사용한 제품의 사진을 찍고 기록했다. 이처럼 엄격하게 통제된 테스트를 통해 우리는 더 적은 자원을 사용해, 더 가벼운 제품을 만들 수 있었다.

진공청소기의 작동 방식도 개선했다. 각각의 모델은 모두 기술적으로 진보된 부분이 있기 때문에 이전 모델과 다른 제품이었다. 이런 방식은 벅민스터의 말과 일맥상통한다. 〈기존의 것들과 싸우고 경쟁하는 것만으로는 결코 변화를 도모할 수 없다. 변화를 일으키려면 현재 모델을 구식으로 만드는 새로운 모델을 만들어야 한다.〉 그는 1950년대에서 1960년대에 성행했던 미국 자동차의 계획적 구식화*와 같은 변화를 의미한 것이 아니라, 진정한 설계의 혁신을 의미한 것이다. 우리는 새로운 기술과 재료를 연구하고 개발함으로써 초기 진공청소기들을 불필요하게 — 하지만 이전 모델들도 계속 잘 작동할 것이기 때문에 유지될 것이다 — 만들었다.

지난 20년간의 급진적인 기술 변화는 사실 맘즈버리, 말레이시아, 필리핀, 싱가포르에 있는 R&D 기반의 연구 개발 센터들

* 소비자가 제품을 자주 교체할 수 있도록 고의로 어느 정도 기간이 지나면 수명이 줄어들도록 제품을 설계하는 것을 말한다.

이 빠르게 성장한 덕분에 가능했다. 이것이 바로 런던에서 수백 킬로미터나 떨어진 시골 윌트셔주에 있는 데다 겉보기에 아주 평범한 제품만 만드는 회사에 입사할 생각이 전혀 없었을 만한 공학과 졸업생들을 다이슨이 채용할 수 있었던 이유이기도 하다. 항공 엔진이나 최신 컴퓨터를 다루는 일을 할 수 있는 사람들이 굳이 왜 진공청소기 디자인이나 개발과 관련된 일을 하려고 하겠는가?

나는 다이슨이 진공청소기와 같은, 어떻게 보면 평범한 제품에 도전해 고도의 성능을 가진 기계를 만들어 낸다는 사실이 좋다. 그렇게 함으로써 우리가 채용한 공학과 졸업생들이 이끄는 기술 기업으로 성장시킬 수 있었다. 우리는 팀을 신속하게 구성했고, 젊고 뛰어난 엔지니어들을 위한 캠퍼스들을 세우기 시작했다. 그 엔지니어들은 자유롭게 사고하고 질문하며, 우리가 그동안 해온 일에 도전해 더 나은 디자인, 기술, 제품을 만드는 일이 바로 자신들의 임무라는 것을 이해한다.

맘즈버리 공장이 순식간에 연구 개발 센터로 변한 회사의 분위기는 젊은이들에게 매우 매력적인 요소로 작용했고, 지금도 그렇다. 말레이시아와 필리핀의 연구 개발 센터와 새로 설립한 싱가포르의 세인트 제임스 파워 스테이션도 마찬가지다. 맘즈버리는 런던, 뉴욕, 싱가포르 같은 곳과 달리 아주 멀리 떨어져 있지만, 그 캠퍼스만의 특별한 매력을 갖고 있다. 크리스 윌킨슨을 다시 건축가로 기용해서 격납고, 다용도 스포츠 빌딩, 라이트닝 앤 콩코드 카페 — 콩코드 엔진이 내부에 전시되어 있다

— 를 증축했다. 이 카페에는 테이블 주변에 프리츠한센* 의자들이 있고, 〈잉글리시 일렉트릭 F1.A 라이트닝 마흐 2 전투기〉가 단지 세 가닥의 줄에 의지해 천장에 매달려 있다. 선풍적으로 빠르고 목적에 지극히 부합했던 전투기 라이트닝은 앞서 언급한 1961년형 미니, 해리어 점프 제트기, 시트럭 — 나는 만들어진 지 45년 된 시트럭을 웨일스의 항만국으로부터 사들였다 — 그리고 벨 47 헬리콥터 등처럼 캠퍼스 곳곳에 전시되어 있는, 나에게 지속적으로 영감을 주는 여러 기계 중 하나다.

이런 기계들이 만들어진 배경과 사람들에 관한 이야기는 엔지니어가 최신 기술에 국한되지 않고 더 크고 넓게 사고할 때 어떤 일이 가능한지 보여 준다. 그것들은 정말로 세상을 바꿀 수 있다. 이런 기계들은 박물관의 전시품처럼 모셔 둔 것이 아니다. 손으로 만질 수 있도록, 그리고 그 기계들의 배경이 된 아이디어, 그것을 가능하게 만든 공학적 측면, 그 과정에서 일어난 모든 좌절과 실패를 이해하는 데 도움이 되라고 전시해 놓은 것이다.

실잠자리 같은 벨 47은 발명가이자 철학자인 아서 M. 영이 만들었다. 이것은 그가 1928년부터 1940년에 이르기까지 12년의 세월 동안 홀로 펜실베이니아에 위치한 아버지의 마구간을 개조한 작업장에서 축소 모형을 제작하며 설계한 것으로, 나중에 세계 최초의 상업용 헬리콥터가 되었다.

크리스 윌킨슨이 설계해 2016년 오픈한 우리의 D9 연구 센

* 1872년 덴마크 코펜하겐에서 설립한 인테리어 디자인 및 디자이너 가구 회사.

터는 미래 기술과 제품들을 더욱 심도 있게 연구할 공간과 편의 시설을 제공한다. 이 건물은 아트리움을 중심으로 두 개 층으로 구성되어 있다. 한편 건물을 둘러싼 유리 패널로 만든 벽으로 인해 중앙에 위치한 연구실들은 가려져 있어 과학자와 공학자들이 작업하기에 매력적이다. 그 벽은 가로 5미터, 세로 3미터로 미리 제작된 유리 패널들로 이루어져 있는데, 이런 형태의 패널이 건물 외부 구조에 사용된 것은 처음이다. 유리 패널들을 반사 유리로 만든 이유 중 하나는 점점 더 일급비밀을 다룰 연구실이 필요해졌기 때문이고, 또 다른 이유는 건물을 둘러싸고 있는 나무들이 거울에 비치기를 원했기 때문이다.

다이슨이 성장해 가면서 연구에 대한 투자도 급속도로 증가했고, 이로써 미래 제품에 대한 작업 과정이 엄격히 관리되어야 하기 때문에 D9 연구 센터에서 진행 중인 작업은 공개할 수 없다. 하지만 D9 연구 센터는 작업하기에 아주 훌륭한 곳이다. 이 건물의 구조를 이용해 내 아들인 제이크가 개발한 큐빔 듀오 조명과 같은 새로운 아이디어를 실험해 보기도 했다. 마치 위성처럼 천장에 달려 있는 이 조명은 개별 조절이 가능해 여러 가지 작업에 맞는 다양한 분위기를 연출할 수 있다. 그리고 위성이나 마이크로프로세서에서 사용되는 히트파이프*를 사용해 냉각시키는데, 그 수명이 18만 시간이나 된다.

우리는 캠퍼스가 발명과 창의적 탐구 공간으로 자리 잡는 것을 목표로 삼았고, 우리가 그동안 연구하고 만든 것을 건물의

* 열을 효율적으로 전달하는 장치로, 냉각제로 사용된다.

디자인에도 반영하려고 했다. 예를 들어, 라이트닝 카페에 있는 나선형 계단의 제일 윗부분에서 아래를 내려다보면, 우리가 만든 전기 모터에 있는 터빈을 시각적으로 참조한 것임을 알 수 있다. 이렇게 고유한 색을 가진 이곳은 그야말로 우리의 캠퍼스답다.

우리는 처음부터 외부 광고 회사를 이용하는 대신 홍보물과 광고를 자체적으로 제작하기로 결정했다. 현재의 다이슨을 만든 추진력인 기술에 대해 자유롭고 대담하게 언급하고 싶었기 때문이다. 기술 개발 주체로서, 우리는 그 기술을 사람들에게 효과적으로 설명할 방법도 당연히 알아야 했다.

1990년대 후반 벨기에 법원은 진공청소기 광고에서 먼지 봉투를 언급하는 행위를 금지했다. 나는 과연 그런 금지가 가능하다는 생각도 못 했고, 그래서 불법적인 조치일지도 모른다고 생각했다. 하지만 벨기에는 비교 광고에 대한 법이 매우 엄격했기 때문에, 유럽의 모든 경쟁업체가 합세하여 〈우리가 먼지 봉투가 없다고 광고함으로써 다른 경쟁업체의 상품과 비교하여 상대적인 이점을 얻는 점〉이 법에 저촉된다며 우리를 고소했다. 터무니없게 느껴졌지만 법원에서는 우리에게 유죄를 선고했다. 결국 사진작가 돈 매컬린이 찍은 사진과 함께, 〈먼지 봉투 없음〉이라는 문구를 하얗게 가리고 대신 〈미안합니다. 하지만 벨기에 법원에서 모두가 알아야 할 사실을 말하면 안 된다고 해서요〉라는 문구를 넣은 광고를 제작했다. 이 광고는 언론의 관심을 샀고, 이로써 유럽 제조업체들이 단합해 공정한 경쟁을 억누르려

한다는 사실을 폭로할 수 있었다.

우리는 성취한 업적에 잠시도 안주하지 않았다. DC01이 잘 팔리는 동안, 1995년에 모든 가정이 겪고 있던 문제점을 해결했다. 계단 위에 안정되게 선 소형 듀얼 싸이클론 진공청소기 DC02를 출시한 것이다. 이것은 첫 번째 실린더형 모델이었다. 피터 갬맥과 다른 엔지니어들이 DC01에 매진하는 동안 나는 왕립 예술 학교의 엔지니어링 과정을 통해 다이슨에 입사한 임페리얼 칼리지 출신의 앤드루 톰슨과 함께 DC02를 설계했다. 투명한 먼지 통과 싸이클론이 45도로 기울어지게 하고, 그 위에 손잡이를 놓았으며, 모터와 바퀴를 그 아래에 자리하도록 했다. 이것은 경쟁업체의 덩어리 모양이나 실린더 형태와 전혀 달랐다. DC01의 디자인에 대해서는 아무도 언급이 없었지만, DC02의 디자인에 대해서는 관심을 가졌다. 나는 그런 사실이 흥미로웠다.

우리는 DC02 모델을 다양한 색으로 제작했다. 내 견해로는 바우하우스보다 10년도 앞선, 현대 디자인의 진정한 기초라고 생각되는 20세기 초 네덜란드의 디자인 동향을 오마주한 〈더 스테일〉* 같은 특별판으로도 제작했다. 그 외에 재활용 플라스틱으로 만든 친환경 DC02 리싸이클론과 같이, 특별한 명분에 대한 인지도를 높이거나 자선 단체를 위한 기금을 모으고 인식을 높이려고 진공청소기 모델에 따라 다양한 특별판을 제작하기도 했다. 예를 들면, 1994년에 지원 없이 남극 대륙을 처음으

* 영어로는 〈더 스타일〉이다.

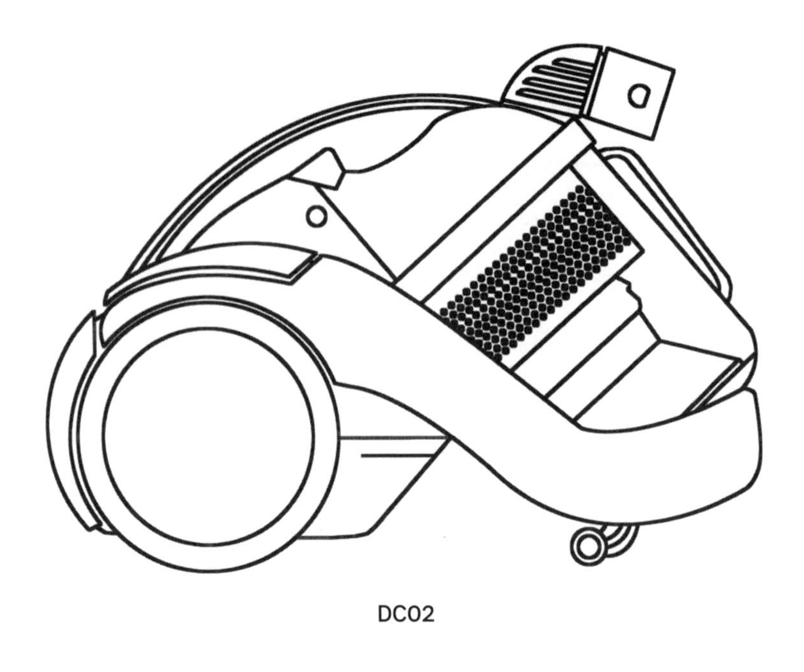

DC02

로 횡단한 레이널프 파인스가 사인한 은색과 연푸른색 DC01 앤타크틱 솔로가 있다. 우리는 유방암 단체를 위한 기금을 마련하고자 그의 남극 횡단 여정에 자금을 지원했다. 나는 부모님이 모두 암으로 돌아가셨기 때문에, 유방암 치료법을 찾는 데 도움이 되고 싶은 마음이 컸다. 놀랍게도 당시에는 유방암 연구를 위한 기금 모금이 많지 않았다.

1995년 무렵에는 완전히 새로운 제품을 생각하기 시작했다. 그중 하나가 다이슨 콘트라로테이터라는 세탁기였다. 정말 좋은 세탁기 — 나만의 생각이 아니다 — 였다. 하지만 비용이 너무 많이 들어가 한 번도 수익을 제대로 내지 못했다. 우여곡절

끝에 2000년에 1,099.99파운드로 출시하게 되었다. 아주 비싼 가격이었지만, 이익을 내기에는 턱없이 부족했다.

우리는 생산 비용을 줄이기 위해 노력했으나 성공하지 못했다. 마케팅 팀에서는 이렇게 말했다. 「2백 파운드만 싸게 팔아도 더 많이 팔릴 겁니다.」 그래서 가격을 2백 파운드 낮췄으나, 이전과 판매량이 완전히 동일했기 때문에 더 많은 손해를 보았다. 내가 너무 진부한 실수를 한 것이다. 주먹구구식으로 들릴지 모르지만, 결국 다시 가격을 인상할 수밖에 없었다. 콘트라로테이터는 결코 저가형 세탁기를 목표로 한 제품이 아니었다. 기꺼이 더 많은 비용을 지불하고 그 가치를 알아볼 사람들을 위해 만든, 기존 제품과 차별성을 띤 아주 잘 설계된 제품이었다. 하지만 2002년에 생산을 중단했다. 세탁기의 작동 방식을 완전히 다르게 접근해 개발된 제품의 생산이 중단된 것은 정말 안타까운 일이었다. 그 후로도 15년간 콘트라로테이터의 애프터서비스를 지속했다. 내가 가지고 있는 콘트라로테이터는 아직도 잘 작동한다.

기존 세탁기들은 한 번에 한쪽 방향으로만 돌아가는 드럼 하나만 가지고 있다. 깨끗하게 세탁하려면 세제를 푼 물에 빨래를 장시간 담가 놓아야 한다. 우리가 진행한 연구 결과, 대중의 인식과 달리 세탁기보다 손빨래가 더 효율적이다. 실제로 손으로 15분간 세탁한 효과와 세탁기로 2시간 동안 세탁한 효과가 별로 다르지 않다. 콘트라로테이터는 손빨래 동작을 모방해서 만든 것으로 두 개의 드럼이 각기 반대 방향으로 회전하는 방식을 사용한 첫 번째 세탁기였다. 그래서 더 빨리 더 깨끗하게, 더 많은 양의 빨래를 더 적은 물로, 수축 방지를 위해 더 낮은 온도로 세탁할 수 있었다. 일반적인 세탁기보다 훨씬 더 복잡했다. 두 개의 드럼에 별도로 모터가 하나씩 필요했다. 건조 과정에서는 두 개의 드럼이 같은 방향으로, 그리고 초고속으로 돌아야 하기 때문에 클러치와 기어 박스까지 필요했다.

맘즈버리에서 우리가 포기한 또 다른 제품은 내가 개인적으로 관심을 두고 몇 년간 매달린 프로젝트였다. 이 제품은 코치하우스 시절의 유물로, 디젤 트랩 — 혹은 싸이클론 배기가스 필터 — 이라고 불렸다. 나는 디젤 배기가스의 위해성 — 여기서 배출되는 미립자는 발암 물질이다 — 에 대한 많은 자료를 읽어 왔기 때문에, 여러 의학 연구 결과와 유럽 연합 및 영국 정부에서 주장하는 디젤 배기가스의 청정도 사이에 큰 차이가 나는 점을 도저히 이해할 수 없었다. 디젤 배기가스를 배출하는 차량 뒤에서 운전할 때 냄새를 맡거나 들이마시면 그 사실을 너무나 명백하게 알 수 있는데 말이다.

다이슨으로 오기 위해 런던에서 서쪽행 기차를 타본 사람들은 경유를 사용하는 기차의 배기가스가 얼마나 더러운지 경험했을 것이다. 브루넬이 디자인한 패딩턴역의 멋진 유리 천장 아래에서 그 기차는 아주 오랜 시간 눈에 확연히 보일 만큼 유해한 배기가스를 배출하면서 정차해 왔다. 하지만 영국 정부에서는 자동차 제조업체와 유럽 연합 독재자들의 로비, 그리고 주요 고문 중 한 명이자 당시 수석 과학 고문이었던 데이비드 킹의

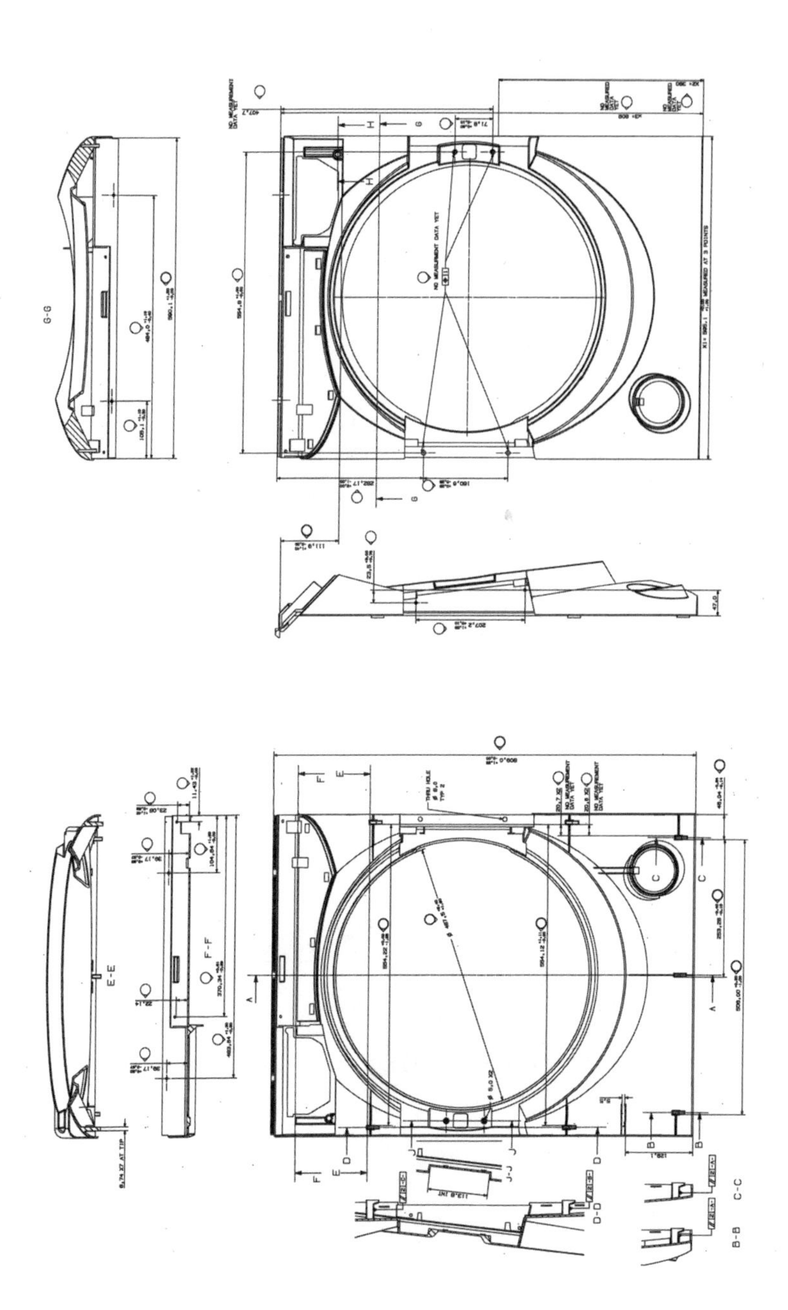

콘트라로테이터

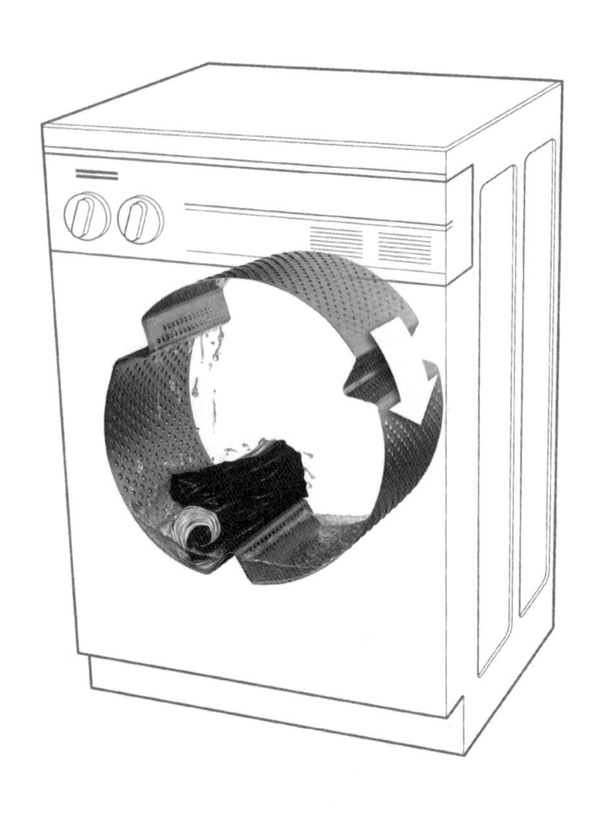

콘트라로테이터

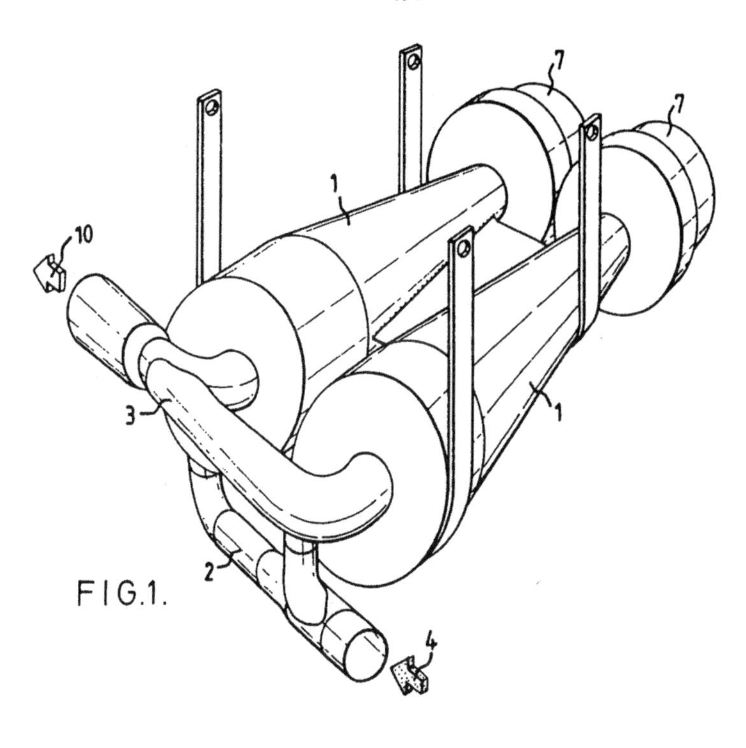

디젤 트랩

의견을 참고해, 디젤 엔진을 장려하기 위한 목적으로 디젤 차량에 대한 관세를 인하했다. 그는 훗날 디젤 엔진에 대한 당시 정부의 태도는 잘못된 것이었음을 인정했다.

우리는 코치 하우스에서 디젤 배기가스를 걸러 내는 싸이클론을 개발했다. 나는 1993년에 BBC의 「블루 피터」*에서 이것을 시연했다. 디젤 엔진이 장착된 포드 트랜싯을 타고 런던 서

* 1958년부터 방영된 영국의 어린이 교육 프로그램.

부의 셰퍼드 부시를 돌아다니면서 모은 배기가스 찌꺼기를 프로그램 진행자였던 앤시아 터너에게 보여 준 것이다. 하지만 이 장치를 자동차 제조업체에서 채택하도록 만드는 것은 불가능했다. 경유는 휘발유보다 월등히 저렴한 데다 아산화 질소, 아황산 가스, 탄화수소를 배출함에도 불구하고 모든 사람이 이 연료가 〈친환경〉적이라고 알고 있었기 때문이다. 슬프게도 꼼짝하지 않는 콘크리트 벽을 뚫기 위해 계속 머리를 들이받는 형국이어서, 결국 1998년에 이 일을 포기하고 말았다.

실망스럽긴 했지만, 디젤 트랩은 내 싸이클론 기술이 다른 발명품과 제품에도 적용될 수 있다는 증거가 되어 주었다. 싸이클론 기술은 다이슨에 점점 더 중요한 기술이 되어 가고 있었다. 우리는 혁신적이고 새로운 기술 개발을 추구하는 동시에 최근까지 개발한 것들을 지속적으로 개발하고 개선함으로써 다른 제품에도 적용할 수 있었다.

7
핵심 기술

나는 다이슨을 단순한 진공청소기 회사로 만들겠다고 생각한 적이 한 번도 없다. 싸이클론은 우리의 핵심 기술 중에서 첫 번째로 제품에 적용된 기술이었고, 그 제품이 진공청소기였을 뿐이다. 나는 언제나 이것을 우리의 첫걸음으로 생각했다. 그 후에도 핵심 기술에 집중해 왔고, 그 핵심 기술을 기반으로 더 많은 분야에서 더 좋은 제품을 설계해 왔으며, 성장을 거듭하면서 우리의 이미지를 확고히 해나가고 있다.

우리가 걸어온 길은 빠르거나 돈이 적게 드는 과정이 아니었다. 신기술에 대한 투자는 강한 신념을 바탕으로 한 결단력과 장기간에 걸친 막대한 재정적 투입이 요구된다. 그 과정에서 여러 번 실패를 맛보았고, 잠 못 이룬 밤도 많았다. 엄청난 좌절과 아주 약간의 성과가 있었다. 우리의 여정은 성공을 향한 직선 코스가 아니라 순례자의 길에 더 가까웠다. 직립형 진공청소기 DC01은 빠르게 상업적 성공을 이루었지만, 우리는 여전히 훨씬 더 나은 제품을 만들 아이디어가 있었다. 늘 만족할 줄 모르는 집요한 엔지니어들이 언제나 그런 것처럼 말이다. 동시에 우리는 싸이클론 기술을 다른 형태의 제품에 적용하기를 열망했다.

직립형 진공청소기는 미국에서 카펫을 관리하기 위해 처음 개발되었고, 이 진공청소기에는 카펫을 〈터는〉 브러시 막대가 필요했다. 잔디 깎는 기계처럼 맨 위쪽 손잡이를 잡고 앞으로 밀어서 사용하는 형태였다. 이런 유형의 진공청소기는 1930년대에 영국으로 유입된 맞춤식 카펫과 함께 인기를 얻었지만, 맞춤식 카펫을 거의 사용하지 않고 대부분 실린더형 청소기 — 원래 금속이나 판지로 만들어진 실린더 형태였기 때문에 〈실린더형 청소기〉라고 불렸다 — 를 사용하는 다른 나라에서는 인기를 얻지 못했다. 대부분의 청소기는 호스와 완드를 앞으로 밀고 뒤에서 끌면서 사용하는 방식이었다.

우리는 싸이클론 실린더형 청소기를 만들고 싶었다. 그 결과 계단 위에도 안정적으로 올려놓을 수 있는 소형 DC02가 탄생했다. 한편 DC03은 무거운 청소기의 유의미한 해결책으로 설계된 직립형 경량 진공청소기다. 두께가 고작 10센티미터인 이 진공청소기를 눕히면 가구 밑까지 완전히 밀어 넣어 청소할 수도 있었다. 평평하고 납작한 모양 덕분에 벽에 걸어서 보관할 수도 있었다. 우리는 헤파 필터에 집착했고, DC03의 모터 앞쪽과 뒤쪽에 커다란 필터를 한 쌍씩 장착했다. 당시 헤파 필터나 고효율 미립자 포집기는 병원용 진공청소기나 핵 시설 같은 위험한 시설에서나 사용되던 것들이었다. 헤파 필터가 장착된 모든 다이슨 청소기는 생산 과정에서 헤파 필터의 성능 테스트를 거친다.

DC03은 브러시 바의 구동 장치를 분리해 주는 클러치가 달린 최초의 진공청소기이기도 하다. 레고 조각 하나라도 끼면 클러치가 미끄러지면서 브러시 바의 구동 장치가 분리되기 때문에, 가장 골칫거리였던 구동 벨트가 손상되는 일을 예방해 준다. 그래서 우리는 톱니바퀴 모양의 구동 벨트에 대해 평생 동안 품질 보증을 제공할 수 있었다. 또 투명한 DC03을 생산한 적도 있는데, 사출 성형에 사용했던 고분자 플라스틱인 터룩스가 초기 테스트 때보다 내구성이 약하다는 점이 발견되어 생산을 중단했다.

한편 DC01은 잘 팔렸고 소비자들도 만족하는 듯했지만 우리는 지속적으로 제품을 개선해 나갔고, 그 결과 DC01보다 에어와트* 및 흡입력이 두 배 이상 뛰어난 또 다른 직립형 진공청소기 DC04를 만들어 냈다. 직립형 진공청소기 안에는 먼지를 싸이클론으로 전달한 다음 청소 시스템의 맨 마지막에 해당하는 흡입 모터 쪽으로 먼지를 이동시키기 위한 꽤 긴 덕트가 있다. 또 청소기 헤드 또는 늘였다 줄였다 할 수 있는 탈착식 호스로 흡입 방향을 정할 수 있는 전환 밸브도 있다. 전력을 절약하기 위해 공기가 흐르는 모든 경로와 밸브를 개선해 싸이클론의 성능을 향상시켰다.

첫 번째 실린더형 진공청소기인 DC02가 무겁다고 생각해,

* 흡입력을 나타내는 표준 단위.

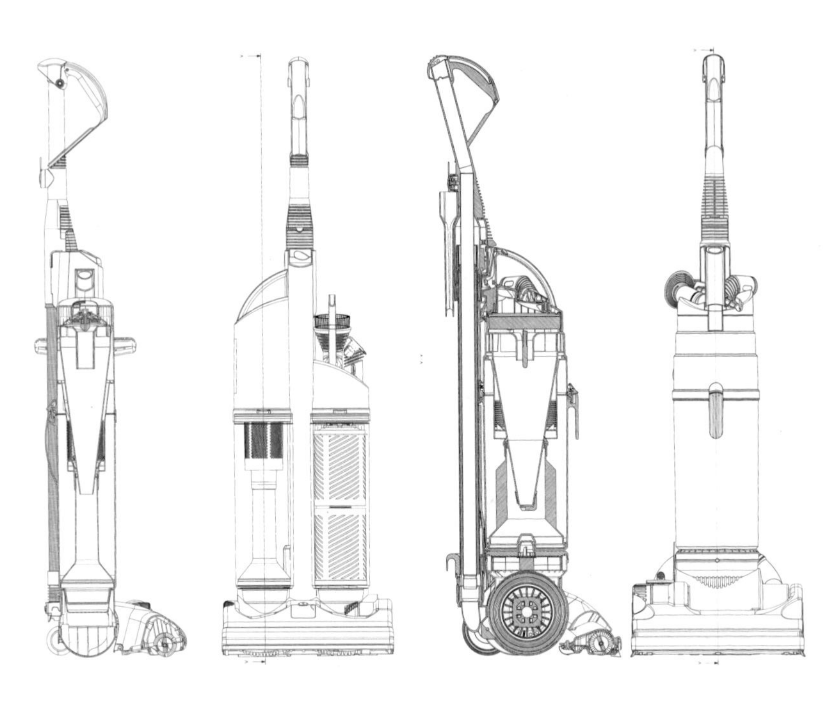

DC03

DC04

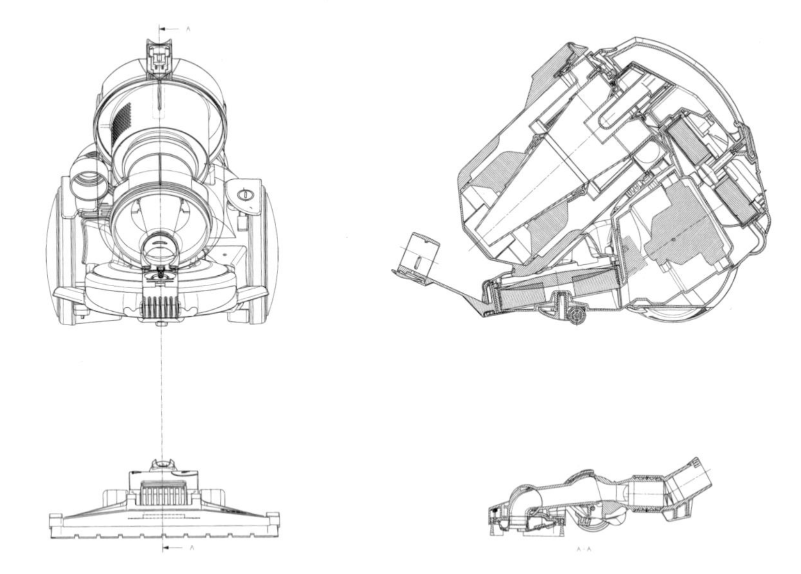

DC05

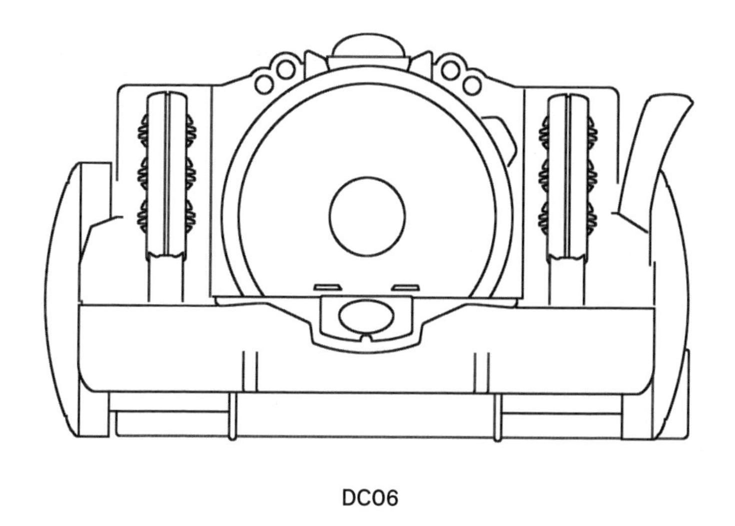

DC06

가벼우면서도 더 강력한 실린더형 진공청소기를 개발했다. 아무리 제품이 잘 팔려도 엔지니어는 절대 안주하거나 만족하지 말고 지속적으로 제품의 성능을 개선해야 한다. DC05는 카펫을 완벽하게 청소할 수 있는 모터가 달린 브러시, 즉 파워 노즐을 사용한 첫 번째 진공청소기였다. DC02를 포함한 기존의 모든 실린더형 청소기는 적어도 네 개의 바퀴나 캐스터들이 달려 있다. 이는 쓸데없이 무거운 청소기를 끌고 다녀야 하고 방향을 바꾸려면 힘을 들여야 한다는 의미다. 반면 DC05는 두 개의 커다란 뒷바퀴가 장착되어 모든 무게가 뒷바퀴에 실렸다. 그래서 호스를 당기기만 하면 뒷바퀴에서 균형을 잡아 주어 밀고 끄는 데 훨씬 용이했다.

DC06은 처음으로 로봇형 청소기 — 이에 대해서는 나중에

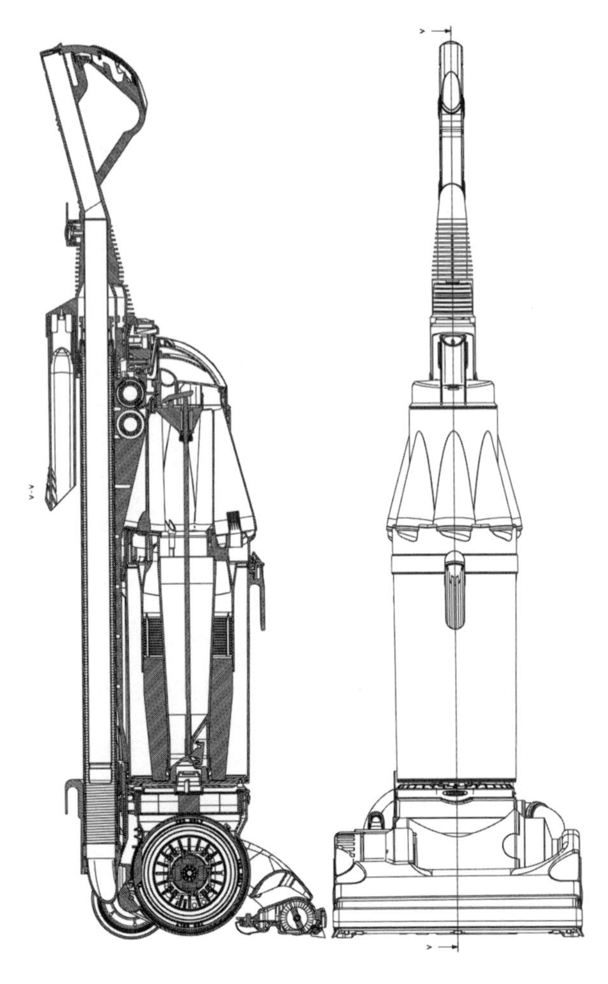

DC07

1993
듀얼
싸이클론

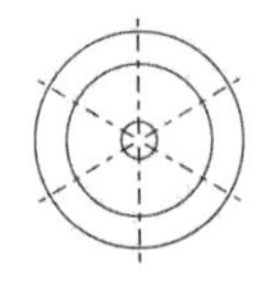

2001
루트
싸이클론

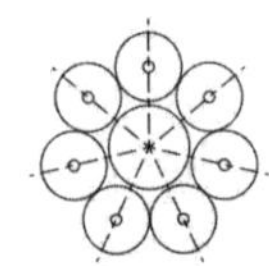

2008
루트 싸이클론
핵심 분리기

2012
2티어
래디얼
싸이클론

2013
다이슨
시네틱
싸이클론

싸이클론 기술의 진화 과정

다루기로 하자 — 를 시도한 모델이었다. 2001년에 출시된 직립형 청소기 DC07은 일곱 개의 싸이클론을 가진 첫 번째 진공청소기였다. 이 싸이클론들은 흡입력을 개선하기 위해 거꾸로 장착되었다. 브러시 바의 구동 벨트를 보호할 뿐 아니라 호스를 사용하면 자동으로 브러시 바가 분리되는 클러치도 장착되었다. 그로 인해 브러시 바가 카펫 위에서 사용되지 않을 때는 주변에 있는 다른 물체들을 손상시키지 않도록 예방할 수도 있다. 이 모델은 2002년에 미국 시장에서도 출시되었다.

진공청소기를 개선해 나가는 동안, 나는 다른 일에도 관심을 기울였다. 1999년에 『데일리 텔레그래프*Daily Telegraph*』 편집장 찰스 무어가 사보이 — 이곳은 이때 딱 한 번 가보았다 — 에서 점심을 먹자고 청했다. 그는 나에게 자신의 매체와 공동으로 〈위대한 발명의 역사〉에 관한 내용을 써보지 않겠느냐고 제안했다. 그 내용은 『데일리 텔레그래프』에서 발행하는 잡지 시리즈로 정식 출간되었고, 나중에는 책으로도 발간되었다. 이후 무어는 또 자신의 매체에서 첼시 플라워 쇼*에 출품할 정원을 설계해 보지 않겠느냐고 제안했다. 그는 친절하게도 나에게 좋은 아이디어가 떠오를 때까지 몇 년간 지속적으로 동일한 제안을 했다.

내가 오랫동안 알고 있던 유능한 정원 디자이너 짐 허니와 협력해 우리가 〈잘못된 정원〉이라고 부른 정원을 설계했다. 실패를 두려워하지 않는 미덕을 강조하기 위한 아이디어였다. 짐은

* 런던에서 열리는 유명한 연례행사로, 다양한 정원 디자인 및 꽃이 전시된다.

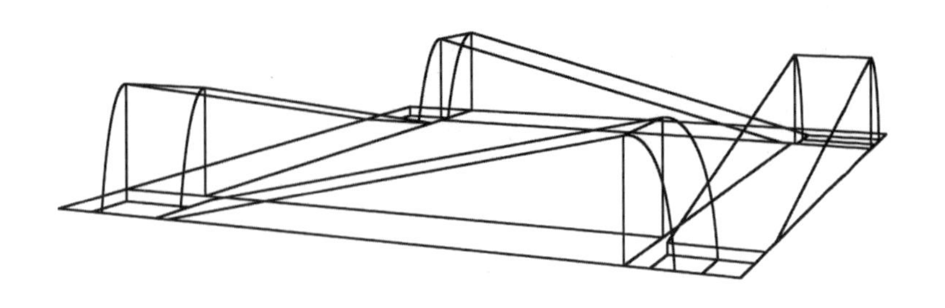

〈잘못된 정원〉의 개요도

일반적으로 정원에서 볼 수 있는 녹색, 핑크색, 노란색, 빨간색이 아닌, 어두운 진홍색과 황갈색을 사용하자고 했다. 정원 앞쪽에는 기발한 에셔의 그림을 상기시키는 인공 분수 장식을 두었는데, 물이 위쪽으로 올라가는 것처럼 보였다. 폭포 장식 양쪽에는 불가능해 보이는 방식으로 균형을 이루는 V자형 구조의 유리 벤치를 놓았다.

짐도 첼시 플라워 쇼에 처음으로 참여하는 것이었다. 정원은 단 이틀 동안 꾸며야 하고 쇼가 끝난 직후 옮겨야 하기 때문에 아주 신속하고 효율적으로 작업하는 데 익숙해져야 했다. 나의 폭포 장식은 각 3미터 길이의 유리 경사로 네 개가 네모난 프레임을 형성하는 구조를 띠고 있었다. 물은 좁은 삼각형 모양의 그 경사로들의 위쪽으로 올라가며 흐르다가 끝에 다다르면 사각형 모양의 연못 안으로 폭포처럼 떨어진다. 그 물은 그다음 경사로로 올라가며 흐르다가 또다시 연못으로 떨어지는 과정을 반복한다. 모든 유리 경사로 안에는 물이 압축되어 채워져 있다. 피터 갬맥과 나는 데릭 필립스와 맘즈버리 공장에서 이것을 개발했다. 모든 과정이 원활하게 진행되기 위해서는 데릭의 전문적인 공학적 지식이 필요했다. 이 장면을 본 여왕님이 물이 어떻게 위로 흐를 수 있는지 물었을 때, 나는 그 비결을 가르쳐 주었다.

유리 벤치는 긴 접합 유리판으로 만들어졌다. 뒤집힌 V자 모양의 유리 피라미드를 유리판 상단 중앙에 접착시키고 그와 동일한 또 다른 V 피라미드를 V자 그대로 유리판 아래쪽에 접착했다. 유리 벤치들은 V자의 꼭짓점 부분이 바닥에 닿게 놓여 있어 균형을 이루는 것이 불가능하고 위험해 보였다. 그것이 서 있을 수 있었던 비결은 유리판 한쪽 끝의 아래 땅바닥에 숨겨진 고정 부분에서부터 유리판의 모서리 부분으로, 그리고 다시 중앙에 놓인 유리 피라미드 위쪽으로, 그다음에는 유리판의 반대편과 그 아래 땅바닥에 있는 고정 부분까지 하나로 이어지도록 연결된 한 줄의 스테인리스 스틸 케이블이었다. 케이블과 유리 벤치가 닿는 부분은 눈에 보이지 않도록 은밀히 고정시켰다. 이로써 벤치가 넘어지는 것을 막고 사람들이 앉았을 때 그 무게를 지탱할 수 있었다. 첼시 플라워 쇼 개막식에서 제리 홀이 내가 바라던 방식대로 벤치에 용감하고 느긋하게 기대앉았다. 그 순간 『더 선*The Sun*』의 사진 기자가 그 장면을 찍었을 때 나는 기분이 아주 좋았다.

첼시 플라워 쇼에 출품된 대부분의 다른 정원은 야생화들을 아주 매력적으로 배치했다. 예상대로 우리가 출품한 〈잘못된 정원〉의 잘못된 색상들은 모든 심사 위원의 마음을 사로잡지 못했다. 하지만 짐은 잘못된 정원이 어떤 종류의 정원에도 적용될 수 있기를 바랐다. 다만 수명이 짧은 야생화는 그런 목적에 부합하지 않았다. 그럼에도 불구하고, 우리는 실버 길트상*을 받았다. 잘못된 정원은 버밍엄에서 열린 다른 꽃 박람회에도 참여했다. 그곳에서는 더 운 좋게 최고의 정원상을 받았다. 데릭은 첼시 플라워 쇼에서 자랑스러운 호스트 역할을 해주었을 뿐 아니라, 정원 엔지니어링과 제작 및 운영까지 담당했다. 나는 수년간 우리를 위해 많은 것을 창조해 준 유능한 데릭이 몇 년 뒤 암으로 사망했을 때 이루 말할 수 없이 슬펐다.

강철 케이블로 지지하는 유리판을 통해 영감을 얻은 나는 다이슨 본사 내 큰 회의실에 테이블이 필요해졌을 때 다리가 없는 테이블을 만들기로 결정했다. 길이 5미터, 폭 2미터의 접합 유리 두 장으로 만든 테이블 상판의 무게는 약 750킬로그램이었다. 네 개의 강철 케이블은 천장에 고정된 부분에서부터 — 이 부분이 매우 중요하다 — 비스듬한 각도로 내려온다. 무게가 걱정된 우리는 고정 장치를 콘크리트 바닥 위에 볼트로 고정했다. 네 개의 케이블은 테이블 상단에 있는 스테인리스 스틸로 된 고리를 통과한 다음 바닥에 있는 고정 장치로 내려가는 도중에 비스듬히 교차한다. 이렇게 비스듬히 교차된 부분은 테이블이 휙 돌아 미끄러지는 것을 방지하는 데 결정적으로 중요하다. 강철 케이블은 아주 팽팽하게 당겨져 있고, 유리 상판은 다리가 있는

* 첼시 플라워 쇼에서 금상과 은상 사이 추가 등급의 상으로 주는 메달.

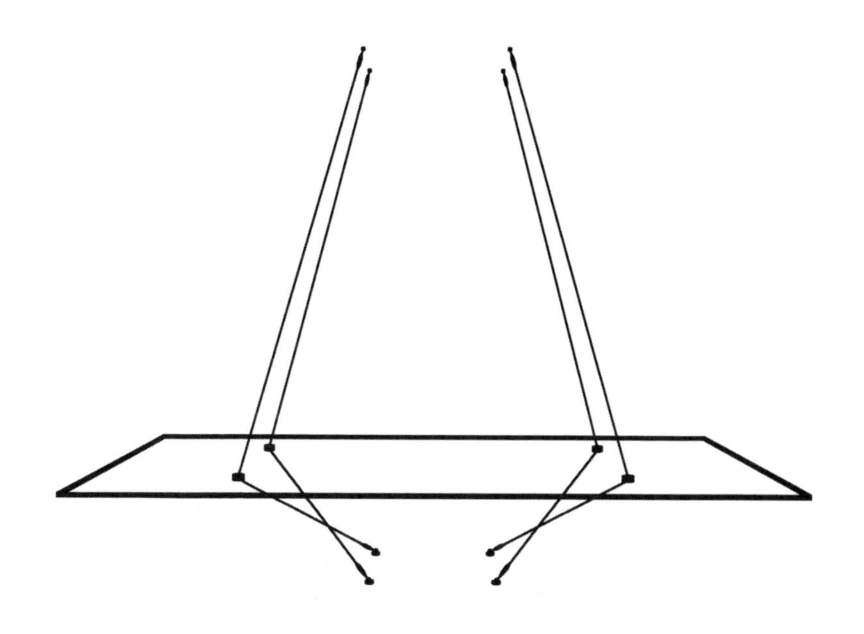

회의실 테이블

테이블보다 놀라울 정도로 훨씬 더 안정적이다. 테이블의 어느 위치에 앉아도 테이블 다리 때문에 방해되는 일이 없다.

또 다른 재미있는 부수적 프로젝트로 파리 패션쇼에 진공청소기를 전시한 일도 있었다. 도쿄에 여행을 가면 나는 언제나 미야케 이세이의 패션쇼에 초대받는다. 그는 최근에야 1945년 8월 일본에 투하된 두 개의 원자 폭탄 중 하나가 그의 집 근처에 떨어졌고, 그때 자신이 일곱 살이었음을 밝혔다. 창의적인 영향력을 가진 이세이는 우리가 일본 생활에 적응할 때 든든한 지원군 역할을 해주었다. 나는 그가 만든 옷도 매우 좋아한다. 그는 2007년 10월 파리 패션쇼에서 최신 컬렉션을 선보일 때, 나에게 패션쇼 무대를 디자인해 달라고 초청했다. 흥미롭게도 그는 그 컬렉션을 다이슨 진공청소기를 기초로 디자인했다. 몇 가지 옷의 형태는 다이슨 진공청소기의 여러 가지 부품을 반영하고 있었다. 기술 도면이 옷에 그려져 있기도 하고, 모든 옷이 은색과 짙은 자홍색이었다. 나는 그의 아이디어에 매우 으쓱했고, 과연 그런 디자인들이 실제 옷으로 어떻게 만들어질지 기대되었다. 하지만 패션쇼가 열려 공개될 때까지 기다려야 했다.

쇼의 주제는 〈바람〉이었다. 다이슨 진공청소기는 먼지를 공기로부터 분리하기 위해 강력한 공기 흐름을 이용했기 때문에, 주제에 완벽히 맞아떨어졌다. 그들은 모델들이 런웨이를 걸어갈 때 마치 강한 바람이 부는 것처럼 런웨이에 강력한 바람을 만들어 주기를 바랐다.

쇼는 튀일리궁과 리볼리 길 사이에 있는 커다랗고 견고하게 고정된 텐트에서 열렸다. 나는 텐트 밖 여러 개의 무대에 커다란 선풍기를 놓고, 그 바람이 지름 약 3미터의 거대하고 유연한 노란 플라스틱 덕트를 통해 지나가도록 했다. 마치 다이슨 진공청소기의 노란 호스를 아주 크게 만든 것 같았다. 덕트들에 연결된 줄을 아주 힘이 센 직원들에게 쥐여 주고 앞뒤로 흔들도록 시켰다. 덕트를 관객석 위쪽까지 연장해 설치한 덕분에 런웨이에 있는 모델들에게 강력한 바람을 내뿜을 수 있었다. 텐트 안이 매우 더웠기 때문에 관객은 뜻밖의 에어컨 같은 효과에 아주 기뻐했다.

유연한 호스 혹은 덕트라는 주제에 맞게, 나는 모델들에게 뱀

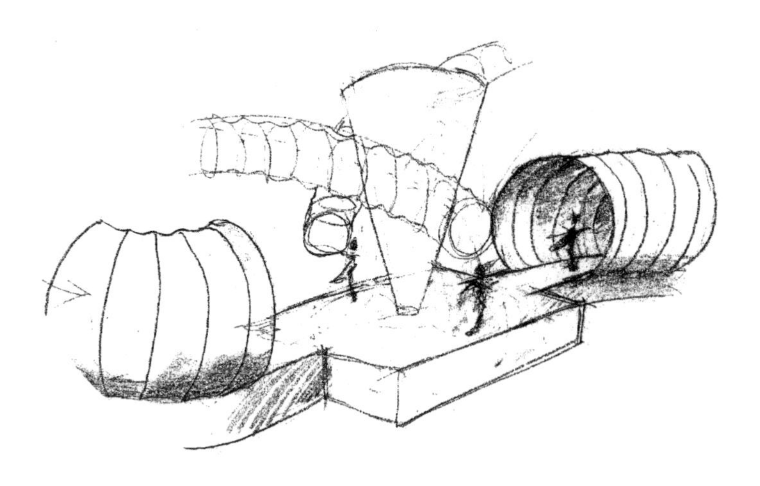

미야케 이세이 패션쇼의 무대 스케치

같이 생긴 지름 약 3미터짜리 노란색 호스, 즉 캣워크의 끝에 설치되어 있는 터널에서 걸어 나오도록 했다. 패션쇼가 끝난 후 흥분한 호주 기자가 나에게 와서, 〈모델들이 거대한 질에서 나오는 부분이 가장 마음에 들었어요〉라고 말했다.

패션쇼에 참석한 것은 그 당시가 처음이자 마지막이었다. 나는 그렇게 짧은 전시를 위해 그렇게 많은 관객이 왔다는 사실과, 그 패션쇼의 훌륭한 컬렉션과 풍부한 상상력에 감동받았다. 패션쇼는 상업적으로도 성공을 거두었다. 어쩌다 패션쇼 무대를 디자인할 마음을 먹었을까? 다이슨 진공청소기를 기초로 한 옷이라는 점에서 그 제안을 거부할 수 없었다. 패션쇼가 끝난 후 일본에서 다이슨 엔지니어 몇 명과 이세이 미야케 디자이너들이 다이슨 진공청소기 부품들을 이용해 쇼에 소개된 옷을 입힐 멋진 마네킹을 만들었다. 나는 이 마네킹들이 도쿄 디자인 박물관에 전시된 것을 볼 수 있었다. 심지어 진공청소기 부품으로 만든 귀여운 아기들과 강아지 마네킹도 있었다.

브리스틀 대학의 물리학과를 졸업한 찰스 콜리스가 1999년 눈앞에 종이 한 장 크기의 스크린이 나타나는 아이디어를 가지고 다이슨에 입사했다. 앞을 보면서 문서를 읽을 수 있도록 만들어 주는 헤드셋이었다. 카메라가 같은 위치에 탑재되어 사용자가 바라보는 방향을 녹화하도록 되어 있었다. 마이크가 달린 이 장치는 오디오용 이어폰으로 귀에 다시 연결되고, 주머니 속 휴대폰이나 컴퓨터까지 연결되었다. 이 장치를 이용해 이메일을 읽을 수 있고, 사용자에게 읽어 주게 만들 수도 있고, 상대의 말을 받아 적게 할 수도 있으며, 녹화를 하거나 영화를 보거나 음악을 틀거나 전화를 걸 수도 있었다. 시제품을 만든 다음 작동이 아주 잘되는 것을 보고 기뻤다. 하지만 우리는 이 아이디어를 더 이상 진행하지 않기로 결정했다. 찰스는 이후 우리와 함께 로봇을 개발했다. 나중에 이와 비슷한 아이디어가 구글에서 〈구글 글라스〉라는 이름으로 나왔다.

최근에 진행한 또 다른 일탈은 2018년 2월 런던 카도건 홀에서 열린 다이슨 심포니 공연이었다. 디어드리는 매년 도딩턴 파크에서 오리온 오케스트라의 반주와 함께 오페라 아리아 행사를 주최한다. 어느 해에는 부엌에서 함께 술을 마시던 중 오케스트라 지휘자 토비 퍼서가 다이슨의 창의적인 작업 과정을 표현하는 의미로, 다이슨 제품과 새로 발명된 악기를 위한 곡을

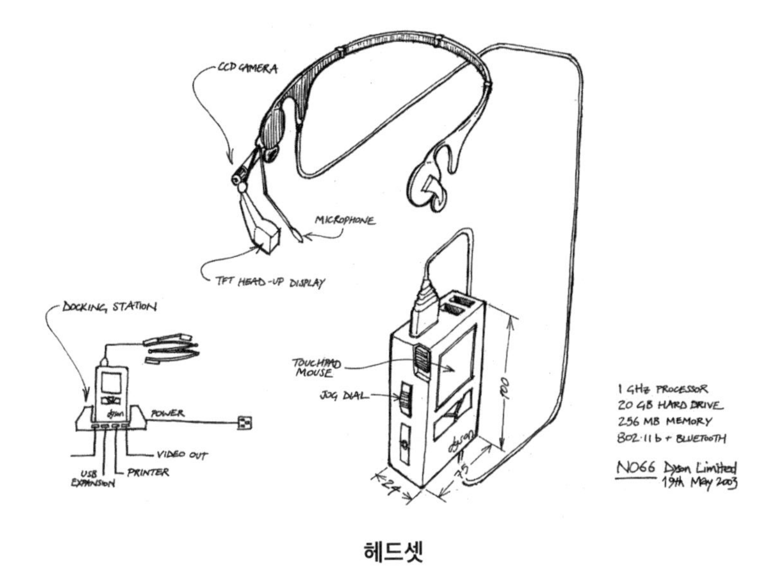

헤드셋

만들고 싶다고 했다. 그 곡을 만들 젊은 작곡가를 찾기 위한 경연도 열면 좋겠다고 했다. 그레셤스 학교에서 있었던 종업식 행사에서 맬컴 아널드가 진공청소기로 연주했던 일을 기억해 낸 그는 그 곡도 포함될 수 있을지 궁금해했다. 누군가 연주를 한다고 나서기는커녕, 다이슨 제품을 악기로 사용할 수 있다는 생각조차 해보지 못한 나는 즉시 그 아이디어에 뛰어들었다.

엔지니어들에게 진공청소기와 모터를 사용하는 것은 물론, 부품들을 이용해 오케스트라용 악기를 만들어 보라고 독려하기로 했다. 토비 퍼서와 그의 아이디어는 다이슨 엔지니어들의 상상력을 자극했다. 나는 자발적으로 팀을 구성한 엔지니어들이 만든 악기의 독창성과 다양성에 깜짝 놀랐다. 그들은 음악에 열정이 있었고 모두 자신이 만든 악기를 연주해 보였다. 그중에서 가장 큰 것은 마흔여덟 가지 색깔의 알루미늄 진공청소기 막대로 만든 오르간이었다. 그 오르간은 파이프가 있고, 여덟 개의 다이슨 환풍기 모터로 공기를 생성하며, 컴퓨터로 자동 조절되는 밸브가 있었다. 그리고 교회 오르간과 음색이 놀라울 정도로 비슷했다. 이 악기 모두 색깔 있는 막대로 만들어진 벅민스터 풀러의 측지 돔에 보관되어 있다.

또 다른 악기는 디지털로 제어되는 다이슨 모터에 의해 선을 튕기는 일종의 하프였다. 연주자가 악기를 위아래로 얼마나 기울였는지 측정하는 자이로스코프에 연결된 라즈베리 파이 마이크로컴퓨터*에 의해 음이 달라지는 기타도 있었다. 말하자면, 손가락으로 복잡하게 연주할 필요 없이 다양한 음을 직관적으로 연주할 수 있는 악기였다. 시험 때문에 바쁜 다이슨 기술공학 대학의 학부생들도 기발한 파이프 악기를 제작하는 데 일조했다. 이렇게 만들어진 창의적인 다이슨 악기 중 가장 흥미롭고 창의적인 다섯 개가 작곡 경연에 참여했다.

작곡 경연에서는 케임브리지 대학교 박사 과정의 데이비드 로시가 수상했다. 나는 그의 곡이 처음으로 다이슨 스포츠 행거** 에서, 그리고 뒤이어 런던의 웅장한 카도건 홀에서 연주되는 것을 들었다. 그는 좋은 영감을 얻을 수 있을 거라는 생각으로 다이슨 엔지니어들과 하루를 보내면서, 제품 개발 과정과 우여곡절에 대해 배운 뒤 이 곡을 작곡했다. 데이비드와 토비는 매우

* 영국에서 개발된 리눅스 기반의 싱글 보드 컴퓨터.

** 직원들을 위한 스포츠 레저 건물로, 〈행거〉는 〈격납고〉라는 뜻이다.

참신하고 창의적인 곡을 만들었다. 단지 사람들의 이목을 끌기 위한 프로젝트일 수도 있었지만, 결과적으로 매우 깊이 있고 즐거운 음악적 경험이 되었다.

부차적 프로젝트들에 도입한 창의성은 다이슨의 기업 철학에도 맞닿아 있다. 우리는 곧 DC05를 대체하고 흡입력이 크게 개선된 멀티싸이클론 진공청소기 DC08을 출시했다. 이 제품에는 반려동물의 털을 효과적으로 흡입하도록 설계된 더 강력한 브러시 바가 장착되었다. DC05보다 크고 뒷바퀴에 무게가 실리게 만들어, 사람들이 제품을 다룰 때 훨씬 가볍게 느껴지도록 했다.

DC09와 DC10*은 맥도널 더글러스 항공사에 더 큰 의미가 있다고 생각해 만들지 않았다. DC11은 새로운 출발점이 되었다. 우리는 아나콘다처럼 길고 다루기 힘든 플라스틱 호스와 완드, 그리고 보관 문제에 점점 신경 쓰기 시작했다. 비록 고객들은 1901년에 진공청소기가 발명된 이후 이런 불편한 호스와 완드에 익숙해져 있었지만, 그 불편함을 토로하는 고객들도 있었다. 이 문제를 해결하기 위해 노력해야 했다. 우리는 전 세계적으로 상점에 방문한 소비자나 상점의 영업 사원에게서 들은 평가를 기록하는 시스템을 고안해, 회사 내 모든 사람이 이런 가치 있는 기밀 정보를 공유할 수 있도록 했다.

2002년 1월에 가족들과 휴가를 보내던 중, 호스를 기계에 감고 완드를 1.5미터에서 0.5미터로 포갠 다음 청소기 옆에 부착

* DC-9와 DC-10은 맥도널 더글러스에서 만든 항공기다.

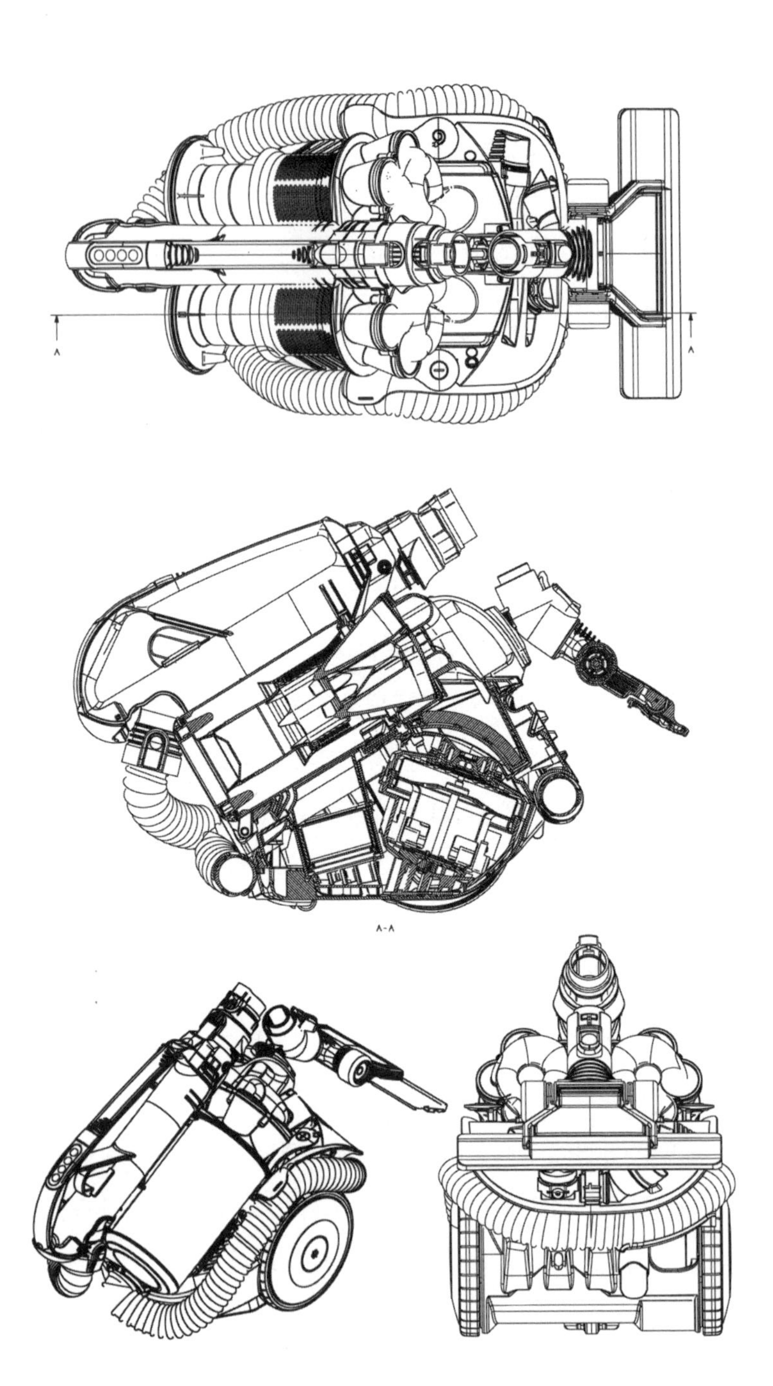

DC11

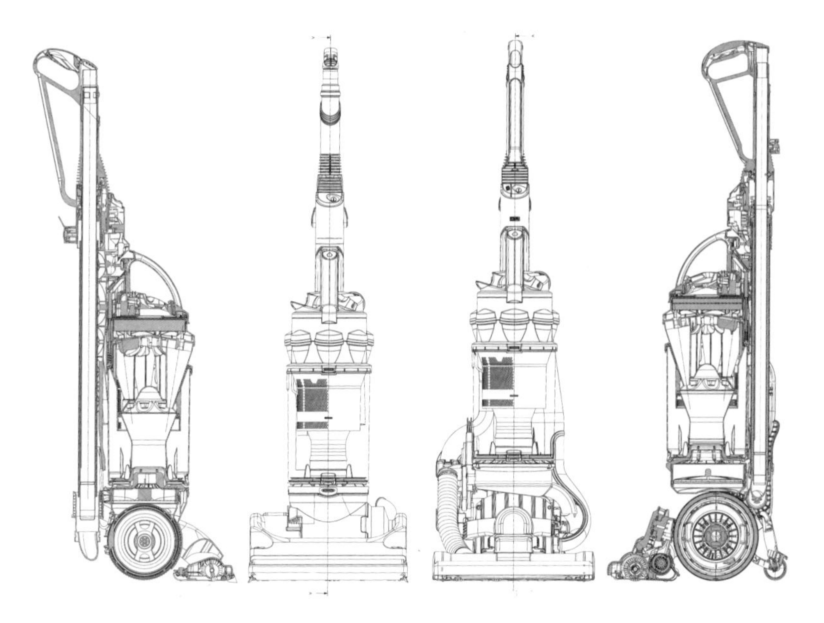

DC14 DC15

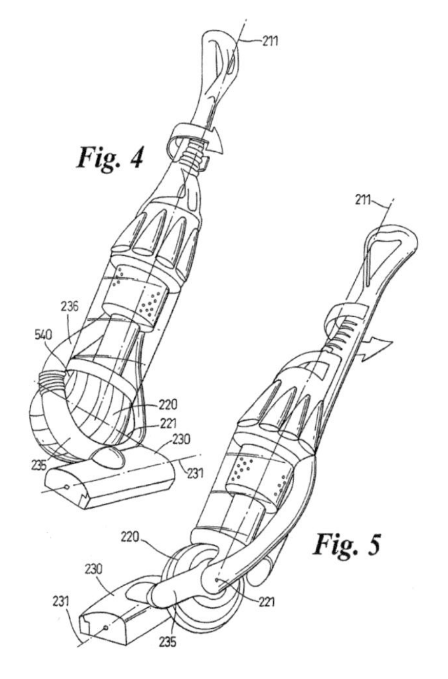

DC15

하는 아이디어를 생각해 냈다. 그 결과 이동과 보관이 편리한 한 묶음 형태의 제품인 DC11이 탄생했다. 개발 과정은 말처럼 쉽지 않았다. 더 이상 부피가 큰 싸이클론 통이 필요 없어, 자리를 덜 차지하는 두 개의 동일한 통을 나란히 배열했다. 두 개의 통은 위쪽에 각각 다중 싸이클론이 장착되어 있었다.

DC11을 최대한 콤팩트하게 만들기 위해 생각해 낸 포개지는 완드는 사용하기도 쉽게 설계했다. 일반적으로 카메라 삼각대 같은 제품에서 볼 수 있는 포개지는 완드는 그것을 압축할 때 하나하나 고정시킨 잠금장치를 푼 다음 포개야 하고, 확장한 다음에는 또 일일이 잠금장치를 고정시켜야 했다. 우리는 일단 첫 번째 잠금장치가 풀리면 다른 것도 따라서 풀리고, 확장할 때는 모두 저절로 잠금 모드로 전환되는 완드를 개발했다.

우리는 계속해서 제품의 무게 중심을 낮추고 여러 부분의 디자인을 개선하고 새로운 기술 혁신을 꾀해, 2004년에 직립형 진공청소기 DC14를 출시했다. 그다음 해에 출시한 진공청소기 DC15 볼에는 옛날 볼배로 시절 생각해 낸 것과 같은 공 바퀴를 장착했다. 다른 진공청소기는 모두 네 개의 고정된 바퀴를 가지고 있어 진공청소기에 필요한 섬세한 동작에 방해가 되었다. 공으로 된 바퀴는 말 그대로 동전 위에서도 회전시킬 수 있을 만큼 회전과 방향 전환이 빠르고 쉽다. 게다가 모터와 필터가 모두 공 안에 장착되어 무게 중심도 낮다.

이 시점에서 우리는 진공청소기, 직립형 청소기, 실린더형 청소기들의 기동성을 향상시키기 위해 모든 제품에 공 바퀴를 장

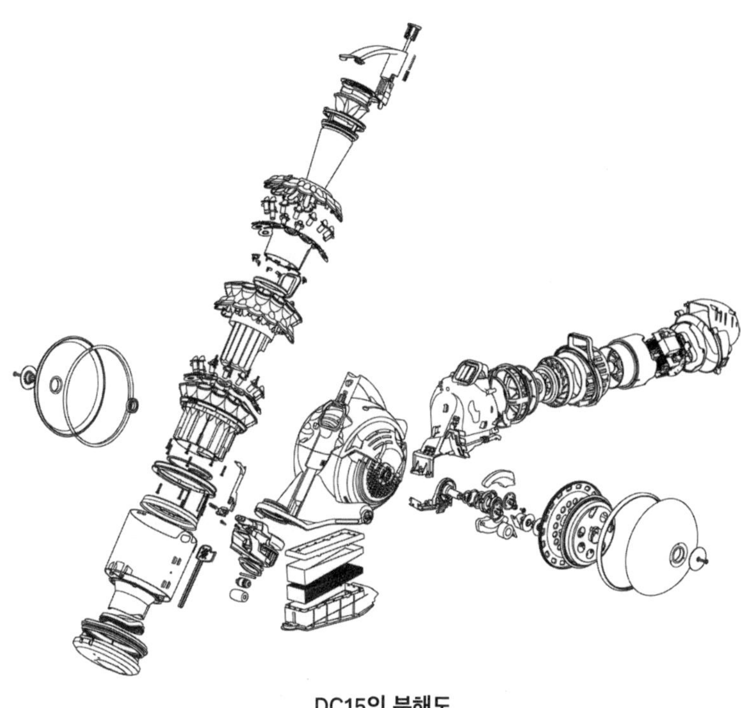

DC15의 분해도

착하기로 결정했다. 공 바퀴가 달린 실린더형 청소기는 그 무게 중심이 공의 중심에 있어 진공청소기가 회전할 때 그 중심을 따라 회전한다. 모터와 필터도 공 안에 있었다. 우리는 필터 교환이나 세척은 물론 먼지 봉투도 교체하지 않아도 되는, 말 그대로 관리가 전혀 필요 없는 최초의 진공청소기를 만들고 싶었다. 즉, 먼지 통만 비우면 되는 청소기 말이다. 우리는 서른두 개의 싸이클론이 장착된 기계를 개발했다. 미세 먼지 흡입에 효율적인 이유는 각 싸이클론 바닥에 〈진동 팁〉을 장착했기 때문이다. 이 팁이 진동하면서 먼지 분리의 효율성을 높인다. 우리는 이 모델을 시네틱Cinetic — 상표 문제로 K 대신 C로 표기한다 — 이라고 부른다.

진공청소기의 모든 부분을 개선하는 동안 거의 변화를 주지 않은 한 가지 부품이 있었다. 바로 모터다. 우리가 사용한 기존 모터들은 일본제였다. 현재 구할 수 있는 모터 중에서 최상의 모터였지만, 자체적 결함이 있었다. 제어 기능이나 인공 지능 기능이 없었다. 그리고 무거웠다. 모터의 구리 권선에 연결된 정류자*는 전원을 공급하는 카본 브러시와 지속적으로 접촉한다. 정류자에 배치된 구리 조각들은 약하고 잘 부서졌으며, 카본 브러시는 더러운 검은 카본 먼지를 배출할 뿐만 아니라 빠르게 마모되었다. 외부 공급업체로부터 부품들을 구매했기 때문에, 다른 청소기 경쟁업체가 원한다면 이 부품들을 충분히 구매할 수 있었다. 또 우리가 품질을 통제할 수 없다는 문제도 있었다. 진공청소기 모터는 샤프트**에 장착된 팬 또는 터빈을 구동하는데, 이 부분 역시 불만족스러웠다. 이것은 압출한 알루미늄으로 만들어지고 스테이플로 고정되어 있어 아주 견고한 구조라고 볼 수는 없었다. 고속으로 돌아가는 기계를 작동시키기 위해 설계된 것도 아니고, 효율성과 출력을 높이기 위한 개발도 가능하지 않았다.

나는 초고속 모터를 꽤 오랫동안 생각해 오고 있었다. 제러미 프라이와 나는 1980년대에 최초의 싸이클론 청소기를 개발하

* 모터의 전류 흐름 방향을 바꾸는 데 사용되는 일종의 전기 스위치.

** 회전 운동 혹은 직선 왕복 운동으로 동력을 전달하는 둥근 막대 모양의 부품.

는 동안 이 주제에 대해 토의하곤 했다. 이론상으로는 전기 모터가 빨리 회전할수록 에너지 효율이 좋다. 이와 유사하게, 터빈이 더 빨리 회전하면 출력도 증가한다. 한편 터빈이 생성하는 단위 면적당 힘도 증가한다. 이와 같은 조합으로 우리는 더 작고 더 가볍고 더 효율적인 전기 모터를 꿈꿀 수 있었다. 당시 마음에 두고 있던 이탈리아 제조업체에 연락을 했다. 그들은 고속 모터에 대한 아이디어는 마음에 들어 했지만, 그것에 처음으로 투자하는 업체가 되려 하지는 않았다. 그들이 주저한 이유에는 진공청소기 모터들이 이미 다른 모터들에 비해 빠르다는 사실 — 제트기의 엔진은 1만 5천 알피엠, 포뮬러 원의 엔진은 1만 9천 알피엠, 그리고 기존 진공청소기 모터는 3만 알피엠이었다 — 도 있었다. 즉, 진공청소기의 모터가 왜 그렇게까지 더 빨라야 하는지 의문을 가졌던 듯하다.

비록 우리는 전기 모터 설계자나 제조업체도 아니지만 성능이 비약적으로 발전된, 즉 몇 배 더 빠르고, 훨씬 더 가볍고 작고, 더 오래 사용할 수 있도록 브러시가 없고, 배출물도 없고, 전력 소비 효율도 높고, 무엇보다 속도와 힘, 소비를 제어할 수 있는 모터를 설계해 획기적인 돌파구를 마련하고 싶었다. 우리가 이런 혁신적인 모터를 만들 수 있다면, 이와 유사한 방식으로 더 가볍고, 더 작고, 훨씬 더 효율적인 진공청소기도 만들 수 있었다. 그리고 어쩌면 피터 갬맥과 내가 초기에 토의했던 다른 제품들에도 비슷한 방식을 적용할 수 있을 것 같았다.

나는 여러 대학으로부터 훌륭한 모터나 모터 구동 장치와 관련 있는 전문 인력을 채용하고 두 군데 대학에서 개발 프로그램을 시작했다. 우리가 우선적으로 목표한 터빈의 속도는 12만 알피엠 혹은 기존 진공청소기보다 네 배 빠른 속도였다. 높은 회전수에서 발생하는 원심력 때문에 터빈의 지름을 기존처럼 약 140밀리미터가 아닌 약 40밀리미터로 줄이기로 했다. 터빈의 지름이 작을수록 견뎌야 하는 원심력이나 부하가 줄어들기 때문에 우리는 지름을 더 작게 만들기로 했다.

당시 우리가 처한 위치에서 새 기술, 즉 고속 모터 제조에 착수하려면 많은 용기가 필요했다. 이사진 중에는 이런 제안을 반대하는 사람도 있었다. 그 사람의 견해는 이미 확실히 자리 잡은 기존 모터 제조업체와 경쟁을 벌이는 일은 위험 부담이 너무 크고 비용도 많이 든다는 것이었다. 하지만 우리에게는 그 위험 부담이 확실히 가치 있게 여겨졌다. 어쩌면 바람직하고 분별 있는 조언이었을 수도 있다. 예상 투자 금액도 엄청난 액수였다. 하지만 우리는 막대한 투자를 계속 감행했다.

오늘날 다이슨은 세계에서 가장 작은 고속 모터를 개발하는 데 앞장서고 있다. 이것은 우리로 하여금 다시 한번 혁신적이고 새로운 다이슨만의 형식을 가진 진공청소기를 재발명하도록 만들었다. 그리고 새로운 분야의 제품을 개선하게 만들었다. 2020년 즈음에는 우리가 보유한 생산 라인에서 1년에 2천4백만 개의 모터를 생산했다. 이 모터들은 싱가포르와 필리핀에 있는 우리의 〈클린 룸〉 수준 — 즉, 반갑지 않은 먼지나 가스가 없다 — 의 전자동화된 공장에서 일주일에 7일, 24시간 내내 모두 로봇에 의해 조립된다. 이런 방식으로 우리는 모터의 생산과 개발을 모두 통제할 수 있었다.

처음부터 우리는 모터가 모든 제품에서 최고 수준의 성능을 발휘할 수 있도록 설계했다. 모터 덕분에 우리가 제공하는 제품들은 빠르고 연속적인 발전을 이루어 낼 수 있었고, 그래서 그 일은 매우 중요하면서도 신났다. 사람들은 종종 우리 모터를 다른 회사에 공급할 의향이 있는지 묻는다. 그렇게 하면 수익을 얻겠지만, 나는 다이슨 엔지니어들이 다른 회사 제품에 맞게 우리의 모터를 장착하는 데 신경 쓰는 대신 흥미로운 차세대 모터를 개발하는 데만 집중하기를 바란다. 이러한 이유로 우리가 만든 모터를 다른 회사에 공급하지 않는다.

또다시 최대한 조용하게 회전하고 냉각을 유지하는 동시에, 고속으로 전력을 생성하는 브러시도 없고 가벼운 첨단 모터를 원했다. 달성하기 쉽지 않은 목표를 스스로 설정한 셈이었다. 우리는 맘즈버리와 싱가포르에 터빈, 플라스틱, 소프트웨어, 공기 역학, 심지어 천체 물리학 전문가들까지, 모터 개발 팀에 합류할 더 많은 인재가 필요했다. 프로젝트가 추진력을 얻어 가면서 네 명의 엔지니어로 시작한 모터 개발 팀은 빠르게 성장했고, 그에 따라 비용도 증가했다. 머지않아 그 비용은 수억 파운드에 달하게 되었다.

우리 모터가 점점 더 빨라지면서 기술적 장벽에 부딪혔다. 균형을 잃은 회전자가 고속으로 회전하면 30~40톤에 달하는 엄청난 횡력을 행사할 수 있으므로 균형은 매우 중요한 문제였다.

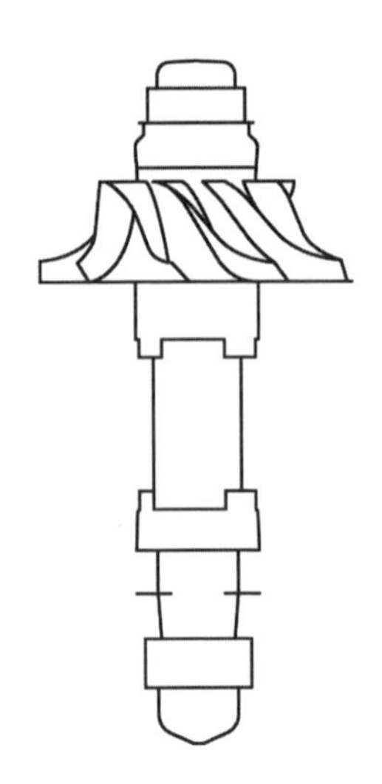

2004 다이슨 디지털 모터 X020

다이슨 디지털 모터는 쉽게 더러워지는 기계식 스위치를 디지털 펄스로 대체해, 샤프트를 8만 8천 알피엠으로 회전시킬 수 있다. 기존 모터의 절반 크기와 무게지만 움직이는 부품이 적어 기계의 수명이 네 배 길다.

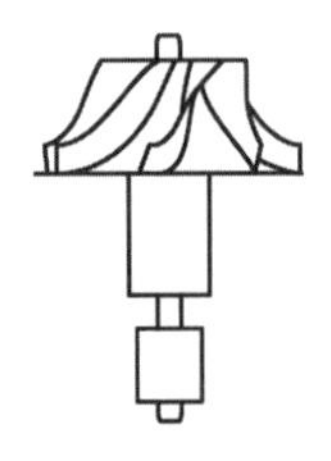

2009 다이슨 디지털 모터 V2

다이슨의 첫 배터리 구동 모터다. 3년에 걸쳐 개발된 이 제품은 이전 모델에 비해 크기와 무게를 3분의 1로 줄였다.

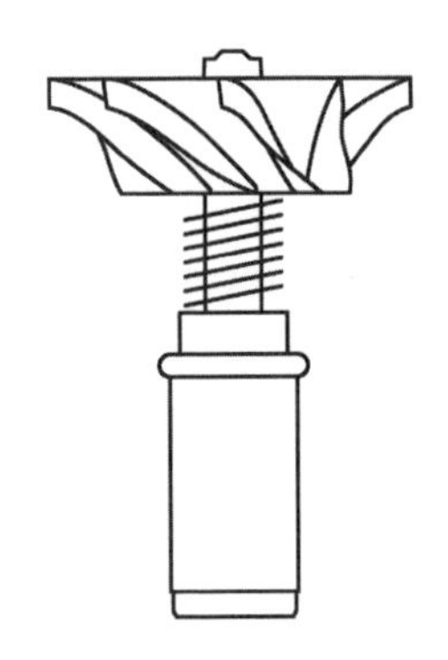

2012 다이슨 디지털 모터 V4

세계에서 가장 작은 완전 통합형 1천6백 와트 모터 중 하나다. 디지털 펄스 기술을 사용해 0.7초 내에 0알피엠에서 9만 알피엠까지 가속된다.

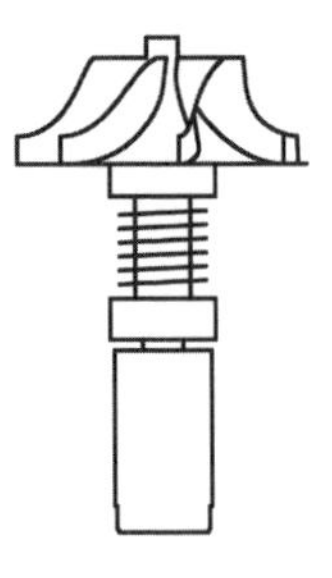

2014 다이슨 디지털 모터 V6

11만 알피엠으로 회전하는 네오디뮴 자석이 장착된 350와트 모터로, 다이슨 디지털 모터 V2보다 1.5배 강력하다.

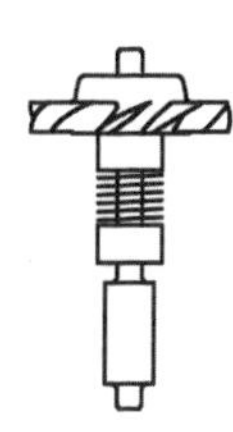

2016 다이슨 디지털 모터 V9

헤어드라이어 손잡이 안에 들어가도록 설계되었다. 11만 알피엠으로 회전하는 열세 개의 날이 있는 임펠러가 장착되어, 기존 모터보다 여덟 배 빠르지만 무게는 절반 정도다.

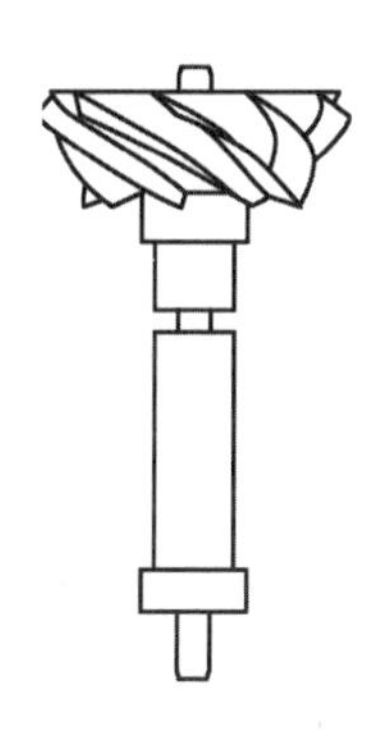

2018 다이슨 디지털 모터 V10

더 작고 강하다. 임펠러가 모터 뒤쪽에 있어 축류(軸流)가 더 차가워진 공기를 끌어들여 온도를 낮추고 최대 12만 5천 알피엠까지 회전이 가능하다.

베어링 역시 특별히 설계하고 제작해야 했다. 엄청난 원심력을 견딜 수 있도록 맞춤 자석과 부착물들도 개발해야 했다. 샤프트는 직경이 작고 매우 정밀해야 했으며, 때로는 세라믹으로 제작하기도 했다.

모터 내부에 가해지는 높은 장력과 힘 때문에, 세계에서 가장 좋고 가장 내구성이 강한 재료가 필요했다. 우리는 최대 250도까지 견딜 수 있고 343도에서 녹는 유기 열가소성 폴리머인 폴레에테르 에테르 케톤을 사용했다. 장기 이식이나 위성에서 사용되는 이 재료는 강하며 성형이 가능하고 매우 비싸다.

하지만 기존 모터의 기계 시스템은 우리가 원하는 새로운 속도에 비해 너무 느리고 다루기 버거울 것이었다. 새로운 구동 방식이 발명되어야 했다. 회로 기판의 메인 구동 칩은 초당 6천 5백 회 전환이 가능하다. 이 설정은 기계적인 방식이 아니라 칩 내부의 디지털 전환 방식에 의존하기 때문에 마모되지 않으며 놀라운 속도를 낼 수 있다. 칩을 기본적인 구동 장치로 사용하는 새로운 유형의 이 모터를 〈다이슨 디지털 모터〉라고 명명했다. 우리는 각각 다른 방식으로 작동하는 교류 및 직류 전기 모터를 여러 디자인으로 만들고, 지속적으로 디자인과 출력을 개선했다. 그 결과 모터는 더 작고 강력해졌다.

시간이 지나면서, 그리고 다이슨이 점점 더 세계화되면서 고도(高度)가 모터에 영향을 미친다는 사실도 발견했다. 소형, 혹은 중형 자동차를 타고 산길을 올라가 본 사람은 누구나 알겠지만, 고도가 높아지면 엔진으로 들어오는 공기가 점점 희박해지면서 성능이 저하된다. 콜로라도, 스위스 알프스, 또는 멕시코시티에서 모터의 성능이 과연 달라질까? 궁금증을 해소시켜 주기 위해 미리 말하자면, 우리 모터는 고도계를 사용해 해발 고도에 따라 성능을 조절할 수 있다. 모터는 네덜란드의 아주 낮은 자위더르해 간척지나 멕시코시티에서도 아주 잘 작동할 것이다. 고도에 따른 성능이 너무 정확해, 심지어 그 모터가 바닥에 놓여 있는지 테이블 위에 있는지도 알아낼 수 있을 정도다.

개발과 성능 테스트 과정은 프랭크 휘틀이 첫 번째 제트 엔진을 개발할 때처럼 소규모로 진행되었다. 얼마 지나지 않아 우리

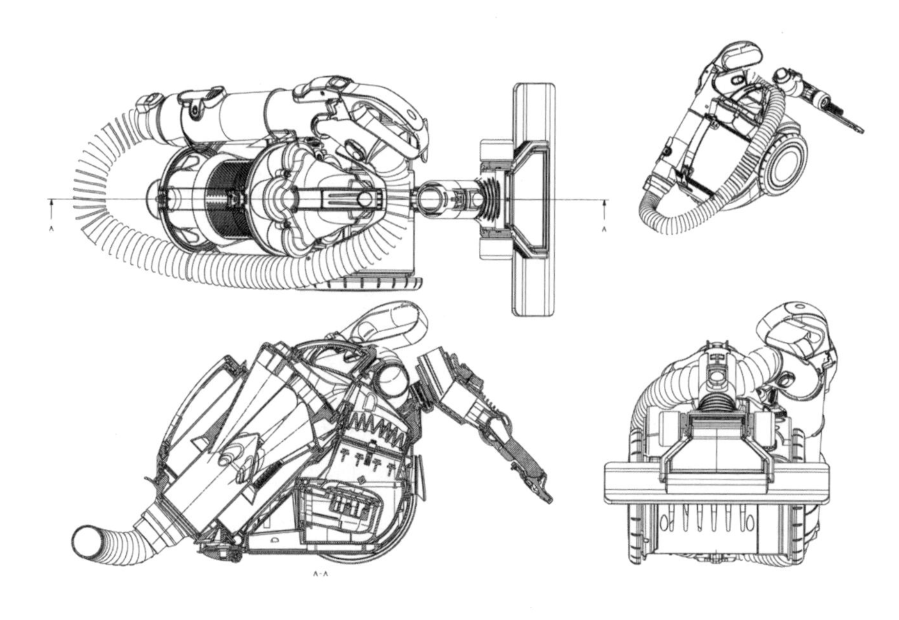

DC12

는 케임브리지 대학교 휘틀 연구소의 항공 엔지니어들과 롤스로이스와 함께 강력한 터보팬 제트를 만드는 작업을 시작했다. 모터의 크기는 작았지만 그 개발 과정은 결코 쉽지 않았다.

새로운 버전의 모터를 작업할 때마다 출력은 두 배로, 무게는 반으로 줄이는 것을 목표로 삼았다. 모터는 여전히 제일 중점을 두는 부분이다. 이제 우리는 케임브리지 대학교, 그리고 전담 연구실이 있는 뉴캐슬 대학교를 포함해 여러 대학과 함께 일하는 글로벌한 팀을 갖게 되었다. 창의적인 설계는 그 제품의 초기 콘셉트 설정 단계에서뿐 아니라 시제품, 제조, 테스트, 교정, 개선 단계의 문제 해결에서도 중요한 부분을 차지한다. 대학들과 함께 갖가지 중요한 작업을 수행하면서 혁신적 기술 개발을 위해 그들에게 의존하려는 것이 아니라 다이슨 연구 부서의 확장된 개념으로 그들과 협업한다.

유럽이나 북미에 있는 일반적인 집보다 대체로 작은 아파트에 살고 있는 일본 사람들을 위해 설계된 DC12는 우리의 첫 번째 디지털 모터 청소기였다. 즉, 새로운 장을 여는 것이나 다름없었다. 다이슨 디지털 모터는 기존 모터보다 다섯 배나 비쌌기 때문에, 우리의 모든 청소기에 적용하기 전에 시간을 가지기로 했다. 가격이 높은 이유는 모터 자체가 아니라 전적으로 전자 부품들 때문이었다. 새로운 기술이 처음 출시되기 전에는 이런 일이 종종 생긴다. 이전 기술에 조금이라도 근접한 가격으로 내려가기까지 수년이 걸리기도 하기 때문에, 애초에 새로운 기술을 세상에 내놓을 때는 신념이 확고해야 한다. 하지만 그런 신념과 인내가 바로 우리를 빠르게 진보시킨 원동력이다. 그 기나긴 개발 과정을 거치는 동안 디지털 모터는 다이슨을 완전히 탈바꿈시킬 준비를 하고 있었다.

배터리로 구동되어 휴대 가능한 진공청소기는 바닥이 아닌 곳을 청소하는 용도, 혹은 자동차 및 보트를 청소하는 용도로 아주 오래전부터 사용되어 왔다. 이런 청소기들은 잘 팔렸지만 먼지 봉투가 자꾸 막히는 문제를 안고 있었다. 먼지 봉투도 작은 데다, 먼지로 인해 막힌 부분을 세척하려다가 오히려 완전히 막혀 버리는 경우도 있었을 것이다. 게다가 힘도 약했고 배터리가 닳으면서 그마저 더 빨리 소모되었다.

싸이클론 분리 시스템의 소형 버전을 사용하면 이런 막힘 문제를 극복할 수 있으리라는 것을 알고 있었다. 그리고 배터리 문제도 리튬 이온 배터리를 사용하면 극복할 수 있었다. 비록 우리가 그 작업에 착수하려던 2012년에는 리튬 이온 배터리가 너무 비싸고 가전제품에는 사용되지 않았지만 말이다. 흡입력이 저하되지 않는다는 우리의 핵심 원칙처럼, 우리는 배터리로 구동되는 장치가 배터리가 소모됨에 따라 힘이 약해지는 것은 당연하다는 통념에 도전해야겠다고 생각했다. 힘이 약해지는 이유는 전하량이 감소하면서 배터리 셀들의 전압이 강하되기 때문이다.

우리는 전하량이 감소해도 전압을 유지시키는 소프트웨어와 전자 장치를 고안했다. 즉, 배터리가 더 빨리 닳을지언정 적어도 성능은 처음의 힘을 끝까지 유지하고, 그러다가 갑자기 멈춘다는 것을 의미했다. 이는 자칫 경쟁업체들이 우리 제품의 배터리 수명이 그들 제품보다 길지 않다고 주장할 위험이 있었다. 하지만 우리는 소비자들이 진공청소기를 사용할 때 되도록 빠르고 효과적으로 끝내기를 바라며, 사용 중에 모터가 점차 느려지면서 흡입력이 저하되는 소리는 듣고 싶어 하지 않을 거라고 믿었다.

첫 휴대용 청소기 DC16을 출시했을 때, 우리의 생각이 맞았다는 사실이 증명되었다. 배터리 수명이 짧다는 비판을 듣기는 했지만 이런 비판은 곧 거의 사라졌다. 우리는 또한 전반적으로 배터리 성능이 시간이 지나면서 개선될 거라고 생각해 모험을

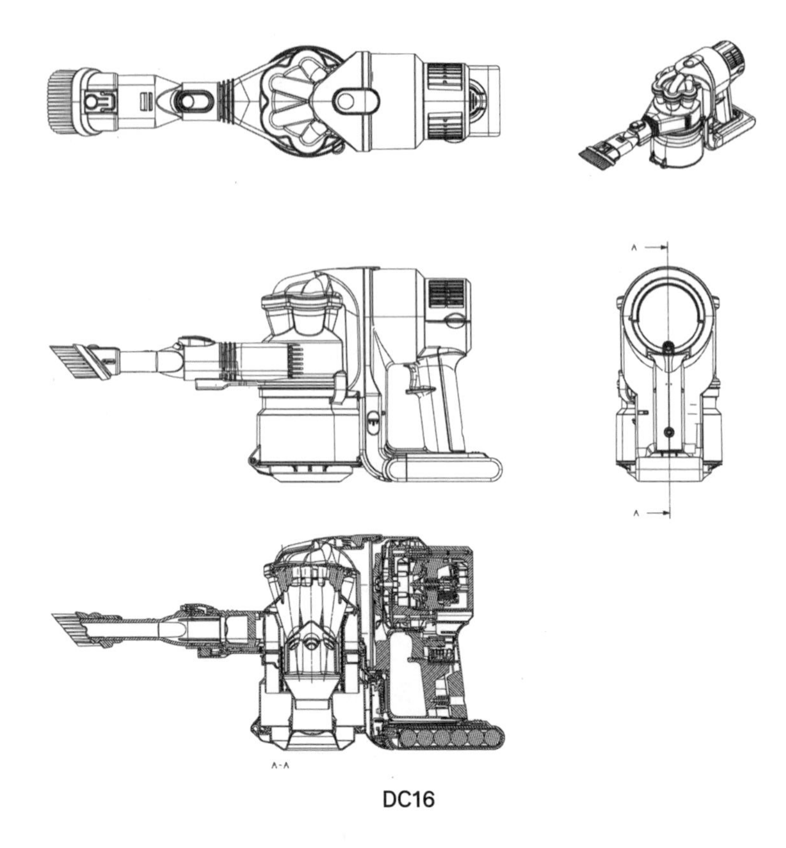

DC16

강행했고, 결국 그렇게 되었다. 나는 DC16이 배터리로 구동되면서도 사용 중에 힘이 약해지지 않는 최초의 진공청소기라고 생각한다.

그러나 그때만 해도 여전히 강력한 유선 청소기를 한창 개발 중이어서, 우리 제품의 미래가 소형 배터리 구동 모터에 달려 있다고는 생각하지 못했다.

더 나은 제품을 설계하는 탐구 과정과 마찬가지로, 발명 과정에서 종종 발생하는 뜻밖의 행운이 중요한 역할을 했다. 예를 들면, 휴대용 진공청소기의 손잡이는 맨 끝에 달려 있고 제품의 모든 부분이 그 손잡이 앞쪽에 몰려 있어 청소기를 들고 사용할 때 너무 무겁다는 점을 발견했다. 〈휴대용〉 청소기라는 말에 어울리지 않게 말이다. 무거운 것을 손에 들고 있으면 무게 중심이 손목에 있어야 훨씬 유리하다. 그래서 두 개의 무거운 부품을 손목 위와 아래에 배치했다. 즉, 모터를 위에, 배터리를 아래에 배치하고 그 사이에 위치하는 손잡이를 권총처럼 만들었다. 그 결과 손목 앞에는 가벼운 싸이클론과 먼지 통만 남았다. 앞쪽에 대부분의 무게가 실린 기존 휴대용 청소기의 형태를 피하기 위한 디자인이었다.

2년 동안 DC16을 성공적으로 제작한 후, 2012년에 한 엔지니어가 DC16의 흡입구에 직립형 청소기의 긴 막대를 끼우고 막대 반대쪽 끝에 청소기 헤드를 부착하는 시도를 했다. 한 번도 본 적 없는 형태였지만, 피터와 내 눈에는 이것 역시 〈잘못된〉 생각이었다. 직립형 및 실린더형 진공청소기는 모터를 포함해 기계의 중량이 사용자에게 부담 가지 않게 하려는 방식으로 설계된다. 즉, 두 가지 경우 모두 무거운 부품을 바닥 쪽에 배치한다. 그런데 그 엔지니어의 아이디어는 전체 중량을 사용자의 손에 두는 방식이었다. 비록 잘못된 생각처럼 여겨졌지만, 만일 그 중량이 충분히 가볍고 제품 전체의 무게 역시 충분히 가볍다면 기계를 조종하고 청소하는 것이 더 쉬워질 거라는 생각이 문득 들었다.

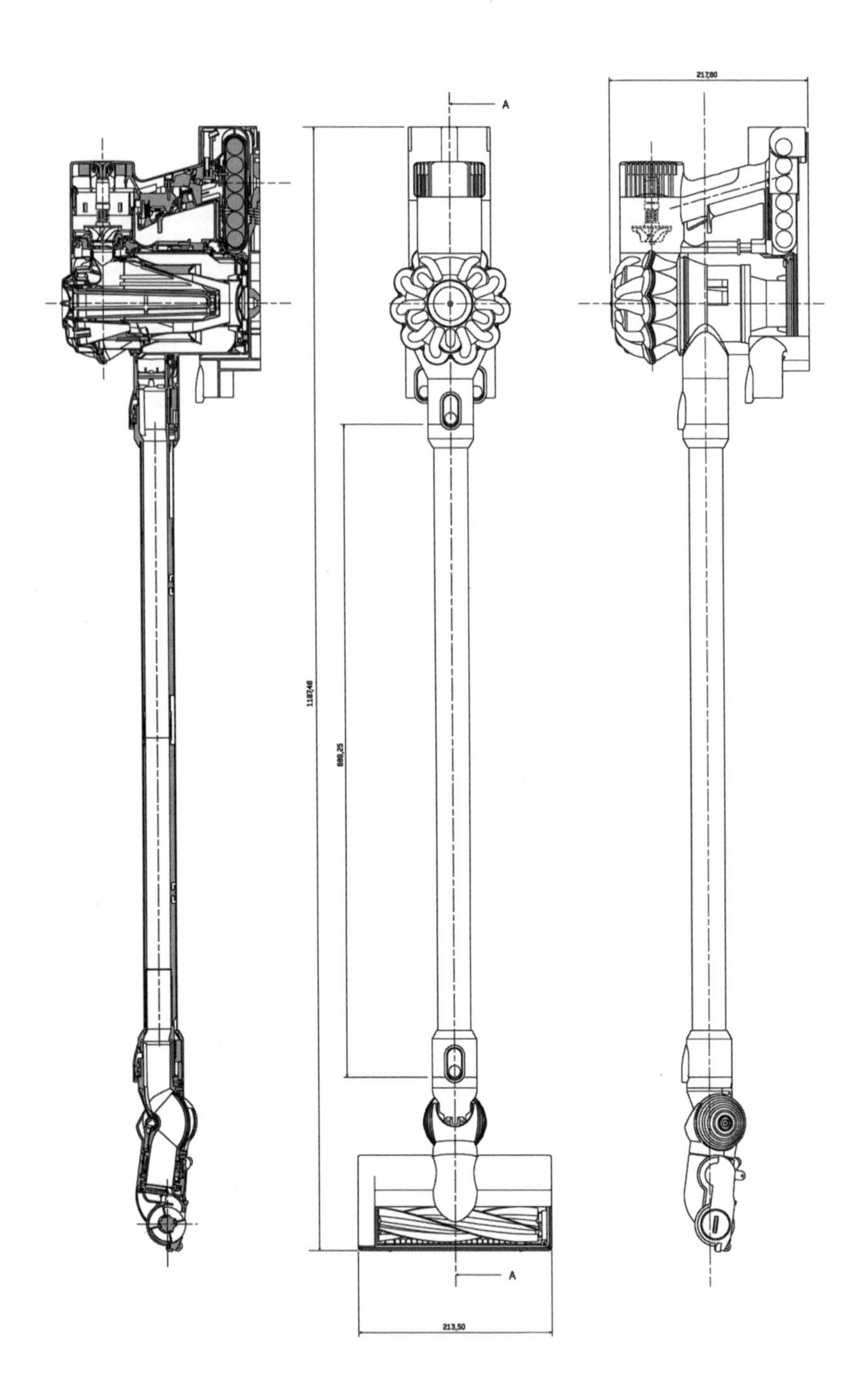

무선 청소기

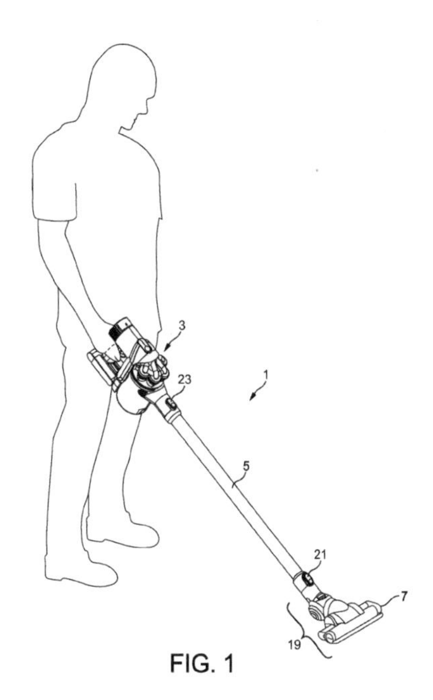

FIG. 1

무선 청소기

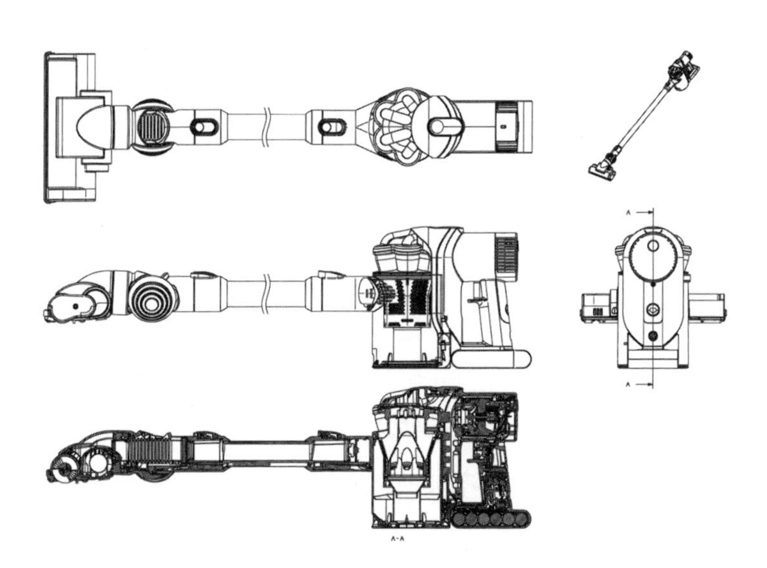

DC35

이것을 실행에 옮기려면 고려할 문제가 더 있었다. 피터와 나는 진공청소기의 기다란 호스와 배관에 대해 걱정하고 있었다. 너무 길면 압력 손실을 가져올 뿐 아니라 다루기도 불편하고 쉽게 손상을 입기 때문이었다. 훨씬 더 짧고 단순한 공기 배관이 있다면 그와 관련된 힘의 낭비를 줄일 수 있으리라 판단했다. 이와 유사하게 거추장스러운 호스를 제거하고 진공청소기의 쓸데없는 중량을 줄일 수 있다면 진공청소기에 사용된 재료 역시 상당 부분 제거할 수 있었다.

긴 전선을 제거한다면, 한 방에서 다른 방으로 옮길 때 전선을 뽑고, 전원을 꽂고, 다시 빼야 하는 등의 귀찮은 일을 없앨 수 있었다. 우리는 이런 소모적인 청소 절차가 불필요하다는 것을 깨달았다. 이제 기존 진공청소기의 무게에 일부밖에 안 되는 가벼운 무게를 가진, 전선 때문에 제약을 받지 않고 움직임이 자유로운 진공청소기를 갖게 되었다. 마침내 자유를 얻은 것이다.

이런 특징은 다이슨의 고속 디지털 모터와 함께 새로운 막대형 진공청소기인 다이슨 DC35 디지털 슬림을 탄생시켰다. 피터와 나는 이 제품이 진공청소기의 미래상이라고 생각했지만, 이것을 만든 것은 우리뿐이었다. 나는 다른 회사에서 주저하는 이유를 이해한다. 모터는 배터리로 작동하고 배터리의 역사는 좋지 않았으니 말이다. 게다가 모양도 너무 호리호리해 별로 강력해 보이지 않았다. 먼지 통도 상대적으로 작아, 집에서 직접 사용해 보기 전에는 모든 청소 방식을 변화시키리라는 사실을 이해하지 못했을 것이다. 디지털 슬림 제품은 꺼내고 보관하기

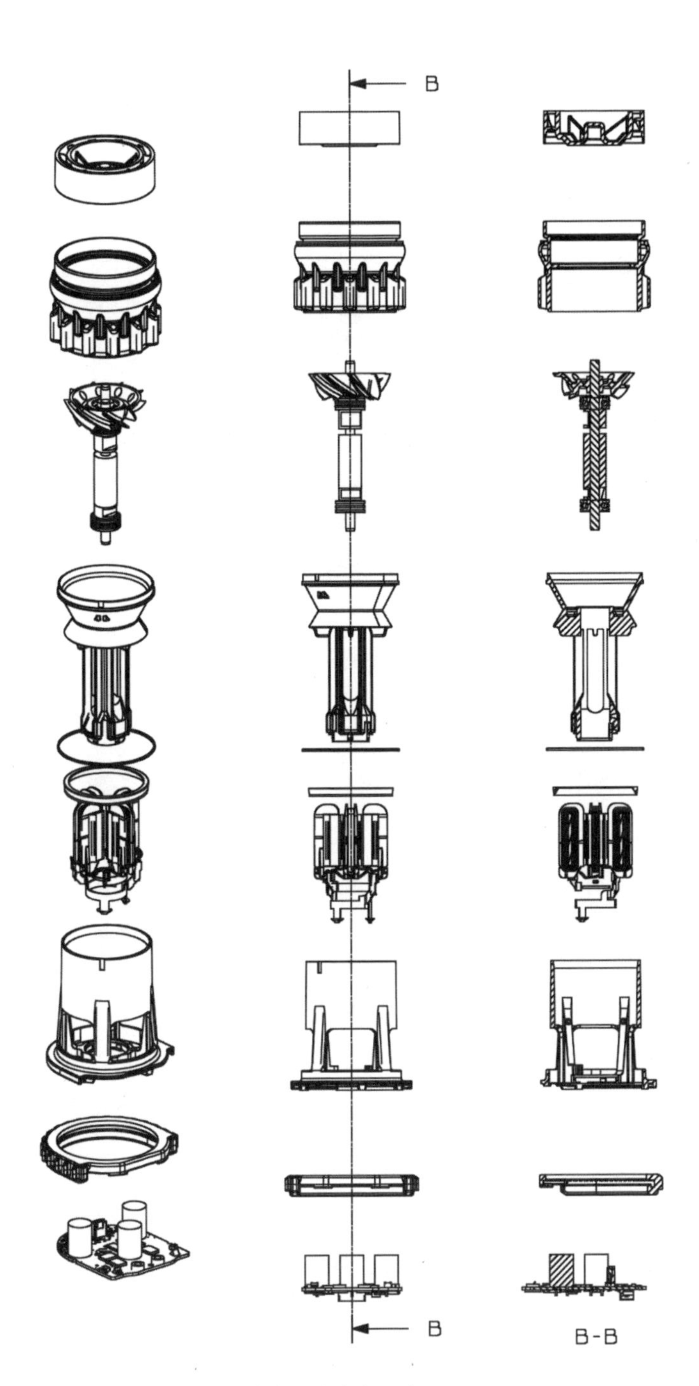

다이슨 디지털 모터 V10

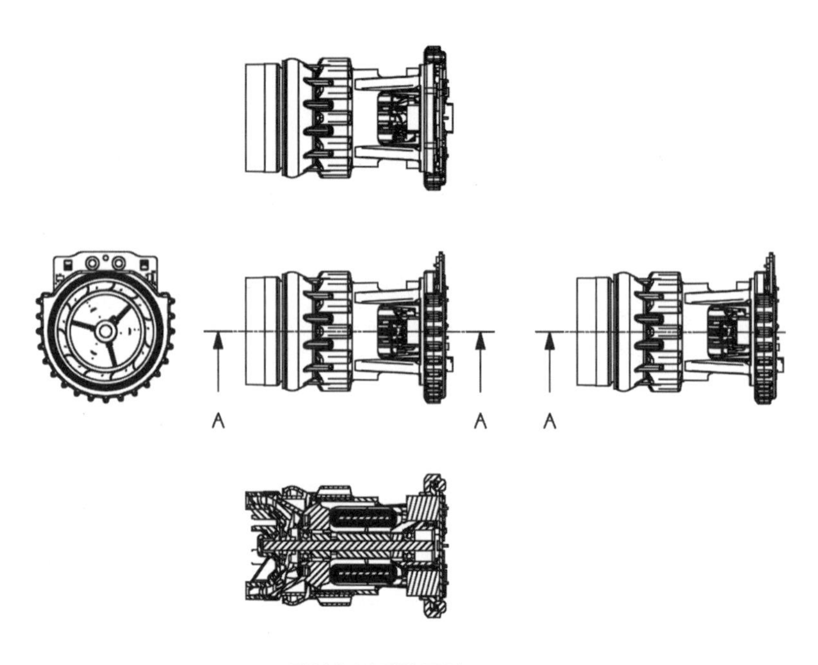

다이슨 디지털 모터 V10

가 너무 편해, 거창한 대청소를 하는 대신 짧게 자주 청소를 할 수 있다.

V2에서 V6, V8, V10까지, 우리는 다이슨 디지털 모터와 함께 중량을 계속 줄이면서 성능 면에도 비약적인 발전을 이루어 왔다. 마이클 패러데이 이후 앤디 클로시어와 턴케이 셀릭이 이끄는 팀이 디지털 모터에 위대한 진보를 이루었다. 그들 이름으로 된 특허도 아주 많다. 2016년 즈음에는 유선 청소기를 버릴 준비가 된 소비자층을 많이 확보했지만, 대부분의 사람은 이런 청소기가 가능하다는 사실을 모르거나 다이슨 진공청소기의 새로운 가능성을 믿지 않았다. 충분히 이해할 만했다. 나는 진

공청소기의 변화에 자동차나 휴대폰처럼 민감하게 반응하는 사람이 많다고 생각하지는 않는다. 경쟁업체들은 오랫동안 거대한 2천4백 와트 혹은 17암페어 모터를 자랑스럽게 생각해 왔다. 당시 다이슨의 판매량은 절반을 무선 청소기가, 나머지 절반을 유선 청소기가 차지하고 있었다. 그래도 우리는 미래 개발 전략을 새로운 발명품에 집중하기로 결정했다.

그 과정에서 우리는 기존 제품인 DC01과 그 후속 제품들을 없애고 더 나은 제품으로 대체하는 것이 바람직하다고 판단했다. 최근 제품은 사용하기도 훨씬 쉬우면서 크기가 큰 제품군보다 흡입력도 더 좋다. 이것은 다이슨의 기반이 된 싸이클론 기술보다 더 중요한 발전이었다. 우리의 최신 발명품은 막대형 진공청소기가 바로 성공의 길이라고, 유레카의 순간처럼 갑자기 깨달은 것이 아니라 작고, 가볍고, 고속으로 회전하는 디지털 모터를 개발하는 지난한 과정을 통해 얻은 것이다.

디지털 슬림 청소기는 가볍고, 자원이 적게 들어가고, 에너지 소비도 적지만, 이전 제품들보다 성능이 훨씬 우수하고 사용하기에도 매우 즐겁다. 이것은 설계, 엔지니어링, 과학이 모두 결합해 탄생한 결과다. 나는 기본적으로 과학자와 엔지니어들이 오늘날 환경 문제를 해결해 나가는 데 정치인이나 환경 운동가들보다 더 많은 일을 할 수 있다고 믿는다. 그들은 말 이상의 것, 즉 해결책을 갖고 있기 때문이다.

새 디지털 슬림 청소기는 이제 유선 청소기보다 열다섯 배나 더 많이 팔리고 있다. 다른 수많은 경쟁업체는 시류에 영합해 피터와 내가 개발 과정에 직접 참여한 우리 제품과 놀라울 정도로 유사한 제품들을 만들어 내고 있다. 새로운 유형의 진공청소기가 갖고 있는 이점과 성능을 우리가 소비자의 마음에 심어 놓을 때까지 기다렸다가, 우리에게 편승해 그 성과를 노력 없이 즐기는 행동은 그들의 아주 전형적인 행태다. 이런 경쟁업체의 제품 중 상당수는 아주 노골적으로 우리 제품을 분해해서 역설계한 복제품이다. 더 나아가 그들은 다이슨의 이미지, 광고 문구, 심지어 활자체까지 비도덕적으로 복제하고 있다.

학교에서는 다른 사람의 작품을 복제하면 퇴학당할 수 있다. 상업적 세계에서는 허용하는 정도가 아니라, 〈경쟁〉이라는 말로 위장해 권장하기도 한다. 영국 특허 소송 판사인 제이컵 재판관은 이런 종류의 복제 행위를 권장해야 한다는 주장 — 2013년에 발생한 애플과 삼성의 특허 소송 사례 — 을 했다. 그의 견해는 옳지 않다. 표절은 다른 제품이 다른 방식으로 작동하고 다른 목표를 달성하도록 촉진하는 것이 아니라, 소비자들의 선택권을 축소시킨다. 표절은 새 기술을 개발하고 소개하는 비용을 회피하는 게으른 행위다. 특허는 특허 출원일로부터 20년간, 실제로 생산 기간으로는 10년에서 15년간, 타인이 자기 발명품을 누군가가 표절할 위험을 방지하면서 상업화할 수 있도록 하기 위해 존재한다. 만일 발명가가 그의 노력을 보상받을 기회를 얻지 못한다면, 더 새롭고 더 좋게 만들려고 연구하는 일에 과연 누가 투자하겠는가?

제이컵 재판관의 말은 제품 디자인의 도용 사례에 적용된 것이지만, 만일 사람들이 모두 그의 생각을 따른다면 예술가, 음악가, 작가 들이 간단히 다른 사람의 작품을 모방해도 문제가 없을 것이다. 우리는 분명 비슷비슷한 제품보다 색다른 것과 독창적인 것을 원한다. 전부 다른 예술가가 작업했지만, 결국 다 똑같은 노래를 반복해서 듣거나, 똑같은 그림을 보고 싶어 할 사람은 없다. 표절 방지법이 예술가들의 권리를 보호하는 것은 매우 정당하다. 하지만 왜 엔지니어링 분야에서는 그렇지 못할까? 어차피 특허는 기술이라는 말로 정의된다. 〈선행 기술〉은 이전에 특허받은 기술을 일컫고, 〈첨단 기술〉은 현재까지 존재하는 선행 기술과 지식들을 종합적으로 요약하는 말이다. 즉, 〈해당 업계 숙련자에게 자명하고 예측 가능한〉 기술인 경우에는 특허가 부여되지 않는다.

특허 제도는 영국의 왕 헨리 4세가 통치하던 15세기에 고안된 이후 거의 바뀌지 않았기 때문에, 이제는 대대적으로 개정되어야 한다고 생각한다. 예를 들면, 20년이라는 기간은 헨리 시대에 정해졌는데 오늘날에는 새로운 기술이 개발, 생산된 후 시장에 출시되기까지 20년이 걸릴 수도 있다. 요즘의 연구 개발 주기를 반영하려면 더 긴 기간이 필요하다. 〈선행 기술〉이라는 모호하고 부적절한 말로 특허권을 약화시키는 것은 특허권이 지니는 범위가 너무 좁아지도록 만들고 여러 가지 우회적인 방법으로 특허 침해를 피해 갈 수 있기 때문에 반드시 해결되어야 할 문제다. 특허 신청 비용도 저렴해야 하고, 특히 개인 발명가나 영세 회사에는 갱신 비용도 할인해 주어야 한다. 마지막으로 최근 개정된 부분도 다시 바꾸어야 한다. 〈처음 발명한 사람〉이 발명품의 특허를 소유해야 한다는 원칙에서 이제 터무니없게도 그 소유가 〈특허를 먼저 출원한 사람〉에게 부여되도록 바뀌었기 때문이다. 특허권은 요즘 종종 발생하는 사례처럼 남의 발명품을 보고 먼저 특허를 출원한 표절자에게 부여해서는 안 되고 발명가에게 부여해야 한다.

다시 다이슨의 이야기로 돌아가자면 우리의 미래가 모터에 의해 좌우된다고 볼 때, 모터에 동력을 공급할 적합한 종류의 신기술 배터리가 필요했다. 이것이 바로 배터리 기술에서 비약적 도약을 위한 탐구가 시급하게 시작된 이유였다. 우리는 당시 전 세계 리튬 이온 배터리 공급량의 6퍼센트를 소비하고 있었기 때문에, 최신 기술 — 우리의 배터리 기술 개발에 대해서는 다음 장에서 더 자세히 살펴보겠다 — 을 개선할 필요성이 절실했다.

우리는 한동안 비밀리에 공기 블레이드 기술*을 실험하고, 복잡한 컴퓨터 프로그램을 이용해 유체 역학 모델 프로젝트를 실험해 왔다. 그러다가 공기 블레이드를 손 쪽으로 향하게 하면 피부에 물결을 일으킨다는 사실을 알고는, 시속 약 650킬로미터의 고속 공기 블레이드가 가진 힘에 매료되었다. 혹시 그 공기 블레이드가 손의 물기를 닦아 낼 수 있을지 궁금해졌다. 실험 결과는 예상대로였다. 나는 손을 말릴 때 시간이 너무 오래 걸려, 결국 걸어 나오면서 남은 물기를 청바지에 문지르게 만드

* 회전하는 날개 대신 공기 자체를 빠르게 이동시켜 강력한 바람을 만드는 기술.

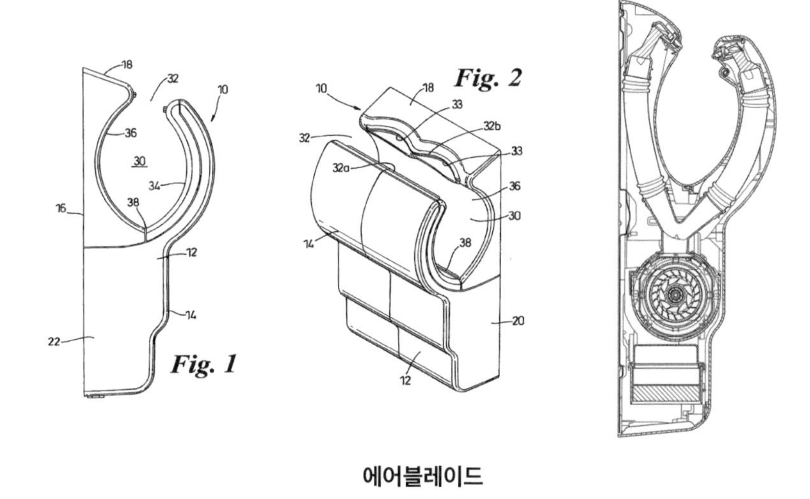

에어블레이드

는 공중화장실의 시끄러운 핸드 드라이어에 너무 익숙해져 있었다. 하지만 공기 블레이드는 자동차의 와이퍼처럼 손에 묻은 물기를 꽤 잘 닦아 내며 거의 순간적으로 손을 건조시켰다. 우리는 우연히 새로운 형태의 핸드 드라이어를 개발할 수 있었다. 게다가 이 제품에는 히터도 필요 없었다.

기존 핸드 드라이어들은 물을 수증기로 만들어 증발시키기 위해 3천 와트의 히터를 사용했다. 이는 시간도 오래 걸리고 에너지도 많이 소비하게 된다. 손의 천연 유분을 제거해 건조하기 때문에 피부에도 좋지 않다. 그러나 우리는 공기 블레이드만 있으면 3천 와트의 히터도 필요 없다는 사실을 발견했다. 전력은 750와트만 필요하고 건조 시간도 10초로 줄어든다. 모터 가동 시간이 일반적인 가열 방식의 핸드 드라이어보다 3분의 1 수준인 것이다.

2006년에 우리는 어떤 시장 조사도 하지 않고 최초로 유선 디지털 모터로 구동되는 핸드 드라이어인 다이슨 에어블레이드를 생산하기 시작했다. 그동안 핸드 드라이어는 그다지 사랑받지 못한 제품군이었기 때문에 우리는 우리의 직감을 따랐다. 다이슨 에어블레이드는 손을 건조시키는 속도 — 공기 이동 속도가 시속 약 700킬로미터, 혹은 슈퍼마린 스핏파이어의 최신 모델이나 P51-D 머스탱* 속도 — 와 에너지 소비 효율 덕분에 호텔, 공항, 학교, 병원으로 빠르게 팔려 나갔다. 이 제품은 종이 타월보다 탄소 발자국을 여섯 배 적게 발생시킨다. 소리가 약간 걱정되었기 때문에, 그 후 지속적으로 그 소리를 줄이려고 노력했다. 하지만 다이슨 에어블레이드를 건물 화장실에 설치하는 일을 맡은 건축업체로부터 뜻밖의 이야기를 들었다. 소리가 어느 정도 들려야 화장실에서 나간 사람이 손을 씻었는지 알 수 있기 때문에 오히려 소리 나는 것을 선호한다는 것이다.

다이슨 에어블레이드는 센서에 의해 작동되기 때문에 비접촉 방식으로 사용할 수 있다. 모터가 적외선 센서에 의해 작동되고 화장실 공기 중 박테리아와 바이러스를 포함한 입자들을 걸러 내는 헤파 필터가 장착되어 있다. 우리는 다이슨 에어블레이드 수전(水栓)도 만들었다. 싱크대 위로 커다란 지름의 스테인리스 스틸 관이 튀어나와 따뜻한 물을 내보내고 항공기 날개처럼 양쪽으로 돌출된 부분에서 공기 블레이드가 손을 건조시켜 준다. 즉, 화장실 안에서 손을 씻은 후 건조하는 곳이 따로 필

* 미국에서 영국 공군을 위해 제작해 생산한 전투기.

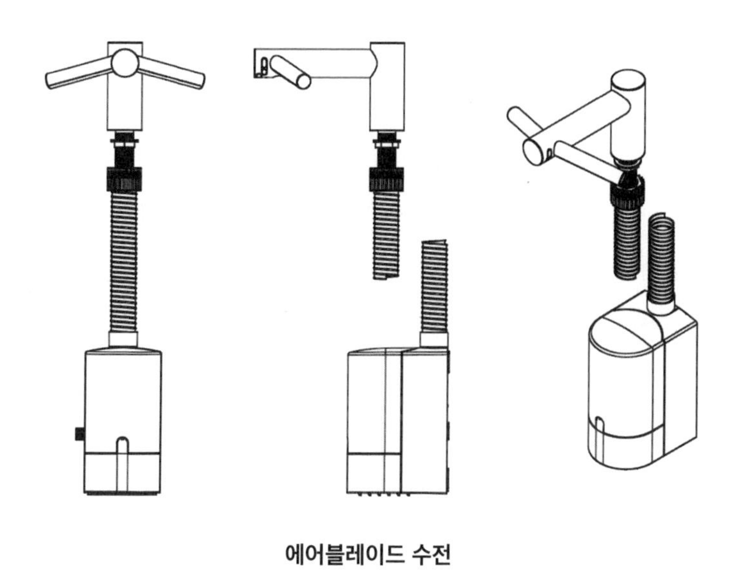

에어블레이드 수전

요 없다는 말이다. 빠르고, 효과적이며, 바로 그 자리에서 건조하기 때문에 손에 묻은 물방울이 바닥에 떨어질 염려 없이 바로 세면대로 흘러 들어간다. 이 수전은 우리 집 화장실에도 있다.

다이슨 에어블레이드가 시장에 진출한 후에도 여전히 종이 타월 산업은 손 건조 제품 시장에서 매년 90퍼센트를 점유하고 있으며, 그 가치는 수십억 달러에 달한다. 종이 타월을 생산하는 대형 업체들은 수익성이 높은 현 상태를 지키고 싶어 한다. 다이슨 에어블레이드는 시장 점유율이 매우 낮은데도 불구하고 거대 종이 타월 협회의 관심을 끌었고, 그들은 자신들의 사업을 이대로 유지하고 싶은 욕심에 화장실에서 더러운 전략을 꾀하기 시작했다.

브뤼셀에 있는 유럽 티슈 심포지엄이 다이슨 제품을 좋지 않아 보이게 만드는 연구를 타 기관에 의뢰했다. 유럽 티슈 심포지엄은 킴벌리클라크와 스웨덴의 에시티 AB 등과 같은 거대 기업을 회원으로 보유하고 있으며 종이 타월 사업의 이익을 대변하는 그룹이다. 우리가 발견한 바에 따르면 이런 연구는 흔히 잘못된 가정을 기초로 하기 때문에 오해의 소지가 있는 결과를 도출한다. 그 결과는 이 세상의 화장실에 불필요한 종이 타월을 계속 사용하게 하려는 목적에 이용된다. 여러 과학적 연구에서 다이슨 에어블레이드가 빠르고 효과적이며 위생적이라는 사실을 보여 주고 있음에도, 종이 타월 산업은 오랜 기간 협력해 온 두 명의 컨설턴트에게 연구를 의뢰했다. 그들은 다이슨 에어블레이드가 손 위에 바이러스를 퍼뜨리는 박테리아의 수를 증가시킨다고 주장했다. 이렇게 대담하고 부정확한 결론을 도출하기 위해 그들은 말도 안 되는 방법을 사용했다. 장갑을 낀 손에 닭고기의 박테리아와 바이러스를 묻힌 다음 씻지도 않고 다이슨 에어블레이드로 말린 것이다. 이는 결코 다이슨 에어블레이드를 사용하는 실제 상황을 시뮬레이션한 것이라고 할 수 없다.

일반적으로 그렇게 엄청난 양의 박테리아와 바이러스가 사람의 손에 묻을 일은 결코 없고, 손을 씻은 후에는 더더욱 그렇다. 불합리한 조건의 실험에서도 다이슨 에어블레이드를 사용했을 때 공기 중에 퍼지는 입자가 거의 없는 것으로 나타났다. 이와 상반되게, 브래드퍼드 대학교에서 진행한 연구에 따르면 다이슨 에어블레이드는 박테리아가 손으로 이전되는 것을 40퍼센트까지 감소시키며 내부에 장착된 헤파 필터가 화장실

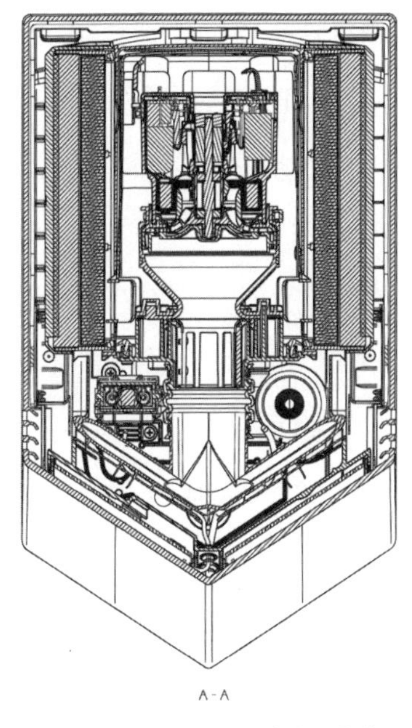

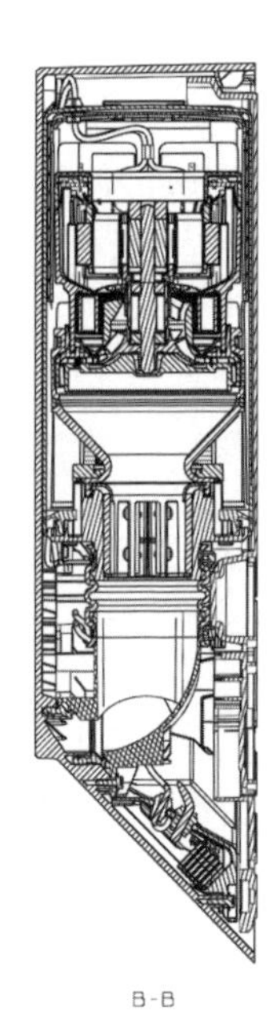

에어블레이드 V

공기를 정화시키는 것으로 드러났다. 종이 타월과 관련해 무엇보다 가장 심각한 문제는 종이 타월의 생산과 배송에 소비되는 나무, 물, 기름의 양이 엄청나다는 점이다.

종종 그래 온 것처럼, 다이슨 에어블레이드의 개발 과정에서 우리는 면밀한 연구와 관찰을 통해 다른 제품, 예를 들면 다이슨 쿨 선풍기나 더 나아가 히터, 가습기 및 공기 청정기 등에 적용할 수 있는 원리를 깨달았다. 공기 흐름에 대한 연구를 통해, 다이슨 에어블레이드를 탄생시킨 초고속 공기 블레이드가 그 뒤쪽에서 더 많은 공기를 유도할 수 있다는 사실을 알았다. 이것은 바로 에어포일* 및 항공기 날개의 원리였다. 이것은 18세기 스위스의 수학자이자 물리학자인 다니엘 베르누이가 유체 역학에 관해 제시한 수학적 공식 〈베르누이의 원리〉에 따라 작동하는 것이다. 항공 산업에서 잘 알려진 이 원리는 고속의 공기로 인해 소규모 블레이드가 존재하는 경우, 즉 우리의 경우 환형 부분 — 둥근 테의 직경 전체에 걸쳐 공기가 확장되며 빠져나가는 좁은 구멍 — 으로부터 고속의 공기 흐름이 있으면, 그 뒤쪽에서 저압의 공기 또는 흡입 영역이 생성되는 원리다. 따라서 아주 적은 양의 공기 흐름으로 몇 배 더 큰 공기 흐름이 만들어진다.

모터에 의해 다이슨 쿨 선풍기의 바닥 쪽으로 초당 약 27리터의 속도로 흡입된 공기는 에어포일 모양의 고리를 통과하면서, 낮은 압력 혹은 흡입력을 발생시켜 뒤쪽에서 공기를 끌어당겨 공기 흐름을 초당 약 405리터까지 배가시킨다. 공기 흐름을 가속하기 위해 기존 선풍기처럼 날개가 필요하지 않은 다이슨 쿨 선풍기는 작동 중에도 안전하고 조용하며, 지속적이고 반복적인 개선을 통해 더 나은 성능을 갖추었다. 날개가 있는 선풍기는 공기 흐름을 토막 냄으로써 그 기류 안에 있는 사용자들이 불편하게 느낄 수도 있는 불균일한 공기 흐름을 발생시킨다. 다이슨 쿨 선풍기는 공기 흐름에 대해 다시 생각하며 고안해 낸 제품이다. 전기 선풍기의 설계 구조는 1882년에 스물두 살 전기 엔지니어 스카일러 휠러 — 그의 진짜 발명품은 전기 엘리베

* 양력을 최대화하고 항력을 최소화하도록 효율적으로 만든 유선형의 날개 단면.

이터였다 — 가 첫 선풍기로 알려진 모델을 만든 이래 거의 동일하다. 전통적인 선풍기들은 무거운 모터가 가운데 있어, 선풍기 상단에 무게가 실려 지속적으로 각도 조절 장치가 헐거워진다. 하지만 다이슨 쿨 선풍기는 모터가 바닥 쪽에 있어, 무게 중심 역시 바닥의 중앙에 있다. 우리는 무게 중심을 축으로 선풍기를 회전시키는 원리를 발견했다. 이로써 어떤 기울기나 방향을 선택해도 조절 장치를 다시 고정하거나 조일 필요 없이 완벽하게 균형을 유지할 수 있다.

시간이 지나고 생각해 보니, 다이슨 쿨 선풍기는 한겨울에 뉴욕이 아니라 호주나 일본, 혹은 덥고 습한 다른 지역에서 출시했어야 한다. 나는 CNBC와 인터뷰를 하기 위해 새벽 4시에 뉴저지주로 운전해서 갔다. 진행자는 방송 내용을 사업 성공 신화 같은 것으로 만들고 싶어 했지만, 나는 단순히 발명 그 자체나 기술에 관한 내용이 되기를 바랐다. 그래서 인터뷰 분위기를 그런 방향으로 바꾸어 보려고 필사적으로 노력했다. 인터뷰 도중에 다이슨 쿨 선풍기의 도넛처럼 생긴 구멍 속으로 내 머리를 밀어 넣었다. 나의 행동으로 분위기가 즉시 바뀌었다. 진행자 중 한 명이 그 다이슨 쿨 선풍기로 머리를 말려 보자고 말하자 다른 사람이 진짜로 그것을 시도해 보았다. 약간 무모한 행동이 텔레비전에 나온 덕분에 다이슨 쿨 선풍기에 대한 소문이 나기 시작했다. 다음 날 아침 나는 머리를 구멍 속으로 처박는 모습을 더 화끈하게 보여 주기를 바라는 「굿모닝 아메리카」에 초대받았다.

그 방송이 나간 후, 나는 맨해튼의 택시 안에서 피터 갬맥에게 전화를 걸었다. 「여기 날씨가 너무 춥네. 난방기를 하나 만들어야겠어.」 그래서 우리는 히터를 만들기 시작했다. 히터를 만드는 것은 쉬운 일이 아니었다. 나는 어릴 때 사용하던 히터를 떠올렸다. 먼지 타는 냄새가 진저리 날 정도로 진동하고, 뜨거운 공기와 먼지를 한 방향으로만 뿜어 대고, 팬이 돌아갈 때 거의 발작을 일으킬 만큼 윙윙거리는 소리를 내는 히터였다. 방 안에 은은한 열기를 생성하고, 그 온도를 조절해 주는 히터를 고안하고 싶었다. 손으로 만져도 될 뿐만 아니라, 먼지를 태우거나 냄새가 나지 않는 히터를 원했다. 우리는 PTC 특성*을 가진 반도체 세라믹 스톤을 다이슨 쿨 선풍기 기술과 결합해 히터를 만들기로 결정했다. 그로 인해 히터 주변뿐 아니라 전체 공간을 가열할 수 있는 히터가 탄생했다.

핸드 드라이어와 진공청소기 개발 과정에서 헤파 필터의 과학에 대해 많이 배울 수 있었다. 그 결과 유해한 오염 물질을 걸러 내면서 냉온방 기능을 갖춘 공기 청정기를 개발했다. 부수적인 효과이긴 하지만 30와트짜리 다이슨 쿨 선풍기가 2천 와트짜리 에어컨보다 에너지 소비 효율이 훨씬 좋았다. 피부에 일상적인 바람이 닿으면 습기가 증발해, 결국 약 4도의 냉각 효과가 발생한다. 아주 극단적인 상황만 아니면 충분한 냉각 효과다. 그 결과 엄청난 에너지 절약을 할 수 있을 뿐 아니라, 전통적인

* 정온도 계수 혹은 이 계수가 큰 재료를 말한다. 특정 온도 이상에서는 전기 저항이 급격히 증가하기 때문에 전류 제한 및 회로 보호 기능이 있다.

에어컨이 가동되는 방에 있는 것보다 훨씬 더 편안하고 건강한 느낌을 받는다.

다이슨은 공기 청정기에 탄소 필터와 함께 헤파 필터를 사용한다. 헤파 필터가 아주 작은 미세 입자까지 잡아들이는 동안 활성 탄소 필터는 포름알데히드와 같은 유해 가스를 포착한다. 하지만 탄소는 너무 빨리 유해 가스로 포화 상태에 이르기 때문에, 결국 〈폐가스 배출〉 현상이 생긴다. 즉, 포집한 유해 가스를 다시 방으로 재방출하는 과정이 발생하는 것이다. 우리는 폐가스 배출 현상 없이도 평생 제품을 사용할 수 있는 포름알데히드 포착 방법을 개발했다. 여기에는 포름알데히드 입자들을 촉매로 포집한 다음 아주 적은 양의 무해한 물과 이산화 탄소로 바꾸어 주는 우리 고유의 〈크립토믹〉이라는 기술이 사용되었다. 크립토믹에 사용되는 물질인 크립토멜레인은 포름알데히드를 파괴할 수 있는 수십억 개의 원자 크기의 터널을 가진 것이 특징이다.

사람들은 대부분의 시간을 실내에서 보낸다. 그리고 실내 공기 오염은 실외보다 다섯 배나 더 심각할 수 있다. 다이슨 퓨어 핫 앤 쿨 공기청정기는 공기 오염 물질을 정화할 뿐 아니라, 제품과 앱을 통해 그 오염 물질의 정체를 실시간으로 알려 준다. 포름알데히드는 가구, 페인트, 나무 바닥, 향초, 음식, 세제, 장식품, 식물 등 집 안에 있는 여러 가지 물질에 의해 방출된다. 이런 것들은 특히 중국에서, 단지 피부에 자극적일 뿐만 아니라 천식이나 특정 암의 원인으로 밝혀진 것처럼 많은 문제점을 야

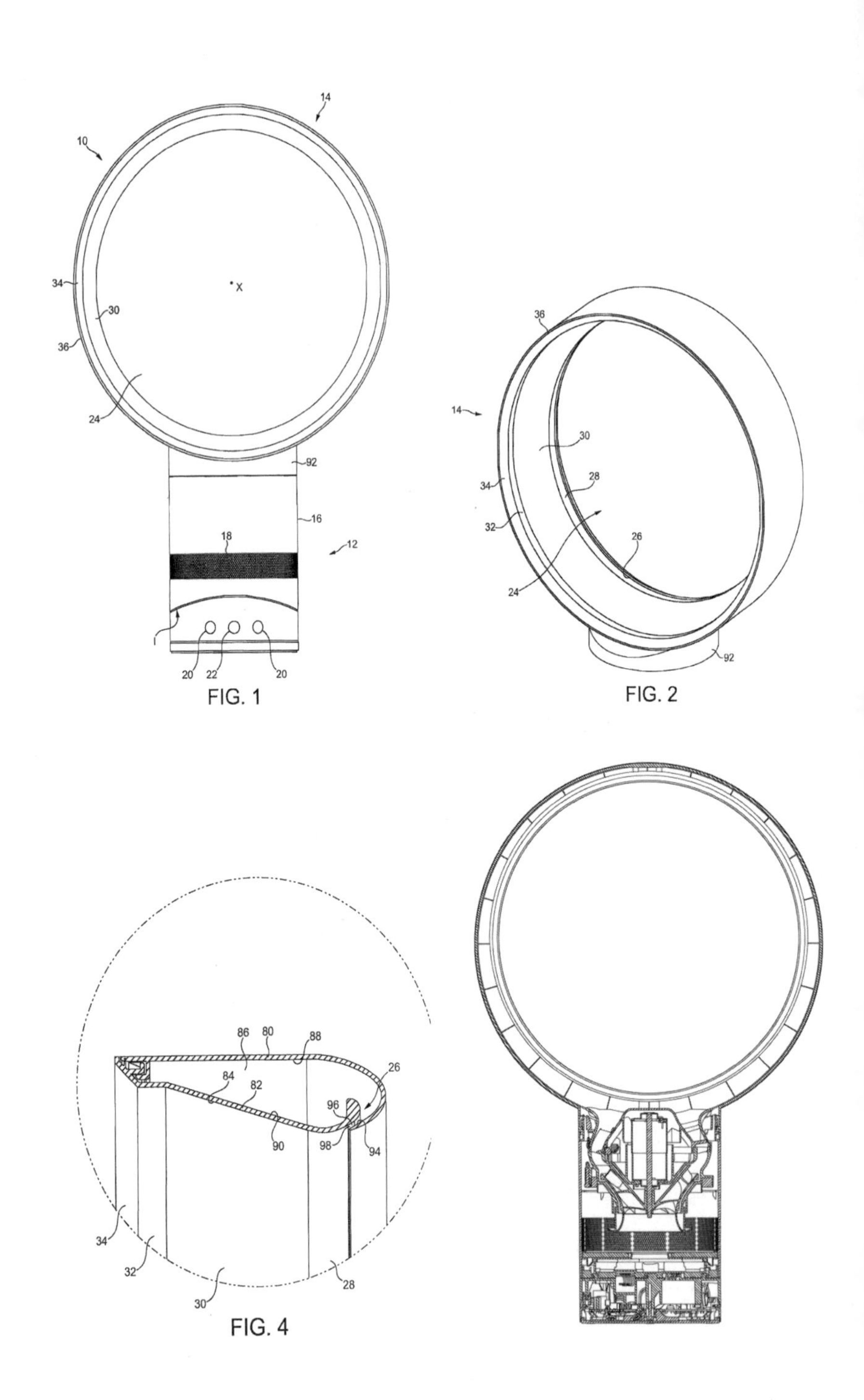
14
10
X
34
30
36
24
92
16
18
12
20
22
20
FIG. 1
36
14
30
34
28
32
26
24
92
FIG. 2
86
80
88
26
84
82
96
90
98
94
34
32
28
30
FIG. 4

다이슨 쿨 선풍기

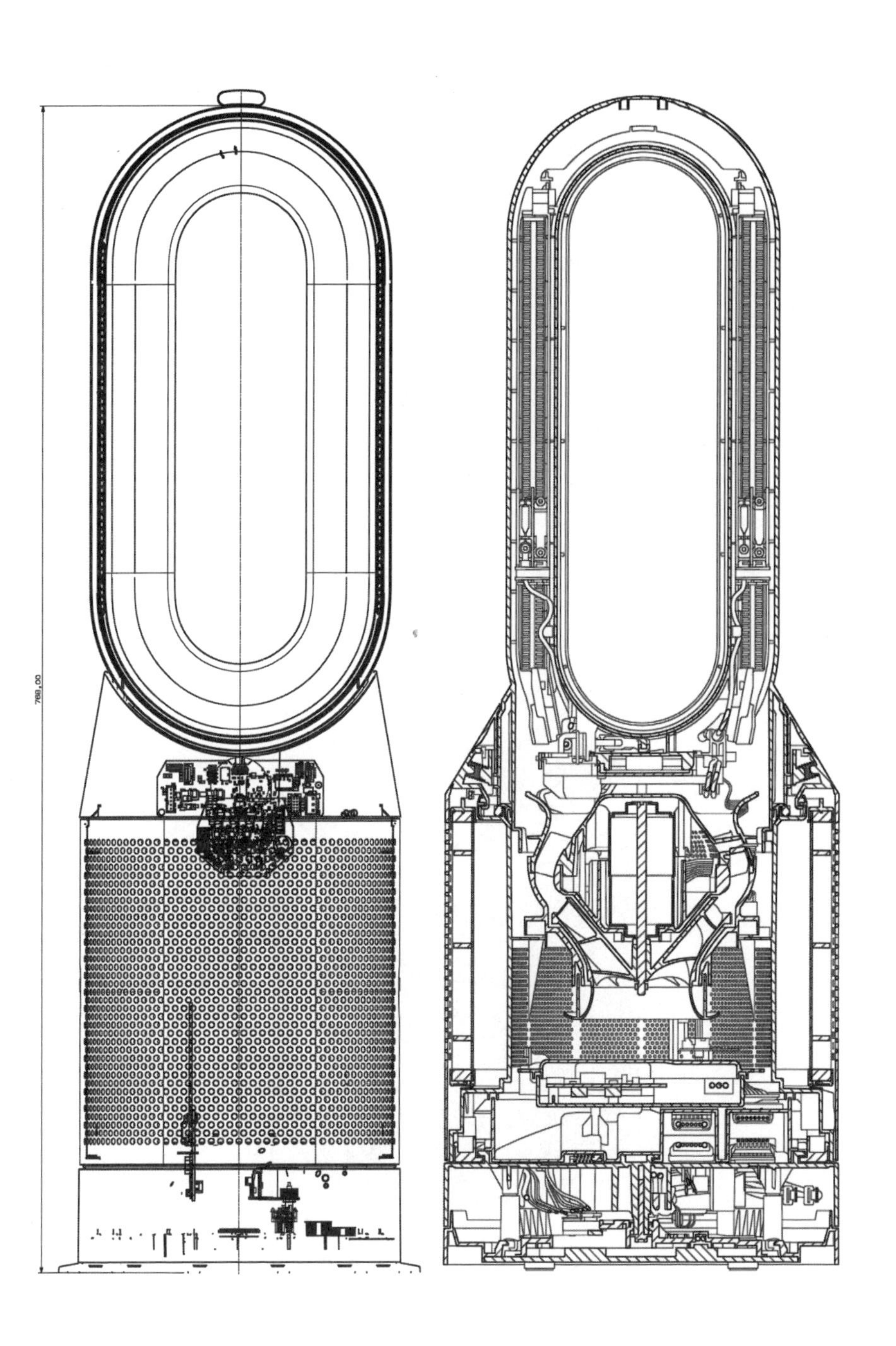

퓨어 핫 앤 쿨 공기청정기

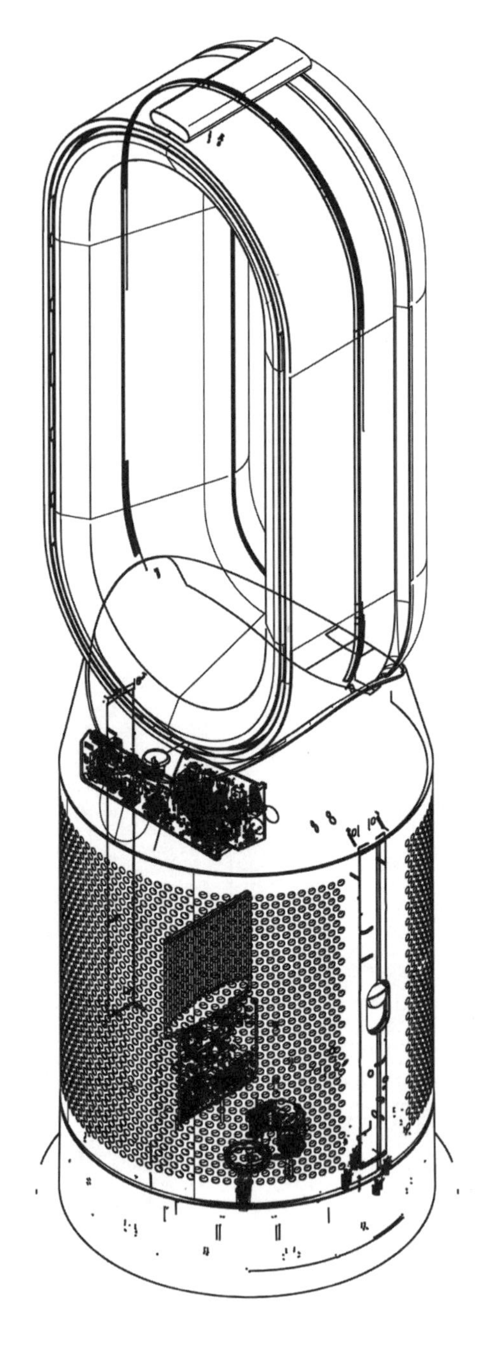

퓨어 핫 앤 쿨 공기청정기

기한다. 다이슨 퓨어 핫 앤 쿨 공기청정기는 아주 효과적이며, 소비자들에게 다른 공기 청정기들이 제공하지 않는 안심을 선사한다.

피터와 나는 디지털 모터 프로젝트를 시작할 때, 진공청소기에 필요한 것보다 훨씬 작은 모터를 만들어 헤어드라이어에 들어 있는 부피가 크고 무겁고 비효율적인 모터를 대체해야 한다는 이야기를 나누었다. 기존 헤어드라이어 모터들은 직경이 약 50밀리미터 혹은 그보다 큰 팬을 가지고 있다. 우리는 직경이 약 28밀리미터이면서도 기존 모터들보다 훨씬 가벼운 모터를 만드는 것을 목표로 삼았다. 이 목표를 이룰 수 있다면, 헤어드라이어 손잡이 안에 모터가 들어가는 것도 가능하기 때문에, 헤어드라이어의 무게 중심이 손바닥 안에 위치할 것이었다. 다른 헤어드라이어의 무거운 모터들은 손잡이에서 멀리 있어 사용할 때 더 무겁게 느껴진다. 한편 다이슨 헤어드라이어의 상단 부분에는 전자 제어 장치, 히터, 그리고 중간에 큰 구멍 혹은 공기 통로만 있다.

헤어드라이어 역시 수억 명의 사람이 자주 사용하지만, 기술의 발달 없이 과거에 얽매여 있는 제품 중 하나였다. 기존 헤어드라이어들은 무겁고 사용하기 불편했다. 대부분 잔인할 만큼 과도한 열로 머리를 말리는 데만 목적을 둔 듯했다. 그리고 개인적 경험에 의해, 누군가가 아침 일찍 헤어드라이어를 사용하면 집 안의 모든 사람을 깨울 만큼 소리가 크다는 사실도 잘 알고 있었다. 모발이 상하지 않으면서 머리카락을 빠르게 말려 주는 가볍고 조용한 헤어드라이어는 없을까?

더 좋은 헤어드라이어를 개발하기 위해 우리는 복잡한 연구 분야이긴 하지만, 우선 모발의 과학적인 부분을 이해하고 싶었다. 나는 직접 경험하며 배우기 위해 머리를 길렀다. 나뿐만 아니라 많은 남성 엔지니어가 여성 동료들의 머리 길이를 따라잡으려고 머리를 기르기 시작했지만, 같이 사는 동거인들에게 그 이유를 말하지 못했다. 우리의 일이 다 그렇듯, 비밀 프로젝트였기 때문이다. 모발 및 두피 전문 치료사나 모발 과학자들이 팀에 합류했고, 엔지니어들은 머리를 스타일링하는 방법을 포함해 모발에 대해 배우기 위해 대학 강의를 듣기도 했다.

모발은 두 개의 층으로 이루어져 있다. 표피는 〈큐티클〉이라는 여러 층의 평평한 세포로 이루어져, 지붕의 타일처럼 모발이 손상되는 것을 보호해 준다. 모발의 내부 및 주요 구조는 〈케라틴〉이라는 단백질로 이루어진 유모 세포들로 가득 차 있다. 이것은 모발에 힘과 탄력을 주며, 모발의 색상을 결정하는 멜라닌 색소를 함유하고 있다. 모발은 죽은 세포들로 이루어져 있기 때문에 그 자체로는 회복 기능이 없다. 열에 의해 손상되면, 새로 뿌리에서 모발이 자라기까지 손상된 상태로 남아 있다.

과도한 열은 모발 피질 내부의 수소 결합 구조에 돌이킬 수 없는 손상을 가한다. 결합 구조가 건강해야 모발의 힘과 탄력성이 좋고, 모발을 스타일링할 수도 있다. 150도 이상 온도에서 알파 케라틴은 서서히 베타 케라틴으로 전환되고, 시간이 지나면서 머리는 점점 더 약해지고 탄력성이 떨어진다. 온도가 230도가 넘으면 강력한 이황화물 결합이 빨리 붕괴하면서 모발이 타거나 녹는다. 그렇게 되면 모발 표면에 큰 구멍이 생기고 반사성이 저하되어, 윤기와 광택이 줄어들고 손상된다.

따라서 강력한 공기 흐름과 열의 강도를 아주 정밀하고 정확하게 조절할 수 있어야 했다. 모발은 유전적 차이나 인종에 따라 힘과 탄력성이 다르지만, 그래도 모발이 건강하면 더 오래 버틸 수 있고 더 길게 자랄 수 있다. 모발의 구조는 우리가 생각한 것보다 훨씬 더 흥미로웠는데, 복제하는 것이 거의 불가능했다. 우리는 각 인종을 대표하는 모발 — 직모, 반곱슬, 곱슬, 흑인의 모발 등 — 과 다양한 두께의 모발을 골고루 구매했다. 그런 다음 열과 다른 스트레스에 노출시켰을 때 각각 어떻게 반응하는지 시험했다. 시험에 사용된 모발은 샴푸나 헤어 제품을 전혀 사용하지 않은 자연 상태여야 했다.

고속의 공기 흐름을 통제하기 위해, 우리는 다이슨 쿨 선풍기를 개발하면서 축적한 공기 흐름에 관한 지식을 적용했다. 이를 통해 공기 흐름을 증폭시켜 고압 및 고속의 기류를 만들 수 있었다. 하지만 헤어드라이어에는 근본적으로 새로운 유형의 모터가 필요했다. 다른 헤어드라이어는 회전 날개로 공기 흐름을 만들기 때문에, 제품이 모발 근처에 가까워질수록 공기 흐름이 제한되어 온도가 급격히 상승하고 모발에 회복 불가능한 손상을 가한다. 따라서 공기 흐름이 제한적일 때도 고속의 공기 흐름을 전달할 수 있는 고압 터빈이 필요했다.

다이슨 슈퍼소닉 헤어드라이어는 모든 다이슨 제품과 마찬

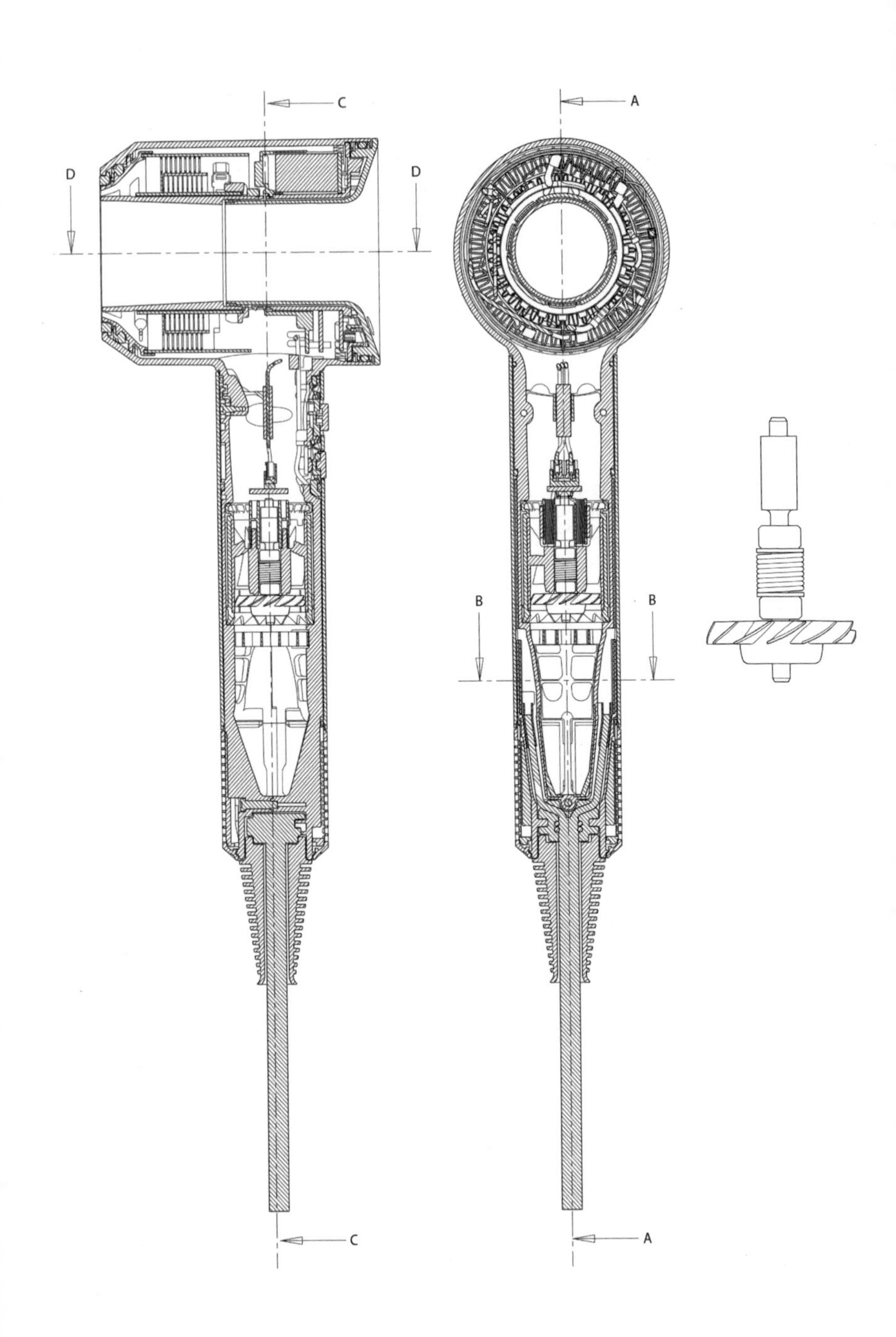

슈퍼소닉 헤어드라이어

가지로 사내 연구소에서 테스트를 거쳤다. 다이슨에는 제품의 순수한 소리를 녹음하고 분석할 수 있는 〈반(半)무향실〉이 있다. 이 음향 테스트실은 소리의 울림을 방지하기 위해 표준 형태에 맞게 설계되어 있다. 다시 말해 벽이 서로 평행을 이루지 않고, 벽과 천장이 길쭉한 피라미드 모양의 흡음재로 덮여 있다. 바닥까지 피라미드 모양의 흡음재로 덮여 있다면 완전한 무반향실이 되겠지만, 그럴 경우에는 그 위에서 걷거나 작업하기 어려울 것이다. 소리와 울림이 전혀 없는 공간에서 어느 정도 시간을 보내면 반사되는 소리가 전혀 없어 어지러움을 느끼기 시작하기 때문이다.

반복적인 실험과 지속적인 개선 과정을 통해 임펠러에 달린 블레이드를 기존의 것보다 두 개 더 많은 열세 개로 늘렸다. 조금 뒤늦게 변경한 사항이긴 하지만, 그로 인해 고속 모터에서 생성되는 특정 주파수가 제거되어 초음파가 되었다. 즉, 인간의 가청 범위를 벗어났다. 이것은 경쟁업체들의 헤어드라이어보다 우리 헤어드라이어가 더 조용하다는 의미다. 우리 헤어드라이어를 슈퍼소닉*이라고 부르는 이유이기도 하다.

우리는 출시하기 몇 주 전에 이 사실을 발견했다. 그럼에도 항공 우주 분야에서 사용하는 수준의 일체 성형 알루미늄으로 임펠러를 제조하는, 고도로 정교하게 자동화된 생산 라인 덕분에 변경 사항을 즉시 적용할 수 있었다. 변경 사항은 맘즈버리에서 네트워크를 통해 전달되었다. 그렇기 때문에 싱가포르에

* 〈초음파〉라는 뜻.

서 생산에 참여한 소수의 사람들은 이에 대해 알지 못했다.

4년 동안 103명의 엔지니어와 함께 5천5백만 파운드를 들여, 약 6백 개의 헤어드라이어 시제품을 만들었다. 이번에도 수요를 너무 적게 예측하는 바람에 제품이 빠르게 소진되었다. 다이슨 슈퍼소닉 헤어드라이어에 대해 듣자마자 패션 디자이너 카를 라거펠트는 자신을 위해서가 아니라 그가 사랑하는 고양이 초셋 — 이 고양이는 25만 팔로워를 보유한 인스타그램과 트위터 계정까지 가지고 있었다 — 을 위해 구하고 싶어 했다.

한편 우리는 기류가 물체의 표면을 따라 흐르게 하는 코안다 효과*에 매료되어, 이것이 배럴에 모발을 감는 방식으로 컬을 만드는 데 이용할 수 있을지 궁금했다. 그 결과 2018년에 다이슨 에어랩 스타일러가 출시되었다. 다이슨 에어랩 스타일러는 과도한 열이 아니라 바람으로 스타일링을 해주기 때문에 모발 손상이 적다. 코안다 효과는 1930년대 중반 루마니아 출신 발명가 헨리 코안다의 이름을 딴 것이다. 그는 이 원리를 과학적으로 확인했으며, 항공 우주 산업에 적용하기 위해 발전시켰다.

모발을 원형 브러시나 기계적 방식이 아니라 바람을 이용해 배럴에 감으면, 컬이 완벽한 모양이 되어 배럴에서 떨어진다. 다이슨 에어랩 스타일러는 — 우리가 그 제품과 함께 사용할 수 있도록 발명한 — 다양한 구성품들을 이용해, 낮은 열로 온갖 종류의 컬과 자연스러운 웨이브를 만들거나 심지어 곧게 펼 수도 있다. 제이크와 나는 뉴욕, 파리, 그리고 도쿄의 출시 행사 무

* 유체가 곡면을 흐를 때 표면에 달라붙는 경향.

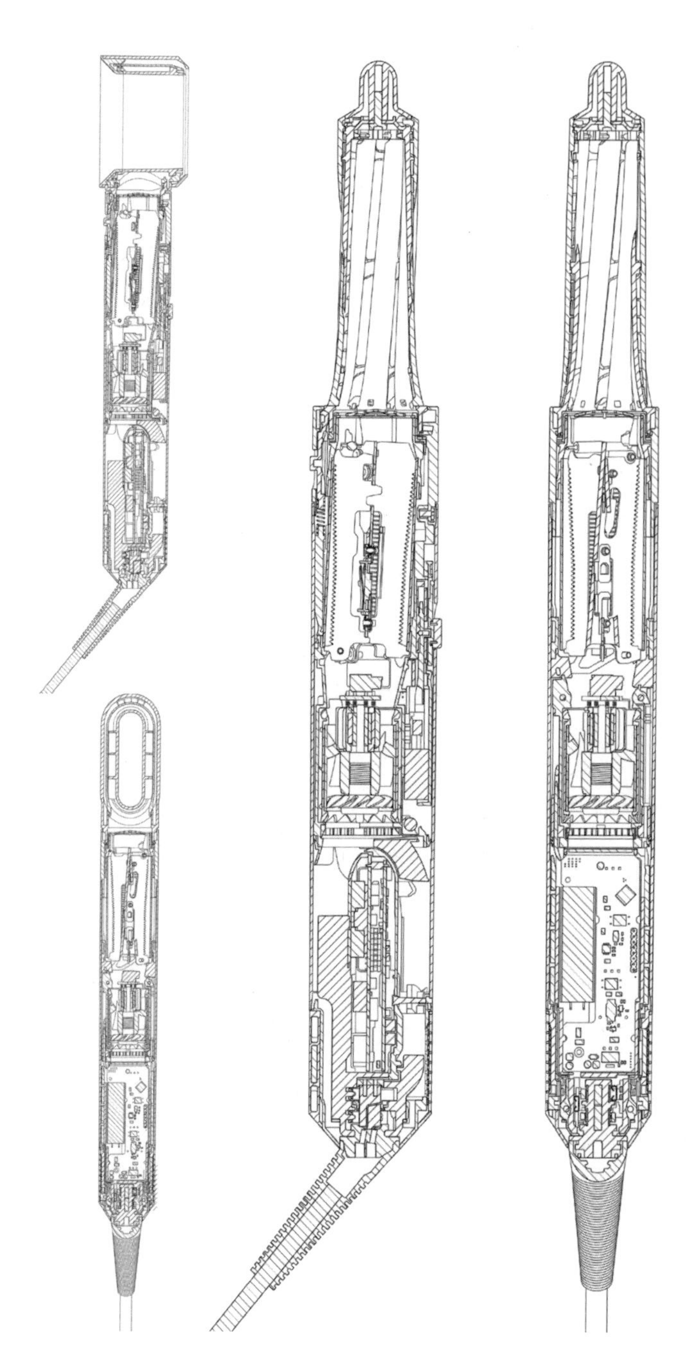

다이슨 에어랩 스타일러

대에서, 이 제품이 얼마나 사용하기 쉬운지 보여 주기 위해 직접 컬을 만들어 보이기도 했다.

우리는 또한 시중의 스트레이트너들이 210도 혹은 심지어 230도의 열을 사용할 때 모발에 미치는 손상 정도를 살펴보았다. 기존 스트레이트너들은 사용자가 머리카락의 양을 원하는 만큼 쥐고 납작한 플레이트로 쓸어내려야 하는데, 이는 열과 장력을 이용한 원리다. 이때 선택한 머리카락의 양이 적당히 두툼하면 플레이트에 잘 잡히지만 너무 적으면 그렇지 못하다는 점이 문제였다. 그래서 두툼한 부분은 잘 펴지지만 양이 적어서 잘 잡히지 않은 부분은 펴지지 않은 채로 남는다. 모든 모발을 곧게 펴기 위해서는 온도가 점점 증가하는 플레이트에 머리카락을 여러 번 통과시켜야 한다. 반면 다이슨 코랄 스타일 스트레이트너는 신축성 있는 플레이트를 사용함으로써, 양쪽 플레이트의 장력이 지속되어 머리카락이 빠지지 않도록 깔끔하게 유지시킬 수 있다. 균일한 열과 장력으로 모발을 다루고, 플레이트를 통과하는 횟수도 적기 때문에 열에 의한 모발 손상이 적다.

또한 20도 정도 낮은 열로도, 더 빨리 원하는 형태로 스타일링할 수 있다는 것을 발견했다. 또 다른 흥미로운 발견은 스타일링할 때 모발을 두툼하게 잡으면 플레이트에 인접한 모발 표면에 냉각 효과를 제공한다는 것이다. 따라서 열이 과도하게 오르지 않는 효과가 있었다.

신축성 있는 플레이트는 개발하기 어렵지만, 제조하기는 더 어려웠다. 이 플레이트는 베릴륨이라는 구리로 만들어 잘 휘어지는 특성이 있다. 표면을 여러 개의 단면으로 나누어 두께를 줄이고 구부릴 수 있는 능력을 키우면 훨씬 더 많이 휘어질 수 있었다. 기계를 이용해 시제품을 만들었지만 생산하기까지 너무 오래 걸렸다. 우리는 오일을 담은 통에 구리를 넣은 다음 고전압으로 충전한 와이어를 이용해 빠른 속도로 구리를 자르는 〈와이어 침식〉 방법으로 시제품을 만들었다. 그다음에 거쳐야 하는 처리 단계들이 있지만, 지식 재산권 보호와 관련된 이유로 언급하기 어렵다. 다이슨 코랄 스타일 스트레이트너는 배터리를 사용하기 때문에, 사용자들은 무선으로 사용할 수 있다. 이로써 집에서도 편리할 뿐 아니라 자동차, 직장 혹은 글램핑을 가서도 편리하다. 비록 배터리 때문에 무게와 제조 비용은 증가하지만, 전원 코드 문제로 느껴지는 무게는 없다.

2020년 3월 초에 뉴욕에서 다이슨 코랄 스타일 스트레이트너를 출시하기 직전에 코로나19 팬데믹 사태가 벌어졌다. 그때 나는 파리에 있었기 때문에, 파리 오페라 극장 맞은편에 있는 새로운 다이슨 매장에서 온라인 출시를 진행하기로 했다. 그 매장 안에서 다이슨 코랄 스타일 스트레이트너가 어떻게 모발에 균일한 텐션을 주고, 어떻게 기존 스트레이트너보다 훨씬 낮은 온도로 작동하는지 등을 설명하는 동안 카메라가 내 뒤를 졸졸 따라다녔다. 어느 정도는 쇼맨십처럼 보였을 수도 있지만, 어떤 사람은 회사 대표가 자사 기술을 직접 보여 주는 모습이 보기 좋다는 반응을 나타냈다.

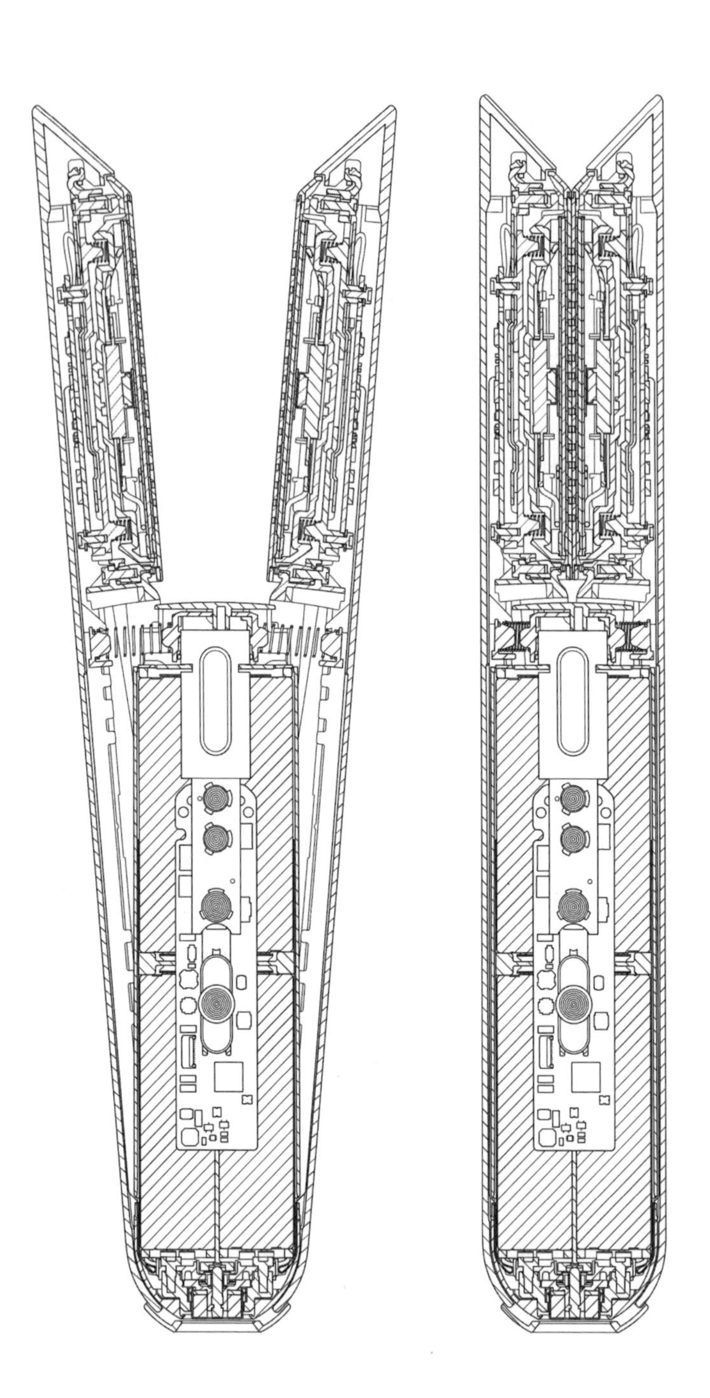

코랄 스타일 스트레이트너

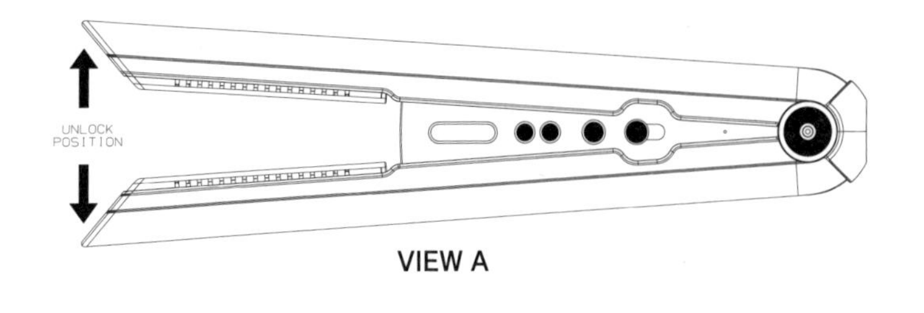

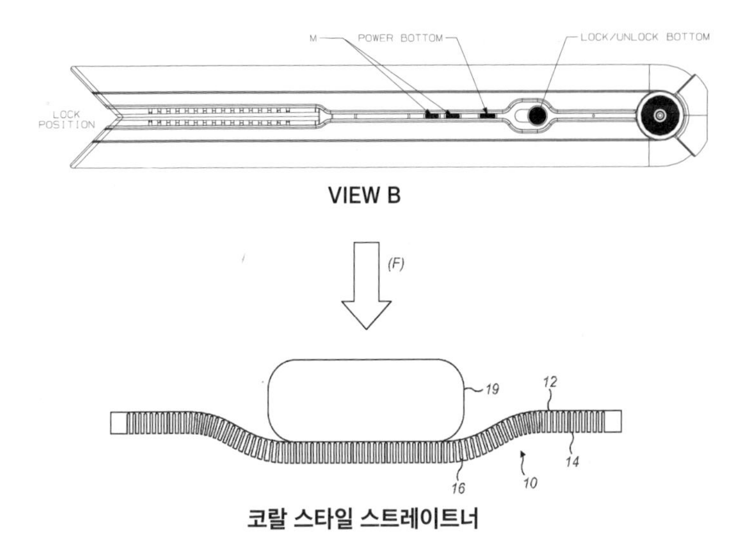

코랄 스타일 스트레이트너

이 시기에 우리는 로봇 공학, 인공 지능, 비전 시스템에 더 깊은 관심을 갖게 되었다. 1990년대에는 가정에서 사용하는 로봇형 장치나 기계에 대한 이야기가 많았다. 로봇이 집이나 정원에서 사람을 돕는다는 아이디어는 1920년대에서 1930년대 공상 과학 만화나 1950년대 유명한 영화에도 자주 등장했지만, 실제로 그 기대치에 부합할 만큼 발달한 로봇이 나온 적은 한 번도 없었다.

진공청소기의 기능을 많이 개선했는데도 불구하고, 고려해야 할 단계가 하나 더 남아 있었다. 결국 청소를 하려면 사람이 움직여야 한다는 점이었다. 〈진공청소기가 대신 일하게 하면 어떨까?〉 하는 생각은 로봇 과학 분야에 발을 더 깊숙이 들여놓게 만들었다. 우리는 2006년에 로봇 진공청소기 DC06의 출시 직전 단계까지 갔었다. 실패했기 때문이 아니라 아주 복잡한 상황에 놓였기 때문에 출시되지 못했다. 로봇 진공청소기는 바닥은 제대로 청소했다. 하지만 리튬 이온 배터리 기술이 아직 발달하지 않아, 구식 니켈카드뮴 배터리 여든 개, 여러 유형의 센서 여든네 개, 아주 많은 마이크로 칩, 그리고 마더보드 여러 개가 장착되어 있었다. 만일 그 당시 우리 로봇 진공청소기가 출시되었다면, 1천8백 파운드에서 2천 파운드 정도의 매우 비싼 가격이 되었을 것이다.

우리는 많은 것을 배웠다. 다른 회사에서 청소도 제대로 되지 않는 데다 근접 센서를 이용해 이리저리 부딪히며 길도 제대로 찾지 못하는 로봇 청소기를 내놓는 중에도, 우리는 다시 제대로 된 새 모델을 만들 때까지 고유의 기술을 발달시키는 일에 집중했다. 우리는 뒤쪽으로 코드를 풀었다가 돌아오면서 다시 감는 방식으로 작동되는 유선 로봇 청소기를 시험해 보았다. 이 제품은 아주 강력했지만, 코드가 이동의 자유를 제한했다. 또 한 번에 한 방만 청소할 수 있었으며, 다른 방으로 이동할 때는 사용자가 옮겨야 했다. 내비게이션 기능 측면에서 우리는 과감한 시도를 했다. 다이슨에서 자체적으로 개발한 360도 카메라가 장

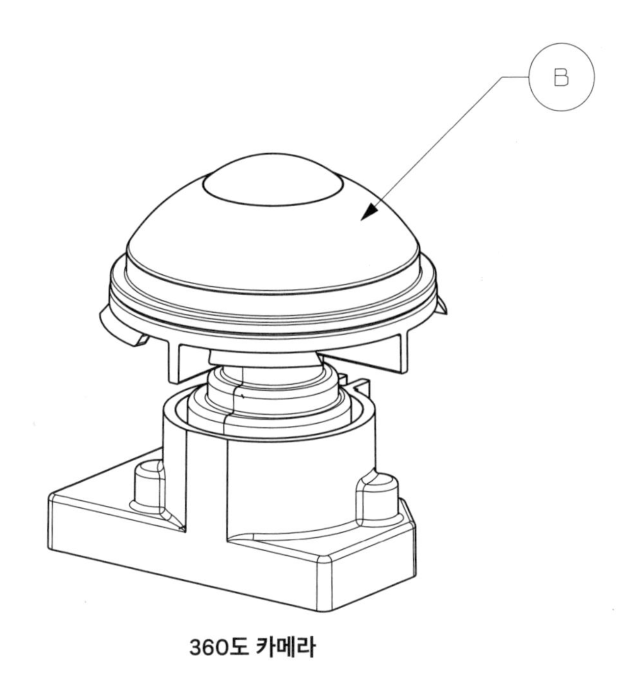

360도 카메라

착된 비전 시스템에 중점을 둔 것이다.

영상을 녹화하고 해석할 수 있는 360도 카메라는 로봇 청소기 맨 위에 장착된 반구형 렌즈다. 이것은 바닥에서부터 천장 대부분을 360도 범위로 볼 수 있고, 렌즈를 통해 영상이 촬영되면 360도 반사 링으로 반사되어 반구 내부 중심으로 전달되고 그곳에 있는 원형 거울에 반사된다. 원형 거울은 그 이미지를 수직으로 반사해 회로판의 카메라 칩으로 전송한다. 카메라는 테이블 모서리, 램프, 혹은 문 가장자리 등의 웨이포인트*를 학습하고, 이 정보들로부터 거리를 계산해 현재 위치를 파악한다. 인간도 주어진 공간에서 이와 거의 비슷한 방식으로 모서리를

* 환경 안에서 경로와 거리를 판단하기 위한 특정 위치 혹은 중간 지점.

피하거나 자신이 어느 위치에 있는지 파악한다. 로봇은 웨이포인트를 이용해 현재 위치, 지금까지 수행한 동작은 물론 어디로 갈지 등도 인간보다 더 정확하게 알 수 있다.

우리는 옥스퍼드 대학교의 선구적인 비전 시스템 연구 분야의 전문가 앤드루 데이비슨과 함께 작업해, 마침내 2016년 로봇 청소기 다이슨 360 아이를 출시했다. 그로부터 4년 후에 더 개선된 다이슨 360 휴리스트 로봇 진공청소기를 출시했다. 이런 제품들은 시각을 기반으로 한 매핑, 다이슨이 설계한 알고리즘, 다이슨이 독자적으로 개발한 360도 카메라를 사용한다. 이 제품들은 어떤 제품보다 효율적인 진공청소기다. 인공 지능 기능이 더해져 직접 보고, 이해하고, 집 안 배치를 학습함으로써, 다이슨 디지털 모터와 효율 좋은 리튬 이온 배터리를 사용해 집을 철저하고 효율적으로 청소할 수 있다. 그뿐만 아니라 방해물을 피하고 — 인간과 반려동물도 인식 가능하다 — 전력이 약해지면 알아서 충전 장치로 돌아간다. 다이슨 360 휴리스트 로봇 진공청소기는 360도 카메라와 연동된 LED 조명을 사용해, 소파나 침대 밑과 같이 조도가 낮은 곳의 배치 정보도 학습한다. 다이슨 360 아이는 충전 장치로 돌아갔다가 일단 재충전되면 다시 출발한다. 우리는 소비자들로부터 몇 가지 사랑스러운 답변을 받았다. 어떤 일본인 소비자는 다이슨 360 아이를 위해 귀여운 차고를 만들기도 했다. 실제로 살아 있는 느낌이 들어, 진공청소기로서는 처음으로 애정을 갖게 되는 제품인 것 같다.

요즘에는 스무 곳 이상의 대학과 협업하고 있다. 그중에는 다

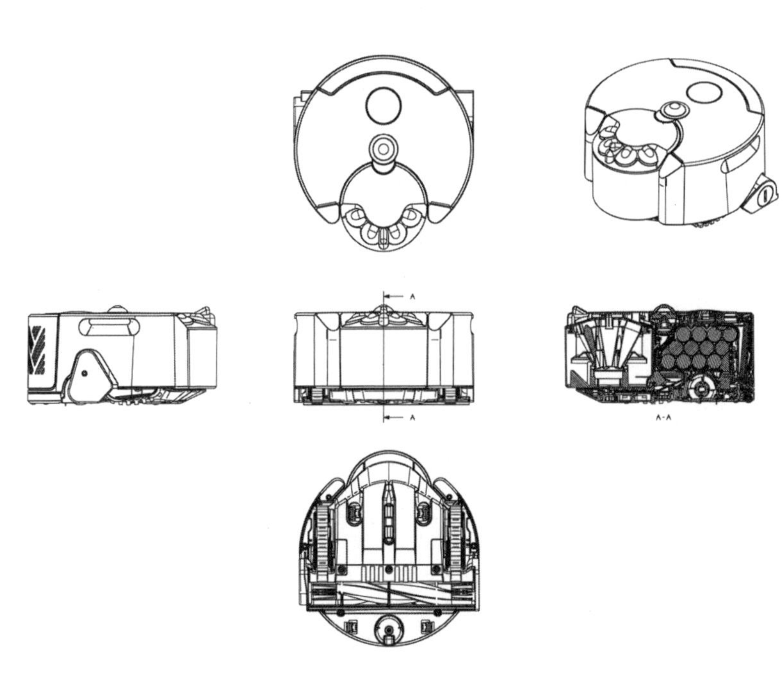

다이슨 360 아이

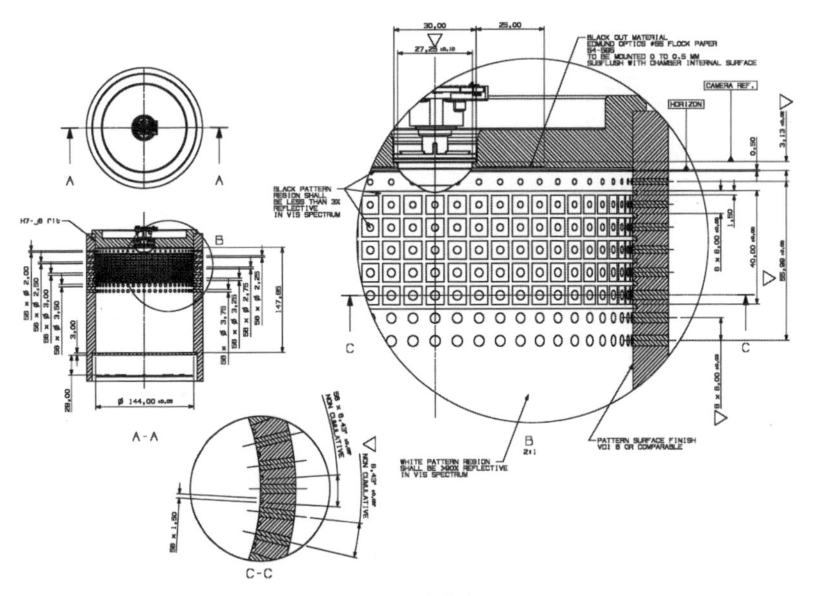

360도 카메라

이슨 전용 연구실이 있는 런던의 임페리얼 칼리지 — 앤드루도 옥스퍼드에서 이곳으로 사무실을 옮겼다 — 도 포함되어 있다. 싱가포르에서는 여러 가지 주요 프로그램을 진행 중이고, 윌트셔주에 있는 훌라빙턴 에어필드 캠퍼스에는 영국 내 가장 큰 규모의 로봇 청소기 연구 및 개발 단지를 조성했다. 이곳에서는 점점 더 글로벌한 소프트웨어 엔지니어들을 기용하고 있으며, 그들은 우리의 제품과 기술에 생명을 불어넣는 프로그램을 개발하고 있다. 우리는 다양한 로봇을 계속 테스트하면서, 이런 로봇들이 최근까지 개발된 그 어떤 것보다 훨씬 유용해지도록 개발하는 중이다.

로봇 청소기의 갈 길은 아직 멀다. 계단을 올라갈 수도 없고 바닥에서 스스로 위로 올라갈 수도 없다. 가정은 로봇이 예측하기 어려운 환경이다. 로봇은 다이슨 디지털 모터 공장과 같은 통제된 환경에서는 일할 수 있지만, 집 안은 그렇지 않다. 가정 안 지형을 학습하고 배치도를 입력할 때는 양말, 카펫, 레고 조각, 계단, 핸드폰 충전 케이블, 반려동물 들이 사방에 흩어져 있기 때문에 한 치 앞을 예측하기 어렵다.

우리는 인공 지능 제품들이 별도의 개입 없이도 최선의 작업을 하기를 바란다. 예를 들어, 다이슨 퓨어 핫 앤 쿨 공기청정기는 계속 공기를 킁킁대며 오염 물질이나 주변에서 감지된 휘발성 유기 화합물에 반응한다. 사용자와 상호 작용 없이 실시간으로 공기를 정화하고 공기의 질에 대한 정보를 제공한다. 다이슨 엔지니어들의 절반이 소프트웨어 개발에 집중하고 있지만, 다이슨 제품의 성공에 결정적으로 중요한 문제, 즉 현실적이고 실질적인 문제도 발견된다. 이런 문제들은 우리가 기꺼이 손을 더럽혀 가며 실험을 해야만 한다.

얼마 전 일본의 한 잡지에 모든 진공청소기가 바닥에 얇은 먼지층을 남긴다는 비평이 실린 적이 있다. 그게 사실일까? 우리가 놓친 것이 있을까? 피터 갬맥과 함께 바닥에 엎드려 실체를 파악해 보았다. 우리는 검은 아크릴판에 분말을 뿌린 뒤 다이슨 진공청소기로 청소해 보았다. 그 기사는 옳았다. 분말을 대부분 제거했지만 아크릴판 위에는 얇은 먼지층이 필름처럼 깔려 있었다. 바닥에 엎드려 면밀히 살펴본 결과, 그 얇은 먼지층을 제거하기 위해서는 물기 있는 손가락이나 걸레가 필요하다는 것을 깨달았다. 그러다가 먼지가 바닥에 들러붙은 것은 정전기 때문이라는 결론에 도달했다. 예전에 정전기를 없애기 위해 탄소섬유로 된 솔로 레코드판을 청소했던 생각이 났다. 그래서 우리는 진공청소기 브러시 바에 카본 파이버를 삽입하기 위한 제조 기술을 개발했다. 이로써 문제가 해결되었고, 정식으로 특허 출원을 했다.

프로그래밍, 인공 지능, 머신 러닝, 에너지 저장, 음향 등 수많은 선구적 분야에 대한 연구는 깊이나 규모 면에서 상당히 확장되었지만, 아직 연구실에서 수행해야 할 경험적 테스트가 많이 남아 있다. 예를 들면 탄도학이 그렇다. 우리는 기술 회사의 과학자나 엔지니어들이 연구하는 분야라기보다 제1차 세계 대전과 더 관련 있을 것처럼 들리는 탄도학에 대해 많은 연구를 진행하고 있다. 어떤 사람들은 왜 맘즈버리 연구실 깊숙이 MRI 촬영실이 있는지 궁금할 것이다.

우리는 핵심 기술을 개발하고 전 세계적으로 수백만 개가 판매된 제품들을 제조하는 동시에, 재료 과학과 새로운 형태의 유사 플라스틱 연구와 개발에도 집중해 왔다. 이것은 모두 에너지와 자원을 보다 적게 사용하는 제품들을 만들기 위한 노력과 탐구의 일환이다.

물론 우리가 하고 싶은 일을 다 할 수는 없다. 결국 우리 역시 관심 분야와 열정을 좇는 한 가족이 소유한 일개 회사일 뿐이다. 하지만 모든 사람이 우리를 단지 진공청소기 회사로만 인식하던 시기에 우리가 지속적으로 진행한 모든 연구와 개발, 성장 과정을 소개함으로써, 사람들이 우리가 어떻게 윌트셔주의 시골에서 벗어나 이렇게까지 성장했는지 이해할 수 있으리라 믿는다.

8
세계화

나는 다이슨이 단지 영국의 진공청소기 제조업체가 아니라 성공적인 테크놀로지 회사로 성공하기 위해서는 세계화가 — 되도록 빨리 — 필요하다는 것을 알고 있었다. 잉글랜드, 그리고 영국의 나머지 지역은 기술이 요구하는 지속적이고 막대한 투자를 자체적으로 유지할 만큼 충분히 큰 시장이 아니었다. 이 부분에서 거대한 내수 시장을 가진 미국 — 게다가 평균적인 미국 회사는 대규모 영국 회사보다 여섯 배 정도 더 크고 투자 규모도 그와 비례한다 — 과 극명한 차이를 보인다. 매우 활발하고 급속한 성장을 보이는 아시아 시장도 마찬가지다. 시장 간의 차이는 우리가 대적해야 할 문제점이었다. 나는 그 부분을 잘 이해하고 있었다.

하지만 초창기에는 각국에 회사를 세우기 위해 호주, 미국, 심지어 프랑스에도 갈 시간이 없었다. 우리는 영국에 충분한 수량의 진공청소기를 공급하는 데 전력을 기울이고 동시에 새로운 제품을 연구하고 개발해야 했으며, 급속히 성장하는 제조 회사에서 부득이하게 발생하는 문제도 처리해야 했다.

주로 생산 문제가 가장 지배적이었다. 예를 들어, 부품 공급업체들이 기대에 부응하지 못하는 경우가 많았다. 특히 수량이 폭발적으로 증가하면서 이에 대응할 수 있으며 믿을 만하고 좋은 품질을 만드는 공급업체를 찾아야 했다. 그리고 공급업체는 이중으로 선정했다. 이 결정은 조업을 중단하는 경우에 대비하거나 제조업체 간 경쟁력을 유지하는 데 매우 중요한 요소였다. 한편 생산과 조립 라인, 그리고 신제품에 대한 직원 교육 공간도 부족했다. 런던이 아닌 맘즈버리에서 일할 젊은 엔지니어들을 채용하기도 쉽지 않았다. 사업이 확장되고 새로운 설계 프로젝트를 시작하면서 더 많은 엔지니어가 필요했다. 매년 사업이 두 배로 확장되는 시기에 매번 따로따로 채용하는 행위는 시간 낭비였다. 사업이 급속도로 성장할 때는 수요량을 예측하는 일 역시 대단히 중요했다. 물론 과잉 생산보다는 낫지만, 우리는 매번 실제 수요보다 적게 예측했다. 많은 문제가 있었지만, 젊고 열정적인 팀과 함께 어려움을 극복하는 방법을 배워 나갔다.

해외로 사업을 확장하려면 내가 무엇을 하려고 하는지 이해하고, 또 우리 기술에 대한 사람들의 관심을 끌어낼 수 있는 정말 훌륭한 인재들을 찾아야 했다. 하지만 그런 훌륭한 인재들에게 탄탄한 회사를 떠나 한 번도 들어 보지 못한 스타트업에 입사하라고 설득하는 것은 불가능했다. 그런 용기를 낼 사람은 많지 않았다. 다이슨은 영국에서는 조금 알려졌지만, 다른 나라들에서는 거의 무명에 가까웠다. 소매점에서 다이슨 제품을 판매하거나, 가정에서 다이슨 진공청소기를 사고 싶어 할 이유가 없었다. 제대로 된 설명이 없으면 다이슨 진공청소기는 이상하게 생긴 데다 비싼 제품일 뿐이었다. 다른 나라들에는 이미 확고하게 자리 잡은 유명 브랜드가 있었다. 그것이 우리가 직면한 문제였다.

하지만 호주는 예외였다. 우선 나는 우리 사업을 운영할 호주 출신 로스 캐머런을 운 좋게 찾아내 라이선스 계약을 맺었다. 그는 존슨 왁스에서 상업용 기계를 담당하던, 재능 있고 에너지 넘치는 인물이었다. 1995년 어느 늦은 밤에 그가 갑자기 전화를 걸어 이렇게 말했다. 「존슨 왁스를 그만두려고요. 전 세계를 돌아다니는 데 너무 지쳤어요.」 내가 대답했다. 「그럼 다이슨 호주 지사를 설립해 보는 건 어때요? 우리가 너무 바빠서 별로 도움을 줄 수는 없지만, 한번 해봅시다.」 로스는 승낙했고, 곧 실행에 옮겼다.

로스는 첫해에는 월급도 받지 않고 다이슨 호주 지사를 세우는 데 헌신했다. 시드니에 있는 오스틴 모리스 공장에서 견습사원으로 일한 적 있는 엔지니어 출신이지만, 그는 영업과 판매에서도 타고난 재능을 발휘했다. 실린더형 진공청소기 — 호주에서는 배럴형 청소기라고 불렸다 — 가 시장의 주를 이루던 호주에 직립형 청소기를 파는 것은 조금 이상한 일이었지만, 로스는 놀라울 만한 성공을 이루었다.

호주에서 일찌감치 성공할 수 있었던 두 번째 이유는 그곳 소매업체들의 태도였다. 당시 호주는 두 소매 기업이 지배하고 있었다. 그중에는 훌륭하고 진취적인 페이지 부부가 운영하는 거대 사업체 〈하비 노먼〉도 있었다. 케이티 페이지에게 다이슨이 가진 전문성과 신뢰도에 대해 확신을 주기까지 시간이 많이 걸렸지만, 일단 확신을 갖자 그녀는 우리가 하려는 일을 완전히 이해했다. 제품과 기술에 대한 그녀의 열정은 다이슨이 호주 시장의 60퍼센트를 점유할 만큼 도약하는 데 큰 도움이 되었다.

지구 반대편에 다이슨을 위한 로스 캐머런과 소매업체들까지 있었지만, 정작 우리는 많은 도움을 주지 못했다. 1995년에 나는 영국에서 영업 담당자를 고용할 때가 되었다고 여겼다. 그래서 배스 대학교에 다음과 같은 안내문을 붙였다. 〈현대 언어학과를 졸업한 학생 중 다이슨에서 마케팅을 해보고 싶은 사람이 있으면 지원 바랍니다.〉 예상외로 옥스퍼드 대학교 졸업생이 사무실에 나타났다. 리베카 브리그스는 학교 선생님의 딸이었다. 그녀는 경영에 대해 아는 것이 없고 마케팅에 대해서는 더 몰랐지만, 아주 총명하고 열정적이었다. 나는 리베카를 즉시 채용해 막 성장 중이던 젊은 졸업생들 팀에 합류시켰다. 나중에 리베카의 남편 앨런은 다이슨의 첫 번째 사내 변호사가 되었다.

당시 우리는 라인강에 주둔하고 있던 영국군으로부터 판매 문의를 받고 있었는데, 리베카의 독일어 실력이 아주 유용한 자산이 되었다. 나는 영국인 영업 사원 한 명과 함께 리베카를 독일로 보냈다. 직접 영업 경험을 쌓고 돌아온 리베카는 전과 달리 마케팅에 전념하기 시작했다. 자신의 직관을 믿는 자신감과 지성을 갖춘 그녀는 마케팅에 타고난 재능이 있었다. 리베카는 상점을 일일이 방문하면서 직접 판매를 해나갔다. 이런 마케팅 전략은 중요한데도 불구하고, 어떤 이유에서인지 일반 영업 사원들에게 쉬운 방식이 아니었다. 우리는 흥미롭고 차별화된 기술을 가지고 있었으므로, 기존의 마케팅 방식으로 제품을 홍보할 필요가 없었다. 나는 소비자들이 번지르르한 광고 때문에 다이슨 제품을 사는 것을 원하지 않았다. 성능 때문에 사고 싶은 마음이 들기를 바랐다. 우리는 제품에 대해 단순하고 명확하게, 그리고 솔직하게 말할 수 있었다.

다이슨을 영국에 설립한 지 3년이 지난 1996년에 프랑스 지사를 설립하기로 결정했다. 1998년에는 독일, 베네룩스, 스페인에, 2000년에는 이탈리아에 지사를 설립했다. 이곳들 중 어느 곳에서도 그 과정이 쉽게 진행되지 않았다. 적합한 팀을 적절한 일에 배치하기도 어려웠다. 예를 들어, 다이슨 프랑스 지사의 운영을 처음으로 맡긴 사람은 일하는 것은 고사하고 잠시만 방문해도 영혼이 파괴될 것 같은 파리 근교에 위치한 크레테유에 사무실을 차렸다. 나는 그 팀에 불만을 토로했다. 「우리는 이보다 야심 차고 긍정적인 마음을 가져야 해요!」

나는 로토크로로부터 독립하기 위해 떠나기 전까지 함께 일했던 앤디 가넷에게 연락했다. 그는 파리에 대해 잘 아는 데다 최적의 사무실 장소를 찾아 줄 능력이 있다는 사실을 알고 있었기 때문이다. 우리는 다이슨 본사를 샹젤리제 거리에서 갈라져 나와 생토노레 거리로 들어서는 라 보에티 거리로 옮겼다. 그곳은 쇼핑 거리가 아니라, 조용하고 멋진 사무실과 스튜디오들이 들어선 거리였다. 나는 크리스 윌킨슨에게 그곳 지상층에 조각 갤러리가 있는 사무실을 만들어 달라고 부탁했다.

우리는 1층과 2층* 을 트기로 했다. 그다음 1층부터 2층 천장까지 이어지는 전면 유리창을 만들어, 내부가 들여다보이는 전시장을 만들었다. 또 스테인리스 스틸과 유리 다리로 연결된 두 개의 중이층을 설치했다. 1층은 프랑스 석회암 바닥과 하얀 벽으로 마감했으며, 높은 플린스 위에 실린더형 진공청소기와 직립형 진공청소기를 올려놓은 것 외에는 아무것도 두지 않았다. 마치 미니멀리스트 스타일의 조각 갤러리 같았다. 제품에 대한 설명이 전혀 없었다. 물론 가격표도 없었다. 네모난 돌 위에 제품만 전시해 둘 뿐이었다.

석회석으로 된 책상을 놓고 영업 사원을 그 자리에 앉혔다. 그러고는 미술관처럼 소수의 엄선된 사람만 받았다. 우리는 우리가 생각한 방식대로 제품을 전시하고 싶었다. 영업 방식을 잘 알고 매출을 극대화하기 위해 여러 회사 제품을 전시하는 소매업자들을 비판하려는 것이 아니다. 하지만 그런 경우 각 제조업체가 상대적으로 우위를 차지하기 위해 서로 경쟁하면서 과다한 간판과 할인 티켓, 할인 판매 조건 및 지불 조건 등을 내세워야 하는 결과를 낳을 수 있다. 하지만 파리의 다이슨 데모 스토어에서는 간판도 없이 제품 하나만 플린스 위에 진열함으로써 평온한 감정을 가질 수 있었다. 그 점이 사람들의 마음을 편안하게 했다. 동일한 방식을 여러 곳에 적용하고 싶었지만, 사실

* 영국에서는 지상층과 1층을 뜻한다.

그때는 또 다른 곳에 시도할 수 없을 만큼 비용이 매우 부담되었고 실험적이었다.

전 세계에 있는 다이슨 데모 스토어 — 파리 오페라 극장 구역에 있는 대형 플래그십 스토어를 포함해 — 는 라 보에티 거리에 문을 연 이 첫 번째 데모 스토어에서 파생된 것이다. 다이슨 데모 스토어는 정확히 우리가 원하는 방식으로 우리 기술을 보여 주고 전시할 수 있는 캔버스 역할을 한다. 몇 년 후 뉴욕 소호 거리에 개장한 첫 번째 애플 스토어도 프랑스 석회암 바닥, 중이층, 스테인리스 스틸과 유리 다리, 그리고 하얀 플린스 위에 아무 설명 없이 진열된 제품 등 우리가 선택한 방식과 동일한 것을 적용했다.

1997년에 에이펙스에서 라이선스를 다시 사들이기 전까지는 불가능했지만, 나는 일본에도 지사를 설립하고 싶었다. 토니 블레어 수상이 취임한 직후 그의 무역 사절단과 함께 제트기를 타고 도쿄로 갔다. 나는 다이슨 일본 지사를 운영할 사람을 찾고 있었다. 채용 에이전시에 다이슨을 운영할 젊고 경험이 없는 사람을 원한다고 말했지만, 그들이 소개해 준 사람은 모두 나이가 조금 있었다. 다른 에이전시도 이용해 보았지만, 결과는 같았다. 당시 일본의 경영 문화는 매우 전통적인 분위기였다. 사람들은 나이가 많을수록 더 현명하다고 여겼고, 나이가 많은 사람의 말을 더 잘 경청하는 경향이 있었다. 에이전시에서는 아마도 그런 사람이 운영자로 적합하다고 판단한 듯했다.

결국 나는 부연 설명을 해야 했다. 「제가 제일 원하지 않는 사람은 자신이 하는 일을 아주 잘 아는 사람입니다. 나는 이 사업을 운영할 젊은 일본 사람을 원합니다. 왜냐하면 우리는 색다른 일을 하고 있거든요.」 나는 이미 그런 사람을 몇 명 만나 보았기 때문에 분명 총명한 젊은 사람이 있을 거라고 믿었다. 하지만 에이전시에서는 그런 사람을 한 명도 찾아 주지 못했다. 결국 도쿄 주재 영국 대사관에서 근무하던 스코틀랜드 무역 참사관을 떠올렸다. 그 사람은 회사를 운영하고 일본의 거대 소매 기업과 소비자를 모두 확보할 만큼 충분히 독특하고 흥미로운 인물이었다. 나는 기회를 잡아 그를 고용했다. 내 생각이 맞았다. 다이슨은 마침내 일본에 지사를 설립할 수 있었다.

일본 역시 그들만의 놀라운 기술 혁신의 역사를 가지고 있다. 나는 슈퍼커브로 더 잘 알려진 내 혼다 50을 아주 사랑했고, 독창적인 소니의 워크맨에서도 영감을 받았다. 다이슨이 1억 개의 제품 판매를 기록한 2017년에 혼다도 슈퍼커브의 판매량이 1억 대를 넘어섰다고 발표했다. 그로써 슈퍼커브는 유례없이 가장 많이 생산된 오토바이가 되었다. 2004년에는 실린더형 진공청소기 DC12를 일본에 출시했는데, 우리는 그 제품을 〈다이슨 시티〉라고 불렀다. 특별히 작고 완벽한 형태를 가진 일본 주택을 위해 설계된 제품이었기 때문이다. 그 결과 3개월 만에 일본 시장의 20퍼센트를 점유해 가장 잘 팔리는 진공청소기가 되었다. 오래전 지포스의 경험에서 발견한 것처럼 일본인들은 정교하게 만든 부품과 신기술을 탑재한 제품에 마음을 빼앗긴다.

DC12는 A4 용지 크기 정도로 작고 무게도 약 1.5킬로그램밖에 되지 않는다. 새로운 다이슨 디지털 모터로 구동되고 출력 대비 중량의 비율이 당시 페라리 포뮬러 원 경주용 자동차보다 다섯 배나 좋았으며, 크기는 작지만 성능은 아주 훌륭했다. 일본의 주택 크기를 고려해서 만든 DC12는 산요, 샤프, 도시바, 파나소닉, 미쓰비시와 같은 유명 일본 전자 제품과 가전제품 제조업체들 사이에서 틈새를 잘 공략한 제품이었다.

우리는 건축 및 부동산업계 거물인 모리 미노루가 건설해 개장한 지 얼마 안 된, 복합 문화 공간 롯폰기 힐스의 거대한 광장에서 제품 출시 행사를 웅장하게 열기로 결정했다. 나는 모리, 테런스 콘런 경과 차를 마시면서 이야기를 나누다가 제품 출시 행사를 위해 DC12로 만든 파빌리온 세 개 — 정육면체, 구, 삼각형 — 를 지어도 좋다는 허락을 얻었다. 피터 갬맥과 나는 데릭 필립스 — 그는 정말 뭐든지 만들 수 있는 능력을 가졌다 — 와 함께 세계 최초로 투명한 벨로드롬을 설계하고 지었다. 투명한 폴리카보네이트 벽으로 이루어져 있으며, 팽팽하게 당겨진 강철 와이어로 유지되는 구조를 가진 벨로드롬이었다. 따라서 사람들은 어떤 높이에서든 사이클리스트가 싸이클론에 의해 먼지가 분리되는 원리인 원심력을 보여 주면서, 〈죽음의 벽〉* 을 따라 사이클을 타는 모습을 볼 수 있었다.

다이슨 제품의 팬인 미야케 이세이와 일본 스모 챔피언도 제품 출시 행사에 참석했다. 보통 제품 출시 행사가 어느 정도 성

* 1911년 미국에서 시작된 벨로드롬에서 행해지는 일종의 쇼를 지칭하는 것이지만, 여기에서는 벨로드롬 자체를 의미한다.

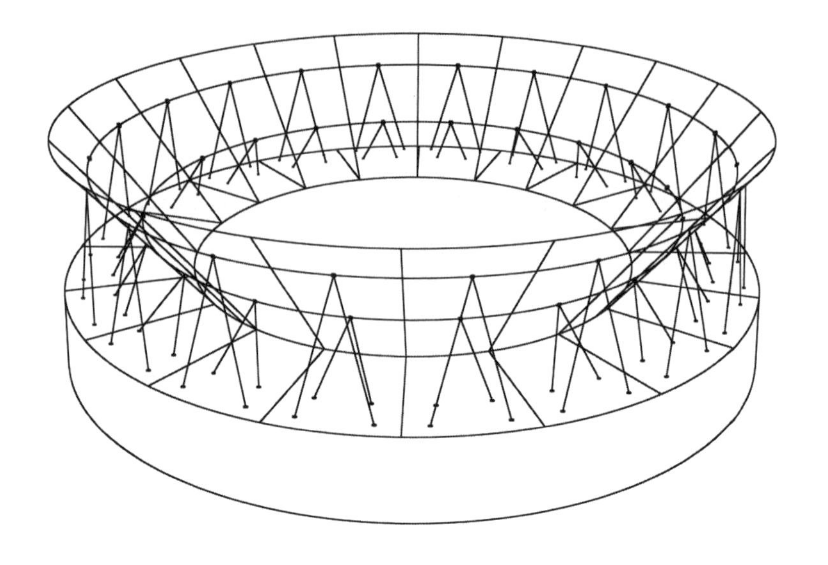

벨로드롬

과를 거두는지 잘 모르지만, 우리가 준비한 행사는 다이슨의 이미지를 사람들에게 확실히 각인시키는 계기가 되었다. 소매업체들은 서둘러 DC12를 들여놓았고 금방 성공을 거두었다. 기술에 정통한 일본은 다이슨에 환상적인 시장이라는 점이 입증되었다. 일본은 어떻게 보면 내 기술을 가장 먼저 믿어 준 곳이었기 때문에, 일본에서의 성공이 특히 뜻깊었다. 앞에서 언급한 것처럼, 일본 회사 에이펙스는 1985년에 핑크색 지포스 라이선스를 구입했고, 다른 라이선스 계약 업체들이 판매를 중지한 뒤에도 지속적으로 판매해 주었다.

2002년 무렵에 우리는 다음 단계의 큰 모험을 시작할 준비가 되어 있었다. 바로 미국 시장 진출이었다. 당시 미국 시장은 월마트, 타깃, 베스트바이, 시어스, 코스트코, 콜 등 거대 소매 기업이 장악하고 있었다. 이들은 특정 지역에 국한되지 않은 전국적인 소매 기업이었다. 그렇기 때문에 하나의 지역에서 서서히 시작하는 대신 처음부터 50개 주를 모두 감당해야 했다. 소매 기업들은 어떤 제품을 받아들이기 전에 판매가 가능한 제품인지 확신이 있어야 한다. 당시 미국에서 보았을 때 다이슨은 너무 다르게 생긴 값비싼 진공청소기를 만들면서 실적도 없는 무명 회사였다.

우리는 영국에서 성공했다는 사실을 강조했지만, 별로 도움이 되지 않았다. 미국 시장을 그냥 다른 시장이라고 표현하는 것은 너무 절제된 것이다. 베스트바이의 판매 담당자가 DC07을 집에 가져가서 써보기 전까지는 우리 제품을 입점시키려는 소매점이 없었다. 용감한 이 판매 담당자는 상사들에게 다이슨은 〈정말 우리가 말한 모든 성능을 갖춘〉 청소기라고 보고했다. 그로 인해 상사들의 태도가 바뀌었고, 50개 상점에서 다이슨 제품을 판매하기로 동의했다. 전국적인 텔레비전 광고를 한다는 조건으로 거의 대부분의 베스트바이 상점에 다이슨 제품을 공급할 수 있었다.

우리와 함께 대화를 나눈 미국의 광고 제작자들은 이렇게 말했다. 「제임스 씨가 직접 광고에 등장하면 좋을 것 같습니다.」 나는 레밍턴의 빅터 기엄이 광고에 나와 〈나는 이 면도기가 너무 좋아서 아예 회사를 사버렸어요〉라고 말한 장면을 떠올리고는 당황했다. 다행히 그들이 생각하는 광고는 그보다 훨씬 순한 내용이었다.

영국에서 텔레비전 및 영화를 만드는 니컬러스 바커의 주도 하에, 킹스미드에 위치한 우리 집의 방 하나에서 광고 촬영이 진행되었다. 디어드리와 아이들은 내가 광고에 나온다고 하자 몸서리를 쳤다. 나는 우리 제품이 얼마나 좋은지 말하지 않고 기술에 대해서만 간단히 설명했다. 나중에 「선데이 나이트 라이브」에서 나를 패러디했을 때 새로운 사실을 알게 되었다. 나처럼 옅은 금발의 영국 남자가 변기에 앉아 내 대사를 따라 하면서 그가 발명한 변기가 잘 동작할 때까지 수천 개의 시제품을 어떻게 만들었는지 설명하는 내용이었다. 미국 소비자들은 내가 진공청소기를 만들기 위해 5,127개의 시제품을 만들었다고 말한 부분에서 강력한 인상을 받은 듯했다. 기업가에 대해 좋은 인식을 갖고 있는 미국인들은 내가 진공청소기를 직접 만들고 개발했다는 사실을 특히 좋아했다. 게다가 나는 영업하는 기업가가 아니라 발명하는 기업가였다. 우리는 미국에서 급속도로 인기를 얻었다. 미국의 출입국 관리 직원은 나를 볼 때마다 이렇게 말했다. 「당신이 바로 시제품을 5천 개나 만들었다는 그분이군요!」 광고는 확실히 효과가 있었다. 드라마 「프렌즈」에 등장하는 모니카의 아파트에도 다이슨 진공청소기가 있을 정도였다.

첫 번째 광고가 성공한 후, 니컬러스 바커는 나와 함께 많은 광고를 찍었다. 영국에서도 내가 직접 출연하는 것이 효과적일지 알 수 없었지만, 일단 시도해 보았다. 연구실에서 하얀 가운을 입고 있는 경영진이 이끄는 유명한 대기업에서 만든 제품을 선호하는 유럽에서는 별 효과가 없었다. 일본에서는 운이 훨씬 좋았다. 개략적인 홍보 아이디어는 〈다이슨을 설립한 다이슨이라는 사람이 다이슨 제품을 책임진다는 것〉을 보여 주는 내용이었다. 일본에서 큰 규모이면서도 오랫동안 자리 잡아 온 다국적 기업들은 대부분 공기업이었다. 그렇기 때문에 개인을 전면에 내세울 수 없었다. 나는 기업에 대한 소비자의 신용과 충성심은 고성능 제품을 개발하고 만들기 위한 노력과 그 제품을 구매한 소비자를 잘 관리함으로써 얻을 수 있다고 믿는다. 나는 훌륭한 마케팅 캠페인이 훌륭한 제품을 대체할 수 있다는 이론을 믿지 않는다. 말은 신념과 일치해야 한다.

하지만 미국과 같이 큰 시장에서 제품을 판매하려면, 생산 능력을 크게 증대해야 했다. 2000년에 다이슨은 80만 대의 진공청소기와 세탁기를 판매했다. 하지만 조립 라인을 더 확장시킬 공간도 없었고 실업률이 매우 낮은 맘즈버리에서 제조 인력을 더 채용하기도 어려웠다. 현지 노동력이 절대적으로 부족했기 때문에 먼 곳에서 사람들을 불러들여야 했다. 더 심각한 문제는 플라스틱, 부품, 전자 장치 등의 공급업체가 모두 동남아시아에 있고, 가장 빠르게 성장하는 호주와 일본 시장도 그쪽 가까이 있다는 점이었다. 간접 비용이 폭발적으로 증가했기 때문에 논리적으로나 실용적인 면에서 우리는 생산 공장을 이전할 수밖에 없었다.

2002년에 처음으로 진공청소기 생산 공장을 영국에서 동남아시아로 옮기겠다고 발표했을 때, 나는 곤경에 처했다. 영국 제조 회사에 대한 더 많은 지원을 촉구하는 캠페인이 벌어지는 동안, 지자체는 생산 공장을 확장하려는 건축 허가를 거부했다. 하지만 우리는 공장을 빨리 확장해야 했다. 한편 말레이시아에는 전자 제품 회사들이 더 저렴한 가격에 생산하기 위해, 말레이시아를 포기하고 중국으로 이전하면서 비어 있는 공장들이 있었다. 또한 말레이시아와 싱가포르의 현지 노동력은 고도로 숙련되고 진취적이며 근면했다. 사실 다른 선택의 여지도 없었지만, 그곳의 이점들은 무시하기에 너무 중요한 요소였다. 생산 공장 이전은 일자리를 잃게 된 직원들에게는 슬픈 일이었지만, 회사의 장기적인 미래를 위해서는 옳은 결정이었다. 다이슨은 확장할 공간은 물론이고 충분한 노동력도 없었고, 또 부품 공급업체가 수천 킬로미터나 떨어져 있는 그야말로 한계에 직면해 있었기 때문이다.

그 후부터 다이슨은 동남아시아에 진출하지 않았다면 불가능했을 정도로 영국과 전 세계로 규모를 확장해 나갔다. 현재 우리는 공장을 이전하기 전보다 훨씬 많은 4천 명의 직원을 영국에서 고용했으며, 이들 대부분은 맘즈버리와 훌라빙턴에 있는 두 개의 대규모 캠퍼스에서 근무한다.

영국에서 잘해 내기 위해 나보다 더 열심히 노력한 사람은 없을 것이다. 내가 논리적으로 접근한 전략들 중 하나는 주변 땅을 사서 새로운 건물을 세우려고 했던 일이다. 그때 크리스 월킨슨이 새 공장을 설계했다. 하지만 건물이 지면보다 아래쪽으로 내려간 형태라 주변 시골 지역에서 보이지 않는다는 이유로, 지역 보수당 의원을 비롯한 지역 이익 단체들의 지탄을 받았다. 결국 우리에게는 별 희망이 없어 보였다. 만일 영국이 국내에 제조업 분야를 유지하려고 한다면, 건축법을 개정해야 할 것이다. 제조업체는 미래 판매량이 예측될 때만 값비싼 새 공장을 짓는 데 자본을 투입하는데, 그럴 경우에는 대개 빠른 시일 내에 공장이 필요하다. 따라서 영국에서 제도적으로 건축 허가를 받는 데까지 걸리는 4년 혹은 그 이상의 시간을, 그리고 실제 건축에 필요한 2년의 시간을 기다릴 수가 없다. 그렇기 때문에 아시아에 있는 우리 공장들처럼, 모든 일이 4개월 안에 해결되는 나라로 가게 되는 것이다.

우리가 현대식 공장과 연구실을 기반으로 영국 내에서 부를 창출하려 노력하고, 크리스 윌킨슨이 고도로 세련된 설계 계획을 세웠음에도 불구하고, 영국에서는 공장이나 제조업체를 여전히 거칠고 더러운 것으로 인식하는 듯하다. 이는 명백히 영국판 〈님비 현상〉이라고 할 수 있다.

영국에서 보여 주는 제조, 무역, 산업 등에 대한 태도는 싱가포르와 너무 큰 차이를 보인다. 싱가포르는 과학과 기술 분야에 세 개의 대규모 국부 펀드 기관이 투자하고, 이 두 가지 분야를 매우 가치 있게 생각한다. 싱가포르는 세계 무역의 중추이자 심장 역할을 하는 매우 흥미진진한 나라다. 매년 약 10만 척의 상업용 선박이 인도양과 태평양을 연결하는 말레이반도와 인도

네시아의 수마트라섬 사이에 있는 약 8백 킬로미터 길이의 믈라카 해협을 통과한다. 상업용 선박들은 전 세계 상품의 4분의 1을 운반한다. 활기찬 아시아의 경제가 더욱더 성장함에 따라 이 수치는 지속적으로 증가할 것이다.

1965년에 말레이시아로부터 독립한 싱가포르는 케임브리지에서 교육받은 활동적인 변호사 리콴유가 총리로 재임하면서 급속으로 성장하기 시작했다. 여러 가지 방식의 자유 무역 경제가 효율적으로 운영되었으며, 성공적인 다인종 능력주의 국가가 되었다. 우리가 전기 자동차를 계속 생산했다면 싱가포르에 있는 다이슨의 새 공장에서 전기 자동차를 제조했을 것이다. 다이슨의 아시아 내 입지는 싱가포르에 공장을 설립한 이후 크게 성장했다. 이제 싱가포르, 말레이시아, 필리핀에 있는 캠퍼스와 연구소를 비롯해 아시아 각지에 글로벌 지본사를 두고 있다.

싱가포르는 1819년에 열정적인 세계 여행가이자 자바섬의 전 총독이었던 스탬퍼드 래플스 경이 동인도 회사를 대표해 자유 무역항으로 설립한 곳이다. 당시 섬의 인구는 약 1천 명이었지만 전략적 위치, 자연 항구, 안정적인 담수 공급, 선박 수리를 위한 목재 공급의 용이성, 래플스의 개화된 리더십으로 인해 무역하기에는 물론 거주하기에도 좋은 곳임이 입증되었다. 5년 만에 싱가포르의 인구는 열 배로 증가했고, 50년 후에는 10만 명에 달했다.

1942년에 영국은 적보다 더 많은 병력을 동원했음에도 불구하고, 일본의 침공을 막지 못하고 싱가포르를 함락당하게 했다.

어느 때보다 전략적 가치가 높은 싱가포르가 히로시마와 나가사키에 원자 폭탄이 투하된 지 몇 주 후인 1945년 9월까지 적의 손아귀에 있는 동안, 버마에서 일본군과 맞서 싸운 영국군에는 우리 아버지도 포함되어 있었다. 아주 탁월한 능력을 갖춘 래플스나 근면한 일본인들조차 싱가포르라는 나라가 20세기 후반기에 이렇게 번영할지 몰랐을 것이다.

싱가포르에서 빈 공장들을 확보하고, 뭔가를 만들고, 사업을 성장시키고 싶어 하는 야심 가득한 사람들을 만났다. 그들의 기업가 정신은 누구에게도 뒤지지 않았다. 제조 라인을 동남아시아로 이전하면서 우리는 모든 공급업체를 주변에, 그리고 같은 지역에 둘 수 있었다. 이는 물류 측면에서 매우 중요한 이점이 아닐 수 없었다. 품질 향상 및 혁신을 선도하는 측면에서도 마찬가지였다. 시차도 있고 거리도 약 1만 5천 킬로미터나 떨어진 곳이 아니라 바로 옆에 공급업체가 있으면, 좋은 질과 선구적 기술을 가진 제품을 훨씬 더 쉽게 제조할 수 있기 때문이다.

우리는 우리를 돕기 위해 최선을 다하는 매우 협조적인 공급업체를 신속하게 찾을 수 있었다. 그리고 영국 내 지역 및 전국 언론과 매체에서 어떤 식으로 말하든, 우리가 동남아시아로 이전한 이유는 값싼 노동력 때문이 아니었다. 그것이 목적이었다면, 당시 많은 회사가 그랬던 것처럼 중국으로 제조 공장을 이전하는 대열에 합류했을 것이다. 우리는 영국 내 노동 시장의 경직성, 공장을 임대하기 위해서는 무려 21년이나 계약해야 하는 관행, 건축 승인과 관련된 문제, 순전히 새 공장을 짓는 데 걸리는 상당한 시간 때문에 궁지에 몰렸던 것뿐이다. 당시 영국에는 호스 공급업체 하나만 있었으며, 다른 모든 공급업체가 아시아에 있었다. 하지만 호스 수요량이 특정 수준 이상으로 증가하자, 그 호스 제조업체에서는 더 이상 제조하기를 원치 않았다. 우리와 계속 거래하려면 더 많은 노동력을 고용하거나 새로운 공장을 설립해야 하는데, 그런 투자를 감수하기를 원치 않았기 때문이다. 호스 제조업체가 공장을 21년간 임대하고 자신들이 고용한 노동력을 유연하게 사용하지 못하게 되었을 때, 그들이 감당할 위험이 너무 크다는 사실을 알기 때문에 나는 그 제조업체의 결정이 이해되었다. 따라서 우리는 즉각적으로 말레이시아에서 영국의 호스 제조업체를 대체할 업체를 찾았다.

우리에게는 고도로 숙련된 노동력이 필요했고, 싱가포르는 바로 그 부분에 특화되어 있었다. 싱가포르와 말레이시아에서는 고품질의 물건을 신속하게 만들 수 있었고, 현지에서 훈련받은 훌륭한 엔지니어들을 고용할 수 있었다. 그 지역은 엔지니어링 분야에 대한 인식이 좋고 그 가치를 인정하는 곳이었다. 그곳에서 제품을 제조하는 일은 신나고, 자신들의 일에 열정적인 현지 사람들과 진실한 동업 관계를 맺으며 일할 수 있어 즐거웠다. 우리가 만났던 정치인 중에는 제조업에 상당한 지식을 가진 기업가 출신이 종종 있었다. 그들은 산업에 전혀 경험이 없고 물건을 제조하는 데 대한 지식이 희박하거나 전무한 웨스트민스터의 정치인들보다 우리가 하는 일에 훨씬 더 공감해 주었다.

동남아시아로 이전함으로써 우리는 또한 아시아 소비자들이 원하는 바에 대해 방대한 지식을 얻었다. 아시아는 세계에서 가장 빨리 성장하는 시장이며 이미 다이슨 판매량의 반 정도를 차지한다. 유럽 역시 미국만큼 판매량이 급증하는 — 그리고 아주 중요하면서도 신명 나는 — 시장이지만, 전 세계 시장에 공평한 관점을 취해야 한다. 아시아는 서양의 경제 성장률에 비해 세 배 빨리 성장하고 있다. 또 세계 무역에서 유럽 연합이 차지하는 비율이 15퍼센트에서 9퍼센트로 감소하는 반면, 아시아는 그 비율이 16퍼센트에서 25퍼센트로 증가하고 있다. 우리가 영국의 맘즈버리에서 아시아의 소비자를 위한 제품을 설계할 수 있다고 여기는 것은 너무 오만한 생각일 수도 있다. 모든 나라는 제품에 대해 각기 다른 태도와 수요를 가지기 때문에 우리는 일본, 한국, 중국, 싱가포르, 말레이시아 현지에서 각각의 시장을 위한 제품 개발 엔지니어들이 필요했다.

우리는 싱가포르와 말레이시아에서 일한 이래로, 아시아 시장을 위한 제품 연구와 다른 시장들을 위한 제품 연구 사이의 균형을 맞추어 오고 있다. 제품의 가치를 알아볼 뿐 아니라, 청결에 매우 관심 높은 아시아 소비자들의 취향이 반영된 제품을 유럽 시장에 적용했다. 제조 라인은 대만, 필리핀, 인도네시아, 말레이시아, 한국에서 다이슨 제품을 판매하기 시작하면서 얻은 급속한 상업적 성장에 발맞추어 더 폭넓게 확장되었다. 그중에서도 한국은 가장 크고 빠르게 성장하는 시장 중 하나다.

많은 한국인이 하루에 두 번 정도 진공청소기로 집을 청소하기 때문에, 그들은 바로바로 꺼내 손쉽게 사용할 수 있는 작고 가벼운 제품을 원한다. 청결뿐 아니라, 한국에는 뷰티와 관련된 탁월한 문화가 있어 아시아의 다른 나라에도 영향을 미친다. 처음 서울에서 슈퍼소닉 헤어드라이어를 출시했을 때 판매량이 치솟은 이유가 이해되지 않았다. 이와 관련해 2019년 헤어 케어 제품을 전담하는 한국 연구소와 함께 후속 연구를 진행했다.

엔지니어링 및 기술 팀은 직접 소비자를 만나 연구를 진행한다. 우리의 스캐닝 일렉트론 마이크로스코프*와 헤어 매핑 분석 기술은 모발 상태를 평가하고 치료 및 관리 방법을 추천하는 동시에, 미래 제품 개발을 위한 정보를 수집한다. 엔지니어와 개발자가 실험실에서 뷰티 관련 연구를 하는 것이 익숙하지 않은 사람에게는 이상하게 보일 수 있지만, 이렇게 체험을 통해 얻은 인간에 대한 통찰력은 새로운 아이디어로 이어진다. 그 결과 다이슨 코랄 스타일 스트레이트너와 같은 신기술이 적용된 제품들을 발명할 수 있었다.

사실 중국 시장 진출에 대해서는 어느 정도 불안감이 있었다. 우리는 그곳에서 많은 표절 사례를 접했기 때문에 우리 디자인에 문제가 되지 않을지 걱정되었다. 하지만 그건 나의 오산이었다. 중국인들은 신기술과 최신 디자인을 매우 적극적으로 수용하는 태도를 보였다. 중국 당국도 지식 재산권 보호를 점점 더 심각하게 받아들여 그와 관련된 절차를 추진하고 있다. 그중 다이슨 위조품과 관련된 형사 기소는 중국에서 가장 중요하게 다

* 전자 광선으로 스캔해 형태, 구조, 크기, 상태를 고해상도로 분석하는 전자 현미경.

루어진 사건 중 하나다. 2020년에 단 한 차례 급습으로 서른다섯 명의 위조범이 체포되었고, 277개의 헤어드라이어와 부품, 포장재 및 기타 품목 등이 압수되었다. 이에 따라 상하이 법원은 네 명의 주범과 서른한 명의 공범자에게 유죄 판결을 내리고 각각 징역형, 벌금형을 선고했다.

우리는 상하이에 사무실을 차리고, 오래된 철강 공장에서 제품 출시 발표를 했다. 나는 우리의 신기술과 디자인이 한동안 사용되지 않은 산업용 건물의 분위기와 대조를 이루는 점이 마음에 들었다. 우리는 대형 백화점에 제품을 공급하는 회사인 젭슨과 동업 관계를 맺었다. 점진적으로 다이슨 데모 스토어를 늘리고 위챗, 알리바바, 징동닷컴 등의 플랫폼을 통한 직접 판매도 늘렸다. 우리는 그곳에서도 엔지니어링 팀을 구성했다. 중국은 다이슨의 가장 큰 시장 중 하나일 뿐만 아니라, 가장 흥미진진하고 까다로운 시장이다.

동남아시아의 다른 나라 사람들처럼 중국인들도 공기 청정기에 관심이 많다. 많은 사람이 추측하듯, 중국이 세계 어느 곳보다 대기 오염 정도가 높기 때문이 아니다. 그런 위험에 대해 정확히 인지하도록 교육받았기 때문이다. 그들은 실내 공기 오염의 위험에 대해 훨씬 더 잘 알고 있으며, 포름알데히드 및 기타 휘발성 유기 화합물에 대한 인지도가 매우 높다. 정말 높다. 아직 다른 나라가 따라잡을 수 없는 수준이다. 우리가 공기 청정기를 개발할 때도 중국 현지 소비자들의 높은 기대치를 충족하기 위해 아주 높은 성능이 요구되었다.

영국 기업들은 수출 시장을 위한 제품을 국내에서 만드는 방식을 취했지만, 오늘날 우리는 그 소비자들이 무엇을 원하는지 직감적으로 인식하고, 연구 개발 및 생산 과정에서 그들과 직접 협력하기 위해 현지에서 생활하면서 일하고 있다. 예를 들면, 일본, 중국 및 한국 소비자들을 위해 중량이 1킬로그램이 안 되는 다이슨 디지털 슬림 무선 청소기와 하나의 클리너 헤드에 두 개의 브러시 바가 탑재되어 전 방향으로 청소가 가능한 다이슨 옴니글라이드 무선 청소기를 개발했다. 아시아에서 먼저 출시된 뒤 이제는 전 세계로 공급되고 있는 제품들이다. 앞서 언급한 내용처럼 한 잡지의 비평 덕분에 먼지를 바닥에 달라붙게 만드는 정전기를 없애기 위해 카본 파이버 브러시 바를 고안한 적도 있다. 광택이 나도록 닦기를 원하는 한국과 중국의 소비자들은 먼지가 정말 다 제거되었는지 알고 싶어 한다. 그래서 피조 센서를 통해 흡입된 먼지 입자의 크기와 양을 LCD 화면을 통해 보여 주는 기술을 적용했을 뿐만 아니라, 먼지 입자를 하나도 놓치지 않고 다 비추어 주는 일루미네이션 기술이 결합된 제품을 개발했다.

싱가포르에 있으면 세상을 독특한 시각으로 바라보게 된다. 싱가포르를 세계 지도의 한가운데 두면 중국, 한국, 일본, 인도네시아와 필리핀뿐 아니라 인도, 호주, 뉴질랜드까지, 그리고 급속도로 성장하고 개발되어 가는 베트남과 방글라데시 같은 나라들까지 얼마나 잘 연결되어 있는지 알 수 있다.

싱가포르 인근에는 전 세계에서 가장 빨리 성장하는 시장과 점점 부유해져 다이슨 제품에 대한 구매 욕구가 커지는 나라들이 위치해 있다. 우리가 싱가포르, 말레이시아, 필리핀에 더 오래 머무를수록, 다이슨은 소유자만 영국인으로 되어 있는 아시아 회사처럼 되어 갔다. 나는 스스로가 영국인임을 자랑스럽게 생각하고 영국 시골에서 다이슨을 시작해 그곳에서 지속적으로 수천 명의 직원을 고용하고 있지만, 한 번도 민족주의나 애국심을 내세운 마케팅 전략을 사용한 적이 없다. 다이슨은 제품이 어떤 객관적 장점이 있는지, 그 제품이 어떤 기능을 갖고 있는지, 어떻게 작동하는지, 그리고 에너지 효율이 얼마나 좋은지를 강조할 뿐이다. 다이슨 제품은 순전히 우리의 최신 기술, 성능, 디자인, 품질에 기초해서 팔린다. 영국에서 연구 및 개발을 진행하는 것도 중요하지만, 우리는 영국에 기반을 둔 연구와 아시아에서 이루어지는 연구를 취합할 것이다. 또 아시아에서 연구 및 개발을 계속해서 진행할 수 있도록 투자할 것이다. 전 세계가 아이디어와 무역에 더 개방적일수록 잠재적으로 모두의 이익이 될 혁신이 더 많이 일어나기 때문이다.

제조 공장을 아시아로 이전함으로써 우리는 맘즈버리의 연구 개발 부문을 지속적으로 성장시킬 수 있었다. 예전에 진공청소기와 세탁기를 조립했던 곳에서 이제 반무향실, 전자파 환경적합성 연구실, 먼지 실험실, 미생물학 실험실, 디지털 모터 개발 연구실, 신기술 배터리 연구실, 그리고 소규모 생산 라인 등을 갖추었다. 싱가포르, 말레이시아, 필리핀에서 일하는 사람들의 작업 속도, 유연성, 타고난 추진력 덕분에 영국에 있을 때 가해졌던 규제나 제약 없이 성장할 수 있었다. 우리는 실제로 하루 24시간 내내 제품 개발에 몰두하고 있으며, 4개월 만에 새 공장이나 연구소를 지을 수 있다. 싱가포르는 건축 및 도시 환경에 대한 기준이 매우 높아, 공장이 종종 매립지에 지어지며, 그들은 〈정원 도시〉*라는 유산을 자랑스럽게 생각한다.

처음 연구 및 엔지니어링 기반을 구축할 때 싱가포르와 말레이시아에 있는 다이슨의 국외 거주자들 덕분에 많은 도움을 얻었다. 우리의 리더십 팀**은 회사 대표를 포함해 싱가포르에 주둔하고 있으며, 요즘에는 훌륭한 현지 인재를 수천 명 고용하고 있다. 그들은 다이슨이 그곳에서 장기적 비전을 가지고 있음을 알고 있다. 우리는 그곳에 있고, 그곳에 있는 것이 아주 행복하다.

다이슨은 아시아에서 급속도로 성장하고 있다. 그러나 그에 부응하는 큰 공장을 계속 짓는 일은 불가능하다. 따라서 다른 공장에서 기계들을 만들 수 있도록 공장 소유주들과 긴밀한 관계를 형성하고 있다. 우리는 툴링, 조립 라인, 제품 시험장들을 소유하면서 구매와 품질을 통제한다. 무조건 어떤 하도급 업체에 가서 〈이 디자인이나 이 디자인의 제품을 만들어 달라〉고 말하지 않는다. 이전에 진공청소기나 헤어드라이어, 로봇, 선풍기나 히터, 공기 청정기, 조명 등을 한 번도 만들어 보지 않은 회사

* 1960년대 삶의 질을 향상시키고 깨끗하고 환경 친화적인 도시로 변모시키기 위한 정책의 일환으로 도입된 정원.

** 조직의 의사 결정 과정에서 상당 부분을 담당하는 전문가 그룹.

에 찾아가서 우리의 생산 방식대로 제품을 만들 수 있도록 교육한다. 이것은 학습과 개선을 위한 능동적인 참여 및 헌신의 과정이다.

매년 25퍼센트씩 생산 규모가 확장되기 때문에, 싱가포르, 말레이시아, 필리핀에서조차 더 이상 새로운 공장을 계획하고 건설할 수 없다. 하지만 거의 매년 두세 곳의 공장이 더 필요하다. 오늘날 다이슨에는 1만 5천 명의 직원이 있고, 그 외 10만여 명의 사람이 우리와 함께 일하고 있다. 모두 우리가 소유한 전용 공장에서 디지털 모터, 히터, 배터리를 생산하고 있다. 이것들은 우리가 개발한 핵심 기술이다. 이것들을 제조하는 일도 주요 연구 개발 프로젝트의 일부다. 우리 스스로 제조함으로써, 추가적 개발 및 혁신적 발전을 계속 신속하게 진행할 수 있다. 또한 이것들은 우리가 진행해 온 수년간의 연구와 개발의 증거다. 그와 동시에 우리가 경쟁업체들에 비해 비약적으로 도약한 제품들을 설계하고 제조할 수 있게 해준 발명품이자 기술이다.

그 어느 때보다 많은 현지 엔지니어를 채용하면서, 점차 팀들이 통합되고 자체적으로 추진력을 발달시켜 나갔다. 2009년에 싱가포르의 연구 개발 센터를 알렉산드라 테크노 파크에 있는 더 큰 부지로 옮겼다. 이 창의적 연구 단지는 도시의 경제 중심지구와 가깝고 여러 시설과 서비스가 영국 기준에 부합하게 잘 갖추어져 있었다. 싱가포르의 특별한 특징 중 하나는 연구, 엔지니어링, 제조 및 상업 측면에서 모든 것이 가까이 연결되는 동시에, 계속 성장하는 거대한 지역 시장에도 물리적으로 연결되어 있으며, 뛰어난 소통 능력 덕분에 전 세계에 있는 여러 나라와 잘 연계되어 있다는 점이다. 게다가 싱가포르 정부는 기술을 개발하고 제조하는 회사들의 요구 사항을 잘 이해하고 있다. 특히 신기술에 대한 아이디어와 벤처 사업 등에 투자하는 여러 가지 국가 운영 기금도 있다. 이런 국부 펀드로부터 얻은 정보는 정부가 정책을 수립하는 데 도움이 된다. 싱가포르는 비록 작은 섬나라이지만 세계에서 두 번째로 큰 기술 수출국이 되었다.

2012년에 우리는 싱가포르에 첨단 자동화 제조 시설 〈샘〉을 세웠다. 이곳의 자동화 라인에서 3백 개의 자율 로봇이 2.6초마다 다이슨 디지털 모터를 생산했다. 다이슨은 현재 싱가포르와 필리핀 — 필리핀의 제조 라인은 〈팸〉이라고 한다 — 전 지역에 걸쳐 열네 개의 생산 라인을 보유하고 있다. 하루 24시간, 주 7일 내내 운영되며 유지 보수를 위해 한 주에 단 한 시간만 가동이 중단된다. 자율 로봇들은 마이크로도트 방식의 접착제로 모터를 접착하고 아무리 적은 양이라도 여분의 접착제가 있으면 모두 다시 빨아들인다. 그들은 구리 권선을 놀라운 속도로 회전시키고 아주 섬세하게 샤프트밸런싱* 절차를 수행한다. 그리고 모터를 만드는 동시에 테스트한다. 이곳에 인간 작업자는 없다.

하지만 엔지니어들은 그 과정을 어떻게 개선할지 항상 고민하고 있다. 전적으로 맞춤식으로 설계된 생산 라인은 우리가 보호해야 할 지식 재산으로 꽉 차 있다. 이런 생산 라인들을 설립

* 회전이 필요한 기계에서 축의 불균형이나 진동을 최소화하기 위한 작업.

하려면 1년 이상 걸리는 데다 비용도 많이 들기 때문에, 각 모터의 생산에 상당한 비용이 추가된다. 이것은 현재 최신 기술을 대표하며, 제품의 품질과 신뢰성을 위해 꼭 필요한 정밀도를 얻을 수 있는 유일한 방법이다. 하지만 우리는 끊임없이 불만을 가지고 그 과정을 반복적으로 개선하고 있다. 이제 필리핀에 위치한 최첨단 제조 시설의 생산 라인에서 1억 개의 다이슨 디지털 모터가 생산되었다.

한편 우리가 점유했던 모든 곳에서처럼, 알렉산드라 테크노파크에서도 공간이 부족해지는 데 많은 시간이 걸리지 않았다. 다이슨 슈퍼소닉 헤어드라이어를 출시한 지 1년 후인 2017년에 사이언스 파크 드라이브 2번지에 싱가포르 기술 센터를 열었다. 싱가포르의 스타트업 단지 중심부와 싱가포르 국립 대학 바로 옆에 위치한 기술 센터의 엔지니어링 팀들은 다이슨에서 계속 성장하는 개인 위생용품 및 생활용품 분야를 위한 기술 개발을 공동으로 책임지고 있다. 영국에서처럼 우리는 점점 더 많은 아시아 대학과 긴밀히 협력하고 있다.

2019년 1월에 아시아가 다이슨 사업 운영의 중심이며, 이런 현상이 오랫동안 유지되어 왔다는 사실을 바탕으로 다이슨 글로벌 본사를 싱가포르에 설립하겠다는 결정을 발표했다. 우리는 특히 아시아 소비자들에게 적합한 제품을 개발할 때 그 시장에 대한 근접성과 이해도가 매우 중요하다는 사실을 배웠다. 우리에게 싱가포르는 제조 및 세계적 교역의 중추이며 가장 빨리 성장하는 지역이었다. 또한 최고 경영자와 경영진이 이미 이곳에 기반을 두고 있었다. 싱가포르에는 1천2백 명의 직원이 일하고 있었고, 말레이시아에도 같은 수의 직원이 있었다. 싱가포르에 글로벌 본사를 설립한 것은 단순히 장기적인 상업적 발달을 반영한 것이다. 물론 맘즈버리와 훌라빙턴에서도 지속적으로 연구가 이루어질 것이다.

나는 당시 언론에 비록 우리는 싱가포르에 글로벌 본사를 설립할 계획이지만, 훌라빙턴에 새 건물과 시험 시설을 위해 2억 파운드를, 맘즈버리에 사무용 건물을 새롭게 단장하고 연구 시설을 업그레이드하는 데 4천4백만 파운드를, 그리고 새로운 세대 엔지니어들 — 다이슨에서는 물론 영국에서도 절실히 필요한 사람들이다 — 을 교육하기 위한 다이슨 기술 공학 대학에 3천1백만 파운드를 투자하겠다고 밝혔다. 싱가포르에서는 엔지니어링을 전공한 총명한 졸업생과 숙련된 노동자를 찾기가 상대적으로 쉬운 반면, 영국에서는 그렇지 못하기 때문이다.

다이슨이 본사를 이전하는 이유가 순전히 세금을 포함한 지출을 줄이기 위해서라고 주장하기를 좋아하는 영국 내 일부 언론의 공격은 어쩌면 불가피했을 것이다. 하지만 그것은 결코 사실이 아니다. 『선데이 타임스*Sunday Times*』의 기사에 실린 것처럼, 나는 개인적으로나 회사로나 영국에서 세금을 가장 많이 내는 사람 중 한 명이다. 게다가 다이슨은 영국뿐 아니라 전 세계 여러 곳에서 세금을 내고 있다. 싱가포르에 다이슨 글로벌 본사를 설립하더라도 회사의 세입과 이익에 따른 세금을 내는 방식에는 변함이 없다. 다이슨은 여전히 다른 어떤 나라보다 영국에서 더 많은 세금을 낸다.

비용 절감 문제 역시 이전의 이유가 아니다. 사실 싱가포르는 세상에서 모든 비용이 가장 비싼 나라다. 게다가 우리는 영국에서도 지속적으로 다이슨 회사를 운영하는 것은 물론, 교육 계획에도 투자하고 있다. 이는 모국에 대한 충성심 때문이기도 하지만, 사실 충분하지는 않더라도 영국이 전 세계 어느 나라보다 가장 창의적이고 탐구적인 정신을 가진 인재를 어느 정도 배출한다는 믿음이 있기 때문이다.

나는 본사 건물은 발명, 실험, 창의성, 제조, 검증 작업의 발전소 같은 곳이 되어야 한다고 생각한다. 다이슨의 미래에 싱가포르가 지닌 중요성을 생각하면 그에 맞는 영감적 공간을 마련할 때가 되었다고 생각했다. 그리하여 2019년 11월에 싱가포르의 케펠 항구와 센토사의 리조트 아일랜드를 마주하는 인상적인 건물 세인트 제임스 파워 스테이션으로 본사를 이전하기로 결정했다. 1920년대 처음 건설될 당시에도 모험적 시도였던 세인트 제임스 파워 스테이션은 다이슨이 연구 및 엔지니어링 공간으로 사용하면 또 한 번 그런 새로운 시도를 하게 될 것이다.

유리로 된 현대적 분위기의 — 멋지지만 영혼은 없는 — 건물을 새로 지었다면 훨씬 간단했을 것이다. 하지만 나에게 건물은 항상 중요한 부분이고, 일하는 공간은 언제나 사람들에게 영감을 주어야 한다고 믿어 왔다. 배스의 코치 하우스는 샌프란시스코의 차고*나 다름없는 존재였던 것 같다. 시카고의 첫 번째

* 샌프란시스코의 차고는 미국에서 많은 기술 혁신을 이룬 기업가(예를 들면 휴렛

사무실은 미국에서 가장 오래된 우편 카탈로그 사업이 운영되던 역사적인 건물이자 세계에서 가장 큰 강화 콘크리트 건물인 몽고메리 워드 건물이었다. 시드니에서는 운하 근처에 위치한 창고에서 아주 오랫동안 일했는데, 그곳은 제2차 세계 대전 중에 수출용 모직물을 저장하던 공간이다. 상하이에서는 프랑스 조계지*였던 지역에 위치한 곳에서 시작했다. 공산주의 혁명 후 자동차 공장으로 사용되던 장소다. 캐나다의 다이슨 직원들은 토론토 출신 건축가인 볼드윈과 그린이 설계하고 〈제조업자들의 건물〉이라는 딱 어울리는 이름을 가진 곳에서 근무한다. 훌라빙턴의 비행장 역시 오랜 세월 방치되고 퇴락한 역사를 가지고 있어, 그 공간 자체가 우리 모두에게 영감을 주는 캔버스 역할을 한다.

철골 구조로 된 거대하고 인상적인 세인트 제임스 파워 스테이션은 보자르 고전 양식의 외관에 붉은 벽돌로 되어 있고, 높고 커다란 로마식 창문이 있으며, 1백 년 전에는 늪지대였던 곳에 우뚝 서 있다. 이 건물은 엔지니어링 회사인 프리스, 카듀 앤 라이더와 협력해, 1923년 싱가포르에 온 젊은 스코틀랜드인 알렉산더 고든이 설계했다. 그는 그 후 곧바로 지자체의 부(副)건축가로 승진했다. 고든은 세인트 제임스 파워 스테이션 프로젝트를 위해 영국에서 미리 주조된 강철 골조를 배로 가져와 튼튼

패커드의 빌 헤이그와 데이브 패커와 같은)들의 창의성을 상징하는 장소를 의미한다.

* 개항 도시의 외국인 거주지로, 상하이의 프랑스 조계지는 1849년부터 1946년까지 프랑스 정부가 관리해 〈동양의 파리〉라는 명성을 얻었다.

한 콘크리트 기초 위에 세우고, 시민을 위한 건축물처럼 보이도록 그 골조를 웅장한 외관으로 마감했다. 채광 좋은 건물 내부에 들어서면 층고가 높고 공간이 웅장해, 마치 성당과 같은 분위기를 자아낸다. 그리하여 싱가포르에서 우리에게 딱 어울리는 본부처럼 여겨진다.

이곳은 1927년에 개장해 석탄을 연료로 사용하다가 1976년에 폐쇄되었다. 그 후 싱가포르 항구를 위한 자동화된 창고가 되었다가, 2006년부터 싱가포르의 〈밤의 왕〉이라고 알려진 데니스 푸가 운영하는 클럽 전용 시설이 되었다. 보통 주말이면 1만 5천 명에서 2만 명의 클럽 이용자가 광란의 파티를 벌이는 곳이었다. 다시 한번 디스코 전용 클럽들과 더불어 신생 태국 밴드들이 인기를 모으며, 활기와 창의성의 공간으로 거듭난 것이다. 푸가 임대하는 동안 세인트 제임스 파워 스테이션은 국가의 문화유산으로 등재되었다.

2019년에 임대 기간이 끝난 이 건물을 인수해 메이플 트리 개발 회사 및 에다스 건축 디자인 회사와 함께, 건물의 광대한 공간 내부에 또 다른 건물이 있는 듯한 새로운 구조를 만들어 기존 패브릭에 영향을 주지 않으면서 생동감을 줄 수 있는 계획을 고안해 냈다. 세인트 제임스 파워 스테이션은 반세기 동안 — 가끔씩 정전될 때를 제외하고 — 싱가포르에 전력을 공급하기 위해 밤낮으로 가동되었다. 그다음에는 하루 24시간 〈잠들지 않는 항구〉를 위해 일했고, 데니스 푸의 〈한 지붕 아래 열한 개 클럽들〉이 밤새도록 운영되기도 했다. 이제 이곳은 다이슨

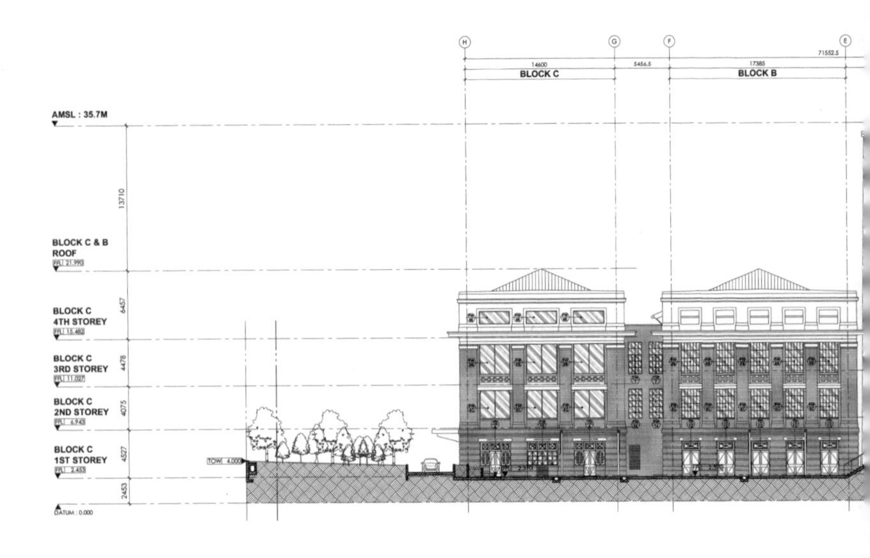

세인트 제임스 파워 스테이션의 건축 도면

엔지니어와 과학자들이 전력 전자 공학, 에너지 저장 매체, 센서, 비전 시스템, 내장형 소프트웨어, 로봇 공학, 인공 지능, 머신 러닝, 연결 장치들에 집중할 수 있도록 24시간 열려 있는 본부가 될 것이다.

세인트 제임스 파워 스테이션의 공사 작업은 2020년 코로나19 여파로 진행이 늦추어졌고, 그리하여 이전도 지연되었다. 다른 공장들도 작업을 중단해야 해서, 전 세계에 남아 있던 재고량이 급속도로 소진되었다. 봉쇄 조치가 미치는 영향에 대해 감지하기 시작한 것은 꽤 이른 시기인 2020년 1월 중국에서였다. 경기 침체가 지평선에서부터 서서히 묵직하게 다가오는 것을 알 수 있었다. 그때 뭘 해야 할지 깨달았다. 모든 것을 바꾸어야

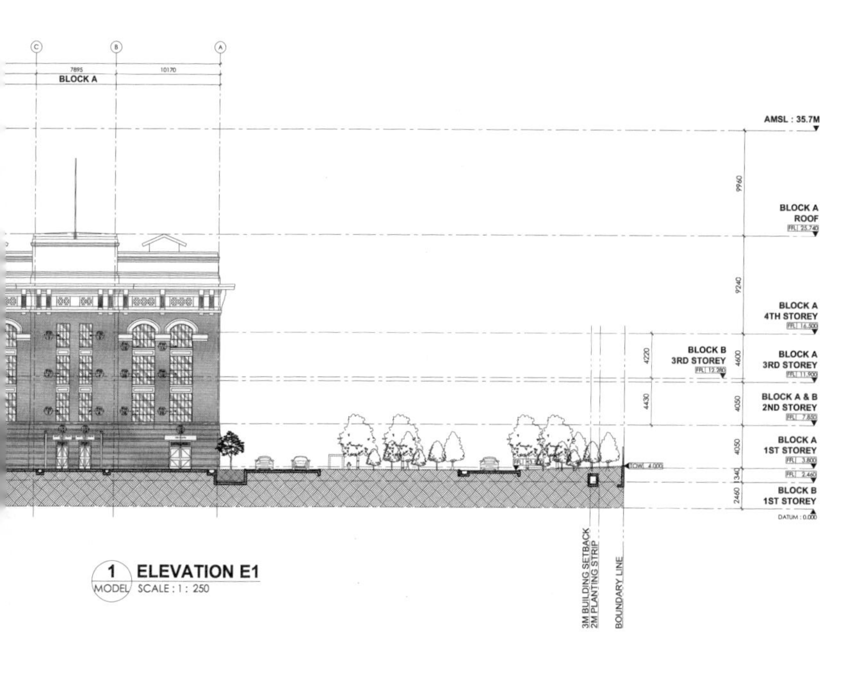

했다.

우리는 지난 3년 동안 이미 온라인 상점이나 다이슨 데모 스토어를 통해 직접 제품을 팔기 위해 노력해 왔다. 2021년 초에 356곳의 데모 스토어가 생겼다. 소비자가 다이슨 제품을 가능한 한 최상의 방법으로 써보게 하고, 우리가 책임져야 할 제품을 사려는 소비자들과 직접 관계를 맺을 수 있도록 전 세계에 데모 스토어를 열었다. 어떻게 하면 소비자들을 도울 수 있는지 알고 싶었다. 전 세계에서 소매점의 수와 판매량이 급감하는 현상도 다이슨이 직접 데모 스토어를 연 이유 중 하나다. 인터넷 쇼핑이 부상하면서 소매점들의 영향력은 더 이상 예전 같지 않다. 그래서 〈소비자들이 웹 사이트를 통해 사고 싶어 한다면 다이슨 웹 사이트를 구축하는 것은 어떨까?〉 또는 〈제조업체와 직접 거래하면 어떨까?〉 하는 생각을 떠올렸다. 이제 우리는 직영점을 통해 판매하고, 소매업체의 구매 담당자에게 의지하지 않아도 되기 때문에 특별 상품들을 제공할 수 있다. 온라인에 제품 하나하나에 대한 시연을 공개할 수도 있다. 그리하여 소비자들은 다이슨 데모 스토어에서 특별한 시연을 볼 수도 있고, 특별 한정판 제품을 살 수도 있으며, 무료로 헤어스타일링을 받을 수도 있다. 2020년 2월 초에 코로나19로 인해 전 세계 상점들이 문 닫을 때, 우리는 웹 사이트를 통한 직접 판매를 가속화했고 다이슨 데모 스토어들을 계속해서 열었다.

초기에 시트럭을 팔았던 경험을 바탕으로 나는 우리 제품에 대해, 그리고 제품의 기술과 성능에 대해 잠재 소비자 및 기존 소비자들과 대화를 나누고 설명하는 일에 꽤 매력을 느꼈다. 그것이 바로 내가 제이크만큼이나 제품 출시 행사를 좋아하는 이유다. 우리가 대중 앞에 나서서 다이슨의 발명품과 기술이 기존의 것과 어떻게 다른지 설명하는 일은 회사 소유주인 우리 가족에게 매우 중요하다. 우리는 새로운 기술을 개발하고 모든 시장과 공유하고 싶을 만큼 차별화된 제품을 출시하는 일에 열정을 가지고 있다. 그리고 나는 그런 제품에 대한 반응을 직접 듣기를 좋아한다. 참으로 운 좋게도, 내가 엔지니어링에만 온전히 집중할 수 있도록 나 대신 다이슨의 상업적 부분을 운영하는 훌륭한 사람들이 있다.

우리가 아주 최근에 발 들인 아시아 시장 중 하나인 인도에서 다이슨 제품을 출시한 것도 매우 즐거운 경험이었다. 1회 충전으로 연속 60분간 사용 가능한 V11 무선 휴대용 진공청소기를 포함해, 헤어드라이어, 스타일러, 선풍기와 공기 청정기, 다이슨 솔라사이클 모프 조명 등을 2017년 이후 인도에서 판매했다. 특히 솔라사이클 모프 조명은 아들 제이크가 디자인한 것이다. 주변 환경과 개인의 선호도에 맞게 조명 조건 — 색, 온도, 그리고 조도까지 — 이 자동으로 조절되는데, 조명 분야의 혁명과도 같은 제품이다. 이 LED 램프에는 독창적인 냉각 기술이 적용되어 있어 수명이 길다. 제이크가 원하는 수준의 결과를 내기까지, 90명의 엔지니어가 2년에 걸쳐 892개의 시제품을 만들었다. 엔지니어들의 나라라고 할 수 있는 인도에서는 고도로 잘 설계된 제품일수록 그 가치를 인정받는다.

인도에는 가사 도우미의 도움을 받지 않고 아파트에서 독립된 삶을 사는 젊은 전문직을 위한 완전히 새로운 형태의 시장이 형성되어 있다. 소비자 수준은 높을지 모르지만, 인도의 생활 환경은 높은 습도와 타는 듯한 더위, 심각한 오염 수준으로 인해 아주 열악하다. 우리는 그 시장에 맞는 제품이 있었지만, 인도에 제품을 판매할 만한 백화점이나 코스트코와 유사한 대형 창고형 마트가 없었다. 결국 다이슨 직영점과 웹 사이트를 통해 직접 판매에 나섰다.

나는 인도의 환경에 대해 어느 정도 준비되어 있었다. 2016년 당시 영국 총리 테리사 메이와 함께 무역 사절단으로 방문한 적이 있었다. 내가 묵었던 델리 호텔의 객실을 시원하게 하고 스모그를 차단하기 위해서는 동시에 다섯 대의 공기 청정기를 가동해야 했다. 그때 메이 총리가 자신의 스태프 중 한 명을 나에게 보내 공기 청정기 한 대를 빌려줄 수 없느냐고 물었다. 그때 이미 인도에서 공기 청정기가 상업적으로 성공할 것임을 깨달았다. 현재 나는 아시아에서 회사를 운영하며, 끊임없이 다른 문화를 배우고 관계를 맺어 가고 있다. 이것은 정말 신나고 설레는 일이며, 항상 준비된 상태를 유지하게 만든다. 다이슨은 영국 회사이지만, 그만큼 아시아를 위한 회사이기도 하다. 다이슨 제품은 전 세계 83개국에서 판매되기 때문에 충분히 글로벌 기업이라고 말할 수 있다. 영국에서 시작해 지속적으로 성장한 다이슨은 이제 제품의 95퍼센트를 다른 글로벌 시장에서 판매하고 있다.

나는 유럽 연합에서 탈퇴한 영국의 입장을 지지한다. 나의 상식과 개인적 경험에 뿌리를 둔 믿음에 의해, 나는 영국이 전 세계에서 경쟁력을 얻으려면 자유로워져야 한다고 믿는다. 2016년 다이슨은 생산량의 19퍼센트를 유럽에, 81퍼센트를 다른 국가에 수출했다. 시장 범위가 점차 확장되어, 〈미지의 지역〉에까지 뻗어 나가고 있다. 유럽 연합에 속한 국가 간 노동자의 자유로운 이동권은 다이슨이 영국에서 정말 필요한 엔지니어를 데려오는 데 도움이 되지 못했다. 우리가 원하는 엔지니어가 유럽 연합 국가의 시민이 아니면 고용하기 어려웠다. 외국인 엔지니어를 고용하려면 내무부를 통과하는 데 운이 좋아야 4개월 반이 걸렸다. 제발 이런 제도가 바뀌어 전 세계적으로 인재를 수월하게 채용할 수 있기를 바란다.

영국 대학교에서 엔지니어링을 전공한 대학원생의 60퍼센트 및 엔지니어링 관련 연구 종사자의 60퍼센트가 유럽 국가 출신이 아니라는 사실을 함께 고려하면 문제는 더 심각해진다. 그 학생들이 공부와 연구를 마치면, 영국은 그들을 위해, 혹은 그 자원을 가지고 무엇을 할까? 그들을 그냥 내쫓아 버린다. 대체 왜 당장 얻을 수 있는 소중한 기술을 가진 공학 전공자, 연구원, 박사 들을 우리와 경쟁할 가능성이 있는 중국과 같은 나라로 보내 버리는 걸까?

나는 영국이 유럽 연합 기관들과 양립할 수 없다고 생각한다. 우리는 그들의 로비 활동이나 작업 방식을 이해하지 못한다. 유럽 연합 국가들은 우리가 간섭하거나 다른 견해를 표현하는 것을 좋아하지 않는다. 그들은 자신들만의 방식을 지키는 데 익숙해져 있다. 이런 현상은 그들이 곤란하다고 여기는 합의나 약속을 우회시키는 방법이 따로 있을 때를 제외하고, 그들이 더 통합해 각 국가의 권력을 와해시키려는 추진력을 보일 때 가장 명백하게 드러난다. 영국은 법적으로 독립된 주권을 소중히 여기는 반면, 유럽 연합은 자신들에게 중요한 문제가 생겼을 때 원치 않는 것을 준수하지 않고 피할 수 있다면 더 강력한 통합이 전반적인 이익을 가져다준다고 생각한다. 따라서 영국과 유럽 연합은 상충되는 가치관을 가졌으며, 한마디로 공존할 수 없는 결혼 생활을 한 것이나 다름없다.

다이슨은 지난 25년간 IEC, 즉 국제 전기 기술 위원회* — 전자 제품 제조업체들이 표준화와 관련된 사안에 대해 협력을 촉진하고 논의하는 기관이다 — 의 회원이었다. 그래서 종종 속임수와 부정직한 행위들을 목격한 적이 있다. 예를 들어, 나는 2014년 이후부터 유럽 연합이 스스로 만든 법률을 위반하면서까지 특정 단체 — 이 경우에는 독일 진공청소기 산업 단체 — 에 혜택을 주는 에너지 성능 라벨을 채택한 것에 대해 유럽 연합과 법적 싸움을 진행하고 있다. 이에 대해서는 아무래도 설명이 약간 필요할 것 같다.

아주 오랫동안 우리는 유럽에서 판매되는 진공청소기의 와트 수를 제한하는 합리적 규제 방안 — 내가 알기로, 이런 시도를 한 제조업체는 다이슨이 최초다 — 을 지지해 왔다. 이 규정이 더 효율적인 기계를 만들 수 있도록 제조업체들을 장려하는 좋은 방법이라고 여겼기 때문이다. 말하자면, 이로써 에너지를 훨씬 효율적으로 이용하기 위한 연구와 개발에 투자하는 분위기가 생길 거라고 생각했다. 하지만 다른 제조업체, 즉 경쟁업체들은 이런 방침을 반기지 않았다. 내가 추측할 수 있는 이유는 그들에게는 우리만큼 효율적인 모터가 없기 때문이다. 따라서 그들은 먼지를 전혀 포함시키지 않은, 복잡한 요소와 방법을 조합한 실험실 기반의 테스트를 근거로 삼아 에너지 성능 라벨을 만들기 위해 로비 활동을 했다. 그 결과 진공청소기의 에너지 성능 테스트는 효율성을 위해 기계가 비어 있고 사용되지 않

* 〈국제 전기 표준 회의〉라고도 한다.

을 때 해야 한다는 조건이 명시되었다. 이것이 실생활과 전혀 맞지 않는다는 사실은 굳이 말하지 않아도 될 것이다.

다이슨 제품들은 영구적인 성능을 유지할 수 있도록 설계되고, 아주 다양한 먼지와 쓰레기를 사용해 실생활과 같은 환경에서 테스트를 진행한다. 다른 회사 제품들은 이런 상황과 명백히 다르다. 먼지 봉투에 먼지가 쌓이고 공기구멍을 막으면서 그 에너지 성능이 현저히 떨어지는 먼지 봉투가 장착된 제품은 특히 더 그렇다. 일단 에너지 성능 라벨과 관련된 규정이 실행에 옮겨지자, 유럽 전역에서 팔리던 많은 진공청소기가 재빨리 유럽 연합의 에너지 성능 테스트 집행 기관에서 받은 초록색 A 등급 라벨을 자랑스레 홍보하기 시작했다. 하지만 그런 진공청소기를 집에서 사용해 보면, 그 먼지 봉투와 필터들은 금세 먼지로 막힌다. 우리가 차후에 시행한 시험 결과, 그런 진공청소기들의 효율성은 〈사용 중〉에 G 등급까지 떨어졌다. 그들이 보장한 성능은 즉, 그 기준에 따라 구매했다고 자부하게 만든 그 성능은 집에서 사용할 때 얻을 수 있는 것이 아니다. 이 규정은 결국 소비자들을 속이고, 다이슨을 상업적으로 불리하게 만들었다.

몇몇 제조업체는 더 나아가 모터 전력량 상한도 조작했고, 이것은 에너지 성능 라벨과 동시에 시행되었다. 그들은 전자 장치를 이용해, 기계가 비어 있고 테스트 상태일 때는 모터가 낮은 전력량을 사용하도록 했지만, 실생활에서는 바로 전력량이 증가하게끔 의도적으로 설계했다. 따라서 그 제품의 실제 성능보다 더 효율적인 것처럼 보였다. 이런 행태는 우리가 유럽 연합

위원회에 대한 사법적 검토를 진행하도록 만들었고, 경쟁사에 여러 건의 소송을 제기할 수밖에 없도록 만들었다.

우리는 이 규정이 다이슨을 부당하게 차별한다고 주장했다. 법원에 먼지 봉투가 먼지로 가득 차기 시작하는 순간 먼지 봉투가 있는 청소기의 성능이 떨어지고, 그 후에도 지속적으로 떨어진다는 사실을 지적했다. 즉, 경쟁업체의 청소기들은 〈실제 사용〉 시, 즉 가정에서 사용할 때 에너지 효율이 라벨에 명시된 것과 다르다고 주장했다. 따라서 소비자들은 잘못된 정보에 의해 심하게 오도되고 있다고 했다. 우리의 처지는 유럽 사법부의 복잡성을 드러냈다. 우리가 제기한 소송은 2015년 11월에 맨 처음 유럽 일반 법원에서 기각되었다. 법원은 먼지 부하 테스트가 〈신뢰할 만하거나 반복 가능하지 않다〉는 국제 전기 기술 위원회의 아주 이상한 주장을 받아들였다. 먼지 부하 테스트는 국제 전기 기술 위원회가 오랫동안 자체적으로 고안해 온 것이고, 전 세계 소비자 테스트 기관과 제조업체에서 널리 채택되어 온 방식인데도 불구하고 말이다.

우리는 항소했다. 2017년 5월 유럽 사법 재판소는 〈일반 법원이 다이슨이 취한 입장을 명백히 왜곡했다〉고 판결 내렸다. 즉, 〈증거의 특정 부분을 고려하지 않았다〉, 〈이유를 진술할 의무를 침해했다〉, 〈법률상 실수를 범했다〉, 〈사실을 왜곡하고 이유를 제시할 의무에 응하지 않았다〉는 내용이었다. 유럽 사법 재판소에서 나온 판결문은 꽤 강력한 효과를 발휘했다. 게다가 판결문에서는 기술적으로 가능한 선에서 〈실제 사용과 최대한 비슷한 환경에서 진공청소기의 에너지 성능을 측정할 수 있는 산출 방법〉을 채택해야 한다고 명령 내렸다.

결국 항소심에서 일반 법원은 다이슨의 손을 들어 주고 그 규정을 무효화했다. 우리가 확실히 승소했지만, 여전히 우리에게 매우 불리한 상황이었다. 유럽 연합의 규정이 번복된 경우는 아주 이례적인 일이었기 때문이다.

우리는 우리 제품을 방어하기 위해 끈질기게 노력했고, 그 과정에서 일부 회사가 의지하려는 음흉한 관행이나 로비 활동 등을 낱낱이 밝혀내려고 시도했다. 이에 필요한 조사의 일환으로 정보 열람의 자유를 요청했다. 이를 통해 독일 제조업체들과 감독관 간에 오간 서신들을 확보했다. 여기에는 경쟁업체를 희생시키면서 자기 이익을 도모하기 위해 유럽 연합에 로비 활동을 한 내용이 담겨 있었다. 이 과정에서 유럽 소비자 단체들의 의견은 무시되었다.

이 소송 사건 때문에 우리는 신제품 개발에 집중할 시간과 노력은 물론, 수억 파운드의 비용까지 들여야 했다. 우리는 또 다른 피해와 관련된 지난하고 끈질긴 싸움에 휘말려 있다. 차별적인 규정으로 인해 처한 우리 입장을 보호하기 위해 소송한 것이지만, 사실 근본적으로는 유럽 연합의 관료들과 그들을 매수한 유럽 제조업체들이 고안한 규정으로부터 소비자들이 호도되는 일을 막기 위해 싸운 것이다.

이것은 빙산의 일각에 불과했다. 유럽 연합이 영국 제조업체들의 기반을 약화시키려 한다면 과연 영국이 유럽 연합 안에 머무를 이유가 있을까? 영국 제조업체와 소비자들은 주권국으로서 자체적으로 법을 만들어 전 세계와 자유 무역 협상을 진행하는 편이 훨씬 더 낫지 않을까? 역동적이고 관대한 싱가포르와 같은 사례가 영국과 훨씬 조화를 잘 이룰 것이 확실하다.

1960년대 영국이 유럽 경제 공동체 — 나중에는 유럽 연합으로 통합되었다 — 에 가입하기를 원했을 때, 프랑스의 드골 장군이 호전적으로 〈아니요〉라고 선언하듯이 말한 일화는 유명하다. 당시로서는 매우 불친절하고 무례해 보였지만 그는 단지 솔직하게 의사를 표현했을 뿐이다. 1940년부터 1945년까지 런던에서 생활한 그는 영국인에 대해 잘 알고 있었다. 영국은 〈자유 무역에 기반을 둔 경제 체제〉라는 행운의 유산을 가지고 있었다. 하지만 독일과 프랑스가 설계한 유럽 단일 시장은 폐쇄적인 형태를 띠고 있다. 그 목적은 외국 수입품에 높은 수입 관세를 부과함으로써 유럽 연합의 제조업체들을 보호하는 것이다. 예를 들어, 볶은 커피와 농산물에는 30퍼센트, 자동차에는 20퍼센트, 진공청소기와 헤어드라이어에는 6퍼센트의 수입 관세를 적용한다. 이때 수입 관세는 심지어 영국으로 수입되는 상품에 대한 수입 관세까지 포함해서, 모두 〈브뤼셀〉*로 직행한다. 1972년에 영국이 유럽 연합에 가입한 것은 영국과 자유 무역을 하던 호주, 뉴질랜드, 싱가포르, 인도, 캐나다, 미국과 같은 옛 동업 국가들의 빰을 때리는 것과 같은 일이었다.

* 유럽 연합을 가리키며, 유럽 연합의 본사가 브리쉘에 있어 이처럼 표현한 것이다.

영국이 유럽 연합 회원국이 된 이후, 유럽 연합으로부터의 수입량은 급증했지만, 영국과 유럽 연합 간의 무역 수지는 감소했다. 다시 말하면, 이것은 유럽 연합에는 좋은 거래지만, 영국에는 불리한 거래였다. 한편 영국이 회원국으로 있는 동안 유럽 연합이 아닌 나라로의 수출량은 증가했다.

영국에는 영국이 유럽 연합을 떠나기로 한 결정이 스스로 손해를 자처하는 일이라고 말하는 사람들이 있다. 나는 이 의견에 동의하지 않는다. 우리가 20여 년 전에 생산 공장을 동남아시아로 옮긴 이후부터 다이슨은 유럽 연합 밖에서 영국을 포함한 유럽 연합 국가에 지속적으로 제품을 수출해 왔고, 그에 따라 6퍼센트 수입 관세를 지불하고 있다. 이것은 결코 손해를 자처하는 일이 아니다. 그 20여 년 동안 유럽에서 다이슨의 판매량은 성장했다. 사실 수입 관세보다 환율 변동으로 인해 더 많은 손해를 입는다.

내가 이 글을 쓰는 동안, 영국은 벌써 전 세계에 걸쳐 66건의 자유 무역 협정을 맺었다. 유럽 연합 회원국일 때보다 전 세계 무역에서 훨씬 더 좋은 입지를 갖게 되었다. 번영 기회를 얻은 것이다. 유럽 연합이 영국과 자유 무역 협정을 맺지 않는다면, 그들이야말로 1천억 파운드 이상의 무역 흑자 가능성을 저버리면서 스스로 엄청난 손해를 낳을 것이다. 거의 마지막 순간에 유럽 연합이 영국과의 상호 무역을 보호하기 위한 자유 무역 협정에 동의했다는 사실은 좋은 조짐이다. 유럽 연합에는 이런 자유 무역 협정이 필요하며, 이를 기반으로 번성할 것이다. 지금처럼 적당한 거리를 유지하는 관계는 오히려 서로 제한된 상황에 갇히지 않은 상태에서 외교적으로 일을 해결해 나감으로써 새로운 협력 분위기를 가져다줄 거라는 예감이 든다. 부디 그렇게 되기를 희망한다. 다른 많은 영국인과 마찬가지로, 내가 아주 오래전부터 프랑스에 집을 가지고 있는 것은 항상 유럽을 여행하고 유럽 국가들과 협력해 사업하는 일에 깊은 애정을 느끼기 때문이다.

9
자동차

어린아이일 때도 나는 언제나 자동차, 특히 경유 차 뒤쪽에서 뿜어져 나오는 검은 연기가 끔찍하게 싫었다. 도보 통행자로서, 자전거 애용자로서, 그리고 경유 차 바로 뒤를 따라가는 자동차의 운전자로서, 우리는 오염 물질을 다량 들이마신다. 영국만 해도 연간 3만 4천 명의 사람이 배기가스 흡입으로 인해 사망한다. 배기가스는 특히 폐에 영향을 미치는 발암 물질이다. 우리 아버지도 폐암과 인후암으로 이른 나이에 사망했다. 어쩌면 이것이 내가 유해한 오염 입자들을 퍼뜨리는 배기가스에 지독한 혐오감을 갖는 이유인지도 모른다.

1952년 12월에 그레이트 스모그 현상이 발생했을 때, 나는 마침 런던을 여행하고 있었다. 스모그 현상은 석탄 연기가 원흉이었는데, 바로 내 손 너머에 있는 것조차 보이지 않았다. 그 당시 적어도 4천여 명이 폐 질환으로 사망했으며, 그 입자들이 혈관에 스며들어 6만여 명이 심장 마비로 사망했다는 소식을 들은 기억이 난다. 실제 통계 수치는 아직도 확실히 파악되지 않았다. 최근 몇 년 동안 휘발유 및 경유 차에서 연기가 덜 나오기 시작해, 특히 영국과 같은 나라에서는 유독한 스모그 현상이 단지 과거의 일로만 느껴질 수도 있다. 오늘날에는 맨눈으로 보면 배기가스가 깨끗한 것 같다. 하지만 그 이유는 물질의 입자 크기가 더 작아졌기 때문이지, 유해한 입자가 완전히 사라진 것은 결코 아니다. 기존 자동차 제조업체와 정부들은 내연 기관 및 경유 차에서 배출되는 입자성 물질과 관련된 근본적인 문제를 오랫동안 계속 무시해 왔다.

싸이클론 기술 개발 초기에 공기 흐름에서 입자성 물질들을 분리하는 과정에서, 나는 0.01미크론만큼 작은 입자의 수를 세고 그 크기를 재야 했다. 당시 진공청소기를 만들던 어떤 업체도 먼지 입자의 크기 같은 것에는 관심이 없었다. 어렵고 기술을 요하는 작업이었지만, 먼지 여과 기능의 효율성에 유의미한 도약을 이루기 위해서는 반드시 이해해야 하는 과정이었다.

1983년에 미네소타 대학에서 스핀 아웃 한 한 회사를 방문했다. 유용해 보이는 공기 역학 입자 계수기를 개발한 회사였다. 안타깝게도 당시에는 내가 감당하기에 너무 많은 비용이 들었다. 그곳에서 미국인들은 나에게 미국 광산국에서 나온 보고서를 보여 주었다. 그 보고서는 나를 디젤 배기가스의 위험성을 탐구하기 위한 새로운 길로 들어서게 이끌었다. 경유 차가 내뿜는 배기가스에 노출된 실험용 쥐들이 심장 마비를 일으키거나 암이 발병하거나 다른 심각한 질병을 겪는다는 내용이었다.

우리는 코치 하우스에서 싸이클론과 다른 최신 기술을 이용해 다양한 입자를 포집하는 기계를 개발하기 시작했다. 그리고 지속적으로 더욱 정교한 방법을 개발하려고 노력하면서, 10여 년 동안 연구를 수행했다. 그 결과 전기가 통하는 막대로 입자들을 흡착하는, 처음 시작과 꽤 다른 설계 방향을 발견했다.

기계가 작동하는 단계에 이르렀을 때, 우리는 자동차 산업과 관련 있는 제조업체와 사용자들을 찾아가 기계를 보여 주며 의견을 물었다. 하지만 아무도 이 장치를 자동차에 장착하고 싶어 하지 않았다. 사람들이 그렇게 수집된 그을음을 처리하는 것을 원하지 않을 거라고 판단했기 때문이다. 몇몇 회사에서는 세라믹으로 된 수집 장치를 장착할 거라고 주장했지만 — 진공청소기의 먼지 봉투처럼 — 수집된 입자로 인해 분명 막힘 현상이 발생할 것이었다.

경유 오염 문제는 점점 더 심해졌다. 1990년대 영국과 유럽에서 경유가 휘발유에 비해 상당히 저렴했을 때, 자동차 제조업체들은 유럽 연합과 미심쩍은 과학적 지식을 기반으로 디젤 엔진에서 나오는 배기가스가 휘발유 엔진에서 나오는 배기가스보다 깨끗하다고 주장했다. 비록 휘발유에 비해 디젤 배기가스가 이산화 탄소를 덜 생성하는 것은 사실이지만, 더 중요한 문제는 디젤 배기가스는 심각한 수준의 질소 산화물을 발생시키는 데다 먼지 입자에 미량의 금속이 섞여 있다는 사실이다. 유럽의 자동차 산업은 경유에 대한 거짓된 정보를 홍보함으로써 성공적인 결과를 얻어 냈다. 경유 차가 흔하지 않은 미국이나 일본과 달리, 경유 차를 생산하는 데 막대한 투자를 한 유럽 회사로서는 꼭 필요한 일이었다.

그들의 로비 활동은 매우 성공적이었다. 토니 블레어와 고든 브라운이 이끄는 신노동당 정부의 수석 과학 자문관이었던 데이비드 킹은 부끄럽게도, 휘발유보다 경유를 장려하려고 〈브뤼셀〉에 동조했다. 영국 정부는 2001년 경유에 대한 유류세를 인하했고, 그 결과 경유 차의 구매가 쇄도했다. 그것은 매우 위험하고도 잘못된 결정이었다.

자동차 배기가스 문제는 계속해서 나를 괴롭혔다. 2014년 무렵 다이슨은 더 효율적인 배터리를 개발 중이었다. 고성능 전기 모터에 대한 연구가 한창이었고, 공기 청정기와 난방기에 대한 연구도 진행하고 있었다. 또 헤어 케어 제품에 대한 다양한 아이디어도 탐구하고 있었다. 그러다가 갑자기 이 모든 것이 전기 자동차 개발을 위한 기술과 노하우가 될 수 있겠다는 생각이 들었다.

당시 자동차 산업은 여전히 전기 자동차의 존재를 무시하고 있었다. 2035년까지 전기 자동차의 시장 점유율이 5퍼센트에 불과하다고 예상할 정도로 그 존재가 미미했다. 나는 그들의 예측이 완전히 잘못되었다고 생각했다. 분명 사람들은 서로에게 오염 물질을 쏟아 내기를 원하지 않을 거라고 여겼기 때문이다. 결국 사람들이 현재와 같이 전기 자동차에 대한 선호도를 직접 행동으로 보여 주리라 생각했다. 지금 와서 돌이켜 보면, 전기 자동차는 상상했던 것보다 지나치게 큰 규모 프로젝트였다. 그런 프로젝트에 일찍부터 섣불리 너무 많은 시간과 에너지, 감정, 돈을 투자한 것은 실수였다. 그럼에도 불구하고 기존 업체들이 과소평가한 전기 자동차에 우리의 핵심 기술을 활용하겠다는 논리 자체는 매우 설득력 있었다. 나는 최고의 전기 자동차를 만들고 싶었을 뿐 아니라, 모든 자동차 중에서 가능한 한 최고의 자동차를 만들고 싶었다. 우리는 야심에 차 있었다.

2014년에 맘즈버리의 D4 건물에서 아주 우수한 인력으로 이루어진 팀을 구성하기 시작했다. 원래는 진공청소기 조립 라인이 있던 곳이었다. 윌킨슨에어는 다른 모든 프로젝트와 멀리 떨어진 곳에 비밀 사무실 겸 작업실을 만들었다. 우리가 그곳에서 무슨 일을 하는지 아무도 모를 만큼 잘 숨겨져 있었다. 전기 자동차 프로젝트는 급속히 성장했다. 영국에서 자동차를 제조하기 위해서는 그 어느 때보다 많은 공간이 필요했다. 그 뒤로 5년 동안 최첨단 기술이 탑재된 획기적인 자동차를 개발했다. 그렇게 함으로써 전기 자동차에서 발생하는 전통적인 문제들을 해결하며 큰 발전을 이루었고, 생산 준비가 완료된 효율적이고 독창적인 자동차를 완성했다. 그 과정에서는 배워야 할 것이 정말 많았다.

항상 그렇듯, 우리는 온전히 다이슨만의 자동차를 설계하기 위해 모든 과정을 자체적으로 해결하고 싶었다. 물론 몇 가지 의문점은 있었다. 예를 들어, 초기에는 다른 회사에서 새시*를

* 차대. 자동차의 뼈대에서 하중을 지지하는 부분이자 다른 구성 요소들이 연결되는 차량의 수평 부분이며 구동 장치에서 바퀴로 동력을 전달하게 하는 기계 부품들로 구성된다.

구입하거나 개발할 수 있는지 알아보려고 했다. 테슬라에서 로터스의 섀시를 채택한 것처럼 말이다. 한동안은 이것이 능률적으로 일을 처리하는 영리한 방법처럼 여겨졌지만, 협업 가능성을 타진하는 과정에서 그 어떤 자동차 회사에서도 우리 자동차에 알맞은 섀시를 만들지 않는다는 사실을 알게 되었다. 오히려 아무것도 없는 상태에서 자유로운 마음으로 시작할 수 있었다.

자체적으로 섀시를 개발하는 비용은 엄청났다. 하지만 승객과 배터리 모두를 위한 추가 공간을 만들기 위해 색다른 레이아웃을 가진 섀시를 채택할 수 있다는 장기적인 이점이 있었다.

〈충전 1회로 얼마나 이동할 수 있는지〉가 프로젝트의 주요 원동력이었던 것 같다. 시장에 나와 있는 최고 전기 자동차의 경우도 최장 이동 거리가 약 3백~5백 킬로미터 정도였다. 우리의 연구에 따르면, 휘발유 및 경유 차에 익숙한 사람들은 다시 충전하기 전에 약 1천 킬로미터 이상 달릴 수 있어야만 전기 자동차 사용을 고려할 것으로 예측되었다. 사람들이 자동차로 장거리 여행을 할 때 평균 이동 거리가 나라별로 — 미국까지 포함한 것이다 — 거의 동일하게 나타났다는 점은 무척 흥미로운 사실이었다.

우리는 1회 충전한 후 다시 충전할 때까지의 〈주행 가능 거리〉 경쟁에서 반드시 이겨야 한다는 것을 알고 있었다. 긴 휠베이스를 가득 채우고 있는 2단 배터리 트레이에 장착된 리튬 이온 배터리는 다이슨 EV — 전기 차라는 뜻으로, 우리가 불렀던 제품 코드명은 N526이었다 — 는 춥고 습한 날 헤드라이트를 켜고 냉방 혹은 난방 장치를 세게 틀어 놓은 상태에서도, 약 965킬로미터 거리를 주행할 수 있었다. 대부분의 사람은 차로 통근할 때 보통 약 50킬로미터 정도만 이동한다고 주장한다. 이것은 어쩌면 사실일지도 모르지만, 거의 모든 사람이 적어도 1년에 한 번은 약 1천 킬로미터 정도 장거리 여행을 한다는 사실을 발견했다. 따라서 여행 도중에 배터리를 충전해야 한다면 승산이 없었다. 배터리 충전에 걸리는 속도가 점점 개선되는 사이, 우리는 N526에 휘발유 차와 경유 차가 가진 이동 거리 — 적어도 운행이 중단되기 전까지는 — 와 편의성 부여를 목표로 삼았다. 약 965킬로미터의 이동 거리를 보장하는 일이 핵심 과제였다. 이 과제에는 모터의 효율성, 구동 시스템, 난방과 냉방, 휠, 타이어, 그리고 공기 역학의 효율성을 극대화하는 것 등도 포함되었다.

우리가 원하는 만큼의 이동 거리를 달성한다는 것은 결국 무겁고 자리를 많이 차지하는 배터리가 많아야 한다는 의미였다. 결과적으로 부피가 크고 가격도 상승한다는 의미이기도 했다. 배터리 가격 못지않게 배터리 관리, 전자 장치, 냉각 시스템 관련 구성 부품들도 비싸기 때문이다. 배터리 관리, 전자 장치, 냉각 시스템을 단순화하지 않고서 배터리 자체 비용을 줄이는 것만으로는 전기 자동차에 들어가는 추가 비용을 줄이지 못한다.

다이슨의 과학자들은 차세대 고효율 소형 고체 배터리를 개발하기 위해 열심히 일하고 있다. 리튬 이온 배터리에서는 액체 전해질을 통해 양극과 음극 간에 전하가 이동하는데, 전해질이 과열되면 성능이 저하되고 급속 충전을 방해하며 큰 화재를 발생시키는 경향이 있다. 최신 배터리는 주로 일반적으로 널리 쓰이는 코발트를 사용하는데, 이는 공급이 까다로운 희토류 금속이기 때문에 사용하면 안 된다. 전고체 배터리*는 초박형 기판 위에 재료를 여러 층으로 적층한 구조로 되어 있는데, 이를 다시 적층해 하나의 견고한 다층 구조를 형성한다. 이렇게 되면 배터리 화재와 과열이 과거의 유물이 될 것이다. 하지만 초박형 기판에 금속 재료로 다층 구조를 형성하는 작업에는 문제가 많다. 그런 문제만 없다면 N526의 리튬 이온 배터리 팩을 대체할 것이다. 자동차의 성능이 크게 향상되는 것은 물론, 자동차의 중량 역시 시제품 무게인 약 2천6백 킬로그램보다 훨씬 더 가벼워질 것이다.

배터리는 전통적으로 놀라울 정도로 길고 긴 전기 자동차의 역사에서 항상 아킬레스건이었다. 전기 자동차에 대한 아이디어는 1820년대 후반까지 거슬러 올라간다. 프랑스의 물리학자 가스통 플랑테가 1859년에 가장 먼저 개발한 납축전지로 인해 일종의 혁명이 일어났다. 전기 자동차는 1890년대부터 인기가 있었다. 그 자동차들은 조용하고 세련되고 연기가 나지 않았으며, 시동, 구동 및 유지 관리가 용이했다. 1900년까지 미국에서 생산된 4,912대의 자동차 중에서 28퍼센트가 전기 자동차였다. 1899년부터 1915년까지 오하이오주 클리블랜드에 위치한 베이커 전기 자동차 회사는 여성 운전자들을 겨냥해 정교하게 공

* 전해질을 기존의 액체 형태에서 고체로 대체한 배터리.

들여 제작한 전기 자동차를 생산했다. 어떤 자동차는 시속 약 1백 킬로미터라는 장벽을 처음으로 돌파하기도 했고, 훗날 내연 기관 자동차에 장착된 유압 브레이크와 사륜 조향 장치를 수십 년 앞선 1890년대 초에 장착한 자동차도 있었다.

하지만 초기 전기 자동차의 운명은 1908년 헨리 포드가 대량 생산한 모델 T, 1912년 찰스 케터링이 발명한 전기 시동 모터, 미국 내 값싼 텍사스 오일의 과잉 공급으로 인해, 그 후 몇 세대에 걸쳐 발전하지 못하도록 결정된 상태나 다름없었다. 전기 자동차는 그때 그 수준에서 그대로 머문 채 둔한 기계라는 인식을 얻었다.

전기 자동차를 디자인할 때, 우리는 아주 특별한 자동차가 되어야 한다는 사실을 알고 있었다. 하지만 아무리 생각해도 우리가 원하는 차는 자동차 마니아들이 선호할 유형이 아니었다. 우리는 소유할 때나, 운전하거나 여행할 때 모두 즐거움을 주는 차를 원했다. 따라서 모든 세부 사항이 중요했다. 배터리 충전기 플러그를 꽂는 부분도 좌석, 조종 장치, 핸들 같은 요소들만큼이나 세련되고 우아하게 만들기 위해 고심을 거듭해서 설계했다. 난방 및 환기 장치는 다이슨의 공기 흐름 및 최소 에너지 사용 기술을 최대한 활용해서 만들고 싶었다. 우리는 리튬 이온 배터리를 전고체 배터리로 바꿀 수 있는 날을 고대했다. 전기 공학 분야의 성배라고 할 수 있는 배터리 교환 문제는 현재 전 세계 여러 회사에서 연구 중이다.

전고체 배터리의 원리는 1830년대 마이클 패러데이 시대부터 알려져 있었지만, 자동차 산업에서는 장거리를 달릴 때 쉽고 안정적으로 자동차에 동력을 공급할 수 있는 강도와 내구성을 갖춘 배터리를 찾는 것이 도전 과제였다. 2012년에 『미국 세라믹 협회 회보*American Ceramic Society Bulletin*』에 실린 보고서에 따르면, 현재 개발 상황을 고려할 때 고성능 자동차에는 개당 10만 달러짜리 전고체 배터리 셀이 8백 개에서 1천 개 정도 필요하다. 전고체 배터리는 높은 에너지 밀도와 내화성을 가지며, 리튬 이온 배터리보다 충전 속도가 빠르고, 발열이 적고, 중량이 가볍고, 수명이 더 길다.

2012년에 미래의 제품을 위해 몇 군데 신기술 스타트업에 투자했다. 주로 우리의 관심 분야에 초점을 맞춘 회사들이었는데, 그중 하나는 미국 앤아버에 있는 미시간 대학교에서 스핀 아웃한 사크티3이었다. 당시 그들은 전고체 배터리 개발에서 가장 앞서 있었다. 우리는 전기 자동차와 배터리로 구동되는 진공청소기를 위해 그 개발 사업에 참여하고 싶었다. 처음에는 투자자로 참여했지만, 그들의 잠재력을 꽤 빨리 알아보고 사크티3을 인수하기로 결정했다. 그런 결정을 단행한 일은 최초이자 유일했다.

우리는 다른 회사를 인수하는 방식으로 기업을 운영하는 회사가 아니다. 회사를 성장시킬 수 있는 기술이나 사업을 획득하는 것은 빠른 방법일 수 있지만, 그곳 사람들과 그들의 업무 방식을 우리와 동화시키기가 쉽지 않을 수 있다. 일반적으로 자체 연구나 자체 사업을 시작하는 편이 더 낫다. 처음에는 그 과정이 훨씬 더 느릴 수 있지만 점차 유기적으로 발달하면서 결국 더 강력해지기 때문이다. 하지만 사크티3을 인수했을 때는 그 반대 경우가 벌어졌다. 능력이 출중한 그 팀원들은 실제로 우리가 배터리 분야에서 아주 급속도로 진전할 수 있도록 만들었다. 다이슨에는 이미 이전부터 배터리 기술을 연구하던 팀이 있었지만, 영국과 미국에 있는 팀과 더불어 일본과 싱가포르에 있는 새로운 팀과 함께하며 그 발전이 더 가속화되었다. 자동차 조립 라인에서 고용량 배터리 팩은 강성과 충격 보호 기능을 제공하는 것은 물론, 운전자의 중량과 공간을 최적화하기 위한 차체 구조의 필수 요소다. 배터리의 알루미늄 케이싱은 우리가 기존 자동차나 새로운 다이슨 자동차를 위해 개발하고 설치할 경우에도 별도로 재설계할 필요 없이 다양한 크기와 유형의 배터리를 수용할 수 있도록 유연하게 설계되었다.

다이슨 디지털 모터 기술에서 얻은 다년간의 경험을 바탕으로, 다이슨 디지털 전기 모터, 단일 속도 트랜스미션, 최첨단 전력 인버터로 구성된 맞춤식, 통합형, 그리고 효율적인 전기 구동 장치인 일렉트릭 드라이브 유닛을 개발했다. 따라서 전자 장치들은 자동차의 배터리 성능에 영향을 주지 않고 별도로 충전할 수 있게 되었다. 이 작고 가벼운 전기 구동 장치는 자동차의 앞과 뒤에 있는 하부 프레임에 장착된다.

N526은 엄격하게 정의된 자동차가 아니라 하나의 플랫폼으로 설계된 자동차다. 이것을 기초로 다른 차체 스타일을 설계할 수도 있다. 그렇게 설계된 첫 번째 모델은 7인승 SUV였다. 레인지로버와 동일한 크기이지만 차체가 매우 낮고 뒤쪽 윈도 스

크린이 경사져 있다. 시속 약 80킬로미터로 달릴 때, 차는 낮은 무게 중심의 이점을 얻기 위해 서스펜션 쪽으로 차체를 더욱더 낮춘다. 거친 지형이나 물이 범람한 곳을 지나 주행하는 경우에는 지상과의 간격을 더 높이기 위해 차체를 들어 올릴 수도 있으며, 약 92센티미터 깊이의 물을 헤치고 나아갈 수 있다. 물론 대부분의 운전자가 굳이 강을 건널 이유는 없겠지만, 홍수로 범람한 도로를 맞닥뜨렸을 때는 유용할 것이다. 따라서 홍수와 같은 긴급 상황에서 다이슨 자동차가 성능을 발휘해, 집으로 안전하게 데려다줄 거라는 사실을 안다면 안심될 것이다. 우리가 자체적으로 설계한 에어스프링 서스펜션은 교차 연결된 안티롤 바*를 가지고 있는데, 이것은 전통적으로 사용되는 강철 안티롤 바를 사용하지 않음으로써 자동차가 코너를 돌 때도 차체가 낮고 안정되게 유지된다. 사실상 큰 차지만, 운전이나 조작할 때는 작은 차 같은 느낌이 든다. 편안함과 안정성을 모두 얻기 위해 긴 피스톤 동작과 더불어 키네틱 롤 제어 기능**이 있는 테네코***의 어댑티브 댐핑**** 기술을 사용했다.

자동차의 길이는 정확히 5미터다. 휠의 크기는 약 64센티미

* 흔들림 방지 바 혹은 스웨이 바, 스태빌라이저 바로도 불리며, 빠른 코너링이나 불규칙한 도로에서 차량이 기울어지는 것을 방지한다.

** 자동차 서스펜션에서 코너링이나 회전 중에 차체가 흔들리거나 기울어지는 것을 방지해 핸들링과 안정성을 향상시키는 기능.

*** 자동차 부품 제조업체.

**** 도로 상태나 차량 속도, 운전자의 조정에 따라 충격 흡수 장치의 감쇠력을 자동으로 조정하는 서스펜션 시스템.

터로 크기 때문에 지상고가 높은 데다 자동차의 바닥이 평평해 추가적 이점도 있다. 휠은 자동차에서 가장 흥미로운 부분이다. 휠이 클수록 주행 저항이 적다. 그래서 노면이 튀어나오거나 움푹 팬 곳을 훨씬 쉽게 지나갈 수 있다. 반면 주행 저항이 크면 배터리 전력을 소모하고 효율성과 주행 가능 거리를 감소시킨다. 알렉 이시고니스의 미니처럼 N526의 바퀴는 차체의 모서리에 위치해 있다. N526보다 뒷바퀴가 더 뒤에 달린 차는 찾을 수 없을 것이다. 휠의 위치와 크기는 안락함 — 특히 튀어나오거나 움푹 팬 곳이 있는 노면에서 — 과 노면 유지 측면에서 뜻밖의 이점을 제공했다. 높은 지상고가 겸비되었을 때 접근 각 및 이탈 각은 업계 최고 수준이었다. 여기에서 접근 각과 이탈 각*은 도로에서 가파른 제방 쪽을 따라 운전할 때처럼 평평한 길에서 가파른 경사로로 올라갈 때, 반대로 가파른 경사로에서 평평한 길로 내려올 때 바퀴가 닿기 전에 차체의 앞부분 및 뒷부분이 먼저 경사로의 면에 충돌할 가능성에 영향을 미친다.

바퀴를 네 모서리에 배치하는 것에는 한 가지 단점이 있다. 회전 반경이 증가한다는 점이다. 이 문제를 극복하기 위해 사륜 조향 장치를 사용했다. 저속 주행 시 뒷바퀴가 앞바퀴와 반대 방향으로 회전함으로써 회전 반경을 줄일 수 있었다. 고속 도로에서 고속 주행 시 차선을 변경할 때는 뒷바퀴가 앞바퀴와 같은 방향으로 아주 조금씩 돌면서 안정성을 유지한다.

* 접근 각(이탈 각)은 차량을 평지에 둔 상태에서 앞바퀴(뒷바퀴)가 땅에 닿는 지점과 차의 앞부분(뒷부분)을 연결한 선과 지면 사이의 각도를 잰 것을 말한다.

우리가 설계한 좁은 휠도 빗길에 미끄러지는 현상이 덜해, 폭이 넓은 바퀴보다 눈길에서 덜 미끄러졌다. 사실상 우리가 설계한 모든 휠은 시중에 나와 있는 어떤 휠보다 컸다. 하지만 휠에 맞는 타이어가 없었다. 우리는 미쉐린을 찾아갔다. 그곳 엔지니어들도 관심을 보였다. 미쉐린은 개발 작업에 50만 파운드를 청구했고, 새 타이어 연구를 함께 진행하기로 했다. 한편 브리지스톤에서 더 좋은 타이어를 무료로 개발해 주고, 훨씬 낮은 가격에 공급해 주었다.

큰 휠은 더 높은 지상고를 제공할 뿐 아니라, 더 좋은 드라이빙 포지션을 제공한다. 나는 사람들이 SUV를 선호하는 이유가 홍수 때문에 도로가 물에 잠기거나 특정 상황에 차가 갇히는 경우에 더 적합하다는 사실과 더불어, 전방을 더 훤히 내다볼 수 있다는 사실 때문이라고 생각했다. 다이슨 자동차만 있으면 랜드로버와 레인지로버가 가지고 있는 모든 성능을 누리면서, 커다란 사륜구동 〈첼시 트랙터〉처럼 농장에나 있을 법한 자동차가 런던 시내를 돌아다니는 듯한 느낌도 전혀 받을 수 없다.

다이슨 자동차에 탔을 때 가장 놀라운 점은 널찍한 공간감이다. 한편으로는 바퀴들이 모서리 끝에 있어 자동차 전체에 걸쳐 널찍하고 탁 트인 공간을 제공하기 때문이고, 또 한편으로는 공간을 침범하는 엔진, 기어 박스, 구동 시스템 등이 없기 때문이다. 외부에서 보았을 때 차체가 너무 거대하다는 단점 없이, 축간거리*가 긴 SUV에서나 볼 수 있는 넓은 내부 공간을 가지고 있다.

* 자동차의 앞바퀴 중심과 뒷바퀴 중심 사이의 거리.

우리는 가상 현실 기술을 이용해 자동차의 내부를 상상하거나 보여 주고 다른 자동차들과 비교하기도 했다. 이시고니스가 미니를 설계할 때 세운 원칙에 따라, 완전히 평평한 바닥을 목표로 삼았다. 나는 중간 좌석과 뒷좌석에도 앞좌석과 마찬가지로 조절이 가능하면서도 인체 공학적으로 만들어진 좌석을 두고 싶었다. 뒷좌석이 항상 희생되어야 하는 것은 아니니까 말이다. 프랑스의 대형 자동차 공급업체 포레시아와 함께 이를 개발했다. 초기 단계에서는 뒷좌석이 네 개의 레일을 따라 자동차 내부에서 움직일 수 있도록 설계했다.

나는 자동차들이 일반적으로 채택하는 1930년대 안락의자 같은 분위기의 시트가 싫었다. 아직까지 제대로 된 요추 지지대가 있는 자동차 시트를 찾지 못했다. 우리는 세심하게 고려한 자세 지지 기능을 갖춘 우아하고 구조적인 시트를 원했다. 다이슨 자동차 안에는 세 열의 좌석이 있고 성인 일곱 명이 편안하게 앉을 수 있다. 나는 이전까지 편안한 시트를 본 적이 없는데, 그 이유를 곧 알게 되었다. 그와 관련된 법률이 매우 제한적이어서, 원하는 것을 대부분 적용할 수 없었기 때문이다. 특히 그 규제는 좌석의 푹신함이나 유연함 자체를 허용하지 않는 것 같았다. 그리고 충돌 시 운전자가 뒤쪽으로 약 10센티미터 밀려난다고 가정하기 때문에, 사실상 머리 받침대의 머리 보호 기능은 충돌할 경우에만 작동한다.

우리는 편안한 좌석을 갖추면서도 규제 사항을 준수할 수 있었다. 나는 1960년대 후반 미국 디자인의 클래식이자 지금까지

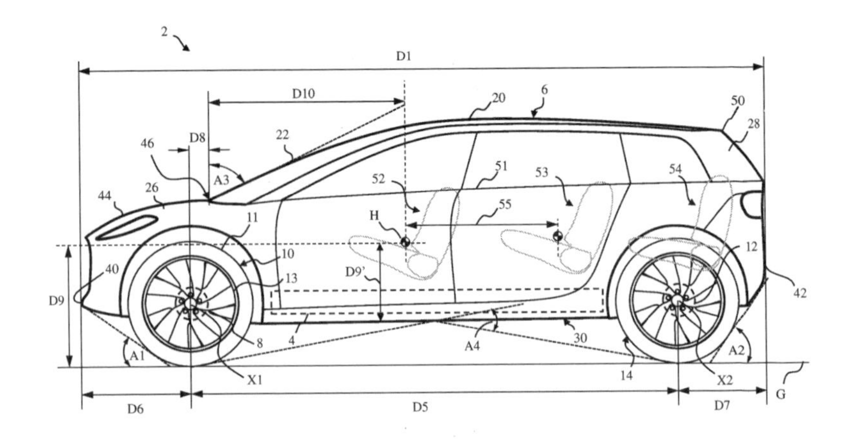
2
D1
D10
20
6
50
28
46
D8
22
A3
51
52
53
54
44
26
11
H
55
12
10
40
D9
13
D9'
42
8
4
A4
30
A1
X1
14
A2
X2
G
D6
D5
D7

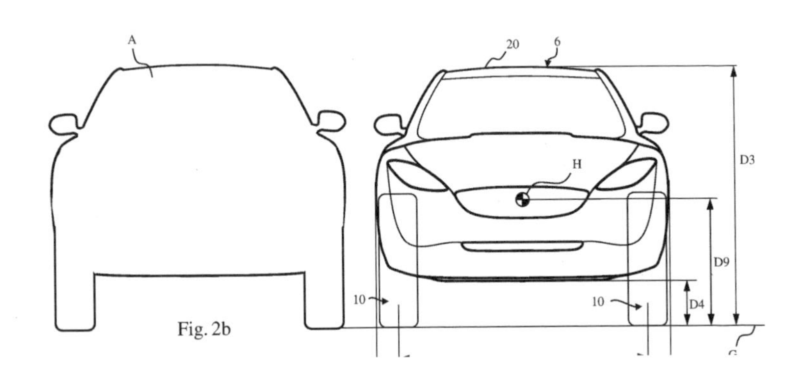
A
20
6
H
D3
D9
10
10
D4
G
Fig. 2b

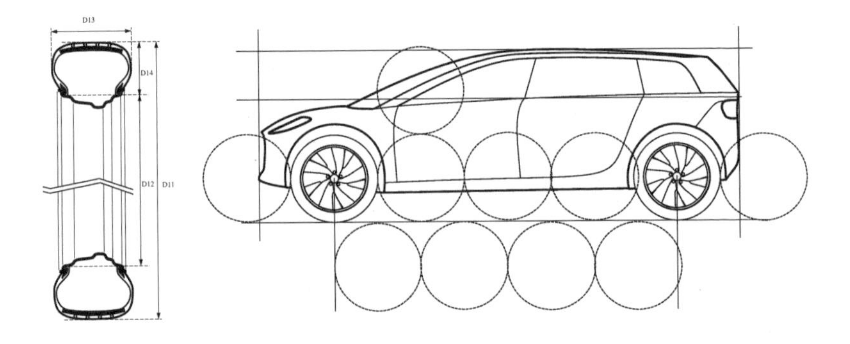
D13
D14
D12
D11

다이슨 EV

타의 추종을 불허하는 편안함을 제공하는, 그래서 내가 가장 좋아하는 의자인 임스의 소프트 패드 체어와 같은 구조의 좌석을 바랐다. 다이슨 자동차 좌석에는 임스의 것보다 훨씬 더 많은 패드가 장착되어, 더운 날씨에 필수적인 통기성에 도움이 되도록 했다. 노출된 프레임은 밝은색을 띠도록 양극 산화 처리*된 마그네슘으로 만들고 바닥과 등받이에 스프링이 장착되어 가볍고 튼튼하다. 중량도 업계 표준의 절반 이하인 20킬로그램 미만으로 줄였다. 이것은 차량의 핸들링, 안락성, 제동, 1회 충전 시 주행 가능 거리에 중요한 중량이 크게 줄어들었음을 의미한다.

가장 큰 전기 자동차 시장인 중국 소비자들에게 물어본 결과, 잠재적 구매자들의 경우 주중에는 운전기사가 차량을 관리하고 주말에는 가족용으로 사용하기를 원했다. 그래서 앞좌석과 뒷좌석을 동일하게 디자인하고, 실내 길이만큼 앞뒤로 이동되도록 만들어 그 간격을 폭넓게 조정할 수 있는 기능에 특히 초점을 두었다. 손가락이 끼거나 동전이 빠질 위험이 있는 디자인을 피하기 위해 끝없는 도전이 필요했다. 모든 것을 시도해 보았지만 결국 너무 복잡해서, 어느 정도 타협점을 찾았다. 내가 원했던 평평한 바닥을 유지하는 대신, 좌석 고정 부분은 기존 방식을 사용하기로 한 것이다.

바람의 저항을 줄이고 더 넓은 시야를 확보하기 위해 페라리보다 더 크고 더 많이 기울어진 앞 유리를 설치했다. 운전자가 도로 상황을 잘 파악할 수 있도록 차고(車高)는 꽤 높지만, 지상

* 전기 분해를 응용해 금속의 표면에 인공적으로 피막을 형성하는 방법.

고가 크고 깔끔하게 정돈되어 여전히 낮은 전면부와 공기 역학적 구조를 가지며 넓찍한 공간감을 체감할 수 있다. 이 점은 대시 보드를 최대한 낮게 유지함으로써 더 향상되었다. 대부분의 자동차는 대시 보드가 돌출되어 앞을 보려면 대시 보드 너머로 보아야 한다는 부담감이 있다. 나는 그와 반대로 부분적으로 넓게 느껴지고 자동차를 제어하는 느낌이 더 향상되기를 바랐다. 대시 보드 밑에 들어 있는 장치들과 크래시 박스*까지 고려해야 했기 때문에, 이를 실현하기는 쉽지 않았다.

나는 자동차의 내부 및 외부가 모두 깔끔하게 정돈되기를 바랐다. 대시 보드와 제어 장치는 운전자의 시선이 항상 도로를 주시할 수 있도록 디자인했다. 운전자를 위한 조명, 방향 지시등, 오디오 조정 기능과 같은 모든 상호 작용 제어 장치는 핸들에 배치했다. 스위치를 보거나 조작하기 위해 도로에서 시선을 돌릴 필요 없도록 대시 보드에는 이런 제어 장치를 배치하지 않았다.

그다음 향상된 헤드 업 디스플레이, 즉 HUD를 설계했다. 이것은 위성 내비게이션, 속도, 라디오 방송국, 주행 가능 거리, 제한 속도와 같은 도로 경고 표지, 크루즈 컨트롤 조정 기능 및 기타 경고 표시 등을 앞 유리창에 표시하는 기술이다. 2016년에는 증강 현실 및 홀로그램 기능을 기반으로 하는 디지털 마이크로미러 디스플레이를 통해 기능이 더욱 향상되었다. HUD는 대

* 충돌 시 차체와 부품의 손상이 최소화되도록, 차량으로 전달되는 충돌 에너지를 흡수하는 부분.

시 보드 정중앙에 컴퓨터 화면을 설치할 필요가 없음을 의미했다. 법에 따라 정중앙에 화면을 배치하는 것은 참 성가신 일이었다. 오히려 도로를 주행할 때 운전자의 주의를 산만하게 할 수 있고, 불필요한 비용이 들기 때문이다. 나는 부디 구식 법률이 기술의 발달을 신속히 따라잡기를 바랄 뿐이다.

우리가 개발한 공기 여과 기술을 자동차에 적용해, 온도뿐만 아니라 공기까지 정화해 차 내부의 환경을 제어할 수 있도록 했다. 전기 자동차 전력의 3분의 1은 냉난방 장치에 의해 소모되기 때문에 복사열 및 열 패널을 신중하게 배치해 에너지를 절약할 수 있는 효율적인 저전력 시스템을 찾아야 했다. 그래서 우리는 기본적인 단계로 돌아갔다. 현재 냉난방 시스템은 주로 차량 내부 온도를 측정하고 변경하는 데 그친다. 그러나 온실과 매우 비슷한 성질을 가진 자동차는 태양이나 외부 온도의 영향을 크게 받는다. 두 가지 모두 자동차의 구조와 탑승자에게 영향을 미치는 복사 온도다. 특히 자동차로 통근할 때는 비교적 거리가 짧기 때문에, 공기 시스템에 의해 유입되는 따뜻하거나 찬 공기가 차체나 좌석의 온도를 바꿀 만큼 충분한 시간이 없다. 즉, 탑승자가 자동차의 복사 온도 — 차거나 뜨거운 온도 — 에 더 큰 영향을 받는다는 의미다. 자동차 내부 공기가 내부 온도를 변경하기까지는 시간이 오래 걸린다. 게다가 자동차 내부의 이산화 탄소 농도를 적절히 유지하기 위해서는 내부 공기가 자동차 뒤쪽으로 배출되어야 한다. 말하자면, 비싸게 가열된 차가운 공기가 모두 초당 최대 약 70리터 속도로 계속 버려진다는 의미다. 따라서 우리는 복사열을 내부에 전달하는 데 더 초점을 맞추고, 공기 가열식 난방은 적게 사용하도록 시스템을 설계했다. 이로써 배터리 전력을 아주 많이 절약할 수 있었다.

우리는 조명도 다시 설계했다. 헤드라이트는 적응형 매트릭스 프로젝터*다. 측면 등과 방향 지시 등은 라이브 에지**가 있는 정사각형 아크릴을 사용했다. 앞에서 보면 평소에는 흰색이 되고 방향 지시 등을 켰을 때는 오렌지색이 되는 정사각형 부분을 볼 수 있다. 하지만 옆에서 보면 정사각형의 한쪽 가장자리만 수직으로 매우 밝게 보인다. 따라서 매우 독창적인 방식으로 방향 지시 등이 어느 쪽을 가리키는지 확실히 알 수 있다. 아크릴은 숨겨진 LED 조명에 의해 그 빛을 전달받는다. 아크릴 소재의 특성상 마치 광파이프***처럼 필요한 곳에 빛을 전달하는 것이다.

우리는 자동차에 대한 기본 원칙을 세웠다. 피터 갬맥은 모터 팀원 및 공기 역학 팀원들과 함께 풀타임으로 작업했다. 우리는 전기 자동차의 1회 충전 시 주행 가능 거리에 필수적인 공기 역학에 관심을 기울였다. 런던 서부 원티지 근처에 있는 윌리엄스

* 조명을 복잡한 방식으로 제어해 운전자의 시야가 반사되지 않게 하거나 정확하게 필요한 경로를 비출 수 있도록 조절되는 조명 장치.

** 마치 재료 자체에 광원이 있는 것처럼 주변의 빛에 의해 재료 가장자리가 빛나는 상태.

*** LED 조명의 빛을 기계 안의 다른 위치, 즉 불이 들어오는 버튼 등으로 전송하는 데 사용되는 플라스틱 막대 혹은 광섬유.

레이싱* 소유의 윈드 터널**에서 시험하기 위해 탄소 섬유로 4분의 1 크기의 축소 모형을 만들었다. 그런 다음 영국 중부 너니턴에 있는 모터 산업 연구 협회의 윈드 터널에서 실측 모델을 시험했다. 그리고 경쟁업체들이 만든 열 대의 자동차로 성능을 시험하면서 좋은 점과 나쁜 점을 분석하기로 했다. 우리는 남동쪽으로 한 시간 거리에 있는 베드퍼드의 M1*** 인근에 위치한 제너럴 모터스의 테스트 트랙으로 향했다.

자동차의 스타일은 따로 고려하지 않았다. 엔지니어링 및 공기 역학적으로 필요한 요구 사항에 맞추어 나가는 동안 형태가 만들어졌을 뿐이다. 다른 방식의 접근법을 고려할 생각은 전혀 없었다. 부피와 공기 역학적 측면을 확인하기 위해, 팀원들과 함께 피터와 나는 점토로 4분의 1 크기의 모델을 만들었는데, 그 과정이 매우 즐거웠다. 그런 면에서 점토는 원하는 디자인을 빠르게 만들어 낼 수 있는 좋은 재료였다. 우리는 점토를 오븐에서 섭씨 60도까지 데웠다. 뜨거운 점토를 오븐에서 꺼낸 다음 기초가 되는 판, 예를 들면 나무 위에 올렸다. 그러다 굳기 시작하면 긁어내거나 필요한 만큼 조금씩 더하면서 층층이 쌓았다. 실물 크기 모델을 위해 트랙 위에서 작동하는 대형 밀링 머신****

* 영국의 F1 경주 팀 중 하나로, 팀 창립자 중 한 명인 프랭크 윌리엄스의 이름을 땄다.

** 비행기나 차량 등에 공기 흐름이 미치는 영향을 시험하고 개선하는 데 사용되는 터널형 인공 장치.

*** 고속 도로의 하나.

**** 회전축에 고정한 커터로 공작물을 절삭하는 기계.

도 구입했다. 실물 크기 모델은 무게가 약 4메트릭톤*이고, 때로는 실제 바퀴가 달려 있기도 했다. 4분의 1 크기 모델은 놀랄 만큼 오차가 큰 반면 실물 크기 모델은 차가 실제로 보이는 모습을 그대로 드러낸다. 전반적으로 밀링 머신으로 작업을 하지만, 손으로 수정하면서 점토를 추가하거나 모양을 다시 잡아가기도 했다. 이런 과정을 마치면 컴퓨터로 스캔을 하고, 이를 바탕으로 밀링 머신이 실물 크기 점토 모형으로 다시 만들어 낸다.

점토 모형은 주로 충돌 구조나 공기 역학과 같은 법률 및 규정을 충족시키기 위한 것이었다. 외형의 모든 부분과 냉방을 위한 공기 유입은 공기 역학에 영향을 준다. 전면부의 모양은 공기를 되도록 적게, 최대한 부드럽게 가르며 지나가야 한다. 공기의 일부는 자동차 밑으로 들어가기 때문에 그 부분의 모양도 공기 역학과 양력 모두에 중요하다. 일부는 후드, 앞 유리, 지붕을 최대한 부드럽게 지나가야 한다. 일부는 측면을 따라 지나가는데, 이때 바퀴 부분의 아치 모양이 교란을 일으킨다. 마지막으로, 후면 디자인은 자동차의 속도를 늦추는 난기류 흡입을 방지해야 한다. 이런 모든 요인이 자동차의 마지막 형태에 기여한다.

나는 피터와 함께 차체를 설계했다. 경험 많은 자동차 전문가에게 조언을 듣기는 했지만, 외부 회사의 작업 팀을 참여시키지는 않았다. 차체 설계에는 온갖 종류의 까다로운 조건이 있어 시작부터 시행착오를 통해 배워 나갔다. 예를 들어, 차체를 길

* 미터법에 따르면 1메트릭톤은 1천 킬로그램이다.

게 직선으로 만들려고 하면 가운데 부분이 아래로 처지는 것처럼 보인다. 모양의 균형을 맞추기 위해서는 약간의 곡률이 필요하다. 고전을 배운 경험이 있는 나는 이것을 알고 있어야 했다. 고대 그리스 건축가들은 동일한 효과를 위해 엔타시스*를 사용했기 때문이다. 즉, 파르테논과 같은 신전의 기둥에 약간 볼록한 곡선을 가미함으로써 똑바른 것처럼 보이게 한 것이다.

나는 자동차 마니아가 아니다. 자동차 경주나 랠리에 가지도 않는다. 여가 시간에 자동차 잡지를 읽는 사람도 아니다. 차에 대해서는 엔지니어링과 설계 측면에만 관심 있다. 내가 가장 좋아하는 초기 시트로엥 2CV, 랜드로버, 1970년형 오리지널 레인지로버 등도 스타일에 전혀 신경 쓰지 않은 것들이다. 레인지로버는 자동차 엔지니어인 스펜 킹과 고든 배슈퍼드가 설계했다. 레인지로버의 수석 스타일리스트 데이비드 바시는 완성된 시제품을 보았을 때 그릴, 조명, 거울, 도어 핸들, 로고를 개선하는 것 외에는 거의 할 일이 없었다고 말했다.

그래도 나는 로베르 오프롱이 설계하고 1970년에 처음 소개된 장거리 여행용 시트로엥 SM을 특히 좋아한다. 흥미로운 옆모습, 회전식 헤드라이트, 속도 감응형 조종 장치, 병원 침대처럼 시트를 씌운 좌석, 수압식 서스펜션 — 시속 약 80킬로미터에서도 과속 방지 턱의 충격을 흡수한다 — 그리고 강력한 마세라티 엔진을 가진 시트로엥 SM은 가히 최고의 내연 기관 자동차라고 생각한다. 반세기도 더 지났지만, 편안함과 독창성 면에

* 고대 그리스 및 로마에서 사용된 기둥 중간의 불룩 나온 부분.

서는 따라올 자동차가 없다. 나는 자동차 프로젝트 초기에 우리 엔지니어들에게 대담하고 독창적으로 작업하라고 격려하기 위해 내 소유의 시트로앵 SM을 회사에 가져가기도 했다.

2016년에 애스턴마틴*에서 일하던 이언 미나즈가 회사에 합류해 생산에 필요한 팀과 장비를 구축하기 시작했을 때, 이미 자동차 개발 프로젝트는 꽤 오래 진전된 상태였다. 우리는 수십 년간의 경험을 통해 기술을 터득한 기존 자동차 산업 종사자들과 새로운 시각으로 문제점에 접근하는 다이슨 직원들을 혼합하는 것이 최선의 방법이라고 생각했다.

이언은 애스턴마틴 이전에 재규어에서 근무했다. 그곳에서 공기 역학자인 맬컴 세이어가 설계해 1991년에 공개한 재규어 XJS 컨버터블의 최종 버전과 그 교체품인 재규어 XK8 설계 작업에 참여했다. 이언은 애스턴마틴에서 주로 빠르고 강력한 자동차 개발을 추구했는데, 그중에는 V12 뱅퀴시 — 2002년에 개봉한 영화 「007 어나더 데이」에 나오는 자동차 — 와 2016년에 출시된 시속 약 320킬로미터의 애스턴마틴 DB11이 있다. 그 무렵 그는 새로운 일에 도전할 때라고 생각하기 시작했다고 한다.

이언은 나와 피터 갬맥 둘이서 다이슨 EV 프로젝트를 시작해, 작은 사무실에서 일하는 열 명으로, 그리고 아흔 명의 엔지니어 팀 — 절반은 모터를, 나머지 절반은 에어컨 시스템을 맡고, 전혀 경험도 없는 두 명이 섀시를 맡았다 — 으로 성장했을 때 합류했다. 그 후 5백 명 규모로 팀이 성장했고 2019년 중반

* 1913년에 설립한 영국의 고급 스포츠카 제조업체.

에 강하고 단단한 알루미늄 모노코크 차체 및 섀시를 기반으로 한 매우 설득력 있는 자동차를 만들었다. 그 자동차의 바닥 아래에는 원통형 전지들로 이루어진 150킬로와트시 용량의 리튬 이온 배터리가 있었다. 이 배터리들은 네 개의 바퀴 모두를 구동시키는 264마력의 다이슨 전기 모터 한 쌍 — 하나는 앞쪽에, 다른 하나는 뒤쪽에 있다 — 에 전력을 공급했다. 토크 벡터링과 트랙션 제어*는 자동차를 정지 상태에서부터 출발해 가속 페달을 깊게 밟을 때까지 흔들림 없이 곧고 매끄럽게 주행하도록 했다. 순간적으로 480파운드-피트의 토크를 사용할 수 있었기 때문에 이에 맞는 정교한 구동 시스템이 필요했다. 무게는 약 2.6메트릭톤이지만 4.6초 만에 시속 약 1백 킬로미터까지 가속할 수 있었다. 최고 속도는 시속 약 2백 킬로미터로 추정되었다.

실로 대단한 자동차가 아닐 수 없었다. 독창적이고 아름답게 설계되고 절제되어, 도로 위 다른 모든 차와 전혀 달랐다. 우리가 만든 전기 자동차는 단순한 기계 이상이었다. 우리의 입장에서 이것은 다양한 범위의 미래 제품들에 적용할 수 있는 신기술을 개발하고자 하는 열망의 일부였다. 처음 다이슨 자동차를 운전했을 때의 느낌은 처음 헤어드라이어 시제품이나 진공청소기를 사용했을 때의 느낌과 완전히 똑같았다. 아주 즐거웠지만, 모든 엔지니어가 본능적으로 그러는 것처럼 나는 또 곧바로 개선점을 찾아냈다.

2018년까지 우리는 자동차를 만들 장소를 결정해야 했다. 훌

* 바퀴의 정지 마찰력을 제어해 바퀴의 공회전과 미끄러짐을 방지해 주는 시스템.

라빙턴 캠퍼스에서 작업할 수도 있었지만, 정부의 도움이 필요했다. 자동차 프로젝트의 핵심 멤버들과 함께 경제, 에너지 및 산업부 장관인 그레그 클라크를 만나러 갔다. 계획과 도움이 필요한 부분을 설명했다. 그에게 가능한 방법이 있다면 도와 달라고 요청했으나, 거절당했다. 나는 그가 최근에 재규어 랜드로버에 새로운 디젤 엔진 공장을 만드는 데 2억 5천만 파운드를 지원했으면서 우리에게는 지원하지 않겠다고 단호하게 말한 점에 대해 불만을 제기했다.

그다음 주에 나는 싱가포르에 있었다. 장기 집권 중인 리셴룽 총리의 초대를 받았다. 그는 나에게 더할 나위 없는 도움을 주었다. 그는 즉시 공장 부지를 찾고 공장을 짓는 데 필요한 개발 지원금을 확보해 줄 그의 팀원들을 소개했다. 나는 싱가포르에서 돌아와 테리사 메이 총리에게 만남을 요청했다. 하지만 메이 총리는 나를 만나 주려 하지 않았다. 영국 정부의 태도와 전기 자동차의 주요 시장이 중국이라는 사실을 고려해 보니, 자동차를 굳이 영국에서 만든 뒤 수천 킬로미터를 운송하는 일이 왠지 어리석게 여겨졌다. 훌라빙턴에 새 공장을 지어야 하는데, 아무리 설계를 잘해도 건축 승인이 느린 이 나라에서는 발목이 붙잡힐 것이었다. 게다가 충분한 엔지니어를 채용하는 데도 애먹고 있었다.

모든 신호가 마침 아세안 자유 무역 지대의 일부이고, 중국과 함께 주요 시장 중 하나인 싱가포르를 가리키고 있었다. 우리는 새로운 항만 지역의 매립지에 싱가포르 공장을 설립할 계획을 세우기 시작했다. 우리는 자동차의 많은 부분을 직접 만들고 있었기 때문에 아주 큰 공장을 설계했다. 브레이크, 자동차 유리, 도어 고정 장치, 전기 배선, 좌석 프레임, 좌석 등의 전문 부품 제조업체와 일부 공급업체들은 이미 그 지역에 있었다.

우리는 〈자동차 업계의 신생 회사〉여서, 부품 공급업체들은 기존 자동차 회사에 비해 더 비싼 금액을 청구했다. 우리는 그들이 원하는 만큼의 생산량을 보장해 줄 수 없는 데다, 우리에게 필요한 부품은 우리 자동차에만 해당하기 때문에 부품 비용이 25퍼센트나 더 비쌌다. 따라서 생산 비용이 더 많이 들었다. 특히 간접비가 어마어마했다. 재료 비용도 엄청났다. 딜러를 통하지 않고 직접 판매할 계획이었기 때문에, 우리가 판매할 모든 나라에서 보관 시설을 확보하고 자금 조달 계약도 마련해야 했다. 자동차를 적게 만들수록 자동차 한 대에 들어가는 비용이 더 증가한다는 명백한 사실도 한몫했다. 상대적으로 적은 수량을 생산하는 우리는 차 한 대를 15만 파운드에 팔아야 하는데, 이 가격에 자동차를 구매할 사람은 많지 않다.

사실 당시에 전기 자동차 생산으로 전환한 기존 자동차 회사들은 막대한 손실을 보고 있었다. 합리적인 가격으로는 만들 수 없다는 것을 알면서 기존 자동차 회사들이 기꺼이 전기 자동차를 생산하려는 이유는 전기 자동차가 그들에게 배기가스 규정 배출량을 상쇄하는 데 도움이 되기 때문이다. 전기 자동차로 손해를 입는다고 하더라도, 겉으로는 도덕적으로 보이는 한편, 〈공해 자동차〉로 이익을 거둘 수 있다. 한편 테슬라는 230억 달러의 주주 자금, 보조금, 그리고 나머지 자금으로 운영되고 있었는데, 이 중 보조금은 우리로서는 그 일부도 받을 생각조차 못 하는 것이었다. 이 책을 쓰고 있는 시점에도 일론 머스크는 추가로 60억 달러의 기금을 모으고 있다.

이처럼 상업적으로 종잡을 수 없는 상황이어서, 마지막 순간에 우리는 생산을 중단하기로 결정했다. N526은 훌륭한 차였다. 모터도 아주 효율적이었다. 공기 역학적으로도, 운전하기에도, 운전하면서 앉아 있기에도 훌륭했다. 하지만 그것으로는 절대 돈을 벌 수 없을 것이 뻔했다. 그 프로젝트에 대한 열정이 아무리 크다고 하더라도, 우리는 다이슨의 나머지 사업을 위험에 빠뜨릴 준비가 되어 있지 않았다.

주요 자동차 회사들이 전기 자동차 개발을 급히 가속화한 주된 이유는 거의 하룻밤 사이에 모든 것을 뒤바꾼 배기가스 스캔들 〈디젤게이트〉 때문이었다. 2015년 가을 미국 환경 보호국의 한 조사관이 실시한 조사를 계기로, 폭스바겐이 테스트 중 규제 사항을 충족시키기 위해 약 1천1백만 대의 자동차에 배기가스 제어 기능을 조작할 수 있도록 터보차저* 직분사 디젤 엔진** 을 프로그래밍했지만, 도로에서는 그 기능이 사용되지 않았다는 사실을 발견했다. 디젤 엔진은 도저히 용납할 수 없는 수준의 질소 산화물과 입자성 물질을 배출했다. 회피성 실험 보고서

* 배기가스의 에너지를 재활용해 터빈을 구동시키고 외부 공기를 압축해 엔진에 공급하며, 완전 연소를 도와주는 친환경 장치.

** 연료를 실린더 내에 직접 분사해 연소시키는 기술.

는 말할 것도 없이, 제조업체와 정치인들의 그 어떤 〈그린 워시 행태〉도 디젤 엔진이 철저히 더럽고 건강에도 위험하다는 사실을 은폐하지 못했다.

디젤게이트를 공모한 것은 폭스바겐뿐만이 아니었다. 자동차 제조업체들은 이제 전기 자동차로 방향을 전환하는 것 외에 선택의 여지가 없었다. 노르웨이는 2025년까지 모두 전기 자동차로 전환하겠다는 계획을 세웠고, 중국과 독일은 2030년까지, 미국과 영국도 이제 그 날짜를 2030년으로 앞당겼다. 2020년 12월까지 전 세계 자동차 250대 중 1대는 전기 자동차이고, 그 중 반은 중국에 있다. 이것은 시작에 불과하지만, 전기 자동차 제조와 그 과정을 지지할 기반 시설 확충, 배터리를 충전하는 데 필요한 전기 생산 문제를 해결하기 위한 아주 긴 과정이 기다리고 있다.

디젤게이트는 자동차 산업 및 자동차 소유주들을 경유에서 멀어지게 만들었다. 이제 주요 업체들이 전기 자동차를 만들기 위해 필사적으로 뛰어들 것이었다. 그들은 우리보다 훨씬 저가로 자동차를 공급할 것이다. 왜냐하면 배기가스를 전혀 배출하지 않는 전기 자동차가 경유 차와 휘발유 차의 배기가스 배출량을 상쇄하면서, 그들이 환경 관련 규제를 지키고 있는 것처럼 보여질 수 있기 때문이다. 제작 비용이 훨씬 비싼 전기 자동차는 대부분 손해를 보고 판매할 수밖에 없다. 테슬라는 수익을 더 올리기 위해 내연 기관 제조업체에 탄소 상쇄* 상품을 수백

* 배출된 온실가스를 상쇄하는 활동을 일컫는다. 개인이나 회사가 배출한 온실

만 달러에 판매하기도 한다. 나는 이런 것이 과연 윤리적인 거래인지 모르겠다. 기존 자동차 제조업체가 전기 자동차 생산으로 전환하게 된 것, 즉 디젤게이트에 대한 반응은 뒤늦긴 했지만 2019년부터 명백해졌다. 따라서 우리의 전기 자동차의 가격은 너무 비싸서, 타사와 경쟁하기가 어려울 것이었다. 이는 우리가 자동차 프로젝트를 계속 진행하면 위험해진다는 것을 의미했다.

프로젝트를 중단하는 일은 정말 끔찍하고도 힘들다. 이 프로젝트를 같이 진행해 온 사람들은 모두 그 일에 의욕을 가졌다. 모두가 배터리와 모터 분야에서 위대한 발달을 성취하며, 매우 중요하고 신나는 일을 하고 있다는 자부심을 느끼고 있었다. 그런데 갑자기 프로젝트를 중단한다는 결정으로 모든 꿈이 산산조각 났다. 우리는 사람들 — 함께 작업한 사람들뿐 아니라 우리 자동차를 사고 싶어 했던 사람들까지 — 을 실망시키고 있다는 사실을 깨달았다. 나는 인생의 상당 기간을 들여 작업한 것을 이제 더 이상 수행하지 못하는 데다 막대한 인적 자원을 낭비한 데 큰 실망감을 느꼈다.

가능한 한 적은 직원을 해고하려고 했지만, 프로젝트를 중단할 거라고 발표하자마자 약탈자들이 움직이기 시작했다. 자동차 회사와 채용 대행사들은 우리 직원들에게 일자리를 제공하

가스량을 계산해 정부가 지정한 할당량 이상의 탄소를 배출한 기업들이 그렇지 않은 기업들의 여유분을 구매하는 탄소 크레딧과 역으로 할당량이 남은 기업이 판매할 수 있는 탄소 배출권이 있다.

기 위해 근처 호텔에 채용 사무실을 열었다. 다이슨에 계속 남고 싶어 한 사람들은 모두 신속히 다른 업무에 배치했고, 그들은 이제 다른 프로젝트를 맡고 있다. 재능을 가진 인재들이 다른 업무에 유입됨으로써, 다이슨은 또 다른 새로운 프로젝트를 가속화할 수 있었다. 그들 중 많은 사람이 지금은 대규모 팀들을 이끌고 있다.

2014년에 우리는 경쟁적인 분야에 진입했지만, 대부분의 경쟁업체가 전기 자동차의 수요를 무시하고 있다고 판단했다. 그래서 갑자기 디젤게이트 같은 사건이 생기거나 그사이 분위기가 극적으로 변할 거라고 예측하지 못했다. 다행히 우리는 5억 파운드의 재정적 손실을 보고도 살아남을 수 있었다. 그 과정에서 배터리, 로봇 공학, 공기 정화, 조명을 포함한 분야에서 많은 것을 배우기 위해 노력했다. 또한 설계 과정의 일부로 가상 엔지니어링도 배웠고, 궁극적으로 제품을 더 빠르고 저렴하게 만들 방법에 대해 배웠다. 모두 미래를 위한 가치 있는 것이었다.

우리는 훌라빙턴도 얻었다. 맘즈버리 근처 옛 대규모 군 기지를 자동차 개발, 시험, 그리고 가능하다면 생산을 위한 곳으로 구입했다. 맘즈버리에서 멀지 않은 곳에 버려지거나 거의 사용되지 않는 공군 비행장이 세 곳 있었다. 자동차 프로젝트를 시작할 때, 더 많은 공간이 필요해지자 국방부에 그 비행장 중 한 곳을 구입하거나 임대받을 수 있도록 요청하기로 했다. 국방부가 웨일스의 광활한 땅덩어리를 전부 소유하면서도 그중 아주 일부만 사용하는 것을 고려할 때, 특히 돈이 부족한 국방부로부터 세 곳 중 한 곳을 구입하거나 임대받는 일은 어렵지 않을 거라고 생각했다.

세 개의 활주로를 가지고 있는 영국 공군의 라이넘 기지가 탐났지만, 두 개의 활주로, 여러 개의 유도로, 널찍한 격납고를 가진 홀라빙턴이 더 나은 선택이었다. 하지만 국방부가 거절했다. 세 곳 모두 거절당했다. 자세한 이유는 모른다. 내가 계속 집요하게 요구해, 결국 홀라빙턴의 격납고를 사려고 들인 노력을 실행에 옮길 수 있었다.

내가 〈노력〉이라고 표현한 이유는 2년간 험난한 과정을 겪었기 때문이다. 비행장의 주요 부분은 1930년대 다섯 가구의 농장 가족으로부터 강제로 구입한 땅이었다. 따라서 영국에서 〈크리셀 다운 규칙〉으로 알려진 법적 절차의 일부로, 우리는 그 땅과 관련된 엄청난 수의 후손을 찾아내 그들과 타협해야 했다. 그 법에 따르면 아무리 오래된 일이라 할지라도 예전 소유주에게 연락해 시세로 구입해야 하는 것이다. 그들은 이미 1930년대에 시세에 해당하는 금액을 받았지만, 놀랍게도 우리는 여전히 그 후손에게 프리미엄을 지불해야 했다. 우리가 경험한 것 중 가장 복잡한 협상 절차였다.

어떤 가족들은 서로 의견이 맞지 않아 절차를 서두르고 싶어 하지 않았다. 하지만 우리는 시간이 없었다. 2017년 2월에 마침내 여러 구역에 대한 완전한 자유 보유권을 소유했다. 그 후 홀라빙턴 기지 주변의 다른 소유주들도 땅을 팔겠다고 제안해 왔고, 우리는 그 땅을 모두 구입해 결국 약 3백만 제곱미터에 이르는 지역을 모두 소유하게 되었다.

우리는 부지와 건물들에 대한 힘들고 까다로운 복원 및 개조 작업에 착수했다. 영국에서는 전역에 걸쳐 여러 가지 용도로 비행장이 훼손되고 있는데, 나는 홀라빙턴을 보존하고 싶었다. 이곳을 다이슨의 새로운 연구 개발의 중추로 만들 예정이었다. 우리가 이곳에서 최신 기술을 개발하는 동안 아직 작동하는 옛 항공기들을 다시 가져올 계획을 세웠다. 내가 이 계획을 공개적으로 밝혔을 때, 현지 사람들은 격분했다. 심지어 약 8백 킬로미터 떨어진 애버딘에서는 공식적으로 이의를 제기하기도 했다. 나는 여전히 적어도 제2차 세계 대전 때 사용된 전투기 한 대가 이곳에서 이착륙하는 꿈을 품고 있으며, 현재 덕스퍼드*에 보관되어 있는 전투기들을 이곳으로 옮겨 올 날을 소망하고 있다.

격납고의 건물들은 정말 아름다웠지만 처참하게 버려진 상태였다. 그 건물들이 지어진 날부터 우리가 매입한 시점까지 한 번도 보수 작업을 하지 않은 것 같았다. 크리스 윌킨슨은 네 개의 주요 격납고를 우아하고 빛이 가득 들어오는 최첨단 공간으로 되살렸다. 개조 작업과 동시에 탄소 발자국을 줄이는 과정은 새로 공장을 짓는 것보다 돈이 훨씬 많이 들었다.

홀라빙턴의 가장 큰 매력은 혁신적이고 널찍한 건물들에 표현된 건축적, 공학적, 디자인적 요소들이 1930년대에 특별하게 받아들여진 것처럼 한 세기가 지난 뒤에도 여전히 가치 있고 유용한 존재로 남아 있다는 점이었다. 특히 우리가 한 세기 전에

* 영국 케임브리지셔주에 있는 항공 박물관. 예전 영국 공군의 항공 기지였다.

영국 공군이 사용했던 비행장을 구입해 개조한 목적은 고품질의 설계와 엔지니어링을 보여 주기 위해서였다.

영국 항공성의 원조와 건설 부서*의 협조로 영국 공군은 제2차 세계 대전이 일어나기 전까지 5년 동안 수십 군데의 새 비행장에 투자했다. 1931년부터 1935년까지 거국 내각의 총리를 지낸 램지 맥도널드는 왕립 예술 위원회**에 비행장의 설계 및 계획 감독을 요청했다. 매우 기술 중심적인 대형 프로젝트였기 때문에, 영국의 시골 지역과 어떻게 조화를 이루고 어떤 인상을 주어야 할지 우려되었다.

결과적으로 훌라빙턴에는 스코틀랜드 건축가 아치볼드 불럭이 20세기의 위대한 영국 고전주의 건축가 에드윈 루트엔스와 레지널드 블롬필드의 스타일을 바탕으로 설계했다. 이곳에 보자르 혹은 정원 도시적인 계획으로 배치한 신조지 왕조풍 주거 및 행정 건물, 그리고 새로운 설계 및 시공 기술의 선두가 된 격납고와 기술 건물들이 들어섰다. 즉, 훌라빙턴의 새로운 비행장이 현대성과 전통성을 모두 표현해야 한다는 설계상 목적이 제대로 달성되었다. 장교들을 위한 3층짜리 식당 건물은 현지에서 조달한 석회석으로 마감하고, 로비와 중앙 홀은 광택제를 바른 오크 패널로 마감했다. 윌킨슨에어 건축 사무소가 항공기 격납고 중 두 곳을 다이슨 사무실과 작업장으로 개조했는데, 가장

* 영국 군사 부서의 하나. 군대 관련 시설물의 건축 및 유지 보수를 담당했다.

** 1924년에 설립해 도시의 건축, 환경, 도시 설계 및 공공 편의 시설 등 미학적인 부분에 관해 정부에 자문 역할을 담당하던 기관.

진보적인 유럽 엔지니어와 건축가들이 디자인한 만큼 아주 최신식이다.

예를 들어, 비행장 주변에는 1930년대 후반의 E형 격납고들이 있다. 그 격납고들은 흙과 잔디로 된 지붕을 가지고 있고, 주변과 잘 어우러지는 곡선형으로 된 콘크리트 건물들로 이루어져 있다. 멀리 떨어진 도로나 상공에서 바라보면 영국 윌트셔주의 유명한 신석기 무덤으로 착각할 정도다. 영국에서 고대 이집트의 피라미드를 떠올리게 하는 건물이다.

자갈로 채워진 E형 격납고의 방폭 문을 열면, 독일 발명가이자 산업가인 후고 융커스*의 작업에서 영감을 얻은 독창적인 콘크리트 지붕 구조로 이루어진 데다 기둥도 없는 매우 극적인 공간이 나타난다. 그는 독일 데사우에서 그의 이름으로 대량 생산된 일명 〈슈투카〉라고 불리는 급강하 폭격기를 포함한 항공기 제작자로 더 잘 알려져 있다. 좌익 평화주의자인 융커스는 바우하우스의 주요 후원자 중 한 명이었다. 그는 데사우에 새로운 디자인 학교를 도입하는 데 핵심 역할을 했다. 항공기 설계자로 전향하기 전에는 화장실용 가스 온수기와 온풍기의 발명가이자 제조자였다. 1925년에 융커스는 〈라멜렌다흐〉, 즉 미리 주조된 분할 구조의 목재 지붕을 강철로 다시 개발해 특허를 출원했다. 융커스가 개발한 망 형태의 강철 골조는 항공기 격납고에 가장 이상적인 구조로 입증되었다. 〈라멜라〉 격납고의 판매에는 혁신적인 구조와 단기간에 건설할 수 있다는 장점뿐 아니

* 보일러, 난방기 및 온수기 제조업체 융커스의 창립자이자 독일 항공기 설계자.

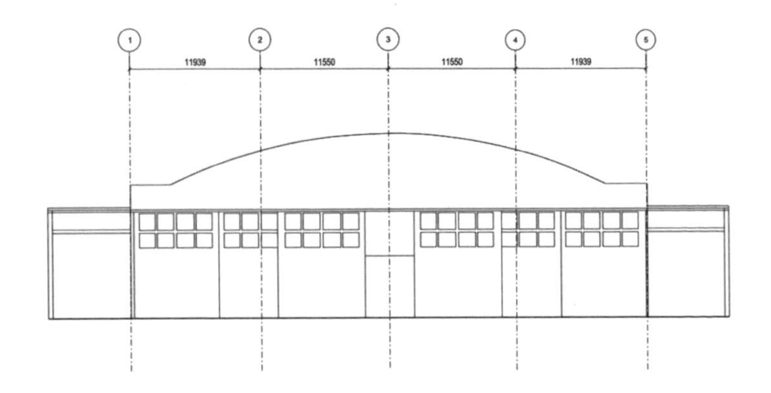

격납고 85

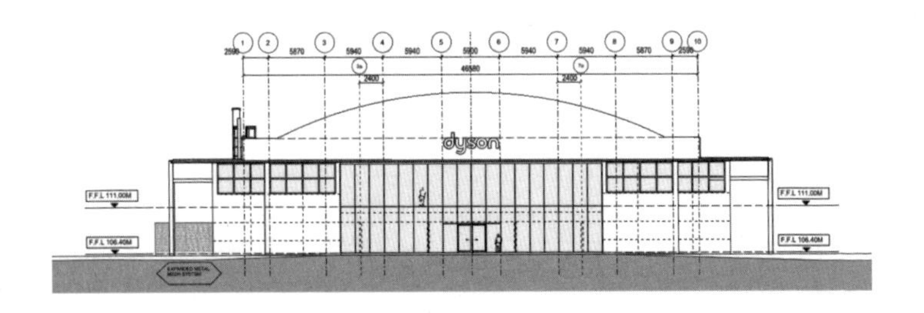

격납고 86

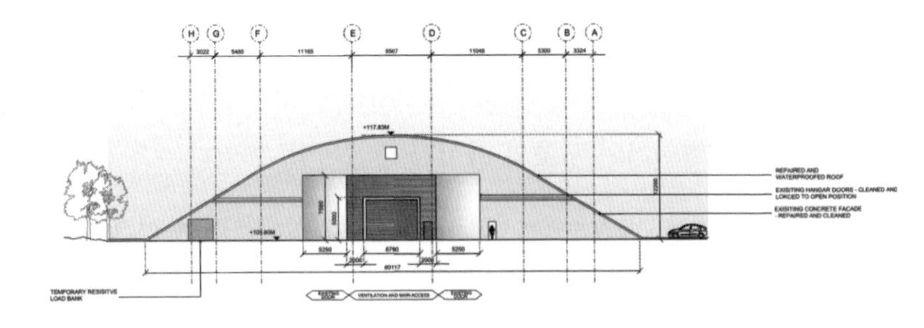

격납고 181

라 건축적 미학도 한몫했다.

잔디로 덮인 반원형 지붕이 있는 훌라빙턴의 콘크리트 E형 격납고는 단순화된 건설 시스템을 채택하고 있다. 하지만 독일의 설계에 뿌리를 두고 있기 때문에, 항공 기술과 건축의 관계가 진화했다는 증거인 동시에, 파괴적인 전쟁 중에 서로 상반된 입장과 양립할 수 없는 정치적 신조를 대변해야 하는 엔지니어링 기업 사이에서도 엔지니어링 기술이 이전되었다는 증거다. 키어사는 1938년에 E형 격납고를 건설했다. 그리고 80년 후, 키어 그룹은 다이슨의 D형 격납고 복원 프로젝트에 참여했다.

주로 항공기 보관에 쓰인 D형은 지붕의 뼈대를 형성하는 활 모양 콘크리트 트러스*를 떠받치는 강화 콘크리트 기둥으로 된 구조다. 15베이**로 된 벽은 약 35센티미터 두께의 단일 강화 콘크리트로 되어 있고, 상단에는 강철 프레임으로 된 대형 창문들이 있다. 여섯 개의 강철 패널로 이루어진 문들은 건물 양옆에서 튀어나와 문을 지지하는 역할을 하는 콘크리트 갠트리 쪽으로 열린다. 이런 건설 방식은 프랑스에서 발달했는데, 세련된 콘크리트 공법이 새로운 비행장의 건물들 — 가장 주목할 만한 건물은 툴루즈 근처의 몽토드랑 비행장***에 있다 — 뿐 아니라, 콘크리트 건축물의 걸작으로 불리는 랭시의 노트르담 성당을 설계

* 트러스의 일종. 상현재가 원호를 이루고 양쪽 끝이 하현재와 결합하는 트러스.

** 기둥과 기둥 사이, 내벽과 내벽 사이의 구획.

*** 1917년 제1차 세계 대전 중 독일군에 의해 파괴된 비행장을 대체하기 위해 건설된 비행장으로, 프랑스의 항공 산업에 큰 역할을 했다.

한 오귀스트 페레와 귀스타브 페레의 작품에도 영향을 미쳤다. 특정한 조명 아래서 보면, D형은 마치 신전 같다.

1937년 6월 홀라빙턴 비행장이 개장했을 당시 활주로는 처음에 풀밭이었다가 나중에 실험적으로 도입된 타맥*으로 바꾸었으며, 이곳의 첫 항공기는 복엽기였다. 1940년대 전성기에 홀라빙턴을 방문할 수 있었다면 모스키토, 스핏파이어, 랭커스터에서부터 더글러스 보스턴, 노스아메리칸 미첼, 그리고 GAL 핫스퍼 군대 수송기까지 다양하고 엄청난 수의 영국 공군 항공기가 모여 있는 모습에 감격하거나 압도당했을 것이다. 물론 홀라빙턴에 기반을 둔 비행 중대가 배스와 브리스틀 방어전에 참여하긴 했지만, 애초에 이 비행장은 비행 교관 및 항공기 조종사를 위한 교육, 항공기 보관을 주목적으로 건설되었다.

예전에 공군 기지였던 장소에서 자동차를 개발하는 일은 자동차와 항공 산업 간의 멋진 관계와 협력 작업을 상기시켜 주었다. 1933년에 마치 비행선이 도로를 달리는 듯 보였던 벅민스터 풀러의 다이맥시온 자동차에서부터, 비행선 디자이너인 팔야러이가 한스 레드빈카의 역동적인 타트라 자동차를 위해 디자인했던 유선형 설계, 그리고 전직 공군 파일럿이었다가 엔지니어가 된 식스텐 사손이 스웨덴의 사브에서 보여 준 선구적인 작업들까지 포함해서 말이다.

이 모든 발명가, 설계자, 엔지니어는 항공 산업에서 반드시 필요한 유선형 설계, 윈드 터널 시험, 제작 수단의 경제성은 물

* 도로 따위를 포장하는 데 쓰는 역청 물질.

론, 차츰 인체 공학에도 관심을 가졌다. 즉 진공청소기에서부터 항공기에 이르기까지 인간 생리학 및 인지 능력과 조화를 이루는 제품을 설계할 수 있는 방법들에 관심을 가질 필요가 있다. 우리는 윈드 터널에서 모터 터빈을 개발할 때 롤스로이스 항공 엔진과 함께 개발했다. 롤스로이스 항공 엔진은 우리의 작은 전기 모터보다 훨씬 더 크고 강력할 수는 있지만, 공기 흐름의 원리는 두 가지 모두를 성공적으로 작동시키는 데 똑같이 중요하다.

뜻밖에도 보리스 존슨 총리가 2020년 3월 13일에 나에게 전화를 걸어 왔다. 그는 코로나19 팬데믹에 대응하기 위해 6주 안에 5만 개의 인공호흡기가 필요하다고 말했다. 이 프로젝트는 나흘 뒤 공식적으로 발표되었다. 우리는 자동차 개발에 전념했던 훌라빙턴 건물의 용도를 변경했다. 우리가 의료 제품을 만들 만큼 깨끗한 새 공장을 갖고 있었던 것은 정말 행운이었다. 인공호흡기의 임상적 요구 사항과 사양을 이해하고 있는 소규모 엔지니어와 설계자들로 이루어진 팀을 구성해 작업에 착수했다. 프로젝트를 시작한 첫 주말 동안 우리는 정교함의 정도에 따라 여러 단계의 다양한 시제품을 만들었다.

우리는 잠재적인 공급 문제가 생길 것으로 판단해 가장 많이 사용되는 인공호흡기의 부품을 의도적으로 피하고, 대신 쉽게 구할 수 있고 신뢰할 수 있는 다른 부품들을 사용했다. 이 프로젝트 팀은 450명으로 급속히 성장해 영국 및 싱가포르 전역에서 24시간 쉬지 않고 작업할 수 있었으며, 우리가 보유한 세계적인 공급망 및 지식을 활용할 수도 있었다. 싱가포르 팀은 영국 팀이 밤에 잠을 자는 동안 일을 했고, 영국에서도 마찬가지였다. 그럼에도 일이 너무 많아 종종 모두 밤늦게까지 연장 근무를 하기도 했다.

정말 놀랄 만큼 성과가 있는 프로젝트였다. 임상의로부터 받은 피드백도 좋았다. 우리는 2주 만에 임상 테스트를 준비했고 새로운 인공호흡기를 만들 수 있었다. 프로젝트가 진행됨에 따라 우리는 필요한 희귀 부품들을 구입했다. 그리고 단 6주 만에 의료 등급 수준의 제조 단계에 도달했으며, 훌라빙턴 격납고 공간은 다이슨 직원들이 사회적 거리 두기를 준수하면서 기계를 조립하는 의료 등급 수준의 생산 시설로 변화했다.

팀원들은 목표를 달성하고자 하는 의욕에 넘쳐 열심히 작업에 임했다. 모두 상업 제품 개발 프로젝트에서 임무가 전환된 것이었기 때문에, 그들이 원래 참여하던 프로젝트들은 지연될 수밖에 없었다. 인공호흡기 프로젝트로 돈을 벌 거라는 생각은 커녕 지출이 꽤 발생할 것임을 인지하고 있었다. 단지 위기 상황에서 국가적 노력의 일환으로 당연히 해야 할 일을 하는 것뿐이라는 생각이었다. 나는 프로젝트에 임하는 팀원들의 열성적인 자세에 전혀 놀라지 않았다. 이것이 바로 우리가 일하는 방식이며, 우리가 하는 일이기 때문이다. 사람들은 팬데믹이 절정에 달한 시기에 가족과 떨어진 채 하루 종일 이 일에 매달렸다. 그들은 이타적인 태도를 보여 주었고, 단기간에 엔지니어들이 함께 일하면 무엇을 성취할 수 있는지도 보여 주었다. 엔지니어

뿐 아니라 우리에게 식사를 제공해 준 사람들, 바이러스로부터 우리를 안전하게 지켜 준 청소부들, 몇 시간마다 우리의 체온을 재준 사람들, 보안 팀, 제조 라인을 만들기 위해 격납고를 개조한 팀 — 이 외에도 끝도 없이 많은 사람이 참여했다 — 등 회사 전체에서 훌륭한 사람들이 프로젝트에 기여했다. 우리가 인공호흡기를 그렇게 빨리 제공할 수 있었던 이유는 모두가 그만큼 열심히 노력했기 때문이다.

다만 이 프로젝트를 관리하는 데 방해가 된 요소가 하나 있었다. 바로 계속 변화하는 사양이었다. 우리는 다우닝가 10번지* 내각 사무처의 요청과 지시에 따라 인공호흡기를 설계하고 제조하고 있었다. 그곳에 근무하는 공무원이 사양을 제공했다. 내가 아는 한 그는 임상의도 아니었고, 보건부의 의료 장비 승인 문제와도 관련 없는 사람이었다. 처음에는 우리에게 독립적으로 휴대용 인공호흡기를 제조하라고 했다. 배터리로 가동되는 자체 공기 펌프와 헤파 필터가 장착된 것이어야 했다. 또한 환자들의 호흡 속도에 맞추어 호흡을 도와주거나 대체할 수 있어야 했다.

이 시점에 내각 사무처에 의해 첫 외부 컨설턴트가 영입되었다. 그들은 인공호흡기에 공기를 제공하는 우리의 공기 펌프 아이디어를 독성학에 근거해 비난하고, 우리가 바로 그 목적을 위해 도입한 다섯 개의 헤파 필터를 인정하려고 하지 않았다. 우리는 주 전원 공급 장치에 의해 전원이 공급되고 병원에 있는

* 영국 수상의 공식 관저.

압축 공기 공급 장치에 의해 공기가 공급될 수 있도록 설계를 변경해야 했다. 하지만 그들은 병원의 압축 공기 공급 장치의 독성학적 측면에 대해서는 아무런 언급이 없었다. 어쨌든 우리는 그의 요구 사항을 완수했다. 그런데 그다음에 인공호흡기에는 환자의 호흡을 보조하고 대체하는 기능이 있어야 한다는 말을 들었다. 그것도 추가 요구 사항으로 포함시켰다. 일반 인공호흡기는 마취한 상태에서 환자의 목구멍 안으로 관을 삽입하고 호흡을 대체하는 반면, 보조 호흡 장치는 산소마스크와 같은 안면 마스크로 작동하고 환자가 스스로 호흡할 수 있도록 하므로 회복 가능성이 훨씬 더 높다. 우리는 두 가지 기능을 모두 수행하는 장치를 만들어야 했다.

모든 개발, 시제품 구축 및 테스트, 부품 구매 과정이 6주에 걸쳐 진행되었다. 이와 병행해, 우리는 훌라빙턴과 싱가포르에 의료 등급 수준의 엄격한 생산 시설을 구축했다. 싱가포르에 있는 시설을 통해 동남아시아에 인공호흡기를 제공할 뿐만 아니라 전 세계에서 받은 시급한 공급 요청을 이행할 예정이었다.

우리가 만든 인공호흡기는 기존 인공호흡기보다 훨씬 작은 서류 가방 크기로, 침대 옆 탁자나 카트에도 올려놓을 수 있었다. 한편 일체형 폴리카보네이트 계기판이 있는 알루미늄 상자 형태로 제작되었는데, 이것은 우리가 세탁기용으로 개발한 계기판과 유사했다. 그 자체도 당시로서는 첫 시도였다. 계기판의 글씨나 내용들은 투명한 폴리카보네이트 판 안쪽에 인쇄했다. 따라서 인쇄 상태가 닳지 않으며, 폴리카보네이트 재질 특성상

표면을 쉽게 닦을 수 있고 위생적이며 방수도 가능하다. 폴리카보네이트 판에 있는 동그랗고 작게 튀어나온 부분을 누르면 계기판 스위치들의 제어 기능이 활성화되고, 아래의 PC 기판에 있는 택트 스위치를 눌렀을 때 그 아래 배선 회로 기판을 통해 제어 신호가 전달된다. 또 폴리카보네이트 판에 인쇄된 그래픽 주변에 원이나 스트립 모양으로 인쇄되지 않은 투명한 부분을 남겨 두면, 그 아래에 있는 회로 기판의 조명이 그 부분을 통해 환하게 빛남으로써 표시등 역할을 하도록 했다.

2020년 4월 중순에 전 세계 임상의들은 되도록이면 환자들이 인공호흡기를 사용하지 않는 편이 더 좋다고 판단했다. 즉, 인공호흡기는 최후 수단으로만 사용된다는 의미였다. 따라서 하룻밤 사이 이미 병원에 있는 인공호흡기를 제외한 추가적인 인공호흡기는 더 이상 필요하지 않게 되었다. 내각 사무처에서 우리의 노력이 더 이상 필요하지 않다고 인정하는 데 몇 주가 더 걸렸다. 우리는 2천만 파운드에 해당하는 비용을 자체적으로 감당하기로 결정했다.

내각 사무처에서는 불가능에 가까운 요청, 다시 말해 몇 주 안에 대량의 인공호흡기를 처음부터 설계, 개발, 생산하라는 내용을 전하기 위해 우리를 찾아왔다. 그들은 요구 사항을 계속 급진적으로 변경했고, 결국 그런 요구 사항들은 의학적 판단의 변화로 인해 하루아침에 사라졌다. 또한 수많은 컨설턴트가 영입되었지만, 내 생각에 그들은 그저 남의 일에 참견하고 진행 과정에 쓸데없는 저해 및 지체 요인을 만들면서 높은 임금을 받

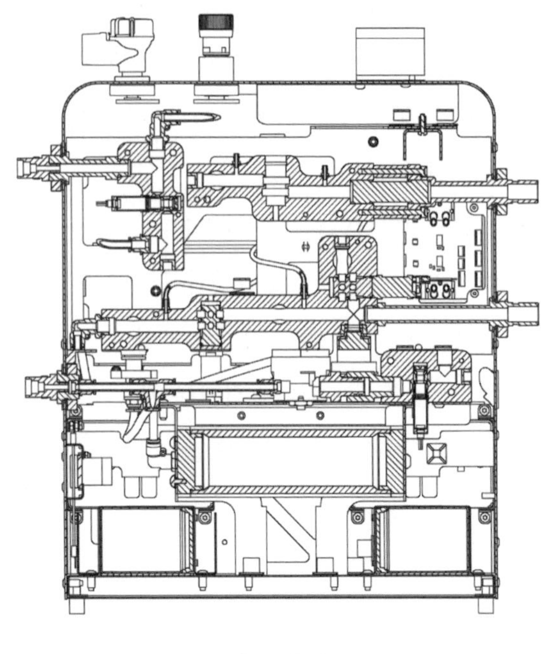

인공호흡기

는 사람들일 뿐이었다.

내가 영국에서 목격한 것은 공무원들이 민간 부문 사람들에게 증오에 가까운 깊은 불신을 가지고 있다는 점이었다. 아이러니하게도 그들이 경멸하는 바로 그 사람들, 부를 창출하는 민간 부문 납세자들이 바로 그들의 봉급을 지불했다. 일을 잘하든 못하든, 공무원들의 임금은 보장되고 경기 침체에도 안전하다. 어쩌면 이런 안전감이 민간 부문을 업신여기는 태도를 갖게 만드는지도 모르겠다. 반면 민간 기업에서는 사람들이 기꺼이 돈을 지불할 만한, 가치 있는 재화를 제공할 때만 일자리가 보장되고 월급을 받는다. 우리는 모든 일에 평가와 판단을 받으며 소비자를 위해 하인처럼 일하는 반면, 소위 〈시민의 하인〉이라 불리는 공무원들은 소비자도 필요하지 않고 어느 누구의 하인도 아니다.

정부 조직에는 수직적 계층이 있는 것과 달리, 다이슨에는 수평적 관리 구조가 있다. 수평적 구조는 개개인에게 결정을 신속히 내리고 일을 민첩하게 처리할 수 있는 권한을 주는 데 도움이 된다. 우리는 각 분야에 맞는 적합한 전문가들이 배치되어 있었고 모두 자신들의 역할을 잘 알고 있었다. 바이러스 때문에 직원들의 몸이 안 좋아질 가능성을 감안해, 많은 작업 분야에서 서로의 역할과 책임을 자세히 이해하고 협력하는 방식으로 일을 진행했다. 이렇게 분명한 목적과 작업 방식을 가진 덕분에 우리 직원들은 자신들의 전문성을 최대한으로 발휘할 수 있었다.

이것이 우리가 평상시에 일을 진행하는 방식이다. 생산 팀의 모든 구성원은 그들의 제품을 시간에 맞추어 제공하는 데 전념한다. 소프트웨어 및 전자 관련 엔지니어와 같이, 어디에나 필요한 전문가들은 모든 팀에 존재한다. 우리는 또한 각 팀에 바로 투입되어 문제를 해결하는 데 도움을 줄 다양한 분야의 전문가들도 보유하고 있다. 우리는 항상 이전에 한 번도 해본 적이 없는 일들을 지속적으로 해나가고 있다. 매일 문제점들을 해결하고, 실패하고, 배우며, 신속히 나아간다. 정부가 인공호흡기와 관련해 직접 도움을 요청했을 때, 우리는 그것이 옳은 일이라고 믿었기 때문에 그 요청을 받아들였다.

하지만 안타깝게도, 2021년 4월 말에 BBC에서 그런 좋은 의도에 대해 의혹을 제기하는 기사를 내보냈다. 그들은 진실을 왜곡했다. 그 결과 총리와 나는 〈불법적 행위〉에 연루된 것처럼 보도되었다. BBC의 정치부 편집 위원인 로라 쿤스버그의 보도 기사는 정부에 대한 지지도를 시험하는 중요한 지방 선거가 시행되던 시기에 나왔다. 내가 재무부 장관에게 인공호흡기 프로젝트에 투입된 외국인 직원들에 대한 세금 문제를 명확히 해달라는 요청을 한 후, 총리에게 보낸 문자 메시지를 중점적으로 다룬 기사였다.

BBC의 시각에서는 내가 총리에게 로비를 했고 — 내가 아니라 총리가 먼저 연락했는데도 말이다 — 로비 활동은 영국에서 불법적인 행위로 간주되고 있기 때문에, 내가 부당한 특혜를 요구한 것으로 비쳤다. 그들이 주장하는 바에 따르면, 나는 〈저명한 보수당 지지자〉였다.

그런데 내가 총리에게 정확히 무엇을 요구했는지에 대해 아는 사람은 아무도 없었다. 다이슨은 이익은커녕 인공호흡기 프로젝트 때문에 2천만 파운드를 사용했을 뿐이다. 그리고 내가 보낸 문자 메시지는 전혀 사적인 것이 아니었다. 오히려 대화 내용을 기록으로 남기기 위해 그 문자 메시지 사본을 다우닝가 10번지와 재무부 관리들에게 보낸 것인데, 이것이 바로 BBC의 관심을 끈 것이었다. 문자 메시지는 이미 확실히 자리 잡은 소통 방식으로, BBC 기자들도 사용할 거라고 확신한다. 따라서 그 방식에 부당한 점이 있을 리 만무하다.

마지막으로 나를 저명한 보수당 지지자로 묘사한 것은 명백히 잘못이다. 나는 한 번도 보수당의 사교 행사에 참석한 적이 없다. 브렉시트 탈퇴 캠페인에도 지원한 적이 없다. 나는 거창한 정치적 겉치레를 좋아하지도 않고, 당연히 행하지도 않는다. 로라 쿤스버그는 내가 보수당 회의에서 연설한 적이 있다고 말했다. 물론 그것은 사실이지만, 그녀는 내가 노동당 회의에서도 연설했다는 사실은 전혀 고려하지 않았다. 내가 두 곳에서 연설한 이유는 단지 엔지니어링에 대한, 그리고 영국에서 엔지니어가 얼마나 절실히 필요한지에 대한 정치인들의 이해도를 높이기 위해서였을 뿐이다.

BBC는 나를 두고 저명한 보수당 지지자로 주장한 내용이 사실은 선거 관리 위원회 명부에 기재되어 있는 제임스 다이슨 재단이 윌트셔주 엔지니어링 페스티벌에 기부한 1만 1,450파운드의 자선기금에 근거한 것이었음을 인정했다. 학생들이 공학 분야로 진출할 수 있도록 격려하는 행사 — 정치적인 것도, 보수당을 위한 것도 아니었다 — 를 위한 기부금이었다. 자선 단체로 등록된 재단이 정치적 명분에 기부할 수 없다는 것은 누구나 아는 사실이다. 따라서 그 보도 기사는 단지 나와 총리를 중상하려는 것이었다.

나는 인공호흡기 프로젝트에 다이슨이 기여한 사실을 자랑스럽게 생각한다. 그 위기 시기에 최선을 다해 프로젝트에 참여한 수백 명의 다이슨 직원에게 우리가 쏟은 노력이 생명을 구하기 위한 것이 아니라 정치적 중상모략을 위한 것으로 왜곡되었다는 사실이 무척 실망스럽지 않을 수 없었다. 다행히 일부 언론 기관에서 BBC의 주장을 조사해 그 주장이 완전히 거짓이었음을 밝혀낸 점은 훌륭하다고 여긴다. 다이슨과 나를 정치적으로 부도덕한 추문에 휘말리게 하려던 시도는 결국 사실이 아니었기 때문에 실패했다. 시간은 조금 걸렸지만, 결국 BBC는 그 부정확한 보도를 내보낸 것에 대해 다음과 같이 사과했다.

제임스 다이슨 경에게 보내는 사과문

—여러 매체에 실린 내용을 발췌한 것이다.

—2021년 4월 21일 수요일

우리는 제임스 다이슨 경이 총리에게 보낸 문자 메시지에 관한 보도에서 언급한 것처럼, 제임스 경이 저명한 보수당 지지자가 아님을 밝히는 바입니다. 제임스 다이슨 재단은 학생들을 위한 윌트셔주 엔지니어링 페스티벌을 위해 자선 목적으로 기부했습니다. 우리는 이것이 특정 정당과의 연계성을 상징하는 것이 아님을 인정하며, 따라서 보도 내용을 바로잡고자 합니다. 제임스 경은 우리 보도의 정확성에 우려를 표명했습니다. 제임스 경이 다우닝가 10번지와 연락을 취한 것은 인공호흡기가 긴급하게 필요하다는 총리의 직접적 요청에 대한 응답이었으며, 결과적으로 국가의 위급 상황을 돕기 위해 자발적으로 그 요청을 받아들였습니다. 그 과정에서 회사가 2천만 파운드의 비용을 들인 것임을 확실히 밝히고 싶습니다. 그는 총리에게 보낸 문자 메시지를 추후 다른 고위 공무원들에게도 보냈습니다. 이런 사실들이 우리의 보도에 매번 반영되지 않았던 점에 대해, 또 그렇게 하지 않은 점에 대해 사과를 표명하는 바입니다.

코로나19는 인생을 통틀어 맞닥뜨린 그 어떤 사건들보다, 기업과 공공 부문 모두를 가장 힘든 상황에 처하게 만들었다. 서방 국가들과 아시아 신흥 개발 도상국들의 경제적 성과는 상당한 차이가 있지만, 세계가 팬데믹 상황에서 다시 회복해 나가는 상황임에도 경제적으로 여러 측면에서 암울한 미래에 직면해 있다.

2019년 12월에 서방 국가들의 국가 부채는 국내 총생산의 103퍼센트였는데, 1년 후 124퍼센트까지 상승했다. 아시아 국가들의 국가 부채는 국내 총생산의 53퍼센트에서 63퍼센트로 상승했다. 비록 팬데믹의 영향을 받기는 했지만 서방 국가들보다 훨씬 더 엄격하게 경제를 운용하고 관리하고 있음을 보여 준다. 2019년 12월부터 2020년 12월까지 서구의 경제 성장률은 5.8퍼센트 위축된 반면, 아시아는 1.7퍼센트밖에 위축되지 않았다. 국제 통화 기금에 따르면 앞으로 약 5년 후에는 서방 국가들에서 기대할 수 있는 수준을 훨씬 상회하는 5.9퍼센트의 경제 상승률을 보일 것으로 예측된다.

팬데믹 기간에는 사업을 운영하기가 쉽지 않았다. 일부 기업은 원격 근무제를 받아들였다. 실제 환경에서 물리적인 제품을 만들어야 하는 우리로서는 원격 근무만으로 충분하지 않다는 사실을 깨달았다. 우리는 물리적인 상호 작용과 전문적인 장비가 필요하기 때문에, 팬데믹으로 인한 봉쇄 기간에 프로젝트를 진행하는 데 상당한 어려움과 지연이 불가피했다. 모든 제품에 필요한 직원 교육, 연구, 설계, 테스트는 재택근무로 할 수 있는 일이 아니다. 이런 작업들은 연구실에서 장비들을 직접 사용하고 엔지니어들이 직접 시제품을 보면서 대면 토론과 상호 작용을 거치지 않으면 진행 속도가 느려진다. 따라서 영국에 있는 사업장들은 팬데믹 기간에 인공호흡기 관련 작업을 하는 직원들을 위해 계속 열려 있었고, 지원 부서 직원들의 도움을 받고, 사회적 거리 두기를 준수하는 데 도움이 되는 새로운 책상들을 도입하고, 정부의 권고 사항과 달리 처음부터 의무적으로 마스크를 엄격히 착용했다. 지장 없이 프로젝트가 진행될 수 있도록 최선의 노력을 다한 것이다.

우리는 30일 만에 완전히 새로운 인공호흡기를 개발했다. 불행 중 다행으로, 이 인공호흡기는 영국에서 필요하지 않게 되었다. 우리는 국가적 노력에 기여한 것에 한순간도 후회하지 않는다. 인공호흡기는 우리가 원한 제품이 아니었기 때문에, 우리의 노력을 여기서 끝맺었다. 다이슨은 2천만 파운드를 인공호흡기 프로젝트에 소비했다. 그 위기 시기에, 우리가 사업을 운영하는 여러 나라 정부에서 자금을 제공하고 싶다는 의사를 밝혔지만 우리는 어느 곳에서도 공적 자금을 받지 않았다. 또 직원들을 일시적으로 해고하지도 않았다.

인공호흡기 프로젝트가 종료되었을 때, 우리는 프로젝트가 성장할 수 있는 충분한 공간을 제공하기 위해 몇 가지 프로젝트를 맘즈버리에서 훌라빙턴으로 이전해야겠다고 판단했다. 다행히 훌라빙턴의 시설은 로봇 공학, 환경 제어, 조명 등과 같은 새로운 연구 및 개발 과정에 충분한 공간을 제공할 수 있다. 나는 우리가 이곳에서 대망을 품고 미래에 유용한 흥미로운 발견을 많이 이루어 낼 거라고 확신한다.

10
농업

타고난 농사꾼은 아니지만, 농업은 내가 꾸준히 열정을 키워 온 분야다. 현재 나는 링컨셔주, 옥스퍼드셔주, 글로스터셔주, 서머싯주에 높은 수확량을 자랑하는 양질의 농지를 약 145제곱킬로미터 갖고 있다. 다이슨의 농장들은 농업으로 어떻게 이익을 얻을 수 있는지, 어떻게 수입 식품 의존도를 줄일 수 있는지, 그리고 농업이 어떻게 장기적으로 지속 가능한 분야가 될 수 있는지 입증하기 위해 최첨단 과학과 기술을 도입하며, 차츰 자연스럽게 우리의 일부가 되어 가고 있다.

다이슨 제품과 다이슨 식품 모두에서 성과 및 지속 가능성 향상에 대한 새로운 접근법을 찾겠다는 희망을 가지고, 농업과 기술 — 완두콩과 진공청소기, 감자와 헤어드라이어 — 을 공생 관계 속에서 함께 운영해 나갈 수 있다는 생각이 조금 이상하게 들릴지도 모른다. 하지만 사실 농업은 제조업과 크게 다르지 않다. 두 가지 모두 뭔가 — 농업의 경우에는 식품일 것이다 — 를 생산하는 일이다. 농업의 작업 환경 역시 공장과 마찬가지로 잘 설계되고 잘 마련되어야 하며, 최신 기술을 사용하는 최고의 기계처럼 효과적이고 지속 가능한 방식으로 진행되어야 한다. 처음에는 회사와 별개로 농사를 짓기 시작했으나, 조용히 진행하면서 차츰 작업 방식을 개선해 나갔다. 이제 우리는 농업과 기술 사업을 더 밀접하게 운영함으로써 상호 이익을 얻고 있다.

다이슨은 언제나 더 적은 자원을 사용하면서 더 좋은 성능을 발휘하고, 오래 지속되는 기계를 만드는 데 집중해 왔다. 신기술을 개발하고 형태를 재발명해서 만든 더 가벼운 제품들은 이전 모델보다 훨씬 적은 에너지를 소비하기 때문에, 지구 환경에도 좋을 뿐 아니라 사용할 때도 훨씬 기분이 좋다. 예를 들어, 우리의 무선 진공청소기는 이전 제품들보다 무게도 훨씬 가볍고 전기도 덜 사용한다. 이것은 새로운 접근 방식으로 기초부터 신기술, 모터, 배터리를 다시 개발함으로써 얻은 결과다.

재료 공학, 생산, 그리고 에너지 저장 기술 등이 바로 이러한 것들의 핵심인데, 그런 점에서 우리가 만든 기계에 사용이 가능한 재료를 재배하고 에너지를 생산하는 농업은 정말 많은 것을 제공할 수 있다. 한편 로보틱스, 시각 기반 센서, 인공 지능, 에너지 저장 기술 등과 같은 다이슨의 기술력은 농장에서 점점 더 많은 기술 혁신을 추진함으로써, 더 높은 효율성과 더 우수한 농산품을 얻을 것으로 기대하고 있다.

두 사업 — 다이슨과 다이슨 농업 — 의 미래는 연구와 개발에 대한 투자, 지속적인 개선에 영향을 많이 받는다는 점에서 일반적인 예상보다 유사점이 매우 많다. 나는 다이슨 농업이 농촌을 보호하는 동시에 농업 분야의 변화에 기여하며, 그 변화가 지속 가능성 분야에서 유의미한 발전을 주도하기를 바란다.

지속 가능한 식품 생산과 식량 안전 보장은 국가의 건강과 경제에 필수적이다. 영국은 현재 식량의 30퍼센트를 수입에 의존한다. 사실 영국에서는 거의 모든 것을 재배할 수 있고, 그렇게 하면 식량을 수입하는 데 수반되는 연료와 운송으로 인한 탄소 발자국을 줄일 수 있기 때문에, 식량 수입은 사실 불필요하다. 이와 같은 의미에서 환경 운동가들은 농지의 〈재야생화〉를 주장하며, 비행기로 수입되는 아보카도나 여타 수입 식량 소비에 반대한다. 우리 온실에서, 그리고 비옥한 토양과 충분한 빗물만으로도 필요한 먹거리를 재배할 수 있다. 동시에 농업에는 기술 혁신을 주도할 진정한 기회가 있으며, 그 반대 경우도 성립한다. 앞서 언급한 것처럼, 우리는 이미 농업에서 생산되는 재료를 우리 제품에 사용할 방법을 개발 중이다. 아직은 회사 기밀이지만, 이 연구는 아주 흥미롭고 목표에 점점 다가가고 있다.

그린 워시에 편승하지 않는 일과 지속 가능한 농업을 수행하는 일은 에너지 및 재료의 순환, 그리고 재활용과 큰 관련이 있다. 제조업에서도 마찬가지다. 수명이 다한 제품의 재활용은 물론 린 엔지니어링을 통해 재료 사용을 최소화하는 문화를 적극 육성해야 한다. 의례적으로 탄소 발자국을 상쇄하는 것만으로는 충분하지 않다. 이런 문제는 자원 단계에서부터 다루어야 한다. 우리는 항상 이런 의도를 가지고 있었다. 사실 이 사안에는 개선뿐 아니라 발명과 혁신을 통한 급진적인 변화의 여지도 있다.

행동보다 말을 앞세우는 사람들의 끝없는 보여 주기식 발언과 달리, 엔지니어와 과학자들은 지속적으로 변화를 만들어 갈 것이다.

농업은 우리에게 가르쳐 줄 것이 많다. 다시 말해 직감적이고 본능적으로 진행되는 제조업이라고 할 수 있다. 하지만 반복적으로 대규모 생산을 하는 모든 과정이 그렇듯, 반드시 기초를 올바르게 갖추어야 한다. 배수, 도랑, 길, 산울타리, 벽, 토질, 삼림, 잡초 관리, 야생화, 곤충, 새, 기타 야생 동식물 보호, 농장 건물, 기계, 사육장의 품질, 농부와 일꾼들의 복지 등 모든 것을 좋은 품질로 만들어야 하고, 모든 것과 모든 사람이 조화를 이루어야 한다. 농장, 장비, 트랙, 배수로, 사육장 등이 지저분하고, 진흙투성이이고, 어수선할 이유는 없다. 항상 높은 기준을 유지해야 한다.

우리가 이제까지 구입한 농장 중 하나를 제외하고는 모두 투자 및 관리 부족 현상을 겪던 곳이었다. 매우 황폐하고 비효율적인 모습을 하고 있었다. 모든 농장에는 막힌 배수구, 잡초가 무성한 배수구, 오래되어 낡은 도로, 부족한 곡물 저장고, 밀과 보리에 악영향을 미치는 잡초, 부적절한 윤작, 망가진 산울타리, 무너진 담 등의 문제가 있었다. 이런 문제들은 농부들의 관심 부족 때문이라기보다 대부분 자본과 이익 부족 때문이었다. 현대식 곡물 저장고가 있는 농장이 한 군데도 없었기 때문에, 그들은 곡물 저장과 건조를 다른 곳에 맡겨야 했다. 즉, 고품질의 곡물을 저장고에 보관함으로써 얻을 수 있는 부가 가치를 잃어 그들의 빠듯한 이익이 추가적으로 줄어든다는 의미다. 따라서 우리는 처음 몇 년 동안 농장들이 효율적으로 운영되고 수익성을 낼 수 있도록 기반 시설을 확충하는 데 막대한 투자를 했다.

이런 이야기를 하기 전에, 노퍽주 북부 지역에서 자란 나의 어린 시절 이야기부터 시작해야 한다. 당시 노퍽주는 북해를 향해 돌출된 해안가에 위치한 매우 고립된 시골 지역이었다. 시골 철도들이 사용되지 않고 역들이 문을 닫으면서, 철도를 통한 소통마저 줄어든 이곳에 별장이라는 개념이 도입된 것은 한참 뒤 일이었다. 심지어 영국 정부가 전국 철도망에 소요되는 비용을 줄이기 위해 기업체 간부였던 비칭 박사를 영입해, 수천 킬로미터의 국토 횡단 철도 노선들을 폐쇄하고 또 수많은 마을과 소도시를 고립시키기도 전이었다.*

당시 홀트의 그레셤스 학교에는 농부의 자녀가 많았다. 내가 살던 작은 시장 마을은 농장으로 둘러싸여 있어, 10대 때는 매일 농장 땅을 가로질러 다녔다. 방학 때는 근처 농장에서 일하기도 하고, 대학 때는 디어드리가 와서 함께 일하기도 했다. 비록 우리는 이런 일들과 매우 다른 길을 갔지만, 내가 싸이클론 진공청소기를 개발한 배스퍼드의 코치 하우스와 맘즈버리 공장들은 모두 시골 지역에 있었다. 내가 농업 분야에 기여할 수 있다고 깨달은 시기는 비록 아주 최근이지만, 나는 아주 오래전

* 1960년대 영국 정부가 거의 사용되지 않고 수익성이 없는 철도 노선을 폐쇄하려고 했던 시도를 일컬어, 이때 이 일에 대한 보고서를 작성하고 처리했던 비칭 박사의 이름을 딴 〈비칭의 도끼〉라는 비공식적인 이름이 붙었다. 하지만 대대적인 철도 노선 폐쇄가 이루어지기 10년 전부터 노퍽 철도 회사에 속했던 많은 역이 수익성과 철도 노선 중복 문제 등으로 인해 문을 닫았다.

부터 항상 농장을 갖고 싶어 했던 것 같다.

나는 다른 사람들에게 선망의 대상이 되거나, 단지 소유 자체를 목표로 농지나 땅에 관심을 가져 본 적이 없다. 농사를 지어 돈을 벌겠다는 생각을 해본 적도 없다. 우리가 링컨에서 남쪽으로 몇 킬로미터 떨어진 오래된 녹턴 부지의 소택지와 황야 지대를 포함해 약 3천2백만 제곱미터의 땅을 구입한 2013년부터 상황이 빠르게 바뀌기 시작했다. 이곳의 비옥한 흑색토는 완두콩이나 감자와 같은 농작물을 키우는 데 이상적인 땅이었다.

리폰 백작이 소유했던 그 영지는 여러 소유주의 손을 거쳐 세 개의 다른 농장으로 나뉘었는데, 우리가 모두 구입하면서 다시 하나로 합쳐졌다. 그 토지의 역사 중에서도 내 관심을 끈 것은 농업이 아닌 다른 분야의 기술을 이용해 농업의 기계화를 시도했다는 점이었다. 1919년에 녹턴 땅 관리인이었던 〈조크〉 웨버 소령은 철도 선로와 철도 차량을 구입하자는 아이디어를 생각해 냈다. 그 철도 선로를 통해 프랑스 북부 파드칼레의 아라스에 있는 군 잉여 저장고에서 농작물을 가져오자는 것이었다. 웨버는 제1차 세계 대전 중에 서부 전선이었던 그곳에서 복무한 경험이 있었다. 그는 가볍고 좁은 궤간의 철로가 젖은 들판에서 얼마나 효율적인지 목격했다. 이것은 프랑스군 대령이었던 프로스페르 페초가 1880년대 후반부터 철도 회사와 기관차 엔지니어인 샤를 부르동과 폴 드코빌과 작업해서 만든 발명품이었다. 전시 상태의 프랑스에서 군대, 장비, 군수품, 무기, 탄약, 그리고 부상자들을 옮겼던 이 가벼운 철도는 평시에 링컨셔주에서도 충분히 유용하게 사용될 가능성이 있었다.

그 예측은 적중했다. 결과적으로 녹턴의 철로는 약 37킬로미터까지 연장되어, 이전에 배급과 구급용으로 사용되던 화물칸은 근처 농장에서 수확한 농작물로 가득 채워졌다. 철로는 또한 우편, 공급 물자 및 담수 등을 먼 곳에 있는 농장의 집들까지 운반하는 데 이용되기도 했다. 감자를 수확하는 일꾼들, 가축을 위한 음식과 물, 퇴비, 석탄 등을 소택지의 양수장으로 실어 날랐다. 무엇보다 가장 주요한 업적은 수천 톤의 감자를 산지에서 바로 본선 철도가 연결되는 링컨역과 슬리퍼드선*까지 운반해, 전국 어디에나 배분할 수 있다는 것이었다.

1930년대 중반까지는 본선 철도로 가는 대형 열차가 한 쌍의 증기 기관차를 뒤따라 가며 운행되었지만, 이 기차는 경유용으로 개조된 작은 심플렉스 휘발유 기관차**에 의해 운행되었다. 수조 탱크는 급수전 — 세로로 홈이 새겨진 고전적인 기둥 모양이다 — 으로부터 낮 동안 보충되었다. 우리는 그 급수전 중 하나를 원래 있던 자리에 다시 복구시켰다. 기관차는 쟁기질, 타작 및 마차 견인 등에 사용되던 증기 견인 기관차와 이 급수전을 공유했다.

1936년에 〈스미스의 크리스프스〉***가 녹턴의 토지를 구입했다. 감자칩의 선풍적인 인기로 인해, 철도는 새로운 농장 도로

* 영국 동부 지역의 철도 노선. 링컨셔주에서 피터버러주까지 이어진다.

** 제1차 세계 대전 때 전쟁 물자 운송용 및 전투 진영 지원용으로 제작된 기관차.

*** 영국의 감자칩 제조 회사.

와 트럭이 출현해 1960년에 운행이 중단될 때까지 최대한으로 가동되었다. 그 철도의 기관차 차고는 현재 〈워스프 네스트〉* 라는 멋진 이름을 가진 아주 작은 마을에 자리 잡은 우리의 회의 및 콘퍼런스 센터 〈더 하이브〉**가 되었다. 우리는 개보수한 건물 안에 이 좁은 철로의 한 부분을 전시해 놓았다. 단지 향수 때문이 아니라 녹턴의 역사에서 기술 혁신이 어떻게 핵심적 역할을 했는지 상기시키기 위해서였다.

스미스 감자칩에 대한 추억은 나에게도 있다. 1950년대 아버지와 함께 노퍽주 북부 해안에 있는 블레이크니 포인트에서 배를 타다가 진저비어 섄디, 맥주, 그리고 스미스 감자칩 — 기름이 안 배는 포장지 안쪽에는 푸른 빛깔이 도는 소금이 숨겨져 있었다 — 을 먹기 위해 〈앵커 인〉***에 들르곤 했다. 감자칩은 런던에서 스미스 씨에 의해 처음 만들어졌는데, 그는 녹턴 공장뿐 아니라 시드니에도 공장을 차렸다. 시드니에서는 아직도 〈스미스의 크리스프스〉라고 불리는데, 영국에서는 실망스럽게도 〈워커스〉로 이름이 바뀌었다.

우리 농장들은 동쪽으로 약 32킬로미터 정도 떨어진 곳에 바다가 있는 녹턴과 캐링턴에 위치해 있어서 토양이 비옥하다. 이 곳이 바로 〈펜랜드〉라고 불리는 습지대다. 이 지역은 영국의 1등급 혹은 최고 품질의 농지 절반을 포함하고 있다. 하지만 펜

* 〈벌의 보금자리〉라는 뜻.

** 〈벌집〉이라는 뜻.

*** 영국의 〈인〉은 주로 술집, 호텔, 식당 등을 겸해서 운영한다.

지역은 17세기에 우리 선조인 네덜란드 엔지니어들이 배수 작업을 하기 전까지는 땅이 물에 흠뻑 젖어 있어 농부들에게 소용없는 땅이었다. 17세기에 네덜란드 엔지니어들이 항상 성공적이지는 않았지만 선구적인 배수 작업을 실시한 이후, 18세기 말과 19세기 초에 스코틀랜드 농부의 아들인 존 레니의 발명 및 업적에 버금가는 토지 소유주와 엔지니어들의 노력 끝에 펜 지역을 변형시키는 데 매우 실질적인 발전이 이루어졌다. 양수장 — 1820년대에는 증기, 1백 년 후에는 경유, 현대에는 전기를 통해 필요한 동력을 얻었다 — 에 의해 운용되는 인공 강, 운하, 도랑 및 제방은 우리 모두를 위한 엄청난 양의 식량을 생산하며 아름다운 경관까지 갖추게 되었다. 286곳의 주요 양수장은 완전 자동화되었고, 홍수를 방지하기 위해 하루 종일 가동된다. 24시간마다 올림픽 경기장 규격의 수영장 1만 6천 개를 채울 만큼의 물을 퍼 올릴 수 있다.

1950년대에는 농경지 전체에 걸쳐 천공 점토관과 밭 주변의 도랑 등을 통해 물을 더 큰 도랑과 배수로로 흘려보내는 방법으로 배수 문제를 개선하도록 농부들에게 보조금이 지급되었다. 그 후 50년간 배수관들은 점점 막히고 도랑은 토양, 관목, 나무들로 메워졌다. 열악한 배수 상태로 인해 수확량이 감소하고 농작물은 훼손되었다. 따라서 우리는 농경지 전체를 가로지르는 배수관에서 도랑으로 물이 흘러갈 수 있게 도랑을 치우거나 파내고 농경지 전체에 걸친 배수관을 새것으로 교체했다. 또한 땅 밑에 스테인리스 스틸로 된 배수용 수로를 만들어, 농경지 전체에 십자 모양으로 교차해서 설치했다.

우리는 1년 내내 전체 대지에 수위 균형을 유지하기 위해 녹턴에 최대 약 1억 9천 리터를 수용할 수 있는 저수지를 건설하는 반면, 감자와 같은 작물을 재배하기 위해 관개용 테이프를 통해 점적(點滴)으로 물을 주는 미소(微小) 규모의 작업도 진행한다. 펜 지역은 많은 물에 둘러싸여 있다. 이 지역의 땅은 농부들이 사비를 들여 수로를 막지 않도록 매년 갈대를 제거하는 일을 포함해 끊임없는 감시와 관리가 필요하다. 하지만 기술과 기반 시설이 제대로 되어 있고, 더 효율적으로 발전하고 환경 친화적인 조건을 가지고 있다면, 아무것도 심지어 물 한 방울도 낭비할 필요가 없다.

저수지 가장자리에는 특별한 디자인의 테두리를 만들어 야생 동물들이 항상 그곳에서 물을 마실 수 있게 했다. 그로써 새들, 특히 검은머리물떼새, 물총새, 왜가리와 같은 새들이 잘 자랄 수 있는 환경이 조성되었다. 저수지는 약 15만 제곱미터의 야생화들로 둘러싸여 있어 벌과 나비처럼 수분을 하는 곤충들에게도 편한 안식처가 되었다. 주변 경관 및 조경에 인공적으로 개입할 때도 환경에 폐해를 입히지 않고 완벽하게 조화를 이루며 진행할 수 있다.

발명과 그로 인한 혁신은 17세기 후반부터 영국 농업에 혁명을 일으켰다. 1701년에 제스로 툴 자작이 개발한 말이 끄는 파종기나 1786년에 스코틀랜드의 엔지니어 앤드루 메이클이 발명한 탈곡기와 같은 기계들은 생산성을 몇 배 이상 높였다. 노퍽주에서는 농부들이 — 그중에서도 레이넘 홀의 찰스 터닙 톤젠드*는 매우 유명하다 — 밀, 보리, 클로버, 순무를 차례로 재배하는 4년 주기의 윤작을 채택해 토질이 혁신적으로 개선되었다. 이 작물들은 토양에 각각 다른 방식으로 작용해 서로에게 이로운 영향을 준다.

영국 농장들의 생산성은 극도로 향상되었다. 인구도 빠르게 증가했다. 음식과 노동력의 다량 공급으로 인해 신세대 공장주들은 더 크게 생각하고 계획할 수 있었다. 의도치 않게 17세기와 18세기에 양과 소의 품질 향상이 이루어졌고 이런 영국 농업의 혁신은 산업 혁명을 지원하는 데 큰 역할을 했다.

산업 혁명 역시 그 어느 때보다 농업의 생산성을 향상시켰다. 1850년대에 켄트주 로체스터에 위치한 작업장에서 농업 기계를 수리하던 토머스 에이블링은 복마들이 여섯 마리씩 한 팀을 이루어 고정식 증기 기관을 끌고 농장들을 오가는 모습을 관찰했다. 그는 이것을 〈증기선을 견인하는 여섯 척의 범선〉으로 비유하며, 〈기계 과학에 대한 모욕〉이라고 말했다. 1859년에 서른다섯 살 농부이자 기계공이었던 토머스 에이블링는 견인용 증기 기관을 발명했다. 이 증기 기관은 나중에 내연 기관으로, 그리고 디지털 기술과 결합해 현재 다이슨 농업에서 사용하는 차세대 기계들로 발전했다.

* 〈터닙〉은 순무라는 뜻이다. 톤젠드는 영국의 정치인으로 18세기 초 국무 장관을 역임했고 18세기 초에 순무 재배를 널리 보급하며 농업 발전을 촉진한 업적으로 이렇게 불린다.

내가 농장을 산 계기가 있다. 녹턴 땅의 일부가 부동산 시장에 나오기 10년 전, 내가 아주 황폐한 글로스터셔주의 부동산을 구입할 때 도딩턴 파크의 부동산 관리인이었던 농부의 아들 닉 워보이스와의 대화에서 비롯되었다. 그때 닉은 잉글랜드에서 가장 좋은 농지는 링컨셔주와 노퍽주에 있다고 열변을 토했다. 닉이 녹턴 땅을 구입한 무렵부터 우리는 어떻게 성공적으로 농사를 지을 수 있을지 생각하기 시작했다.

녹턴에서 세 개의 농장을 구입하고 통합할 때, 제일 먼저 기반 시설을 재건하고 현대화하려는 노력과 자본 투자에 집중했다. 우리의 복구 작업을 지켜보던 이웃 토지 소유주들도 우리에게 토지를 팔고 싶다는 의향을 내비쳤다. 우리 쪽에서 농부들에게 먼저 접근한 적은 없었다. 오히려 그 반대 경우가 발생했다. 때로는 그들이 제시하는 가격이 너무 비싸기도 했다. 가장 관리가 잘된 농장 중 하나는 마이클 코니시가 소유한 농장이었다. 나는 린팩의 오너였던 마이클의 아버지와 마이클을 내가 볼배로를 만들던 시절부터 알고 있었다. 그는 은퇴를 고려 중이었는데, 우리라면 그가 아끼던 농장을 잘 육성하고 발달시킬 거라고 생각했다.

우리가 이 농장과 다른 농장들까지 잘 소생시키고 수확량을 증가시킬 수 있다면, 영국의 수입 식품 의존도에 영향을 줄 수 있을 것이다. 좋은 계획을 잘 수립해 수행하면 에너지 비용을 줄이고, 우리 농장의 폐기물로부터 에너지를 생성하면 어쩌면 — 최신 기술을 고려했을 때 — 영국 전력 배전망인 내셔널 그리드에 송출할 정도로 충분한 전기를 생산할 수 있을지도 모르는 일이다.

상황이 더욱 흥미로워졌다. 새로운 아이디어는 아니지만, 우리가 농장에서 직접 농산물을 판매할 수 있다면 슈퍼마켓 같은 중개인을 없앨 수도 있다. 최근 수십 년 동안 이 농장에서 해온 것보다, 우리가 수확한 농작물로 훨씬 많은 수익을 올릴 거라는 생각이 들었다. 예를 들어, 완두콩 한 봉지를 웨이트로즈*에서 1파운드에 구매한다고 했을 때, 농장은 그것의 5분의 1인 20펜스를 받는다. 우리가 이미 슈퍼마켓에 수천 톤의 완두콩을 공급하고 있기 때문에 나는 이것에 대해 잘 알고 있다. 농부들에게는 가혹하다고 여겨질 만큼 더 심각한 문제가 있다. 슈퍼마켓들은 완두콩이 필요할 때만 돈을 지불한다는 사실이다. 우리는 그 수요가 발생하기 한참 전에 완두콩을 심는다. 완두콩을 수확하고, 모든 위험을 스스로 감수하고, 슈퍼마켓을 위한 은행 역할까지 하는 셈이다. 완두콩 수확기 세 대의 가격만 해도 180만 파운드다. 우리는 완두콩 재배를 잘하지만 — 내가 알기로 이곳은 잉글랜드에서 가장 큰 완두콩 재배 회사다 — 여기에서 얻는 수익은 거의 없다. 지난 10년간 우리는 매년 10만 파운드씩 손해를 보고 있다. 자연은 결코 당연하게 여길 대상이 아니다.

식품 시장은 근본적으로 왜곡되어 있기 때문에, 우리는 그런 수익 구조에 어떻게 변화를 줄지 구상하고 있다. 우리가 소비자에게 직접 판매하는 데 성공한다면, 보조금에 대한 의존도 역시

* 영국의 대형 슈퍼마켓 체인.

줄일 수 있을 것이다. 영국이 유럽 연합을 탈퇴하면서 농장 보조금을 두고 강력한 반대가 일었다. 이는 농장 보조금이 삭감되고 대규모 농장들이 큰 타격을 입을 거라는 의미였다. 이런 보조금들은 대부분의 농장이 손해를 보고 있는 기후와 환경을 보호하는 데 효과적인 것으로 검증된 녹화 운동을 지원하는 데 도움이 된다. 이런 보조금에 반대하는 사람들은 오히려 농장을 재야생화하고 모든 사람을 위한 여가 공간으로 이용하는 농장주들에게 보조금을 지급해야 한다고 생각한다. 그렇게 하면 모든 식량을 수입해야 한다는 사실은 간과한 채 말이다. 어떤 사람들은 농장 규모와 상관없이 식량을 재배하는 일은 손해를 보지 않기 어렵다는 사실을 무시하고, 대규모 농장주들이 보조금을 착복한다고 생각한다.

이번 개혁안은 농업 부문 보조금과 관련한 두 번째 주요 개혁이 될 것이다. 1992년 전까지는 유럽 연합 국가 전체에 걸쳐 농부들이 농산물에 대한 〈가격 지원〉을 받았다. 그리고 소유 농지에 대한 고정 요금제가 도입되었을 때도, 이것은 농업의 구세주처럼 생각되었다. 보조금 지원을 잘 받고 있는 유럽 연합 국가의 농부들에 비해 자신들을 명백히 상업적으로 불리하게 만드는 보조금 개혁안을 과연 농부들이 부정적이지 않게 받아들일지 잘 모르겠다. 내가 경험한 바에 따르면, 슈퍼마켓은 무조건 가장 싼 공급원으로부터 구매하려고 하기 때문에 종종 환율이 변동함에 따라 공급원을 유럽 연합 국가의 농부들로 변경하기도 한다. 보조금 없이, 또 공평한 경쟁이라는 조건 없이 농업을 해야 한다면 신선한 사고, 발명, 그리고 혁신적 방법을 모색해야 할 것이다. 그런 조치가 제대로 이루어지지 않으면 결국 농부들은 식량 재배를 포기할 수도 있다. 영국은 국민을 먹여 살리기 위해 점점 더 많은 식량을 수입해야 할지도 모른다.

식량 생산 분야는 오랫동안 소매업자들이 가장 큰 이익을 보는 구조로 이어져 왔다. 내가 진공청소기 사업을 시작했을 때와 매우 비슷하다고 할 수 있다. 도매업자와 소매업자들이 가장 많은 수익을 얻었다. 그것이 바로 지금 다이슨 제품이 모두 직접 판매로 이루어지는 이유다. 농산물을 직접 판매하는 문제는 쉽게 해결할 수 있는 사안이 아니지만, 그 방법을 찾기 위해 연구 중이다. 우선 우리는 식당에 농산물을 직접 공급한다. 또 식품 배달 및 시장 등을 이용한 판매도 고려하고 있다. 이제 사람들은 다이슨 완두콩, 다이슨 감자, 다이슨 소고기, 다이슨 딸기를 온라인으로 직접 살 수 있다.

곡물 및 채소와 더불어, 우리는 전기도 생산하고 판다. 링컨셔주의 농장은 혐기성 침지기를 통해 1만 가구 이상의 주택에 전기를 공급한다. 우리가 가정에 현재 사람들이 지불하는 가격보다 훨씬 싼 가격으로 전기를 공급할 수 있다면, 그보다 기쁠 수는 없을 것이다. 하지만 전기세 고지서는 내셔널 그리드가 직접 보내지 않는다. 전기 소매업자들은 정부 규제 기관인 가스 전력 시장국의 특별 대우로 독점 분배를 한다. 그 과정에서 일련의 중개업자들이 하는 일이라고는 소매업체의 요구 사항을 전달받고 컴퓨터 프로그램을 조작해 고지서를 만들고 부치는 일밖에 없다. 그들은 전기를 생산하지도 않고, 위험을 감수하지도 않으며, 기반 시설을 유지하거나 관리하지도 않는다. 아무런 부가 가치도 생산하지 않는 중개자를 없애기 위한 국가적 차원의 대대적 캠페인을 벌여야 한다. 그렇게 되면 위험 부담자와 생산자에게도 이익이 되고, 소비자는 저렴한 가격에 공급받을 가능성이 있다. 그런데 왜 가스 전력 시장국은 생산자가 사용자에게 직접 판매하는 것을 막을까?

우리가 일을 착수했을 때는 녹턴의 전성기가 이미 지난 때였다. 방문객들이 찾아올 때마다, 그들은 규모가 상당한 대지의 중심에 있을 법한 훌륭한 저택을 보고 싶어 했지만, 우리는 그저 폐허가 된 녹턴 홀을 가리킬 수밖에 없었다. 우리가 지방 자치 단체에 그 집의 복구 이야기를 하던 시기에 불가사의하게 화재가 났기 때문이다.

지금은 폐허가 되었지만, 녹턴 홀은 1841년에 튜더 양식으로 지어졌다. 그 전에는 모든 면에서 매우 인상적이었던 자코비안 및 카롤링거 양식*의 주택이었으나, 1837년에 화재로 소실된 뒤 다시 지어졌다. 제1차 세계 대전 중에는 미국 병사들을 위한 병후 요양소로 사용되었고, 제2차 세계 대전 때는 다시 군 병원으로 운영되어 1983년까지 영국 공군이, 그다음에 1995년까지는 미국 공군이 운영했다. 2000년에 개발업자들이 구입하기 전에는 아주 잠깐 주거용 주택으로 사용되었다. 아마 언젠가 우리

* 각각 영국 제임스 1세(1603~1625년) 및 찰스 1세(1625~1649년)의 통치 기간을 말한다.

는 이 폐허가 된 녹턴 홀을 구입해서 복구해, 다시 새롭고 흥미로운 목적으로 사용할 예정이다. 현재 장기적인 목표를 갖고 농업과 함께 여러 부동산을 관리하고 있기 때문에, 언젠가 적절한 시기에 이 건물의 복구 작업에도 시간을 낼 수 있을 것이다.

폐허가 된 녹턴 홀은 수년에 걸쳐 진달래가 무성하게 자라고 있는 아주 오래된 삼림 지대와 가까이 있다. 또한 그곳은 아름다운 오크 나무들의 서식지이기도 하며, 그중에는 6백 년 이상 된 나무들도 있다. 처음 발을 들였을 때는 아주 멋진 곳이었지만 여기서 해야 할 일이 많았다. 다행히 우리는 이곳에 많은 돈을 투자할 여유가 있었다. 이 투자에는 농업 관련 대학을 졸업한 열성적인 농부들과 농업과 관련된 다양한 전문가들을 모으는 일도 포함되었다. 그중에는 전문 삼림 관리자도 있었다.

우리는 양치기, 농장 관리인과 더불어 농업 경제학자, 연구원, 엔지니어, 드론 조종사, 기술 데이터 분석가 들을 고용한다. 혹시 비가 오거나, 햇볕이 내리쬐거나, 바람이 부는 링컨셔주의 들판 한가운데에서 쟁기로 헤집은 흙 속에 무릎 높이까지 파묻혀 서 있는 사람을 본다면, 그는 아마 우리 토양 연구원일 것이다. 우리는 녹턴에서 정교한 현대 기계에 투자하는 동시에, 농장의 토양들이 점차적으로 화학 비료 의존에서 벗어날 수 있는 최상의 자연적 방법을 개발하고 있다.

농업과 관계없는 많은 사람이 농업과 과학이 함께 어우러져 운영된다는 점에 대해 미심쩍다고 할지도 모른다. 하지만 오늘날 혁신 기술은 점점 더 자연으로부터 파생되는 경우가 많기 때문에, 이런 기술들은 토지와 야생 동물에게 파괴적이기보다 이로운 면이 많다.

농업이 이런 방식으로 전환되는 이유는 매우 중요하다. 녹턴에서 농작물을 재배할 때 필요한 토양을 풋거름 혹은 토양을 비옥하게 만드는 데 도움이 되는 작물들을 이용해 개선할 수 있다. 이런 것들을 〈피복 작물〉이라고 부른다. 일반적으로 피복 작물은 봄 파종과 여름 수확 사이에 심어 토양에 질소를 보존하고, 토양 침식을 줄이며, 잡초를 제어함으로써 결과적으로 잡초 제거제 사용을 피할 수 있다. 우리는 피복 작물을 키우는 데 가장 효과적인 방식을 알아내기 위해 많은 연구와 실험을 진행해 왔다. 화학 물질이나 비료가 없으면 동식물은 잘 자란다. 우리는 건강한 균형, 즉 자연이 번성하는 동시에 건강하고 맛있는 식량을 대량으로 재배할 수 있게 만드는 일을 목표로 삼고 있다.

녹턴을 거닐다 보면, 갈색 암말이 들판에서 뛰어다니고, 말똥가리와 황조롱이들이 토끼를 쫓아다니고, 해가 저물면 올빼미들이 우리가 그들을 위해 만들어 놓은 상자 모양의 집에서 조용히 밖으로 나오며, 박쥐와 잠자리들이 삼림 안에서 날아다니는 모습은 물론 수줍음을 많이 타는 여러 동물이 우리와 조화를 이루며 살아가는 모습을 볼 수 있다.

반갑지 않은 해충 — 특히 진딧물 — 들을 제거하기 위해 감자밭에 살충제를 뿌리는 대신, 감자를 〈전차의 선로〉처럼 다양한 야생화와 함께 나란히 심는다. 이렇게 하면 감자 수확량은 그 공간만큼 줄어들지만 야생화가 진딧물을 잡아먹는 무당벌레를 유인해 더 많은 감자를 보호할 수 있다. 꽃들은 또한 해충을 잡아먹는 벌, 꽃가루의 공급원이 되는 곤충, 그리고 새 등을 유인한다.

동시에 링컨셔주의 평지를 가로질러 불어오는 험난한 바람으로부터 표토를 보호하기 위해 산울타리를 심는다. 산울타리는 새들의 안식처가 되기도 하고 보기에도 좋다. 나는 보기 좋은 농지가 생산적이고 지속 가능하다는 사실에 보람을 느낀다.

우리는 글로스터셔주와 서머싯주의 농장에서 돌담 협회의 도움을 받아 약 24킬로미터에 걸쳐 코츠월드 돌담을 재건하고 있다. 우리에게는 계속 돌담을 세울 수 있는 유일한 전문가가 있다. 매번 담을 타고 올라가 이쪽저쪽을 오가면서 작업해야 하는 번거로움을 감수하고, 양쪽에 충분한 양의 돌무더기를 유지시키면서 작업하는 것이 어렵다는 사실을 모른다면, 이런 기술이 별로 의미 없게 들릴 수도 있다. 하지만 나는 이런 일을 해내는 장인들의 솜씨에 경탄한다. 모르타르 없이 돌담을 세우려면 비용이 많이 든다. 그 주된 이유는 그런 담을 세울 수 있는 방법을 아는 사람이 매우 부족하기 때문이다.

코츠월드에 살던 시절, 디어드리와 나는 약 180센티미터 높이의 돌담을 쌓으려고 했다. 그렇게 쌓은 담은 폭풍우 때문에 무너졌고, 돌담을 다시 제대로 만들어야 했다. 우리는 돌담의 그 미묘한 구조를 이해하지 못했다. 그래서 방법을 익힌 뒤에 다시 돌담을 쌓았다. 이런 담들은 청동기 시대부터 땅의 경계 역할을 하는 용도로 사용되었다. 이글거리는 태양, 거센 바람,

그리고 눈으로부터 양들의 피난처가 되어 주기도 한다. 많은 종의 이끼, 지의류, 작은 새, 포유동물, 무척추동물, 도마뱀, 곤충, 그리고 야생화들이 서식하는 곳이기도 하다. 담은 주로 산울타리를 세우는 것이 어렵거나 심지어 불가능한 지역에서 발견된다. 담은 아름답고 기능적이며, 오랫동안 영국 풍경의 일부로 남아 있다. 코츠월드나 요크셔 데일스에서 볼 수 있는 돌담 중 일부는 수백 년 된 것들이다.

야생 동물을 보호하고 장려하는 동시에 농업에 효율성을 가져다주는 자연적 균형을 유지하는 것은 토지를 관리하는 좋은 방법 중 하나이며, 우리가 실천하려는 삶의 행동 규범이기도 하다. 예를 들어, 나는 우리가 만든 거대한 콤바인 수확기*가 작업하는 모습을 지켜보기만 해도 가슴이 벅차다. 최신 디지털 기술을 도입한 이 기계는 최근까지도 농부들에게 상상으로만 가능했던 정밀도로 밭을 일구게 도와준다. 콤바인 수확기는 작물을 심고 작업할 때 작물을 심는 각 열을 밀리미터 단위까지 측정할 수 있으며, 무선 송신과 GPS가 결합된 시스템을 이용한다. 드론은 들판을 마지막 1제곱밀리미터 단위까지 조사하고 매핑한다. 이 데이터를 이용하면 콤바인 수확기는 마도요, 댕기물떼새, 희귀한 개구리매와 같이, 거의 멸종 위기에 처했던 새들의 둥지가 다치지 않도록 그 주변만 수확하게 된다. 녹턴과 캐링턴에서는 개구리매 개체 수가 꽤 증가하고 있는데, 이는 최신 기술을 통해 얻은 결과다. 우리는 새들이 번성하는 환경을 만들면서 농

* 한 번에 곡물 수확, 타작, 청소까지 하는 농업용 기계.

업의 효율성도 함께 높였다.

우리 트랙터와 수확기는 버려지는 것이 거의 없을 만큼 아주 높은 정확도로 파종하고, 비료를 주고, 농작물을 수확한다. 우리는 자연을 번성시키는 동시에 향상된 효율성으로 농사를 지을 수 있다. 나에게 이 모든 것은 당연한 일이다. 나는 결코 엄격한 환경 보호론자나 재야생화주의자가 아니다. 우리 사유지에 늑대를 풀어 놓을 계획 같은 것도 없다. 가능한 한 많은 식량을 생산해, 수익성을 높이는 농부가 되려는 목표를 가지고 있을 뿐이다. 발명, 혁신, 기술을 통해, 나는 동료들과 함께 인간의 수요가 자연의 수요와 균형을 이루는 농장을 형성하는 데 도움을 줄 수 있다.

최신 농기계들을 보면 너무 감격스럽다. 예를 들어, 수확기는 기계적 기술 및 디지털 기술이 결합된 거대하고 복잡한 기계다. 우리는 독일제 클라스 콤바인을 여러 대 보유하고 있다. 클라스는 유럽에서 처음으로 콤바인 수확기를 발명하고 제작했다. 하지만 1930년대 초에 클라스 형제 — 네 명의 형제가 함께 사업했다 — 의 아이디어는 독일 농부들로부터 지지를 받지 못했다. 그들은 바로 헨리 포드와 같은 문제에 봉착했던 것이다. 〈내가 사람들에게 원하는 것이 무엇이냐고 묻는다면, 그들은 그저 더 빠른 말을 원했을 겁니다.〉 포드의 말이다. 그런 포드는 믿을 수 있고 알맞은 가격의 자동차를 제공했고, 농부들은 그것을 받아들였다. 아우구스트 클라스는 독일 시골 마을의 더 빠른 말들의 대열에서 선두를 차지하겠다는 각오로, 〈아무도 안 믿어 주면 우리끼리라도 한번 해보자〉고 결심했다. 클라스 형제는 콤바인 수확기를 마지막 나사 하나하나까지 직접 설계하고 만들었다. 클라스 콤바인 수확기의 기능을 본 농부들은 모두가 그 기계를 탐냈다.

이 일은 기존 진공청소기 제조업자들이 먼지 봉투가 없는 싸이클론 청소기의 시제품을 보고 거절했을 때의 경험을 상기시킨다. 누군가가 발명품에 확신만 있다면, 자신의 아이디어가 정말 좋다는 사실을 스스로 입증하기 위해서라도 열심히 밀고 나가야 한다. 클라스 형제는 유럽의 농업에 혁명을 일으켰다. 하지만 그들은 1943년 절박한 상황에 처한 나치 독일이 최신 농기계보다 전투기, 탱크, 그리고 다른 무기들을 더 우선시했을 때 생산을 중단해야 했다. 페르디난트 포르셰의 급진적인 공랭식 엔진이 장착된 폭스바겐을 알아본 것처럼, 영국인들은 클라스 형제의 콤바인 수확기의 중요성을 인식했다. 영국에서 주문이 쇄도했고, 나치 정권이 붕괴하고 얼마 지나지 않아 회사는 다시 정상 궤도로 들어섰다.

클라스 농기계는 효율적이고 믿을 만하지만 저렴하지 않다. 우리가 농기계에 투자한 비용은 토지 구입 비용 외에 이제까지 투자한 1억 1천만 파운드에 포함된다. 2020년 8월에 『더 타임스*The Times*』에서 내가 세금 회피 목적으로 농지를 구입했다는 근거 없는 주장을 담은 기사를 접했을 때는 조금 짜증이 났다.

저명한 군사학자 맥스 헤이스팅스 경은 이렇게 썼다. 〈농지에 투기하는 억만장자들은 그냥 원유 선물 시장이나 진공청소기에나 매달리는 게 좋다.〉 나는 그 매체에 이 기사가 〈내 농장에 고용된 훌륭하고 헌신적인 169명의 직원에게 매우 모욕적이다. 이 사람들은 각자 전문 분야에서 최신 기술을 개발하기 위해 헌신하고 있으며, 그들이 이루어 내고 있는 위대한 진전은 칭송받아 마땅하다〉라고 반박하는 글을 써서 보냈다. 그리고 소비자, 시골, 농부 들을 위해 영국 농업을 더 좋은 방향으로 변화시키기 위해 열심히 조치해 온 일들에 대해서도 언급했다.

그리고 이렇게 덧붙였다. 〈이것이 세금 회피를 위한 것이라면 내가 왜 굳이 이 모든 힘든 일을 자처하겠는가? 훨씬 더 쉬운 방법이 있는데!〉 나는 세금을 많이 내고 있지만, 만일 세금을 회피하기 위해 그렇게 많은 사람을 고용하고, 비용도 많이 드는 생산적이고 새로운 사업을 감행해야 한다면 정말 화가 날 것이다. 그래도 『더 타임스』의 편집장 존 위더로가 특집 기사를 담당하는 기자 앨리스 톰슨을 파견해서 우리가 하고 있는 일을 취재하도록 했다. 그래서 결과적으로 다이슨 농업의 생생하고도 정확한 실상을 밝혔다는 점은 칭찬할 만하다.

다이슨 농업은 급속히 성장했고, 관련 분야에서는 국내에서 가장 큰 규모를 지닌 회사 중 하나가 되었다. 회사가 크게 성장하는 것 자체가 목표는 아니었다. 하지만 어느 정도 큰 규모에서 오는 경제적 이점을 이용해, 최대한 많은 영국 농지를 살리고, 보호하고, 보살피고 싶다는 낭만적인 생각을 가지고 있는 것은 사실이다.

규모가 커지면 그만큼 가능성과 책임도 증가한다. 예를 들어,

나는 임대업을 할 의도가 전혀 없었다. 그래서 농장을 구입하기 시작했을 때도 거주 건물이 없는 땅을 원했다. 하지만 이제 우리 농장 안에는 3백여 채의 건물이 있고, 그중 180채는 임대용 주택이다. 쓸모없는 농지 주변에 있는 복구된 헛간이나, 그 외 벽돌 및 플린트 건물들을 각각 높은 수준의 거주용 주택으로 개조했다. 나는 노퍽주 북부 지역에 있던 플린트 벽돌과 둥근 기와의 농장 건물들이 떠오를 때마다 기분이 좋아진다. 링컨셔주의 농장 건물들도 이와 유사하기 때문에, 오래된 농지에 있는 이 건물들을 복구해 여러 가정을 위한 주택으로 만들 수 있다는 사실이 참으로 기쁘다.

우리는 링컨셔주의 농장에 두 채의 혐기성 침지기를 지었다. 이 공장에서는 옥수수, 다른 작물들, 그리고 농장에서 나오는 다른 폐기물들로부터 생물 가스, 주로 메탄가스를 생산해 오스트리아에서 만든 1천5백 마력의 제너럴 일렉트릭 옌바허 엔진에 전력을 공급한다. 이 엔진은 역으로 곡물을 건조시키고 온실을 난방하는 데 사용하는 열과 내셔널 그리드에 공급하는 전기를 생성한다. 엔진은 끊임없는 관리와 정기 점검이 필요하며 24시간 가동된다. 혐기성 침지기는 또한 농장을 위한 유기 비료를 생산한다. 농장 주변 땅에서 나오는 유거수(流去水)*는 캐링턴에 있는 침지기에서 생성되고 남은 열 및 가스와 혼합되어, 새로 지은 거대한 온실에서 제철이 아닌 때 딸기를 재배하거나

* 빗물이나 눈이 녹은 물 등 여러 가지 원인으로 인해, 땅이 흡수할 수 있는 것보다 물이 더 많아 지표면을 따라 흐르는 물.

곡물 저장고에서 곡물을 말리는 데 사용된다.

네덜란드인 도급업자가 지은 필리그리 구조*의 온실은 조지프 팩스턴이 설계한 수정궁의 가벼운 현대판 같다. 이 온실은 약 70만 그루의 딸기 초목에서 연간 약 750메트릭톤의 딸기를 생산할 수 있도록 설계되었다. 이것은 소매업자들이 해외에서 수확한 딸기를 구매해 영국의 가정, 식당, 호텔 등으로 공급하기 위해 수천 킬로미터를 항공편으로 운반할 필요성이 줄어든다는 뜻이다. 다이슨에서는 우리가 하는 모든 일이 환경에 되도록 영향을 적게 미치고, 덜 사용해서 더 이루고, 우리가 농장이나 공장에서 사용하는 모든 것을 재활용하려는 목표를 이루기 위해 순환적인 생산 시스템을 구축하고 있다.

물론 갈 길이 멀다. 비전 시스템과 로보틱스에 대한 우리의 모든 연구에도 불구하고, 다이슨 농장에서는 감자를 분류하고 딸기를 선별하는 데 여전히 숙련된 인간의 수작업이 필요하다. 인간의 눈과 손은 여전히 기계보다 덜 익은 딸기나 덜 자란 감자를 빨리 구별해 낸다.

우리 농장들이 다이슨의 나머지 사업을 운영하는 데 어떤 가르침을 줄 것인가와 같은 중대한 질문에 대한 하나의 대답은 〈우리가 매년 생산하는 수많은 제품에 사용될 수 있는 새로운 재료에 대한 가능성〉일 것이다. 다이슨의 과학자와 연구 엔지니어들은 장기적인 해결책을 찾아내기 위해 열심히 노력한다. 적

* 공장에서 미리 만들어진 콘크리트 슬래브와 현장에서 주조한 콘크리트를 함께 사용하는 시공 방식.

어도 그중 한 가지 답은 토양에 있는데, 그것은 옥수수 전분이다. 옥수수 전분은 토양 자체가 아니라 토양에서 자란 식물에서 온다. 지난 몇 년 사이 옥수수 전분에서 폴리젖산* 추출이 가능해졌다. 우리는 현재 사탕무에서 이것을 생산하고 있다. 이것은 석유로 만드는 기존 플라스틱을 대체할 수 있는 재료로, 탄소 중립적이고 생분해가 가능하다. 농장에서 유기 플라스틱을 재배할 수 있다는 사실은 정말 감격스럽다. 하지만 아직은 조금 시기상조이기도 하다. 폴리젖산은 3D 프린팅뿐 아니라 식품 용기, 포장, 심지어 티백에 사용되는 범용 플라스틱을 만드는 데 점점 더 많이 사용되고 있지만 진공청소기나 헤어드라이어 같은 것을 만드는 엔지니어링용으로는 적합하지 않기 때문이다.

낙관적인 기대를 가져도 되는 이유는 많다. 하지만 동시에 에너지 생산이 식량 생산보다 우선시되어야 하는지 등 우리가 지금 하고 있는 몇 가지 연구가 어느 정도 우려되는 것도 사실이다. 예를 들면, 전기 생산에 얼마나 많은 에너지와 투자가 이루어져야 하는가와 같은 문제가 있다. 우리가 〈바이오 가스〉를 생산할 수 있다고 생각하면 매우 뿌듯하다. 하지만 다른 한편으로 사람들에게 식량을 공급하기 위한 작물을 재배하는 대신 그 땅에서 혐기성 침지기를 위한 옥수수를 재배해야 하는지에 대해서는 논란의 여지가 있다. 비록 그 부산물인 폐기물과 열을 잘 사용하고 있지만 말이다.

그리고 나만의 호불호가 있다. 우선 풍광을 훼손하고 새를 죽

* 옥수수 등 식물성 연료로 만들어 생분해되는 수지.

이고 곤충을 대량 학살하는 풍력 발전용 터빈을 싫어한다. 하지만 거대한 링컨셔주 해안의 풍력 발전소와 관련된 시설들이 우리 농장 내에서 정부가 의무적으로 매입한 땅 밑에 설치되어 있고 그것이 내셔널 그리드와 연결되어 있기 때문에, 이 부분에 대해 우리가 할 수 있는 일이 없다는 사실이 안타까울 뿐이다.

태양광 패널도 마찬가지다. 이 패널들은 건물의 외관을 망칠 뿐 아니라 식량 생산에 이용해야 하는 들판에까지 널리 설치되어 있다. 나는 또한 최근 유행에 따라, 영국 시골 지역들을 야외 레저 센터로 바꾸어 사람들이 돌아다니며 자연을 마음껏 누릴 수 있도록 작물 대신 꽃을 심어야 한다고 주장하는 것에 대해서도 어리둥절하다. 이런 목적을 위한 수백만 제곱미터의 땅은 누가 관리할 것인가? 우리가 기른 식량으로 국민을 먹이는 일이 가장 우선되어야 하는 것 아닌가? 이것은 영국에서 제조업을 할 필요가 없거나 하고 싶지 않다고 주장하는 것과 마찬가지다. 우리가 그렇게 하겠다고 선택만 한다면, 우리는 정말 좋은 식량을 국내에서 생산할 수 있다. 하지만 이국적인 과일과 채소는 차치하고, 전 세계에서 수입하는 엄청난 양의 주요 식품을 대체할 정도로 충분한 양은 아니다.

그리고 왜 가난한 나라 사람들, 특히 물이 부족하고 식량 수출이 삼림을 파괴하는 결과를 가져오는 곳에서 자국민들의 식량을 생산하기도 벅찬 상황에 놓인 사람들이 우리를 위한 식량을 재배하기를 기대하는가? 영국인들이 공장이나 땅에서 땀 흘려 일하기를 원하지 않는다는 선입견은 항상 있어 왔다. 하지만 지금은 발명, 혁신, 기술이 도울 수 있다. 우리는 앞으로 농사를 지을 때 점점 더 디지털 및 로봇 공학 기술에 의존하겠지만, 그 모든 과정을 자연과 조화를 이루면서, 그리고 자연으로부터 배우면서 해나갈 수 있고 또 해나갈 것이다. 나는 잉글랜드의 농업이 영국의 제조업과 같은 길을 가는 것을 결코 바라지 않는다.

11
교육

코치 하우스에서 싸이클론 기술을 사용해, 첫 번째 진공청소기를 위해 만든 5,127개의 시제품은 마지막 하나를 제외하고 모두 실패작이었다. 하지만 고통스럽게 문제를 해결해 나가면서 나는 자기 교육과 학습 과정을 경험했다. 각각의 실패작은 나에게 가르침을 주었고 실제 작동하는 모델로 한 단계씩 이끌어 주었다. 나는 그 후부터 매일 질문하고 배우고 있다. 다시 원래대로 조립하지도 못하면서 호기심으로 장난감, 시계, 라디오, 최신 기계 들을 분해하는 어린이만큼이나 자주, 다시 시작하는 일이 바로 엔지니어가 하는 일이다.

엔지니어링을 공부하고 관련 분야에 종사하다 보면, 눈앞에서 테스트가 실패하는 것을 보는 것만큼 유익한 일도 없다. 이것이 다이슨에는 기술자가 따로 없는 이유다. 다이슨 엔지니어들은 스스로 시제품을 만들고 엄격히 테스트하기 때문에, 왜 그리고 어떻게 실패하는지 잘 이해한다. 실험을 진행하기 위해 부품이나 구성품을 만드는 과정 역시 매우 중요하다. 조금 더 좋아질 수 있는 다른 방식으로 시도해 볼 기회를 발견하기 때문이다.

일하면서 배우고, 시행착오를 통해 배우고, 실패하면서 배우는 것, 이것은 모두 매우 효과적인 교육 방식이다. 변화와 경쟁 속도가 점점 더 강화되는 요즘, 모든 공학 분야의 새싹과 미래 엔지니어들을 위한 교육은 필수적이다. 나는 이런 교육은 학교에서부터 시작되어야 한다고 생각한다. 매우 학문적이거나 실제로 적용되는 분야가 아니면 관심이 없는 젊은 사람들에게 다가가지 않는다면, 큰 기회를 놓치게 된다.

아이들은 뭔가 만드는 것을 좋아하지만, 아이들의 손으로 표현되는 타고난 호기심과 실험 정신은 너무나 자주, 그런 자연스러운 창의성을 미덕으로 보지 않는 교육 시스템에 의해 짓밟힌다. 부모와 학교는 아이를 대학에 보내지 않으면 안 된다고 생각하고, 교육 시스템은 지적인 학문 — 산업 혁명이 일어난 영국에서 특히 더 그렇다는 점이 주목할 만하다 — 에 맞추어져 있다. 그리하여 시험을 보아야 하는 학생들에게는 뭔가 만드는 일이 시간 낭비처럼 여겨질 수밖에 없다.

이런 시각과 태도 때문에 디자인과 기술은 교과에서 제대로 다루어지지 않는다. 학교에는 장비가 부족하고, 해당 분야에서 전문적인 자격을 갖춘 선생님이 별로 없다. 그 결과 엔지니어들이 참담할 정도로 부족한 것과 별개로, 엔지니어와 기술자들이 은행원, 유튜버, 브랜드 매니저보다 직업적, 사회적 지위가 낮다고 보는 시선이 일반적이다. 그러나 미국에서는 그렇지 않은 것 같다.

세계 경제는 점점 더 빠른 속도로 움직이고 있다. 새로운 기술로 인해 공기 역학, 음향학, 열역학, 구조 분석과 더불어 로봇 공학, 비전 시스템, 신호 처리, 머신 러닝, 컴퓨터 아키텍처 및 시스템 분야에서 일하는 독창적인 엔지니어가 많이 필요해졌다. 물론 이런 새로운 세계에 관심을 두지 않고 정원이나 가꾸며 살겠다는 태도로 살 수도 있다. 하지만 4차 산업 혁명 시대는 그렇게 금방 소멸되지 않을 것이다.

지금과 마찬가지로, 산업 혁명 당시에도 새로운 세계가 요구하는 상품들을 널리 퍼뜨릴 철도를 만들기 위한 적절한 기술을 보유하고 있는 장인과 엔지니어들을 찾기가 어려웠다. 기술 교육에 대한 영국 정부의 대응은 느렸다. 상황의 개선은 철도 회사와 직원들의 몫이었다. 1830년대부터 스코틀랜드에 정비공 기술 학교가 생겼다. 그 후 10년간 스코틀랜드 남쪽 지역에도 그런 학교들이 등장했다. 1855년에 그레이트 웨스턴 철도는 정비공 훈련 학교를 스윈던에 세웠다. 그 학교 건물은 산업용 작업장보다 교회를 더 닮은 복고적 양식이라는 점이 중요하다. 아마도 철도가 열성적인 종교나 마찬가지였던 그 당시의 시대상을 반영하려고 한 것이 아닐까.

당시 기술 학교들은 배움, 오락, 사회 복지의 장소였다. 스윈던의 정비공 훈련 학교에는 영국에서 처음으로 대출이 가능한 도서관이 있었고, 그곳의 종합 보건 시스템은 제2차 세계 대전 후 설립한 국가 건강 서비스의 전신 모델 중 하나가 되었다. 또

나의 대부는 전쟁 중에 한동안 그레이트 웨스턴 복합 단지*를 운영하기도 했다. 이런 학교들은 그때 이미 세계적으로 유명했던 철도 엔지니어 로버트 스티븐슨, 증기 해머와 파일 드라이버**를 발명한 제임스 네이즈미스, 기계 기술자 조지프 휘트워스를 포함한 산업 분야의 박애주의자들로부터 자금을 지원받았다. 기계 공학의 발전을 위해 뛰어난 학생들에게 수여되는 〈휘트워스 장학금〉은 그가 1868년에 12만 8천 파운드 — 2020년 기준으로 7백만 파운드에 해당한다 — 를 영국 정부에 기부하면서 시작되었다.

영국의 대중은 철도의 등장뿐 아니라, 1851년 인구의 3분의 1에 해당하는 사람들이 방문한 대박람회 — 이것이 바로 첫 번째 엑스포, 혹은 세계 박람회라고 할 수 있다 — 를 통해 새로운 엔지니어링 기술 분야의 엄청난 발전에 대해 알게 되었다. 팩스턴이 설계한 혁신적인 수정궁 건물에서 열린 대박람회에는 영국에서 생산되어 전 세계로 수출되는 수많은 제품과 함께 제조 과정, 작동 중인 기계 등이 전시되었다. 총 10만 가지의 전시물이 있었고, 그중에는 집 밖에 있는 악취 나는 화장실을 일반적으로 사용하던 수백만 명의 사람에게 1페니를 넣으면 물이 내려가는 실내 화장실도 있었다.

대박람회는 꽤 수익성이 좋았다. 그 덕분에 임페리얼 칼리지,

* 영국 스윈던에 있는 대규모 철도 시설물 및 기차 공장으로, 철도 관련 연구 및 기술 개발을 하다가 제2차 세계 대전 중에는 군수 공장으로 사용되었다.

** 말뚝 박는 기계.

왕립 예술 학교, 왕립 음악 대학, 로열 앨버트 홀과 함께 빅토리아 앨버트 박물관, 자연사 박물관, 과학 박물관이 탄생했다. 이런 장소들은 공공을 위한 전문적인 교육 기회를 제공했다. 1851년에 박람회를 위해 구성되었던 위원회 — 나는 이 위원회의 멤버로 몇 년간 활동하기도 했다 — 는 그 후 대학원생들을 위한 장학금을 수여해 왔고, 그중에서 열세 명의 노벨상 수상자가 나왔다.

이와는 부끄러울 만큼 대조적으로, 2000년에 열린 〈밀레니엄 익스피리언스〉 박람회는 도전적이거나 획기적인 내용이 전혀 없었다. 특별히 새롭거나 가치 있는 전시품도 없는데도 엄청난 비용이 들어갔으며, 리처드 로저스의 널찍하고 멋진 그리니치 돔에서 열렸다. 대대적인 새천년을 기리는 의미에서 대성공을 이룬 예전 대박람회의 귀환을 기대하는 사람들로부터 많은 관심을 모았지만, 전시된 내용은 깊이도 없었고 산업적이거나 신비한 것도 없었다. 미래 노벨상 수상자들에게 영감을 줄 만하지도 않았다. 밀레니엄 익스피리언스 박람회는 야심만 가득한 정치인들이 주도한 허세 섞인 프로젝트였다. 기금도 훨씬 적게 모였다. 10억 파운드가 투입되었으나, 아무것도 가르쳐 줄 수 없었고, 영감을 주지도 못했으며, 어떤 유산도 남기지 못했다. 대박람회에는 영국 인구의 3분의 1이 방문한 반면, 밀레니엄 익스피리언스 박람회에는 그 10분의 1에도 미치지 못했다. 그 돈이 전 세계의 수많은 사람을 위한 혁신적인 아이디어와 더 좋은 제품과 더 행복한 삶을 줄 수 있는 방법을 발명하고 만들어 내기 위해 노력하는 젊은이들을 위한 장학금으로 쓰였다면 얼마나 좋았을지 상상해 보라. 사실 나는 1997년에 토니 블레어의 신노동당 정부가 집권하면서 밀레니엄 프로젝트를 인계받았을 당시, 그 프로젝트를 취소하고 더 절실히 필요한 새 병원들을 짓는 데 사용하리라 기대했다.

어떤 의미에서 밀레니엄 익스피리언스 박람회는 세 번째 밀레니엄이 도래했을 때 요구되는 규모의 과학, 엔지니어링, 기술에 대한 교육이 부족한 영국의 문제점을 드러냈다고 볼 수도 있다. 사실 문제의 시작은 제2차 세계 대전이 끝날 무렵으로 거슬러 올라간다. 그때 새로운 세대의 어린이들을 위한 교육 방식이 명시된 교육법이 나왔기 때문이다. 당시 교육법에 따르면, 그래머 스쿨에서는 엄선된 소수 학생을 대상으로 대학 진학 준비를, 현대적 중고등학교에서는 학문적 재능이 그보다 못한 절대 다수의 학생을 대상으로 교육을, 그리고 기술 학교에서는 1939년에서 1945년 사이에 사망한 수천 명의 숙련된 기술자와 엔지니어를 대체할 인력의 양성 — 이론적으로는 그랬다 — 을 목표로 삼았다.

하지만 실제로 기술 학교는 거의 설립되지 않았다. 몇몇 학교는 그래머 스쿨을 모방하기 위해 너무 많은 시간을 낭비했다. 또 다른 학교에서는 여학생들에게 요리를 하거나 집 안을 관리하는 방법을 가르쳤다. 어떤 경우든, 학교에는 적절한 교사가 부족했다. 당시 영향력이 강했던 노동조합들은 기술 학교의 학생들을 산업계에서 이미 일하고 있는 숙련 노동자들의 불필요한 경쟁자로 간주하며, 기술 학교나 그곳의 교과 과정에 적대감을 드러냈다. 기술 학교의 학생은 전체 영국 학생의 3퍼센트도 안 되었다. 기술 학교가 점점 사라졌고, 새로운 세대의 종합 중등학교에서는 디자인이나 기술 과정이 거의 없었다. 지금도 대부분의 경우에 그렇다. 자원도 부족할 뿐 아니라, 학교 내 입지마저 불안한 〈디자인과 기술〉 과정은 외부로부터 도움이 절실한 실정이다.

물론 학교와 대학에서는 철학, 윤리, 순수 수학, 음악 및 예술과 같은 과목을 가르쳐야 한다. 하지만 지식을 기반으로 상호 연결된 경제 시스템이 잘 운영되기 위해서는 사회에 필요한 실무 엔지니어가 부족한 문제를 해결해야 한다. 그러나 현재 학교에서 예비 엔지니어들에게 제공할 수 있는 것은 거의 없다. 안타깝게도 영국의 교육은 점점 더 어린 학생들이 시험을 얼마나 더 잘 치를 수 있는지에 대해서만 관심을 가진다. 시험에 단순히 반복해서 나올 내용을 배운 다음 잊어버리면 된다는 식의 생각은 정말 잘못되었다. 이런 접근법은 어떤 직업에서는 — 과연 그런 직업이 어떤 건지는 생각이 안 나지만 — 맞는 방법일 수 있지만, 문제 해결과 관련된 엔지니어링에는 전혀 맞지 않는다. 학교에서 시험을 잘 본다고 꼭 일을 잘하는 것은 아니다. 학생들은 교과서에 나와 있는 사고의 흐름에 단순히 따라가는 것으로 평가받는다. 학생들이 스스로 사고하거나 교과서 내용에 의문을 지닌다고 해도, 시험관이 그들의 독창적인 생각에 적합한 점수를 줄 수 있는 시스템이 아니다.

나는 초음속 비행기의 초기 설계 단계에서 콩코드 엔지니어들이 이상적인 날개에 대한 아이디어를 시험해 보기 위해 제도실에서 종이비행기를 만들어 이리저리 날려 보았다는 이야기를 좋아한다. 이들 중 몇 개는 사우스켄싱턴에 있는 과학 박물관에 안전하게 보관되어 있다. 이것이 바로 선생님이나 시험관이 인정하지 않았을지도 모를 것들이 어떻게 역사상 가장 위대한 설계작 중 하나를 만들도록 젊은 사람들을 이끌었는지 기쁘게 상기시켜 주는 증거다.

어린이들은 뭔가 만들고 실험하고 가지고 노는 재주와 욕구를 타고나는 듯하다. 하지만 수많은 어른에 의해 이런 재능들이 사라져 버린다. 특히 미래 로봇 공학의 세계에서 인간은 더 창조적이어야 하고, 더 많이 꿈꾸어야 하며, 일반적인 기계가 알고리즘을 동원해도 상상하기 힘들고 형태를 부여하기 어려운 것을 만들어 내야 한다. 프랭크 휘틀이 바로 세상을 변화시키는 것과 학교에서 시험을 잘 보는 것은 상관없다는 사실을 보여 주는 좋은 인물이다. 열다섯 살에 학교를 떠난 그는 비행 시험 조종사가 되었다. 그리고 케임브리지 대학교에서 두 과목 모두 최고 득점으로 졸업한 후 제트 엔진을 발명해, 항공 역사는 물론 우리의 삶도 바꾸었다. 그의 삶은 말 그대로 배움과 집요함 그 자체였다.

교육은 단순히 시험을 통과하기 위한 지식 보유가 목적이 아니라, 문제 해결을 목적으로 삼아야 한다. 문제 해결은 본능적으로 젊은 사람들이 잘한다. 엔지니어들이 턱없이 부족하기 때문에, 엔지니어 분야가 가진 특성만큼 사람들이 엔지니어 분야를 멋지고 신나는 것으로 여기도록 교육해야 한다. 영국에서만 해도 6만여 명의 엔지니어가 부족하다. 학교에서 그 과목을 가르치는 방식의 문제로 인해 너무 많은 젊은이가 이 분야에 관심을 갖지 않는다. 분명 그들은 엔지니어링이 다리, 터널, 어쩌면 항공기 등에만 적용할 수 있다고 생각하지만, 사실은 그렇지 않다. 물론 그런 분야도 충분히 흥미롭지만, 오늘날 엔지니어링은 소프트웨어, 로봇 공학, 비전 시스템, 그리고 가상 현실을 비롯한 광범위하고 다방면에 걸친 영역을 아우른다. 또한 고령자, 장애인, 환자 들을 돕는 일이 될 수도 있다. 대양과 환경을 정화하거나, 지속 가능형 재료를 개발하거나, 에너지를 적게 쓰는 제품을 발명하거나, 에너지를 만들어 내는 재료를 구상하거나, 아직 존재하지 않는 물건을 만드는 일도 할 수 있다.

슬프게도 영국의 매체에서는 미래 젊은 엔지니어들에게 동기를 부여할 만한 흥미 있는 내용을 보도하지 않는다. 심지어 이 나라에는 여전히 제조업을 무시하고 좋아하지 않는 분위기가 존재한다. 플러그를 갈거나, 잔디 깎는 기계를 수리하거나, 그림을 거는 일을 하지 못하는 것을 마치 문화적 소양이나 사회적 위치가 높은 것으로 여기는 시각이 만연하다. 하지만 발명의 역사는 현생 인류의 조상이 약 3백만 년 전에 도구를 발견했을 때 시작되었고, 그런 방식을 통해 그들은 스스로 먹고 입고 은신처를 만드는 새로운 방법을 발견할 수 있었다. 그때부터 청동기 시대까지는 진보가 느린 듯했다. 그 후 어느 정도 침체기도 있었지만, 고대 그리스와 로마의 위대한 문명을 통해 그 발전 속도가 빨라지기 시작했고, 산업 혁명까지 이어지는 동안 발명의 열기가 폭발했다. 이전 발명품을 토대로 또 다른 새로운 발명품이 탄생하는 형태로 계속 발달했다. 하지만 기술의 진보가 인류의 삶에 긍정적인 영향을 미친다는 견해는 전쟁이나 테러, 퇴행적 이데올로기로 인해 지속적으로 시험대에 올랐다.

수백만 년 전에 도구를 발명하도록 이끈 첫 번째 발견이 없었다면, 컴퓨터나 인공 중력, 우주선은 고사하고 전기 조명, 휴대폰, 자전거, 버스, 기차, 자동차, 비행기도 없었을 것이다. 따라서 발명은 인간에게 필수 불가결하다. 그리고 비록 발명의 역사는 실패로 점철되어 있지만 새로운 발명품 — 그 발명품은 인쇄기, 증기 기관, 전화, 텔레비전, 제트기, 월드 와이드 웹, 그리고 심지어 먼지 봉투 없는 싸이클론 진공청소기 등 뭐든 상관없다 — 을 만들어 성공시키겠다는 의지는 그 자체로도 성취감을 준다. 그뿐 아니라 잠재적으로 수억 명의 사람에게 이전에 없던 이로움을 전해 줄 수도 있다.

발명의 욕구는 너무 강렬해서 그것에 사로잡힌 사람들은 저항할 수가 없다. 발명가들은 돈과 같은 이유 때문에 발명을 시작하지 않으며, 만일 그런 사람이 있다고 하더라도 그들의 꿈은 종종 몽상에 지나지 않는 경우가 많다. 아이들은 실험하고 놀면서 배워야 한다. 가끔은 학교에서 유용하거나 집에서 편리한 물건을 만들 수도 있다. 또한 흥미롭긴 해도 말이 안 되는 — 적어도 당장은 말이다 — 물건을 만들 수도 있다.

요즘 젊은이들은 지속 가능성과 지구를 보호해야 한다는 의제를 가지고 있다. 우리는 제임스 다이슨 어워드를 통해 수많은 젊은 엔지니어가 해결책을 발명할 능력을 갖고 있음을 목격했다. 이런 문제를 해결하는 일에는 이목을 끌기 위해 매일 똑같은 캠페인을 벌이는 운동가보다 과학과 엔지니어링을 공부하는 젊은이가 더 적합하다. 우리는 젊은이들이 창의적으로 생각하고 통념적 지식에서 벗어나 도전하는 정신을 가지기를 바란다. 다이슨에는 바로 이런 젊은이가 필요하다. 성공에 대한 보장이 없더라도, 혁신적인 아이디어는 시장 조사, 사업 계획 및 전략적 투자와 대조적으로 직관, 상상력, 위험 감수를 통해 회사와 그 재정 상황을 혁신적으로 변화시킬 수 있다.

내가 왕립 예술 학교에 다닐 때, 정부는 제조업을 창의성의 영역으로 보기보다 손쉽게 이용할 수 있는 지저분한 정치적 수단으로 보는 경우가 허다했다. 공장은 그 지역에 용납할 수 없을 만큼 높은 실업 문제가 발생했을 때 그 실업률을 완화해 주는 유용한 도구였다. 중앙 정부는 실업률이 높은 지역에 새로운 제조 공장을 설립하는 데 자금을 후하게 지원해 주었다. 하지만 진짜 문제는 정부 지원금이 핵심 사업이 있는 곳으로부터 아주 멀리 떨어진 곳에 공장을 짓는 일을 마치 좋은 제안처럼 보이게 만들었다는 점이다. 그러다 보니 정부 지원금으로 설립되는 공장은 숙련된 노동자가 없거나, 이전에 아주 다른 방식으로 일했던 노동자만 있거나, 기술 교육에 적절한 투자가 없었던 지역에 지어질 가능성이 컸다.

예를 들어, 루츠 그룹*이 1963년에 알렉 이시고니스의 미니에 필적하는 힐만 임프**를 제조하고 6천 개의 일자리를 창출하기 위해 글래스고 근처에 새로운 린우드 공장을 건설했을 때, 심각한 문제가 발생했다. 린우드 공장으로 인해 루츠 그룹의 재정 상태가 흔들린 것이다. 결국 오랫동안 인정받던 영국의 거대 자동차 기업은 미국의 대기업 크라이슬러에 인수되었다. 린우드 공장은 1981년에 문을 닫았고 수천 명이 일자리를 잃었다. 생산을 급하게 시작한 힐만 임프는 공학적으로 불완전했고, 클라이드강에 있는 조선소에서 해고된 노동력을 기반으로 부실하게 제조되었다. 에든버러 공작이 이곳에서 첫 번째로 생산된 차 중 하나를 몰고 나간 그날부터 노사 관계는 이미 좋지 않았다. 린우드 공장의 사례는 엔지니어링과 제조업에 대한 이해와 관심이 없는 데다 산업을 단지 정치에 이용하려는 정부의 위험성을 보여 준다. 한편 요즘 기업의 대표들 중 공장에서 일한 경험이 있는 사람은 거의 없다.

부분적으로는 엔지니어링에 대한 이해와 인지도를 높이기 위해, 그리고 부분적으로는 교육에 대한 나의 지대한 관심 때문에, 2002년에 우리는 제임스 다이슨 재단을 설립했다. 그리고는 젊은이들이 엔지니어링 세계에 대한 우리의 열정을 함께 나누도록 장려했다.

우리는 다이슨의 엔지니어들이 진행하는 〈마스터 클래스〉 강

* 1913년에 설립되어 1967년 크라이슬러에 인수된 후 해체된 영국의 자동차 업체.

** 1963년에서 1976년까지 루츠 그룹과 크라이슬러에서 만든 소형 자동차.

의를 하면서 지역 학교를 방문하기 시작했다. 웨스턴버트 학교를 방문했을 때 우리가 제일 먼저 발견한 점은 디자인과 기술 수업 중 실험을 해볼 만한 실제 제품이 하나도 없다는 것이다. 우리는 학교로 진공청소기를 보내고 수업 과정을 보다 즐겁고 유익하게 만들기 위해 직접 수업을 진행했다. 그리고 어린 학생들이 직접 문제를 해결해 보도록 도와주는 것이 정말 그들에게 열정을 불러일으킨다는 사실을 배웠다. 이 발견은 큰 전환점이 되었다. 젊은이들의 사고와 엔지니어링이 매우 중요한 연결 고리를 가지고 있음을 파악했기 때문이다.

우리는 〈로디〉라고 불리는 교육용 상자를 1천 개 정도 보냈는데, 그 상자에는 〈먼저 문제부터 파악할 것〉이라는 라벨이 붙어 있었다. 상자 안에는 구슬 굴리기, 풍선 자동차 경주, 수중 화산 게임과 같은 도전 과제에 응답하도록 만든 〈도전 카드〉들도 들어 있었다. 동시에 학생들에게 기발한 발명가, 엔지니어, 발명품의 세계에 대해서도 소개했는데, 그중에는 캣 아이 — 밤에 운전할 때 사용하는 안전을 위한 헤드라이트 — 나, 작은 바퀴가 달린 몰턴 자전거, 케블라, 테슬라 코일, 측지 돔, 컴퓨터 프로그램, 메모리 폼, 토머스 에디슨, 수그루*, 차창 와이퍼, 이점바드 킹덤 브루넬, 벨크로, 지퍼, 그리고 스마트 포투** 등이 포함되었다.

토니 블레어가 2000년에 새로운 아카데미 방식의 학교에 대

* 성형을 가능하게 만드는 접착제.

** 다임러 AG에서 생산하는 1~2인용 소형 자동차.

한 계획을 발표하고 얼마 뒤, 그는 나에게 이 프로젝트에 참여해 보지 않겠느냐고 물었다. 도심의 생활 수준을 높이기 위해 고안되었으며, 기업체들이 일부 자금을 지원하고 관리하는 교육부에서 독립된 공립 학교였다. 그 프로젝트가 내포한 도전 과제 및 교육에 대한 열정적인 관심을 고려한 끝에 나는 제안을 수락했고, 1천2백만 파운드의 지원금을 제공하기로 약속했다.

우리는 그 지역 대학교 — 배스와 브리스틀 대학에는 훌륭한 엔지니어링 교수들이 있다 — 에 진학시킬 수 있는 식스폼 칼리지 형태의 학교를 세워, 학생들에게 디자인, 기술, 그리고 엔지니어링을 가르치고 싶었다. 배스시 의회는 오래된 스토더트 앤 피트*의 크레인 공장을 구입해 그곳을 개조하도록 권했다. 혁신적인 증기와 전기 크레인이 이곳 배스에서 생산되고 전 세계로 판매되었다. 이곳은 제러미 프라이가 1960년대에 에이번강과 로어 브리스틀가를 마주 보고 있는 로토크 본사를 세운 곳과도 가까웠다. 배스시 의회에서는 빅토리아 시대에 지어진 공장을 허물고 싶다고 말했고, 우리는 크리스 윌킨슨에게 그 건물을 대체할 새 건물을 설계해 달라고 부탁했다. 하지만 그 건물의 건축가인 토머스 풀러는 배스에서 캐나다로 이주해 오타와의 국회 의사당을 설계한 사람이었다. 그의 건물이 철거된다는 소식을 들은 캐나다 사람들을 비롯해 여러 사람이 우리에게 여러 통의 항의 편지를 보내왔다.

* 19세기 초 영국에서 설립한 제조업체로, 건축에 사용되는 기계 및 엔진을 주로 제조했으나 1989년에 폐업했다.

나는 그 건물을 문화유산으로 등재하지 말아 달라고 설득하기 위해 영국 문화 재단의 문화재 담당 부서의 닐 코슨스 경을 찾아갔다. 그 건물이 문화유산으로 지정되면 건물이 원래 모습을 유지하도록 힘들게 복원해야 하고 철거할 수도 없기 때문이었다. 그런데 그는 건물을 철거하라고 말한 바로 그 배스시 의회에서 2년 전에 이미 문화유산으로 등재하기 위한 신청을 했다고 말했다.

크리스 윌킨슨은 풀러의 공장을 보존할 수 있는 다른 설계를 구상했다. 강 근처에 위치한 새로운 담, 보행자들을 위한 도로 옆 아케이드, 오솔길, 에이번강을 건너는 소방차용 다리 등을 건설하기 위해 시(市)의 관련 규정을 하나하나 검토하는 동안 많은 시간이 흘렀고, 비용은 점점 더 늘어났다. 마침내 우리가 더할 나위 없는 훌륭한 계획을 갖게 되었을 때, 배스시 의회는 기존의 제의를 철회하고 그 부지를 배스 스파 대학과 공유해야 한다고 말했다. 나는 부지가 충분히 크지 않다고 대답했다. 그러자 시 의회는 전체 부지를 비공개로 입찰했다. 과연 누가 가장 큰 금액을 제시했을까? 우리는 입찰 경쟁에서 배스 스파 대학에 졌지만, 그들이 6개월 뒤에 낙찰을 포기하면서 다시 기회가 찾아왔다.

우리는 일련의 과정에서 제대로 된 설명이나 정보를 전달받지 못했다. 그리고 상황은 더 나빠졌다. 시 의회에서 열린 공공 계획 허가 문제와 관련된 회의에서 내가 발언 — 법에 따라 발언 시간이 2분으로 제한되어 있었다 — 을 하기도 전에, 그 부지 및 건설 계획에 대한 비난을 늘어놓는 환경청과 건축가로부터 긴 연설을 들어야 했다. 그들은 사람들에게 우리의 계획에 반대표를 던지기를 촉구했다. 투표 결과는 우리 편을 들어 주었으나, 우리의 계획은 우리에게 적대적인 시 의회 건축가의 주장에 따라 교육부 장관 에스텔 모리스에게 회부되었다. 나중에 시 의회가 우리에게 말해 준 바에 따르면, 시 의회 건축가의 주장은 모두 거짓이었다. 하지만 내가 마침 중국에 있을 때, 에스텔 모리스로부터 일단 회부된 것은 번복할 수 없다는 전화를 받았다.

우리는 4백만 파운드를 투자하고 엄청난 시간과 감정적 에너지까지 소모한 후, 고든 브라운 정부의 아동 학교 가족부 장관 에드 볼스를 만나러 갔다. 그때 나는 마침내 프로젝트를 지속할 수 없다는 사실을 깨달았다. 정부가 여전히 이 프로젝트에 대해 진지하게 생각하고 있는지 물었더니, 그가 아니라고 대답한 것이다. 그나마 명확한 대답을 들은 셈이었다.

2010년 노동당 정부가 보수당과 자유 민주당 연합 정부로 교체되었다. 그러자 신임 교육부 장관 마이클 고브가 나에게 배스에 학교를 건립하고 싶다는 의향을 전했다. 그때 나는 신임 총리 데이비드 캐머런의 추천으로 영국의 타고난 독창성과 창의성을 다시 일깨울 방법에 관해 저술한 보고서 「기발한 영국: 영국을 유럽에서 선도적인 하이테크 수출국으로 만들기Ingenious Britain: Making the UK the Leading High Tech Exporter in Europe」를 출판한 직후였다.

영국이 일자리와 부를 창출하는 산업, 과학, 기술과 더불어 신기술 분야에서 유럽의 선도적인 생산국이 될 가능성에 대한, 나를 비롯한 선도적인 산업가, 과학자, 엔지니어, 학자 들의 견해를 내세운 보고서였다. 당시 영국은 깊은 불황에 빠져 있어, 금융 산업에만 지나치게 의존하고 있었다. 하지만 영국은 인구가 무려 다섯 배나 많은 미국 — 2020년 통계에 따르면 미국은 320명의 노벨상 수상자를 배출했다 — 에 이어 두 번째로 많은 116명의 노벨상 수상자를 배출한 나라였다.

과학, 기술, 엔지니어링이 높이 평가되는 문화를 조성하는 것이 당시 정부의 가장 큰 과제였다. 이것은 곧 교육으로 귀결되어, 고등 교육 과정에서 과학, 기술, 공학, 수학 — STEM 교육이라고 한다 — 을 공부하는 젊고 창의적인 영재를 육성해야 했다. 10년이 지난 지금은 훨씬 더 많은 수의 인재가 필요하다.

나는 존재하기만 한다면 하룻밤에라도 3천 명의 엔지니어를 더 고용할 수 있다고 언급했다. 하지만 우리에게는 그럴 만한 인재가 없었다. 조사에 따르면, 학생들은 패션모델, 유튜버, 연예인 혹은 그냥 부자가 되기를 원한다. 하지만 만일 학교에서 그들에게 열정적이고 창의적인 방식으로 과학 과목을 가르친다면 공학, 과학, 그리고 연구 기반의 회사에서 일하기를 즐길 것이다.

이 외에도 정부는 세계 최고의 제품을 만들기 위해 〈블루 스카이 연구〉*들의 실용적 적용을 장려해야 하며, 세계적으로 명

* 뚜렷한 목적이 없는, 순수한 호기심과 아이디어에서 비롯된 기초 과학 연구.

성 있는 영국의 대학들이 보유한 지식을 상업화해야 한다고도 언급했다. 첨단 기술에 대한 자금 지원, 연구 개발에 헌신적으로 지원하는 회사들에 대한 새로운 재정적 투자 방법을 모색해야 한다고도 썼다. 정부의 장기적인 계획, 관심, 지원이 있다면 영국은 불경기로부터 박차고 나아갈 능력이 있다. 2008년에 전 세계 경제 상황이 곤두박질쳤을 때도 더할 나위 없는 훌륭한 인재와 충분한 집념이 있었기 때문이다.

차후에 캐머런과 재무 장관 조지 오즈번은 내가 작성한 보고서에 언급된 재정적인 권고 사항을 바탕으로, 연구와 개발 투자 비용에 대해서 최대 220퍼센트까지 세금을 경감해 준다는 내용이 담긴 법을 제정했다. 이것은 정부가 혜택을 줄 대상을 직접 선별하는 과정을 피하고 — 그동안 정부는 이 부분에 대해 악명 높을 정도로 능력이 없었다 — 그 대신 이미 스스로 연구 개발에 투자해 온 기업을 돕기 위해 고안된 법이었다. 이로써 자기 돈을 연구에 투자한 기술 산업의 기업가는 세금을 내지 않더라도, 회계 연도 말에 그들이 연구에 투자한 돈을 100퍼센트 돌려받을 수 있었다. 또한 기술 관련 스타트업에 투자한 사람들도 세금이 경감되었다. 스타트업은 불가피한 위험성을 내포하기 때문에, 투자자들에게 스타트업을 지원하고 창업가도 그에 상응한 자금을 투자할 수 있도록 격려하기 위해 이루어진 조치다. 나는 감세 조치가 도입된 2010년부터 2018년 사이에 영국 회사들이 연구 개발에 지출하는 경비가 두 배 증가했다는 사실을 알게 되어 무척 기뻤다.

어쨌든 배스에 있는 학교에 마이클 고브가 지원한다는 점은 아주 고무적이었다. 그래서 우리는 비록 그 위치와 시 의회가 요구한 소방차용 다리 건설, 강둑 자전거 도로 설치, 그리고 다른 여러 가지 부수적인 일로 인해 엄청난 비용이 들었지만, 다시 시 의회를 찾아가 교육부 장관의 승인을 받았다는 이야기를 전했다. 하지만 그들은 이미 학교는 충분하다면서 거절했다. 그 후 에이번강 부지에는 아무 일도 일어나지 않았다. 하지만 제임스 다이슨 재단은 아주 묵묵하고 고집스러운 방식으로 배스를 포기하지 않았다. 비록 정치인들과의 경험은 〈좋게 말해〉 실망스러웠지만, 그럼에도 불구하고 나는 디자인과 기술을 다루는 교과목의 가치를 증명할 만한 일을 만들어 내지 않으면 안 된다고 느꼈다.

2012년에 우리는 배스에 있는 랠프 앨런, 추 밸리, 헤이스필드 걸스, 웰즈웨이, 라이슬링턴이라는 다섯 곳의 학교에 제임스 다이슨 재단의 관심을 집중하기로 결정했다. 학교들의 지원으로 — 그들은 4분의 1에 해당하는 비용을 마련했다 — 우리는 3D 프린터, 레이저 절단기 같은 최첨단 장비와 더불어 실제 엔지니어링 과정을 경험할 수 있는 수업을 도입했다. 그 프로젝트는 6년간 지속되었다. 그 시기 동안 배스에 있는 학교에서 GCSE* 과목으로 디자인 및 기술 과목을 채택한 비율은 23퍼센트에서 32퍼센트로 상승했다. 2012년에는 디자인 및 기술 과목을 선택한 여학생이 16퍼센트였으나 2018년에는 38퍼센트

* 영국의 중등 교육 과정.

로 늘어났다.

프로젝트를 통해 학생들에게 엔지니어링이 실제로 어떤 것인지 소개했고, 남학생들뿐 아니라 여학생들에게도 엔지니어링과 관련된 직업을 선택할 수 있는 가능성을 보여 주었다. 엔지니어가 되고 싶다고 관심을 보인 여학생은 세 배 증가했다. 이 교과 과정이 성공한 이유 중 하나는 그들이 장차 선택하는 직업이 아직 존재하지 않는 새로운 일일 수도 있다는 기대에 있었다. 학생들이 학교를 떠날 때쯤에는 기술이 더 비약적으로 발달할 것이다. 또한 프로젝트가 실제적인 문제를 해결하려는 특성을 가지고 있기 때문에 학생들의 삶과 밀접하게 관련되어 있다는 점도 한몫했을 것이다. 이 과정을 함께 즐기며 가르친 선생님들은 수학과 물리 과목에서 아이들의 능력을 향상시키는데 우리의 프로젝트가 도움이 되었음을 확인했다.

3년이 지났을 때, 우리는 정말 뭔가 성취하고 있음을 깨달았다. 모든 과정이 아주 즐거웠고, 우리와 학교, 학생 모두에 모험과도 같은 일이었다. 하지만 2015년에 교육부 장관 마이클 고브는 전국적으로 디자인 및 기술 과목의 가치를 떨어뜨리려는 과정을 준비하고 있었다. 이로써 그해 디자인 및 기술 과목을 선택하는 학생 수가 일시적으로 감소했다. 내가 볼 때 이는 학생들의 의견이라기보다, 학부모들이 디자인 및 기술 과목을 공부하는 것이 대학에 진학하는 데 도움 될 것 같지 않다고 걱정했기 때문이었다. 하지만 그 수치는 2017년과 2018년에 다시 회복되었다. 배스에 있는 학교들과 제임스 다이슨 재단이 함께 일한 6년 동안, 영국에서 디자인 및 기술 과목의 수강 비율은 최종적으로 54퍼센트 감소했다. 이때 너무 속상했다.

영국 고용주들의 40퍼센트가 과학, 기술, 공학, 수학을 공부한 학생 — 명백하게 공학 관련 졸업생이 훨씬 더 시급하고 절실하게 필요했지만, 마이클 고브는 계속해서 디자인 및 기술 과목을 희생해 가며 핵심 교과목에만 집중했다 — 의 부족 현상을 겪고 있다고 보고했다. 이 상황은 지원금 삭감으로 더욱 악화되었다. 교과서를 바탕으로 하는 다른 과목에 비해 디자인 및 기술 과목은 도구와 다른 장비들이 필요해 비용이 많이 들기 때문이다. 따라서 학교로서는 디자인 및 기술 과목을 포기하는 것이 예산을 삭감하는 가장 쉬운 방법이었다. 부분적으로는 이런 정책 때문에 영국 대학의 엔지니어링 과정에 지원하는 학생은 더 이상 A 레벨에서 디자인 및 기술 과목을 필수로 들을 필요가 없었다. 즉, 디자인 및 기술 과목은 그저 남자아이들을 위한 구식 목공 작업에 불과할 뿐이며, 어렵거나 도전적인 학문이 아닌 것처럼 여겨졌다. 결국 학문적인 부분과 실용적인 연구 및 제조 분야 사이에 거리가 한층 더 벌어졌다.

2010년에 데이비드 캐머런이 나에게 총리의 기업 자문 그룹에 참여해 달라고 요청해 5년 동안 그 일에 참여했다. 우리는 다우닝가 10번지에서 3개월에 한 번 만나, 기업들이 직면한 문제에 대해 논의했다. 물론 나는 더 많은 엔지니어가 필요하다는 점과 수출 창출에 기술이 얼마나 중요한지 강조하면서 공학, 기술, 제조 분야의 입장을 대변했다. 나는 공기업과 로비 조직인 영국 산업 연맹의 입김이 크게 작용하는 정부 조직에서 항상 무시하는 민간 기업의 유일한 대변자였다.

한번은 마이클 고브가 웨스트민스터에서 가진 기업 자문 회의에 참석했다. 나는 디자인 및 기술 과목의 격하 조치에 대한 의견을 숨기지 않았다. 내가 할 수 있는 일은 과연 무엇일까? 제임스 다이슨 재단은 어떻게 해야 하는가? 2016년에 대학 및 과학부 장관인 조 존슨을 찾아갔다. 그가 있는 영국 정부 건물의 화장실에 외국제 핸드 드라이어가 있는 것을 보고 기분이 좋지 않았다. 다이슨 제품이 아니었고, 손도 제대로 마르지 않아 일단 이것에 대한 불평부터 늘어놓았다. 나중에 핸드 드라이어를 바꾸었는지는 모르겠지만, 그래도 그가 엔지니어의 부족 문제를 해결하기 위해 도전적인 제안을 한 점은 높이 평가한다. 그는 나에게 공학을 전공한 학생 수를 늘리자는 내 요구가 교육 시스템에 의해 별 성과를 얻지 못한다면, 차라리 직접 대학을 세우라고 말했다.

당시 조 존슨은 고등 교육 및 연구 관련 법을 구상 중이었다. 이것이 법으로 제정되면, 새로운 교육 과정을 설립하는 기관에 학위 수여 권한이 주어질 예정이었다. 다이슨이 바로 그런 기관이 될 수도 있었다. 나는 대학을 초석에서부터 새로 설립한다는 생각에 설레는 한편, 이 법안이 지니는 위험성도 인지하고 있었다. 전국 학생 연합은 〈교육의 시장화〉라고 주장하며 해당 법안에 반대했다. 옥스퍼드 대학교 총장인 크리스 패튼 경이 이끄는 상원에서도 같은 이유를 내세우며 강력히 반대하고 나섰다. 배스, 케임브리지, 옥스퍼드, 임페리얼 칼리지도 조 존슨의 법안에 분개했다.

또한 대학의 부총장이 기업의 대표처럼 행동하고 경영진들이 그들의 새로운 야망에 걸맞은 급여를 받게 되면 〈대학의 대기업화〉가 발생할 수도 있었다. 하지만 나는 영국 대학들이 문화나 지식의 교류를 위해서가 아니라 돈을 벌기 위한 목적으로 계속 확장하면서 외국 학생들을 받아들여서는 안 된다고 생각한다. 이는 외국 학생들에게 매우 부당하고 잘못된 처우가 아닐 수 없다.

전반적으로 정치인들과 계속 부정적으로 충돌했던 나로서는 미심쩍은 부분이 없지 않았지만, 그래도 이 일에 열정적으로 뛰어들기로 결정했다. 존슨이 내민 도전 과제를 받아들여야 하는 타당하고도 중요한 이유가 있었기 때문이다. 우리는 지난 몇 년간 대학 졸업생을 아주 많이 채용해 왔고, 맘즈버리 구내를 거닐다 보면 회사보다 대학 캠퍼스 같은 느낌이 들었다. 다이슨 직원의 평균 연령은 매우 젊다. 비록 일의 강도가 매우 고되지만, 만족스럽고 즐겁게 일할 수 있는 환경이다. 다이슨이 공학이라는 좁은 분야에 국한해서 기업을 운영했다면 대학을 세울 생각을 하지 않았을 것이다. 하지만 우리는 광범위한 분야의 학문을 두루두루 연구하고 일해 왔기 때문에 학생들에게 유체 역학, 신기술 배터리, 소프트웨어, 전기 모터, 터빈 개발, 인공 지능, 알고리즘, 전자 공학, 로봇 공학, 그리고 공기 역학에 이르기까지 모든 경험을 충분히 제공할 수 있을 거라고 믿었다. 우리는 또한 학부생용 기숙사를 지을 땅도 있었다.

처음 몇 년간은 우리의 교육 기관을 대학이라고 칭할 수 없었고, 공식 학위를 수여할 수도 없었다. 그렇기 때문에 협력해 줄 만한 대학들을 찾아갔지만, 모두 거절했다. 러셀 그룹의 대학들 — 연구에 중점을 두는 대학들이 결성한 기관이다 — 은 우리가 대학 기관으로 참여하는 것에 명백한 우려를 나타냈다. 아직 보잘것없는 상대인 우리에게 그런 우려를 표명하는 것이 이상할 정도였다. 하지만 워릭 대학교의 워릭 제조 그룹 부서*에서는 우리와 함께 일하고 싶어 했다. 규모가 크고 영향력 있는 이 부서는 산업 환경에서 다양한 연구와 교육 프로그램을 밀접하게 연결시켜 진행하고 있었다. 워릭 제조 그룹 부서의 설립자 중 한 명이자 훗날 기사 작위를 받은 엔지니어 및 교육자, 정부 자문 위원이었던 쿠마르 바타차리야는 당시 궁지에 몰려 있던 우리의 상황을 좋은 방향으로 전환시켜 주었다. 그 후 워릭 대학교에 대해서는 찬양밖에 할 말이 없다.

모든 일이 일사천리로 진행되었다. 조 존슨과 만난 지 18개월 만에 3천5백만 파운드의 초기 비용으로 다이슨 기술 공학 대학을 설립했고, 처음으로 40명의 입학생을 받았다. 전국에서 선별된 최고 지원자였다. 그들은 임페리얼 칼리지, 옥스퍼드, 케임브리지를 포함한 저명한 대학 대신 완전히 새로운 다이슨 기술 공학 대학을 선택했다. 이렇게 총명하고 젊은 인재들을 맘즈버리에서 만나는 일이 정말 신나고 영광스러웠다. 우리가 대학을

* 워릭 대학교의 산업 혁신과 기술 개발에 중점을 둔 연구 및 교육 산업 협력 부서.

설립하는 것에 대해 BBC 라디오 4 채널에 한 번 공지를 내보냈다. 그때만 해도 9백 명의 지원자가 몰릴 거라고는 전혀 예상하지 못했다.

다이슨 기술 공학 대학에서는 특별한 장점을 제공했다. 일단 등록금이 무료였다. 학부생들은 젊은 다이슨 엔지니어들과 함께 일주일에 4일간 실제 연구 프로젝트에 투입되어 정당한 월급을 받으며 일하고, 나머지 이틀 동안 정규 교육을 받는다. 첫 신입생들이 2021년에 4년 과정을 마치면 그들에게는 빚이 하나도 없다. 아니, 그런 빚은 사실 없어야 하는 게 당연하다. 대부분의 대학생이 졸업과 동시에, 세상으로 나가는 순간부터 엄청난 빚을 떠안는다는 사실은 너무 터무니없고 안타깝다. 졸업생들은 다이슨에 속박되지 않는다. 그들은 어디든 원하는 곳으로 갈 수 있다. 물론 가능한 한 많은 졸업생이 다이슨에 남기를 바라지만, 경제적으로 우리 회사에 빚을 지는 일은 없다.

대학의 기초부터 세우는 일은 실용적인 부분부터 인간적인 부분까지 많은 문제점을 해결해야 했다. 우선 학생들이 살 곳을 고민했다. 나는 크리스 윌킨슨에게 맘즈버리의 땅에 학생 기숙사를 설계해 달라고 요청했다. 그가 첫 번째로 낸 아이디어는 일반적인 형태의 기숙사 건물이었다. 하지만 나는 학생들이 학교를 정말 자기 집이라고 느끼면서도 독립적인 느낌을 받기를 바랐다. 그리고 제품을 제조하는 다이슨의 세계를 상징하는 의미에서, 그 집들이 공장에서 만들어지기를 바랐다.

나는 몬트리올 엑스포에서 본 전시 중에 캐나다의 건축가 모셰 사프디가 설계한 건축물 〈해비타트〉가 기억났다. 콘크리트 박스를 직각으로 배열해 서로 맞닿지 않게 캔틸레버 공법으로 쌓아 올린 모양이었다. 따라서 기숙사의 바닥, 천장, 벽을 지속 가능형 재료인 〈직교 적층 목재〉를 사용해 사각형 박스로 만들 예정이었다. 그리고 단열재를 외부에 설치하고, 전체 구조를 알루미늄으로 씌우기로 했다. 직교 적층 목재는 대기로부터 탄소를 차단하고 놀라운 단열 기능을 갖고 있어, 사실상 난방이 필요하지 않다. 그렇기 때문에 지속 가능한 장소가 될 수 있었다.

크리스와 나는 윌트셔주 시골이 바라다보이는 부지에 새로운 유형의 기숙사를 만들기로 동의했다. 그 기숙사는 공장에서 제조된 캡슐 혹은 포드 형태의 집합체로, 각각 독립적이지만 모든 것이 갖추어져 있었다. 전 구역에 걸쳐 학생들이 요리도 하고 — 훌륭한 미쉐린 3스타 책임 주방장 조 크로언이 학생들에게 요리를 가르친다 — 함께 식사도 할 수 있는 부엌과 손쉽게 세탁할 수 있는 세탁실 포드도 규칙적으로 여러 개 배치되어 있다. 학생들이 편하게 온라인으로 주문한 소포를 받을 수 있도록 하나의 포드를 할당했다. 나는 두꺼운 곡목(曲木)으로 각 포드에 들어갈 책상, 수납장, 벤치가 모두 연결된 일체형 가구를 만들었는데, 아주 즐거운 마음으로 디자인했다.

포드들이 모여 전체적으로 반원 형태를 이루었다. 호의 중심에는 크리스 윌킨슨이 라운드하우스 카페, 도서관, 클럽 하우스, 그리고 별도로 항공기 격납고 모양의 스포츠 센터를 지었다. 바로 위에는 다이슨 카페와 연구실들이 자리 잡고 있다. 우리는

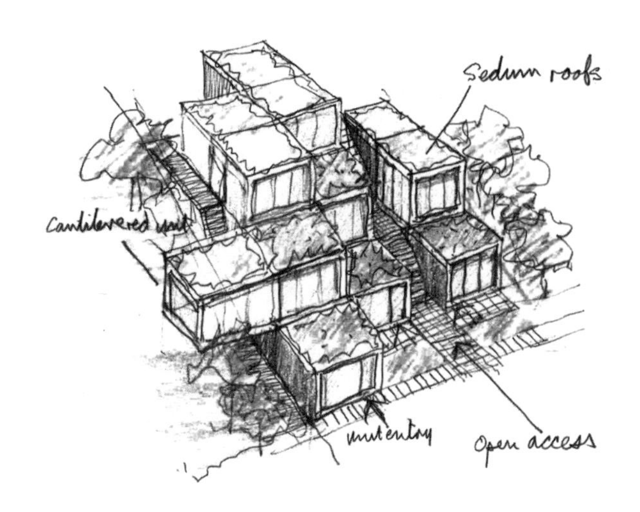

포드형 기숙사

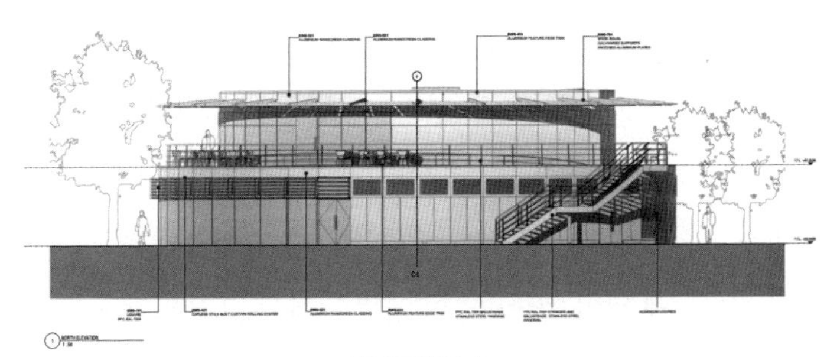

라운드하우스

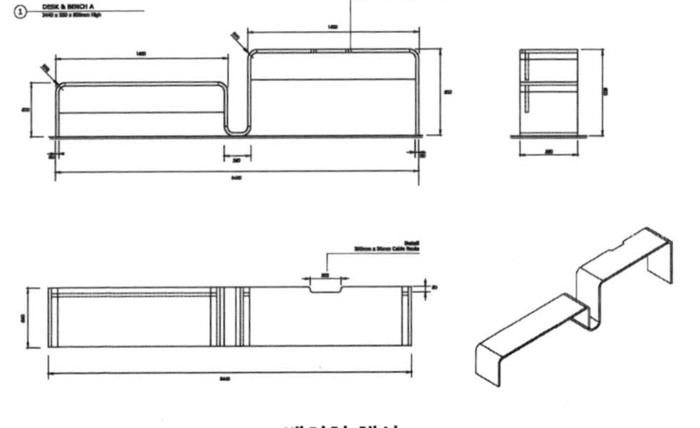

벤치형 책상

대학을 지을 때부터 학생들을 잘 돌보아야 한다는 사실을, 특히 우리가 처음으로 집에서 떨어져 지내는 학생들의 관리를 맡는 것이라는 사실을 아주 잘 인지하고 있었다. 게다가 그들의 공부는 만만한 과정이 아니었다. 학부생 중 3분의 1은 여학생이다. 학생들은 1년에 47주간 공부한다. 이것은 다른 대학의 학기가 22주인 것과 비교하면 훨씬 더 길지만, 그래도 그들은 기꺼이 그 도전적인 과정에 임하고 있다.

2020년에 다이슨 기술 공학 대학은 영국에서 처음으로 새 학위 수여 권한*을 받았다. 당시 재학생은 150명이었다. 그 과정은 쉽지 않았지만, 젊은이들의 미래를 위한 필수적인 기관이라는 인정을 받은 것은 사실 우리가 쏟아 부은 노력에 대한 정당한 대가였다. 우리는 위험을 감수하고 새로운 아이디어를 격려한다. 즉 그들에게 힘이 되는 환경으로 그들을 지원하고 투자한다. 또 젊은 엔지니어들과 그들이 개척해 나갈 혁신적인 기술에 기대와 신뢰를 가지고 있다. 우리는 그들이 졸업한 후에도 오랫동안 다이슨에 남아 재빨리 기업의 리더가 되기를 바란다. 나는 우리의 교육 방식이 직업 세계와 밀접하게 연관된 현대적이고 선구적인 21세기 교육을 대표한다고 믿는다.

다이슨 기술 공학 대학의 학부생들은 독특한 교육을 받는다. 그들은 세계 최고 엔지니어들과 현역에 종사하는 과학자들과

* 3년 이상 고등 교육을 제공한 교육 기관은 교육부 후원 비정부 공공 기관에 학위 수여 권한을 신청할 수 있고, 기준을 충족해 권한을 획득하면 정식으로 학생에게 학위를 수여할 수 있다.

함께 일하며, 배우고 발명한다. 학생들은 신속히 생산에 들어가는 제품 및 연구와 관련해 광범위한 학문을 경험한다. 이 과정은 결코 의지가 약한 사람들을 위한 것이 아니다. 1년에 47주간 공부하며, 일반적인 3년제가 아닌 4년제 과정이다. 말하자면, 전통적인 영국 대학에서 제공하는 학기보다 2.5배나 더 공부해야 한다. 게다가 학생들은 실제 제품을 연구한다. 우리는 학생들이 순리에서 벗어나는 사고를 하고 새로운 아이디어를 생각하도록 적극적으로 격려한다. 우리의 목표는 학생들에게 창의적으로 비상할 수 있는 날개와 같은 학위를 달아 주는 것이다. 이런 훈련과 교육을 받은 그들은 세상에 발을 내딛는 순간부터 전문가가 된다.

사람들은 종종 나에게 다음에는 무엇을 할 것인지 묻는다. 사업 확장, 입학생 수 증원, 더 큰 캠퍼스? 나는 이제 곧 정식 대학교로 불릴 우리의 교육 기관을 지금처럼 소규모로 유지하고 싶다. 우리는 훌라빙턴에 학교를 확장할 만한 충분한 공간을 갖고 있지만, 학교를 확장하면 학생들이 이곳에서 누릴 수 있는 특별한 경험이 망가질 거라고 생각한다. 학생 수와 다이슨 엔지니어의 비율이 부적절해질 위험이 있기 때문이다. 우리가 지금 이곳에서 느끼는 설렘을 잃고 싶지 않다.

하지만 우리는 석사와 박사 과정도 개설하고, 때가 되면 싱가포르에서도 유사한 것을 시작하고 싶다. 학생들이 해외에서도 경험을 쌓기를 바란다. 학생들은 이런 계획에 잔뜩 들떠 있지만, 코로나19 팬데믹으로 정치적으로나 실용적으로나 당분간

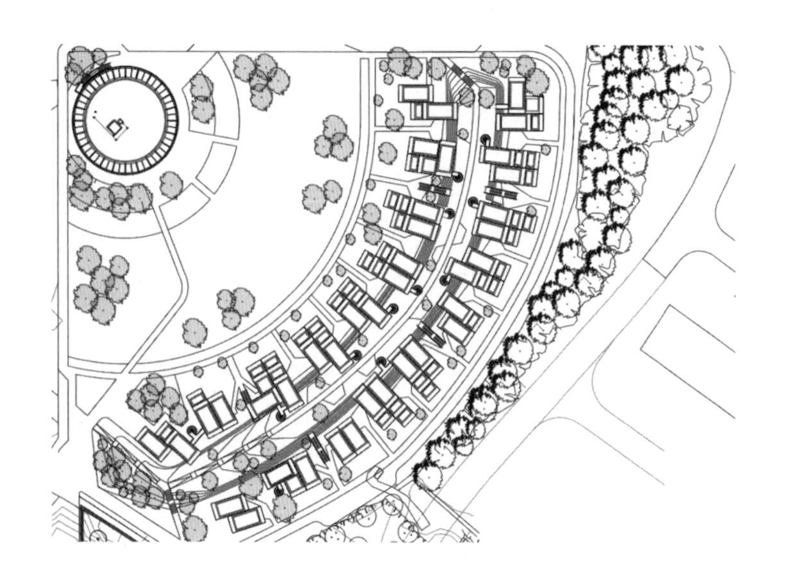

다이슨 기술 공학 대학 빌리지

맘즈버리 캠퍼스

고려할 수 있는 사안은 아니다.

학교 설립은 보람 이상의 수확이 있었다. 2020년 10월 어느 날 나는 이메일 한 통을 받았다. 이메일을 공개하는 이유는 내가 굳이 말하지 않아도 사람들이 충분히 이해할 것 같다.

안녕하세요, 제임스. 칭찬해 주셔서 감사하고, 또 2017년에 이 학교를 세워 주셔서 감사합니다. 저는 정말 멋진 시간을 보내고 있습니다. 올해 제가 성취한 것을 요약해서 알려 드릴게요.

워릭 대학교에서 엔지니어링 학위를 취득하기 위한 1학년 평균 성적으로 1st 학점을 받았습니다. 또한 다이슨 모터의 향상 시험 및 검증 팀을 위한 자동차 시스템을 설계하고 구축했습니다. 랩뷰* 코어 1과 2의 자격증 과정을 이수했습니다. 브리스틀 지사에서 다이슨 클라우드 기반 시설의 비용을 절감하고 아마존 웹 서비스에서 인증하는 클라우드 자격증을 땄습니다. 다이슨 모터 기계 팀에서 일하면서 로터 동역학에 대해 배웠고, 캐드를 사용해 시각화 장비를 구축했습니다. 우리 수로에서 미세 플라스틱 채집에 관한 여름 프로젝트를 홍보하고 주도해 〈유엔의 지속 가능형 개발 목표와 가장 잘 연계된 프로젝트상〉을 수상했습니다. 그럼 안녕히 계세요.

— 다이슨 기술 공학 대학의 학부생 엔지니어, 윌리엄 토번

* 내셔널 인스트루멘털에서 개발한 그래픽 기반 프로그래밍 언어.

나는 제이크가 하듯이 학부생들을 대상으로 제품 디자인에 대한 강의를 한다. 1962년에 이탈리아의 조명 회사 플로스를 위해 아킬레 카스티글리오니가 디자인한 토이오 플로어 스탠드 조명처럼, 엔지니어링과 디자인이 통합되어 품질의 가치를 더하는 제품을 보여 주는 것을 좋아한다. 토이오 플로어 스탠드 조명은 기둥 역할을 하는 낚싯대, 낚싯줄 페어리드*, 자동차 헤드라이트, 밸러스트로 사용되기도 하면서 냉각 효과도 좋은 노출된 변압기 등 주변에서 〈발견한〉 부품들로 만든 것이 특징이다. 이것은 제품의 공학적 측면을 드러내는 디자인인 동시에 우아하며 기발한 예술 작품으로서, 이 조명을 보고 있으면 미소가 지어진다. 60년이 지난 디자인이지만 항상 신선한 매력을 발산한다. 나는 학생들이 토이오 플로어 스탠드 조명에 버금가는 현대식 조명을 만들어 오는 것을 원하는 게 아니다. 제품 디자인이란 표면적인 스타일링을 하는 것도 아니고, 무조건 현대적인 제품을 만들어야 하는 것도 아니다. 단지 디자인은 그 제품이 가지고 있는 공학과 기술의 표현임을 이해하기를 바란다.

다이슨 기술 공학 대학뿐만 아니라, 제임스 다이슨 재단은 이타적인 사명을 갖고 기존 대학들의 연구에 자금을 지원하는 데 오랫동안 참여해 왔다. 우리의 기본 원칙은 차세대 엔지니어들에게 영감을 주는 것이다. 그래서 케임브리지 대학교, 임페리얼 칼리지 런던, 왕립 예술 학교와 긴밀히 협력하고 있다. 우리 모터 팀에 속한 직원 중 다수가 졸업한 사우샘프턴 대학교, 리즈

* 선이나 케이블을 고정시키는 장치.

및 뉴캐슬 대학교 등에서 진행하는 연구 프로젝트에 자금을 지원하며 폭넓은 관계를 구축하고 있으며 최근에는 싱가포르, 말레이시아, 필리핀의 대학들과도 협력하고 있다.

케임브리지 대학교의 엔지니어링학과를 위해 지은 제임스 다이슨 건물은 니컬러스 헤어 건축 사무소에서 설계했다. 그곳은 세계 최고 연구를 실시하는 1천2백 명의 대학원생 엔지니어를 위한 공간을 제공한다. 건물 자체가 건축 기술과 성능을 테스트하는 시험대라고 할 수 있다. 기초가 되는 말뚝, 콘크리트 기둥 및 바닥 부분에 설치된 광섬유 센서는 온도 및 구조적 변형과 같은 실시간 정보를 산출해 현재 건물이 어떻게 행동하고 있는지 도표로 보여 준다. 니컬러스 헤어는 이렇게 소개했다. 〈데이터로 도출된 결과는 건물이 수동적인 재료로 이루어진 덩어리가 아니라 살아 있는 생물에 가깝다는 것을 보여 준다. 이제 우리는 건물에 어떻게 느끼는지 물어볼 수 있고, 건물은 대답할 수 있다.〉

우리는 케임브리지 대학교에 연구 실험실과 설계 및 제작 작업장 건축비로 8백만 파운드를, 유체 역학 교수직을 위해 1천만 파운드를 추가로 지원했다. 또한 케임브리지 대학교의 열, 유체 공학 및 터보 기계를 연구하는 에너지학과에서 운용하는 휘틀 연구소와도 긴밀히 협력하고 있다. 1973년에 프랭크 휘틀 경이 설립한 휘틀 연구소는 우리가 가정용 터보 기계인 초소형 전기 모터와 함께 롤스로이스의 초강력 항공 엔진을 시험한 곳이어서 나에게 매우 특별하다. 롤스로이스는 지멘스, 미쓰비시 중공업, 그리고 차세대 추진 시스템을 위한 박사 과정 센터*와 더불어 이곳의 산학 협력업체다.

2019년 5월에 임페리얼 칼리지의 다이슨 디자인 엔지니어링 학교는 설립한 지 5년 만에 이전했다. 사우스켄싱턴의 임페리얼 칼리지 로드와 이그지비션 로드의 교차로에 위치한 에드워드 바로크 양식의 멋진 4층짜리 건물로 말이다. 이곳은 과거에 우체국으로 사용된 건물이었다. 그 역사는 영국 제국의 권력이 최고조였던 때로 거슬러 올라간다. 붉은 벽돌과 포틀랜드 돌로 된 이 건물은 과학 박물관 바로 옆에 자리하고 있다. 많은 영국 어린이가 수십 년간 이곳에 전시된 과학과 기술에 열광했고, 그 중 일부는 실제로 임페리얼 칼리지에 진학했다.

바로 건너편에 있는 빅토리아 앨버트 박물관은 왕립 예술 학교와 학문적으로 연계되어 있다. 사실 왕립 예술 학교는 앨버트 기념관 건너편 켄싱턴 고어 쪽으로 이전하기 전 이곳에 처음 설립되었다. 임페리얼 칼리지에 설립한 새 다이슨 학교에서는 4년제 디자인 엔지니어링 석사 과정을 제공한다. 이곳은 이미 여러 해에 걸쳐 정원을 초과한 지원서를 받았고, 입학생의 50퍼센트가 여학생이다. 나는 이런 긍정적인 수치들이 정치인들에게 엔지니어링 교육의 중요성과 인기를 일깨워 주기를 희망한다. 영국은 제2차 세계 대전 이후 제국의 지위를 포기했지만, 영

* 미래 항공기 및 자동차의 차세대 기술을 연구하는 박사 과정 대학원으로 케임브리지, 옥스퍼드, 배스 대학교와 같은 영국 내 여러 대학과 연구소가 협력해 운영한다.

국이 선진적인 엔지니어링과 디자인 부문에서 전 세계에 미치는 영향력은 여전히 상당하다.

건물과 프로젝트 등에 내 이름을 내거는 것이 개인적 허세처럼 보일 수도 있지만, 사실 어느 정도는 사람들이 대학의 재원에 투자하기를 격려하는 방법이기도 하다. 나의 목표는 교육을 민영화는 것이 아니라, 기존 대학이든 신생 교육 기관이든 가능한 한 모든 지원을 받을 필요가 있는, 즉 영국에서는 턱없이 부족한 교육 시설에 투자하고자 하는 것이다.

나는 1969년에 왕립 예술 학교 — 그곳 학생들의 80퍼센트가 순수 예술이 아닌 디자인을 공부한다는 점에서 다소 잘못된 명칭이지만 — 를 졸업했지만, 여전히 학교와 밀접한 관계를 유지하고 있다. 나는 디자인 엔지니어링 과정을 통해 엔지니어링과 디자인을 가르치는 왕립 예술 학교의 선구적인 교육 방식을 지원하고 싶었다. 이것은 내가 일을 시작하고 엔지니어링 분야로 전향하면서 마음속에 싹튼 명분과도 같은 것이었다. 나는 다이슨 설립 초기에 대부분의 엔지니어를 왕립 예술 학교에서 채용했고, 1990년대 초에는 왕립 예술 학교의 최종 학위 심사 위원을 맡기도 했다. 그 덕분에 몇 년 후 스노든 경이 학장으로 있을 때, 자문 위원회 위원으로 선출되기도 했다. 스노든 경의 뒤를 이어 테런스 콘런이 학장이 되었고, 나는 2011년에 테런스의 후임으로 학장이 되었다.

모교라는 사실 외에도, 왕립 예술 학교는 내가 여러 면에서 사랑하고 자랑스럽게 생각하는 곳이다. 이곳은 산업 혁명이 한

창일 때 앨버트 왕자가 물건들의 디자인을 향상시키기 위해, 1837년에 정부 디자인 학교로 설립했다. 좋은 디자인과 나쁜 디자인에 대해 매우 까다로운 안목을 가지고 있으면서 디자인 공학의 지지자였던 필립 왕자의 특별한 관심을 받을 때까지 왕실과의 관계는 계속 이어졌다. 왕립 예술 학교의 본교 건물은 켄싱턴 고어에 있다. 고전적인 1960년대의 캐슨 콘더* 건물인데, 이곳은 대학원생만 받는다. 매년 열리는 학위식은 미래 디자인과 디자이너의 미래상을 대표하는 행사로 여겨지며, 런던에서 사람들이 가장 많이 방문하는 행사 중 하나다. 왕립 예술 학교는 오랫동안 세계 최고의 예술 및 디자인 학교라는 명성을 유지하고 있다.

왕립 예술 학교가 런던 배터시로 캠퍼스를 확장할 때 제임스 다이슨 재단은 기쁜 마음으로 지원했다. 우리는 졸업을 앞둔 디자이너나 엔지니어들이 학위 프로젝트를 계속 개발하고 생산해 판매까지 할 수 있도록 지원하는 〈인큐베이터 유닛〉이 있는 새 제임스 다이슨 건물을 배터시 다리 근처에 건설하는 데 5백만 파운드를 들였다. 이곳에서 그들은 워크숍을 진행하거나 특허 및 상업적 부분과 관련해 전문가의 조언을 얻을 수 있다. 그리고 예비 졸업생들에게 초기 자본을 제공할 투자자들을 연결시켜 주기도 한다.

나는 초창기에 인큐베이터 유닛을 담당하는 왕립 예술 학교 혁신 위원회의 의장을 맡기도 했다. 이곳은 매우 성공적으로 운

* 영국의 건축 회사.

영되고 있다. 실리콘 밸리의 투자자들은 자신들이 투자한 스타트업 중 10퍼센트만 성공해도 운이 좋은 것이지만, 왕립 예술 학교의 인큐베이터 유닛은 그 성공률이 90퍼센트다. 실제로 이런 분야에서 두 번째로 명성이 높은 케임브리지 대학교에서 배출하는 스타트업보다 20배나 많은 스타트업이 파생된다. 나는 이것이 제품에 대한 아이디어가 단순히 운만 믿고 기업가가 되려는 사람들이 아니라, 자기 제품에 불타는 열정을 가진 창의적인 엔지니어와 디자이너들에게서 나오기 때문이라고 생각한다.

당시 재무부 장관이었던 조지 오즈번에게 임페리얼 칼리지와 학생들의 프로젝트를 구경시켜 준 적이 있다. 내가 엔지니어링과 기술의 중요성에 대해 이야기하자 그가 말했다. 「디자인은 안 중요하고요?」 나는 기회를 놓치지 않고 내 의견을 자세히 피력했다. 나중에 첼시 부동산 개발 회사에서 왕립 예술 학교에 배터시의 부지를 매입하지 않겠느냐고 제안했을 때, 그래서 그 구역을 매입하기 위해 5천4백만 파운드가 필요했을 때, 나는 조지 오즈번이 임페리얼 칼리지에서 했던 말을 기억해 냈다. 혹시나 해서 〈가장 많은 스타트업을 만들어 내는 곳은 왕립 예술 학교〉라는 의미를 담은 글만 간단히 적어 편지를 보냈다. 나는 그에게서 5천4백만 파운드를 제공하겠다는 답장을 받았다. 정말 놀라고 기뻤다.

왕립 예술 학교의 인큐베이터 유닛 설립에 대한 나의 관심은 제임스 다이슨 어워드가 기술과 디자인을 함께 활용해 문제를 해결하려는 학생들을 격려하고 지원할 수 있기를 바라는 나의 희망과 일치한다. 왕립 예술 학교의 인큐베이터 유닛들의 성공과 제임스 다이슨 어워드 수상자들은 젊은이들이 실제로 제품과 기술 부문에서 성공적인 변화를 창조하고 있다는 증거다. 이런 변화는 제품 및 기술에 대한 연구와 디자인이 결합함으로써 가능하다는 증거이기도 하다. 또한 이는 엔지니어와 디자이너들은 성공적인 사업을 시작하고 운영할 수 없다는 근거 없는 미신을 불식시킨다.

진공청소기 사업을 시작하기 위해 자본을 조달하려고 애쓰던 시기에 나는 모든 벤처 투자 회사로부터 거절당했다. 심지어 그중 한 명은 국내 가전 산업 분야에서 회사를 키워 낸 사람이 한 명이라도 있다면 생각해 보겠다고 말했다. 그 산업 분야는 당시 전반적으로 경쟁력이 없었기 때문에 사양길에 접어들고 있었다.

2020년까지 제임스 다이슨 재단은 연간 20만 명의 학생에게 1억 파운드를 〈자선〉이라는 명분으로 지원했다. 한편 엔지니어링을 공부하는 전 세계 학생들을 격려하는 방법 중에서 내가 가장 만족스럽게 생각하는 것은 바로 제임스 다이슨 어워드다. 2002년에 시작한 제임스 다이슨 어워드는 〈디자인은 반드시 발명과 문제 해결을 포괄하는 엔지니어링 및 기술과 통합되어야 한다〉는 내 견해에서 자연스럽게 파생된 것이다. 제임스 다이슨 어워드는 상업적 생산이 가능한 제품을 통해, 대학생들이 자신이 원하는 대로 문제를 해결하도록 도전하게 만든다.

출품자의 수, 전 세계 학생들이 가지고 있는 훌륭한 아이디어,

그리고 세상을 더 나은 곳으로 만들겠다는 그들의 공통된 열망은 놀라울 정도다. 초창기부터 학생들은 장애인, 몸을 약화시키는 질병으로 고통받는 사람, 그리고 노인이 직면한 문제들을 해결하기 시작했다. 최근에는 지속 가능성을 더 발전시키기 위한 아이디어가 많이 나오고 있다. 훌륭한 프로젝트와 지속 가능성에 초점을 맞춘 프로젝트들 사이에서 수상자를 선정하는 일이 점점 어려워져, 이제는 기존의 폭넓은 범주와 더불어 지속 가능성 부문에서 특별상을 따로 수여한다.

2020년에는 전 세계 27개국에서 제임스 다이슨 어워드가 진행되었고, 2백여 가지 발명품을 재정적으로 지원했다. 국가별로 한 명의 우승자와 두 명의 입상자에게 상을 수여하고, 국제전 우승작으로 두 팀을 선정해 수상한다. 국제전에서 하나는 국제전 우승상이고, 다른 하나는 지속 가능성에 초점을 맞춘 국제전 최고상이다. 두 팀에게 각각 3만 파운드의 상금과 추가로 그들이 속한 대학에 5천 파운드를 수여한다. 상금은 많은 수상자가 그동안 열심히 연구해 온 제품을 제작하는 사업을 시작하거나 연구를 계속하는 데 도움을 준다. 놀랍게도 수상자의 60퍼센트가 아이디어를 상업화하는 데 성공했다.

예를 들어, 2020년에는 스페인 타라고나의 후디트 히로 베네트는 소변 샘플과 인공 지능 알고리즘을 이용해 질병의 초기 징후를 감지하는 가정용 유방암 테스트 장치인 〈블루박스〉를 개발했다. 안타깝게도 나는 유방암으로 투병한 가족이 있어 그 참혹한 영향을 직접 목격했다. 과학자와 엔지니어들은 이런 끔찍한 질병을 극복할 수 있도록 뭐든 해야 한다. 후디트는 개들이 사람들의 암을 감지할 수 있다는 사실에 대해 읽고서 아이디어를 얻어 프로젝트를 시작했다고 한다. 이 장치는 수백만 명의 암 환자로부터 데이터를 수집하고, 암을 진단하고 유방암의 유형을 정의하는 클라우드 앱에 연결되어 있다. 이로써 정확한 치료가 가능하고 암에 대한 지식을 세계적으로 확장할 수 있다. 또한 테스트 결과가 양성일 경우, 의학 전문가와 사용자를 즉시 연결하는 통신 시스템 제어 기능도 있다. 블루박스는 우리 사회가 유방암과 싸우는 방식을 변화시키고 여성들이 가정에서 테스트할 수 있게 함으로써 암 검진을 일상의 일부로 만든다. 그리하여 암이 진행되기 전에 모든 여성이 미리 발견할 수 있도록 노력한다.

질병 통제 및 예방 센터에 따르면 여성의 40퍼센트가 유방암 진단을 위한 유방 조영술을 제때 받지 않아 세 명 중 한 명은 늦게 진단되고, 결국 생존율은 낮아진다. 따라서 블루박스를 적용하면 매우 효과가 있을 것으로 여겨진다. 유방 조영술을 받지 않는 이유는 41퍼센트가 통증 때문이라고 한다. 안타깝게도 코로나19 때문에 후디트는 오랜 기간 캘리포니아 어바인 대학교에서 연구를 지속할 수 없었다. 이 상황이 그녀의 성공에 장기간 영향을 끼치지 않기를 바란다.

2020년 지속 가능성 부문 수상자는 마닐라 마푸아 대학교의 카비 에렌 메이그였다. 그는 창문에 식물 폐기물로 만든 막을 발라서 전기 — 말하자면, 창문의 태양광 패널과 같은 효과를 낸다 — 를 생산했다. 카비가 사용한 재료의 입자는 자외선을 흡수해 반짝거린다. 입자가 남아 있는 동안 그들은 여분의 에너지를 방출한다. 그러면 이 여분의 에너지가 그 재료에서 가시광선 형태로 흡출되고, 이것이 전기로 변형된다. 자외선으로도 작동하기 때문에 햇볕이 강하지 않을 때도 전기가 생성된다. 카비에게 특히 인상 깊었던 점은 결단력과 의지였다. 2018년에 국내전 수상에 실패한 그는 자신의 아이디어에 더욱 매달리며 발전시켰다. 그의 성격은 제품을 상용화하는 기나긴 여정을 시작할 때 매우 중요한 요소가 될 것이다.

앞서 언급한 것처럼, 카비는 유리에 붙일 수 있는 막을 식물 폐기물로 만들 수 있다는 것을 발견했다. 필리핀은 심각한 날씨 변동으로 농작물 피해가 많기 때문에, 막을 만들기 위한 자원이 매우 풍부하다. 카비는 작물이 썩어 가도록 놓아 두지 않고 자외선 흡수력이 높은 화합물로 만들어 자신의 실험에 사용할 방법을 찾았다. 여든 개에 가까운 현지 작물을 테스트해 본 결과, 그는 장기적으로 사용할 만한 아홉 개의 작물을 찾아냈다.

아주 눈부신 성과를 낸 발명품이다. 재능 있는 젊은이의 마음을 통해 발명이 어떻게 전개되는지 더불어 어떻게 일상생활에서 사용할 수 있는 제품 혹은 일자리와 생활수단을 창출하는 제품을 만들어 내는지 보여 주기 위해 몇 명의 사람을 더 소개하겠다. 그들은 말만 앞서거나 과시만 하려고 하지 않고 실제 변화를 추진한다.

2020년 영국 국내전 수상자는 네 명으로 이루어진 〈타이어

집단〉이라는 팀이었다. 이들은 문제의 심각도는 높지만 거의 논의된 적이 없는 타이어의 마모로 인한 미세 플라스틱 문제를 해결하기로 했다. 타이어는 브레이크 및 가속 페달을 밟거나 모서리를 돌 때마다 마모되면서, 아주 작은 파편이 떨어져 나온다. 그 결과 유럽에서만 1년에 약 50만 톤의 타이어 입자가 방출된다. 이런 입자들은 공기 중에 떠다닐 만큼 작으며 건강에 악영향을 미친다. 또 수로나 바다로 휩쓸려 갈 수도 있고, 결과적으로 먹이 사슬에 포함될 수도 있다.

그들이 설계한 장치는 바퀴에 장착된다. 바퀴 주변의 다양한 공기 흐름을 활용해 타이어에서 방출되는 입자들을 정전기로 수집한다. 상황을 통제한 상태에서 시험한 결과, 이 장치의 시제품은 타이어에서 떨어져 나와 공기 중에 떠도는 입자의 60퍼센트를 수집할 수 있음이 증명되었다. 일단 수집된 입자들은 새 타이어나 다른 재료로 재활용하거나 재사용할 수도 있다.

2021년 수상작은 호주에서 나왔는데, 멜버른의 스윈번 기술대학 출신인 에드워드 린에이커가 만든 에어 드롭 관개 시스템이었다. 에어 드롭은 건조한 땅의 지하 파이프로 공기를 흡입해 온도를 응결점까지 낮춘다. 그로 인해 생성된 물은 극도로 건조한 환경에서 시들거나 죽을 수도 있는 식물의 뿌리에 영양을 공급하기 위해 옮겨진다. 에드워드는 지구상에서 가장 건조한 지역 중 한 곳에 사는 독특한 생물인 나미브 딱정벌레를 연구했다. 연간 약 1.3센티미터의 평균 강우량을 가진 지역에 서식하는 딱정벌레는 이른 아침 친수성 피부로 뒤덮인 등에서 수집한

이슬을 소비하는 방법으로 생존한다. 가장 건조한 공기에도 물 분자는 함유되어 있으며, 생체 모방은 엔지니어의 무기고에 있는 가장 강력한 무기다. 에드워드의 연구는 사막의 가장 건조한 공기 중에서도 1세제곱미터당 약 11.5밀리리터의 물을 수확할 수 있음을 제시했다.

기억에 남는 또 다른 프로젝트들도 있다. 아이시스 시퍼가 자전거 대여 회사에서 사용할 수 있도록 방사형 벌집 모양의 접을 수 있는 종이로 만든 〈에코 헬멧〉, 제임스 로버트가 난민 보호소에서 조산아 사망률을 낮추기 위해 개발한 것으로 전자 제어가 가능하지만 저렴한 팽창식 인큐베이터 〈맘〉, 현지에서 조달할 수 있는 홍조류와 유기 어류 폐기물로 만들어 일회용 플라스틱을 대신할 수 있는 생분해 제품 〈마리나텍스〉 등이 있다. 나는 제임스 다이슨 어워드 수상자의 성별 분포가 균형을 이루는 점 또한 매우 고무적이라고 생각한다.

디어드리와 나는 건강에 대한 관심이 지대하다. 이는 제임스 다이슨 재단이 의학 연구에 기부하는 데 영향을 미쳤다. 2020년까지 우리는 3천5백만 파운드를 유방암 자선 단체, 소아암 자선 단체 CLIC 사전트, 뇌 수막염 연구 재단, 전 세계적으로 50만 명 이상이 앓고 있는 유전적 피부 질환인 수포성 표피 박리증의 연구 및 치료를 위한 비영리 단체 큐어 EB, 포뮬러 원의 챔피언인 재키 스튜어트가 주도한 치매 퇴치 레이스 — 뇌세포를 계속 살아 있게 하는 연구에 획기적인 기여를 했다 — 와 같이 매우 중요하고 필수적인 시도와 노력 과정에 기부했다.

또한 제임스 다이슨 재단과 우리 가족의 자선 단체인 제임스와 디어드리 다이슨 트러스트를 통해, 2012년 개장한 배스 왕립 연합 병원의 신생아 치료를 위한 다이슨 센터에도 기부했다. 병원에서는 디어드리에게 그림을 그려 달라고 부탁했다. 디어드리는 입구와 마주한 벽 전체를 덮는 거대한 세 폭짜리 그림을 선사했다. 페일든 클레그 브래들리 스튜디오스*에서 설계한 온화하고 햇볕이 잘 드는 병원 건물은 특별한 치료가 필요한 신생아나 조산아들에게 새로운 형태의 치료를 받게 해주었다. 특히 아이들이 점차 회복되면서 병원을 돌아다니고 세상과 집으로 행복하게 나아갈 수 있도록 도움을 주는 환경을 조성하는 데 초점을 맞추었다. 우리가 자금을 지원한 연구에 따르면 새 병동에서 회복 중인 신생아의 90퍼센트가 집으로 돌아가 모유 수유를 하게 되었다. 이전의 산전 병동에서는 그 비율이 60퍼센트였다. 동일한 연구에 따르면 아기들이 사전 병동에서보다 22퍼센트 더 길게 잠을 자 휴식을 더 잘 취하는 것으로 나타났다.

저전력 및 독립형 무선 장치를 사용해 주변 환경에 대한 아기들의 반응을 추적 및 관찰하는 방법으로 호흡과 수면 패턴을 측정하는 가속도계를 세계 최초로 도입했다. 이 장치는 주로 항공기나 스마트폰에 사용되고 있으며 스포츠와 육상 부문에서도 점점 더 활용되고 있다. 배스 럭비 클럽의 경우, 선수의 훈련 기술과 신체 단련을 분석하기 위해 사용한다. 일반적으로 사용되

* 건축물, 재생 건축물, 도시 환경 개선을 위한 최신 기술 및 혁신적인 디자인에 주력하는 영국의 건축 설계 회사.

는 심전도나 인공호흡기로부터 얻는 정보보다 환자들에게 훨씬 덜 침해적인 방법으로 수치를 측정하는 장치라고 할 수 있다.

적외선 추적 기술은 건물 안 직원들의 움직임을 정확히 짚어 냄으로써 설계 효율성을 테스트하기 위해 사용되었다. 연구 결과에 따르면, 새 병동의 간호사들은 임상실에서 아기들과 20퍼센트 더 많은 시간을 보내는 것으로, 즉 아기들을 관리하는 데 더 많은 시간을 보내는 것으로 밝혀졌다. 럭스계는 특정 시간, 날짜, 그리고 외부 기상 조건에 따른 조도를 측정하는 데 사용되었다. 새 병동에서는 자연광이 최대 50퍼센트까지 더 많이 측정되었다. 따라서 자연적인 24시간 주기 리듬을 확보해 아기, 부모, 직원 들이 하루의 변화를 인식하게 함으로써 아기들의 수면과 식습관에 도움을 줄 수 있다. 또한 음압 수준 측정기로 데이터를 수집해 매시간 평균 데시벨을 기록했다. 특별 치료 병동의 소음 수준은 이전 건물보다 9데시벨 이상 감소했다. 이는 아이들의 수면 시간 증가 현상이 주변의 배경 소음 감소와 연관 있음을 보여 준다.

산전 클리닉이 우리에게 인생의 시작점을 떠올리게 한다면, 그레셤스 학교는 내가 기억할 수 있는 가장 어릴 때로 나를 데려간다. 2019년에 디어드리와 나는 1875만 파운드를 그레셤스에 기부했다. 이 기부금으로 학생들이 〈STEAM 건물〉로 알고 있는 새 다이슨 건물이 세워졌다. 과학, 기술, 공학, 예술, 수학 분야를 의미하는 조금 구식의 이름이지만, 내 모교가 과학 분야에서 강력한 교육 성과를 내기를 바라는 마음에서 그렇게 지었다. 과학과 예술, 바로 그것이다. 이곳의 목표는 과학과 예술을 조화시킴으로써 발명, 혁신, 디자인, 엔지니어링, 기술의 가닥들을 활기 넘치는 젊은이들의 마음과 그들의 근면하고 재능 있는 선생님들을 마음에서 함께 엮어 나가는 것이다.

디어드리와 나는 영감을 주는 지도자들이 열정적으로 옹호하는 새로운 아이디어를 지원하는 것을 즐긴다. 그레셤스 학교의 교장 더글러스 로브는 나와 대화를 나눌 때, 학생들 사이에서 공학과 과학을 장려하는 데 앞장서는 학교를 만들고 싶다고 말했다. 나는 이 건물이 바로 그런 역할을 하기를 바란다. 내가 관찰한 바에 따르면 어린이들은 여섯 살 무렵부터 무언가에 몰두하고 관심을 갖는다. 그들은 창의적이고, 아이디어를 구상하고, 호기심이 많고, 물건들이 어떻게 만들어지는지 알고 싶어 한다. 하지만 이런 특성은 부분적으로는 제도적인 문제로 인해, 그리고 부분적으로는 학교에서 이런 주제들을 가르치는 방식이 기술 변화 속도를 따라잡지 못해서 짓밟히고 만다. 새 건물에 특별하고 새로운 공간을 창조함으로써, 더욱 뛰어난 젊은이들을 육성하고, 영감을 주고, 교육할 수 있기를 바란다.

건물 내부는 로봇 공학과 프로그래밍에서부터 인공 지능과 머신 러닝에 이르기까지 최고 수준의 교육을 보장하는 최첨단 기술 장비로 갖추어질 것이다. 또한 그레셤스 학교가 지역 학교들과 함께 운영하는 봉사 활동에 훨씬 더 개선된 기회와 환경을 제공할 것이다. 그리고 다이슨 기술 공학 대학과의 연계를 더 키워 나갈 것이다. 크리스 윌킨슨이 설계한 건물은 커다란 사각형 잔디밭을 가로지르면 마주할 수 있는 학교의 심장부에 위치한 아트 앤 크래프트 양식의 예배당과 균형을 이룬다. 이 근사한 예배당은 내가 10년간 노래하며 보낸 곳일 뿐 아니라, 1947년에 세례를 받은 곳이기도 하다. 제단 옆에는 우리 아버지를 기념하는 멋진 라틴어 명판도 있다.

새 건물은 단단한 강철 조이스트*와 거대한 유리 패널로 지어졌다. 매우 공학적인 분위기를 나타내는 건물이면서도 그곳에서 자라는 식물들로 인해 온화한 분위기를 풍긴다. 내부에는 만남과 휴식을 겸비한 거대한 계단을 바탕으로 한 강당, 즉 젊은 신진 과학자와 예술가들이 서로 교육을 공유할 수 있는 뜻밖의 공간도 마련되어 있다.

내가 런던의 예술 학교로 가면서 그레셤스 학교를 떠난 뒤에는 많이 방문하지 못했지만, 존 아켈 교장으로부터 웅변 대회 행사에 시상자로서 초대받은 적이 있다. 그때 나를 가르쳤던 선생님 한 분을 포함해 여러 선생님과 학생이 다이슨 진공청소기가 포함된 악기들로 맬컴 아널드의 곡을 연주해서 나를 즐겁게 해주었다. 웅변 대회는 그곳의 크고 로맨틱한 옥외 극장에서 열렸고, 그곳에 방문하는 학부모들을 위해 셰익스피어의 여러 연극 중 하나를 공연했다.

내가 학교에 기부한 직후 훌륭한 옛 교장 선생님인 로지 브루스록하트를 만났을 때, 너무 기뻤다. 안타깝게도 선생님은 내가

* 바닥 혹은 지붕을 지지하기 위해 수평으로 배열된 목재 혹은 강철로 된 구조 부재.

새로 지은 STEAM 건물을 보지 못하고 돌아가셨다. 선생님은 우리 가족의 정말 좋은 친구였다. 나는 선생님에게 새 건물을 보여 드리고 싶었다. 그렇게 하는 것이 아버지가 돌아가신 후에 나에게 자선을 베풀어 주었던 학교와 선생님에게 보답하는 길이라고 생각했기 때문이다.

그레셤스 학교는 내 인생이었다. 내가 배움을 시작한 곳이기 때문만이 아니라, 나는 그곳에서 살았고 그곳의 땅과 시설에서 정말 많은 것을 얻었다. 그래서 런던으로 가기 위해 그 모든 것 — 평화롭고 행복했던 장소와 나의 어릴 적 친구들 — 을 뒤로 하고 떠날 때 정말 슬펐다. 우리 부모님은 나보다 더 오래 그곳에서 그런 삶을 살았다.

또한 그레셤스 학교는 배우, 음악가, 시인, 농부, 스파이 들까지, 그리고 상당수의 과학자와 발명가를 배출한 학교이기도 하다. 우리 가족의 자선 단체가 지닌 좌우명은 〈절대 시도를 포기하지 마라Numquam Tendere Cessa〉이다. 아버지라면 분명 라틴어로 좌우명을 지었을 거라고 생각해서 라틴어를 활용했다. 이것은 내가 그레셤스 학교에 있는, 그리고 학교, 연구소, 공장에서 자신의 꿈을 펼치려는 미래 세대 젊은이들에게 바라는 것이다. 영국 및 전 세계 예술 학교로 진학하는 젊은이들에게도 마찬가지다. 어쩌면 좌우명을 〈계속 달려라Custodiant Currit〉로 해도 좋았을지 모르겠다. 하지만 〈절대 시도를 포기하지 마라〉도 더할 나위 없이 좋다.

12
미래 창조

여러 면에서 나는 모순적인 삶 — 일부는 미래에, 일부는 과거에 있는 — 을 살았다. 내가 깨어 있는 대부분의 시간은 연구실에서 보낸다. 다이슨의 엔지니어와 과학자들에게 둘러싸여 5년, 10년, 어쩌면 더 오랜 시간 후 우리의 미래를 위한 아이디어를 탐구하는 것이다.

우리의 삶은 도전과 좌절의 연속이지만, 나에게 이 모든 것은 매우 흡족한 취미 생활이다. 하지만 나는 과거의 것 — 세상을 만든 역사, 인공물, 그리고 공간 — 들에도 거의 집착에 가까운 관심을 가지고 있다. 오래된 것을 수리하고 새로운 것을 추가하는 일은 미래를 위해 발명하는 것만큼 내 인생의 중요한 부분이 되었다. 현대적인 디자이너나 엔지니어들에게는 과거의 것을 보수하는 데 관심을 가지는 일이 어쩌면 이상하게 여겨질지도 모른다. 하지만 우리는 과거로부터, 그리고 우리 이전 세상을 만든 사람들에게서 배울 것이 아주 많다. 이것은 향수가 아니다. 오히려 그 반대다. 그것은 그동안 성취해 온 진보를 이해하고 기념하며, 그것들로부터 배우고 또 그 위에 새로운 것을 세우는 일이다.

어쩌면 이것은 나에게만 해당하는 특별한 경우일 수도 있다. 나는 정말 만드는 것을 좋아하고, 가능하면 언제든 스스로 해내는 것, 그리고 그 과정에서 끊임없이 배우는 것을 좋아한다. 이런 나의 성향은 일할 때나 집에 있을 때도 드러난다. 여러 집을 구입해 개조한 것을 비롯해 여러 가지 다양한 프로젝트를 시도한 것만 보아도 자명하다. 여러 경험과 시기를 거치면서, 나는 배관공, 미장공, 전기 기술자, 그리고 무엇보다 JCB 운전사 — JCB는 영국 최고의 다용도 기계 굴착기다 — 가 되어 직접 일했다. 또한 새로운 가구와 붙박이 세간들을 디자인하기도 했다.

그중에서 가장 규모가 큰 프로젝트는 지난 19년 동안 디어드리와 내가 도딩턴에서 광범위한 작업을 벌인 일이다. 제임스 와이어트가 설계하고 1798년에서 1818년 사이 지어진 그 집은 구입할 당시에는 복구 작업이 절실하게 요구되는 심각한 상태였다. 하지만 우리는 그 작업을 전적으로 외부 건축업자에게 의뢰하지 않았다. 그 대신에 진정한 열정과 전문성을 갖춘, 그 분야의 기술 및 수작업에 숙련된 사람들로 팀을 꾸려 단계적으로 직접 배우면서 해보기로 결정했다. 우리가 구입한 1930년대의 난파선 — 말 그대로 심각한 상태의 난파선이었다 — 인 날린*의 개조 작업처럼 장기간에 걸친 보람된 도전이었다. 그리고 그 도전은 여전히 진행 중이다.

* 1934년 영국에서 건조된 가장 큰 개인 요트 중 하나.

일과 조금 더 가까운 프로젝트를 사례로 들면, 온 마음을 담아 원래 사양으로 복구한 뒤 맘즈버리 주차장에서 가끔 시동을 걸어 보는 휘틀의 제트 엔진을 복구한 일이다. 작업을 막 시작했을 때는 많은 보살핌과 관리가 필요했지만, 휘틀의 제트 엔진은 단지 구시대의 유물이 아니다. 이것은 1930년에 항공기가 가능했던 것보다 훨씬 더 높이, 더 빠른 속도로 부드럽게 날 수 있게 만든 프랭크 휘틀의 혁신적인 개념이 구현된 제품이다. 그는 스물세 살에 새로운 형태의 항공 엔진을 위해 이 아이디어를 구현했다. 아주 섬세하고 놀라운 아이디어였다. 당시 과연 누가 휘틀의 생각을 의심 없이 받아들일 수 있었겠는가? 당연히 정부 기관의 전문가들은 선뜻 받아들이지 못했을 것이다. 휘틀은 혼자서 묵묵히 프로젝트를 해나갔다. 마침내 결국 모든 사람을 위한 비행기에 혁신적인 변화를 가져왔고, 제2차 세계 대전의 흐름을 바꾸어 놓았다.

나에게 가장 큰 영감을 준 것은 휘틀의 제트 엔진일지 모르지만, 우리 캠퍼스에는 이 외에도 역사를 간직하고 있는 아주 많은 디자인과 엔지니어링의 아이콘이 곳곳에 놓여 있다. 캠퍼스 내 카페에는 잉글리시 일렉트릭 라이트닝 제트기가 걸려 있고, 사무 공간 중 한 곳에는 콩코드 엔진이 있고, 또 다른 곳에는 해부된 상태의 미니가 주차되어 있으며, 주차장에는 해리어 점프 제트기가 있다. 내가 또다시 언급하지 않을 수 없는 미니는 시장 조사에 큰 의미를 두지 말아야 하는 이유를 보여 주는 좋은 예다. 영국 모터 회사 BMC는 미니를 출시하기 전에 시장 조사 결과에 따라, 미리 계획했던 생산 라인 중 한 곳을 취소했다. 바퀴가 너무 작아서 사람들이 선호하지 않을 거라는 예측 때문이었다. 그 결과 BMC는 유행을 선도하는 미니를 출시하자마자 몰려드는 수요를 결코 따라잡지 못했다. 내가 여기서 말하지 않은 더 많은 사례가 있으며, 그 모든 제품은 각각 정상적으로 받아들여지는 통념에 맞서 진보를 이루어 낸 역사, 그리고 자신의 아이디어에 신념을 가지고 그것을 진전시키는 것이 왜 중요한지에 대한 교훈을 담고 있다.

이런 역사의 단편들을 통해, 발명 당사자가 아닌 다른 사람들에게는 새로운 아이디어를 보고 흥미를 느끼거나 이해하는 일조차 어렵다는 사실을 예증할 수 있다. 따라서 발명가는 자립심과 신념을 가져야 한다. 우리가 새로운 기술을 발명하고, 제품을 디자인한 다음 제조하고, 그것을 세상에 판매하는 일에 스릴을 느끼고 도전하는 것이 외부인들에게는 이해가 안 된다는 것도 충분히 알고 있다. 하지만 「어프렌티스」*와 같은 TV 프로그램에서 기업가 정신과 사업을 야만적인 행태로 묘사하는 것은 정말 수치스러운 일이다. 이런 프로그램은 사람들이 사업을 부정적으로 바라보는 분위기를 더 악화시키는 역할을 할 뿐이다.

기업가가 되는 것이 반드시 돈을 빨리 버는 일만은 아니다. 새로운 제품과 새로운 기회를 만들고, 그 과정에서 보람 있는 고용과 기회를 창출하는 일이기도 하다. 기업가는 기껏해야 발

* 도널드 트럼프가 제작하고 주최한, 개인의 경영 능력을 시험하기 위해 여러 경쟁자가 참가해 과제를 수행함으로써 평가받는 내용의 미국 오락 프로그램.

전을 주도하는 개선 사이클의 일부일 뿐이다. 이것은 결코 쉬운 일이 아니다. 이익과 손해, 성공과 실패 사이에는 큰 차이가 없다. 주변 상황이 바뀌면, 사업을 변화시키고 재창조해야 한다. 주변 상황과 일이 돌아가는 것을 파악했다고 생각하는 순간, 아무런 경고도 없이 상황은 바뀐다. 그리고 이런 함정은 곳곳에 숨어 있다.

모든 것이 순조롭게 진행되고 있어 오히려 걱정되는 순간이 나에게도 찾아왔다. 옛 서부극에 나오는 미국 기병 장교가 〈병장, 왠지 불안한걸. 너무 조용해〉라고 말하는 순간, 날아온 화살에 가슴을 맞는 것과 같다고 할까. 기업을 운영하는 일은 하루하루가 모험의 나날이며, 예상치 못한 것에 대응해야 하는 일상이다. 정체된 것 같아도 회사는 계속 나아가야 한다. 살아남기 위해 나아져야 하고, 발전해야 하고, 개선되어야 한다. 만족보다 더 큰 위험은 없다.

다이슨이 성공하자마자, 영국 사람들은 내가 언제 회사를 매각할지 궁금해했다. 마치 내가 비창조적인 제조업의 음침하고 지저분한 세상에 발을 들여놓기라도 한 것처럼 일시적으로 나를 낮추었다. 내가 처음으로 1백만 달러를 벌었을 때가, 어쩌면 나에게는 땀, 기름때, 공장으로부터 벗어나, 오리 집을 만들거나 집 주변에 해자를 만들고 은둔 생활을 즐기는 땅 주인이 될 수 있는 기회였을지도 모른다. 하긴, 많이 배웠다는 사람이 사무실이나 스튜디오에서 〈창의적인〉 뭔가를 할 수 있을 때 왜 굳이 공장 같은 곳에서 뭉그적거리고 있을까?

영국은 내가 알기로 기업가들이 기회가 오면 되도록 빨리 자신의 회사를 매각하거나, 매각을 위한 첫 단계로 상장하는 거의 유일한 나라다. 나는 항상 이런 상황이 이해되지 않고 슬펐다. 왜냐하면 기업이 상장하면 분명 뭔가 잃을 뿐만 아니라, 다수의 기업이 외국 자본에 넘어가 자신들만의 운영 방식을 잃고 종속적인 기업이 되기 때문이다. 반면 모험적인 가족 기업은 다음 세대로 전해질 수 있다. 영국은 다른 나라에 비해 놀랄 정도로 이런 사기업이 적다.

예를 들어, 독일에서는 BMW나 보쉬 같은 대기업이 있다. 더불어 독일어로 〈미텔슈탄트〉로 불리는, 종종 여러 세대에 걸쳐 세습되는 중규모 사기업도 있다. 프랑스에는 가족이 소유하는 패션 기업들이 있고, 이탈리아와 스페인도 마찬가지다. 미국은 마스*와 농화학 기업 카길**을 포함해 세계에서 가장 많은 수의 가족 기업이 있다. 하지만 영국에는 JCB 외에 기업가가 설립한 유명한 사기업의 이름을 대기가 어렵다. 사기업은 상장 기업들이 할 수 없는 일, 즉 장기적으로 계획하고 투자하는 일이 가능하다는 이점이 있기 때문에, 영국은 상대적으로 불리한 위치에 놓일 수밖에 없다. 나는 또한 가족이 소유한 기업들에는 상장 기업에 부족한 정신, 양심, 그리고 철학이 담겨 있다고 믿는다.

영국 기업가들이 되도록 빨리 회사를 팔고 싶어 하는 이유는

* 식품 생산 기업으로 스니커즈, 엠앤엠, 스키틀즈 등의 상표를 보유하고 있다.

** 농업을 기반으로 하는 미국의 식품 및 농업 제품 생산, 유통, 판매 기업이다.

단지 돈을 위해서 이 일을 시작했거나 계속하다 보면 다 잃어버릴까 봐 두려워하기 때문인 듯하다. 돈 때문에 시작했다는 것은 그들이 자신들이 하는 일, 자신들의 사업, 자신들의 동료, 심지어 자신들의 소비자에게 열정이 부족하다는 의미다. 그들의 사업이란 그들이 돈 벌 시간을 갖기도 전에 실패할지도 모른다는 두려움이 내재된, 단기간에 부자가 되는 방법이었을 뿐이다.

이처럼 자기 일에 대한 확신과 신념이 부족하다는 점이 걱정스럽다. 왜 영국인들은 다른 나라 기업가들과 달리 이런 생각을 가지고 있을까? 산업 혁명을 선동한 주체이지만, 결과적으로 다른 나라들처럼 그것을 지속시키는 데 실패했기 때문일까? 과거의 영국 회사들은 대영 제국들에 제품을 공급해 판매하기 쉬웠다. 반면 다른 나라들은 세계 시장에서 경쟁하기 위해 산업 부문의 힘을 지속적으로 육성하고 이용해야만 더 크고 장기적인 성공을 거둘 수 있었다. 물려받은 재산 덕분에 평생 일하지 않아도 되었던 영국 귀족들에게는 충분한 돈을 벌면 다시 일하지 않아도 된다는 사고방식이 박혀 버린 걸까? 아니면 회사라는 존재를 훌륭한 제품을 만들고 많은 사람을 고용하고 지원하는 기업으로 보지 않기 때문일까? 기업의 주인으로서 고용된 사람들의 이익을 위해 기업을 육성하고 유지할 의무가 있다는 사실을 모르는 걸까? 아니면 여러 세대에 걸쳐 기업을 운영할 수 있는 꾸준한 체력과 노력보다, 타고난 재기나 손쉽게 얻은 성공을 더 우러러보기 때문일까?

초창기에 회사 매각과 관련해 여러 매력적인 제안이 들어왔을 때, 내 주변에 있는 수많은 현명한 친구가 나에게 회사를 매각하라고 조언했다. 그들은 내가 얻은 것을 다 잃어버릴까 봐 걱정하거나 내가 이미 다 성취했다고 생각하는 것 같았다. 가족 사업은 개인 재산의 대부분이 사업에 묶여 있다. 즉, 가족 사업을 계속 유지하는 것은 위험한 일이자 동시에 책임이 주어지는 일이기도 하다. 하지만 나는 경쟁을 하고 사업을 만들어 가면서 줄타기하듯 사는 것이 좋다. 신기술을 개발하고 훌륭하고 창의적인 팀원들과 함께 일하는 데 무한한 열정을 가지고 있다. 우리가 실패한다고 해도, 〈얼간이가 되느니 차라리 익사하는 게 낫다〉고 생각한다.

오로지 돈을 좇기 위해 사업을 하는 것이라고 여기는 사람들은 뭔가 단단히 착각하고 있는 것이다. 내가 5,127개의 진공청소기 시제품을 만든 것도, 애초에 다이슨을 시작한 것도 돈을 벌기 위해서가 아니었다. 단지 간절한 의지 때문이었다. 그리고 다이슨에 있는 수천 명의 직원처럼, 나는 발명, 연구, 시험, 설계, 제조를 창의적이며 기분 좋은 일로 생각한다. 또한 나는 미래를 이끌어 갈 어린이들이 나처럼 느끼도록 교육을 받아야만 발명, 엔지니어링, 제조 분야에서 일하고 싶다는 열정을 가질 거라고 생각한다.

사업 초창기 진공청소기에 투명한 먼지 통을 사용한 일은 우리만의 길을 간 또 다른 명백한 사례였다. 직감을 믿고 시장 조사와 소매업체들을 무시하기로 결정했던 것이다. 피터와 나는 진공청소기를 계속 개발하면서 먼지와 쓰레기가 먼지 통에 쌓이는 모습을 보았다. 너무 신이 났다. 우리 진공청소기가 열심히 청소한 결과를 숨기고 싶지 않았다.

각 분야에서 저명한 전문가들의 의견과 다른 길을 가는 것은 큰 위험을 감수하는 일이었다. 아무도 우리가 하고 있는 일이 좋은 생각이라고 확신하지 못했다. 사실 모든 사람이 그 반대라고 확신했다. 하지만 이미 입증된 과학만 믿고 직감을 믿지 않았다면, 우리는 지루한 순응의 길을 따라가고 말았을 것이다. 투명한 먼지 통은 성공적이었고, 그 이후부터 진공청소기를 생산하는 모든 후발 주자가 투명한 먼지 통을 도입했다. 투명한 먼지 통이 바로 성공적인 신기술의 상징이 되었기 때문이다.

선구적인 제조업체들이 남들과 다른 길을 가다 보면 어려움이 따르게 마련이지만, 창의성을 추구하고 절대 해결될 것 같지 않은 문제들을 해결하는 과정은 정말 멋지다. 남들보다 앞서 뭔가를 개척하기란 쉽지 않다. 성공에 대한 확신이 없기 때문이다. 하지만 넘어지더라도 성공할 거라 믿고 일어서야 한다. 아주 두려운 일이다. 그래서 나는 항상 두렵다. 하지만 두려움은 아드레날린 분비를 촉발하고 동기를 부여하기 때문에 좋은 일이 될 수 있다. 운동선수들은 내 말에 동의할 것이다.

끊임없는 배움, 과학과 엔지니어링, 기술을 탐구하는 인생은 마법 같고 만족스러운 모험이다. 나는 기술을 적용해 제품을 개선하고, 사용하기 즐겁고 놀라운 제품을 만드는 데 고요한 쾌감을 느꼈다. 엔지니어로서 창의적인 충동, 개선을 향한 의지, 그리고 문제 해결에 대한 욕구 등은 결코 스위치를 끄듯 간단히 꺼버릴 수 없는 마음이다. 일을 하든 집에 있든 항상 마음속에 존재한다. 불만과 문제점을 보고 그것을 해결하는 제품이나 제도를 개발하는 일은 지적인 도전이다.

과학자와 엔지니어들이 협력해 오늘날의 문제를 인식한다면, 충분히 새로운 해결책을 제시할 수 있다. 이는 이미 역사에서 여러 번 증명되었다. 미래의 도전 과제는 현재 젊은 사람들 중 우리가 직면한 문제를 볼 수 있고 그것을 해결하려는 욕구를 가진 사람들이 맞서 해결할 것이다. 이제는 그들이 세상을 이끌어 가야 한다. 그들은 세상의 종말에 대해 외치는 사람도, 공언만 하는 예레미야 같은 정치인도, 심지어 나같이 이래라저래라 하는 노인도 필요 없다. 그들이 효율적으로 해나갈 수 있도록 지원 체계를 제공하고, 그들이 직접 실수를 경험하면서 일을 해나가도록 격려하는 것이 가장 중요하다.

나는 과학과 기술이 더 효율적인 제품에서부터 더 나은 식량 생산, 더 지속할 수 있는 세상을 만드는 일까지 포함해 많은 문제를 해결할 수 있다고 굳게 믿는다. 세상을 이끌어 가는 것은 운명론적인 메시지가 아니라 기술적이고 과학적인 해결책이다. 운명론자들이 주장하는 인간의 종말이나 어두운 미래 대신에, 마치 빛 속으로 걸어 들어가듯 새로운 아이디어를 가지고 낙관적으로 나아갈 필요가 있다.

혁명적인 새 아이디어가 실제로 구현된 뒤에 보면 너무 당연한 것처럼 여겨질 수 있다. 과연 아무도 그것에 대해 생각하지 못했을까? 하지만 구현되기 전에 새로운 아이디어들은 다른 사람들에게 명백해 보이지 않는다. 그렇기 때문에 새로운 아이디어는 의심 많은 사람, 다 안다고 자부하는 사람, 그리고 소위 전문가에 맞서야 구현될 수 있다. 새로운 아이디어에 대해 반대하고 묵살하기는 쉽다. 또 비관론자 혹은 냉소적인 시각으로 바라보기도 쉽다. 예상치 못한 것이 성공할 수 있다고 생각하는 것이 훨씬 더 어려운 일이다.

우울한 측면이 있다면, 사람들은 낙관론자와 문제 해결자보다 불운이나 어둠의 조짐에 더 많은 관심을 보인다는 점이다. 나는 진보적이고 긍정적인 변화가 사회 안에서 포용되고 격려받아야 한다고 강하게 느낀다. 그래서 진보주의자들의 아이디어를 촉진하고 좋은 결말을 성취할 수 있도록 그들을 활용하는 것이 정부와 회사의 의무라고 생각한다. 세상이 매우 큰 문제들에 직면하고 있다는 사실은 부인할 수 없지만, 결과적으로 사람들에게 후퇴하라고 강요하거나 이미 진보한 것을 되돌리려는 노력은 의미가 없다. 나는 인류의 독창성에 대한 믿음을 가지고 자신 있게 앞으로 나아감으로써, 우리가 맞닥뜨린 어려움들을 극복할 수 있다고 확신한다. 문제는 해결되기 위해 존재하고, 그것 자체로 흥미진진하며 동기 부여가 된다.

다이슨 입장에서는 아이디어로 가득 차 있고 모든 것을 더 나은 방향으로 변화시키고자 하는 열망을 가진 훌륭한 젊은이들을 채용할 수 있어 행운이었다. 그동안은 막 대학을 졸업한 사람들이 우리 구성원의 대부분을 차지했지만, 이제는 고등학교를 졸업하고 다이슨 기술 공학 대학에서 교육받고 동시에 미래에 기여하려는 학생도 점차 많아지고 있다.

한편 다이슨 직원들은 마음을 젊게 유지하고 호기심을 잃지 말아야 한다. 다이슨에서 가장 독창적인 엔지니어 중 한 명인 80대 엔지니어가 좋은 예다. 그는 어린아이와 같은 호기심을 가지고 있다. 또 도전이 필요한 모든 것에 도전하며 지칠 줄 모르는 낙천주의자다. 그는 열정적이고 항상 새로운 것에 도전하려고 한다. 명확하고 창의적인 눈과 마음으로 현재보다 훨씬 더 나아질 수 있는 미래를 바라본다면, 모두에게 희망이 있다. 우리는 현재 정말 흥미로운 시점에 놓여 있으며, 이를 계기 삼아 반드시 꿋꿋하게 앞으로 나아가야 한다.

다이슨은 성장하면서 결코 가만히 머물러 있었던 적이 없다. 때로는 이런 상황이 불편하기도 하고, 왜 계속 변화해야 하는지 모두가 이해한 것도 아니다. 지포스의 라이선스 계약을 위해 처음 도쿄에 간 이후로 줄곧, 나는 세계를 품을 생각에 설레었다. 가장 최상의 조건으로 구현되기만 한다면, 세계화는 모든 사람에게 긍정적 혜택을 줄 수 있는 잠재력을 가지고 있다. 전 세계에서 성공하는 일은 세상을 앞으로 나아가게 만드는 연구와 더 나은 기술에 투자할 수단을 제공한다. 현재 전 세계 54개국에서 온 사람들이 맘즈버리 캠퍼스에서 일하고 있으며, 83개국에서 온 사람들이 우리를 위해 일하고 있다. 이로써 다이슨은 세계화라는 측면에서 훨씬 더 강한 회사라고 자부한다. 다이슨 직원들은 같은 목적과 시각을 갖고 있으며, 우리는 생각과 문화 측면에서 다양성을 추구하고 있다. 다이슨에서 나이는 장벽이 아니지만 대부분의 직원은 매우 젊다. 그들은 열린 마음과 남다르게 생각할 수 있는 순수한 지성을 갖고 있다. 그들은 곧 우리의 미래다. 그들의 낙천적이고 독창적인 정신이 세상을 위해 사용된다고 상상해 보면 내 말이 이해될 것이다.

젊은이들은 새로운 아이디어를 추구하는 데 두려워하지 않고 고지식한 통념에 도전하는 마음가짐과 자신의 신념에서 오는 힘을 보여 준다. 비록 나는 누구에게든 충고하는 것을 싫어하지만, 그래도 다른 사람들을 격려하고 나 자신에게도 모험 정신을 늘 상기시킨다. 우리는 모두 자신의 꿈을 따라가야 한다.

디어드리와 나는 우리 세 아이가 자신의 꿈을 좇았다는 점을 매우 기쁘게 생각한다. 우연찮게도 우리는 모두 공통된 인생관을 가진 채 각기 다른 분야의 디자이너로 살아가고 있다. 제이크는 디자인을 공부했지만 엔지니어링 디자이너가 되어 기술 쪽으로 전향했다. 제이크의 마지막 학기 프로젝트는 가정의 폐수와 빗물로부터 전기를 생성하는 수력 터빈을 거대한 하수관에 설치한 것이었다. 우리는 이것을 다이슨에 설치했고, 찰스 왕자가 회사를 방문했을 때 많은 찬사를 받았다. 제이크는 독학으로 선반 사용법을 익혀, 요즘에는 자기 집에 금속 가공 기계를 들여놓고 그가 꿈꾸었던 것들을 만든다.

샘은 학교에서 가스 스트럿으로 받치는 다리미판을 설계한 타고난 엔지니어로, 한때 다이슨에서 일했다. 하지만 자신이 진짜 열정을 가지고 있는 음악을 위해 다이슨을 떠났다. 샘은 두려움을 모르는 열정적인 배우이기도 하다. 피터 셰이퍼의 연극

「에쿠우스」에서 주연으로 공연했을 때, 우리는 모두 크게 감동했다. 일곱 살에 플루트를 연주하기 시작한 뒤 독학으로 드럼, 피아노, 그리고 그가 주로 연주하는 기타를 배웠다. 그는 음악을 만들고 온라인으로 음악 만드는 방법을 고안하는 데 그의 엔지니어링 재능을 최대한 발휘하고 있다. 그는 라모나 플라워스라는 밴드와 디스틸러스라는 레코드 레이블을 가지고 있다. 우리는 그의 음악을 사랑한다. 그는 음악 산업이라는 순탄치 않은 길을 성공적으로 개척해 나가고 있다.

에밀리는 재능 있는 패션 디자이너로 폴 스미스에서 일을 시작했고, 그곳에서 지금 남편이 된 동료 디자이너 이언을 만났다. 에밀리는 1999년에 킹스 로드에서 쿠버처라는 브랜드를 창업해, 자신이 디자인한 잠옷 및 침구류를 선보였다. 에밀리의 디자인은 매우 독창적이다. 그중 한 가지를 예로 들면, 눈을 감고 잠든 여왕의 프로필이 인쇄된 우표에 우체국 소인이 찍힌 봉투처럼 디자인된 이불 커버가 있었다. 이 디자인은 여왕의 프로필을 독점적으로 사용할 권리를 가지고 있던 우체국 측 변호사들의 분노를 사기도 했다. 현재 런던 노팅힐 지역에 3층짜리 상점을 가지고 있는 에밀리와 이언은 쿠버처 앤 가브스토어를 창업했다. 쿠버처는 여성복과 실내 장식용 소품을 취급하고, 가브스토어는 남성복을 취급한다. 이언의 독특한 디자인은 제이크와 내 옷장에서 많은 부분을 차지한다. 에밀리와 이언이 아주 경쟁이 치열한 패션 분야에서 그들만의 스타일을 개척하고 남들이 본받고 싶어 하는 회사 중 한 곳으로 인정받고 있다는 사실에 디어드리와 나는 정말 기뻐하고 있다.

나는 아이들에게 다이슨에 합류하라고 강요하거나 부탁한 적은 없다. 그러나 아이들은 모두 다이슨이 우리 가족이 소유한 기업으로 남기를 바란다고 말한다. 자신만의 혁신적이고 성공적인 조명 회사를 설립한 것을 포함해, 20년간 자신의 일을 해 온 제이크는 2015년 다이슨에 합류하기로 스스로 결정했다. 다이슨이 제이크와 그의 기술, 독창성, 그리고 그의 미래에 대한 아이디어까지 모두 얻은 것은 행운이 아닐 수 없다. 나는 제이크와 일하는 것이 너무 즐겁고, 그가 하는 일이 자랑스럽다.

디어드리와 나는 세 아이가 모두 창의적인 개척자가 되었다는 점이 너무 감격스럽다. 그 아이들은 또 자신들의 사랑스러운 아이들, 즉 우리 손주들에게 사랑스럽고 헌신적인 부모가 되었다. 우리는 명절에 다 함께 모여 그 아이들의 성장 과정과 삶에 대한 열정, 용감함, 그리고 서로에 대한 애정을 지켜볼 수 있다. 비록 우리 가족에게는 비극적인 일과 어려운 시기도 있었지만, 그래도 아이들은 모두 새로운 것을 만들기 위한 희망과 함께 낙천적인 정신을 유지해 왔다.

다이슨 안에서 성장해 온 디어드리, 에밀리, 제이크, 샘은 다이슨에 열정을 갖고 있다. 그들은 맨 처음부터 회사의 바탕이 되었고 그 성장에 박차를 가한 모험 정신을 계속 유지하려는 희망을 지니고 있다. 물론 이 정신 역시 계속 변화하고 진화할 것이다. 미래는 지금과 달라질 것이고, 그러다 보면 회사를 다른 방향으로 이끌 수도 있다. 그렇기 때문에 모험 정신을 계속 유지해야 하며, 독창적이고 선구적이며 흥미로워지기를 두려워해서는 안 된다는 점이 가장 중요하다.

회사는 언제나 그들이 하는 일, 계획하는 일, 심지어 미래에 하기를 꿈꾸는 일에서 더 나아지기 위해 변화해야 한다. 〈세상에 단 하나 확실한 것이 있다면 그것은 변화다〉라는 격언은 사실이다. 이 말은 변화를 두려워하지 말라는 뜻이다. 그것이 회사를 더 강하게 만들기 위해 이제까지 쌓아 온 모든 것을 해체해야 한다는 의미이거나, 우리가 새로운 유형의 배터리 진공청소기를 통해 경험한 것과 마찬가지로 성공적인 제품을 없애고 더 나은 제품으로 바꾸어야 한다는 의미라 해도 말이다.

사람들이 처음에는 급진적인 신개념과 제품을 이해하지 못할지도 모른다. 하지만 우리가 싸이클론이나 새로운 형태인 스틱형 진공청소기를 선보일 때 그랬던 것처럼, 지속적으로 그 새로운 제품의 이점을 보여 주려고 노력한다면 사람들도 그것을 이해하고 낯선 여정에 동행해 줄 것이다. 가족 기업의 이점 중 하나는 우리가 원하는 일을 할 수 있다는 것, 즉 위험을 감수할 수 있다는 것이다. 이것은 변덕스러운 주식 시장의 영향을 받지 않기 때문에 가능하다. 물론 사기업도 상장 기업과 동일한 원칙을 따라야 하지만, 여러 면에서 우리는 상장 기업보다 훨씬 더 큰 위험을 감수할 수 있다.

다이슨은 디지털 모터, 세탁기, 전기 자동차, 전고체 배터리 등의 연구에서 위험을 감수해 왔다. 물론 모든 것에서 상업적으로 성공을 거두지는 못했다. 그것이 바로 요점이다. 본질적으로

제임스 다이슨

제임스 다이슨

5,126번의 실패에서 배운 삶

제임스 다이슨 지음 김마림 옮김

사람의집

INVENTION: A LIFE
by JAMES DYSON

Korean edition published by arrangement with The Wylie Agency (UK) Ltd.

사람의집은 열린책들의 브랜드입니다.
시대의 가치는 변해도 사람의 가치는 변하지 않습니다.
사람의집은 우리가 집중해야 할 사람의 가치를 담습니다.

일러두기
옮긴이 주는 각주로 표시하였습니다.

이 책은 실로 꿰매어 제본하는 정통적인 사철 방식으로 만들어졌습니다.
사철 방식으로 제본된 책은 오랫동안 보관해도 손상되지 않습니다.

이 책을 디어드리에게 헌정한다.

그녀의 사랑, 격려, 조언, 아량, 그리고 관용이 없었다면

나는 아무것도 이루지 못했을 것이다.

그리고 뭔가를 만들어 내는 일에 강렬한 열정을 지닌

나의 사랑하는 가족 에밀리, 제이크, 샘,

그리고 멋진 손주들에게도 이 책을 바친다.

머리말

4년간 5,127개의 싸이클론 청소기 프로토타입을 직접 손으로 만들고 테스트한 끝에, 1983년 마침내 성공했다. 그 순간 주먹을 허공에 내지르고 환호성을 지른 다음, 〈유레카!〉라고 목청껏 소리치며 작업실을 뛰쳐나가 도로를 마구 내달려야 했을지도 모르겠다. 하지만 5,126번의 실패를 겪은 터라 당연히 신나야 할 그 순간에 나는 오히려 이상하게 마음이 가라앉았다.

왜 그랬을까?

그 대답은 〈실패〉에 있었다. 하루하루 경제적으로 궁핍한 상태에서, 나는 공기의 흐름으로부터 먼지를 분리하고 빨아들이는 훨씬 더 효율적인 싸이클론을 개발하려고 안간힘을 썼다. 최대한 적은 에너지를 사용해 0.5미크론 — 사람의 모발 두께는 약 50~100미크론이다 — 보다 작은 먼지를 빨아들이는 싸이클론의 효율성을 평가하기 위해 일일이 테스트하면서, 매일 여러 개의 싸이클론을 만들었다.

일반인들에게는 이런 과정이 아주 지루하고 따분한 작업처럼 보일지도 모른다. 충분히 이해한다. 하지만 일단 목표가 생기고, 그 목표가 현존하는 어떤 기술과 제품보다 훨씬 좋은 해결책을 개척해 낼 수 있다면, 그 일에 사로잡혀 오로지 그것만 생각하게 될 것이다.

신화나 전설에서는 발명을 마치 섬광처럼 떠오르는 영감으로 묘사한다. 유레카의 순간처럼 말이다. 하지만 애석하게도 그런 일은 드물다. 사실 궁극적인 성공을 성취하려면 무수한 실패를 받아들이는 과정이 있어야 한다. 더 재미있는 사실은 발명하는 데 탁월한 소질이 있는 엔지니어들은 그들의 최신 발명품에도 결코 만족하는 법이 없다는 점이다. 그들은 자신들의 발명품을 미심쩍은 눈초리로 바라보며 이렇게 말한다. 「어떻게 하면 더 잘 만들 수 있는지 이제 알겠어.」 이때가 바로 정말 훌륭한 기회의 순간, 제품의 성능을 또다시 도약시킬 재발명이 시작되는 순간이다.

예를 들어, 알츠하이머 치료법을 개척하는 일이 아르키메데스의 섬광 같은 유레카의 순간이 아니라 지속적이고 근면한 지적 연구의 결과라는 것을 알면, 예비 발명가들은 연구에서 탁월한 재기가 전제 조건이 되어야 한다는 미신 때문에 덜 낙담할 수 있다. 연구는 실험을 수행하고, 실패를 받아들이고, 심지어 실패를 즐기며, 과학적 현상의 관찰에서 얻은 이론을 따라 계속 나아가는 과정이다. 발명은 갑자기 떠오른 묘안이라기보다 참을성과 인내심을 동반한 관찰의 결과다.

다이슨 대학교의 첫 졸업생들이 생기자, 나는 호기심, 배움,

그리고 뭔가 만들어 내는 즐거움을 추구하고 그 일에 전념하는 학생과 졸업생들에게 나의 이야기를 전하고 싶었다. 이 책은 물건을 만들고 개발하는 인생을 통해 얻은 이야기이며, 젊은이들에게 우리의 현재와 미래의 문제점에 대한 해결책을 마련하는 엔지니어가 되어 주기를 바라는 나의 마음을 전하는 것이기도 하다.

52년 전 왕립 예술 학교를 졸업할 때, 나는 과학자나 엔지니어가 되기 위한 교육을 받은 적이 없었다. 원래 순수 예술을 전공했지만 산업 디자인 학위를 받고 졸업했다. 당시에는 내가 설계에 참여한 제품을 실제로 만들 거라는 기대에 부풀어 있었는데, 대량 생산이나 마케팅에 대해 아는 바가 전혀 없었다. 하지만 나는 관습에 얽매이지 않고, 전문가의 의견에 도전하고, 보지 않고는 믿지 못하는 사람들을 한심하게 생각하며, 고집이 있고, 배움에 열의를 보이고, 순진해 빠진 사람이었다. 또한 나는 돌파구를 찾을 때까지 수많은 시제품을 꾸준히 제작할 준비가 되어 있었다. 나처럼 늦게 시작한 사람도 성공할 수 있다는 사실은 분명 다른 사람들을 고무시킬 거라고 생각한다.

이제 가파른 학습 곡선에 맞닥뜨린 사람은 나뿐이 아니다. 나는 새로운 기술을 창조하고 전 세계의 수많은 소비자에게 그 기술을 전달하기 위해 필사적으로 노력하는, 놀라울 정도로 재능 있는 팀원들로부터 영감을 얻는다. 우리는 우리만의 방식으로 개척해 나가겠다는 신념과 어려움을 극복해 나가겠다는 투지를 공유한다. 그들의 충성심과 헌신이 다이슨을 세계적인 기술 기업으로 성장시켰다.

진공청소기에 관한 나의 이야기는 먼지 봉투가 막히지 않고 먼지를 분리시키는 싸이클론 기술을 개발하겠다는 의지를 품었던 42년 전에 시작되었다. 대부분의 연구나 개발 과정이 그렇듯, 초기에는 적절한 크기나 형태를 찾아내기 위한 시제품을 테스트하는 데 상당한 시간을 할애했다. 이런 과정은 비약적인 발전을 이룰 수도 있는 실험적인 작업을 시작하기 전에, 기본이 되는 기술과 이론을 배우기 위한 필수적인 기초 작업이다. 나는 새로운 것을 발견하며 조금이라도 진전이 있을지 모른다는 희망을 품었고, 매일매일 일하러 가는 시간을 고대했다.

먼지에 뒤덮인 실패작들은 나를 자극하기 시작했다. 「잠깐만, 분명히 작동했어야 하는데, 왜 안 된 거지?」 어리둥절해서 머리를 긁적이다 보면 문제를 해결할 것 같은 또 다른 아이디어가 떠올랐다. 빚은 점점 더 쌓여 갔지만, 우리 집과 가정생활을 위험에 빠뜨리는 일마저 허용해 준 아내 디어드리의 지원과 고맙게도 돈을 빌려준 은행 덕분에, 나는 행복하게 일에 푹 빠져 지낼 수 있었다. 위태로운 상황에서도 아내와 아이들은 격려, 사랑, 그리고 이해심을 보여 주었다. 가족과 친구들의 진심 어린 지원이 없었다면 나는 포기했을지도 모른다.

오늘날 지구를 구하고, 환경을 개선하고, 생명을 위협하는 질병의 치료법을 찾으려는 열정적인 청년들에게 발명은 무엇보다 중요한 일이다. 나는 지속적인 연구와 개발을 성실히 수행하면 이런 과제들을 해결할 수 있을 거라고 믿는다. 나는 더 많은 아이와 대학생이, 그들이 그토록 원하는 해결책을 직접 마련할 능력을 지닌 공학자나 과학자가 되고 싶다는 동기를 얻기를 바란다. 우리는 그들이 더 나은 미래를 기대하면서 직면한 현시대의 과제들을 해결하기 위해 분투하는 행동가가 될 수 있도록 격려해야 한다.

나는 세상을 더 나은 곳으로 만들 청년들을 찾아내려고 노력해 왔다. 그리고 그들이 어떤 기적을 성취해 낼 수 있는지 목격해 왔다. 이 책은 그들을 격려하기 위해 만들어졌다. 그 청년들 중 일부는 이 책에 나오는 나의 영웅들, 즉 발명가, 공학자, 디자이너 등의 후계자가 될 거라고 믿는다. 이 영웅들의 삶이 그랬던 것처럼, 그 과정은 쉽지 않을 것이며 결연한 의지와 에너지가 필요할 것이다. 쉬지 않고 달리고 또 달려야 할 것이다. 내 이야기의 시작처럼…….

차례

머리말 7

1 성장 배경 15
2 예술 학교 41
3 시트럭 71
4 볼배로 113
5 코치 하우스 139
6 DC01 179
7 핵심 기술 221
8 세계화 293
9 자동차 337
10 농업 389
11 교육 417
12 미래 창조 465

후기 — 제임스 다이슨 509
— 제이크 다이슨 534
— 디어드리 다이슨 542

감사의 말 551
사진 및 이미지 출처 555
옮긴이의 말 557

1
성장 배경

노퍽주* 북부 해변의 바다와 하늘, 그리고 모래가 모두 합세해 끝없는 수평선을 만들던 길고 긴 나날이 있었다. 이른 밀물이 차올라 발밑의 땅이 거대한 거울처럼 크나큰 하늘을 비출 때면, 눈에 보이는 경계도, 한계도 없는 천상의 공간을 달리는 느낌이 들었다.

내가 처음으로 뭔가를 잘한다고 느낀 것은, 그리고 10대 어린 학생으로서 스스로 터득한 것은 장거리 달리기였다. 나는 일단 고통의 극한점을 넘어서면 계속 달리고 싶은 의지가 생긴다는 사실을 깨달았다. 잊히지 않을 만큼 아름다운 그 경관 속을 아침 일찍 혹은 밤늦게 달리는 일은 일상적인 도전 이상이었다. 달리기는 나에게 학교로부터 도피할 수 있는, 어떤 것이든 가능하다는 생각을 심어 주는 행위였다.

학교 공부 외에 특별히 관심 있는 뭔가가 있었던 것은 아니다. 열여덟 살에 학교를 졸업할 때, 로지 브루스록하트 교장 선생님

* 영국 동부 잉글랜드의 주. 주도는 노리치.

은 우리 어머니에게 이런 편지를 썼다. 〈제임스와 헤어지게 되어 너무 서운합니다. 저는 제임스가 정말 똑똑한 아이가 아니라는 점을 믿을 수가 없습니다. 따라서 언젠가 어떤 분야에서 분명히 두각을 나타낼 거라고 기대합니다.〉 그리고 나에게는 이렇게 편지를 썼다. 〈비록 선생님들은 아주 중요한 척했지만, 사실 학업은 그다지 중요하지 않단다. 너에게 앞으로 걸림돌만 될 온갖 이론뿐인 지식 — 선생님은 정말 이렇게 표현했다 — 이 없어지면, 뭐든 훨씬 더 잘할 거야.〉 당시 나는 엄마에게 보낸 편지에 적힌 선생님의 이중 부정 표현이 재미있다고 생각하며 정말 내가 어떤 분야에서 두각을 나타내기를 바랐지만, 선생님처럼 그 분야가 과연 무엇일지 전혀 알 수 없었다. 그리고 나중에야 한 학교의 교장 선생님이 인생과 학업적 성취는 아무런 상관이 없다고 단언했다는 사실이 참 신선하다고 생각했다.

친절하고, 의욕적이고, 재치 있는 로지 브루스록하트 선생님은 학생들 개개인의 권익을 지지하고 인정하는 분이었다. 그는 음악, 새, 그리고 수채화를 사랑하는 진정한 시골 사람이었는데, 스코틀랜드 대표 팀으로서 럭비 유니언 경기에 참가했다는 의미를 지니고 있는 모자를 다섯 번이나 받았다. 제2차 세계 대전 중에는 근위 기병대로 참전했다. 싸움이 가장 치열하던 그 시기에 그가 탄 장갑차가 독일로 진격했을 정도로 매우 격렬한 전투에 참여하기도 했다. 선생님은 나와 평생 친구였다. 그리고 2020년 선생님이 사망하기 전에 아주 짧게 본 것이 우리의 마지막 만남이었다.

30

THE SUNDAY TIMES RICH LIST | INTERVIEW

"I BLEW HALF A BILLION QUID... ...ON A CAR"

Sir James Dyson spent £500m developing an electric car to rival Tesla's. Then he scrapped it before the first prototype took to the road. He tells *John Arlidge* why

UNPLUGGED
Sir James with the Dyson electric car at his firm's research centre in Wiltshire

31

32

30 내가 자동차 프로젝트를 중지하겠다고 결정 내린 것에 대해 보도한 『선데이 타임스』 기사. 내 뒤에는 훌라빙턴 격납고에 보관되어 있는 자동차의 점토 모형이 있다.

31 다이슨 디지털 모터, 파워 일렉트로닉스, 앞바퀴와 뒷바퀴에 대한 트랜스미션이 포함된 컴팩트하고 에너지 효율적인 전기 구동 장치의 내부 도해.

32 자동차의 점토 모형을 만들고 있다.

33 윌트셔주 맘즈버리에 있는 다이슨 기술 공학 대학의 포드형 기숙사 내부. 책상과 의자는 내가 디자인했으며, 영국 회사인 센트리움에서 제작했다.

34 기숙사용 포드로 이루어진 크레센트의 일부. 트럭으로 운반되어 크레인으로 적소에 놓은 뒤 서로 연결하는 방식으로 지었다. 각 포드는 이웃한 포드와 나란히, 혹은 위아래로 정확하게 끼워져 자리 잡았다.

35

36

35 2017년 9월에 다이슨 기술 공학 대학에 첫 신입생이 입학했다. 이 재능 있는 젊은 엔지니어들은 2021년 9월에 졸업했다.

36 크리스 윌킨슨이 설계한 라운드하우스는 카페이자 도서관, 영화관 및 강의실이다.

37

38

37 2021년 9월에 새로운 다이슨 건물이 개장했다. 이곳은 나의 옛 학교인 노퍽주의 그레셤스 학교의 핵심이었던 STEAM의 교육 센터로 사용될 것이다. 건물은 경량 철골 구조로 이루어져 있으며, 녹색식물로 장식되어 있다.

38 거대한 강당 중앙에 햇빛이 쏟아져 들어오는 공간을 마련했다. 말레이시아 개발 센터에서 처음으로 이런 공간을 시도했다.

39

40

39 필리핀 마푸아 대학교의 학생인 카비 에렌 메이그는 식물 폐기물로 자외선을 처리해 일반 유리창을 전기를 생성시키는 유리창으로 전환시켜, 건물들을 일종의 태양 에너지 공장처럼 만드는 혁신적인 시스템을 개발했다. 이로써 2020년 제임스 다이슨 어워드에서 지속 가능성 부문에서 수상했다.

40 나는 언제나 낙천적이다. 2019년에 코로나19 팬데믹이 닥쳤을 때, 훌라빙턴 캠퍼스의 격납고 85에서 다이슨의 6개년 계획을 공개했다.

41

41 디어드리가 1996년에 프로방스에서 작업하는 모습. 디어드리는 계속 그림을 그리고 카펫 디자인을 한다.

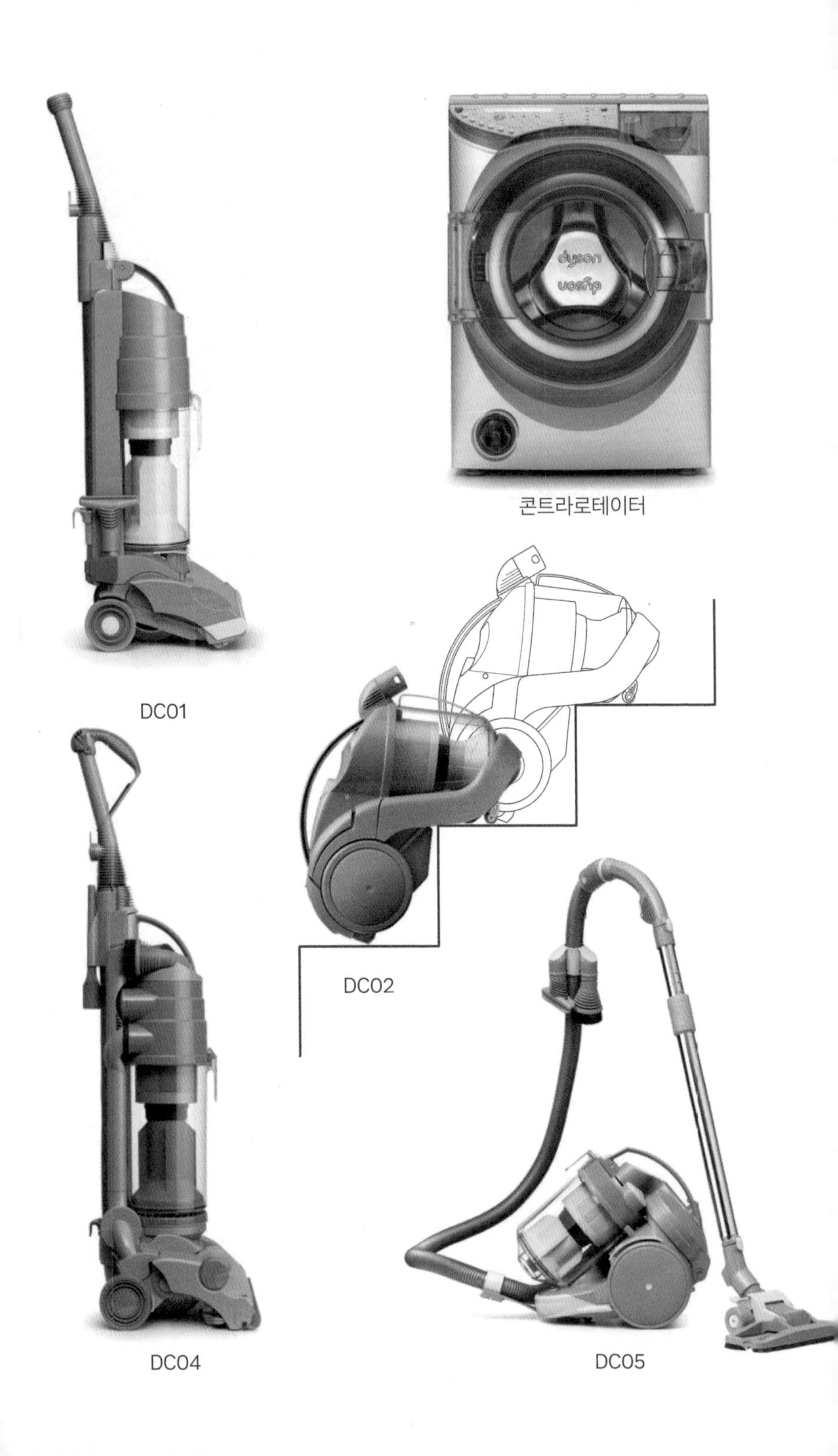

콘트라로테이터

DC01

DC02

DC04

DC05

DC06

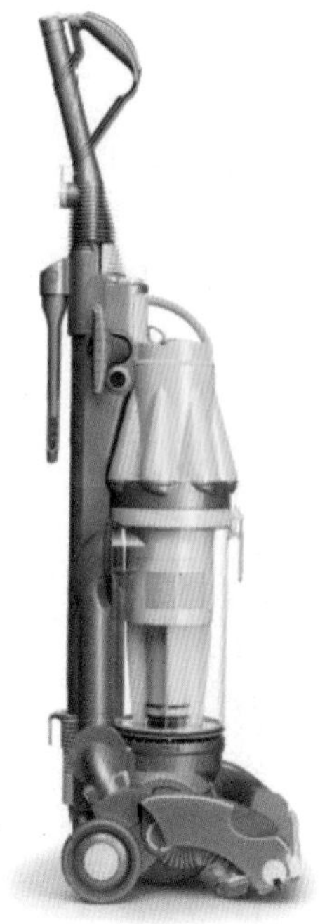

DC07

DC11

DC12

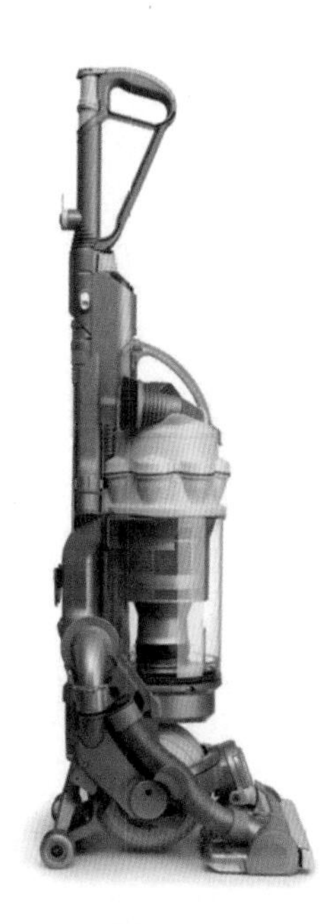

DC15

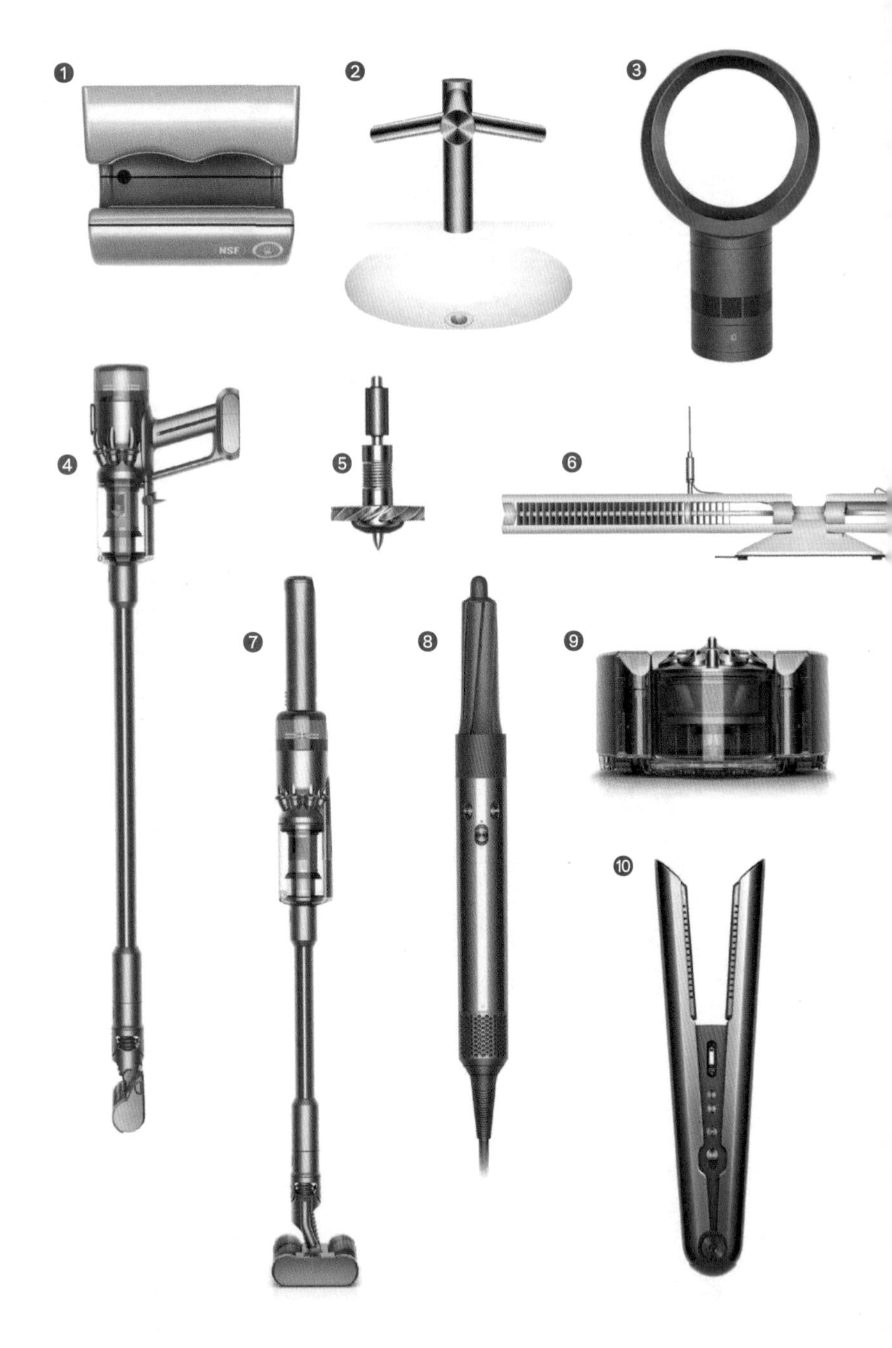

❶ 에어블레이드 DB ❷ 에어블레이드 워시+드라이 ❸ 다이슨 쿨 선풍기
❹ 마이크로 1.5킬로그램 ❺ DDM V9 ❻ CU 빔 ❼ 옴니글라이드
❽ 에어랩 스타일러 ❾ 360 아이 ❿ 코랄 스타일 스트레이트너

⑪ 다이슨 펜 ⑫ 다이슨 핫 +쿨 ⑬ 슈퍼소닉 헤어드라이어
⑭ 퓨어 휴미디파이 + 쿨 ⑮ 퓨어 쿨 타워 ⑯ 에어블레이드 V
⑰ 360 휴리스트 로봇 진공청소기 ⑱ 에어블레이드 9kJ
⑲ 솔라사이클 모프 조명 ⑳ 다이슨 EV

후기

제임스 다이슨

나는 코로나19 팬데믹이 창궐할 때, 이 책의 첫 번째 하드커버판의 마지막 장을 썼다. 대부분의 다른 조직이나 회사 등과 마찬가지로 다이슨 역시 코로나19 팬데믹의 영향을 피하지 못했다. 이 책의 페이퍼백판에 가장 최근의 정보를 포함시키기 위해, 지난 1년 동안 다이슨을 위협했던 몇 가지 큰 사건과 어려운 상황을 추가하고 싶었다. 이런 사건들은 우리가 사업을 운영하면서 어떤 방향이나 목표가 분명하게 있다고 하더라도, 그곳에 도달하는 과정이 결코 일직선으로 죽 뻗은 길인 경우는 거의 없다는 사실을 깨닫게 만든다. 그 과정에는 민첩함과 신속한 반응력이 필요하다. 나는 예전에 고전 과목에서 그리스 철학자 헤라클레이토스의 명언을 배웠는데, 그는 이렇게 말했다. 「유일하게 변하지 않는 것은 변화뿐이다.」 2500년 전과 마찬가지로 2022년에도 진실로 통하는 명언이 아닐 수 없다.

우리는 팬데믹이 야기한 경기 침체와 불확실성을 활용해 오히려 회사 내부에, 그리고 대학들과 진행하던 투자 및 연구 프로그램에 두 배로 더 집중하고 노력했다. 다행히 2022년에 신제품 — 나중에 이야기하겠지만 제품을 생산하는 데 문제가 조금 있었다 — 은 물론 배터리와 같은 충전 기술, 새로운 과학 및 엔지니어링 분야의 인력 채용 등을 추진할 수 있었다. 내가 이 글을 쓰는 동안 영국에서만 9백 명 이상의 인력을, 전 세계적으로는 2천 명의 인력을 모집하고 있다. 다이슨은 학부생부터 대학원생, 세계적인 전문가에 이르기까지 다양한 수준의 인재들을 채용하기 위해 노력하고 있다. 그러나 지난 1년 동안 우리의 노력에 위협이 될 만한 여러 사건이 발생하기도 했다.

계속되는 코로나19

2020년 초에 우리가 훌라빙턴에 모여 향후 5년을 위한 토의를 했던 일을 기억할 것이다. 하지만 그로부터 불과 며칠 후, 인류가 세계적으로 비극적인 사건과 최악의 경기 침체라는 위협적인 상황에 직면할 거라고는 아무도 예상하지 못했다. 또한 우리가 앉아 있던 공간을 응급용 인공호흡기를 개발하기 위한 장소로 변경할 줄도 몰랐다. 불과 2주 만에 우리는 사업 계획을 완전히 변경했고, 만일의 사태에 대비해 17억 파운드를 빌렸으며, 정부의 지시에 따라 상당수 직원이 재택근무를 해야 했다. 하지만 다이슨은 정부 자금을 빌리지 않았고 세계 어느 곳에서도 코로나19와 관련된 대출을 받지 않았다.

인공호흡기 생산에 투입되었던 수백 명의 사람은 가족과 몇 시간이나 떨어진 곳에서 지내면서 코로나19로 인해 발생할 수 있는 개인적 위험에 직면한 채, 다이슨 캠퍼스 안에서 성실하게 계속 일을 해나갔다. 한편 다이슨과 같은 엔지니어링, 기술 및 제품 관련 기업에서는 재택근무를 채택할 경우에는 일의 진행 속도가 둔화될 수밖에 없다. 집에서는 실험실과 같은 환경을 조성할 수 없고, 협업이 불가능하다. 따라서 미래를 위한 프로젝트는 지연되었고, 이와 동시에 전 세계 공장들이 문을 닫으면서 생산이 중단되었다. 실제로 2022년에 들어선 지 한참 후에도 노동력 및 부품 부족 현상이 지속되어 직원들이 수요량을 맞추느라 고군분투하고 있다.

또한 전 세계적인 재택근무로 인해 노트북 구매가 급증함에 따라, 마이크로칩 부족 현상이 심화하면서 그 가격이 2달러에서 75달러로 인상되었다. 공급 역시 가장 주요한 소비자에게 우선적으로 배정되는 상황이 발생했다. 마이크로칩은 인공 지능 기능을 가진 우리 제품의 대부분을 구동하는 일종의 뇌와 같은 역할을 하기 때문에, 스위칭, 제어 및 절전에 핵심적인 요소라고 할 수 있다. 마이크로칩이 없으면 제품이 작동하지 않는다. 게다가 우리 공장에서 미국으로 제품을 배송하는 기간도 6주에서 12주로 연장되었다. 코로나19와 관련된 더 많은 문제가 있었지만, 우리는 가장 걱정스럽고 힘들었던 2020년 1월부터 3월에 전략 및 주요 관심사를 다른 곳으로 전환했다. 그로 인해 2020년 나머지 기간 동안 매출과 성과가 가속화되었다. 또한 코로나19가 발생하기 전부터 이미 잘 진행되고 있던 온라인 판매를 더욱 강화하면서 경쟁업체들을 앞지를 수 있었다.

그러나 2022년에도 코로나19 문제는 여전히 심각하게 다가왔었다. 모든 분야의 진전을 위협했으며, 우리가 필요하다고 생각조차 하지 못했던 조치를 취하도록 만들고 있다. 한 가지 예를 들면, 당시 중국에 있는 다이슨 직원들은 엄격한 봉쇄 조치로 음식을 받을 수도 없는 상황에서 집 안에 갇혀 있어야만 했다. 하지만 다이슨은 문제 해결사들로 이루어진 조직이다. 따라서 중국 경영진들은 중국에 있는 사람들을 안전하게 보호하고 또 힘든 시기에도 정신을 고양하는 데 도움을 주면서 일상적인 사업 운영을 보장하기 위한 창의적인 해결책을 고안해 냈다. 그 덕분에 중국에 신선한 야채, 커피, 빵이 들어 있는 식품 꾸러미를 네 번째로 배포할 수 있었다.

영국에 있는 다이슨 캠퍼스에도 변화가 일어났다. 사람들이 자신들의 시간을 보내기로 선택한 곳이기 때문에, 우리는 처음부터 그들을 위해 건강한 근무 환경을 조성하고 싶었다. 이곳은 직장이면서 동시에 사회적 장소이기 때문에, 우리가 이러한 환경을 활성화시키는 데 도움이 되길 바랐다. 도심이 아니라 시골에 있기 때문에 유리하게 추진할 수 있는 부분을 지속적으로 더해 나갔다. 영감을 주는 환경을 조성하고 그곳에 사람들을 한데 모으는 일이 그 어느 때보다 중요하다는 점에는 의심의 여지가 없었다. 영감으로 가득한 공간은 창의적인 정신에 연료를 공급하기 때문이다.

예를 들어, 영국에 있는 캠퍼스에서는 다이슨 농업에서 생산한 식품을 사용해 무료로 음식을 제공하는 여섯 군데의 카페가 있다. 이곳을 에스카르고의 수석 요리사였던 조 크로언의 세심한 감독하에 운영되고 있다. 무료 체육관, 명상, 요가 및 피트니스 수업, 무료로 이용할 수 있는 미용실, 인근 마을과 도시에서 회사까지 운행하는 무료 교통편, 전기 자동차 구매 지원, 윌트셔주 주변에 위치한 자연 산책로, 의사 및 물리 치료사가 포함된 웰빙 센터도 있다. 또 다이슨 직원들이 운영하는 동호회 및 사교 목적 — 사업장 내 할당된 농장에서 정원을 가꾸는 것에서부터 우리 소유의 양봉장에서 양봉을 하거나, 사이클링을 하고, 연례행사인 〈투르드다이슨〉에 참여하는 것에 이르기까지 — 의 단체 등도 이용할 수 있고, 여름 및 크리스마스 파티와 같은 업무 외 활동 — 각 팀이 독창적인 의상을 만드는 프로그램이 포함된 행사로, 모든 직원이 고대한다 — 등도 있다. 나는 이곳이 영감을 주는 공간이자 직원들이 동료들과 함께 업무, 여가, 운동 등을 위해 시간을 보내고 싶어 하는 장소로서, 모든 활동의 중심이 되기를 바란다.

전 세계적으로 팽배하는 불확실성

코로나19 발생 직후의 최악의 상황에서 점차 벗어나던 2022년 2월 말에 러시아가 우크라이나를 침공했다. 상황은 실로 비극적이다.

러시아가 우크라이나를 침공하기 전인 2월 22일에 다이슨은 선제적으로 러시아에 제품 공급을 중단하기로 했다. 러시아 매장을 폐쇄하고 매우 성공적이었던 제임스 다이슨 어워드도 종료했다. 이는 수년 동안 그 사업을 충성스럽게 구축해 온 수백 명의 러시아 직원에게 매우 속상하고 정말 실망스러운 일이 아닐 수 없었다. 비록 우크라이나에는 다이슨 직원이 없지만, 우리는 우크라이나에 가족이 있는 직원들을 지원하고 있다.

러시아 정권이 파괴적인 길을 걷기 시작하던 시기에 우리는 새로운 글로벌 본사 건물인 싱가포르의 세인트 제임스 파워 스테이션을 개방했었다. 그곳에서 혁신적인 새 웨어러블 제품이자 공기 정화 헤드폰인 다이슨 존을 출시했고, 싱가포르에 배터리 시범 공장을 건설하고 있으며, 또 다른 지역에 서른다섯 개의 축구 경기장 크기만 한 새로운 기가팩토리*를 건설하기 위한 협상을 시작했다. 우리는 두 곳의 공장에서 수년간 작업해 온 신기술 배터리를 생산할 예정이다.

2022년에 눈에 띄었던 다이슨의 활동 및 성과에 대해 어디에서부터 이야기를 시작하는 것이 가장 좋을까? 다이슨 존에 대한 이야기가 좋을 것 같다. 제이크와 엔지니어링 팀은 2022년 3월에 훌라빙턴 캠퍼스에서 헤드폰을 출시했다. 이것은 다이슨의 첫 번째 웨어러블 기기이자 매우 지능적인 기능을 가진 제품으로, 비접촉식 바이저가 부착된 개인용 헤드폰이다. 다이슨 존은 고품질의 스테레오 사운드를 제공하고 첨단 액티브 노이즈 캔슬링 기능을 지원해, 공사 현장이나 머리 위 상공을 지나가는

* 대량 생산 및 조립 라인을 갖춘 대형 공장이라는 의미.

비행기, 자동차, 버스, 트럭, 지하철역 등에서 발생하는 소음으로부터 자유를 제공한다. 또한 공기 중 오염 물질을 효과적으로 흡입할 수 있도록 지능적으로 설계된 필터가 내장되어 있다. 이 필터가 양쪽 귀에 하나씩 있는 초소형 전기 터빈과 함께 작동함으로써, 헤드폰에 부착된 바이저 — 조절이 가능하고 세척도 가능하다 — 를 통해 깨끗한 공기 흐름을 착용자의 코와 입으로 분사한다. 다이슨 존을 착용하면 시끄럽고 대기 오염이 심한 도시를 걷거나 지하철을 이용할 때, 깨끗하고 시원한 공기를 마시며 좋아하는 음악이나 팟캐스트, 오디오 북을 평화롭게 들을 수 있다. 한편 배터리는 헤드폰에 부착된 헤드밴드에 숨어 있어, 이를 충전하면 된다.

다이슨 존과 같은 제품은 이전에 없었다. 이러한 새로운 제품은 기존에 없던 순전한 발명품으로, 혁신적인 제품 개발을 위해 위험을 감수하려는 다이슨의 의지를 보여 주는 증거라고 할 수 있다.

세계 보건 기구는 전 세계적으로 열 명 중 아홉 명이 심각한 수준의 오염 물질이 포함된 공기를 마시고 있으며, 유럽 인구의 약 20퍼센트가 기준치를 초과하는 소음에 장기간 노출되어 있다고 추정한다고 밝혔다. 다이슨 고유의 고성능 필터 덕분에 다이슨 존은 특히 오염에 대한 이해도가 매우 높고, 다이슨의 공기 필터 덕분에 다이슨에 대한 기업 인지도가 높은 아시아에 거주하는 젊은 연령층에게 더욱 매력적인 제품으로 다가설 가능성이 크다. 시중에 나와 있는 공기 정화 제품들은 가정이나 직장에서 사용하기 위한 것이었다. 하지만 다이슨 존은 다이슨이 오랫동안 연구한 필터 기술을 통해 집 밖 거리에서도, 인구가 밀집되어 있는 혼잡한 도시 중심부의 대기 속에서도 탁월한 성능을 구현할 것이다.

다이슨 존은 코로나19가 창궐하는 동안 시류에 영합해서 생각해 낸 유행품이 아니다. 그런 제품과는 거리가 멀다. 6년간의 연구, 약 5백 개의 시제품, 그리고 30여 년간 필터에 대해 쌓아온 경험의 산물이다. 몇 년 전에 내가 피터 갬맥과 함께 작업했던 디젤 미립자 필터와는 전혀 다르게 보일 수도 있지만, 이 제품 역시 그 프로젝트의 이면에 있는 아이디어를 확장한 것이다. 나는 단순히 도심의 거리를 걸으면서 차량의 배기가스, 타이어와 브레이크로 인한 미세 먼지 입자들로부터 위험한 오염 물질을 들이마시는 것을 우려했다. 다이슨 디지털 모터와 다양한 필터 및 컴프레서를 포함한 여러 신기술을 개발하면서도 그 우려는 결코 없어지지 않았다. 그래서 다이슨 존이 탄생할 수 있었다. 이것은 다양한 다이슨 고유의 기술을 지속적으로 결합하고 집약시킨 신제품이다. 일반적으로는 소리나 소음을 제거하는 방법을 연구하기 마련이지만, 이 제품을 만들면서 우리는 완전히 새로운 것, 즉 고성능의 음향을 만드는 방법을 배웠다.

한편 다이슨은 대기의 질에 대한 연구를 위해 세계적인 전문가로 구성된 과학 자문 위원회를 두고 다양한 대학과 협력하며 독자적 연구를 추진하고 있다. 이 연구에는 250여 명의 어린 학생이 등하교를 하는 동안 노출되는 다양한 종류의 공기 질 오염

원을 측정할 수 있는 〈공기 질 측정 배낭〉의 개발도 포함되었다. 조금 더 특이한 연구 중 하나를 예로 들면, 훌라빙턴 연구소 중 한 곳에서 의료용으로 개발한 〈프랭크〉가 있다. 이것은 기계로 된 폐와 감지 장비가 장착된 인체 모형이다.

다이슨 기술 공학 대학의 학부생들은 아이들이 휴대할 수 있을 만큼 작으면서도 신뢰성 있는, 민감하고 정확한 공기 질 측정 모니터를 설계했다. 이때 배터리 수명은 최소 열 시간 정도 지속되어야 했다. 또 아이들의 바쁘고 활동적인 일상에서, 그리고 전부는 아니더라도 일부 아이가 물건들을 험하게 다룰 때도 배낭은 문제없이 견딜 만큼 충분히 튼튼해야 했다. 결과적으로 다이슨 기술 공학 대학의 학부생들은 학생용 배낭에 잘 탑재될 수 있는 모니터 장치를 만드는 데 성공했다. 모니터를 통해 수집된 정보는 매우 가치가 있었다. 이 실험에 참가한 250명의 아이 중 31퍼센트에 달하는 아이가 이전보다 더 깨끗한 공기를 들이마시기 위해 실험 후 등하교 경로를 변경했다. 실로 유의미한 결과를 이끌어 낸 것이다.

다이슨 존은 오염된 공기 문제, 그리고 건강과 복지를 위한 공기 필터의 종류와 수준에 대한 우리의 집념을 아주 뚜렷이 보여 주는 예다. 이제 사람들은 미세 오염 입자가 건강에 미치는 위험을 훨씬 더 잘 알게 되었기 때문에, 그만큼 더 어려운 도전이 될 것이다. 예를 들어 자동차, 트럭, 버스에서 배출되는 오염 물질뿐만 아니라 카펫, 소파, 양초, 폴리에스테르 나일론 의류 등과 같이 겉보기에는 무해해 보이는 제품과 심지어 요리 시에도 방출되는 포름알데히드와 같은 오염 물질도 있다. 도시 거리의 매연과 열기로 인한 문제로부터 벗어나기 위해 인공적으로 신선한 공기를 생성하는 공기 정화 시스템들이 설계되고 개발되었지만, 이러한 시스템에 대해서도 신중하게 고려해야 할 필요가 있다. 사실 도심의 호텔에서는 가능하다면 창문을 열어 외부의 오염된 공기를 들이마시는 것이 제대로 작동되지 않는 공기 정화 시스템에서 나오는 공기를 들이마시는 것보다 차라리 더 나은 경우가 많기 때문이다.

세인트 제임스 파워 스테이션과 같은 새로운 다이슨의 공간들이 다시 활성화되고 있다. 싱가포르는 아시아의 도시 중에서 가장 오염이 적고 확실히 가장 깨끗한 도시라고 할 수 있다. 이곳은 여러 면에서 자체적으로 매우 높은 기준을 설정하고 있다. 싱가포르 총리 리셴룽이 우리의 새 글로벌 본사인 세인트 제임스 파워 스테이션의 개장식 연설에서 그런 내용들을 자세히 명시하기도 했다. 이것이 바로 우리가 이토록 근면한 섬을 일하기에 매력적인 곳으로 생각하는 주요한 이유다.

케임브리지 대학교에서 수학과 컴퓨터 공학을 전공한 리셴룽 총리는 〈싱가포르는 물리적 측면에서나 사회 기풍 측면에서도 개방적이며 세계와 밀접히 연결된 곳입니다. 싱가포르는 새로운 아이디어를 환영하고 결코 변화에 저항하지 않으며, 앞서 나가야 할 필요성에 대해 태만하지 않습니다. 자유 무역과 마찬가지로 연구 개발을 기반으로 한 혁신의 문화도 싱가포르 경제의 대들보입니다. 우리 정부는 STEAM 분야 학생들을 격려하며, 최근에는 싱가포르 국립 대학교의 공학부, 디자인학부, 환경학부를 융합해 디자인 공학 대학을 설립했습니다〉라고 말했다.

총리는 2021년에 제임스 다이슨 어워드에서 국제 부문상을 수상한 싱가포르 국립 대학교 공학과의 젊은 발명가 그룹인 켈루 유, 시 리, 데이비드 리에 대해서도 언급했다. 그들은 안구에 압축 공기를 분사하는 녹내장 검사가 고통스럽고 불쾌하다는 이유로 환자들이 검사받는 것을 기피하는 문제를 극복할 수 있는 제품을 발명했다. 그들은 이 문제를 해결하기 위해 가능한 한 빨리 그들의 발명품을 출시하는 것을 목표로 하고 있다. 그런 그들의 야망은 싱가포르의 야망과 매우 흡사하다.

이 특별한 섬 도시에는 에너지가 넘친다. 그렇기 때문에 싱가포르에 우리가 로봇 공학, 머신 러닝, 인공 지능, 고속 디지털 모터, 감지 시스템 및 비전 시스템, 커넥티비티, 소프트웨어, 전력 전자 및 에너지 저장 분야에 250명 이상의 엔지니어와 과학자를 고용함으로써, 향후 몇 년 동안 막대한 투자를 계획하고 있는 것은 전혀 놀라운 일이 아니다. 오늘날 1천4백 명 이상의 다이슨 직원이 싱가포르에서 일하고 있으며 그중 6백여 명은 엔지니어와 과학자다. 한때 우리가 사업의 일부를 싱가포르로 옮기려는 이유가 값싼 노동력을 찾기 위해서라며 비난받은 일이 참으로 비현실적으로 느껴진다. 우리는 싱가포르의 역동성, 개방성, 지성뿐 아니라 글로벌 무역의 중심에 있는 지리적 위치를 원했을 뿐이다.

교육

총리는 STEAM의 중요성에 대해서도 언급했다. 2022년 7월에 노퍽주 북부 지역에 있는 나의 모교 그레셤스 학교의 종업식이 있었다. 과학, 기술, 엔지니어링, 수학, 예술 등 다양한 학문 분야를 아우르는 완전한 교육의 장이었다. 동시에 〈STEAM 건물〉로 불리는 다이슨 건물의 개장일이기도 했다. 그 건물의 건축가인 크리스 윌킨슨이 2021년 12월에 사망했기 때문에 나로서는 특히 더 가슴이 뭉클했다. 크리스는 나의 오랜 협력자이자 친구였다. 그는 맘즈버리에 있는 물결 모양 지붕이 근사한 다이슨 공장을 설계했으며, 수년 동안 그곳에서 다이슨 기술 공학 대학을 포함한 캠퍼스를 개발했다. 우리는 그에 대한 존경과 추모의 마음을 표하기 위해 라운드하우스의 이름을 〈윌킨슨 건물〉로 바꾸었다.

크리스는 훌라빙턴 비행장을 다이슨의 캠퍼스로 복원하는 작업도 감독했다. 또한 파리, 런던, 샌프란시스코, 그리고 5번가를 바라보고 있는 거대한 창문을 가진 뉴욕의 다이슨 플래그십을 설계했다. 크리스가 갑작스럽게 사망하기 전까지 우리는 함께 일했다. 그는 이미 440미터 높이의 광저우 타워와 싱가포르의 미래 지향적인 정원 〈가든스 바이 더 베이〉와 같은 프로젝트를 통해 국제적으로 유명해져 있었다. 그렇게 성공했음에도 불구하고 크리스는 언제나 겸손하고 상냥한 사람이었다. 우리는 그를 아주 많이 그리워할 것이다.

다이슨을 위해 그가 진행한 마지막 프로젝트 중 하나는 라운드하우스와 더불어 학부생들이 캠퍼스 안에서 생활할 수 있도록 만든 포드형 기숙사 〈다이슨 빌리지〉다. 기숙사 이야기가 나왔으니 말인데, 사실 내가 처음 이 책을 쓴 이유 중 하나는 바로 다이슨 기술 공학 대학에 합류한 선구적인 첫 번째 학부생들에게 경의를 표하기 위해서다. 그리고 이 책의 초판이 출판된 이후 그 첫 번째 학부생들이 졸업했다. 2021년 9월에 훌라빙턴 비행장에서 졸업식이 열렸다. 우리는 캠퍼스 안에서 하루를 같이 보내면서 그들이 개인적인 면과 전문적인 면에서 이룬 모든 성과를 축하했다. 그들은 모두 훌륭한 성과를 이루었지만, 더 중요한 사실은 그들이 실제 제품에도 기여했고, 그러면서 다 함께 다이슨의 문화와 정신을 진전시켰다는 점이다. 졸업식에서 가장 감동적이었던 일은 아주 필연적으로 힘들고 도전적일 수밖에 없는 다이슨의 교육 과정을 통해 학생들이 서로 도움을 주고받으며 매우 긴밀한 유대 관계를 형성했다는 점이 드러난 것이다. 정말 강력한 조합으로 이루어 낸 결과라고 할 수 있다.

이날 학생들의 회고적인 이야기들을 통해, 그들이 오늘날의 교육 시스템이 가진 관습적인 기준에서 벗어나 다이슨에서 공부하기 위해 적극적으로 결정을 내렸고, 진지하게 직종을 선택했다는 사실을 알게 되었다. 그들은 전통적인 대학에 진학하지 않고 다이슨 기술 공학 대학으로 오는 선택을 했다. 일종의 위험을 무릅쓴 셈이었지만, 그 위험은 결국 그들에게 의욕을 심어주고 유익한 방향으로 이끌었다. 이것은 그들이 졸업 후에도 우리와 함께하기로 결정한 사실로 증명되었다고 볼 수 있다. 그들이 우리의 첫 번째 학부생이었기 때문에 나는 그들의 부모가 왜 자녀들을 이곳에 보내기로 했는지 알고 싶었다. 그래서 식전 시간에 직접 물어보기로 했다. 교육 기관으로 전혀 검증되지 않은 곳에 자녀들을 보낸 이유는 무엇이었을까? 나는 그들의 대답에 놀라지 않을 수 없었다. 내가 생각했던 것과 달랐다. 그들은 월급을 받는다는 이유 때문이 아니라, 실제 제품을 만드는 회사와 함께 일하며 공부한다는 점이 마음에 들었다고 했다. 나는 그 대답을 듣고 정말 기뻤다.

졸업식에서 졸업생 중 한 명인 바트 제닝스가 아주 감동적인 연설을 했다. 그는 연설에서 다이슨 기술 공학 대학이 학부생들뿐 아니라 다이슨의 사람들 모두에게 어떤 의미인지 아주 깔끔하게 요약했다. 그 일부를 여기에 담고자 한다.

> 아무런 자격도, 지식도, 경험도 없는 10대 학생 30여 명이 과연 어떻게 다이슨에서 진행되는 실제 프로젝트에 참여하고, 동시에 시간이 아주 많이 소요되는 학위 과정과 견습 생활을 병행하면서, 아무것도 없는 시골에서 사회생활을 해낼 수 있을지 아무도 예상하지 못했습니다. 하지만 우리에게 많은 시간을 투자해 멘토링을 해준 훌륭한 동료, 광범위한 분야의 다양한 기술 과목을 가르쳐 준 강사, 보이지 않는 곳에서 지칠 줄 모르고 일하며 인형극의 조종자처럼 끈을 잡아당기듯이 모든 것을 하나로 조율하고 통합해 준 다이슨 기술 공학 대학 팀 덕분에, 우리는 단지 이 과정에서 살아남은 데 그친

것이 아니라 훌륭한 성과를 이루었습니다. 우리는 우리 자신과 우리 소속이 자랑스러웠습니다. 우리는 우리의 학위, 우리의 일은 물론 우리가 어떻게 인식되는지에 대해서도 관심을 가졌습니다. 모든 시선이 우리에게 쏠려 있었기 때문이죠. 모든 과정에서 오르막과 내리막, 저점과 고점을 거치면서도, 우리로 하여금 나아갈 길을 찾고 이전보다 더 강해지도록 도움을 준 아주 특별한 한 가지가 있습니다. 그것은 연대감이었습니다. 우리 서른세 명은 다이슨 기술 공학 대학에 입학했고 그 서른세 명 모두가 오늘 졸업합니다.

단순한 암기식 교육보다는 독립적인 사고와 창의력을 발휘할 수 있도록 도와주는 훌륭한 선생님들과 좋은 교육에 노출되는 일은 정말 중요하다. 그래서 작년에 페이크넘 그래머 스쿨에서 어머니의 후배로부터 다음과 같은 다정한 편지를 받았을 때 나는 아주 기뻤다.

그녀는 저에게 놀라울 정도로 자유로운 교육 방식을 전해 주었고, 영감도 주었던 리더입니다. 그녀는 저의 경력 초기부터 저를 올바른 방향으로 인도하기 위해 많은 일을 해주었으며, 자유를 보장하면서 동시에 그 자유를 최선으로 활용하는 방법을 보여 주었습니다. 교사로서의 나의 역할을 가장 모범적인 방식으로 완성시켜 준 것입니다. 그녀가 사망한 후 학교는 그녀의 가족에게 편지를 보내 그녀의 책상 및 공용실에 있

> 던 개인 물품들 — 대부분 책이었습니다 — 을 어떻게 정리하면 좋을지 문의했습니다. 우리는 그녀의 가족들로부터 원하는 물건이 있으면 간직해도 좋다는 답을 받았고, 그 물건들이 전시되었습니다. 그중 제가 선택한 물건은 아주 좋은 프랑스어 사전과 아주 작은 신화 사전입니다. 제 경력 전반에 걸쳐 아주 귀중하게 사용했던 사전입니다. 예를 들어, 엔텔루스가 누구인지 혹은 무엇인지 알고 싶어서 찾아보면 그 안에 답이 있었죠. 저는 사전을 제가 거쳤던 모든 교실 — 심지어 모나코에서도 — 의 책상 오른쪽 서랍에 두었습니다. 사전에는 〈J 다이슨, 그레셤스〉라고 새겨져 있었습니다.

그 작은 신화 사전은 그렇게 나에게로 다시 돌아왔다. 정말 놀라운 일이 아닌가. 아주 오랫동안 그 사전의 행방이 궁금했는데 말이다.

지능적인 기기

한편 훌라빙턴에 위치한 다이슨 캠퍼스는 현재 영국 최대 로봇 공학 센터가 되어 가고 있다. 우리는 다이슨의 제조 공장과 농장에서 로봇을 점점 더 많이 사용하겠지만, 진공청소기를 시작으로 오랫동안 가정용 로봇도 개발해 오고 있다. 제이크는 요즘 로봇 공학 부문을 책임지고 있다. 그에게는 크고 매혹적인 임무가 주어져 있다. 우리는 과연 로봇이 집에서 어떤 일을 해 주기를 원할까? 현재와 미래에 그들이 발휘할 능력은 무엇일까? 바닥을 청소하는 로봇의 경우에는 매우 진보한 상태에 있지만, 앞으로 직장에 있는 동안, 혹은 집에 없을 때 로봇들이 집에서 청소 외에 다른 일까지 해줄 날 역시 머지않았다.

그리고 이것은 가정용 로봇 혁명, 즉 소프트웨어, 비전 시스템 및 통신과 마찬가지로 기계적 능력에 근간을 둔 혁명의 일각에 불과하다. 나는 이 모든 것이 끊임없이 매혹적으로 느껴진다. 여전히 세상에는 배우고, 놀고, 실험할 것이 많고, 아직 발명해야 할 것도 아주 많다. 또 미래에 대해, 그리고 그런 미래를 위해 설계, 엔지니어링 및 발명이 어떤 일을 해줄 수 있을지와 같은 기대와 의욕을 품은 젊은이도 많다. 그들은 재능 있고 자유로운 사고를 가졌다. 따라서 앞으로 세계 무대 구석구석에서 어떤 두려움과 위협이 발생하더라도 결코 굴복해서는 안 되며 포기해서는 더더욱 안 된다.

〈불필요함〉에서 오는 만족

나는 30년 전 우리 집 코치 하우스에서 다이슨을 시작했다. 작업장으로, 나중에는 사무실로 사용할 수 있는 공간이 집 근처에 있었던 나는 운이 아주 좋았다. 당시 몇몇 훌륭한 엔지니어와 다른 전문 분야 사람들이 위험을 감수하고 다이슨과 같은 작은 신생 기업에 합류해 주었다. 나는 사업을 지원해 줄 투자자들을 유치하려고 노력했지만, 투자자들은 모두 기존의 유명한 가정용 제품 회사들과 경쟁하는 것은 어리석은 일이며, 우리 기술을 판매하는 데 도움을 줄 수 있는 해당 업계의 전문 관리자가 다이슨을 운영해야 한다고 생각했다.

당시 나는 라이선스 계약을 맺은 업체로부터 로열티 수익을 받고 있었다. 로이드 은행에서는 친절하게도 60만 파운드를 대출해 주었고, 나는 이에 대해 항상 감사하게 생각한다. 그 돈은 재무 상황을 엄격하게 관리한 상태에서 제조 시작 단계까지 진행하는 데 딱 필요한 금액이었다. 우리에게는 공장을 세울 돈도, 제품을 만들어 충분한 재고를 확보할 돈도, 광고를 집행할 돈도 없었다. 다이슨이 어떻게 생산 라인을 확보하고 소비자에게 제품을 공급하고 광고를 시작했는지에 대한 내용은 책 앞부분에 설명되어 있다. 당시 다이슨은 자금이 부족한 회사라고 할 수 있었으며, 투자자들에게 버림받은 존재나 다름없었다. 그래도 외부 투자자가 없는 회사는 곧 내가 회사 전체를 소유하고 있다는 의미였다. 당시에는 그것이 자산보다 부채에 가까운 상태였지만 말이다.

다이슨이 성장하면서 나는 우리 회사가 외부 주주나 주식 시장이 아닌 한 가족이 소유한 회사, 소위 말해 〈가족 기업〉이 되었다는 사실을 알게 되었다. 우리의 성공이 알려지기 시작하자, 회사를 인수하려는 접근과 제안이 밀려왔다. 기분이 으쓱해지는 일이었다. 회사를 매각하면 상당한 이익을 빨리 얻을 수도 있었다. 친구들은 나에게 위험을 없애고 가족에게 경제적 풍요를 보장할 수 있는 데다, 상상할 수 없을 정도의 부를 얻을 수 있는 그 기회를 받아들이라고 조언했다.

매우 유혹적인 제안인 것은 분명했다. 하지만 그들의 친절한 제안을 거절하기는 쉬웠다. 나는 회사가 궁극적으로 어떤 규모로 성장할지에 대해서는 꿈에도 몰랐지만, 그래도 이제부터 시작이라는 느낌이 들었다. 우리는 기술을 개발하고 신제품을 제조해 시장에 출시하는 사업을 하고 있었다. 그런데 내가 왜 여러 번 실패를 겪으면서 일구어 온 성공적인 회사를 포기해야 하는가? 게다가 더 많은 아이디어가 있었다. 나는 또한 다이슨이 주주들이 없기 때문에 자유롭게 우리 스스로 결정 내릴 수 있다는 사실을 깨닫고 있었다. 분명 기업 세계에서 흔하지 않은 독특한 존재였다.

나는 성공한 상장 회사인 로토크의 해양 부문을 담당했고, 소수 주주로서 외부 투자자들과 함께 볼배로 회사를 시작하며 경력을 쌓았다. 나는 이 두 가지 유형의 사업에서 많은 변화와 어려움을 겪었다. 상장 회사와 외부 투자자가 있는 회사 모두에서 별로 매력을 느끼지 못했다. 나는 다른 사람의 영향을 받지 않고 우리 스스로 모든 것을 결정하기를 원했다. 회사를 운영하는 사람들은 모든 민감한 부분을 이해하고, 기회 및 함정을 본다. 그 어떤 실수일지라도, 우리의 실수다. 또 다른 사람의 돈이 아니라 우리의 돈으로 감수해야 한다. 이런 점들은 한편으로 돈에 대해 신중하게 생각하도록 만들지만, 기회가 있을 때는 계산된 위험을 감수할 자유를 준다. 그리고 그것은 모두 우리의 책임이다.

사람들은 우리가 경영진으로서 사업에 너무 집중한 나머지, 함정을 피하지 못하는 경우가 발생할 수 있다고 주장할지도 모른다. 이러한 이유로 나는 아주 일찍부터 다이슨 이사회에 경험 많은 사외 이사를 두어야 한다고 판단했다. 그들은 회사에 꼭 필요한 외부의 견해 및 정치적인 문제에 대한 통찰력을 제공해 왔다. 심각한 문제에 직면했을 때는 이사회 회의에서 가장 현명한 기여자들이 되어 주었다. 나는 다이슨을 최고의 상장 회사들과 동일한 수준의 엄격한 원칙 및 기업적 책임 의식을 가지고 운영하되, 가족 소유 회사의 민첩성과 조심성을 기반으로 운영하겠다고 결정했다. 비상임 이사들의 지혜와 도움이 없었다면 우리는 결코 지금처럼 성장할 수 없었을 것이다.

시간이 지남에 따라 우리 회사를 공개해야 한다는 의견을 여러 곳으로부터 접했다. 즉, 회사의 일부를 외부 주주에게 매각하는 게 좋다는 의견이었다. 사실 이것은 대부분의 성공적인 스타트업이 결과적으로 따르는 경로이기도 하다. 이를 통해 주주들은 많은 돈을 챙길 뿐만 아니라, 나머지 주식이 외부 투자자들과 함께 계속해서 성장해 나갈 수 있다. 그래서 상당수 창업자는 어느 정도 기간이 지난 후에 회사를 매각하고 떠난다.

나는 디어드리, 에밀리, 제이크, 샘과 기업 상장에 대한 논의를 했다. 가족들은 공포에 가까운 반응을 보였다. 「안 돼요. 다이슨은 가족이 운영하는 사기업이잖아요.」 가족들의 말이 옳았다. 나는 회사를 팔아서 돈을 벌기 위해 사업을 시작한 것이 아니다. 결국 나는 기술을 개발하고 흥미로운 제품을 설계하기 위해 다이슨을 시작한 것이다. 우리가 기업을 공개하면 이러한 점이 변할 것이다. 우리 가족은 다이슨을 개인 가족 사업으로 유지하기로 약속했다. 가족들의 결정에 따라, 다이슨 주식을 판매하지 않기로 했다. 나는 너무 안도했고, 자랑스럽고, 기뻤다. 이것은 동시에 가족들이 다이슨을 소유하고 운영하는 책임을 기꺼이 떠맡을 수도 있다는 가능성의 시작을 의미하기도 했다. 그러나 그 단계를 논하기에는 아직 성급한 면이 있다. 가족들이 그 결정을 내릴 때는 내가 다이슨을 계속 직접 운영할 거라고 가정하고 있었기 때문이다. 그리고 내 아이들은 모두 각자 자신들의 사업에 전념하고 있었다. 따라서 다이슨을 위한 시간이나 여유가 없었다.

몇 년 후 자신이 운영하는 사업체를 위해 새로운 기술을 탑재한 조명을 설계하고 있던 제이크는 다이슨이 진행하는 일이 훨씬 더 흥미롭게 느껴지며, 다양한 기회를 접할 수 있는 다이슨의 엔지니어들이 부러웠다고 인정했다. 그러고는 다이슨에 합류하고 싶다고 말했다. 결국 다이슨은 제이크가 운영하던 사업체 〈제이크 다이슨 조명〉과 합병했고, 제이크는 다이슨의 엔지니어링 부문 책임자가 되었다. 제이크와 둘째 아들 샘은 둘 다 별도의 길을 가기 전에 다이슨에서 엔지니어로 일한 적이 있기 때문에, 다이슨의 운영 상황을 잘 알고 있었다. 하지만 창업자의 자녀가 부모를 위해 일하는 경우, 그 과정에 어려움이 따른다는 것은 잘 알려져 있는 사실이므로 주의가 필요하다. 제이크와 나 역시 이런 위험성에 대해 잘 알고 있었다. 그러나 제이크는 자신의 복잡한 사업체를 스스로 설립하고 운영하는 데 15년을 보낸 사람이다. 그는 모든 교훈을 경험을 통해 힘들게 배웠기 때문에, 충분히 스스로 성공을 이루어 낸 엔지니어이자 기업가로서 다이슨에 합류할 수 있었다. 다이슨의 모든 사람은 제이크가 단지 창업자의 아들 이상의 뭔가를 갖고 있음을, 즉 그가 스스로의 능력으로 성공을 이루어 냈다는 점을 알고 있었다.

예순다섯 살이라는 〈정상적인〉 정년을 넘기면서, 주위로부터 나 없이 회사를 운영하는 이른바 〈승계 계획〉을 고려하라는 권유를 받았다. 그래서 제이크는 전무 이사로, 샘은 비상임 이사로 다이슨 이사회에 합류했다. 샘은 대학을 졸업한 후 2년 동안 엔지니어로서 다이슨에서 근무했다. 하지만 그는 자신이 열정을 가지고 있던 음악에 전념하기 위해 회사를 떠났다. 그는 록밴드 라모나 플라워스를 결성하고 자신의 레코드 레이블 〈디스틸러스〉를 시작했다. 모험적인 일들을 시작하기에 유리한 시기는 아니었지만, 그는 끈기를 갖고 음악 창작 및 새로운 작곡법을 창조하고, 사업을 벌이고, 그 사업을 성공적으로 운영하는 방법을 배워 나갔다.

샘은 사업을 운영하고 팀을 관리하는 방법을 직접 어렵게 터득한 후 다이슨 이사회에 합류했다. 그는 또한 가족 관리 단체의 의장을 맡고 있다. 샘의 직함은 비상임 이사지만, 경영진 회의에 매주 참석하고 헤드폰 프로젝트에서도 핵심 고문으로 활약함으로써, 자신의 역할 그 이상을 해내고 있다. 나의 딸 에밀리 역시 스스로 성공적인 사업을 운영하면서, 다이슨에 상당한 시간을 헌신하고 있다. 에밀리가 제이크 및 샘과 잘 협력해서 일해 나가는 모습을 보면 항상 기쁘다. 그들의 협력 덕분에 우리 가족의 결속력은 매우 강력하다. 나는 아이들이 모두 자신들의 사업을 운영하고, 또 그 분야에서 성공할 수 있는 방법을 찾아낸 것이 정말 행운이라고 생각한다.

모든 기업은 주주 또는 파트너들에게 사업 운영에 대해 보고한다. 다이슨 이사회에는 세 명의 가족 구성원이 주주로 있지만, 최고 경영자와 최고 경영진이 운영하고 있다. 다이슨의 경우, 나와 제이크가 사업 운영 문제로 인해 많은 회의에 참석한다는 점에서 이례적이라고 볼 수도 있다. 우리는 주로 연구, 엔지니어링 및 디자인 분야와 관련된 회의에 참석한다. 기술과 제품은 우리 미래의 핵심이다. 이것들은 우리의 전문 분야이며, 우리는 그 일들을 즐기기 때문에 효과적으로 잘 진행할 수 있다. 우리는 또한 제품을 어떻게 출시하고 설명할지 논의하는 회의에도 참석한다. 우리는 제품을 만드는 과정에 참여했기 때문에, 그 제품들을 어떻게 설명해야 하는지 당연히 알아야 한다. 다이슨은 외부 광고 대행사를 이용하지 않고, 모든 것을 직접 해나간다. 과거에 외부 광고 대행사를 이용한 적이 있긴 하지만, 외부 광고 대행사가 아무리 훌륭하다고 할지라도 우리가 직접 제품의 좋은 점을 단순 명료하게 말할 수 있어야 한다고 판단했기 때문이다. 광고의 재미가 덜할 수는 있지만, 나는 사람들이 엉터리 약을 판매하려는 노골적인 마케팅 수법보다는 단순한 진실을 선호할 거라고 생각한다.

앞서 말했듯, 다이슨은 최고 경영자와 최고 경영진이 운영한다. 그들은 전문가이며 그들 중 다수는 대학을 졸업한 후에 입사해 최고의 직위에 올랐다. 그들은 모든 혼란과 역경 속에서도 헌신적으로 사업을 운영하며 다이슨을 기하급수적인 속도로 성장시켰다. 그들은 업계 최고 전문가들이며, 그들 역시 가족 기업, 기술 개발의 원동력 및 창의적인 팀을 구축하는 일의 중요성과 가치를 믿는다.

그렇다면 왜 사업 운영에 굳이 회사 소유주의 가족이 깊이 관여해야 하는지 궁금할 수도 있다. 우리 가족이 회사에 불필요하거나 간섭하는 존재가 되기 쉽지 않을까? 나는 가족 기업의 경영에 사주의 가족들이 긍정적인 방식으로 영향을 미칠 수 있다고 믿는다. 대부분 영리 기업의 우선순위는 부의 창출과 진보다. 이것은 직원의 미래를 보호할 뿐만 아니라 더 많은 일자리를 창출하고 더 많은 사람을 지원할 수 있으며, 점점 더 많은 세금을 냄으로써 무엇보다 교육 및 사회 복지 자금을 지원하게 된다. 기업은 사회를 위해 중요한 기능을 수행하고 있다. 상장 회사의 가장 주요한 의무는 대개 단기적으로 주주들의 이익과 회사의 가치를 극대화하는 것이다. 반면 가족 기업은 장기적인 목표를 도모할 수 있으며 단기 이익에 덜 의존할 수 있다. 가족이 원한다면 자본이나 투자 면에서 더 큰 위험을 감수할 수도 있다. 상장 회사의 경영진은 감수한 위험이 실패로 이어졌을 때 그들의 일자리와 안정성에 위협을 받을 수 있기 때문에, 위험을 감수하기보다 회피할 가능성이 있다. 다이슨은 전기 자동차 프로젝트를 중단해야 했지만, 위험 부담이 큰 프로젝트를 지지한 사람들은 우리 가족이었다. 경영진에게는 책임이 없었으며, 그들은 오히려 전기 자동차 프로젝트에서 놀라운 성과를 이루었다. 하지만 주식 시장은 이런 프로젝트로 인한 투자자들의 자금 손실에 대해 우리와 다르게 반응할 가능성이 있다.

또한 가족은 장기적인 견해를 가질 수 있다. 결국 가족은 변하지 않는 존재인 반면에 경영진은 그렇지 않기 때문이다. 사업을 운영할 때는 이익 추구보다 더 중요한 의미를 가진 다른 측면들이 있을 수 있다. 작업 공간을 위해 건물을 짓는 경우가 그렇다. 단순히 실용적인 건물이 아니라 좋은 건축물을 짓는 데 더 많은 돈이 든다. 가족의 경우에는 건물이 상징하는 바와 회사의 장기적인 명성에 관심을 갖는다. 또한 회사의 정신과 가치를 확립한다. 그렇다고 해서 사주의 가족이 아닌 경영진이 회사에 긍정적인 영향을 줄 수 없다거나 다른 방향으로 발전시킬 수 없다는 말은 아니다. 그들 역시 충분히 긍정적인 영향을 미치는 경우가 많지만, 결국 궁극적인 책임은 가족에게 있다는 말이다.

따라서 다이슨의 미래를 만들어 가는 데 제이크, 샘, 에밀리의 지속성, 영향력 및 적합성이 정말 중요하다. 다이슨은 계속해서 새롭고 유의미한 기술을 개발하고, 모든 면에서 점점 더 나은 성능을 가진 제품을 출시할 수 있을 때만 번성할 것이다. 제이크는 바로 이 부분에 강점과 엄청난 열정을 가지고 있다. 에밀리와 샘은 제이크를 위해 통찰력과 아낌없는 지원을 제공한다. 나는 그들 덕분에 내가 점점 불필요한 존재가 되어 가고 있다는 사실이 흐뭇하다.

제이크 다이슨

아버지는 다른 아버지들과 달랐다. 항상 개성이 매우 강하고, 순리와 반대로 행동하고, 어디에서든 눈에 띄었다. 자신의 모든 일에서 보여 주는 의지에서든, 우리를 데리러 학교에 올 때 짝이 안 맞는 양말과 약간 독특한 옷을 입는 모습에서든, 아버지에게는 특별하다는 생각이 들도록 만드는 뭔가가 있었다. 어린 나이일 때도 남들과 다른 아버지를 창피하다고 느낀 적이 한 번도 없었다. 우리는 창의적인 것들에 둘러싸여 자랐다. 우리 모두는 아버지가 분명 성공할 거라고 생각했다. 아버지가 하는 일에서 추진력과 열정을 느꼈고, 그것을 믿었다.

초창기에는 아버지가 집에서 일했기 때문에 우리는 항상 아버지가 하는 일에 참여할 수 있었다. 언젠가 아파서 학교에 며칠 결석한 적이 있다. 그때 플라스틱 냄새가 공중에 떠다니고, 볼배로가 생산 라인에서 나오는 모습을 본 기억이 난다. 매우 작은 규모였지만, 아버지가 하는 일이 자랑스럽고 신났다. 나는 또 아버지가 볼배로 회사에서 실직하고 집으로 돌아오던 날도 생생하게 기억한다. 아버지와 어머니에게는 아주 힘든 때였다.

하지만 어린아이였던 나에게는 모든 것이 위대한 모험처럼 보였다. 아버지가 제러미 프라이와 함께 개발한 휠체어를 타고 돌아다니던 일, 스노든 경이 일의 진행 상황을 보기 위해 자주 방문하던 일도 기억한다. 또 패들 보트 시제품을 시험해 보려고 풀 하버로 향했던 일이나 탁 트인 바다를 전속력으로 가로지르는 시트럭을 타던 일도 기억한다.

아버지는 잠재된 위험을 인식하지 못하는 사람처럼 물건을 만들고 시험했다. 배스퍼드에 있던 우리 집 지하실에서 진공 성형 기계를 만들던 아버지의 모습이 아주 선명하다. 그것은 플라스틱 모양을 만드는 기계인데, 수천 파운드를 주어야 살 수 있었다. 그렇기 때문에 아버지는 커다란 코일에 수천 와트의 전기가 통하는 그 위험한 기계를 스스로 만들기로 결정했던 것이다. 아버지는 지하실에서 몇 주 동안 꼼짝하지 않고 작업했다. 달가닥거리는 소리와 욕하는 소리가 자주 들려왔지만, 아버지는 집을 폭발시키지 않고 결국 그 작업을 해냈다. 기계는 성공적으로 작동했다.

그다음은 진공청소기였다. 아버지는 코치 하우스 — 나는 나무 보관 창고였던 이곳에서 친구들과 숨기도 하며 놀곤 했다 — 를 작업실로 바꾸었다. 내가 모형 제작자들과 함께 여름 방학 내내 열 개의 진공청소기 시제품을 만드는 동안, 아버지는 위층에서 제도판 앞에 앉아 공구 제작자에게 바로 전달해 생산이 가능할 만큼 정확한 설계 도면을 제작했다. 모두에게 힘든 작업이었지만 분위기는 항상 화기애애했다. 아버지와 함께 일하기 위해 코치 하우스에 온 왕립 예술 학교 졸업생들은 참 재미있는 사람들이었다. 우리는 점심시간에 함께 테니스를 치기도 했다.

집에 있을 때나 일할 때나, 아버지는 모든 것을 직접 만들었다. 나는 정원에서 크리켓을 하면서 놀다가 창문을 자주 깨뜨렸다. 그때마다 유리를 다시 끼우는 일에 지친 아버지는 창문을 고치고 유리를 직접 자르는 방법을 나에게 가르쳐 주었다. 그 후로 나 역시 자꾸 창문을 고치는 데 지쳐 창문의 유리를 폴리카보네이트로 교체했다. 아버지는 나중에 폴리카보네이트 창문이 부옇게 변하고 나서야 그것이 유리 창문이 아니라는 사실을 알아차렸다. 나는 그렇게 아버지에게서 혼자 일하는 방법을 배워 나갔다.

아버지는 우리를 과보호하거나 편드는 일이 없었지만, 선생님들이 너무 구식이라는 점을 이유로 학교 측과 논쟁을 벌이곤 했다. 특히 디너파티 같은 자리에서 아버지는 일부러 대립 구도를 유도하거나 대화를 더욱 흥미롭게 만들기 위해 상대와 다른 주장을 생각해 내곤 했다. 언젠가 새해 파티를 하던 날, 자일을 타고 벽에서 내려온 적도 있다. 한편 우리를 위해 잘 설계된 집라인을 만들어 주는 다정한 아버지이기도 했다. 밤이나 주말에는 집 전체의 배관과 배선을 고치거나, 우리를 돌보며 놀아 주었다. 아버지는 항상 에너지가 넘치는 사람이었다.

아버지가 미국에 있는 회사와 라이선스 계약을 맺은 날, 샴페인을 터뜨리던 기억도 난다. 하지만 상황이 빠르게 안 좋은 방향으로 돌아섰다. 암웨이와의 싸움은 길고 고통스러웠다. 아버지는 그 제품을 발명하는 데 정말 오랫동안 열심히 노력했다. 따라서 이 일로 아버지가 얻을 스트레스와 마음의 상처가 눈에 보일 듯 선명했다. 집 안에서는 돈 문제 때문에 팽팽한 긴장감이 돌았다. 어머니는 생계를 꾸리기 위해 미술 교실을 운영했다. 열한 살인 나로서는 정확히 무슨 일인지 알 수 없었으며, 겨우 대략적인 분위기만 파악할 뿐이었다.

암웨이와 싸우는 동안 아버지는 법률 서류를 한 자 한 자 빠짐없이 읽었다. 아버지는 치열하게 매달렸다. 다른 사람들이라면 변호사에게 맡겼을 테지만, 아버지는 승소할 가능성을 조금이라도 높이기 위해 모든 내용을 완벽히 이해하려고 했다. 아버지가 승소한 이유는 변호사가 있었는데도, 직접 집요하게 서류에 나와 있는 모든 말을 이해하려고 노력했기 때문인지도 모른다. 자신이 하는 모든 일에 대해 세세한 관심을 기울이는 것이 바로 아버지의 성격이다. 하지만 마침내 그 싸움에서 승소했을 때도 아버지가 아주 기뻐했던 기억은 없다. 그때부터 진공청소기를 어떻게 만들고, 어떻게 판매할지에 모든 관심을 집중했기 때문이다.

그 후 아버지는 6주간 일본으로 출장을 떠났고, 계속해서 다른 나라들을 돌아다니며 영업을 했다. 아버지가 일본에 있는 동안 다람쥐가 다락방에 있는 물탱크를 갉아 먹는 바람에 천장이 무너져 내렸다. 우리 가족은 2주 동안 다 같이 거실에서 지내야 했다. 이것은 아버지가 출장으로 멀리 떠나 있는 동안 어머니가 견뎌야 했던 고충을 아주 조금이나마 엿볼 수 있는 사건이었다. 아버지는 6주 후에 아주 무감각하고 피곤하고 과로한 몸으로 돌아왔다. 그로부터 다시 6주 뒤에 그 충격적인 분홍색 지포스가 집에 도착했다.

가장 자랑스러웠던 순간은 아버지가 만든 제품이 팔리고 그에 대한 기사를 잡지에서 읽었을 때다. 그때부터 상황이 극적으로 바뀌기 시작했다. 런던 센트럴 세인트마틴스 대학교 1학년 일 때, 유명한 스타일리스트 디자이너들에 대해, 또 그들의 선도적인 작업에 대해 많은 이야기를 들었다. 그러고 나서 내가 3학년이 되었을 때 제조 및 디자인과 사업을 결합한 사례를 다루는 수업에 참석했는데, 오버헤드 프로젝터에 아버지의 사진이 나타났다. 그 순간 나는 정말 격한 감정에 휩싸였다. 너무 자랑스러웠고, 정말 흥미로운 일들이 시작되고 있음을 깨달았다.

아버지에게 〈유예〉는 없었다. 아버지만의 영업 방식을 포함해 모든 것을 시도해 보는 아버지가 참으로 대단해 보였다. 아버지는 코벤트 가든의 최첨단 스파 시설인 생크추어리에서 DC03을 출시했다. 완전히 미친 짓처럼 보였지만, 그 행사는 사람들의 주목을 끌었다. 아버지가 늘 그랬던 것처럼, 다이슨은 달랐다. 아버지는 발명하고, 설계하고, 혁신적인 제품을 만드는 방법을 스스로 배우는 동시에 변호사, 영업 사원 역할까지 해냈고, 자기만의 방식으로 광고하고 홍보하는 방법도 배웠다. 그리고 아주 세세한 부분과 큰 그림 모두에 매달렸다.

성공이 찾아온 후에도 아버지는 전혀 변하지 않았다. 아버지는 다이슨에 성공을 가져다준, 그리고 지속적으로 그 성공을 가져다주는 사람들에게 모든 공을 돌린다. 그리고 아버지는 자신의 멘토인 제러미 프라이에게 지속적인 존경을 표하고 있다. 아버지가 나와 형제들, 그리고 함께 일하는 모든 사람에게 가르쳐준 것은 다음 말로 요약할 수 있다. 〈나는 할 수 있다.〉 그 도전이 완전히 새로운 것이든, 집의 배관을 다시 고치는 일이든, 글로벌한 영향력을 가진 다국적 기업을 운영하는 일이든 상관없이, 아버지는 그저 시작하고 묵묵히 해나간다. 아버지에게 두려움이란 없다. 두려움 없는 추진력과 모험 정신이 바로 우리가 다이슨의 문화 안에서 유지해야 하는 것이다. 이제 사업은 어느 정도 규모를 갖추었고, 우리는 다시 위험을 감수할 수 있도록 그 수익을 다시 사업에 투입해야 할 때다. 나도 조금이나마 아버지의 정신을 따르기 위해, 다이슨에 합류하기 전인 2015년에 기존에 없었던 완전히 새로운 제품들을 만들어 대규모 조명 제조업체들과 경쟁한 적이 있다.

아버지는 다이슨의 모든 젊은 엔지니어에게 나누어 줄 만큼 많은 에너지를 갖고 있다. 아버지는 그들에게 기존의 방식에서 벗어나 완전히 다른 방식으로 사고하라고 격려한다. 아버지는 또한 그들이 만든 새로운 발명품과 제품이 성공하려면, 이전의 것보다 훨씬 더 좋아야 한다는 점을 명심하기를 바란다. 그들은 위험을 감수해야 한다. 각자 자신들만의 방식으로 두려움 없이 도전해야 한다.

〈하면서 배운다〉는 것은 아버지가 자신의 삶에 적용한 또 다른 원칙이다. 아이디어를 실행하기 시작하면서 이해하고, 배우고, 개선해 나가는 것이다. 이것은 다이슨 기술 공학 대학을 이끄는 원칙이기도 하다. 많은 졸업생을 채용하는 과정을 통해, 우리는 젊은이들이 학문적인 공부와 실용적인 연구와 제조 관련 프로젝트를 병행하도록 하려면 교과 과정을 어떻게 구성해야 하는지 아주 명확하게 깨달았다. 그들에게는 정말 힘들고 어려운 엔지니어링 원칙을 배우면서 그것들을 직접 시험해 볼 기회와 자유가 주어진다.

하나의 사업체로서 우리는 장기적 관점에서 기술에 투자하는 것이 무엇보다 필수적인 요소임을 알고 있다. 하지만 2천5백만 개의 제품을 제조하는 과정에서, 우리는 회사의 나머지 부분들이 그 과정을 지원할 준비가 되어 있어야 한다는 것도 배웠다. 한편 아무도 우리와 같은 제품을 만들지 않고 같은 규모나 같은 품질로 만들지 않기 때문에, 참조할 만한 대상이 없었다. 그래서 우리는 제품의 품질을 관리하고 직접적으로 관계를 유지함으로써 소비자들을 지원할 수 있는 새로운 방식에 대해 지속적으로 연구해야 한다. 이것 역시 자체 기술이 필요하다. 사업 운영 기술은 점점 더 다이슨을 발전시키기 위해 혁신해야 할 영역이 되고 있다.

우리는 또한 다이슨이 실험, 배움, 모험이라는 측면에서 자유로워지고 스타트업 정신을 유지하기를 바란다. 우리는 수직적인 관리 계층을 원하지 않는다. 관리 계층이 있으면 일하는 데 조금 더 안전할 것 같지만, 다이슨은 매주 변화하고 진화하는 공동 사업체다. 항상 시스템을 개선하고 있으며 팀들은 서로 협력을 잘하기 위해 노력하고 있다. 그렇기 때문에 관리 계층은 별로 필요하지 않다. 우리는 관리자들의 주 임무라고 할 수 있는, 이래라저래라 하는 명령을 듣고 싶어 하지 않는다. 우리는 사람들, 특히 창의적인 사람들이 할 말이 있다면 직접 와서 이야기할 수 있도록 열린 마음과 태도를 유지하고 있다. 다만 기본적으로는 스스로 일해 나가는 방식을 발견하고 싶어 한다.

사업이 성장하는 데는 그 자체 속도가 있고, 그 속도에 맞추기 위해서는 모든 것을 재설계해야 한다. 아버지는 이런 방식과 과정에 완전히 동화된 사람처럼 보인다. 아버지는 성공적인 제품이라 하더라도, 언제나 더 좋은 제품으로 바꾸기 위해 그 제품을 포기했다. 이렇듯 아버지는 자신이 만들어 놓은 모든 것을 완전히 다시 만드는 데 전혀 두려움이 없다. 우리는 가족 기업으로서 장기적인 비전을 가지고 있기 때문에, 미래를 위한 투자와 재투자가 아주 중요하다고 생각한다. 재능 있는 젊은 친구들과 함께 그런 장기적인 비전을 가진 기술 팀을 천천히 구성해 나가고 있다.

우리는 새로운 영역에 진출하는 데도 열린 마음을 가지고 있다. 다이슨은 가족 기업이기 때문에 빠른 수익을 원하는 주주들의 압박 없이 어디든 향할 수 있으며, 향해야 한다고 생각하는 곳으로 자유롭게 나아갈 수 있다. 우리는 시장이 기대하는 것을 만드는 것이 아니라 우리가 신념을 가지고 있는 것을 만들고자 한다. 우리는 가족 안에서 창의적으로 사고하고, 직접 경험하며, 새로운 것과 다른 것, 그리고 정상적인 것에서 벗어나 사고하는 사람으로 자랐다. 그리고 언제나 아버지의 격려 속에서, 도전을 망설이지 않고 용기를 가진 사람으로 성장할 수 있었다.

디어드리 다이슨

파운데이션 과정을 함께 수강했던 제임스와 나는 전철에서 가끔 마주쳤다. 그러다가 얼마 후 그가 나에게 〈두 번째 객차에서 만나!〉라는 약속을 할 만큼 서로 친해졌다. 로맨틱한 분위기는 아니지만, 다른 친구 두 명과 함께 점심을 먹고 대화를 나누곤 했다. 미술 공부가 쉽지 않았던 나는 당시 누군가를 사귈 마음의 여유가 없어 밤낮으로 열심히 공부했다.

런던 동물원으로 그림 실습을 나간 날, 제임스가 내 손을 잡았을 때 나는 충격을 받을 만큼 놀랐다. 당시 나는 〈아! 내가 손을 뿌리치면 새로 사귄 친구를 화나게 할 수도 있겠구나〉 하는 생각이 들었다. 스튜디오로 다시 돌아가면서도 제임스는 여전히 내 손을 잡고 있었다. 그때쯤 나는 상황이 어떻게 돌아갈지 한번 지켜보자는 생각이었다. 그리고 우리는 그해 말에 약혼했다.

자신감 넘치고, 호감을 일으키고, 열정적이고, 매력적인 사람

제임스와 나는 매우 다르면서도 공통점이 많다. 아름다운 파란 눈과 친절한 성품 외에도 내가 제임스에게서 느낀 매력은 놀라울 정도로 자신감이 넘친다는 점이었다. 그는 예술 학교에 진학한 것에 대해서도, 우리 앞에 놓인 불확실성을 대할 때도 마음이 편해 보였다. 나는 프로젝트가 주어지면, 이런 과제를 왜 주었고 이것에서 무엇을 배워야 하는지 등의 이유를 찾으려고 분석적으로 받아들였다. 반면에 그는 아무런 두려움 없이 임했다. 그는 나처럼 진지했지만 어떠한 프로젝트도 기꺼이 수행했고, 그 프로젝트가 발전해 가는 과정을 보며 즐거워했다.

제임스는 모든 것에 항상 확고한 의견이 있었다. 또 그의 의견에 동의하도록 다른 사람들을 설득하는 능력도 탁월했다. 그는 심지어 반대 의견에 내밀하게 동의하면서도 계속 논쟁을 벌이는 것을 좋아했고, 여전히 논쟁을 즐긴다. 그런 점은 학교에서 배운 것이다. 처음에는 조금 당황스럽기도 했지만, 호감을 일으키는 열정이 사람들을 설득하게 만든다는 데 감탄했다. 그 후 몇 년간 그의 이런 점들이 아주 소중한 재능임이 밝혀졌다.

대담한 마음

내가 2학년이었을 때, 나는 바이엄 쇼에서 장학금을 받았고 제임스는 왕립 예술 학교에 합격했다. 우리는 함께 살기 시작했다. 한 사람의 보조금으로 월세를 내고, 다른 한 사람의 보조금으로 생활했다. 우리는 둘 다 유복한 환경에서 자라지 않았기 때문에, 적은 돈으로 생존해 나가는 데 문제가 없었다. 나는 이것이 우리가 성공을 이루는 데 가장 큰 역할을 한 최고의 기반이었다고 믿는다. 우리는 잃을 것이 없었다. 그 대신 둘 다 휴일에 일할 만한 충분한 기술이 있었다. 그래서 설령 우리의 전공인 예술 분야에서 성공하지 못하더라도, 평범한 직업을 갖고 충분히 삶을 꾸려 나갈 수 있을 거라는 사실을 알고 있었다.

나는 3년제 학위 과정을 밟기 위해 윔블던 예술 대학으로 옮졌다. 내가 2학년이었을 때 우리는 결혼했고 동시에 대학 과정을 마쳤다. 제임스가 로토크에서 일자리를 제안받았을 당시 나는 개인적으로 그래픽 작업을 의뢰받아 일하기 시작했지만, 새 도시에서 새 일을 시작하기 전에 아이를 갖기로 했다. 그 후 생후 6주가 된 에밀리와 함께 배스에 도착했다. 돌이켜 보면, 그것 역시 아주 큰 위험을 감수한 것이었다.

위험과 용기

제임스는 로토크에서 배를 만들면서 디자인, 생산, 영업을 배웠지만 언제나 자신이 모든 상황을 통제하기를 원하고 또 그래야 하는 성격 — 이것 역시 그의 특성 중 하나다 — 이었다. 그렇기 때문에 볼배로는 그가 독립하기 위한 완벽한 프로젝트였다. 제임스는 자신의 스타트업을 운영하면서 잠시 편안함을 느꼈다. 그때 우리에게는 두 명의 어린아이와 갓난아기가 있어서 이사를 했다. 나는 작은 캔버스에 그림을 그려 팔기도 했고, 호텔을 위한 그래픽 디자인 작업을 하거나 책의 삽화 작업을 했다. 그러다가 볼배로 회사의 주주들에 의해 실망스러운 일 — 사실은 속았다고 하는 게 맞다 — 을 겪었고, 우리는 다시 대출금, 두 아이, 갓난아기와 함께 원점으로 돌아가야 했다.

현실적인 성격

우리는 둘 다 현실적이고, 할 수 있는 한 모든 일을 스스로 하는 성격이었다. 제임스는 새로 이사한 집에 수영장을 만들기 위해 굴착기를 빌려 직접 작업했다. 우리는 함께 연못을 만들고 약 2천 제곱미터 크기의 채소밭을 가꾸면서 대부분의 주말을 보냈다. 안타깝게도 볼배로에서 맞닥뜨린 위기 이후, 제일 먼저 채소밭을 포기해야 했다. 우리는 건축 허가를 받아 놓은 이 땅을 팔 수밖에 없었다.

제임스가 하루도 쉬지 않고 일하며, 30여 명의 생산 팀을 꾸리고 생산 라인에 새로운 디자인까지 추가한 상황에서 벌어진 일이었다. 주주들이 모든 것을 회사에 넘겨야 한다고 결정 내렸을 때 우리는 정말 큰 상처를 받았다. 이것은 제임스가 더 이상 자신의 디자인에 권리가 없다는 사실을 의미했다.

나는 도울 일이 하나도 없다고 느꼈다. 다행히 곧 저녁 미술 강좌를 시작해 수입이 조금 생겼다. 또 매달 런던으로 가서 『보그』에 실릴 칼럼 삽화를 그리며 돈을 벌었다. 하지만 우리는 밤낮으로 우리를 갉아먹는 슬픔의 시간을 겪어야 했다. 마침내 제임스가 이렇게 선언했다. 〈더 이상은 안 되겠어! 진공청소기를 개발해야겠어.〉 그는 이미 싸이클론 기술을 개발하고 싶다는 꿈을 가지고 있었고, 이를 주주들에게 발표한 적도 있었다. 하지만 그들은 전혀 관심을 보이지 않았다. 그 일을 통해 제임스는 자신의 디자인을 넘기지 않겠다고 결심했다. 더불어 외부 투자자에 대해서도 회의적인 생각을 갖게 되었다. 어려운 시기를 지나면서 가까운 친구들에게서 정말 많은 도움을 받았다. 그들은 아직도 우리와 가장 가까운 친구 사이로 지낸다.

도덕심

아주 강한 도덕심을 안고 성장한 나에게 볼배로 사건은 정말 충격이었다. 지난 세월 다이슨 직원 중에는 자신만의 사업을 몰래 운영한 사람도 있었다. 그중 한두 명은 회사 기밀을 빼내 회사를 떠나기도 했다. 사업 규모가 커질수록 이런 일이 더 잦아졌다. 아무리 겪어도 결코 면역이 안 되는 일이었다. 나는 옳고 그름의 원칙을 믿는 사람이다.

제임스가 볼배로 회사를 처음 시작할 때, 모든 거래에서 정직해야 하는 것이 얼마나 중요한지 말했던 기억이 난다. 이것이 바로 내가 언제나 법정 소송에서 제임스를 지지해 온 이유다. 특히 진공청소기와 관련해 미국에서 5년씩이나 법정 소송을 했을 때는 더욱 그랬다. 나는 영혼을 망가뜨릴 만큼 힘들었던 일이 또다시 제임스에게 일어나도록 내버려 둘 수 없었다. 그렇기 때문에 법정 소송에 돈을 많이 써야 했는데도 불구하고, 잘못된 일을 바로잡기 위해 계속 싸우도록 격려했다.

투지

그 후 5년은 끊임없는 시행착오의 시간이었지만, 제임스의 완고한 투지는 결국 진공청소기 개발 초기 단계까지 이르게 했다. 그는 결코 포기하는 법이 없을 뿐 아니라, 모든 것을 제대로 수행하려 노력하고, 마지막까지 주의를 기울인다. 그보다 덜 노력하는 것으로는 절대 만족하지 못할 것이다. 나도 완고하고 의지가 강한 사람이지만, 제임스만큼의 인내심은 없었을 것 같다.

경쟁심

제임스는 일과 인생에 걸쳐 전반적으로 매우 경쟁적인 사람이다. 이는 사업을 하는 사람에게 유용하다. 특히 그가 몸담고 있는 분야는 정말 무자비할 정도로 경쟁이 치열하기 때문에 매우 필요한 자질이다. 나는 가능한 한 충돌을 피하려고 노력한다. 예를 들어, 나는 매일 십자말풀이를 혼자서 몰래 한다. 만약 내가 십자말풀이를 하는 것을 제임스가 본다면, 그는 그것을 즉시 같이 하고는 먼저 끝내 버리기 때문이다. 그는 아이들과 테니스를 치면서도 절대 지려고 하지 않는다. 그래서 테니스를 칠 때마다 항상 아이들이 울고불고하며 좌절하는 일이 생기곤 한다. 지금은 어른이 된 우리 아이들이 그런 일들을 돌이켜 보았을 때 어떻게 생각할지 모르겠지만, 이것은 아마도 세 형제 중 막내였던 제임스가 학교 안에서 자기 위치를 지켜 내려고 노력한 습성이 남아 있기 때문이 아닐까 하는 생각이 든다.

제임스는 여전히 열심히 일하고 있다. 비록 이제는 능력 있는 전문가에게 사업, 재무 및 법률 고문 등의 조언은 받고 있지만, 그래도 제임스는 자신이 온전히 회사의 통제권을 갖고 있다는 사실에 행복해한다. 그의 통제 욕구는 정리 능력이나 깔끔한 일상에도 반영된다. 그래서 나는 내 지저분한 작업실 문을 항상 꼭꼭 닫아 둔다.

조언

제임스는 잘못된 충고가 되는 것을 우려해, 남들에게 되도록 조언을 하지 않는다. 하지만 우리는 세상에 나가려는 젊은이들에게는 격려가 필요하다고 생각한다. 그들은 또한 성공할 기회도 필요하다. 바로 이것이 내가 제임스처럼 교육에 대해 우려하는 이유다. 교육은 아이들이 무엇을 잘하는지 찾을 수 있고, 그것을 잘할 기회를 제공한다. 하지만 수많은 아이가 자신의 재능을 발견하지 못한다. 그래서 아이들의 재능이 낭비되는 것이 공포스러울 정도로 안타깝다. 창의성은 정말 중요하기 때문이다.

나는 젊은 사람들이 창의적으로 공부하고 일하는 다이슨 기술 공학 대학이 번성하는 모습을 보게 되어 기쁘다. 게다가 학생들은 빚을 지지 않아도 된다. 그들은 모험과 창의적인 일로 가득 찬 세상으로 나아갈 준비가 되어 있다. 특히 다이슨 기술 공학 대학의 학생들이 학비를 낼 필요 없이 아주 높은 수준의 학문적이고 실용적인 교육을 받고 있다는 사실이 뿌듯하다. 나는 모든 창의성과 문제 해결의 핵심인 재능과 기술을 존중하지 않는 영국의 교육 문화를 변화시키려는 열정을 가지고 있다.

우리 아이들은 각자 일을 하고 있고 각자 다른 분야에서 창의성을 가지고 있지만, 다이슨은 우리 가족 모두의 일부가 되었다. 가족 기업은 마치 친근한 괴물과 같은 존재다. 그래서 우리는 회사의 회의에 참여하고, 업무의 진행 상황을 함께 파악하려 노력하고 있다. 내가 속한 파운데이션 팀은 지난 몇 년간 엄청나게 성장했다. 따라서 전 세계 학교들의 디자인 및 기술 교육을 지원하고, 제임스 다이슨 어워드를 후원하고 있다. 어떤 사람들은 제임스에게 직접 다가가는 것을 두려워하기 때문에, 나에게 몇 가지 주요 프로젝트가 먼저 주어지기도 한다.

낙천적 성격

나는 롤러코스터 같은 인생을 살면서도 내가 결정한 방향으로 나아갈 수 있었다. 우리의 여정이 시작되는 순간 제임스가 한 말을 결코 잊을 수가 없다. 〈우리가 함께 헤쳐 나갈 수 있다면 아무리 어려운 상황이 닥치더라도 상관없어.〉

나에게 가장 따뜻하고 격려가 되는 제임스의 특성은 바로 낙천적인 성격이다. 그는 단순히 최선의 결과를 바라는 것이 아니다. 그는 모든 것이 잘 해결될 거라고 진심으로 믿는다.

감사의 말

조지 오즈번이 재무 장관이 되기 전인 2009년에 그를 만난 적이 있다. 그때 인턴으로 일하던 올리 블레어를 만났다. 나는 그를 만난 순간 깊은 인상을 받았고, 그는 얼마 후 다이슨에 합류했다. 11년 후 그의 아이디어로 이 책이 나오게 되었다. 늘 변함없는 지적 능력과 우아함으로 이 책이 출판되도록 추진해 준 올리에게 감사드린다. 즐거운 작업을 함께해 준 오랜 친구이자 훌륭한 작가인 조너선 글랜시에게도 큰 감사를 전한다. 그와의 대화는 정말 흥미로웠는데, 나는 우리의 대화 주제에서 벗어나지 않기 위해 노력해야 했다. 사이먼 앤 슈스터의 편집자 이언에게 그의 지식 속에 겸손하게 감추어진 예리한 질문과 훌륭한 제안에 감사드린다는 말을 전하고 싶다.

초안을 작성하는 데 소중한 도움과 통찰력을 준 디어드리에게도 특히 고맙다. 획기적인 LED 조명들을 발명하고 사업을 성공적으로 이루었으면서도, 다이슨과 합병하겠다는 결단을 내려 준 첫째 아들 제이크에게도 고맙다. 내가 감탄해 마지않으며 깊이 사랑하는 제이크의 용기 덕분에 다이슨은 그의 디자인 재능과 놀라운 독창성을 함께 얻었다. 각자 훌륭한 사업과 창의적인 재능을 갖고 있는 샘과 에밀리 역시 우리 가족의 사업을 돕고, 조언하고, 육성하기 위해 많은 시간을 할애해 주어 고맙다. 롤러코스터 같은 삶을 견뎌 주고 이제는 사랑스러운 아이들을 키우고 있는 에밀리, 제이크, 샘과 같은 사랑스러운 자식을 둔 나는 정말 축복받은 사람이다.

불확실한 상황 속에서도 지치지 않는 지원과 격려를 해준 사랑하는 친구들에게도 감사하다고 말하고 싶다. 지난 18년 동안 밤낮을 불문하고 유쾌하게 나를 지원해 주고 문제없이 일에 몰두할 수 있게 도와준 PA 헬렌 윌리엄스에게 감사의 마음을 전한다. 지난 33년 동안 사려 깊고 열정적으로 모든 제품과 디자인 벤처 사업을 지휘해 온 피터 갬맥은 정말 위대한 엔지니어다. 그리고 그는 내가 아는 사람 중에서 수평으로 공중에 떠 있는 상태에서 테니스공을 다시 쳐낼 수 있는 유일한 사람이다. 1992년에 합류한 알렉스 녹스는 거의 모든 제품을 설계해 왔으며, 팬데믹 기간 동안에는 단 6주 만에 생산 단계까지 가능한 인공호흡기를 개발하는 장렬한 투지를 보여 주었다. 멋진 매력과 총명함으로 다이슨을 이끌어 주는 제임스 버크널 경에게도 감사드린다.

모든 과정에서 지금까지 능수능란하게 우리 가족과 다이슨을 도와주고 있는 이언 로버트슨, 토니 홉슨, 존 클레어, 앨런 레이턴, 밥 에일링, 앤디 가넷, 티안 청 응, 분훠 코, 키신 RK, 워런

이스트, 로드니 오닐, 서배스천 프리처드존스, 데이비드 퍼스든, 마이크 브라운, 마크 슬레이터, 리처드 니덤 경, 조 케디, 존 채드윅, 크리스 윌킨슨, 토니 무란카, 마크 테일러, 마틴 보언, 짐 터너, 레너드 후닉, 로널드 크루거, 요른 옌센, 스콧 매과이어, 존 처칠, 니컬러스 바커, 기 램버트, 존 시프지에게 정말 감사한 마음이다. 와일리 에이전시의 세라 챌펀트의 격려와 지도 역시 큰 도움이 되었다. 내 먼지투성이 보관실에 들어가는 일까지 무릅쓰면서, 삽화와 사진을 취합해 준 피파 버기스에게도 고마움을 전한다.

마지막으로 다이슨이 세계적인 기술 기업이 되도록 성장시키고, 우리의 모든 모험을 흥미롭게 만들어 주는 다이슨과 웨이번의 사랑스러운 동료들에게 가장 큰 감사를 드린다.

사진 및 이미지 출처

Roofscape of Malmesbury. Photograph by Mike Cooper.

The "Dyson Symphony." Photograph by Martin Allen Photography.

Contrarotator. Photograph by Mike Cooper.

DC01, DC02, DC03, DC04, DC05, DC06, DC07, DC11, DC12, DC14, DC15, DC16, DC35. Photographs by Mike Cooper.

Computer rendition of the Dyson EV, car interior seating, and cutaway of Electric Drive Unit. Rendered by Daniel Chindris.

Sunday Times magazine page. Image courtesy of The *Sunday Times* / News Licensing.

DIET desk pod. Image courtesy of WilkinsonEyre.

Student pods on Malmesbury campus. Images courtesy of WilkinsonEyre.

James Dyson and DIET students. Photograph by Mike Cooper.

The Roundhouse and the Dyson STEAM Building, interior and exterior. Images courtesy of WilkinsonEyre.

Carvey Maigue. Photo courtesy of The James Dyson Foundation.

All other images from the author's personal collection or property of Dyson.

옮긴이의 말

우리나라 사람들이 〈제임스 다이슨〉이라는 이름을 들으면, 아마도 제임스 다이슨 본인의 바람과는 달리 진공청소기와 헤어드라이어를 떠올릴 것이다. 그를 성공한 기업가 대열에 처음 오르게 만들고 다이슨을 세상에 알린 제품이 진공청소기였고, 최근 국내에서 다이슨 에어랩 스타일러가 상당한 인기를 얻었으니 어쩌면 당연한 결과일지도 모른다. 하지만 그는 사람들이 자신을 단순히 유명 상품을 파는 판매업체 대표로 보기를 원하지 않으며, 평생 발명가 및 엔지니어로서 살아왔다고 자부한다. 대부분의 사람은 그가 기업을 세운 이래로 30년이 넘는 세월 동안 어떻게 살았는지, 현재 어떤 일을 하는지 큰 관심을 가지지 않았을 것이다. 나 역시 이 책을 번역하기 전까지는 다이슨 제품의 사용자일 뿐, 그 기업을 설립한 제임스 다이슨이란 개인에 대해서 깊이 생각해 본 적이 없었다. 브렉시트에 찬성하는 그의 견해가 담긴 인터뷰 기사나 그가 특정 정당과 연관되었다는 루머를 다룬 신문 기사를 접한 적은 있었지만 그때뿐이었다. 그가 직접 자신의 삶을 서술해 나간 자서전이라는 점을 감안하고서도, 나는 이번 작업을 통해 그에 대한 생각을 바꾸지 않을 수 없었다.

이 책은 그 유명한 〈5,127개의 시제품〉 에피소드를 포함하여, 제임스 다이슨의 가족, 유년 시절, 학교생활, 대학 후 경력, 삶에 대한 태도, 그리고 진실하고 완벽한 제품 개발 추구, 미래를 위한 연구, 차세대 엔지니어를 양성하기 위한 다이슨 기술 공학 대학 설립, 미래 식량 산업과 관련한 연구 및 투자, 지속 가능한 기술 개발에 이르기까지 단 한시도 쉬지 않고 지금까지 달려온 그의 인생을 다룬다.

그는 유년 시절에 달리기를 통해서 삶의 어려움을 극복하는 방법을 배웠지만, 인생이라는 달리기에서는 한 번도 쉼이 없었다. 그렇게 쉼 없이 나아가는 여정에서 걸림돌이 되었던 온갖 역경과 좌절 — 암웨이와의 법정 싸움, 여러 회사와의 라이센스 계약 과정, 정치적 관계, 회사를 확장하고 운영하는 과정에서 맞닥뜨린 크고 작은 방해물들 — 도 자세히 소개하고 있다. 그가 성공한 이유는 다양할 것이다. 집념과 노력, 발명의 재능뿐만 아니라, 실패를 계속 거듭하던 초기 단계에서부터 그리고 모든 것을 시작하기도 전부터 그가 반드시 성공을 거두리라고 굳게 믿어 준 가족 덕분이기도 하다. 그는 가족이라는 행운과 자신을 향한 신뢰 덕분에 낙천적이고 천진하게 원하는 길로 계속 나아갈 수 있었고, 결국 성공에 이르렀다.

나는 그의 경험과 경력, 제품 기술, 아이디어, 그리고 과거와 현재, 미래에 대한 그의 견해들을 속속들이 이해하게 되었다. 이로써 그가 제품을 개발하고 자신의 기술력을 지키는 데 쏟은 열정과 노력, 집념에 감탄하지 않을 수 없었다. 사실 이것은 제품 개발을 향한 열정만으로는 설명되지 않는다. 제품의 핵심, 즉 가장 미니멀하면서도 완벽한 기능을 갖춘 제품을 개발하려는 다이슨의 태도는 그가 삶을 대하는 태도와 직결되어 있다. 그의 목적은 단순히 어느 기준에 부합하는 〈충분히 괜찮은〉 제품을 만드는 것도, 제품 판매를 통한 부를 축적하는 것도, 다른 기업들과 비교하여 차별화된 제품을 생산하는 것도 아니었다. 사실 그의 목적은 단일한 결과에 있는 것이 아니라 모든 과정에 있다. 다시 말해, 그는 진실한 발명가이자 엔지니어라면 누구나 가지고 있을, 현재 상태의 불만을 지속적으로 개선하는 과정을 중요시했다. 그리고 그 과정에서 기쁨을 얻었다. 그렇기 때문에 방금 만들어 낸 물건을 보고 성공에 환호하기보다는 곧바로 더 나은 보완 방법을 찾아냈다. 그가 가진 성공과 부는 그 과정에서 파생된 자연스러운 부산물이었을 뿐이다. 사용자 입장에서 조금이라도 불만스러운 점을 계속해서 고민하는 기업의 제품은 당연히 그 성능과 기능이 만족스러울 수밖에 없으니까 말이다.

그는 마치 재미있는 놀이를 하면서 눈을 반짝이는 어린아이처럼 신나 하며, 자신의 발명 아이디어, 그리고 제품 개발 및 테스트 과정을 세세히 설명한다. 다이슨 제품에 대한 그의 애정과 집념을 엿볼 수 있는 대목이다. 이를 통해 사랑하는 일이 아니었다면 불가능했을 실패와 수정, 개선의 끝없는 과정을 그가 기꺼이 즐거운 마음으로 해왔고, 여전히 그 일을 사랑하고 있음을 알 수 있다. 그는 모든 것은 끊임없이 변화하기 때문에 그에 맞는 변화와 성장을 거듭해 나가야 한다고 강조하지만, 젊은 시절 엔지니어 및 발명가로서 가졌던 순수한 초심은 어떤 변화와도 상관없이 유지되고 있는 듯하다.

집요하게 완벽을 추구해 왔던 그의 태도는 누구나 따라 할 수 없을 것이다. 어쩌면 삶에서 이렇게 길고 고된 과정을 거쳐야 한다는 사실이 어떤 사람들에게는 다소 절망적으로 다가올 수 있다. 하지만 희망은 있다. 그는 제품 발명의 돌파구란 결코 아르키메데스의 유레카와 같은 순간이나, 천재적인 기지를 통해 얻어지는 것이 아니며, 지루한 반복의 연속에서 얻어지는 것이라고 강조한다. 그가 매일 하나씩 수정과 변경을 기록하면서 만든 5,127개의 진공청소기 시제품이 바로 직접적이고 사실적인 예이다. 그런 그는 천재가 아니어도, 전구가 켜지듯 아이디어가 번뜩 떠오르는 순간이 없어도, 성실한 반복의 과정을 이겨 낸다면 누구나 성공할 수 있다고 말한다. 그의 삶을 따라가다 보면, 집념과 열정을 가지고 일에 몰두해서 이루지 못할 일은 없다는 희망, 또 삶에 임하는 태도를 다시금 생각할 기회를 얻을 수 있을 것이다.

한 사람이 성장해 나가는 이야기는 우리의 가슴을 뛰게 한다. 우리는 제임스 다이슨의 성공을 다 알고 있는 상태에서 그의 인생 이야기를 접하게 되었다. 하지만 그의 이야기는 성공이라는 결과에서 끝나지 않는다. 그는 이제 전문 경영인에게 회사 운영을 맡기고 회사의 자문 및 엔지니어로 살면서 또 다른 미래를 향해 나아가려고 준비하고 있다. 그래서 책을 덮고 나면, 다이슨의 새로운 시작이 고대된다. 여든 살을 바라보는 그에게 미래가 이렇게 활짝 열려 있다면, 아직 그만큼 노력하고 경험하고 역경을 마주한 적이 없었던 이들에게는 더 넓고, 더 다양한 가능성을 가진 미래가 열려 있음이 분명하다.

김마림

지은이 **제임스 다이슨**James Dyson 다이슨의 창업자이자 수석 엔지니어다. 다이슨이 만든 제품은 전 세계에서 인기를 얻고 있으며, 혁신적인 기술, 세련된 디자인, 뛰어난 효율성으로 잘 알려져 있다. 제임스 다이슨은 1947년 영국 노퍽주에서 태어났고 런던에 있는 왕립 예술 학교에서 본격적으로 디자인을 공부했다. 그는 엔지니어가 세상을 개선시킬 수 있다고 믿으며 다이슨 기술 공학 대학과 제임스 다이슨 재단을 통해, 그리고 매년 제임스 다이슨 어워드를 열어 엔지니어들을 지원하고 있다.

옮긴이 **김마림** 경희대학교 지리학과를 졸업하고, 동 대학교와 뉴욕주립대학교 대학원에서 석사 학위를 받았다. 약 7년간 케이블 채널 및 공중파에서 영상 번역가로 활동했으며, 대표적인 프로그램으로는 KBS의 「세계는 지금」, 「생로병사의 비밀」, 「KBS 스페셜」 등이 있다. 현재 영국에서 전문 번역가로 일하면서 『이렇게까지 아름다운, 아이들을 위한 세계의 공간』, 『서점 일기』, 『한순간에』, 『바스키아』, 『조각가』 등을 번역하였다.

제임스 다이슨

지은이 제임스 다이슨 **옮긴이** 김마림 **발행인** 홍예빈·홍유진
발행처 사람의집(열린책들) **주소** 경기도 파주시 문발로 253 파주출판도시
대표전화 031-955-4000 **팩스** 031-955-4004
홈페이지 www.openbooks.co.kr **email** webmaster@openbooks.co.kr

ISBN 978-89-329-2367-3 03840
발행일 2023년 12월 5일 초판 1쇄 2024년 5월 10일 초판 3쇄

사람의집은 독자 여러분의 투고를 기다리고 있습니다. 좋은 기획안이나 원고가 있다면 사람의집 이메일 home@openbooks.co.kr로 보내 주십시오.